现代传播·广播电视传播 MODERN COMMUNICATION

丛书主编 王文科 陈少波

The Script Creation of Movie and TV Literature

影视文学脚本创作

（第二版）

王国臣 著

ZHEJIANG UNIVERSITY PRESS

浙江大学出版社

·杭州·

图书在版编目（CIP）数据

影视文学脚本创作／王国臣著. —2版. —杭州：
浙江大学出版社，2015.6（2025.1重印）
（现代传播.广播电视传播）
ISBN 978-7-308-14783-5

Ⅰ. ①影⋯ Ⅱ. ①王⋯ Ⅲ. ①电影文学剧本－文学创
作－高等学校－教材②电视文学剧本－文学创作－高等学校－
教材 Ⅳ. ①I053.5

中国版本图书馆 CIP 数据核字（2015）第 127506 号

影视文学脚本创作（第二版）

王国臣 著

丛书策划	李海燕
责任编辑	李海燕
封面设计	续设计
出版发行	浙江大学出版社
	（杭州市天目山路 148 号　邮政编码 310007）
	（网址:http://www.zjupress.com）
排　　版	杭州青翊图文设计有限公司
印　　刷	浙江新华数码印务有限公司
开　　本	787mm×960mm　1/16
印　　张	22.5
字　　数	404 千
版 印 次	2015 年 6 月第 2 版　2025 年 1 月第 8 次印刷
书　　号	ISBN 978-7-308-14783-5
定　　价	45.00 元

前　言

读者诸君，当你翻开此书，不妨在心里默默地回答我几个问题。

问题一：最近几年，你走进电影院看过这些电影吗——2014年的《一步之遥》、《归来》、《触不可及》、《催眠大师》、《推拿》；2013年的《中国合伙人》、《致青春》、《无人区》、《全民目击》、《一代宗师》；2012年的《一九四二》、《桃姐》、《泰囧》；2011年的《失恋33天》、《金陵十三钗》、《鸿门宴》；2010年的《让子弹飞》、《十月围城》、《山楂树之恋》……这些片子看与没看，说明你对国产电影的关注程度，也说明你是否有"研究作品"的兴趣。

问题二：平时在家看电视，你曾经被一些电视剧所吸引，兴致勃勃地追踪看到底吗？比如抗战大戏《亮剑》、《雪豹》、《民兵葛二蛋》、《上阵父子兵》、《姥爷的抗战》；比如悬疑谍战戏《暗算》、《潜伏》、《黎明之前》、《悬崖》、《黎明前的抉择》；再比如传奇英雄剧《铁梨花》、《打狗棍》、《一代枭雄》、《勇敢的心》、《红高粱》、《北平无战事》、《二炮手》；都市言情剧《爱情公寓》、《北京爱情故事》、《离婚律师》、《大丈夫》、《一仆二主》、《爱情最美丽》；现代伦理剧《双城生活》、《夫妻那些事》、《媳妇的美好时代》、《蜗居》、《温柔的谎言》、《辣妈正传》、《老有所依》；新编历史剧《甄嬛传》、《大秦帝国之纵横》、《卫子夫》、新版《水浒传》、《赵氏孤儿案》；古装传奇剧《武林外传》、《古剑奇谭》、《武媚娘传奇》；现代军旅剧《我是特种兵利刃出鞘》、《我是特种兵之火凤凰》、《火蓝刀锋》；医疗剧《心术》、《青年医生》；农村题材剧《希望的田野》、《马向阳下乡记》、《老农民》……这些作品可以从一个特定角度证明中国影视剧的发展、成熟、势头正旺。当然，稍微具备一点专业眼光，你就会发现——这些能够创造票房，提高收视，能够引发热议，打下烙印的作品，在我们这样一个年产电影近千部、电视剧过万集的国度中，究竟能占多大的比例？

问题三：回想一下，从《无极》、《七剑》、《夜宴》、《满城尽带黄金甲》，到《金陵十三钗》、《一步之遥》这样的"国产大片"，观众议论吐槽，表示不满意、不满足的是什么？——故事，剧本。

如此看来，用一句"套话"来总结，就是"形势大好，精品太少"。发展的"瓶颈"首推文本，中国影视剧需要大批的新人、新作、好剧本。

话说到这儿，压力来了——作为一个从事影视艺术教育，特别是以研究文本创作为主的教师，发完感慨之后总得做点什么吧？那就争取用这本书来为中国影视剧的脚本创作略尽一点"绵薄之力"。

浙江大学出版社的编辑老师通知我，说是我的《影视文学脚本创作》行市不错，仍需再版。如若再版，必须调整，因为影视艺术是发展变化最快的艺术形态，千真万确的"日新月异"。为改此书，我用半年多的时间翻阅了大量中外相关著述，研究了许多观众叫好或恶评的作品，以图扩大信息、"兼听则明"。对于众说纷纭、莫衷一是的问题，我便根据自己有限的创作实践和审美经验加以认定（当然，这种"认定"是否确切，还有待于读者和有关专家在日后的实践中加以检验）。其次，以指导初学者创作实践为目标，在概述影视文学的形成过程与基本特征之后，按题材、主题、情节、人物、冲突、悬念、结构、语言等环节布局分章、依次论述，力求条理清晰、步骤连贯、深入浅出、利于操作。（因为浙江大学出版社已经为我另出了一本《综艺节目脚本创作》，故本书抽掉了相声、小品、歌词等说唱脚本和电视文学节目脚本创作的内容。至于广播剧脚本的创作，我本人也算是有些实践经验和研究心得的，准备待时机成熟，另出专著。）

那么，这本修订再版的《影视文学脚本创作》，到底是怎样一本书，对什么人有用呢？——只要你是"地球人"，你就不能说影视传媒与你无关，因为你补充信息、更新理念、释放情感、调节生活都离不开这些无处不在的强势现代传播形式。如果你的工作跟文学艺术有关，你应该学会借助影视媒体的支撑，因为那里有最便捷的渠道、最丰富的手段、最直观的资料，还有最广阔的栽培、检验土壤。只要你对文学艺术感兴趣，你就必须关注影视文学，因为那是文学艺术领域中最粗的传输"管道"，最大的展示平台。如果你正在叩击影视行业的大门，或者你已经跨进门里，正在从事用"技术"创造"艺术"的工作，那么我劝你赶紧埋下头来，潜心研究影视文学。因为，它是根基，是蓝图，是灵魂。

概括地说，影视文学包含两大部分：一是通过影视手段呈现的文学作品（如电视散文、电视诗歌、电视报告文学，等等）；二是影视艺术作品中的文学部分（如电影文学剧本、电视剧文学剧本、电视文艺晚会串联脚本、歌词、小品文本，等等）。影视文学拓展了文学的审美渠道，在"读"的基础上增添了"视"（电影、电视图像）和"听"（音乐、音响、有声语言），因而被称作"影视文学"的文字，无论是寥寥数语还是洋洋万言，无论多精美、多重要，它都不是成品，而只能是叙事或抒情类影视作品的"脚本"。

　　"脚本"是影视文学最基本的特征，也是戏剧文学和说唱文学的基本特征。据此，我们有理由认为：影视文学，是伴随影视技术和艺术的发展，主要从戏剧文学和说唱文学中派生出来的，融合各种文学形态的一个新的文学种类。

　　这本研究影视文学脚本创作的书大体分为六个部分：绪论概说篇；题材主题篇；故事情节篇；人物形象篇；冲突悬念篇；结构呈现篇。创作领域的学习和研究，最终须用作品说话。书中选些作者本人的作品附在相关章节之间，供比照揣摩，当批评标靶。

作　者

2015 年初春于海南三亚

目 录
CONTENTS

题材主题篇

人物形象篇

冲突悬念篇

结构呈现篇

绪论概说篇

在各门艺术中,戏剧和电影、电视剧兼有文学过程和艺术过程。但这两者却又存在很大的不同之处。拿戏剧来说,当剧作家写完剧本之后,戏剧的文学过程便宣告结束,舞台剧本作为这一文学过程的终极产物,便永远获得了独立的文学价值。这是因为舞台剧本完全是由台词拼成,台词的文学质量是决定剧本文学价值的唯一准绳,并不同此后演出的艺术质量发生任何联系。

一个舞台剧本可以不断上演几年、几十年或几百年,可以由不同的剧团来演,演出的艺术质量尽可以参差不齐,甚至高下悬殊,但并不会影响原剧本的文学价值。由此可见,戏剧的文学过程和艺术过程是截然分开的,所以舞台剧作固然是舞台演出的根本,却具有独立的文学创作的性质,是一种特殊形式的文学创作。

影视剧则不然。首先,离开了拍摄的需要,就没有必要去写影视剧本。如果仅仅是为了供人阅读,把构想中的故事写成小说肯定会使作者更有施展文学才能的余地。既然是专为拍片而写,影视剧作就只能成为影视剧创作过程的一个组成部分——脚本。

根据影视艺术创作的不同阶段,存在三种剧本形态:文学剧本、分镜头剧本和记录镜头的工作台本。属于"影视文学"的,当然是电影、电视剧的文学剧本。

第一章　影视文学的形成与界定

　　威尔伯·施拉姆、查理·波特在《传播学概论》一书中指出："从语言到文字,几万年;从文字到印刷,几千年;从印刷到电影和广播,400 年;从第一次试验电视到从月球播回实况电视,50 年。"

　　从这番回顾之中,我们可以看出各种传播形式的承递关系、形成过程、先后顺序和交融沿革。语言文字是传播的基础,印刷是媒体的发端,声光技术提供了现代传媒的手段,于是世界上才相继出现了电影和电视。电影、电视在各自的成长期和成熟期,争先恐后地与文学联姻,分别产出了"电影文学"和"电视文学",当这些新生儿在文学艺术领域比肩站立、携手前行,成为一支生力军的时候,人们统称其为"影视文学"。

　　作为一名影视创作者,尤其是编剧与导演,应该清醒地认识到,不论科学技术对影视制作与传播的影响多么巨大而深刻,影视都不可能完全脱离文学的怀抱而独立存在。树有根须,水有源头,在分别研究其特征、规律之前,我们不妨简要回顾一下影视文学形成的历史。

第一节　电影与电影文学

　　1895 年 12 月 28 日,法国人路易·卢米埃尔和他的哥哥奥古斯特·卢米埃尔在巴黎卡普辛路 14 号咖啡馆地下室的"印度沙龙"里,第一次公开售票,放映了他们用纪实手法拍摄的 12 部长度同为 1 分钟的短片——《卢米埃尔工厂的大门》、《拆墙》、《火车到站》、《婴儿的午餐》、《水浇园丁》……引起了强烈的反响,获得了巨大的成功。因此,1895 年 12 月 28 日这一天被确定为世界电影的诞生日。

　　电影在其早期,只是对生活的简单摹仿、机械照相,卢米埃尔兄弟最初拍摄的影片不需要什么剧本,摄影师一人就是全方位的电影制作者,他身兼构想、导演、摄制、剪辑数职。简言之,他就是电影。稍晚些时候,电影银幕上开始出现稍加编排的生活片断镜头,以表现一些有趣情景。这时,就已经有了些拍摄前的创意构思。

在刚开始的时候,人们没有发现电影具有叙事的功能,认为它只是一种"活动的照相";卢米埃尔兄弟为电影开创了纪实主义传统,但同时也把刚诞生的电影局限在纯客观的记录中,观众很快就对电影没有了新鲜感。

在某种程度上可以说,是法国人乔治·梅里爱把电影从危机中拯救出来,尝试取用电影画面来"讲故事",而戏剧、文学中有着最好的故事题材。梅里爱敏锐地意识到了这些传统文学资源的巨大价值。1900年,他将《灰姑娘》搬上银幕,将其中重要情节分为20个"动作画面",用他拿手的摄影特技手段加上舞台因素,使这个家喻户晓的童话故事得到了奇妙的展现。这部影片成功之后,1902年,梅里爱把凡尔纳的《从地球到月球》以及威尔斯的《第一次到达月球上的人》的情节改编成电影剧本《月球旅行记》,再次用他丰富的想象力和高超的摄影技术赋予电影巨大的艺术魅力,并取得了成功。梅里爱后来一直致力于将文学名著搬上银幕,但他的改编方法一直比较简单,只是利用文学作品中的情节片断组成可视的连环画以图解名著而已。

格里菲斯因著名的影片《一个国家的诞生》而奠定了他在世界电影史上无可替代的地位。这部影片改编自汤姆斯·迪克逊的小说《同族人》。他从文学作品中还吸取了诸多养分,并独创了特写及全景、近景等拍摄方法,平行蒙太奇和交叉蒙太奇的剪辑手法以及多种叙事手段。这一时期,在蒙太奇学说方面作出了开拓性贡献的苏联电影导演库里肖夫、爱森斯坦、普多夫金等人,也对电影文学的萌芽期产生了重要影响。普多夫金在把高尔基的《母亲》搬上银幕时,就对原著的情节作了很多处理,并大量运用隐喻蒙太奇,使整部影片看起来像一部古典悲剧。

1928年有声电影出现以后,音画的配合使得电影开始真正脱离舞台剧的框架,而具有了朝真正的电影剧的方向发展的可能性。《乱世佳人》无疑是好莱坞最具标志性的电影。它改编自玛格丽特·米歇尔的小说《飘》,耗资巨大,商业回报率也高,同时又具有艺术性,让东西方的观众都为之狂热。这部影片成为后来改编的一种效仿典范,长时期内影响了好莱坞影片的改编模式和惯例,创作者热衷于选择那些情节结构严谨,有着明显的开端、结局以及发展高潮的充满戏剧性的文学作品进行改编,用电影的手法造出一个个梦幻一般的充满戏剧感的故事,并把它们推销到世界各国。

第二次世界大战以后,欧洲电影在好莱坞表面的繁华下很快地崛起,意大利新现实主义引出了"散文化电影",即让平淡无奇的真实生活自然展开,打破了开端发展高潮结局的传统戏剧模式。之后欧美兴起了"真实电影"运动,还有以法国"新浪潮"为代表的现代主义运动。

苏联在 20 世纪 50 年代中期以后对于文学作品的改编,在世界电影新探索的氛围中,也开始变得有了新的特色,更加灵活,更加有创造性。留下了一批优秀的改编经典,如《伊万的童年》、《静静的顿河》等。那段时期出现的改编电影,更多的是对原著进行富有电影特性的改造后的影片。例如劳伦斯·奥利弗根据莎士比亚戏剧《哈姆雷特》改编的同名影片就很有艺术创造性。奥利弗把这部经典话剧的主题提炼为"这是一个下不定决心的人的悲剧",他围绕这个主题对原著的场景和台词进行了大量的调整和删削,来表达自己对《哈姆雷特》的理解,并运用各种电影技巧使之成为一部独立的电影作品。获得奥斯卡奖和艾美奖的影视作品绝大多数是根据获得成功、已有定评的小说或舞台剧改编的。请看这些令人吃惊的统计数字吧:

一、获奥斯卡最佳影片奖的影片有 85% 是改编的。

二、电视台每天播放的电视影片,45% 是改编的,而获得艾美奖的电视影片有 70% 选自这些影片。

三、83% 的电视系列剧是改编的,而获得艾美奖的电视系列片有 95% 选自这些作品。

四、在任何一年里,最受注意的电影都是改编的。在 1989 年 11 月,便有《爱之海》、《玫瑰战争》、《女魔》、《小美人鱼》、《亨利五世》、《我的左脚》、《钢木兰花》、《黑雨》等;1990 年的改编影片则有《唤醒》、《来自边缘的明信片》、《与狼共舞》、《命运的逆转》、《好家伙》、《哈姆雷特》、《西哈诺·德·贝热拉克》等。

上述信息,引自 1992 年纽约出版的美国影人西格尔《改编的艺术》一书。显而易见,由于在优秀的小说(或舞台剧)基础上改编的剧本,一般而言也必然具备较好的文化内涵与艺术魅力,因此,以优秀的剧本为基础拍片,自然大多成功。我国的影视创作亦是如此,如《子夜》、《林家铺子》、《雷雨》、《我这一辈子》、《骆驼祥子》、《大红灯笼高高挂》、《湘女潇潇》、《香魂女》、《黑骏马》以及近年的《天下无贼》、《求求你,表扬我》、《一九四二》、《推拿》、《归来》……不胜枚举。无论在理论上,还是实践中,百年来的电影史实都告诉我们:一部真正艺术的电影(包括电视剧)作品的最后成功,必须以杰出的剧本来奠基。

对此,吉甘(苏)在《论导演剧本》中有过这样一句话:"导演可能用一部很好的剧本拍出一部很糟糕的影片,但他绝不可能用一部很糟糕的剧本拍出一部很好的影片。"

日本著名导演黑泽明也曾说:"弱苗是绝对得不到丰收的。不好的剧本绝对拍不出好的影片来。剧本的弱点要在剧本完成阶段加以克服,否则,将给电影留下无法挽救的祸根。"

与之相对,约翰·加斯纳(美)在美国有史以来出版的第一批电影剧本集之一的前言中,第一次提出了一个相当大胆的论点,认为"电影剧本不仅可以看作是一种新的文学形式,而且可以看作是一个独立的极其重要的形式"。

我国早期电影理论家侯曜就曾认为电影就是戏剧文学的一种特殊表现形式,他那句著名的论断:"影戏是戏剧之一种,凡戏剧所有的价值它都具备。"对中国电影界可谓"一锤定音"。他在另一篇文章中更肯定地指出:"电影就是文学,电影是活的文学。"侯曜的观点是很有代表性的,得到了影视界的广泛认同,我国当代电影导演与理论家张骏祥也坚决主张,电影是"用电影手段表现的文学"。

任何一部优秀影视片的完成,不可或缺地要包含三方面工作:杰出的剧本创作、高明的导演艺术、精巧的后期制作。用美国影人温斯顿的说法:"创造性的电影制作所包括的不是一个而是几个过程或阶段。这些阶段,通常叫做写作、导演和剪辑。"历数中外电影史上有定评的经典艺术影片,我们就会发现:导演与摄影的功绩当然不能忽视,但是,剧本中的那些"故事"、"戏",以及它们所蕴含的深厚文化内涵和浓烈的艺术魅力,才是其最终的生命之源。甚至有这样的情况:导演并不刻意求新,摄影也不时髦花哨,影片却备受欢迎并甚具艺术价值。

如果没有罗伯特·里斯金(美)《一夜风流》剧本中所展现的极具个性的人物与起伏跌宕、趣味盎然的情节故事,纵然再有才能的导演,只根据"一个富家女离家出走后,爱上贫穷但正直的好青年"这种老得不能再老的套路,能创作出世界经典名片吗? 如果没有罗勃肖伍特(美)的剧作,默文·勒鲁瓦只根据一则"因阴差阳错导致有情人难成眷属"的常见爱情故事,能拍出《魂断蓝桥》这部既缠绵悱恻、催人泪下,又内涵深刻、发人深思的艺术绝唱吗? 同样,《偷自行车的人》(编剧[意]柴伐梯尼等)、《人证》(原作[日]森村诚一,改编[日]松山善三)、《克莱默夫妇》(原作[美]艾·柯尔曼,改编[美]罗伯特·本顿)等影片的成功,均可证明剧本在整个影片创作过程中的艺术奠基作用。

文学作为人类最古老最主要的艺术形式之一,在其悠久的历史长河中,已经取得了辉煌灿烂的成就,积累了成熟而丰富的艺术经验;无数优秀作品以自己独特的艺术气质吸引、滋润着一代代读者的心灵。文学史上那些占据着杰出地位的文学大师们,甚至可以说是把整个人类的智慧、情感与精神的力量浓缩在了自己独特的艺术创作之中。曾经有英国人在殖民主义时期不无玩笑地说：宁肯失掉一个印度，绝不能丢失莎士比亚。一部经典名著往往蕴藏着丰富的文化、历史、社会、民俗等各个方面的内容，如我国古代最杰出的长篇小说《红楼梦》，就曾被誉为"封建社会晚期的百科全书"，在中国小说史上有铄古绝今的地位。

影视创作者如果对如此悠久而丰富的文学资源视而不见，完全不去从这些"现成"的优秀艺术宝藏中挖取自己所需的珍宝，无论如何都不能算是明智之举。任何艺术创作离不开传统，不管是对传统的反叛还是有意识的汲取，离开了传统就没有创新；在艺术的长河中，完全意义上的另起炉灶几乎是不可能的。

艺术史上一种新的、独立的艺术的出现，往往有两个方面的原因：

其一，已有的艺术形式已不能极大地满足人们的审美需要，人们要求一种新的艺术形式对社会生活给予更高一级的美的表现；

其二，人们找到了一种新的艺术媒介，并运用适合这一媒介的特殊手段，创作出前所未有、唯其独有的艺术形象，给人以舍此便无法得到的美感。

在各门艺术中，戏剧和电影、电视剧兼有文学过程和艺术过程。但这两者却又存在很大的不同。先拿戏剧来说，当剧作家写完剧本之后，戏剧的文学过程便宣告结束，舞台剧本作为这一文学过程的终极产物，便永远获得了独立的文学价值。这是因为舞台剧本完全是由台词拼成，台词的文学质量是决定剧本的文学价值的唯一准绳，并不同此后演出的艺术质量发生任何联系。一个舞台剧本可以不断上演几年、几十年或几百年，可以由不同的剧团来演，演出的艺术质量尽可以参差不齐，甚至高下悬殊，但并不会影响原剧本的文学价值。由此可见，戏剧的文学过程和艺术过程是截然分开的，所以舞台剧作固然是舞台演出的根本，却具有独立的文学创作的性质，是一种特殊形式的文学创作。影视剧则不然。首先，离开了拍摄的需要，就没有必要去写影视剧本。如果仅仅为了供人阅读，把构想中的故事写成小说肯定会使作者更有施展文学才能的余地。既然是专为拍片而写，影视剧作就只能成为影视剧创作过程的一个组成部分——脚本。

在影视文学的大家族中，电影文学剧本是"长子"。匈牙利电影理论家巴拉兹曾对电影剧本的产生作过这样的描述："在电影发展的初期，根本没有电影剧本这回事；导演在布景前即兴处理每一场景，告诉演员在下一个镜头里应如何表演。说明字幕是事后写成，再剪接到影片中去的。"事实正是这样。中国的情况也是这样，在 1920 年以前，还没有事先写好的剧本。拍电影之前，至多有一个事先想好的故事或简单的"幕表"。

幕表分四项：(1)幕数(即场数)；(2)场景(内、外景)；(3)登场人数；(4)主要情节。幕表贴在墙上,供演员和有关工作人员围观,抄录跟各自有关的内容。至于台词和表演,全靠演员根据剧情范围、人物性格,根据自己的理解来设计和撰写。稍后出现的"脚本",虽然是电影剧作的早期形式,但也只是对人物外部动作提示性的概述。20世纪20年代初期,一些电影刊物开始刊登以叙述电影动作为主的电影"本事"。这些"本事"有一类是事先创作的故事梗概,属于"脚本"型,其间已经孕育着电影文学因素了。

电影发展成一门独立的新型艺术,特别是有声电影问世之后,才产生了电影剧本。根据电影艺术创作的不同阶段,存在三种剧本形态:文学剧本、分镜头剧本和记录镜头的工作台本。属于"影视文学脚本"的,当然是电影文学剧本。

电影文学剧本是用文字描述、表达的未来影片内容的一种文学样式,是导演创作的依据。它从文学、戏剧、音乐、绘画以及电影本身汲取营养,使剧本具有画面感,并把听觉因素也作为重要表现手段纳入统一构思,根据电影艺术的思维特性进行创作,反映影片的形态。

第二节　电视与电视剧作

电视是20世纪媒体的新宠,因为它能把世界距离缩短,将遍布于世界各地的人事关系、重大事件,以电波为媒介,将图像、声音在瞬间真实而迅速地超越空间,一闪而至,在电视屏幕上呈现在我们的眼前,使我们足不出户便知天下事。

电视的发明可以追溯到1817年。科学家通过试验发现了硒元素的光电效应,从理论上证明了任何物体的形象都可以用电子信号来传播。电视广播的原理就是以它们为科学基础建立起来的。世界上许多科学家都提出了"用电来看东西"的各种设想,并进行了研究。其中在电视发展史上具有重要地位的是德国科学家保罗·尼普柯夫于1884年发明的著名的机械扫描圆盘。它解决了图像传送的难题,打开了机械电视研制的大门。

1900年,法国科学工作者康斯坦丁·伯斯基在为一次国际会议起草报告时创造了电视(television)一词,并正式使用,直到现在。

1907年,俄国教授鲍里斯·罗津经过4年的研究,成功地制造出利用电子射束管的电视实用模型,显示出了简单的电视图像。

1923年,美国的物理学家弗拉基米尔·兹沃雷金发明了光电摄像管,为实用电子电视研制作出了卓越的贡献。

1925年,英国科学家约翰·洛吉·贝尔德利用尼普柯夫发明的机械扫描圆盘,第一个制成了电视发射和接收设备的雏型,成功地进行电视发射和接收电视画面的实验。在此基础上,英国于1929年开始进行实验性广播。

1930年,英国广播公司(BBC)在实验过程中,"直播"了世界上第一部电视剧《花言巧语的人》——将意大利剧作家皮兰德娄的作品进行了舞台演出的实况转播。

1936年11月2日,在电视发展史上具有重要的历史意义。这一天,英国广播公司(BBC)采用贝尔德的机械电视系统在伦敦建立了世界上第一座电视台,在伦敦郊外的亚历山大宫以一场规模盛大的歌舞演出开始了电视的正式播出,这一天被认为是世界电视文艺的诞生日。

BBC电视台开播之初,曾提出过"每日一戏"的口号,至1939年英德战争爆发之前,它先后播出了《地铁谋杀案》、《黄蜂窝》、《拐弯》等多部优秀剧目。第二次世界大战之后,BBC于1946年恢复电视播出,电视剧《晚餐来客》、《威尼斯商人》、《平民百姓》等,带动了将舞台剧改编成电视剧的热潮。到20世纪60年代,电视剧《福尔赛世家》曾创下了发行45个国家、拥有15亿观众的历史性纪录。可是,好景不长,开创电视的英国,在业内的领先地位很快就被美国取代了。

20世纪50年代初,美国就拥有电视机510多万台,在电视艺术与电视技术方面开始显现优势。1956年,美国又研制出了电视录像设备,为电视艺术(特别是电视剧)的发展作出了重大贡献。

一、美国电视剧对世界电视剧形态的影响

商业电视是美国电视的主流,而绝大部分的电视剧都是商业电视系统的产品。商业电视不向观众和社会收取费用,纯粹靠节目插播广告收入来维持经营和盈利。因此,收视率的高低就成为衡量一部电视剧成功与否的标准。一部收视率低下的电视剧在商业化电视环境下是无法生存的,只要观众的注意力一转移,那么不管该剧的情节进行到何种程度,电视台都会毫不犹豫地将其腰斩。另一个对于美国电视剧有巨大影响的元素就是电视界最具权威性的评奖活动,始于1949年,由美国"全国电视艺术与科学学院"主办,即每年一届的"艾美奖"。电视的"艾美奖"如同电影的"奥斯卡奖"一样,对于众多电视节目具有重要的影响作用。一旦某部电视剧获得了艾美奖,不但是一种极高的荣誉,反过来也会提高其收视率。

美国电视剧一直在收视率和艾美奖的双重鞭策下迅猛地发展着,它的演变过程不仅是一部美国电视业的发展画卷,同时更是美国社会和民众思想的历史缩影。大多数美国电视业者和电视理论家的观点认为,所有电视剧都可

以归属于某一个类型,都要遵循那个类型的基本模式。从实用的角度出发,专家们把电视剧分成肥皂剧、情境喜剧、情节系列剧、微型连续剧、电视电影等类型。

(一)肥皂剧

最早的肥皂剧实际上是指 20 世纪 30 年代美国无线电广播中播放的一种长篇连续广播剧,由于当时的赞助商主要是日用清洁剂厂商,其间插播的广告也主要是肥皂广告,所以"肥皂剧"之名便由此诞生。1947 年,杜蒙电视网推出了第一部电视肥皂剧《一个难忘的女人》,但由于该剧没有留下任何影像记录,所以美国电视史学界通常是把 CBS 在 1950 年播出的《最初一百年》视为电视肥皂剧的鼻祖。时至今日,肥皂剧已经传遍了世界的每个角落,几乎成了所有电视连续剧的代名词。肥皂剧可以分两种:日间肥皂剧和晚间肥皂剧。

日间肥皂剧以 18～49 岁的家庭主妇为受众,每周白天固定播出 5 集,以展现普通中产阶级家庭生活面貌为主。半个世纪以来,其结构几乎是一成不变的——星期一是呈现部和再现部;每一集中都是几条叙事线路并存,在一周中由一个悬念引向一个动人的高潮,在星期五以至少一个情节线中的危机点收尾。如果一个困境解决了,那么另一个困境就必须被制造出来……尽管舆论界对其颇有微词,但其精确的观众定位与稳健扎实的传统路线,却奇迹般地确保了日间肥皂剧数十年来长盛不衰,并成为美国三大电视网的支柱产业。

最早的晚间肥皂剧是 1964—1969 年播出的《佩顿》,但其影响力实在微不足道。真正成就了晚间肥皂剧辉煌的是那部驰名世界的《达拉斯》。该作原本是作为连续剧进行创作的,但在观众的强烈要求下,它逐渐演变成了标准的肥皂剧。晚间肥皂剧在叙事结构上与日间肥皂剧类似,但却是在晚间黄金时段以每周一集的频率在演季间播出,每年只播出 20 多集。这样一来,晚间肥皂剧紧凑精炼的特点便显露出来,再加上大场面的调度、豪华的演员阵容、多角度的精美摄影等等,都使其具有了比日间肥皂剧更为可观的艺术性和欣赏性。《达拉斯》以达拉斯石油富豪爱文一家为主线,讲述了豪门内部以及豪门之间的恩怨情仇,在一个个充满了竞争、阴谋、心灵创伤以及暧昧关系的故事中,观众的好奇心与幻想得到了一次次满足。《达拉斯》的成功同时也为晚间肥皂剧确立了模式,以后的《豪门恩怨》和《鹰冠庄园》等就都是其仿制品。20 世纪 80年代末,晚间肥皂剧已经不能引起美国观众的兴趣。随着 1991 年《达拉斯》的谢幕,晚间肥皂剧渐渐退出了历史舞台。

(二)情境喜剧

1942 年,杜蒙电视网的第一部电视情境喜剧《玛丽·凯和约翰尼》登上荧屏。情境喜剧一般是长度为 30 分钟(包括广告时间)的系列喜剧,播出时往往伴随着现场观众(或后期合成)的笑声。情境喜剧的新作总是在演季的黄金时段,在每周的固定时间由全国商业电视网播出,每年制作 25 集左右,只要商业上获得成功就会一直拍摄下去。50 多年来,情境喜剧一直以其独特的魅力与朗朗入耳的笑声伴随着美国观众,其成功的制作经验也越来越多地为各国电视制作者所借鉴,我国英达导演的《我爱我家》等便是对其的模仿。

情境喜剧的基本模式:(1)情境喜剧有着固定的主要角色和基本环境。通常每一集讲述一个相对独立的故事,每集都有自己的小标题。(2)情境喜剧的题材远比肥皂剧广泛,故事的焦点是大背景下普通人物之间的矛盾纠纷,尽量回避复杂的问题,回归生活的质朴。(3)矛盾冲突和情节发展依靠语言来完成,每集情境喜剧平均有 35 个笑料,也就是说差不多每半分钟就要让观众大笑一次。(4)大部分情境喜剧会采取舞台剧的布景方式,现场观众会看到布景内演员的表演,而现场观众的笑声是至关重要的。也曾取消过观众的笑声,但观众已经习惯了笑声,没有观众的笑声的情境喜剧大都失败,后又恢复了原样。(5)情境喜剧每集会分成两大段落,称为"幕"。每幕又根据时间与地点的不同,分为 3~4 场,过渡较大的场次之间往往会加入一个外景(如车流、人流、楼群……)的空镜头。

(三)电视系列剧

1949 年 9 月 ABC 推出的《孤独骑士》是第一部取得成功的电视系列剧。系列剧每一集都是一个基本独立的故事,情节上具有高度的灵活性和与观众的互动性,可以根据需要不断调整未来的发展路线,同时不会受到人事变动的影响。情节系列剧基本上都是每集 60 分钟,绝大部分在 6 个全国性商业电视网中的晚间黄金时段,以每周一集的频率放映,每个演季的播出量在 25 集左右。如《24 小时》、《越狱》等。

系列剧的固定模式:(1)其主要人物是固定的,即所谓的"常规角色"、"辅助角色"、"临时角色"。以《急诊室的故事》为例:第一季有 6 位常规角色,分别充当各集的主角,而大量的医护工作者则是辅助角色,同时每集里的病人或家属等都是由客座明星出任的临时角色。(2)系列剧一般采用 35 毫米电影胶片单机拍摄,因此有强烈的电影风格。(3)系列剧在技术结构上也是一成不变的,每集都分为:序幕、四幕主戏、尾声,每一幕之间是加插广告的时间。

系列剧逐步类型化,大体可以划分为:(1)科幻剧(第一部科幻电视系列剧是由杜蒙电视网在 1945—1955 年间放映的《电视游侠》)。(2)犯罪剧(1952年 NBC 推出的《法网恢恢》是第一部具有影响力的作品,这部以纪实手法表现罪案及其侦破过程的电视剧成为同类型作品的范本)。(3)医疗剧(20 世纪五六十年代的《城市医院》首开先河,直至 90 年代《急诊室的故事》的登场,标志着医疗剧达到顶峰）。（4）冒险剧（以我国观众接触的第一部美国电视剧《加里森敢死队》为代表，以一个人或一组人为主人公，讲述他（他们）完成各种艰难无比的任务的故事）。（5）奇幻剧（来自漫画、小说、电子游戏的超级英雄，如《超人》、《蝙蝠侠》等等）。

（四）微型连续剧

美国微型连续剧是由 ABC 节目部主任马蒂·斯塔格在 20 世纪 70 年代初创立的，其篇幅长度一般只有几个小时至十几个小时。第一部微型连续剧是 1973 年 11 月播出的长达 4 小时的电视剧《蓝骑士》，分两天在 ABC 连续播出。70 年代最具代表性的微型连续剧是展现尼克松政坛内幕的《华盛顿：幕后的故事》。20 世纪七八十年代，随着《根》、《战争风云》和长达 30 小时的《战争回忆录》等作品的相继成功，微型电视剧达到高峰。

美国微型连续剧的模式特点：（1）大多改编自畅销小说或经典名著。（2）发挥胶片单机拍摄的电影手法，镜头语言丰富，将原作情节演绎得异常到位。但这也是微型连续剧的致命弱点，制作成本太高，每小时的制作费用在 300 万美元以上。进入 20 世纪 90 年代以后，随着一批成熟的情节系列剧的走红，微型连续剧逐渐被淘汰。

（五）电视电影

为了避免以高额费用向好莱坞购买电影的播放权，环球电影公司于 1964 年向 NBC 提出了一个新的概念，即"专为电视制作的影片"，简称"电视电影"。其成本低廉，更适于电视播出。70 年代，《约翰·保罗二世教皇》、《辛普森的故事》、《拼写自由的女孩》和《加利福尼亚命案》等都曾经名噪一时。

电视电影的模式特点：（1）在时间长度上是固定的，有的会分成上下集，每晚播出 2 个小时，一直连续播出 2～3 个晚上。（2）用语言来展现情节，回避描绘大场面的全景镜头与高投入的特技。与电影相比，电视电影投资成本相对较低，大约每部只有 500 万～800 万美元。（3）在剪辑节奏上，电视电影也明显比普通电影慢。（4）结合社会热点来做文章是电视电影的拿手好戏，它的题材大多来源于流行的传记、小说、历史著作、报告文学或新闻报道等。

二、日韩电视剧的题材与类型

1940 年 4 月 12 日，日本播出了第一部电视短剧《晚饭前》。这部只有 12 分钟的短剧，反映了第二次世界大战期间日本百姓的真实生活，是日本电视剧的开端，也在日本首开室内剧的先河。战争使日本的电视停滞了 12 年，至 1952 年才恢复播映。

1958 年，当时的世界第一电视高塔（332 米钢塔）——东京电视塔落成并启用,象征着日本电视时代的来临。这一年,日本出现了一部划时代的杰作,多年跟黑泽明导演合作的桥本忍(《罗生门》的编剧),创作了电视剧《我想成为贝》。这部戏的主人公清水丰松第二次世界大战期间曾经奉命杀死过美国飞行员。战争结束之后,他在平静的生活中突然被捕,并被判处死刑。临刑前问他有什么心愿,他说:"来世让我托生为深海底下的贝吧! 因为贝不会被抓去当兵,不会去打仗……"这部直接反战的剧作,引发了广泛的共鸣。

1960 年起,日本出现了"电视小说"栏目,连续播放长篇故事(实质是制作简易的电视连续剧),以现实题材为主,主人公多为女性,一部作品至少播映半年以上。这个栏目推出的表现从 7 岁女童到 80 老妇的长篇励志故事《阿信》,曾在包括中国在内的 47 个国家播出过,使许多国家都先后出现了"阿信热"。

20 世纪 70 年代,日本著名演员山口百惠主演的"红色系列"电视剧风靡全球。"红色"指血、血缘,中国 1982 年播出的《血疑》就是其中的代表作。20世纪 80 年代,日中合拍了电视剧《望乡之星》,日中友好主题,讲述第二次世界大战前后日本人在中国的不平凡经历。到了 90 年代,偶像派成了日剧的主流,对中国也产生了巨大的影响。1991 年出品的《东京爱情故事》,当时中国的青年几乎无人不晓。

在电视剧创作方面,韩国受日本影响最大,但没过多久就"青出于蓝而胜于蓝"了。20 世纪六七十年代,韩国还没有自己本土化的电视剧;从 80 年代韩国开始自己制作本土化电视剧,美剧和日剧渐渐淡出韩国荧屏。此后,电视剧在韩国电视节目中占据了举足轻重的地位,电视剧的发展也开始高度类型化。据《中韩电视剧比较研究》一书中的说法,韩国电视剧主要有三大类型:家庭剧约占 50%,历史剧约占 15%,爱情剧约占 35%。这三大类型构成了韩国电视剧类型的主体。

(一)家庭剧

韩国家庭剧有很多优秀的作品,比如《爱情是什么》、《澡堂老板家的男人们》、《看了又看》、《人鱼小姐》等等,受到中国观众的喜爱。它们都以表现家庭生活为主,以温情的目光看社会,过滤社会生活,过滤家庭生活和社会生活中的丑恶一面,追求平淡之美,在家长里短、婆婆妈妈中娓娓道来,将传统的儒家文化与现代的西方观念有机地结合起来。

家庭剧的模式特点:(1)平淡。讲的都是家长里短的事,没有你死我活,没有大起大落,剧中角色的言行举止更像隔壁邻居的生活。(2)忽略社会背景,表现真、善、美。

(二)爱情剧

爱情剧是韩国电视剧的重要和主要类型之一,至今已出现了一系列优秀的作品,如《只爱陌生人》、《青春陷阱》、《爱上女主播》、《蓝色生死恋》、《情定大饭店》、《美丽的日子》、《冬季恋歌》、《对不起,我爱你》、《巴黎恋人》、《巴厘岛的故事》、《我叫金三顺》、《命中注定我爱你》、《密会》等。韩国早期爱情剧也不乏揭示现实问题的严肃剧,如《青春的陷阱》中对家庭问题、伦理人性的拷问,都展现出韩国早期爱情剧的主题和剧情不俗的一面。近年来韩国爱情剧开始走纯情、唯美路线,追求故事的童话色彩,所描绘的爱情是白璧无瑕、纯洁至极、超越功利、忠贞不渝的。

爱情剧的模式特点:(1)情节以爱情为主。爱情线是剧中所描写的中心情节,其重要性往往超过事业线,不涉及主角的婚姻生活(一到结婚或刚刚结婚便告结束)。(2)主要角色是固定的,包括"白马王子"、"灰姑娘"、"第三者"等。王子往往"德、才、财、貌"俱全,往往为大公司或富裕家庭的继承人、明星、医生、律师、检察官等韩国社会的高收入阶层。灰姑娘一般是"窈窕淑女",年轻漂亮、善良、坚毅、乐观、豁达,但一般是普通工薪阶层,财力和才力均有限。"第三者"往往被设置为浅薄庸俗、徒有其表、富有但不善良的人,善良的"第三者"相对较少。(3)结局以喜剧收尾。作为女主角的灰姑娘"人财两得",丑小鸭变成了白天鹅。(4)画面精美。爱情剧中的场景,无论在都市还是郊外,都是优美的景色,充满时尚的生活气息。

(三)历史剧

历史剧是韩国电视剧三大类型之一,但所占比重不多。历史剧的模式特点:(1)平民化视角。如《大长今》,以一个普通宫女的视角来观察大的社会。故事发生在宫廷,但却以"大长今"这个平民作为主角,帝王将相作为配角,的确与众不同,而且展示的重点不是勾心斗角的残酷,而是在一个平凡人立身处世的历程中展示不平凡的人情美、人性美。(2)情节设置注重细节,以情感人。《大长今》全剧都靠细节取胜,没有多少大起大落、跌宕起伏的情节演绎,娓娓道来,观后令观众回味无穷。(3)主题立意宣扬普遍的人"道"。《大长今》全剧中有三种"道":食道、医道、仇道,合在一起就是人道,且放之四海而皆准。三"道"合在一起就是做人的道理。上述的模式特点,在很多的类似作品中都有所体现。

三、中国电视与电视剧发展历程

1958 年,中国第一座电视台——北京电视台(现中央电视台的前身)开始试播。电视节目直播的传播范围仅北京市区几十平方公里。当时,北京市内仅有 50 台电视机。1958 年 6 月 15 日,北京电视台以直播的形式播出了我国第一部电视剧《一口菜饼子》。

1959 年国庆，北京电视台前后播映了 4 部重点发行的献礼片《林则徐》、《风暴》、《老兵新传》、《我们村里的年轻人》。从此电视文艺把电影故事片的转播纳入自己的表现范围。1960 年，北京电视台在演播室里排练、播出了综合性春节文艺晚会。节目有歌舞、朗诵、相声和戏曲，这就是电视文艺晚会的开端。当年播出的甬剧《半把剪刀》、话剧《七十二家房客》也都经过电视化的处理。

1966 年 2 月 26 日，北京电视台播出了长达两小时的直播电视剧《焦裕禄》。到这一年为止，中央电视台共播出电视剧 70 多部，其中包括电视小品《穿布拉吉的姑娘》、电视诗剧《火人的故事》。此后不久，便开始了"十年动乱"……

1978 年，我国的电视剧恢复生产。第二年，中央电视台播出了 19 部电视剧。其中，单本剧《永不凋谢的红花》在观众中反响强烈。上海电视台摄制的《永不凋谢的红花》，讲述的是烈士张志新的事迹，黄允编剧，李莉导演。张志新是在"文革"中因为真诚地阐述了自己对人生、对政治的见解而被"四人帮"控制的辽宁的专政机关关押、判刑和杀害的。由于不向反动淫威屈服，张志新被关在站不直、睡不平的小牢笼里。就在这样的情况下，她自己作词、作曲并高歌《谁之罪》："今天来问罪，谁是领罪人？！今天来问罪，我是无罪人……"被激怒了的"四人帮"和他们在辽宁的爪牙，在杀害张志新之前，还害怕她赴刑场时要呼唤，要揭露事情的真相，特地抢先残忍地割断了她的喉管。上海电视台的艺术家们还多侧面地表现了张志新作为女儿、作为妻子、作为母亲的真诚、善良、美好的人性，感人至深。

1980 年，在中央广播事业局关于"大办电视剧"的号召下生产出来的一批电视剧，大多数都注重于描写人物，从各个侧面表现新时期人们的精神面貌，给人以希望和鼓舞。1980 年的电视剧获奖作品里，中央电视台的《乔厂长上任记》由李宏林根据蒋子龙的同名小说改编，王岗、赖淑君导演。剧中的主人公乔厂长，是一个饱经历史忧患，决心治愈"文革"创伤、建设好一个新型的大中型企业的改革者的艺术形象。著名表演艺术家李默然扮演这个人物，把他饰演得血肉丰满，十分感人，成了当时荧屏上令人难忘的艺术形象之一。

1981 年，第一部国产电视连续剧《敌营十八年》在中央电视台播出，从此以连续剧为本体优势的电视艺术形式开始确立。尽管这是一部失败多于成功的电视剧，但是它和《一口菜饼子》开创了电视直播短剧一样，被确认为电视连续剧的开端。

1982 年，获本年度第三届"飞天奖"的作品有：连续剧一等奖：中央电视台 4 集的《蹉跎岁月》，山东电视台 8 集的《武松》；连续剧特别奖：浙江电视台的

《鲁迅》和上海电视台的《上海屋檐下》。

1983年度,在第四届"飞天奖"评选中,连续剧一等奖由山东电视台的《高山下的花环》获得,单本剧一等奖有浙江电视台的《女记者的画外音》和广东电视台的《燃烧的心》(上、下集),这一年的优秀电视剧沿着已经开通的塑造人物形象的艺术道路继续前进,又有新的收获。

从1984年开始,电视剧艺术进入大发展时期并日臻成熟。比如,1984年度的连续剧《今夜有暴风雪》;1985年度的28集电视连续剧《四世同堂》,12集连续剧《寻找回来的世界》;12集连续剧《新星》;1986年度的36集的《红楼梦》,7集的《雪野》,其人物塑造之成功自不待说。这一年的作品还有一部11集的《凯旋在子夜》值得一提。这部戏把北京知青的生活和云南前线自卫反击战的血与火的考验写到了一起,把男女主人公童川和江曼的心灵世界和人格力量作了细腻、深刻的描绘和揭示,十分感人。

1987年度的获奖作品中,除25集的《西游记》和15集的《严凤英》外,8集的《葛掌柜》算得上引人注目了。这部戏相当真实而又十分独特地塑造了一个当代农民企业家葛寅虎的形象。1988年度的获奖作品中,除了28集的《末代皇帝》写溥仪,12集的《篱笆·女人和狗》写茂源老汉、枣花娘和他们的子女们,又给观众提供了一群农民的新形象,令人颇感新鲜。

到1989年,获奖的18集连续剧《上海的早晨》写解放前的工商界人士徐义德等人,12集连续剧《商界》写改革开放后的工商企业家张汉池、廖祖全,又是一类新的人物形象。8集的《铁人》写石油工人王进喜,也都颇具新意。

进入90年代之后,佳作纷呈,电视剧艺术的人物轮廓就更为丰富多彩了。比如,1990年度的50集的《渴望》,10集的《围城》,12集的《宋庆龄和她的姐妹们》,12集的《辘轳·女人和井》,以及14集的《杨乃武与小白菜》;1991年度的10集的《外来妹》,25集的《编辑部的故事》,12集的《北洋水师》,7集的《纪委书记》;1992年度的40集的《唐明皇》等等,真是令人目不暇接。这些作品之所以得到电视剧观众的认可,都是因为剧中的人物牵动着观众的喜怒哀乐,从认识和审美两个方面和观众的爱憎有了契合……随着经济的发展,人民群众在物质生活极大丰富的前提下,对精神生活的需求也日渐提高,电视在老百姓的日常生活中所占的比重越来越大,电视剧成为平民百姓不可或缺的精神食粮。

有了明确的定位和选材作为基础,随着科技的发展,在制作上,也达到了艺术和技术的基本标准。比如1990年根据钱钟书先生同名小说改编的电视剧《围城》,应该称得上是我国电视剧的佳作。这部电视剧在尊重原著的基础上,关注社会,关注生活,作品的制作十分精致,阵容强大,从内容题材到制作表演各个环节配合得恰到好处,这部电视剧代表和体现了那个时期电视剧的精品意识。之后的发展,电视剧更是精益求精,可以说已进入了空前的繁荣时期,并且有着强劲的发展势头。

中国电视剧从最早的《一口菜饼子》发展至今,成长的道路上布满了荆棘和坎坷。随着时间的推移、技术的成熟,电视剧跨入了新世纪,透过曲折和坎坷,我们今天的电视剧已经变得成熟、稳健了,它以其他艺术形式所不具备的狂飙式的冲击力,冲击了电影、戏剧的传统领地,吸引了大批的艺术家,使中国不仅是当今世界上头号电视剧生产大国,还是头号电视剧播出与观众文化消费大国。一部在中央电视台黄金时间播出的优秀电视剧,观众一般可达上亿人。因此,在实现中华民族的伟大复兴中,在满足人民群众日益增长的精神文化需求中,电视剧艺术都起着别的文艺形式所难以替代的重要作用。这在全世界都是绝无仅有的。但是,随着商业文化对我国电视剧产业的冲击和当今国际形势的发展变化,中国电视剧的发展在呈现空前繁荣的景象背后正面临着严峻的挑战。

四、中国电视剧的类型探索

中国电视剧样式多种多样,从形式体制上可以分成电视单本剧、电视连续剧、电视系列剧,等等。从题材内容上电视剧可以分成历史剧、武侠剧、革命史剧、农村剧、校园剧、都市情感剧,等等。这里举几种当下常见的样式,说明一下电视剧的"类型"探索。

(一)青春偶像剧

受日韩影响,中国青春偶像剧的主要特征比较明显。第一,青春偶像剧最重要的是要在剧中塑造出几个堪称偶像的主要人物,这些人物应该具有较强的人格魅力,他们具有现实的真实感,同时又要按照观众所希望的那样进行美化。青春偶像剧中的男女主角往往都是由在观众尤其青年观众中很有号召力的明星来扮演。女要靓,男要酷。女主角是温柔可人型,笑起来甜甜的,永远乖乖的,这样的女孩最能引起小伙子的保护欲。男主角要英俊潇洒,职业、学历、气质、修养也很重要,多为艺术家、教师、医生、白领上班族、高级企业管理者。第二,理想色彩较浓,与现实距离较大。充满想象、梦幻。第三,镜头漂亮。将每一个镜头定格,都可以制作成一帧照片,唯美精致。恰当的用光,营造纯美温馨的氛围,使人自然而然感到舒适与轻松,配上低回婉转的音乐,镜头像流水般流过。用场面调度和光影等因素调动观众情绪。第四,情节巧合。人们常说:无巧不成书。青春偶像剧注重情节巧合。第五,音乐比较煽情。为电视剧专门制作的音乐,旋律优雅,韵味浓郁。

青春偶像剧受众主要是青年人，青年人认为需要用偶像来点缀平淡无奇的精神生活，滋润日渐疲惫的身心。赵宝刚导演的《别了，温哥华》《奋斗》《我的青春谁做主》等，可以说是中国青春偶像剧的上乘之作，中老年观众也能接受，甚至为之叫好。

（二）情景喜剧

情景喜剧与其他类型的喜剧或正剧有明显的区别。情景喜剧独特的思维方式及表演的夸张程度与其他喜剧是不一样的。臧里在《编好情景喜剧这个筐》中说："好比进一间屋子，正剧是推门进去，喜剧是撞开门进去，情景喜剧就是从窗子跳进去。……情景喜剧比较难写，这是外人所不了解的。情景喜剧的剧作有自己的特点，首先是设计好人物关系及人物性格，这是一部戏成立及发展的根本，这样才能有源源不断的故事出来，情节才能长久发展下去，不至于拍一段时期就拍不下去。有人说：'情景喜剧是个筐，什么都可以往里装。'这没错，但重要的是先把筐编好，人物设计要推向极致，人物之间的色彩要拉开，人物关系要复杂，这样才能拍出更多的集数，不至于拍死。"这话说得很有道理。

第一，情景喜剧奉行快乐原则，发展搞笑艺术，有笑声，还有笑声里面的思考。英达说："情景喜剧最重要的是必须得逗，我们平均三句话就要有一个小包袱，五句话一个大包袱……喜剧性是不言而喻的东西……"他们对情景喜剧娱乐性的强调无疑是值得重视的。

第二，情景喜剧大都表现观众容易产生共鸣的人物，言百姓所言，说百姓之事，反映百姓的心理，贴近生活，贴近百姓，平民色彩比较明显。姜昆在《"情景喜剧"关键还是剧本》中说："我觉得情景喜剧的特点，应该说首先是在人物上，那么这些人物呢，又都是人们非常关心的。那么第二个呢，就要展现在它的语言上了，它一定要有特色，它没有特色的话，那老百姓看了就不亲切。它一定要让观众觉得就像自己身边的人一样，所讲的，都是那些自己身边那些人的话。碰见的呢，也都是自己身边那些人的事。"情景喜剧大都以家庭、朋友和同事为背景，家庭内部各个成员之间或朋友、同事之间有着小小的矛盾冲突，经过大事化小、小事化了，最后走向理解、和睦、幸福、稳定。观众在欣赏这些小人物的同时，也会自然而然地审视自己。

第三，情景喜剧语言机智、幽默，具有表现性格、渲染气氛、启迪思考的重要作用。剧中常用妙言、警句、嘲讽语、俏皮话，一些陈述性的叙述和对白，因其与环境、动作、常理、常识相违背而产生出滑稽或风趣。这些话中，一些是谎言、荒诞话，一些是模仿语，采用装腔作势或一语双关的方式，因而能产生充满意趣的效果。例如《我爱我家》，宋丹丹、杨立新、文兴宇、梁天、赵明明、沈畅、关凌所扮演的角色,妙语连珠,有时调侃,有时讽刺,令人捧腹,有时又是满嘴的实话,发人深省,让观众在笑声中有所领悟。

第四,情景喜剧动作引人发笑。他们的动作往往或带有夸张,或带有模仿,或带有滑稽。情景喜剧的表演性和假定性是很突出的,在演出的同时伴随有现场观众的笑声。这些现场观众在情景喜剧中的作用其实是很微妙的,他们既是观看者,也是参与者。他们的反应会影响演员的表演;对电视机前的观众也会有一定的示范作用。

第五,情景喜剧与一般喜剧之间的差别,不仅在于情景喜剧中多了一些来自现场观众的笑声,在人物设置、情节、拍摄方式等方面,情景喜剧也与一般喜剧有很大的区别。情景喜剧一般都是系列短剧,几个主要人物是固定的,每集中可能会出现一两个或两三个新人物,引出新的话题或新的故事。情景喜剧大多是室内剧,主要场景固定,场景转换较少,拍摄时要组织现场观众。

第六,情景喜剧叙事方式应该多种多样。不同的故事、不同的人物、不同的情节和细节,应该采用不同的讲述方式,采用不同的调度手段。不能每部都是平铺直叙,不能每集都是老套路。可以采用顺序的方式,也可以采用倒叙的方式;可以一条线索贯穿始终,也可以两条线索同时进行。

(三)破案剧

破案剧主要表现警察、侦探和律师工作,这类题材非常符合电视剧的叙事方式和叙事结构,这也是破案剧大受欢迎的原因所在。如《便衣警察》、《永不瞑目》、《西部刑警》、《黑洞》、《黑冰》、《大雪无痕》、《当关》、《红色康乃馨》、《包青天》、《大宋提刑官》、《神探狄仁杰》、《湄公河大案》等,都取得了较大成功,显示了破案剧所具有的强大的市场前景。破案剧的主要分支有警匪、打黑、推理、反间谍以及大案纪实等,分述如下。

警匪剧在中国香港和美国最为流行,如香港的《壹号法庭》、美国的《神探亨特》。中国大陆拍得较为成功的警匪剧有《便衣警察》、《9·18大案》、《西部警察》、《营盘镇警事》等,主要表现警察与匪徒之间斗智斗勇的事迹。

美国的警匪剧注意突出个人魅力,主人公有勇有谋,有幽默感,富于男性魅力,很会讨女人喜欢,性格则是桀骜不驯,经常与上司发生冲突,一般说来他们都是典型的个人主义者,却总能完成任务,剧中也会有许多激烈的打斗场面,但更突出主人公在破案过程中的勇敢和智慧。

中国香港地区的警匪剧大多表现警察与黑社会集团之间的斗争,其中的正面主人公往往与黑社会人物有着这样或那样的关系,使他们在与黑社会的较量中受到感情的困扰,在法律和感情中面临选择。

中国内地的警匪剧更强调集体的作用,注重塑造警察的群体形象。在电视剧里，主人公总是克己奉公、忠于职守，在个人利益与国家利益发生冲突时，他们总是牺牲个人利益，那些在事业上成功的警察往往在个人感情上是失败者，矛盾冲突也由此而来，主人公经常扮演悲剧的角色，编导们总是试图通过这样的悲剧感来使主人公的形象变得崇高起来。近年来，大陆警匪剧发展的新动向是把警匪剧与反腐败的内容结合起来，如《大雪无痕》《黑洞》《绝不放过你》等，这无疑给其增添了新的戏剧因素。

推理剧一般围绕某个离奇的案件来展开，扑朔迷离，悬念迭出，令人提心吊胆。推理剧的关键是悬念的设置，悬念设置得越巧妙离奇，对观众就越有吸引力。另外，还要有一个高智商而且善于推理破案的主人公，他们可以是公安局的侦察员，也可以是私家侦探，剧情的发展既要出人意料，又要符合逻辑。

反间谍剧在国外很流行，在中国也很有市场，《潜伏》《生死谍恋》掀起的收视狂潮便是证明。此类电视剧一般也是围绕着某个重大的间谍案来展开故事情节的，在人物设置和剧情组织方面与一般警匪剧相类似，但更注意悬念的设置，因为间谍本身应该就是富有悬念的，情节也应该惊险而离奇，这方面又与推理剧相类似。

（四）电视电影

到 2015 年，中国电视电影已经有 16 年历史了，发展逐步加快，取得了可喜的成果，仅央视电影频道播出的电视电影已经过千部，难能可贵。但跟发达国家比较，我们的电视电影还是处于初级阶段。与外国电视电影相比，中国电视电影在技术水平、人文内涵、制作方式等方面都存在一定的差距。外国电视电影如《清秀佳人》《十诫》人文内涵比较深刻，摄影、音乐、色彩、编辑等都比较成熟，让观众感到赏心悦目，有一种身临小电影院的感觉。外国电视电影既给我们提供了榜样，又提出了挑战，我们应该有强烈的危机感，树立精品意识，以优秀的电视电影赢得收视率。电视电影在我国还是一种崭新的艺术样式，很多观众都会有新鲜感。

电视电影不在电影院放映，专门在电视上放映，这是与影院电影的一个重要差别。电视电影吸取了影院电影和电视剧的优点，在结构、画（篇）幅等方面比较灵活，可长可短，多种多样。有些电视电影篇幅与电影是相近的，即在两个小时左右，例如《劲舞苍穹》《古玩》《上车，走吧》《有你冬天不冷》《礼尚往来》《小巷深处的阳光》《窑沟绝唱》《爱的明白》等。有些电视电影采用连续或者系列的形式，即采用几集的形式。不过每集长度与电视剧不同，电视剧每集四五十分钟，而电视电影每集一个半小时至两个小时。电视电影具有快捷性与精致性兼顾的特点。电影要在两个小时的时间内尽量表现丰富而深刻的内涵，因此在叙事方式和拍摄手法等方面比较精致，制作的时间比较长，在快捷性方面显得比较差。电视剧制作的时间比较短,能够及时地反映时代潮流,在快捷性方面比电影强,但在叙事方式和拍摄手法等方面显得比较粗糙,各集艺术水平常常不均衡。电视电影可以兼顾快捷性和精致性,投资比较小,制作周期比较短。例如《第三条线》、《大沙暴》等。

《大沙暴》在素材、原型的基础上进行虚构、提炼,追求空中惊险片的样式,成功地运用了传统特技和电脑三维动画。用真直升机为原型机,把三维数字电脑动画特技、传统特技及真人特技表演紧密地结合在一起,形成直升机穿越沙暴、与沙暴搏斗的影像奇观,给观众带来了比较强烈的震撼和感官刺激。可以说《大沙暴》既快捷又精致。

中国人口众多,世界各地的华人也很多,中国电视电影的受众面会越来越广。如果我们在电视电影中注重中国人的文化背景,考虑华人的根基所在,既吸取传统文化的精华,又借鉴外国电视电影的长处,真正做到世界性与民族性的兼顾,就一定会吸引许多观众。我国的电视电影不仅在国内拥有很好的市场,而且可以在全球产生越来越大的影响。

五、中国电视剧创作中存在的问题和制约因素

近些年我国电视剧市场的规模不断发展扩大。以电视剧总产量来看,近年来电视剧市场一直处于整体供大于求的局面。每年约有 20% 的电视剧在摄制完成后就因质量、题材等原因无电视台采购而被市场淘汰,另有约 30% 的电视剧只能在收视率较低的播出时段播出且销售价格很低。但同时,精品电视剧的供给却一直不能满足市场需求,电视台宁愿重播过往的精品电视剧也不愿采购低质量新剧,这直接导致一些精品电视剧的重播率较高。何以至此?

(一)国产剧题材扎堆,追风模仿严重

类型化特征明显并不是电视剧产业的问题,但同类题材过度泛滥,更有甚者,同材、不同质,跟风之作一波未平一波又起。从《潜伏》红透内地以来,谍战剧的热浪便开始波涛汹涌般袭来,从《最后的 99 天》《冷箭》,到后来的《利剑》,打开电视,满目皆是"谍影重重",让观众别无选择。量大无精华,一时间,各大制片方对谍战剧趋之若鹜,《潜伏》效颦之作屡现。据统计,2012—2014年,省级上星卫视题材播出量前 3 名依序分别是:都市生活、近代传奇、谍战,谍战剧以累计播出总量 80 部夺得探花。此外,2012—2014 年度,卫视电视剧播出各类题材各类型剧占比对比分析,谍战剧分年总计在省级上星卫视播出部数也均位列前三,其中 2013 年播出总量名列第一,属当之无愧的热播题材。然而反差明显的是,2014 年谍战剧市场收视率下降。业内认为,这反应出中

国谍战剧制作水准整体还未被收视人群认可,少了有广度、有厚度的谍战精良之作。眼下,观众对投资近亿的《锋刃》寄予厚望,不知结果会怎样?

事实上,电视剧的同质化不因谍战剧而始,也不是就此而止。前些年清宫戏也曾泛滥成灾,《康熙王朝》、《雍正王朝》、《康熙大帝》接踵而至,《铁尺铜牙纪晓岚》、《康熙微服私访》荧屏斗法,《还珠格格》、《如玉格格》、《最后的格格》没完没了。时下家庭伦理剧的《大哥》、《大姐》、《小姨多鹤》家庭聚会,现实题材电视剧《蜗居》风潮刚过,《房子》马上上马,以及从 2010 年开始的翻拍剧成风。类型剧扎堆,更让观众感叹无奈。

时代呼唤具有美好精神和高尚情操的电视剧精品,电视剧创作中应该承载健康的人文追求。比如《亮剑》、《潜伏》充满爱国主义精神、民族智慧与情感,《奋斗》、《士兵突击》都带有强烈的时代感,包含对生活的热情和积极向上的态度,这些对构建和谐社会文化都是有促进意义的。但是当前电视剧创作中对正确价值观、人生观、世界观张扬得还不够,特别是部分电视剧中的表象沉迷和价值遮蔽现象表现为最为突出的问题,在这些作品中呈现给观众的是人类对物质的沉醉和对表象的迷恋,将正确的现实意义抛掷脑后,以娱乐性为核心内涵,将观赏性、刺激性放到与思想性、艺术性分庭抗礼的地位,理所应当地进行纯粹快感式的创作,满足观众的好奇心理,让电视荧屏之上,充斥的"现实"就是金钱、物欲、情欲、权欲,腐败堕落的价值观在电视剧中大张旗鼓地全面渗透。一些作品缺乏平民意识、贵族化倾向严重;一些作品宣扬奢华生活和不劳而获的生活态度;一些作品脱离现实,脱离健康向上的人生观;还有一些作品宣扬不健康的婚恋观,这些问题集中显现在部分家庭伦理题材电视剧、爱情剧和公安反腐剧中。

(二)韩剧在逐步挤占国产剧的生存空间

有人说过这样一种观点:"韩剧"之所以在中国经久不衰,无论是哪个年龄段的人都喜欢看的原因就是因为,它为人们编织了一个个美丽的梦。不同群体阶层的人都需要与自身心理相吻合的感应,这种感应就是"梦"。它在告诉人们,人的心灵有美好本真的一面,而现实的生存空间里,往往是不尽如人意的,想在剧中找寻一种依托和慰藉,它恰恰满足了人们的心理需求和对美好纯真感情的向往。韩剧对中国电视剧市场的"冲击",是从中国改革开放的 20 世纪 90 年代开始的,其时人们的思绪、情绪空前活跃,且有些无序,犹如大片干涸的土地苦盼甘霖。此等情况之下,《蓝色生死恋》《爱上女主播》《情定大饭店》《人鱼公主》等这些以爱情、伦理、婚姻为主题的家庭伦理生活剧,很轻易地抓住了国人。韩剧之所以在国内能有广泛的影响和市场,首先是韩剧的文化内涵与中国传统文化有着深厚的渊源,能得到国民的普遍认同。今天的韩剧,在各个方面符合了时代的需要或者说是引导时尚潮流的需要。其次,韩剧更贴近生活,现实题材的作品多。相比较而言,我国电视剧无论内容还是题材,佳作寥寥,韩剧恰恰在这方面填补了国内市场的空白。再次,韩剧满足了人对理想生活中美的追求。韩剧中表现亲情、友情、爱情的主题和执著、坚忍、充满朝气的民族个性符合了大多数普通观众的现实审美要求,与中国人历尽磨难而矢志不渝的民族性格也不谋而合。除此之外,韩剧的热播引领了"韩流"的涌动,"哈韩族"已成为中国流行时尚的表征之一。在"看韩剧,学穿衣"的带动下,韩剧在中国获得了越来越大的情感认同。这对于国产剧将是多么巨大的压力!

（三）质量不过关、市场不规范现象堪忧

我国的电视剧虽然处在相对较为稳定的发展成熟期,但是,国产剧的总体质量和电视剧市场环境却不容乐观。许多电视剧的质量不尽如人意。观众看到的是大量质量低劣的电视剧,长此以往,电视剧市场将引导人们走向错误的方向。据上海电视剧、央视—索福瑞媒介研究公司合作完成的《中国电视剧市场报告（2003—2004）》中指出:目前中国每年电视剧的产量在 4 万集左右,但其中只有 7000 集最终能在各地电视台播出。在能够播出的电视剧中,能称为精品的却是少之又少,有些地区对电视剧市场的垄断现象严重,这样,国内电视剧的生存环境得不到彻底的改善,精品剧在这样恶性循环的状态下变得少之又少。中国电视剧市场需要正常的发育和良性的发展。中国电视剧要想在国际上占有一席之地,最首要的就是让一些有代表性的类型剧得到健康稳定的发展。

六、中国电视剧的未来趋向

（一）定位明确是根基

创作电视剧前首先要有一个准确的定位,在审视选材的时候,要关注题材中深层内涵。有了明确的定位和选材后,要在制作上随着时代和科技的发展逐步提高,与时俱进。近年来,军事题材电视剧热播荧屏,以《亮剑》《士兵突击》为代表的一批军事题材电视剧受到了观众的广泛好评。不久前在几个电视台热播的《我的团长我的团》更是引发人们对于军事题材电视剧的热议。军事题材的电视连续剧给观众带来的不仅仅是惊喜,而且是更强烈的当代气息。除军事题材外,大量的现实主义作品将电视剧的与时俱进特征也表现得淋漓尽致。再看近几年涌现的《打狗棍》,该剧题材独特,令观众耳目一新。以抗日战争为背景,以热河人民奋力抗日为主线、热河两大家族情仇为辅线,讲述了老一辈抗日英雄的传奇人生以及谱写热河儿女不畏牺牲团结抗战的动人故事。情节跌宕起伏、一波三折、极富悬念,人物形象丰满。既有扣人心弦的家族恩怨,也有令人扼腕叹息的儿女情长,还有畅快淋漓的革命斗争史,剧中以一个独特的视角上演了热河人民近半个世纪的创业史、抗争史和觉醒史,给观众带来了一种全新的视觉冲击,使该剧区别于一般抗战题材、年代传奇题材的电视剧,从而更富有吸引力及传奇色彩。再加上该剧演员精湛的演技,塑造出了一个个深入人心的荧幕形象,为该剧的成功锦上添花。

(二)将"亲民性"和"娱乐性"融于一体

中国电视剧首先要赢得中国广大观众的喜爱,具有中国特色。20世纪90年代,电视剧《渴望》是中国电视剧起步的标志性作品,也是一部讴歌真善美的好作品,因为它从家庭伦理层面,以贴近市民生活的视角,编织了一个曲折感人的人生故事,表达了新时期人们对人间真情的渴望和呼唤。《孝子》同样是亲民电视剧的典型。《孝子》围绕一个普通家庭,选取日常生活、社会伦理等问题展开叙述,在这种平实无华的细节描写中饱含着浓浓的亲情。观众需要沉淀自己的情感,细细地品味故事中的每一个细节。前几年播出的《贫嘴张大民的幸福生活》,平民化近乎纪实的地步,我们看到了这种艺术最真实和最本质的东西,观众喜欢这种平实的东西,各个电视台连续放映。从张大民艰难的家庭生活的各个侧面,观众看到的是充满了乐观、对困难不低头的张大民,看到的是贫嘴里吐不完的幽默、道不完的风趣的张大民。这样一个似乎没什么"出息"的小人物,尽管微不足道,但却有着中国普通老百姓最可珍惜的文化精神。

电视本来是平视生活的传媒,它的娱乐性是显而易见的,但是对娱乐性要有正确的认识。美国著名美学家苏珊·朗格曾这样说:"娱乐与消遣不同,娱乐不是毫无意义的。消遣是一种暂时的刺激,是通常笑声中生命情感的升华。但是,娱乐乃是一切没有直接、实际目的的活动,是人们为了兴趣而参与的活动……娱乐本身并不属于价值的范畴。它既包括了消遣又包括了迫切的精神需求的满足,然而,无论重要与否,它都是心灵的产物。"这里将娱乐性上升了一个高度。娱乐是人类生命本身的需要,是人生历程中不可或缺的东西,所以说电视剧就是艺术家们创作出来为了满足观众娱乐需要的文化产品。电视实在是包罗万象,几乎包含了我们能说出来的所有特性。但"亲民性"和"娱乐性"确是电视剧永恒不变的主题。

(三)审视东西方文化,确立"全球意识"

电视剧创作要体现民族文化与精神,创造出更加鲜明的有中国气派的作品。在中华民族悠久的历史发展中,形成了一系列具有深厚文化色彩的元素,如我们的象形文字和字体;又如一些图形,如龙凤麒麟、扇面刀剑等;还比如一些音调旋律,像宫、商、角、羽。我们应该从视觉艺术的总体着眼,展现能够体现我们中华民族文化的电视剧艺术。在今天经济全球化浪潮中，在多种文化思潮相互激荡的情况下，我们要大力弘扬这一伟大的民族精神。

进入新世纪以来，有很多优秀的作品问世，受到观众的一致好评。比如2001年导演康洪雷携手孙海英、吕丽萍、黄海波等演员拍摄根据石钟山小说《激情燃烧的岁月》改编的同名电视剧《激情燃烧的岁月》，讲述了在激情的年代里，大把的青春为它燃烧，火焰照亮了生活，那是一代人用情和爱谱写的一曲生命乐章。为什么引起那么强烈的反响？就是因为其中凸显了我们作为中国人的刚直果敢、坚定顽强、奋发有为的精神力量。中国加入世界贸易组织已经多年了，经济、文化在入世，电视剧也该入世了。中国电视人在看到国外同行怎样在我们自己的电视台电视剧栏目中分我们的一杯羹吃的同时，也该看看国际电视剧市场上我们的产品占据着多少市场销售份额。中国电视剧的创作要具有全球意识。

所谓全球意识，首先也可以解释为人文意识。这种精神与思想的精髓，是以人为本，倡导电视应解放人的心灵，树立自我。其次，所谓"全球意识"，还体现在艺术创作上。当前，美日韩剧横行，最主要的原因就是这些电视剧在情节设计、艺术效果方面得到了大部分观众的认可，我国电视剧的制作拍摄，有必要借鉴这些国家电视剧的成功经验，同时突出自己的特色，才能在激烈的市场竞争中取得优势。

艺术创作要具有科学、严谨、求实的精神。体现在创作者必须要拥有开阔的中西方的知识结构，能够熟练自如地穿梭于中文和外文至少两种语言之间，并在文化比较的研究中得出自己的创见，扬长避短，将现代社会和现实生活衔接起来，找到东西方文化艺术上的契合点；同时，创作者必须具有以人类精神的高度为尺度、创作出既能跨越东西文化界线、也能折服东西两半球观众的电视剧佳品。

第三节　影视文学创作必须借助"影视思维"

从事影视文学创作，应充分考虑到影视剧本的文学性与影视性相互交织的双重特征。也就是说，在剧本创作过程中，应有既不同于传统文学创作、又区别于戏剧剧本创作的"影视思维"，要有"为银（屏）幕写作"的自觉意识。

一、影视文学的跳跃性特征

对于一个习惯了传统文学表现方式的读者来说，翻开一部影视剧本，首先引起他注意的，就是影视文学所特有的写作模式——画面与画面之间、人物与人物之间、故事与故事之间的各种形式的跳跃和切换。

影视文学与传统文学在写作上的不同，主要在于它是依照影视艺术的特殊思维规律亦即蒙太奇思维来组织叙事的。作为影视艺术思维，蒙太奇实际上贯穿于影视艺术创作的全过程，它既体现在影视镜头的组接中，也体现在影视剧本的写作中。这就从根本上决定了影视文学的跳跃性特征。

世界影视史上较早展示蒙太奇的叙事表意功能的例子是著名的"库里肖夫效应"。作为卓越的电影教育家和苏联蒙太奇学派的创始人之一，库里肖夫擅长利用具体的试验论证电影艺术的表现潜力。他从某一部影片中选取了苏联著名男演员莫兹尤辛的一个没有任何表情的特写镜头，并将这个镜头分别与一盆菜汤、一口棺材、一个女孩的镜头并列组合在一起，然后将影片放给不知内情的观众看，大家看后纷纷夸赞这位男演员"表演杰出"，说他一会儿在一盆菜汤前表现出饥饿难熬的样子，一会儿在棺材面前表现出沉痛万分状，一会儿又在小女孩面前表现出慈父般的情感。实际上，这个演员没有进行任何"表演"。根据这一试验，库里肖夫得出结论，造成观众情绪反应的，并不是单个镜头的内容，而是几个画面之间的组合和排列，影片结构的基础即来自镜头的组合和排列，这就是著名的"库里肖夫效应"。

中国古典诗词中向来不乏通过意象之间的并列和大幅度跳跃来表意抒情的佳作。如温庭筠的名句"鸡声茅店月，人迹板桥霜"，即把"鸡声"、"茅店"、"人迹"、"板桥"、"月"、"霜"等意象直接组合，从而成功地表现了"道路辛苦，羁旅愁思"的言外之意。类似的例子还有元代马致远的《天净沙·秋思》：

> 枯藤老树昏鸦，
> 小桥流水人家。
> 古道西风瘦马，
> 夕阳西下，
> 断肠人在天涯。

这首小令一直以来都被当做意象跳跃的典范之作。其中的每一个名词都是一个孤立的意象，合在一起共同表达了天涯孤客在夜幕降临、倦鸟知还时的落魄心情。尤其是中间的"小桥"、"流水"、"人家"三个意象如若不与前后的"枯藤"、"老树"、"昏鸦"、"古道"、"西风"、"瘦马"相组接，表达的会是一种恬静、美好的田园乡趣，但由于有了前后六个意象的并列映衬，呈现的就是另外一种羁旅愁情了。

虽然我们不能把上面的意象组合简单地称为"蒙太奇"，但其艺术思维的原理则是一致的。如果我们把作为电影艺术基本表现手法的蒙太奇称之为狭义蒙太奇的话，那么作为一种文学创作尤其是诗歌创作艺术特征的意象组接方式则可以称之为广义蒙太奇。

如果说影视剧是以一幅幅相对独立的画面作为表意和叙述的材料的话，那么蒙太奇则是组织运用这些材料的方法。作为一种阅读文本，影视文学的跳跃性特征加快了叙事节奏，有效地避免了情节的拖沓和静止的景物、心理描写，从而使习惯于传统文学阅读的读者能够获得一种新的阅读感受。而且，由于跳跃性的存在，读者需要把许多个别的镜头组合在一起，这就迫使他们必须充分发挥自己的想象力，才能赋予那些断续的画面以逻辑性和连贯性。在这样一种阅读过程中，读者的参与意识和创造意识被全方位地调动起来，以往的视觉记忆、听觉记忆、触觉记忆等都必须以一种新的模式进行整合而形成内心视象。在此意义上说，跳跃性不仅是影视文学的重要特征，同时也是影视文学独特艺术魅力得以产生的主要原因之一。

综上所述，蒙太奇是影视艺术的基本结构手法，跳跃性是影视文本的必然特征。换言之，只有具有跳跃性特征的影视文本，才能符合影视剧艺术的蒙太奇结构需要。影视艺术的蒙太奇结构和影视文学的跳跃性特征是彼此依存、不可分割的关系。

影视文学的跳跃性特征除了与影视艺术的蒙太奇结构相适应的表现形式外，还可以有别的表现形式。譬如影视剧作者为了创新求变、采用新的叙事手法而造成的故事情节的跳跃性。张艺谋在 2013 年拍摄的电影《归来》即为一例。《归来》剧本取材自严歌苓小说《陆犯焉识》，由编剧邹静之操刀改编，并由陈道明和巩俐出演男女主角。

严歌苓的小说作品多以女性题材为主，而《陆犯焉识》作为其颠覆性的转型之作，以一位饱经岁月洗礼的大户人家公子为主人翁，讲述了其在文革前后几十年间的多舛命运。原著充满了济世情怀，严歌苓有感于自身家族史以及祖父的人生际遇，添加了自身对于精神世界的探索，把知识分子陆焉识的命运放在中国现当代的政治背景之下，来审视岁月的残酷与生命可企及的高度。

电影舍弃了原著大部分的情节，仅截取其中陆焉识潜回家乡的故事加以发挥。主要情节是陆焉识真正"归来"后的一切，来自于小说那一节的最后一句。

电影编导采取如此的策略，可能有其外部运作更为顺畅免得节外生枝的考虑。但就原著文本而言，它对陆焉识的大半生用的都是叙述人主观的叙述，且时序颠倒或交错，情节繁复，电影难以按照其脉络作较忠实的改编。电影如果不采取画外音的手法，很难保持原著的风格；如果用全知视点的客观叙述，似乎又缺少了什么,需要补充更多具象的情节和细节。编导可能出于外部和内部的双重考虑,才决定把小说中长达半个多世纪的时间跨度缩短到最后的十多年,把横跨上海、华盛顿、青海三地的地域空间压缩并易为以北方某个城市为主,这样电影的时空就大大浓缩了。

这部片长为 111 分钟的电影,其主要内容就是点题的"归来"和由此生发的剧情。大量删除原著情节,使电影具备了简而又简的极简主义风格。在这种极简主义中,有限的情节高度集中,在高密度的凝炼中,"归来"的意象被反复渲染和叠加,甚至成为荣格所说的原型。第一次是在火车站天桥的两端隔空等待和寻找,夫妻俩在被跟踪包抄的险境中拼命呼喊奔跑期待相逢,却在接近的一刻被拘捕。第二次虽然恢复了自由,看似可以转悲为喜,一家团聚,无奈妻子的创伤性失忆,导致漫长的痛苦有增无减。电影为陆焉识接近冯婉瑜以唤起她的记忆设计了多种假扮的角色,如钢琴调音师、读信者等。《渔光曲》的琴声似乎唤起了她的碎片记忆,陆焉识未曾发出的信件也在朗读中触动了她的柔情。然而,种种努力仍归于零。以致当某个月"5 号"她又要去接站时,陪同她去的竟是举着"陆焉识"牌子的陆焉识本人。这最终的结尾,成为这部极简主义的电影最浓墨重彩且意味深长的影像。

《归来》既是一部极简主义风格的电影,又是一部具有浓郁悲剧意味的作品。它以颇为含蓄的手法揭示了一段令人难以忘怀的创伤性历史,任何一个经历过这段历史的人,都会以自己的记忆来补充它的含蓄和简约。当然,对于年轻的观众来说,也可能因其简略而带来接受方面的某些障碍,多数外国观众可能更是难以理解一个知识分子这样的经历和遭遇。

《归来》是典型的张艺谋作品,处处可见张艺谋的用心,但也有人认为,与他的早期作品相比,却欠缺了那种灼热燃烧的情感。开篇处火车站的一场戏虽然不缺乏紧张感,但却是可预测的,情节的设置非常机械化。从这个角度上来说,这一整段都是毫无意义的,张艺谋浪费了整整 20 分钟。冯婉瑜两次表现出的犹豫,向观众传达出了她与陆焉识之间对爱情的忠诚,但除此之外的情节却与此并无非常紧密的联系。这注定影片并非一个永恒的爱情故事。

此外,张艺谋和编剧邹静之在影片中对很多问题都没有给出解答,丹丹被描述成了一个狂热分子,至少在影片的最初阶段是如此设定的,她的芭蕾舞野心比她的家人更重要,但是却没有对她放弃芭蕾舞这样的决定做出解释,除了在面对她父母破碎的婚姻时的几滴眼泪,她并没有对自己的行为的后果做出更多的反思。《归来》陷入了传统浪漫悲剧的固定模式,影片既没有《大红灯笼高高挂》的视觉活力,也没有《三枪拍案惊奇》的古怪,而这种硬伤是巩俐与陈道明的演技也无法挽救的。

好在故事本身素质很好，爱与离别的情愫总是能打动人。电影在这里很好地发挥了视觉表现的特长，比如看到冯婉瑜在报纸上练字，却不知是为了什么，一个镜头转到她举着自制的大牌子，上写"陆焉识"三个大字，令人惊讶之余不由得心生感慨；再比如女儿丹丹用照片帮母亲回忆时，镜头在屋内外反复切换，引得观众与屋外偷听的陆焉识一样焦急难受。而压在玻璃板下的潦草字条、贴在大照片空缺处的小照片、陆焉识手上的伤疤，都只用极短的镜头，在观众心中掀起层层波澜。影片传递出的是双向的情感。陆焉识对妻子的感情，是哪怕你不认识我了，我依然爱你；冯婉瑜对丈夫的感情，令人感慨——"爱"究竟是什么，这种虚幻的感情算不算爱。影片将焦点集中在爱情之上，没有对历史背景进行过多着墨，但依然用细节告诉我们，经历磨难的不止这一家人。

还有叙事进程中由于场景切换造成的跳跃。与一般的文学叙事不同，由于影视文学主要借助画面语言和蒙太奇手法叙事表意，所以影视文学中对于环境的描述、场景的转换，均可以用标示性的文字一笔带过而无需进行详细的交代。这样，影视文本中就会出现具有间隔性的场景相互连接的情形，呈现出一种跳跃性。

二、影视文学的动作性特征

影视艺术创作中的一切活动，几乎都要围绕动作进行：剧本是动作的提供者；导演是动作的组织者、设计者；演员是动作的直接体现者和完成者；各种造型及音响成分是动作的辅助者，即辅助演员完成动作，以增强动作的表现效果。对于最终完成的影视作品而言，动作性既是推进剧情发展、塑造人物形象的不可或缺的主要手段，同时也是其吸引并打动观众的最重要的凝聚剂。任何一部影视作品，如果缺乏鲜明、强烈、积极的动作性，不管它的环境场面多么美丽旖旎，人物对话多么机智流畅，都会因为剧情的拖沓、缓慢和停滞而造成对观众的吸引力大打折扣。

（一）动作性是影视艺术的本质属性

动作性是影视艺术的本质属性之一，是影视艺术区别于绘画、雕塑、摄影等一切静态造型艺术的根本要素。

影视艺术作品对于生活的表现是通过再现动作来实现的。人类自古以来就希望能逼真地再现周围的事物，而当他能再现活动的时候，他这种古老的愿望就得到了满足。虽然美学家们常常称赞诗歌是"化静为动"、雕塑是"静中求动"的艺术，但其中的动作仍然是人们想象中的动作，只有影视出现以后，艺术家们才能真正反映出生活的动作性特点。

影视艺术的出现不仅使人们能够忠实地反映生活的动作性特点，而且也使人们将"动作"本身作为一种独立的审美对象在作品中进行表现。动作片的出现，便是影视艺术对于动作本身审美意义发掘的一个极致。尽管世界各国的观众存在种族、信仰、语言等种种差异，但他们都能从惊心动魄的动作片中体验到在其他艺术样式中所难以得到的强烈刺激和快感。这也从一个特殊的侧面说明，人们从影视剧的动作性中可以得到丰富的审美愉悦和娱乐快感。

（二）动作性是影视剧作揭示人物性格的有效手段

"动作"虽然在人们的日常生活中十分普遍，但在美学意义上具有"动作性"的"动作"指的是那些在艺术作品的特定情境中，具有明确的目的、意志和愿望，并且能够体现人物性格的"动作"。黑格尔在《美学》中曾经说过："能把一个人的性格、思想和目的最清楚地表现出来的是动作，人的最深刻方面只有通过动作才能见诸现实。"在此意义上说，对于任何文学样式，动作都是揭示人物思想、性格的最有力的手段。不过，由于影视是直接诉诸人的视觉的艺术样式，动作在影视作品中的地位要比在其他叙事性文学样式中更为关键和重要。

影视作品中的动作是表现人物性格的基本手段，所有人物动作都必须在银幕或荧屏上得到直观再现。这既是影视比小说优越的地方，也是影视比小说有限的地方。

就其优越性而言，小说中的人物描写不管多么惟妙惟肖，它给读者的感受也没有影视作品中那么具体、直接。比如，金庸的武侠小说对于主人公的武功描述不管多么精彩，读者都只能在想象中进行有限的体会，而在影视中这些武打动作都会通过演员表演逼真地呈现在银幕或荧屏上，从而令观众产生远比读小说真切得多的体验。

另一方面，小说中塑造人物形象的手段除了动作描写以外，还有抒情、议论等各种手法，而在影视作品中的动作表现则具有压倒一切的重要性。在揭示人物心理状态方面，小说可以非常方便地直接进入人物内心世界进行描绘，而影视文学则不能。影视文学揭示人物内心世界除了运用有限的画外音叙述及环境烘托外，只能借助动作描写。如电影文学剧本《林则徐》中是这样处理林则徐在得知豫坤、奕湘私自放走英国鸦片商头目颠地后的愤怒心情的：

> 林则徐端着一杯茶，在书桌边站着，桌上摆着那张草纸条儿——他严肃地两眼望着船外沉思，嘴里反复地念诵："……奕湘卖方，海关派船……奕湘卖方……"一股怒火冲上了心头，他把手里的茶杯向桌子上"哐啷"一摔：
>
> "这些绊脚石，全得拔掉它！"

茶杯摔碎了,老花猫吓跑了,拱枢(人名)惊叫起来:

"爹!"

家人们掀开门帘跑进来,也惊怔了。

这一切,使林则徐也感到自己太不自持了,他闭上了眼睛,镇静了一下。

这段文字中没有进行任何有关人物心理的静止描写,只是通过主人公和周围人物极富动作性的反应,有力地凸现了人物的愤怒心情。顺便说一句,通过摔东西表现人物的愤怒心情已经属于影视文学中几乎用滥了的手法,但这也从一个侧面证明了富于表现力的动作在影视文学中占有多么重要的地位。

与戏剧相比较,影视文学与戏剧剧本一样都借助对话和演员表演推进剧情发展,动作性对于戏剧艺术同样具有十分重要的意义。但戏剧的动作性是通过演员台词来表现的,而影视剧本的动作性虽然也要通过演员台词来体现,但更多的是一种直观的动作表演。也就是说,戏剧的动作性更多的是诉诸观众听觉、借助观众的体验和想象间接呈现的,而影视艺术的动作性是诉诸观众的视觉而直接得到呈现的,所以戏剧艺术强调演员台词一定要蕴涵动作性,影视艺术虽然也重视台词的动作性,但要求远没有那么严格。因为影视台词中的动作性不足是完全可以借助真正的演员动作来加以补充的。

另一方面,随着摄影、放映技术的发展和电影银幕、电视机荧屏面积的不断扩大,电影与电视在表现对象上较舞台有了更多的自由。只要导演认为需要,它可以把话剧无法正面表达的情节、动作全部正面表现出来而不受任何限制。比如,《万水千山》改编成电影时,飞夺泸定桥和强渡大渡河的大规模动作也都在银幕上得到了表现。同时,由于电影具有推拉镜头的功能,所以演员任何一个细小的动作表情都可以让坐在剧场任何一个角落的观众都看得到。因此,电影、电视中就可以比话剧省却许多对话,有时甚至干脆取消语言,以取得"此时无声胜有声"的效果。

(三)动作性是影视剧作构造冲突、推进剧情的根本动力

动作性不仅是影视作品表情达意、揭示人物性格特征和心理状态的有效手段,而且也是影视剧审美魅力的重要来源。当然,后者的动作性指的已经不是作为表现手段的一个个具体动作,而是作为构成影视剧情节的一组组连贯动作。

情节是按照因果逻辑组织起来的一系列动作。将一个个具体的动作按照先后顺序组合起来,就会发现,它们之间存在着有机的联系,一个动作引发另一个动作,前一个动作是后一个动作的原因和动力,后一个动作是前一个动

的延续和发展。艺术作品中情节的发生、发展和结局都要借助于动作性。由于动作性在影视作品中具有压倒一切的重要地位,因此所有的影视文学都十分注重对情节发展的设计。

设计故事情节和刻画人物形象是一切叙事性文学作品的核心要素,也是影视作品文学层面的核心与主体。在小说、戏剧等文学样式的初期形态中,情节曾经占有压倒一切的重要地位。在影视文学尤其是电视剧作者那里,编织好一个富于悬念、高潮迭起的故事情节是吸引观众的首要因素。《全民目击》影片采用多角度叙事结构,通过大众群体、律师余男、检察官郭富城、富豪孙红雷的四个视角去讲述同一件事情,不同的角度展现不同的细节与观点,制造层层悬念,最终还原出事情的真相。这种峰回路转的剧情和叙事方式让部分观众觉得过瘾,尤其孙红雷视角让人意外,随着视角的转变,故事呈现出来的细节增多,真相扑朔迷离。有观众为之叫好,称"在电影院,很久没有看过猜不到结局的国产片了"。认为影片的悬疑设置、气氛营造都很到位,尤其是孙红雷的视角所讲述的内容最让人意外。关于影片的开放式结尾,多数观众认为得当,但也有些观众有不同的看法,"结尾有点突兀,可以更好一点。"

著名的悬念推理片《尼罗河上的惨案》之所以成为世界电影史上的经典作品,并非因为它塑造了哪个丰富立体的人物形象,而是由于它具有精彩高妙的情节推理过程。《少年包青天》、《重案六组》等破案题材的电视剧之所以对观众具有强烈的吸引力,与编剧制造悬念的深厚功力同样不无关系。

黑格尔认为,情节应"表现为动作、反动作和矛盾的解决的一种本身完整的运动"。由此可见,情节不仅是按照因果逻辑组织起来的一系列动作,而且要求在动作完成过程中表现出人物之间的矛盾冲突。影视文学中人物的一举一动是否能够推动情节发展,关键要看这些动作是否反映了人与人之间的意志冲突。

影视作品中最为常见的结构是围绕"二元对立"原则展开情节,剧中人物基本分属于两大截然对立的阵营:忠—奸、善—恶、美—丑、正义—邪恶,主人公与反面人物之间经过各种各样的动作与反动作,最后或者以正面人物胜利的喜剧大团圆收尾,或者以反面人物阴谋得逞的悲剧结局告终。经典影片《七宗罪》是这类题材中极为少见的例外。该片描写年轻的探员米尔斯刚上任就碰到一件奇怪的连环杀人案,罪犯按《圣经》里的七种罪孽:饕、贪、懒、妒、怒、骄、欲依次杀人。罪犯手段残忍,行动隐蔽,就像黑暗中的上帝一样按部就班地实施着他的杀人计划,米尔斯则像无头的苍蝇一样被凶手牵着鼻子转。当列有七宗罪的名单上已经划去了五宗、只剩下"妒"和"怒"最后两宗等待着某两个不幸的人去对应的时候,凶手约翰主动出来向他们投降了。他说出了自己作案的动机：世界是污浊的，到处充满着罪恶，他要惩罚人类的罪恶。最后，约翰告诉米尔斯他已出于对米尔斯的"妒"而杀死了他的妻子翠茜，并安排人送来了她的脑袋。米尔斯气愤至极开枪打死了约翰，约翰对于"七宗罪"计划的最后一宗"怒"至此完成。等待米尔斯的将是法律的制裁。这部片子虽然充满了令人压抑的哲学宗教气氛，但遵循的仍然是"二元对立"的叙事模式，只是故事的结局略有不同罢了。

三、影视文学的可视性特征

苏联著名电影导演普多夫金曾经说过："编剧必须记住这一事实，即他所写的每一句话都要以某种可见的视觉造型的形式出现在银幕上，因此重要的不是所写的字句本身，而是他写的这些字句能在外形上表现出来，成为造型的对象。"[①]影视文学作者必须高度重视文本塑造形象的直观性和可视性。

每种艺术都有自己的特殊媒介和表现手段，如果说绘画艺术运用的是线条和色彩、音乐艺术运用的是节奏和旋律、舞蹈艺术运用的是身段和动作的话，那么影视艺术所倚重的媒介和手段则是画面影像。依靠蒙太奇结构串连起一幅幅相对独立的画面来表现生活，是影视艺术最重要、最本质的特征。依据画面影像表现内容的不同，我们可以大致将其划分为两类：景物画面和人物造型。

景物画面。"半亩方塘一鉴开，天光云影共徘徊。问渠哪得清如许？为有源头活水来。"虽然朱熹生活的宋代还没有现在的影视艺术，但他的这首名诗却可以看做是影视艺术魅力的一个很好的概括。鲜活生动的画面影像始终是影视艺术魅力的重要来源。除了极个别的例外，凡是能给人们带来视觉美感的影视片，一般也能带给人们心灵上的愉悦。更何况，情景交融、移情入景是艺术创作的永恒规律，许多影视剧的景物画面都有丰富的意蕴内涵，这是影片叙事进程中不可忽略的一个要素。优美的景色画面即便不与影视片的情节内容发生任何联系，也一样会带给观众快感，张艺谋电影《英雄》中的大漠风光、李安电影《卧虎藏龙》中的秀逸竹林、张纪中电视剧《笑傲江湖》中的华山雪景等画面，都带给观众非常强烈的视觉美感，在被誉为一流的武侠言情片的同时也赢得了"一流的风光片"的雅号。在这样的情况下，恐怕再没有哪个词能比"赏心悦目"更能形容人们在观赏这类影视作品时的审美感受了。

如果说仅仅停留在"景象"阶段的景物影像还只是单纯的审美对象，内涵不够丰富的话，影视剧中还大量存在着具有叙事、抒情、表意功能的景物画面，

① 转引自邹红著《影视文学教程》，中国人民大学出版社 2004 年版。

我们不妨称其为"意象"。比如电影《红高粱》以大片浓密的高粱地象征人们旺盛的生命力。《远山的呼唤》中绯红的夕阳、碧绿的原野,不仅展现了北海道秀丽迷人的自然风光,也烘托出了男女主人公朴实、美好的内心世界。更有甚者,景物本身就是影片的主人公,比如标志中国电影"第五代"导演浮出水面的名作《黄土地》。该片充分发挥了电影画面的抒情表意功能:影片中大部分外景都是在早晨或者黄昏拍摄的,这使得黄土地的色调更为浓重;同时,绝大部分黄土地画面的地平线都高出了影片幅面上框,起伏绵延的黄土地严严实实地占据了整个画面,既给观众以浑厚博大宽容的温暖感,又让他们觉得压抑得喘不过气来。类似具有意象功能的景物画面在影视剧中出现的频率是很高的。

　　人物造型。通过演员表演塑造人物形象既是影视剧艺术的基本艺术手段,也是影视艺术魅力的主要来源。演员既是导演指挥下的创作材料,是体现导演意图与影片风格的艺术媒介,同时也是艺术作品本身,因为演员的人物造型永远是银幕或荧屏世界的形象主体(除去少量纯粹的风光片、动物片,所有的影视片都是以人物造型为主体的)。影视剧进行人物造型的方法不计其数,但基本上不外乎表现静止的形貌和动态的动作两类,而且这往往交织在一起难以分割。静止的形貌描写除去一般的全貌表现外,还可以用特写或大特写的方式,如影片《红色娘子军》中,当化装侦察的吴琼花发现上坟的南霸天之后,愤怒地拔出枪说"我宰了他",影片在这时特意为她那双大眼睛拍了一个大特写,有力地突出了她的愤怒之情。作为视听综合艺术,王家卫的电影《花样年华》大量压缩了人物对话的比例,整部影片都在男女主人公悠悠的动作中展开,有许多镜头是男女主人公在狭小过道里擦肩而过或者女主人公在夜晚的街上慢慢离去的情景,颇为传神地体现了影片如梦如幻的伤感韵味。为了更好地说明这一问题,我们不妨举出一个具体的例子。由法国著名作家杜拉斯撰写的电影剧本《广岛之恋》,在视觉造型方面历来为人称道,下面是它开始的一段文字:

　　　　影片一开始,两副赤裸的肩膀逐渐地、逐渐地显现出来,我们所能看到的全部画面就是这几只互相拥抱的肩膀,头部和臀部都在画外,肩膀上仿佛布满了灰尘、雨滴露珠和汗水,总之,随便什么都行。重要的是使我们感觉到这些露珠和汗水是由于原子蘑菇云的飘散和蒸发凝聚起来的。……这些肩膀肤色不同,一副是黝黑的,一副是白皙的。弗斯科的音乐伴随着这几乎令人窒息的拥抱。手也明显的不同,女人的手搭在黝黑的肩膀上。"搭"也许不确切,"抓住"可能更接近一些。

一个男人的声音，平静而安详，像是在朗诵——

他："你在广岛什么也没看见。什么也没看见。"（可以随意重复这句话）

一个女人的声音，同样平静、低沉而单调，这个声音沉吟着回答——

她："我看见了一切。一切。"

这段文字显示出作者的视觉造型能力和对视听语言的谙熟，令人惊叹。可以说，其中的每一句话都没有偏离观众（或者说摄影机）的角度。当"两副赤裸的肩膀逐渐地、逐渐地显现出来"的时候，我们仿佛看到了镜头的缓慢移动，作者还为摄影师规定好了男女主角的哪些身体部位在画面内、哪些应在画面以外，而肩膀上的灰尘、露珠或汗水，既使观众很容易地联想起"原子蘑菇云"的飘散和蒸发，又充分利用了影视形象的隐喻功能，紧紧扣住了影片的反战主题；至于男女主角肌肤"黝黑"与"白皙"的强烈对比，更是视觉造型的充分体现。作者还"不厌其烦"地描写女主角手的动作应该是："'搭'也许不确切，'抓住'可能更接近一些。"这对于演员的表演，具有直接的指导作用。《广岛之恋》的巨大成功，很大程度上得益于杜拉斯无可挑剔的剧本写作。

四、影视文学必须运用画面讲故事

我在这里说的"画面"，指的是作为影视剧艺术语言的"画面"。运用这样的"画面"来讲述人生的故事，宣泄人的复杂感情，表达人的意志愿望，恰恰就是影视文学不同于别的叙事性文学艺术作品的一个重要的本质特征。

（一）画面叙事比语言文字的叙事更直观

现在的影视剧画面一般都是彩色的连续活动的画面。人们接受这些画面对人生故事的描述，比接受小说和影视剧文学剧本的语言文字对人生故事的描述，显然要快得多。

影视剧的画面把具体的、可视的、直观的形象当作传递信息的中介和符号来塑造人物、叙述情节、渲染气氛、表达思想、抒发感情、阐述主题，可以准确、细致、全面、生动地把人物的神态、动作、情绪，故事的因由、过程、结果，景物的形状、色彩、变化再现出来，也把影视剧作家、艺术家由这些人物、故事、景物生发出来的情感、意愿、态度表现出来。

法国电影理论家雷内·克莱尔就说："如果确实存在这一种电影美学的话，那么，这种美学是在法国，在卢米埃尔兄弟发明摄影机和影片的同时诞生的。这种美学可以归纳为两个字，即'运动'。除了物体的可见的外部运动以外，今天我们还要加上剧情的内在运动。"苏联电影理论家查希里扬还说："表现运动——这才是电影存在的意义,是它的基本手段,是它的本质的主要表达方式。"

(二)画面叙事比语言文字的叙事更丰富

这是由影视剧画面形式的丰富性所决定的。艺术,其实说起来也很简单,一个是形象,一个就是情感。而这两个东西,都是和艺术想象力关联在一起的。

创作需要艺术想象力,传播也需要艺术想象力,接受当然同样需要艺术想象力。现代接受美学的科学研究成果说明,举凡受众接受叙事性的文学艺术作品,不管是读者读,听众听,还是观众看,都要有自己作为接受主体的积极参与,就是都还要"想"。这个"想",除了感悟,一定还要发挥艺术想象的作用,要调动受众的艺术想象力。

我所谓的影视剧画面形式的丰富性是什么?

首先就是域面构图的问题,可以从以下八个方面加以考察:(1)影视剧的画面形式可以呈现出来叙事视点位置的多样性,让受众看到画面上空间景别的变化。(2)影视剧的画面形式可以呈现出来叙事视点方向的多样性,让受众看到画面上视向角度的变化。(3)影视剧的画面形式可以呈现出来叙事视点高度的多样性,让受众看到画面上成像视觉的变化。(4)影视剧的画面形式可以呈现出来叙事视点运动的多样性,让受众看到多变的景别角度空间层次。(5)运用电视特技摄像包括数字技术造成特殊的画面效果出来,让受众看到高难度复杂化的时空造型。(6)运用服装、化妆、美术、道具、灯光等造型艺术元素的参与,可以使影视剧的画面更为鲜亮美观,让受众感受到一种"通感"的美。(7)这种"通感"的美,其实还有包括音乐、音响、旁白、心声在内的各种声音元素的加入,让受众通过声画两个通道审美接受叙事。(8)影视剧的制作流程还要有画面的组接,蒙太奇艺术思维和技巧手段的介入都使得画面的进行更为流畅,影视剧画面形式更为丰富。

(三)画面叙事比语言文字的叙事更为贴近现实

一般说来,现实主义的小说、话剧、报告文学、传记、游记式散文、叙事诗一类的用语言文字叙事的作品,具有"纪实性";而舞台演出的基本特征之一就是"假定性"。那么,影视剧的画面叙事又是怎样的呢?

除了一些情景喜剧、室内剧,会在室内或者在摄影棚里靠"舞美造型"搭景拍摄之外,大量的影视剧作品都是实景拍摄的。所谓实景,是指影视剧的每一场戏的场景,无论室内还是室外,也无论白天还是黑夜,"天光"也好,照明灯光也好,就是现实生活中城乡或大自然的真实的情景,人物活动在这种真实的环境里,由人物演绎的故事发生在这种真实的环境里。这种真实的环境原本就是客观的存在。哪怕是由于特定的戏剧情境的需要，由于现场导演拍摄时调度的需要，这种真实的环境在灯光、道具甚至是置景上有了一些加工，那还是不同于任何"假定性"的"舞美造型"的。要是音响和人物的有声语言不是后期制作时配制混录上去的，而是采用同期声的录制艺术实录下来的，那就显得更是实景了。

就是这种真实的环境或者说实景，使得电视摄像机拍摄的画面具有了"纪实"的品格，或者说"纪实"的风格。这种品格或者说风格天生就贴近了生活，贴近了群众，贴近了实际。天生就使观众有了一种亲近感。人们常常说的"身临其境"，"仿佛置身其中"，就是指影视剧的摄像机所具有的记录性的特点。

（四）画面叙事比语言文字的叙事更能表达情感

当用摄像机拍摄实景里的人生故事的活动画面的时候，虽然能够十分准确、客观、逼真地再现生活，显示出纪实性的生活的本真面貌，但这种活动又是按照这部影视剧的先期主要创作者，包括策划艺术工作者、编剧、导演，以及服装、化妆、道具、灯光、舞美等造型艺术工作者事先的艺术设计的。这是一种有了审美主体经由审美中介把握审美客体之后甚至还期待审美鉴赏主体即观众的介入的"美学现实"。千万不要小看这种"美学现实"特点所具有的十分巨大的情感空间。

比如，《离婚律师》第 40 集：美玉到石姜家里聊天，她怀疑石姜就是乾坤外面的女人。美玉说话句句带刺，石姜不知怎么回答，乾坤给石姜打电话，石姜挂断了。美玉掏出手机拨了石姜专门联系乾坤的手机号，石姜身边的手机真的响了起来。美玉跟石姜摊牌，她打了石姜一巴掌，说石姜是无耻的小三。石姜说自己喜欢乾坤的时间不比她短，乾坤值得更好的。石姜还当着美玉的面给乾坤打电话，叫他亲爱的，嘱咐他快点回家。石姜要美玉等着，看乾坤选自己还是选她。美玉躲在一边，听着石姜和乾坤的对话。乾坤说自己现在真的体会到什么叫门不当户不对，他说美玉过的好日子，都是靠她父母。美玉听到这里，实在忍不了了，她冲出来，告诉乾坤自己是为了他能安心工作，才辞职在家带孩子的。美玉说自己决定和乾坤离婚，以后孩子他再也别想见着。

文辉带罗郦去他家，墙上挂着好多罗郦的照片，文辉向她深情表白，还说自己要放下骄傲，真心向她求婚。罗郦听了很感动，文辉为她戴上了钻戒，两人紧紧相拥。美玉告诉罗郦自己要起诉老曹，她不想讨价还价，只想离婚。罗郦问她有什么要求，她说自己只要孩子。罗郦问美玉以前乾坤给她写过一份协议，她还记得放在哪里吗，美玉说自己不要乾坤的东西，她只想结束这段关系。海东看罗郦一直没回家，就发短信问她什么时候回去，罗郦说自己不回去了，有事要海东发邮件。美玉劝罗郦面对婚姻要慎重，罗郦说文辉已经向她求婚了,但她还拿不定主意,她对和文辉的婚姻有恐惧。她抱着文辉,脑子里居然闪过了海东的脸。

罗郦一个人在家喝酒,她喝醉了给海东打电话,问他为什么不和自己结婚,还说她要和文辉结婚了,婚后两人要去美国。罗郦大哭说自己害怕,她不想去美国,她想海东来救她。罗郦问海东为什么不说话,她看了一眼手机发现自己打的是联通的客服电话。海东给罗郦打电话,问她回家了吗,罗郦说自己睡了。罗郦挂断电话后很难过,她还是没有将内心的感觉说出来。第二天一早,海东发现罗郦搬家了。他回想自己和罗郦相处的点滴,发现自己真的放不下她……

大家知道,爱森斯坦替画面规定的任务就是——画面将我们引向感情,又从感情引向思想。法国电影理论家马赛尔·马尔丹阐释这个道理时说:"画面再现了现实,随即进入第二步,即在特定环境中,触动我们的感情,最后便进入第三步,即任意产生一种思想和道德意义。"

(五)用画面塑造人物性格比语言文字更为形象

画面上的人物性格也是活跃在规定的时空环境之中,在戏剧动作和语言中展开,外部动作和内心动作都是性格的具象化;都在戏剧冲突发展之中塑造,冲突都要与生活的事理逻辑合拍与和谐,人和人、环境和自己的内心冲突都要戏剧化;画面构图与现场调度,摄影景别的差异,拍摄方法的不同,剪辑的不同处理,都对塑造人物产生影响;自然,人物性格命运要体现民族性文化的真善美的审美价值,人物造型的最佳状态"莎士比亚化"。这样一来,我们就能体验到影视剧用画面语言塑造人物的无尽法力和独特魅力了。

我们回顾一下《北平无战事》第43集、44集两集的剧情:

谢木兰、严春明等人在西山监狱的枪声中倒下。

王蒲忱拟了一份详细的善后方案,对方家的说法是,谢木兰跟着同学去了中共的解放区。面对谢木兰的死,梁经纶接到蒋经国的电话,不得不克制自己悲痛的情绪,必须将谢木兰被杀的真相隐瞒下去,否则将影响币制改革的大计。

眼看学生被一批批释放,却一直没有谢木兰的任何消息,方步亭担心情况有变,遂让谢培东去找木兰。

王蒲忱、曾可达亲自陪着谢培东往解放区的方向开车去找,结果当然是一无所获。谢培东在回家路上,被带到了中共北平城工部。见到刘云同志,他才得知,自己的女儿谢木兰真的牺牲了。

谢培东无法掩盖自己的悲痛而嚎啕大哭,但为了大局又必须强忍悲痛,接下来,他要对着家里所有的人演戏,这个残酷的真相绝不能让方步亭知道,更不能让方孟敖知道。回到家里，谢培东面对焦急等待谢木兰回家的方步亭等人，强忍着内心的悲痛，从容应对。但方孟敖的质疑始终是谢培东难以逾越的一道鸿沟，他为了让方孟敖相信，交给方孟敖一纸电文，引用《木兰辞》："万里赴戎机，关山度若飞。"暗指谢木兰已经到了解放区。但这张电文仍然无法消除方孟敖心中的疑虑。而这纸语焉不详的电文，反而更加深了方孟敖的怀疑。方孟敖几乎确定，谢培东在掩盖什么，谢木兰大概是真的遭遇了不测！

方孟韦为寻找谢木兰，大闹警察局，质问谢木兰的事，却无下文。

大家都知道，悲剧是一种"最高的艺术"，其效果的巨大是别的艺术无法比拟的。这种巨大的悲剧效果就是它的强烈的艺术感染力。这种强烈的艺术感染力，就是一种悲剧的特殊美感。这种特殊的美感，人们称之为悲剧激情。黑格尔曾说，"激情"是人们通过艺术对生活"真谛"理解而达到的一种高度的兴奋，一种强烈的情感活动。当然，在黑格尔泛泛说到的各种艺术激情中，悲剧激情最为强烈。而这悲剧激情无疑是在于，悲剧艺术通过苦难和毁灭展现事物的价值，它除了给人以痛感之外，还会给人以"美感"。

就影视剧的故事演绎而言，运用画面的效果也是很不一般的。它也有更为快捷更为直观的形象性，更为综合更为丰富的生动性；也能驱遣戏剧冲突牵动故事情节的逻辑发展，也能包容民族的文化、民族的情结、民族的诗意；也能创造真善美的审美价值，实现文学艺术的诸多功能。

（六）用画面讲故事更便于"声画结合"

匈牙利电影理论家贝拉·巴拉兹早就指出："一个完全无声的空间……在我们的感觉上永远不会是很具体、很真实的；我们觉得它是没有重量的、非物质的，因为我们看到的仅仅是一个视像。只有当声音存在时，我们才能把看得见的空间作为一个真实的空间。因为声音给它以深度范围。"在他看来，"声音将不仅是画面的产物，它将成为主题，成为动作的源泉和成因。换句话说，它将成为影片中的一个制作元素"。声音的出现大大拓展了影视艺术的表现空间，使得早期的电影由单纯的视觉艺术变成了视听艺术。而视听结合，并非简单的相加，也不是所谓的"视觉为主、听觉为辅"，应是视听化合与组合后形成的一种新的视听艺术形式。如同用砖头与石灰组合而成的墙，已具有了跟原来的石头和石灰根本不同的性质与作用一样。影视剧中的声音元素离不开音响、音乐以及旁白、对话等人声。其中，音响效果是常常被人们忽视，但在影视作品中显得越来越重要的声音元素。

电影大师安东尼奥尼就非常重视通过音响来使自己的作品获得特殊的艺术效果。他在摄制影片《奇遇》时，就使用了大量的音响效果：海上生浪时的种种声音，海槽内隆隆的波涛声，等等，据说是从100盘录音带中选取下来的。

同样，美国电影《泰坦尼克号》中，在表现巨轮撞到冰山后将要沉没的过程时，人们的呼救声、船员维持秩序的喊叫声、乐队的演奏声、孩子们的哭喊声等混成一片，使观众强烈地感受到了危难关头动人心魄的情形。

当然，影视作品中最重要的声音还是人声。人声中的旁白或独白一般作为一种"第三人称"的叙事或抒情方式，它可以起到解说和介绍的功能，以及过渡剧情、结构全剧的功能。《红高粱》中通过"我"的旁白讲述"我爷爷"与"我奶奶"的故事；《阿甘正传》中的阿甘坐在长椅上向不同的路人讲述自己人生各个阶段的经历，甚至成为其内部结构的主要方式。我国电视剧《围城》《黑冰》、《我的兄弟叫顺溜》等，在使用画外音旁白方面也是很有特色的。

声音元素在影视作品中并非是一个完全独立的系统。声音效果的充分展现，离不开与影视画面的结合，因此声画关系始终是影视艺术中一个非常复杂的关系。一般来讲，声画之间的结合有声画合一、声画分立等不同类型的关系。

黄会林在其主编的《电视文本写作学》引言中说："编剧是一门艺术，它有自己应当遵循的独特规律，在艺术创作领域里，占有举足轻重的地位。在正常情况下，一部成功的影视艺术作品，总是首先由剧本提供一个丰富、扎实的创作基础，为导演、表演、摄影的成功，构筑起广阔的舞台和理想的境界。"影视剧的特性主要包括两点：第一，影视剧是由一个个从拍摄方法到拍摄内容都富于动作的镜头连续起来组成的，这就是我们常说的蒙太奇；第二，影视剧镜头是声音和画面的结合，这就是我们常说的综合艺术。

五、影视文学脚本体裁的广泛性

单从文本角度看，电影只有两类：故事片和纪录片。电视则不然，它几乎可以囊括文学的各种形式——从传播角度考虑，通常我们将文学作品分成三类，即：阅读文学、说唱文学、戏剧文学。阅读文学是通过单一文字手段独立完成的，写在纸上，印在书报杂志上，供人"阅读"。这些阅读文学中的一部分，经过筛选、加工或再创作，用电视手段做成"电视小说"、"电视散文"、"电视诗歌"，那么先前的小说、散文、诗歌文稿只能叫做"脚本"。此外，说唱文学和戏剧文学又都是电视文艺节目中的主要构成部分，或曰"支柱要件"。

根据上述分析，我们可以认定影视文学两个最基本的特征：第一，在文学领域里，影视文学是伴随影视技术和艺术发展而派生的一个崭新的门类；第二，在影视领域里，影视文学属于各种叙事性影视艺术作品的脚本。

第二章　影视剧本的特征与写作过程

第一节　影视剧本的文体类型

影视剧本的文体必须与表现的内容相适应,"量体裁衣"。影视剧本的文体类型大体可分为以下几种:

一、电视小品与短剧

它们是篇幅最短的电视剧。一般撷取社会生活、人事情景的某一极小的片段,以小见大地反映、表现有一定普遍意义的人文内涵。通常情况下,人物仅一两个,情节简单、集中,但具有极强的艺术营构。播放时间一般在 20 分钟以内,甚至只有短短的几分钟。

电视小品《赛聪明》:

一个城里人与一个乡下人同坐在火车车厢里。城里人处处显示自己的聪明。

城里人:咱们打赌吧! 谁问一样东西,对方不知道,就给对方一块钱。

乡下人想了想:城里人比我们聪明,这样赌我得吃亏。要是你问我答不出来,只输五角怎么样?

城里人自恃见多识广:就让你! 答不出来,我输一块,你输五角。

乡下人:那我先问了——什么东西三条腿在天上飞?

城里人答不出来,输了一块钱。之后,他向乡下人也提出这个问题。

乡下人老老实实地说:我也不知道。

乡下人掏出五角钱给城里人:看来,咱俩都不大聪明。

城里人望着乡下人手里的原本是自己的五角钱,尴尬。

电视短剧《他们住在哪条街》：

> 骑车进城的农民将一个骑车上班的女工撞倒了。女工受了伤，车子也坏了。农民将女工的车送去修理，让女工先骑自己的车回家。
>
> 女工回家后，受到丈夫的指责——因为农民的车没有自己的车好，况且受伤后不该为几句好话就放农民走。
>
> 第二天，夫妻俩怀着忐忑的心情来到约好的地点，等待农民来还车。农民果然把车子还来了！夫妻俩喜出望外。
>
> 农民回到家中，将撞人的事告诉了妻子，两人带了一篮子鸡蛋，进城来看望女工。但女工留下的地址是假的，他俩找不到要看望的人，但仍一边走、一边问，执著地寻找着……

上述例证，多少可以看出电视小品与短剧的一些区别：

电视短剧，虽然短，但一般应是有头有尾的"戏"，有较为完整的情节；而电视小品则不然，它只是具有特定内涵（思想文化或艺术风趣）的生活片断、人物言行乃至某种细节，它不要求完整，不必有一定的情节长度，或可以"折子戏"（整部戏的一折）称之。它们的相同处则为：篇幅精短；情节凝练奇妙；极富生活情趣；小中见大。

小品和短剧都要摄取生活一瞬间的事，要箍住写，而不能放开写，它的起、承、转、合只在意义的含蕴上，而不在情节的复杂上，更不在絮絮叨叨的叙述上。它写人，不讲或少讲人物身世；写事，总是像选取放大镜的焦点一样，努力去写最关紧要的一个环节，一个画面，一个镜头，一个细节；写景，只是淡墨点染，而不用浓墨去作过多的渲染，一句话，小小说的作者总是把自己浓郁的感情寄寓在简洁的笔墨之中。另外，在写法上忌直忌露，讲究含蓄，做到"言有尽，而意无穷"，象之外有象，弦之外有音，就是给读者留下广阔的补白与想象的空间，使人从所写的某小事而想象到某些大事，从某片断而想象到其整体，从一瞬间的事而想象到它的过去与未来。美国作家马克·吐温的《丈夫支出账单的一页》，实在是惜墨如金的典范之作：

> 招聘女打字员的广告费……（支出全额）
> 提前一星期预付给女打字员的薪水……（支出全额）
> 购买送给女打字员的花束……（支出全额）
> 同她共进的一顿晚餐……（支出全额）
> 给夫人买衣服……（一大笔开支）

给岳母买大衣……（一大笔开支）

招聘中年女打字员……（支出金额）

从表面上看，它没有故事，有点令人莫明其妙。然而透过作者留下的大量空白，让你通过联想，是能够看出它隐藏着的一个幽默、完整故事内容的："丈夫"花钱新招聘来一位年轻的女打字员，与她有了暧昧关系，并给她预支薪水，以及给她送花、请她吃饭，跟她打得火热。这自然就引起了"夫人"、"岳母"的不满而与他吵闹。为了平息"夫人"和"岳母"的怒火，"丈夫"花"大笔开支"分别给她们买衣服、买大衣。可是她们并没有因此而停止与他吵闹，而且矛盾越演越烈，迫使"丈夫"不得不将年轻的女打字员辞退，另聘一位"中年女打字员"。这则只有七行字，写了"丈夫"七项支出，真是惜墨如金啊！它简笔勾勒出对妻子不忠的"丈夫"的狼狈相，反映了美国社会中存在的一种家庭矛盾。

二、电视单本剧

电视单本剧是由一个完整的故事情节构成的，有情节的发生、发展、高潮、结局的完整脉络，而且是一次将戏演完的电视剧艺术样式，其演播时间一般在50分钟左右。从人物塑造、情节构成、环境展示等方面看，电视单本剧相当于一篇"短篇小说"的规模，于是也便自然与短篇小说有相似的特点，即人物较集中，主要角色一般不超过3个；情节紧凑而极富跌宕曲折之妙；结构完整而无杂散零乱或拖泥带水之病。

就整个电视剧家族来说，单本剧还是较为短小的艺术形式。（我国中央电视台播出规定，每集45分钟、3集及3集以下的电视剧为单本剧，3集以上为连续剧）

我国电视单本剧创作，相对而言比较贫乏，在目前我国电影不可能人人可为（体制与财力等制约）的情况下，在电视单本剧创作上施展身手，无论对电视艺术的总体发展，还是对创作者个人的艺术建树，都有益而无害。

三、电视连续剧

电视连续剧是分集播出的多部集电视剧，其中主要人物和情节是连贯的，每集只播出整个故事的一部分，但它也可以单独成立，只是要在结尾处留下悬念，以待下集时，人物与情节再继续发展。它类似于我国的章回体长篇小说或长篇评书，往往在一集结尾处来一个"欲知后事如何，且听下回分解"的扣子，借以引起观众连续不断的观赏兴趣。

电视连续剧每集也是45分钟左右，其特点就在于一集又一集地连续不断,故凡连续剧则必"长"。但这里要指出的是,并不是越长越好。

我国连续剧起步较晚,20 世纪 80 年代初才摄制了第一部 9 集的《敌营十八年》。之后,则有长足的进展,改编创作出《渴望》、《四世同堂》、《红楼梦》、《围城》、《努尔哈赤》等优秀剧目,直到近几年涌现的《亮剑》、《雪豹》、《潜伏》、《悬崖》、《铁梨花》、《打狗棍》、《勇敢的心》、《红高粱》、《北平无战事》、《二炮手》、《离婚律师》、《大丈夫》、《一仆二主》、《媳妇的美好时代》、《辣妈正传》、《甄嬛传》、《新版水浒传》、《赵氏孤儿案》、《我是特种兵之火凤凰》、《青年医生》、《马向阳下乡记》、《老农民》等受到观众普遍好评的作品。但相对总的播出数量(且不算未播出者)之多与较优秀作品过少而言,我国电视连续剧急需提高质量的问题是不容忽视的。

四、电视系列剧

电视系列剧也是一种分集播出的电视剧。与电视连续剧不同的是,它虽然有贯穿全剧的主人公及主要人物,但各集的故事情节并不连贯,每集的情节相对独立成篇,上集与下集之间并没有内容上的必然联系,最多只有某种相通的背景而已。当然,既然是一部系列剧,就必定要有统一的人物、统一的主题、统一的艺术风格。像我国观众所熟悉的南斯拉夫电视系列剧《黑名单上的人》(12 集)、美国电视系列剧《加里森敢死队》(26 集)、《神探亨特》(54 集),等等,我国的电视系列剧《济公》、《包公》、《儒林外史》、《西游记》以及反映现实生活的 60 集系列剧《中国刑警》等,都是各有特色的电视系列剧。

电视系列剧有两方面的优点:其一,就创作者方面而言,由于它每集的故事并不要求连贯,就可以在更广阔的方面、层面及视点上,对社会生活、人间情景进行"随心所欲"的展示,进而使每集内容都能够精彩出新、别致有趣、引人入胜;其二,就观众方面而言,由于系列剧不像连续剧那样必须"连续"地看才能明白,而是随时打开电视机、不问前因后果就能津津有味地看懂一个相对独立的故事,这样,就不会出现看连续剧时那种"因一集没看,只好中断"的遗憾。

五、电影(故事片)与电视电影

对于电影这种样式,大家当然很熟悉了。一般而言,它类似一部中篇小说的容量,播演时间在 90～120 分钟(上、下集或上、中、下集者除外)。

电视电影——为电视播出而制作的电影,传播渠道有别于院线电影,制作成本和影像追求也略低一些,在文本的篇幅、结构、写作方面几乎没有差别。这里只谈一点:对于编剧而言,电影与电视剧的创作有没有区别?

电影是在影院的封闭空间内、特定的观赏氛围中,通过大屏幕向特意来看电影的观众播映的；电视剧则不然——它是在家庭的开放时空内、松散随意的观看环境中，通过小屏幕来演播，而且观看者更往往随时调换频道……电影可以、也必须充分施展电影艺术的各种视听手段：大画面、精制作；大全景的渲染铺排，中近景的精致调度，特写的匠心独运；色调的设计、光线的使用、构图的讲究；以及音响的穿插、尤其是蒙太奇的形形色色的体现。

电视剧主要职能是编织一些曲折好看、喧腾热闹、能随时吸引人的凡俗故事，为漫不经心的观看者提供"消闲"服务。于是在剧本创作及画面展示方面，就不必过细过精，多用中近景镜头，只要把既定的故事讲述出来即可。这种观点或许有其某一方面的依据，但总体来说有失偏颇。电视剧的观众是电影观众的千万倍，电视的覆盖面遍及全球。忽视电视剧的创作，势必会失去文化传媒在当代最主要的一个领域。

除了观赏效果因条件限制而有所影响外，就观众而言——电影与电视剧已经没有什么"本质"的区别了。而值得编剧们注意的是：电视机前的观众因为没有环境和目的性的制约，所以更需要内容吸引人、制作精美的作品。

第二节　影视剧本的文体特征

影视剧本的文体特征包括两方面，即笔法与章法。本节介绍影视剧本文体的笔法。所谓笔法，即指影视剧本艺术地描述内容时，在文字表现上不可背离的特征与规则。这个特征与规则，简言之，以文字为媒介，艺术地展现运动中的综合性造型；细言之，即是形象性、运动性、综合性、艺术性。

一、视觉的形象性

苏联电影理论家普多夫金说过："小说家用文字描写来表述他的作品的基点，戏剧家所用的则是一些尚未加工的对话，而电影编剧在进行这一工作时，则要运用造型的（能从外形来表现的）形象思维。……编剧必须经常记住这一事实：即他所写的每一句话将来都要以某种形式出现在银幕上。因此，他们所写的字句并不重要，重要的是他的这些描写必须能在外形上表现出来，成为造型的形象。"①确实如此。小说家用文字传达作品内容，比如："他是个安分守己的农民，但一生坎坷，现在又处于焦头烂额的困境之中。"作为小说文字，可以说一目了然、无懈可击。但是在影视剧本中，这就绝对要不得了：如何安分？怎样守己？经过什么坎坷？现在又有什么难处？——全都抽象至极，银幕上

---

① 普多夫金：《论电影的编剧导演和演员》，中国电影出版社1980年版，第22页、第32页。

根本无法表现！

在影视剧本中，要尽可能地避免说明性、陈述性的文字，无论是对剧情的交代，还是对人物的描写，以至于对人物的心理介绍，都应使之形象化。

二、影像的运动性

所有上述视觉造型，均应保持在动态的过程中，尽量避免静止。

造型是重要的，但它必须体现在动态的过程中，并时刻记住：这种运动的造型最终目标是为表现人物及其关系、背景环境及其意义、情节进程及其内涵，而不可只为造型而造型。影视的动态造型可以从两方面考虑：

其一，表象方面，有画面内部的动态造型与画面外的动态造型；

其二，内涵方面，有影视形象的内在动态与外在动态。

先看其一。电影是以不停运动的画面来展示内容、吸引观众的。在画面内，如果过多的静止场面或人物的冗长对话（诸如会议、对白乃至争辩），都会影响影片的观赏效果。而这，恰恰是国内影片往往逊于国外影片，令观众不耐烦之处。在这方面，日本电影剧本《人证》对原作小说的改编值得我们借鉴。且举其中一个小例子看——

原作中，女主人公八杉恭子是个有地位的社会问题评论家。但是，作为电影中的主人公，若总表现其伏案写作或在电视台面对观众长篇大论地演说，总是这种静止的画面造型，势必造成沉闷、枯燥感。于是，编剧将她的身份改成了享有巨大社会声望和良好公众形象的服装设计师。于是，她的言行举止便可以在充满动态过程、又极具观赏性的模特演出的一系列画面中进行了。

80年代，我国电影理论界引进了西方的"影像美学"，对构图、光影、声画等电影性元素进行了认真的探索，研究其独特的"电影表现力"。这种探讨，对我国电影艺术表现的发展来说，无疑是有益的，因为长期以来，中国电影多重叙事而忽视画面的造型，使我国电影艺术停滞不前。因此，"第五代"导演们功不可没。但是，过分讲求画面美，无论是人物的外形，还是自然、社会环境，都拍得宛若油画一般，却忽略了这一幅幅画面与电影中的性格塑造，以及表现人与人之间的关系、场面环境与剧情内涵契合的关联——这样的画面再美，光影、构图再讲究，其意义也只能局限于画面本身，不可能产生更多的内容与更丰富的意蕴来。对此，不无成功之作的张艺谋曾经反省道：

> 过去我们拍电影，总喜欢讲究点别的东西，画面、色彩什么的，人在里面其实仅仅是个符号。拍《菊豆》时，我试图去关注点儿人的事，但做得还不够。我们第五代都有这个特点，奔着一个哲学、理念去了——我当然也

是其中一个。但别人看了觉得我们太使劲、绷得太紧,不够松弛,结果人物相对弱了。人们不满,甚至说了些不好听的话,也是有一定道理的。我看过一篇文章,认为我们"第五代"不太注意"叙事",这是我们的一个问题。首先要有故事,要有人。我现在才明白,拍电影最主要的是说点儿人的事儿,应当把人物推到前景,着重表现他们。我并不排除还会拍我以前那种类型的电影,但我会设法做得更好。①

这的确是"过来人"的肺腑之言。除了镜头内部以外,镜头与镜头之间的组合,也要体现动态原则。电影毕竟是叙事性和造型性相结合的一门艺术,是用镜头(造型画面)来讲故事的艺术,而任何故事都是动态的——因此,作为艺术奠基的电影剧本的文字表现,也必须遵循这个原则。

三、造型的综合性

上述种种"动态造型",还必须具有综合性的"艺术张力"。

这里所谓的艺术张力,是指有机融入综合性表现手段,以营构充满艺术魅力的戏剧内蕴。综合性表现手段是指在视像营构中,所使用的除文学(文字)外,诸如雕塑、绘画、声音(音乐)、戏剧、建筑、灯光等造型方法,以通过"表象"或"意象",来展现、强调或象征要传达给观众的电影内容。这其中,最重要的当首推声音。

确实,视觉空间在实际生活中总是与声音联系在一起的,也只有当两者结合起来时,才能给人以完整的真实感。所以,影视编剧在重视视觉造型的同时,还要重视对声音的描写。影视中的声音包括三个方面:人声、音响和音乐。作为编剧,除了明白声音作用外,还要善于运用"声画对位"这种艺术表现手段。此外,绘画、雕塑、建筑、灯光、戏剧舞台调度等,也是不可忽略的表现手段。像《大红灯笼高高挂》便较为出色地运用了以上这些手段:封闭的院落、阴冷的环境、各种不无意指的建筑造型、体现威严统治的浓重色调与象征人们欲望的红色灯笼以及充满中国传统文化内蕴的京剧唱腔和民间锣鼓声……这些,对渲染气氛、加强意指、深化主题,都较好地强化了电影的显示手段,增加了影片的艺术魅力。

四、展现的艺术性

所谓艺术性,在这里,主要是指剧本语言在通过综合的、运动的形象表述

① 转引自桂青山著《影视剧本创作教程》,北京师范大学出版社 2004 年版。

每一部分、每一场景乃至每一个镜头时,既要丰富,又要简洁(即"藏"与"露"、"虚"与"实");既要起伏变幻,又要自然流畅。

前者,是要求编剧在行文中不宜写得很满、过实,应该给导演及演员留下再创作的余地,应该给读者留下必要的想象空间。我们有些作者,唯恐叙说不清、表达不力,结果文字冗长拖沓、视像臃肿堆积,如果实拍出来,只能造成观众的疲累或厌烦。有些剧本,对演员或握拳、或扬眉、或脸部颤动等表演的细微处,都一一描述确切,对导演的场面调度、画面构图、镜头使用、以至灯光色调等,也都过分规定,这都是费力不讨好的事。一切要适可而止、点到为止,用尽量简洁而确切的文字将影视内容表达出来,余者,应放手、放心地让导演、演员及观众去发挥、充实才是。

后者,则要求在充分利用蒙太奇手段,追求画面的简洁明快又跌宕变幻的同时,一定要注意避免造作牵强、人为痕迹过浓的弊端,不使之有失真处或生硬感。

第三节　影视剧本的创作步骤

一、厚积薄发,捕捉创作灵感

初学者在创作上最觉困难的问题之一,是觉得没什么可写,或者不知应该写什么才好。这种感觉在职业编剧身上很少发生。一个艺术素质良好的职业编剧,通常不会为没什么可写发愁,他所发愁的倒可能是由于可写的东西太多而时间总是不够用。能不能时时感到有东西可写,是否时时有新鲜的创作构思涌出,这是衡量一个作者对于编剧艺术入门与否的一个标志。有人把产生这个困难的原因归结为缺乏生活阅历,这种看法是不全面的。因为实际上有些人的生活阅历并不算少,却依然感到没什么可写,总是写不出像样的东西。生活阅历固然重要,但同样重要的是作者是否对生活具有高度的艺术敏感性。

无论是普通老百姓还是领袖人物的生活,它的表面状态都是平淡或者平庸的,很少天然就具有戏剧性的情况。日常的生活现象只有通过作者的感受思考,才能够显示出一定的意义和艺术价值。对生活感受思考程度的独到深刻与否,决定着作者对创作素材的采掘能力。所以要学会写电影剧本,要学会从生活中发现创作素材。首先要学会从艺术创作的角度去感受生活,并进而去思索生活中存在的问题。

训练有素的编剧在这一方面的能力是很强的。一些在一般人看来并不值得注意的事情,却常常能够触动他灵敏的创作神经,引发他丰富的创作联想,引起他深入思考某种含义深远的社会或人生问题，从而启动他的创作构思。这种创作构思的启动是随时随地的，在许多时候甚至是很偶然的。有时一个选材的最初念头，就产生于生活中的一件小事、报纸上的一条社会新闻、闲谈中的一句笑话或者随意议论的一个什么话题的瞬间的思维火花，也就是所谓的创作灵感。

创作灵感的确是很重要的一种东西。它虽然总是在偶然的状态下出现，但是它的产生，是建立在长期的生活感受和职业性艺术思维锻炼的基础之上的，是大量的艺术积累和创作准备的结晶与迸发。因此它的出现是偶然中的必然，而不是什么神秘的现象。作为一个编剧，要获得创作灵感，其艺术思维的闸门便不能只有在写作时才启动，而要处于经常性和习惯性的备战状态，时刻准备着对有关信息作出职业性的反应。当灵感的火花闪亮时，则要及时地捕捉住它。哪怕当时只有一个很粗略的念头，一个很朦胧的设想，或者只有几句不连贯的话，只要感到它是有艺术发展价值的，就应当马上把它用笔记下来。这种记录中的某些内容，便可能成为你后来某个剧本的创作出发点。你所做的这种记录越多，感到可写的东西也就会越多。当然，这是一项需要持之以恒的工作，要依靠坚韧的毅力和对剧作创作艺术的高度热情来支持。当你经过一定的努力，逐渐具备了相应的职业思维能力之后，将会获得底蕴充实的而不是空洞虚无的创作欲望。

二、植根生活，细心"沙里淘金"

检验一个剧作家的水平和能力，就看你能否选出别人熟视无睹的，认为平淡无奇的生活，一经你提炼表现出来，又令人惊喜无比，引起强烈的共鸣。让他或她心想："自己每天就生活在其中，为什么没有留心注意到?"有些人常常感叹自己写不出东西，只见树木，不见森林，是因为没有生活! 殊不知你每天都在生活之中! 世上无难事，只怕有心人。说到底，这还是一个选材的问题。

影视艺术发展到今天，其表现力足以囊括社会生活的各个阶段、方面和层面，从理论上讲，它不存在题材范围上的限制。但在实际创作中，由政治、经济、文化、时代、大众审美情趣等原因构成的对影视创作题材的限制，却一直是客观存在着的。这种客观限制永远不可能被完全消除，对此编剧只能适应，只能力求在某种既定的限制之中，去努力扩大自己的选材范围。

同时，每个编剧必定都有其自身的局限性，能将古今中外各路题材均驾驭得很好的作者是不存在的。所不同的是，在有的编剧身上这种局限性大些，有的则小些。素材的来源和积累素材的方式是多方面的。

人们通常认为，最重要和最宝贵的创作素材是采自编剧亲身经历和体验过的生活。这一观点当然是正确的,但在创作中仅凭这一点却远远不够。所以,对于一个想长期从事编剧工作而不是偶尔为之的人,必须善于在立足于直接的生活体验的同时,去开拓广阔的间接的创作素材源泉。要做到这一点,除了勤奋之外,很重要的一条是要对生活有热情、感兴趣。对生活的热爱和由此产生的责任心、正义感,是促使你去关注、表现它的动力。因为只有通过这样的努力,才能使你对社会生活各阶层、各方面的情形更多地熟悉起来。同时这还是对编剧艺术素质的一种训练。

在进入具体的选材工作时,应注意考虑下面几点问题:

1. 选择你最熟悉的题材

选材的第一要义,是要衡量自己对该题材所要表现的生活范畴的熟悉程度。编剧未必只能描写自己亲自体验过的生活,但必须以自己的生活体验为创作的立足点,这是一条不可动摇的原则。艺术想象离开生活基础的保障就会走向虚假,无论是怎样高明的编剧,对一个从社会环境到人物形象都存在某种隔膜的故事,是不容易写好的。一个距离自己的生活经验较远的题材,即使原始素材再动人,你也很难把它加工撰述得真实而生动。比如让一个从未迈出过国门的编剧去写一个发生在国外的留学生的故事,必定会写得勉强而僵硬。因为在这种情况下,他所能写出的,只会是它的躯壳,而不可能是它的血肉和灵魂。因而选材的重要法则之一,是尽量选择距离自己生活经验较近的题材。

2. 选择你最"有感觉"的题材

对某个题材是否有创作激情,是决定你是否能写好它的又一个重要因素。影视剧作要以情动人,而剧作中的情要靠作者赋予。只有作者对所要讲述的那些事情、那些人物怀有强烈的爱憎,具有不吐不快的倾诉冲动,才有可能使未来的作品情蕴深厚、撼人心灵。饱含激情的写作对作者来说是一种享受,缺乏激情的写作却是一种毫无意义的折磨,因而也只有在激情洋溢的状态中,才能使作者无论在创作上遇到什么困难,都能够毫不动摇、坚忍不拔地坚持下去。

选择某个题材的意义和价值是什么,它将会产生什么效果,得到怎样的社会反应和经济回报,这些问题都应在选材之初就考虑清楚。影视作品与文学作品不同,它既是精神产品又是物质商品。高昂的制作成本,决定了对于它的投产不能不全面地考虑其经济效益与社会效益,无法使制片商获得较好收益的选材是不容易找到出路的。

3. 选择"成活率"高的题材

作为一个编剧一定要有市场意识,要注意研究和把握影视市场的动向,随时了解影视市场的需求。不合时宜的和过分个人化的曲高和寡、孤芳自赏类的题材,是影视剧作应该尽量避免的。不同的厂家对摄制成本的接受能力不同,要求得到的回报率及回报形式也不相同。有的厂家希望找到故事较好而摄制成本较低的剧本,有的厂家则希望搞大制作,不怕高投入,但要求取得高回报。还有的厂家并不把回报的希望寄托在国内市场上,而是寄希望于海外的发行或国际上的获奖。作为编剧,应当对制片商的不同要求有所了解,有针对性地去进行题材的选择,才能够提高剧本的成活率。对市场行情的预测,即使是有相当经验的编剧也很难把握得完全准确。自以为是选择了一个热门题材,却受到了多数制片商的冷遇,这种情况是时有发生的。选材不当是某些初入门的编剧屡屡碰壁的重要原因之一,也是踏入编剧门坎过程中的必然经历。只要善于总结经验教训,一次次的碰壁会使你变得逐渐聪明起来。大凡在选材上既对个人的能力风格有自知之明,又对剧本的出路有较稳妥的把握的编剧,都是在多次的失误磕碰中磨炼出来的。

在影视界常常有这种情形,一个题材获得了较大的成功,便有一群人蜂拥而上地也去写这个题材。这种赶时髦随大流的做法是不明智的,并且一般也不会再获得同样的成功。因为第一,某个题材的成功,很重要的一点是在于它的新鲜,你再去追随,在观众心目中不会再造成同样的新鲜感。第二,对于成功的作品,欲取得与它同样的成绩,仅达到与它相同的水准是不行的,而必须超越它的水准,才能获得新作品的成功。

4. 开掘立意,力求旧瓶装新酒

艺术创作都是贵在出新,但是叙事艺术发展到今天,可以说一切行之有效的基本故事类型都已被用尽。这就是当你写出一个新故事后,总会有人感到它在某些方面与以前的某个故事有相似之处的原因。这种状况对我们来说是既有利又有弊的。它的利处在于使我们有丰富的创作遗产和创作经验可供借鉴。尤其是对于初学者,模仿成功剧本的结构形式不失为一种学习上的入门途径。而它的弊处,就在于你呕心沥血编出来的故事,总难免有落套的危险。因此在当代,避免落套便成为了每一个编剧在每一次创作中都要面临的课题。

欲求避免落套,第一要多读多观摩前人的作品,以求尽可能多地了解各种类型故事的写法。只有见多识广,才能知道什么东西是陈旧的,什么东西是新鲜的,从而使你能够有意识地去舍旧求新。第二要在故事的立意方面下工夫。在故事的类型已被基本用尽的今天,对于故事的出新,其关键就在于立意上了。由于立意的不同,有的可能会显得很俗套,有的却可能给人以全新的感受。所以说故事构思的出新,不仅仅是一个艺术技巧问题,还是一个思想深度问题。

三、量体裁衣，寻找"故事内核"

生活中有好多东西可以写成阅读文学，但不一定适合影视文学的创作。一个编剧的境界，就是指他一切修养的集大成，选材绝对是需要高境界，慧眼识珠。艺术效果的高境界应该是这样的：当读者和观众看过你的作品，大喜不笑，大悲不哭。犹如心中有一根琴弦在久久地弹拨，让他震颤和激动得无以复加，具体的感受自己也说不清道不明。将零散的原始生活素材凝聚、组织成一个故事的第一步，是要找到或者说抓住这个故事的内核。

所谓故事的内核，就是构成这个故事的最主要的事件和动作线。

这个内核不是一下子就能找得着、抓得住的，需要编剧在充分掌握素材的基础上反复经营、琢磨、设计、推敲多种构思方案。

在构思与寻找故事内核的过程中切忌思维的僵化固执和懒惰，不能只认定一个构思方向想下去，不向四面看看，顺着一条路走到黑。也不能因为已经取得的构思是经过了千辛万苦的，就想努力维持住它而不愿和舍不得再推翻它。为了给故事的建立尽可能地找到一个最佳基础，这时候的思维是绝不能在一棵树上吊死的，要根据素材提供的可能性去进行广阔的假设和联想。以生活逻辑为依据的合理联想是故事构思的命脉，好的故事构思都是经过大量的联想，通过对无数个念头的筛选，将其中的精华逐渐提炼和综合而形成的。当一个绝妙的故事内核摆在人们面前时，人们往往会觉得它居然是如此之简单，感叹"这样一个构思我怎么就没想到呢?!"其实在这个貌似简单的结果背后，包含了创作者多少心血！

故事内核不要求复杂而要求简练，要求用几句很简短的话就能够概括出来，以高屋建瓴的气魄起到提纲挈领的作用。此时千万不可陷入对某个情节局部的考虑，一旦陷入局部，所谓内核就将不成其为内核。

内核的唯一任务，就是确立起故事中最基本的情节主线。这个最基本的情节主线对未来的故事面貌有着全局性的控制作用。比如有一个表现老年人再婚问题的剧本，其最初的故事内核就是这样的：一个为子女含辛茹苦了大半辈子的老人，在晚年希望得到属于自己的一份幸福，然而却遭到子女的强烈反对。为了子女的利益，老人最终放弃了一生中最后一次追求幸福的机会。

要通过总结提炼出来的那几句简短的话，来检查和感受这条情节线是不是合理，是不是具有独特性，是不是具有故事发展和造型表现的潜力，是不是具有思想及艺术上的震撼力。如果通过这几句话，不仅能够使人感到它的情节魅力，而且能够使人感到它的情感魅力，那么它的成功希望就比较大。某些制片公司雇用着一些所谓出主意的人，要求他们专门干的就是寻找故事内核这件事。故事内核离一个详尽完整的故事还很远,但它是产生故事的必不可少的胚胎。

若以美国作家海明威小说创作的"冰山理论"指导影视剧本的创作,同样恰当、准确、深刻。一个优秀编剧选择的题材,同样应该是一座漂浮的冰山。观众看到的银幕上的故事,只是浮出水面的冰峰,顶多占整个冰山的三分之一。这就是说,要求我们每选择一个题材,每创作一部作品,都要有巨大深厚的生活积累为基础、为底蕴。也只有这样的作品,才能经得起时间的考验,经久不衰。

四、运筹帷幄,选择最佳平台

进入剧本构思时,要考虑确定故事所处的时代和背景。有的题材在这一方面没有什么选择余地。比如写慈禧,只能是清朝;写"七七事变",必然是抗战前夕。而有的题材在这一方面则较为灵活,有可能将故事放到不同的时代背景中去表现。比如一个凄婉的爱情故事,可能既可以放在明清时代去写,也可以放在民国,甚至可以放在现代来写。对于具有故事发生年代既定性的题材,作者一旦选定了它,就有一个尽力去熟悉那个特定时代面貌的问题,以便在创作中有效地结合时代特征设计剧情。对于对故事所处时代背景要求较灵活的题材,则应考虑一下把故事放到哪个背景下去写更为有利。一般来说,应尽可能把故事放到作者最熟悉、写起来最顺手的时代背景下,这样会有利于发挥作者在生活素材积累及知识结构等方面的优势。无论如何,对于故事发生时代十分陌生的题材,是不能贸然去写的。

有时会遇到这样一种情况,创作素材中所提供的事件很好,但如实按事件所处的时代及人物的真实身份去写,会发生某种政治上的麻烦,或者不可能被审查机关通过。这时如果你不想放弃这个故事,就只有将故事发生的时代背景连同人物身份一起进行改动,把它们放到一个不犯忌的情况中去。比如写一个揭露官场黑幕的题材,由于政治影响等原因,放到现代背景下去写可能难以展开,甚至剧本根本就无法得到投拍的机会。这时就不妨考虑一下,是不是可以把故事放到解放前甚至更远一点的年代中去,就会少了不少顾忌,在情节设计上可以更为大胆,在剧作主题上亦可起到以古寓今的效果。实际上,许多古典题材的剧作,都是醉翁之意不在酒。当然,要这样做,是以作者具有描写那个时代的能力为前提的。

意在笔先是艺术创作的普遍规律,它与概念化的主题先行不是一回事。概念化的主题先行是不管创作者的生活感受如何,在进入创作之前就先强行制定政治性的主题,然后让作者生硬地用生活素材去图解这个主题。由此而产生的作品当然是不会有什么艺术感染力的。我们所说的创作之先的立意，是要求作者抓住在生活中感受最强烈的东西，把它提取出来。在这里面，是包含了作者对现实生活的认识与态度和对理想生活的愿望与期冀的，而这些东西正是一个好故事所不可缺少的灵魂。对于这种立意，作者或许很难用一两句话理性地把它概括出来，但一种饱含情感色彩的社会人生立场倾向应当是有的，并且应当是明显的。如果没有这种倾向性，写出来的多半会是一个缺乏意义的无聊的故事。

五、袖手于前，编织故事梗概

构思故事是影视文学具体创作工作的开始。作者所搜集到的创作素材，需要通过故事来找到凝聚点和在作品整体结构中的位置，作者对生活的感受、思索以及由此而升华出来的哲理思想，也只有通过包含有精彩情节和动人形象的故事自然而巧妙地渗透出来，才会产生打动人心的艺术感染力。拥有一个好故事，对于一部影视文学，特别是电影、电视剧文学剧本来说是极为重要的。

创作素材一般都是零散的和片断式的，碰到一个从生活中拿过来，就能直接写成作品的现成故事的机会是很少的。即使有的生活中的故事就其本身而言是完整的，一般来说也远远达不到不经加工改造就可直接写成作品的程度。影视文学有它自身的一系列独特的叙事艺术要求，原始的生活故事不可能天生就全面地符合它。影视文学所需要的故事，是必须经过作者对生活素材进行了艺术性的整理、集中、概括、提炼和加工改造之后，重新组织结构出来的故事。也就是说，它应当是虚构的。正如纪实是纪录片的构成法则一样，虚构是故事影片的基本构成法则。换句话说，电影、电视剧文学剧本中的故事都是需要编剧编出来的。不会虚构，不会编，就不会有适合写影视剧本的故事。

由此可见，编故事的能力是影视文学作者所应掌握的一个基本艺术能力。将原始的生活素材转化为影视艺术，首先需要的就是这个能力。不由编故事迈开创作中的第一步，以下的一系列创作工作都无从谈起。能把故事编好是不容易的，真正熟练、扎实地具备编故事的能力不是一件简单的事，不经过一番艰苦的努力悟不出其中的奥秘和诀窍。

故事要靠编剧来编，却又不可露出所谓"编造"的痕迹。这是编剧艺术中最大难点之所在。观众所欢迎的好故事，是编得既好看，又可信，既有别于平庸的司空见惯的日常生活，又符合大众的生活逻辑的故事。用艺术理论术语讲，就是要求它具有艺术的真实性。这句话说起来简单，要真正做好却极难，需经过长期的创作实践才能逐步掌握其中的辩证关系。甚至在一些资深编剧的作品中,也未见得能够完全避免露出人工痕迹。

艺术创作的精髓就在于寓假于真,弄假成真。无技不成艺,编故事的技巧就是叙事艺术的一个基本技巧。不理解这个道理是没法搞创作的。

有了故事内核,故事构思的发展就有了明确的依附体。与情节主线有关的各种情节线索和人物关系,会随着构思的深入渐渐涌现出来,使故事由原始、简单的线性状态慢慢演变为网络状态,这时你所想到的东西中可能会有一些细节,对精彩的细节可以记下来以备后用,但对剧情网的编织仍要着眼于大的脉络,不能因陷入细枝末节而影响了整体性的构思。编故事一定要从大处着眼,一步步地走向细部,这是一条原则。大结构不搞好,细节搞得再精彩也没有用。初学者易犯的错误之一,就是常常过早地陷入细节性问题,这是在学习中应当着力注意避免的。

随着构思的推进,故事所需要的一些比较重要的次要人物会逐渐出现。要注意设计好他们与主要人物的关系,设法将他们的动作巧妙地与主要人物的动作交织纠葛起来,与情节主线形成有机的联系,并起到丰富和烘托情节主线的作用。

经过这样一番工作之后,你的构思就由对情节主线的几句简短的概括,变成了一个具有一定具体内容的故事雏形。这个过程,就是形成初步的故事梗概的过程。将故事雏形记录、整理出来的文字稿便是初步的故事梗概。

写作故事梗概要用叙述体的形式,而不要用剧本的形式。通常的写法是,在文稿的第一段先介绍清楚故事发生的时间、背景、主要人物的身份、姓名以及事件的起因,以下则以大的动作起止为依据,分出叙述段落,将故事一段一段地讲清楚。对故事梗概最主要的写作要求是"叙述",而不是"描写"。所谓"叙述",就是要求紧紧扣住事件、动作和情节的发展线索去写,而不能像写小说那样把笔墨大量地用在抒情状物、心理分析、抽象议论等方面。因为我们此时需要的是一个剧本赖以建立起来的坚实的骨架,脱离开事件、动作和情节的其他东西,对于搭建故事骨架的意义不大。

一般说来,剧本的写作其实是从写剧本创意开始的,剧本创意最重要的内容就是故事梗概。故事梗概分三种:一是故事大纲;二是分集梗概;三是分场景梗概。

(一)故事大纲

这是将题材以略近于短篇小说的形式加以扩充,包括了主题、人物、时空、情节、思想与起伏,其中的对白像文艺作品那样,用来发展情节或引出某个角色,而非像戏剧或拍摄脚本那样发展。极似文艺作品,却没有文艺作品那样细致华丽,因为它只是影视剧脚本的前身,亦可视为影视脚本的种子、源泉。卡温在其所著《解读电影》一书中说：

> 编剧第一步要提出一个故事大纲：简短、详尽且切中要点。主要的角色必须点出来，同时有清楚的故事线。建构这么一个故事大纲，编剧得在实际情形的考虑下抓住一些美学的原则。这些原则其实是大部分说故事的人都会考虑到的：人物、节奏和叙事架构都能清楚成形。对电影编剧来说，唯一特殊的要求，是以上这些原则必须能在银幕上（而不是纸上）呈现出来。

写故事大纲是为了使制片人对剧本的内容有个大致的了解，这个时候，剧本还没有立项，也没有真正进入写作阶段。故事大纲内容比较简单，只要把故事轮廓勾勒出来即可。例如 2009 年曾经被作为"党教片"供全国党员干部观摩、由笔者执笔编剧的电影故事片《北极雪》故事梗概是这样的：

> 中国最北部的北极县，发生了一件匪夷所思的大案。
> 北极县地处大兴安岭林区，由于山火侵袭，森林资源严重受损，国家要求迅速实施天（然林）保（护）工程，补栽树木，恢复生态环境。林业系统人力有限，不可能在限期内完成任务，于是就出现了植树造林外包工现象。包工和施工人员鱼龙混杂，有人掺杂使假、偷工减料，致使半数以上的林地该栽的树根本没栽！别看活没全干，钱还要全得，包工头串联许多人联名，把北极营林局告上了法庭，并且一审已然胜诉。法院前来强制执行，冻结了北极营林局的所有账号，一次划走人民币 800 多万元，据说后面还差 2000 万元！
> 公理何在？堂堂国家司法机关怎么会为虎作伥，帮歹人掠夺国有资产？——法律重证据，原告手里既有植树承包合同，又有造林任务全部完成的"验收单"！没有栽种，何来"验收"？我们的管理干部有"猫腻"。想揭穿原告造假欺诈，就必须首先在我们的干部队伍中挖出"内鬼"。所以，这桩大案的抗诉，必须由纪检监察部门来承担。
> 县委常委会议室里召开紧急会议的时候，街头正在上演闹剧——
> 新落成的"综合开发公司"商业大厦旁边，一辆大铲车轰轰隆隆正向"大海修鞋铺"逼近；下岗工人张大海夫妇趴在修鞋铺屋顶上叫喊求助，周围看热闹的人无动于衷……就在铲车的大铲即将触到小屋的时候，一个仪表端庄正气凛然的中年女人张臂横在前面。她，就是县纪委书记魏华。
> 赶到会议室，听完情况，在县委全体常委的默默注视之下，生性倔强、

外柔内刚的魏华平静地说:"这个案子,我们纪检委接了。"

纪检委全力以赴,抽调人手分别查文、对账,进山核查林地……

查案伊始,怪事就接踵而来。

就在魏华的女儿韩雪第一次带男朋友上门认亲的时候,两个民工敲开了魏华的家门,一个把脏兮兮的行李铺到地板上,另一个把背来的"中风不语"的八十老翁往行李上一放,扔下一张纸掉头就走。那张纸上写着:"栽树不给钱,无力养老人,我爹只好请魏书记养老送终了! 侯禄。"

侯禄属于那种受一点小伤就躺在国家身上赖一辈子的"公伤户",也是这次告植树刁状的骨干分子之一。他这么一闹,魏华家里大乱。丈夫韩庭贵劝她把这个案子推出去或者自己申请回避,理由是:韩庭贵是(组织那次植树工程之后接手的)现任营林局长。

魏华的得力助手孙滨领人核查林地,途中从冰上过河,突然掉进了冰窟窿——这往返多次的路上,怎么突然出现了冰窟窿,还巧妙地遮掩起来?

张大海原本就是从林业系统下岗的职工,大规模组织植树的时候,他领着一些从老家来的乡亲跟总承包人常天德分包了一块林地,并踏踏实实地按要求栽上了树。他们是真干了活的,却没有拿到一分钱,想要钱连常天德的面也见不着。无奈张大海去求"能人"侯禄,侯禄很痛快地答应帮忙,他跟张大海说我替你找常老板要钱得找个理由哇,就说你欠我的钱,骗张大海给他写了个欠钱5万元的条子,一转身拿着条子将张大海告上法庭。"欠钱不还"的张大海百口莫辩……有律师证的孙滨出庭辩护,替张大海平冤。

原营林局长(现林管局处长)程启祥,年轻的时候曾经跟魏华有过感情纠葛,他向魏华"提供重要情况",找了一个很神秘、很暧昧的地方"单独接触"。会面时程启祥告诉魏华,那份"验收单"是他在任期间为了应付检查报给上级的,根本没给承包方,在你家韩庭贵执政期间怎么就落到承包方手里了? 而且是把原件拿到法庭上当证据!(魏华听懂了:要么你丈夫与人勾结,要么他有无法逃脱的责任)

魏华不买账。结果,当天深夜街头上就出现了印有照片的"女纪委书记私会初恋情人"的小字报。

由于林地太多、取证时间过长,被告方迟迟未能抗述,法院再次强制执行,又从营林局的账户上划走了300多万! 为了保护国有资产和维持营林局正常运转,吴县长决定马上让财务人员建立私人账户,再来公款存进私户,"出了问题我这个县长负责!"同时焦急地催促办案进度,魏华郑重允诺。

韩雪在寒风中当街摆摊卖鞋,看到年迈的大姨魏茹跟半身不遂的姨夫在马路边上刨冰扫雪(承包这活儿,维持生计),心里很不是滋味,跑过去给他们各送一双防滑的毡底棉鞋。回来的时候发现摊床上搁了一封信,信封上写:"想加快核查进度么? 赶紧去找:'一撇胡、两道眉,韩局长的脑袋藏着贼。'"

当夜,魏华在家中拿着信封里的纸条百思不得其解;丈夫韩庭贵说这三句话可能指地形地貌;女儿韩雪说"韩局长"就是我爸,我爸的脑袋转圈有头发、中间秃顶! 魏华有所悟,韩庭贵也有所悟。

案情大有转机。被肮脏的利益联结在一起的常天德、程启祥,在"北极人家"的豪华大厅里纠集爪牙开会,商量对策。他们认定"力挽狂澜,最关键的还是整住魏华"。常天德从墙上拔出少数民族的弯刀,恶狠狠地拍到台子上——她女儿最近结婚,咱们要千方百计地帮她办喜事,不成,就帮她办丧事!

韩雪婚期临近,筛了又筛、选了又选,给最亲近的人发了请柬,准备动身前往婆家合婚之前摆5桌喜酒,结果魏华还是决定取消。韩雪实在不能理解,跟妈妈大闹,魏华含着泪向女儿道歉,含着泪为女儿献舞(小时候学的《远飞的大雁》)……终于,女儿扑过去抱住妈妈,母女俩抱头痛哭……

次日,当真心实意和居心叵测的人们大包小裹地来贺喜的时候,被邻居告之:魏书记从外地包了一台车,带着直系亲属已经把女儿送走了。

植树案重新审理,魏华、孙滨出庭,出示大量证据,据理力争。

夜晚,魏华、韩庭贵带些水果蔬菜,到大姐魏茹家探望。魏茹送他们出来,正在路边话别,停在暗处的一辆大卡车突然冲过来,直奔魏华! 最先看到车的魏茹推开妹妹魏华,自己被车撞飞……

血泊中的大姐魏茹怒目苍天! 在妹妹、妹夫撕心裂肺的叫喊声中,她露出了一丝苦笑,苦笑着变成了摆在魏华卧室里的遗像。魏华在遗像旁边发现一张丈夫韩庭贵留下的纸条:"我走了。为了大姐我该帮你,帮你去找'我的脑袋'。"

韩庭贵凭经验推断:树苗是按林地面积配的,当初树苗全领了,而林地有一半没栽,那就一定会有弃苗。找到了弃苗就找到了最直接、最有力的证据。几经周折,弃苗终于被他找到了——一个掩埋了亿万幼小树苗的"万苗坑"。正在他激动万分的时候,侯禄一瘸一拐地出现在他身后,用扳手猛击他的头部,他倒下了……

孙滨带着警察赶到了。侯禄被逮捕;韩庭贵被救走……

魏华赶来了,许多人都赶来了。魏华指着"万苗坑"泪随声飞:"就为了一己私利,有人竟敢活埋森林的后代,毁坏我们的生存!"

题材价值:警官、法官、检察官,在影视剧中的形象不胜枚举;而纪检监察干部却寥寥无几。这条战线对反腐倡廉、宏扬正气、构建和谐社会功不可没,也称得上英雄辈出。其中的女干部尤其难能可贵,她们在匡扶正义的过程中,需要与"男权"抗争,需要付出母性与亲情的牺牲,才能成就大业。

特色风格:冬季在大兴安岭地区拍摄,黑土、白雪、俄式建筑,构成一种环境色调——黑白分明,红色彰显;大森林的气势、大东北的气候,北方人特有的粗犷豪放,都能带来强烈的视听冲击,令人荡气回肠。

写故事大纲,一要简洁明快,二要尽可能地把故事的精华或者卖点展示出来,故事不一定很完整。

(二)分集梗概

从编剧的角度来说,分集梗概有两种作用:第一,为了给制片人看,使他更多地了解剧本的信息;第二,整理创作的思路,为将来的剧本写作打下基础。尤其在有的时候,一个剧本需要几个人合作写,分集梗概显得更为重要。

与简单的故事大纲相比,分集梗概更为详细,已经形成了未来剧本的雏形。从制片人的角度说,看了这个梗概,对整部剧的情节构思乃至剧作者的功力都有所了解,而对剧作者来说,这已经是比较完整的故事,只需加些场景,加上对话,就能把剧本写出来。

在很多情况下,分集梗概是在故事大纲的基础上写成的,也有的剧作者并不习惯写故事大纲,而直接就写分集梗概。分集梗概虽然不要求按场次来写,但应将每集戏中最主要的事件写出来。有时甚至要求把主要场景中发生的情节都写出来。

有时候,制片人要求编剧不仅写出故事梗概,还要写出每场戏中的主要情节点,例如电视剧《贫嘴张大民的幸福生活》第一集的分集梗概:

1.张大妈和女儿们张罗午宴,准备款待张大民的未婚妻。老五张大国旁若无人地温习功课。

2.张大民迟迟不归,老三张大军却领着女友来赴宴,令人侧目。他向女友一一介绍家人。

3.张大民黯然归来,徒弟贺小同(女方是她表姐)陪他。人们发现他又被抛弃,并且又喝多了。

4.邻居李大妈请张大民帮助刷房,他顿时酒意全消,让老二张大雨讥笑不已。

5.李大爷李大妈招待突然光临的李云芳和男朋友,把满脸白粉的张大民独自抛在梯子上。

6.张大民在公共水龙头旁边跟路过的李云芳没话找话,知道她的男朋友将去美国,心里酸溜溜的。

7.李云芳家传来摔东西的声音和哭泣的声音。胖大妈四处传闲话:丫头片子叫人家给蹬了。

8.张大民先喜后忧,想去而不敢去。这时候李家已经束手无策,派姐姐李彩芳来请"青梅竹马"了。

9.居委会主任败下阵来。特意打扮了一番的张大民使出浑身解数,李云芳仍旧不吃不喝。

10.张大民在新华书店乱翻书。问"有没有精神病"的,售货员讥之:你就是精神病!

11.他向心理医生马大夫(贺小同的表哥)咨询李云芳的病,扯到自己的单相思,被收了双份诊费。

12.按照李云芳男朋友的形象打扮自己:厚厚的眼镜片,亮亮的中分头。全家莫名其妙。

13.他苦口婆心连说带演,终于使李云芳扑倒了他。他脱口叫道:来人呐!

(三)场景梗概

"场景",指的是影视剧中的"一场戏"。例如影片《卡萨布兰卡》开篇,为完成背景介绍任务而进行的"叙述"中,场景梗概如下:

1.德国人占领法国人管理的城内,疾驶而来的警车冲破沉寂,人群躲避、逃散,警察冲入旅馆撞进各个房间时,出现一个吊死的人影。

2.街道一角,警察拦住一个路人在盘查……那人突然逃跑,警察开了枪……

3.一对被吓呆的匈牙利年轻夫妇到警察局想申请离境护照,却看到大批的难民绝望地被赶了出来。而又有大批难民涌向警察局……

4.一对英国夫妇向一个接近他们的欧洲人询问情况,明白要想离开此地,比登天还难。那人离去后,欧洲夫妇才发现被偷了钱包。

　　5.难民们怀着渴望、仰头看飞来的"能载他们脱离苦难"的飞机。而从飞机上下来的却是阻止任何人离去的德国法西斯少校！

　　6.德国少校与迎接他的法国上尉貌合神离、彼此暗斗的场面……

　　7.里克饭店中,美国老板里克既不爱女人又不吝惜金钱的举止言行,令人疑惑不解……

　　上述每一种场景中,都包含着引人入胜或强烈或含蓄的情节冲突,而在这一系列小的吸引人的冲突演进过程中,在观众兴趣盎然地观赏的同时,已经完成了片头背景的"叙述"。

六、理顺格式,创作文学剧本

(一)剧本的格式

　　影视剧剧本并没有固定的格式。创作原本是讲究个性化的,想用一种固定的格式约束创作者的个性和风格显然是不现实的,但作为编剧必须意识到,自己创作的剧本是为拍摄用的,因此要尽量使剧本的格式符合拍摄的要求。影视剧的特性在于镜头向镜头的运动,也就是蒙太奇形态结构。它的叙述和表现的方法,是在它之前出现的各种艺术所无法做到的。据此,我们来讨论一下影视剧本文体在结构形式上的特点。试看电影文学剧本《北极雪》的开篇:

　　　1.日,外
　　漫天飞舞的大雪纷纷扬扬……

　　大雪飘落在山林拥围的北极县城,灰黑的路面被铺白,墨绿的松针被点白,橙红的屋顶被涂白,就连为数不多的车辆也顶着一方白色缓缓移动……

　　从空中俯瞰,以原木堆雕的"木刻楞"和俄式小楼为主体建筑的小县城,被一张无边无沿的白色大网缓缓遮罩……(叠出片名和片头字幕)

　　　2.日,外
　　三辆法警值勤车从高坡公路上出现,威风凛凛地急驶进北极县城……

　　　3.日,外
　　县城商业街一侧,马路边上,一溜各色摊床。货物五花八门,摊贩竞相叫卖……一处摆满了毡底条绒棉鞋的摊床,二十三四岁的姑娘韩雪正在躬身整理台面上下堆放的鞋,十五六岁,机灵可爱的女孩小鹿站在旁边,两只手是各套一只大号棉鞋,"张牙舞爪"地高声叫卖:"哎南来的北往的,加格达齐鹤岗的,祖国北极观光的,野外作业站岗的,您过来看一看,您到这站一站……"

4.日,营林局大门前

三辆法警值勤车鱼贯而至,停车。从车上下来的法官、法警,涌进办公楼……

5.日,韩雪的摊床

小鹿在起劲地吆喝:"獐狍野鹿罕达犴,拔下棕毛压成毡,毡底棉鞋真保暖,穿上不怕三九天……"

韩雪笑着拍了一下小鹿:"小鹿你真能瞎白话!谁告诉你这毡底是罕达犴毛压的?"

小鹿:"管他呢,卖得好就行呗!(突然有所发现)哎?姥姥——?雪姐你看……"

韩雪顺着小鹿手指的方向看去——

不远处的横街上,魏华匆匆疾走……

小鹿:"这姥姥也真是的,路过这儿也不来看咱一眼!姐你说……"

韩雪:"去!你跟我叫姐姐,跟我妈叫姥姥,咋排的辈儿啊?"

小鹿(调皮地学广东普通话):"介细哝办法的啦——跟你叫阿姨,把你叫老了;跟她叫阿妈,把她叫小了——将就一点吧!"

韩雪打小鹿,二人笑闹成一团……

6.日,县政府大门前

县委、县政府大门前,黑压压地挤了上千人。人们穿着厚实的各色破旧棉衣,打着标语,纷乱地叫喊"政府为啥欠钱不给?我们要吃饭!"

一队警察如临大敌,在大门前横列,阻挡着试图涌入的人群。

副县长秦惠林爬上高处开始喊话:"老少爷们听我说,我是副县长秦惠林!栽树的情况我了解,我会替你们说话的……"

魏华挤进人群……

人群中有人议论:"呀,县纪委书记来了!"

7.日,韩庭贵办公室

五十左右的韩庭贵,坐在宽大的办公桌后面看报。他一脸恬淡,过早秃顶,留的是那种"地方支援中央"式发型。

"韩局长!"门突然被撞开,一个三十多的胖女人慌慌张张地闯了进来……

韩庭贵有几分不悦地:"怎么鞠科长?财务科有啥急事儿?"

鞠科长欲言又止,紧张地回过头去——

两名法官、四个法警不请自进，一字排开，站定于韩庭贵面前。

韩庭贵吃了一惊，很快又镇定下来，扭脸问鞠科长："怎么回事儿？"

鞠科长忙把手里的一张纸递了过去。韩庭贵接过来看了看，抬头问为首的法官："强制执行？"

那位法官矜持地用鼻子哼了一声。

韩庭贵伏案签字，而后将那张纸交还法官，对鞠科长说："送送客人。"

等室内人走光了，韩庭贵叹口气，拿起电话，拨通："赵县长吗？我营林局韩庭贵，我有个紧急情况要向您汇报……"

电影脚本与其他的文学作品不同，它不是写给一般读者欣赏的，它只供有关的演职员参阅。因为它的编写重点是专为拍摄电影所拟的一份蓝图，不像一般文艺作品具有独立性。它的内容只是拍摄的景物及演员的动作和对白，它的目的是使工作人员知道如何工作，使演员知道如何表演，仅此而已。

文学剧本包含对白和动作场景的描述，是接近"蓝本"之类的东西。文学剧本可以作为选择演员、美术设计、安排拍摄进度等工作的一个依据。

（二）从故事梗概到文学剧本

编剧应该学会根据故事梗概写剧本，几个人"接力"合写的时候，故事梗概的重要性更为明显，要是脱离故事自由发挥，就会导致前后难以衔接。

前面说过，故事梗概与最后完成的剧本还有着很大的距离，那些看上去好看的内容，未必就能写出好的戏来，相反，那些看上去似乎没有什么戏的情节也未必就真的没戏，这在很大程度上取决于编剧本身的艺术功力。

譬如关于电视剧《贫嘴张大民的幸福生活》开头的那段戏，作家刘恒在故事梗概里只写了一句话：张大妈和儿女们张罗午宴准备款待张大民的未婚妻；老三张大军却领着女友来赴宴；当张大民黯然归来，人们发现他喝多了。就这三句话，似乎看不出有什么戏好做，但刘恒却在这看上去没戏的地方，写了三场很精彩的戏。

在剧中我们看到，第一场戏刘恒抓住了宰鱼这样一个细节，把三个人的性格都写了出来。第二场戏梗概中没有写，显然是后加的，通过张大妈和李大妈在水龙头下的对话，不仅写出两家人的微妙关系，也很有戏。后两句话都发生在一场戏中，张大民醉酒归来，原本也不是什么大事，但作者却写出了一场极为精彩的戏。

有时候编剧不得不根据别人写好的故事梗概来写作剧本，而有些梗概又写得不是很规范，把握起来难度比较大。在这种情况下，编剧应该对故事梗概进行认真的审视，从中找到情节点，深入挖掘，有戏则长，无戏则短。

第四节　影视文学脚本的改编

一、影视改编的可行性

影视艺术自诞生之日起,就从小说、戏剧那里吸取了很多叙事和表现手法,用矛盾冲突、时空转换来展开情节,通过语言和动作来刻画人物性格,运用各种景物的变换来达到隐喻和暗示的艺术效果,等等。正因如此,影视剧具有对于文学作品实施声像"转译"的巨大可能性,也是影视剧幻化人类情感与艺术意味的一条"捷径"。

二、改编中的影视差异

电影与电视文学不仅有着互应互动、共存共荣的一面,彼此之间还有制作方式与过程、传播与观赏方式诸多方面的差异,这些差异又进一步影响了两者创作心理与思维方式的差异,现在再来看一下这些差异对于改编的具体影响。

一般来说,在电影院里的观影经验,多少具有一些超日常性。相反,很多电视剧都以人们的日常生活为素材,即使是演帝王将相,编导们刻意表现的往往也是其作为普通人的生活情态。

长篇小说最适合于以电视连续剧的形式"转译"成视听语言,电影在这方面就显得有些捉襟见肘了。尽管电影史上也有改编世界经典长篇小说为电影的成功例子,但往往只是作品主要情节线索与人物的抽取与改造,这样很容易损伤原作的艺术内涵。而且即便如此,它们在篇幅上也已经达到了极限。如根据列夫·托尔斯泰的《战争与和平》改编而成的苏联影片,一共分四集,总长达 360 分钟;根据肖洛霍夫的《静静的顿河》改编的同名电影,也达到了 270 分钟。20 世纪 80 年代,我国影视界曾将同一部经典名著《红楼梦》分别改编成电影与电视剧,应该说双方都组织了强有力的阵容,电视剧的播出引起了广大观众的强烈反响,而电影搞了六部八集,却反应平平。原因固然是多方面的,但篇幅的容纳程度显然是重要原因之一。

不过,电视剧这一"可长可短、灵活自由"的优势,如果运用不好或者滥用,就可能会把优势变为劣势。著名导演李少红执导的 25 集电视剧《橘子红了》,应该说剧作的摄影与画面都颇为精美,但最大的缺点在于情节进展过于缓慢拖沓,给人的感觉是编导们明显地试图拉长一个故事。而原因与编导们不加节制地把原本只有 4 万字的短篇小说拉长为长篇电视连续剧不无关系。

曹禺的《日出》原著,采取的截取社会横断面的结构方法,在舞台上只需 3

个小时便将人物形象塑造出来,它的凝聚力正是原著的艺术魅力所在。但是,它被搬上荧屏后成了长达23集的电视连续剧(谢飞导演,万方编剧),从时间上算,电视剧掐去片头片尾,比话剧的演出时间还要超过17个小时。

同样,老舍的短篇小说《我这一辈子》原小说也只有三四万字,但由此改编的同名电视连续剧(张国立执导并主演)却被扩展成了22集。如果每一集的文学脚本按1万字计算,也要达22万字。"掺水"太多的名著已经不能再称之为名著,即便是老舍、曹禺的作品也不能例外。

三、改编的一般原则

影视改编作为一种艺术创造行为,仍然有着它内在的规律与规范。我国现代著名诗人闻一多曾多次强调:戴着脚镣跳舞,才能跳得好,跳得美。说的也正是类似的意思。从这个意义上来讲,影视改编当然应该有一些改编者应当尊重乃至遵守的一般原则。不过,这里的所谓"原则"只能是建立在最宽泛意义上的一种柔性规范。影视改编一般说来应遵循以下原则:

第一,改编应该遵循改编者与原作方"互利互惠"的原则。

这种"互利互惠"的关系,还应该体现在经典文学与通俗文学、精英文化与大众文化的优势互补上。影视文学,从文学形态上讲,它是一种通俗文学;从文化形态上讲,则是一种大众文化。从某种意义上说,文学经典中优秀作品的个性化、风格化特征,恰恰可以弥补乃至克服大众文化与通俗文学的类型化、模式化缺陷,同时大众文化与通俗文学广泛的社会基础又可以最大限度地扩大精英文化与经典文学的影响,弥补其只在"小圈子"里起作用的不足,这应该是最理想的影视改编尤其是经典名著改编的方式。

第二,改编成的影视剧应该与原作之间具有起码的相似性。

美国导演弗郎西斯·科波拉之所以选用相隔半个多世纪的英国作家康拉德的小说《黑暗之心》,作为构思剧本的"故事架子",原因也在于他对这部小说的深切热爱,对其思想主旨有着精深的感悟与理解:"一个人溯江而上追寻那个已变成疯子的人,结果他找到那个人的时候,发现他面对着的是我们人人身上都存在的那种疯狂。我一向认为这给影片提供了一个不同寻常的基础。这是单枪匹马的追寻,是经典式的、寓意深长的历险故事。"所以,当与科波拉合伙的两位年轻人想拍一部反映越战的影片时,他首先想到了《黑暗之心》。尽管由于制片公司取消了计划,迫使剧本被搁置达十年之久,然而一旦时机成熟,科波拉又重新启用原剧本完成了影片的制作。这就是好莱坞的经典之作《现代启示录》。

第三，艺术上的"知音"关系，是改编取得成功的最为坚实的基础。

我国当代著名导演张艺谋在谈到他为什么选择把莫言的小说《红高粱》搬上银幕时，也非常明确而肯定地说他是因为对《红高粱》这部小说出于"本能"的热爱："我喜欢他书中表现的那种生命的躁动不安、热烈、狂放、自由放纵……我这个人一向喜欢具有粗犷、浓郁的风格和灌注着强烈生命意识的作品。《红高粱》小说的气质与我的喜欢相投。"

第四，改编者应充分发挥自己的艺术独创性，坚持艺术的创造性原则。

说到底，影视改编也是一种艺术创作，任何艺术创作都应该把创造性放到第一位。美国的乔治·布鲁斯东的改编观念体现在他的《从小说到电影》一书中，他认为，电影无法完全"忠实"于原著，因为电影有它自己的艺术特性及艺术手段，"从人们抛弃语言手段而采取视觉手段的那一分钟起，变化就是不可避免的。"在他看来，"小说不应该成为电影的规范，而应该视为一个出发点，电影只是以小说提供的故事梗概作为素材来创造性地创作一个新的独立的艺术作品，也就不会仅仅是对名著的图解。"

第五，名著改编的特殊原则。

名著与影视，一个是社会影响的根深蒂固，一个是社会影响的普遍广泛，同社会关系的紧密程度使二者在转换的创作过程中把社会性因素影响表现得尤为明显。我们同意这样的观点，所谓尊重原著，最重要的是重视原著的精神价值和艺术价值，保留其中的精粹成分，这是一个关系到改编之成败与否的问题。前不久央视一套黄金档播出的电视剧《赵氏孤儿案》，应该算是改编经典的成功范例。《赵氏孤儿》作为中国的传统戏剧，有人称它为中国的《哈姆雷特》，伏尔泰曾将之改编为《中国孤儿》，王国维则认为其"列于世界大悲剧中，亦无愧色"，说的都是它作为经典的价值。改编《赵氏孤儿》，无疑难度很大。《赵氏孤儿》改编的关键是如何处理程婴的主动献子。血缘是儒家家族文化的根基，人人皆知"虎毒不食子"的常理，程婴献子正是对这一观念的超越。当有一个巨大的不义存在，当有更多的婴儿等待拯救、更大的正义等待实现时，人是可以做出这种超越性的选择的。程婴违背人性的选择，是这部悲剧的关键所在。《赵氏孤儿案》对此段的处理，比较严谨、合情合理，尤其对程婴与公孙谋划此计的处理，不仅丰富了原剧的情境，也很有古典戏剧的风韵。《赵氏孤儿案》虽对元杂剧做了很多改编，在人物形象、戏剧冲突上增加了很多细节，但还是尊重原剧之魂，展示了中国传统文化对复仇与正义的价值认知。《赵氏孤儿》的几位义士，在婴儿无法主宰自己命运时，保留复仇的火种，其实是在替天行道，因为血亲复仇是合理的。如果把"三百口亲丁"灭门，视为一个巨大的不义，也就自然理解了那些义士超越人性和死亡的各种选择，是"替天行道"的巨大情怀促使他们完成各自的行动，电视剧对此做了较为充分的阐释。近年影视剧改编历史经典常常遭遇各种质疑。对经典究竟是忠实还是创新，成为核心焦点。改编者几乎都声称自己更尊重原著的精神，哪怕是有所创新，也把它标榜为更贴近历史真实的解读。如何让经典记忆与当下的审美潮流做到尽可能完美的对接，是所有创作者要不断思考的问题。但创新一定得尊重中国传统文化的基本精神，创新的目的是唤起人们对传统价值的新情感，体味经典的韵味与内涵。从这个角度说，《赵氏孤儿案》尊重了原著所展示的文化价值，尽最大可能还原了人物和故事之"神"。经典之所以成为经典，就在于它的历史穿透力，它所表现的价值观是经过历史与民众检验的。如何把一部经过民族历史检验的经典搬上荧屏，本身就最能考验一个创作者的功力。因为经典不仅携带和见证了我们关于文明的公共记忆，它所承载的精神内涵与价值往往是普通作品无法比拟的。

2004 年，电视剧《林海雪原》对原著作了大胆的改动，对杨子荣的形象进行了再创造。杨子荣出场时不是一个精干的侦查英雄，而是一个军分区司令员身边做饭的伙夫，爱吃爱喝，也爱唱几首酸曲儿，世故圆滑，甚至有些"痞气"。而机智勇敢、不畏艰险的杨子荣一直是人们心目中的英雄人物，其英雄气概已经成了时代的标识之一，就这样被从英雄的位子上拉下来，观众心里都很不舒服，杨子荣的家人甚至告上了法庭。

黄亚洲就这个问题阐述了自己的观点："红色经典是我们国家、民族很长一段历史时期形成的价值观念，英雄人物体现的价值深深地印在人们心中。因此，作品的改动要格外慎重。虽说作家的创作是没有禁区的，价值观的取舍改动还是要慎重，不能因为再创造而伤了人们的感情，如果没有正确的历史唯物观，没有对红色经典正确的认识，就不能轻易改编。"

四、影视改编的常见方式

常见影视理论界对一部改编作品争论不已——不是争论它的文化价值与艺术价值，而只在它是否"忠实于原著"上大动干戈。这实属不必。因为改编本可以有多种方式——

第一种："照编"。

即是把原著内容不大变动地用影视方式体现出来。其中，可以是整体照编。如影片《祝福》对原著小说《祝福》的搬演、影片《哈姆雷特》对同名戏剧的搬演、影片《菊豆》对小说《伏羲伏羲》的搬演等；可以是缩编，如著名影片《简爱》对数十万言的原著小说的缩写、影片《青春之歌》对同名长篇小说的缩写等；也可以是节选，如电影《红楼梦》对原著小说片段的表现、影片《林冲》只截选《水浒传》中一个叙事单元加以表现、影片《小花》节选自长篇小说《桐柏英雄》的一条副线等。

第二种:"改编"。

即在原著、原作的基础上,加入改编者自己某些方面的创作性改写——或者特意强调原作的某一方面或层面的故事情节或人文内涵,使之"发扬光大"而减略其他,如《大红灯笼高高挂》对小说《妻妾成群》的改编、日本的黑泽明将莎士比亚的名剧《麦克白》改作由日本古装人物表演的具有本国风格的影片《蛛网宫堡》。或者将两部(或多部)原作的情节故事经删削、挪移、拼接、组合,形成一部影视新作,如日本影片《生死恋》脱胎于《爱与死》和《友情》两部小说的合并组接、《罗生门》来源于芥川龙之介的两篇小说《筱竹丛中》和《罗生门》等。

第三种:"创编"。

只是借原作的基本轮廓、大体框架,甚至只凭借原作中某一局部人事场景而"借题发挥",几乎(或根本)不顾及原作的既定题旨或故事的具体内容而进行充满改编者新异发现的再创作。此类方式在一定意义上已经不能属于人们约定俗成的"改编"范畴,但由于它毕竟在某种程度上"源"于原作,所以还是宽容地将其归纳进来为妥——因为原作者往往不大宽容,版权的纠纷还是尽量避免为好。

五、影视改编的主要方法

如同没有一个固定的原则来约束改编者对于作品的独特表达一样,对原作的影视改编也没有一套完全固定的方法与程序。本节只是在对前人的实践和理论进行归纳的基础之上,提供一些大致的方法以供参考。

(一)对象的选择——改编什么?

什么样的其他品类的文艺篇章可以改编为影视作品?

可从两方面衡量:第一,有好的"故事";第二,这个故事具有较强的"可视性"。并不是所有的文学作品都适合于被改编成影视剧,这应该是一个常识。鲁迅生前曾坚决反对将《阿Q正传》搬上舞台或银幕,他在给友人的信中说:"我的意见,以为《阿Q正传》实无改编剧本及电影的要素,因为一上演台,将只剩了滑稽,而我之作此篇,实不以滑稽或哀怜为目的,其中情景,恐中国此刻的'明星'是无法表现的。"事实证明,鲁迅实在有先见之明,1981年出品的电影《阿Q正传》,尽管由老作家陈白尘先生亲自编剧、著名演员严顺开的表演也非常出色,但给人的感觉还是没有把原作的艺术神韵表现出来,至于2002年曾在北京电视台播出的10集电视剧《阿Q的故事》,更是把原作改得面目全非,不仅像鲁迅所说的只剩下了滑稽与无聊,还加上了令人难以忍受的低俗。

更著名的改编失败的例子应该是美国文学大师海明威,他的那些经典作品都先后惨遭"厄运"。据说他在观看了由好莱坞改编的影片《老人与海》后,说的第一句话就是:"好莱坞又犯了个愚蠢的错误!"

从中外影视文学的大量改编实践可以看到,文学名著和畅销书一直是改编者的宠儿,并且小说占了绝对数量,而小说中又以有着完整故事情节的著作为甚。但是,中国的传统文学有着浓郁的诗化精神与诗化特征。这种诗化精神与诗化特征直接影响了中国电影在民族化道路上的诗意追求与探索。

著名电影《黄土地》就是根据散文家柯蓝的一篇散文改编而成的。《一个和八个》(张军钊导演,1984 年)就是取自著名诗人郭小川的同名长篇叙事诗,有人曾这样评价这部电影在影视改编史上的意义——第一次,人们发现了在电影当中,故事情节不是唯一的东西。也是第一次,让人们发现了摄影的色彩以及构图和造型有如此震撼人心的魅力。

(二)取舍与整合——怎么改编?

1. 情节结构的删改

在改编中,也许原著的精神不变,风格不变,但情节和结构却是改编中最重要的可调度的元素,正如乔治·布鲁斯东所说,当一个电影艺术家着手改编一部小说时,虽然变动是不可避免的,但实际情况却是他根本不是在将那本小说进行改编。他所改编的只是小说的一个故事梗概——小说只是被看做一堆素材。他并不把小说看成一个其中语言与主题不能分割的有机体;他所着眼的只是人物和情节,而这些东西仿佛能脱离语言而存在。当然,很多时候增删与改动又是不可分割、融为一体的。像根据艾米莉·勃朗特的《呼啸山庄》改编而成的同名电影,就几乎把原小说删掉了一半,同时又增加了三十多场戏。尽管这些新增加的戏是从小说中轻描淡写的地方发挥、延伸过来的,但改动后的影片已与原小说主题意旨相去甚远。

2. 时空的处理

文学是一种在时间上展开的艺术。在叙述故事时,是按照时间的推移把事件和情节逐点写出,就是说以时间为线、空间为点;在每个点上的具体形象要由读者自己去想象构成。在把文学作品改编成影视剧时,时空的转换处理在拍摄过程中很大程度上是一种经验性的技巧。在创造影视的新时空中,一般不是压缩了,就是拉长了,另外还有共时性的处理——

(1)时空的压缩。文学作品中总是有一些细致的描述和交代性的内容,比如人物的外貌表情动作的描述、人物关系、时间进程的交代,这些往往是一部好作品中不可少的精彩部分，但在影视剧中就需要进行压缩处理。原作中的语言描写，文字上无论有多长，在影视剧中都可以压缩到分或秒。一般来说，影视剧中的时间压缩与省略，主要是用蒙太奇手法，在空间的转换中形成人们对时间的意识。如用光影的变换，时钟的走动，日历的换动，水流、季节的变化等暗示时光的流逝，用人物的服饰变化、环境的改变也可以表现人物命运的变迁。在奥逊·维尔斯的影片《公民凯恩》中，有个体现了多种压缩时间手法的典型例子。通过同一场景——共进早餐的六次不同变化来暗示时间的变换。每次早餐的景色及人物的服饰都有变化，对话也由默契到争吵到沉默；从新婚时甜蜜的早餐到最后凯恩拿着自己的《问世报》，而妻子爱米丽拿着凯恩对手办的报纸遮住自己的脸——六组镜头，放映时间只有两分钟，就表现了九年中夫妇感情从和谐到破裂的全过程。

（2）时空的扩展。贝拉·巴拉兹曾在《电影美学》中举了一个时空扩展的典型例子：一个精通业务的导演，会运用快速的剪接把快到终点的几秒钟弄得非常紧张，参加比赛者的前进速度在客观上并没有改变，但为了让观众看清楚动作的每一个细节，比赛者在最后几秒钟的画面里却像拖慢了脚步。延长时间有两种方法：一是高速摄影（又叫做"时间的特写"），它放大了时间，捕捉到时间的每一瞬间，起到突出情绪和加强镜头感染力的作用；还有一种是多方位、多视点、多景别地拍摄同一事物，再加以剪辑。最突出的延长时间、扩大空间的例子恐怕要属爱森斯坦的《战舰波将金号》中著名的段落"敖德萨阶梯"了。导演将不同方位、景别拍摄的镜头反复地组接，使得屠杀的时间显得比实际时间长得多；空间上也扩大了，那阶梯显得又高又长，似乎一直都不会走完。这样就延长了观众的感受时间并产生了巨大的感染力。这组镜头历来为人们所称道。

（3）共时性处理。影视剧是时间和空间的艺术，最能鲜明体现这种双重艺术表现功能的方式，就是共时化处理——直观地展现时空，将文学作品中描述的细节逼真地呈现在观众面前。《乱世佳人》开头，在小说中，作者先描述思嘉丽，写在廊里聊天的情形之前又要先介绍塔尔顿家的孪生兄弟；而在影片中，镜头中直接同时出现三个人——活泼任性的思嘉丽，身边两个懒洋洋的纨绔子弟，让不同的几个人的形态同时展现出来，又将思嘉丽放在画面中间，占着主要地位。这样，既直观又有重点，而且并不影响叙事的进程，并且这种共时化处理本身也就是在叙事。这几个镜头就抵上了书中好几个长段的文字描写，并且紧凑、简洁，真正应了"一个画面能抵上千言万语"的说法。

3.视听造型

在阅读文学作品的过程中，人们都会在脑海中想象出其中的人物、情节，对于文学作品的改编,如何鲜明生动而准确地把文字中的人物、情节、环境等因素视觉化,就显得非常重要了。

(1)人物形象的视觉化。在影视剧中,人物的视觉化包括外在的"形"和内在的"神"——性格、心理和情感。改编自文学作品的影视剧中人物的外形选择比原创剧本的人物外形造型要谨慎得多,尤其是文学名著。在技术越来越成熟的影视发展中,化妆、服装设计等对于塑造外在的"形似"有着非常大的辅助作用。

(2)情节的视觉化。在文学作品中,情节靠抽象的因果关系联系起来;到了影视中,要将事件的这种因果关系转化成具体、可视的景象,同样离不开蒙太奇的手段。高尔基说:"文学的第三个要素是情节,即人物之间的联系、矛盾、同情、反感和一般的相互关系——某种性格、典型的成长和构成的历史。"情节视觉化处理的方式和人物视觉化处理有着相通之处,都是需要用某些媒介来表达,具体化抽象的东西,这往往需要改动原作中的叙述,以更"影视化"的方式来表达。像小说《围城》中,方鸿渐去见前丈人、丈母娘,有这样一段:周太太领他去看今晚睡的屋子,就是淑英生前的房。梳妆台上并放着两张照相:一张是淑英的遗容,一张是自己的博士照。方鸿渐看着发呆,觉得也陪淑英双双死了,萧条黯淡,不胜身后魂归之感。电视剧中,周太太领方鸿渐进屋,只见所有的家具上都盖了帐布——这自然是为了防尘,也说明这里是久无人居之地。周太太掀开帐布,一时帐影重重,鬼气森森。小说中虽没有这样的描写,但电视用影像把小说的氛围刻画了出来。

(3)声音的运用。有声电影出现以后,声音在电影中就成为极为重要的表现手段。改编过程中,一个重要的方面,就是要把声音(包括人声、音响与音乐等几个方面)注入到影视剧中。插曲、配乐运用得当也会在影视剧中起到画面所无法取得的效果。我国著名音乐家王立平通过自己独特的艺术创造,为《红楼梦》中一些富有代表性的诗词谱上了曲子,把小说的诗情画意与情感意蕴运用音乐的形式,非常传神地表达了出来。其中主题曲《枉凝眉》及《葬花吟》、《晴雯歌》等插曲,早已成为当代通俗音乐歌坛上的经典作品。电视连续剧《三国演义》也同样采用了原著中的开卷词:"滚滚长江东逝水,浪花淘尽英雄。是非成败转头空,江山依旧在,几度夕阳红。白发渔樵江渚上,惯看秋月春风。一壶浊酒喜相逢,古今多少事,都付笑谈中。"作为主题曲的歌词,那浑厚深沉的男中音与悠扬婉转的曲调配在一起,仿佛又把我们带回了一千多年前那群雄纷争、刀光剑影的三国时代,唱尽了多少英雄豪气,喟叹了多少人生无奈的感受。

题材主题篇

　　狭义的题材，就是指构成影视剧作品内容的元素，是影视剧作品所描写的具体事物，是从现实的或历史的客观生活中选择出来，经过集中、提炼、虚构而成为影视剧作品材料的一组生活现象。

　　素材是影视剧策划人、剧作家和各种造型艺术家在生活中积累下来的没有经过加工的原始材料，是题材的来源和基础。

　　直接素材：是创作者亲自实践、经历过的，体验、感受过的。

　　间接素材：是创作者通过别人或别的媒体传播中得到的。通常，这两种素材在形成为题材的过程中往往是互补的。

　　主题是艺术品的核心、灵魂，它对一部作品的成败优劣，有着至关重要的意义。主题不是抽象的思想，而是具体艺术品所体现出来的起主导作用的基本思想（因而也叫"主控思想"）。一般地说，它并不单纯、孤立地存在，而是依附于具体、生动的艺术形象之中，是在艺术形象的显现中自然地流露出来的。

　　主题首先和题材相关。对于题材（即进入作品中的生活材料）的选择和表现，反映了创作者的认识和评价。主题，还和艺术形象结合在一起。艺术品中的艺术形象，指包含着作者情感、认识的描写对象。在不同体裁、不同题材的艺术品中，艺术形象也有不同的含义。

第三章　影视剧作的题材与类型

第一节　影视剧作品的题材

黑格尔在《美学》中说："艺术的内容就是理念，艺术的形式就是诉诸感官的形象。"这样看来，影视剧艺术作品的内容，既包括客观的现实或历史的社会生活，也包括创作者的主观评价和思想感情。所以，它是客观和主观的统一体。这样一种内容的构成要素，当然首先是题材。

一、题材是影视剧直接讲述的对象

关于题材，有一种广泛的含义，指的是作为创作材料的社会生活的某些方面，如《烧锅屯的钟声》《希望的田野》《野鸭子》《马向阳下乡记》《老农民》表现的农村题材，《汽车城》《世纪之约》涉及的工业题材，《商界》《金融潮》、《青瓷》《温州一家人》涉及的商业题材，《DA 师》《我的团长我的团》《士兵突击》《火蓝刀锋》《我是特种兵之火凤凰》涉及的军事题材，《半边楼》《命运的承诺》涉及的教育题材，《小兵张嘎》《我不是差等生》涉及的儿童题材，《英雄无悔》《荣誉》《营盘镇警事》涉及的公安题材或者现在所说的涉案题材，《大雪无痕》《绝对权力》涉及的反腐题材，《咱爸咱妈》《今生是亲人》《老有所依》涉及的亲情伦理题材，《牵手》《空镜子》《离婚律师》涉及的都市婚恋题材，《白领公寓》《五星大饭店》《爱情公寓》涉及的所谓"青春偶像"题材，《画魂》《半生缘》《一代枭雄》涉及的民国史题材，《非常公民》《走向共和》涉及的近代史题材，《汉武大帝》《大明宫词》涉及的古代历史题材，《长征》《延安颂》涉及的重大革命历史题材。此外，还可以说到妇女生活题材、市民生活题材、少数民族生活题材，乃至旅居异国生活题材，等等。

狭义的题材，就是指构成影视剧作品内容的因素，是影视剧作品所描写的具体事物，是从现实的或历史的客观生活中选择出来，经过集中、提炼、虚构而成为影视剧作品材料的一组生活现象。

二、从现实生活中挖掘有意义的故事素材

我们偶尔能读到或看到优秀的作品,但故事的艺术正在衰落,即如亚里士多德在 2300 多年前所指出的,如果连故事都讲不好了,其结果将是颓废与堕落。影视剧离开诚实而强有力的故事便无从发展。

好莱坞每年生产和发行的影片为 400～500 部,大约是每天一部影片。其中有少数优秀影片,但大部分都属平庸或粗劣之作。大制片厂的故事部门要阅读成千上万个剧本、故事大纲、小说和戏剧,才能从中精选出一个上好的银幕故事。或者说得更准确些,挑选出一些半好的东西来开发成上好的剧本。到 20 世纪 90 年代,好莱坞的剧本开发成本已经攀升到每年 5 亿多美元,其中有四分之三都付给了作家去选定或改写一些永远不可能投拍的影片。当今的"作者"们讲故事的能力已经不能与其先辈们比肩了。然而,亚洲影片眼下却在北美和世界各地畅行不衰,打动和愉悦着千百万观众,成为国际影坛关注的焦点。其原因只有一个:亚洲电影人能够讲述精彩的故事。

故事艺术是世界上主导的文化力量,而影视艺术则是这一辉煌事业的主导媒体。美国作家协会剧本登记服务处每年记录在案的剧本多达 35 万多个,这还仅仅是记录在案的数字。在全美国,每年跃跃欲试的剧本数以百万计,但真正能称为上品的却寥寥无几。其原因固然是多方面的,但根本原因可以归结为一条:如今想要成为作家的人,根本没有学好本行的手艺便蜂拥到打字机前。

从上世纪初开始,一些大学就相信,就像音乐家和画家一样,作家也需要接受类似于音乐学院或美术学院的正规教育,来学习其创作技能的原理。为了达到这个目的,许多学者都写出了有关剧作理论和编剧艺术的杰出著作。欧洲学术界普遍否认写作是可以教授的。结果,创造性写作的课程始终未能列入欧陆大学的课表。直到最近,除莫斯科和华沙之外,欧洲所有的电影学院都不曾开设银幕剧作课程。他们忘记了,学徒是需要师傅的。

故事衰落的终极原因是深层的。价值观、人生的是非曲直,是艺术的灵魂。作家总是要围绕一种对人生根本价值的认识来构建自己的故事。可是我们的时代却变成了一个在道德和伦理上越来越玩世不恭的、相对主义和主观主义的时代——一个价值观混乱的时代。例如,随着家庭的解体和两性对抗的加剧,谁还会认为他能真正明白爱情的本质? 即使你相信爱情,你又如何才能向一群越来越怀疑的观众去表达?

这种价值观的腐蚀便带来了与之相应的故事的腐蚀。和过去的作家不同

的是，我们无从假定。我们首先必须深入地挖掘生活，找出新的见解、新的价值和意义。然后创造出一个故事载体，向一个越来越不可知的世界来表达我们的理解。这绝非易事。选择、集中、提炼、虚构的过程就意味着题材有一个生成的过程。这就涉及人们通常说到的题材与素材的关系问题。

（一）什么是素材？

素材是影视剧策划人、剧作家和各种造型艺术家在生活中积累下来的没有经过加工的原始性的材料，可以是现实生活的，也可以是历史的，还可以是神话、传说和民间故事传承下来的，甚至是一切原有的文学艺术作品传承下来的，包括自然和社会的一切领域。这是题材的来源和基础。从素材到题材，还需要经过"塑形"。也可以说，它是一种外在于艺术作品的元素，只有在"诗化"的过程中才能成为作品的一部分。

就创作者的社会实践因素而言，并不是说他们所要创作的影视剧作品所显示的生活一定都要自己亲身经历。事实上，也不可能都去亲身经历。能够做到参与、熟悉、学习、接受、体验、感悟，做到感同身受，也就可以了。

直接素材：是创作者亲自实践过的，经历过的，体验过、感受过的。

间接素材：是创作者通过别人或别的媒体传播中得到的。

通常，这两种素材在形成为题材的过程中往往是互补的。间接素材往往又都会经过创作者其他方面的生活实践和亲身经历来加以消化，转化为可用的素材。比如 20 集电视连续剧《大雪无痕》。题材的原本素材是，某地一个女人被人砍了好几刀还坚持不屈，最后告倒了 132 人，终于将罪犯绳之以法。那是一个真实的故事。创作者是间接获取这些素材的。

（二）素材怎样转化为题材？

一般说来，素材形成为题材，是影视剧策划人、剧作家和各种造型艺术家对素材进行选择、集中、提炼、虚构的过程，这个过程就是题材的生成过程。在这个过程里，有两个方面的因素制约着素材生成为题材，生成为影视剧作品直接讲述的对象。

设想在地球上的普通一日，有多少故事在以各种形式传送着：翻阅的散文书页、表演的戏剧、放映的电影、源源不断的电视喜剧和正剧、24 小时的报刊和广播新闻、孩子们的睡前故事、酒吧内的自吹自擂、网上的闲聊。故事不仅是人类最多产的艺术形式，而且在和人类的一切活动——工作、玩乐、吃饭、锻炼——争夺着人们每一刻醒着的时间。

正如评论家肯尼思·伯克所言：故事是人生的设备。

日复一日，我们在寻求亚里士多德在《伦理学》中提出的那一古老问题的答案：一个人应该如何度过他的一生？但是问题的答案总是在躲避着我们，当我们力图使我们的手段合乎我们的梦想时,当我们力图将我们的思想融入我们的激情时,当我们力图让我们的欲望变成现实时,那一问题的答案却躲藏在飞速流逝、难以捉摸的时间后面。传统上,人类一直是基于四大学问——哲学、科学、宗教、艺术——来寻求亚里士多德问题的答案的,试图从每一门学问中得到启迪,从而编织出一种人生意义。但如今,如果不是为了应付考试,谁还会去读黑格尔或康德?世人对电影、小说、戏剧和电视的消费是如此地如饥似渴。故事艺术已经成为人性的首要灵感源泉,因为故事在不断地设法整治人生的混乱,挖掘人生的真谛。我们对故事的嗜好反映了人类对捕捉人生模式的深层的需求,这不仅仅是一种纯粹的知识实践,而且是一种非常个人化的、非常情感化的体验。

罗伯特·麦基说得好:故事是生活的比喻。

因此我们可以说:将素材转化为题材的关键步骤是编故事。

我们可以来看一看关于众所周知的"圣女贞德"的一系列事实。几百年来,数位知名作家已经将这位不凡的女性送上了舞台,写入了书页,搬上了银幕,他们所刻画的每一个贞德都是独一无二的——昂努伊尔的高尚的贞德、萧伯纳的机智的贞德、布莱希特的政治的贞德、德莱叶的受难的贞德、好莱坞的浪漫勇士,而在莎士比亚笔下,她却变成了疯狂的贞德,这是一种典型的英国看法。每一个贞德都领受神谕,招募兵马,大败英军,最后被处以火刑。贞德的生活事实永远是相同的,但是,她的生活"真实"的意义却有待于作家来发现,整个样式也因之而不断改变。除了知觉力和想象力是创作的先决条件外,还有两种超凡的基本天才是写作者必须具备的。

第一是文学天才——将日常语言创造性地转化为一种更具表现力的更高形式,生动地描述世界并捕捉人性的声音。

第二是故事天才——将生活本身创造性地转化为更有力度、更加明确、更富意味的体验。它搜寻出我们日常时光的内在特质,将其重新构建成一个使生活更加丰富的故事。

故事能够以人类交流的任何方式来表达,戏剧、散文、电影、歌剧、哑剧、诗歌、舞蹈都是故事仪式的辉煌形式,各有其悦人之处。只不过在不同的历史时期,不同的样式走红而已。16世纪是戏剧,19世纪是小说,20世纪以来则是电影、电视剧——所有艺术形式的宏伟融合。故事天赋是首要的,文学天赋是次要的,但也是必需的。这是电影和电视剧创作的绝对原则。

三、影视剧作品题材的构成

影视剧是一种叙事性的艺术作品。当它用画面讲述人生故事的时候,它的题材一定是由人物形象、故事情节和环境氛围构成的。所谓的社会关系，包括经济关系、政治关系、思想关系、文化关系，以至民族关系、阶层关系、社群关系、家庭关系，还有地域文化关系、宗教文化关系，等等，实际上都是人与人的关系。可以说，一切社会关系的总和恰恰就是人。

人的活动构成了各个领域的社会生活。社会生活是影视剧表现的主体，换句话说，在社会生活中选取的以人为核心的事件，就是影视剧作品内容构成的题材。

在影视剧作品里，我们把情节界定为：人物的合乎逻辑的行动，演绎成的有着一定因果关系的某种完整的生活事件，或者说，也就是人物性格和命运演变的过程。

再说环境氛围。影视剧作品的形象内容系统的构成里，环境氛围就显得十分重要了。恰如马克思、恩格斯在《德意志意识形态》里说过的，"人创造环境，同样环境也创造人"。这环境，当然包括自然环境和社会环境。

至于氛围，无非就是一种特定的气氛罢了，像平静、祥和、欢乐、悲痛、惨烈、悲壮、凄凉、温暖，等等。影视剧里形象内容的构成里，环境氛围的描写和渲染，的确是不容忽视的。不妨借用文学大师茅盾的话来强调一下，那就是："人物不得不在一定的环境中活动，因此，作品中就必须写到环境。作品中的环境，不论是社会环境或自然环境，都不是可有可无的装饰品，而是密切地联系着人物的思想和行动……不适当的环境描写会破坏作品的完整性，至少也要破坏作品的气氛。"

四、影视剧作品题材的分类与思考

（一）按时间划分，有历史题材与现实题材

很显然，历史题材的戏未必是古装戏，而古装戏也并非是历史题材。

我们所说的古装戏，应该以清代为界限。那以前国人的着装及外表打扮完全不同于现代，社会制度和生活情状也迥异于当今。但古装戏并不能等同于我们所说的历史题材，历史题材应该以真实的历史作为依据或背景，而我们看到的许多古装戏如《笑傲江湖》、《还珠格格》、《康熙微服私访记》、《武林外传》等其实跟真正的历史并无关联。

对于表现中国近、现代历史题材的影视剧，《北平无战事》不可不说。自2014 年 10 月 6 日开播以来，《北平无战事》的收视率迅速就挺进了全国前三，一路飘红，收视率成绩单交上去了，口碑也铺天盖地的好，又极其精准地对上了中央反腐的决策，天时地利人和，实在长脸。中国文联理论研究室、中国文艺评论家协会、中国电视艺术家协会专门于此间召开《北平无战事》作品研

讨会。来自影视艺术、史学、文学、军事、社会学以及青年工作等多个领域的专家学者从不同学科背景出发，以"第三方研讨"就该作品进行了"多学科碰撞"。

中国文艺评论家协会名誉主席李准表示，对于《北平无战事》编剧刘和平而言，该剧最大的成功是民族文化立场的自觉给历史剧的创作带来了新的活力，刘和平强调最根本的东西就是在当今世界经济全球化的态势下要有民族文化立场，《北平无战事》展现出了这种文化自觉。

中国文艺评论家协会副主席、中国文联电视艺术中心主任张德祥认为，关于国共两党之间几十年的历史，艺术作品已经表现得非常多了，北京和平解放这段历史在上一个五年时间有两部作品，《战北平》和《北平战与和》，都是写北平的和平解放，那两部作品是直接写重要的当事人傅作义，2014年出现的这部《北平无战事》也是写1948年、1949年这段时间北平面临和平解放的历史趋势，和前两部作品不同的是它不是直接写当时对这个事件有最重要影响力和决策力的当事人，而是从另一个角度写这段历史。

张德祥认为，同类作品一般都是通过艺术的方式揭示历史，但编剧刘和平的这一作品不然，"他首先把历史吃进去，把历史消化了，把历史打碎了，重塑历史，他所重塑的历史是艺术化的历史，达到了艺术真实的历史，这段历史里我们可以感到历史真实。"

与会文艺家认为，《北平无战事》不类型化、不脸谱化，以真诚的创作吸引人打动人，是近来最具讨论价值的影视作品。不少追剧观众表示，很久不曾这样热衷国产剧，更强调，因为《北》剧历史背景复杂，台词十分文学化，"第一次一边追剧一边还要恶补古诗词、猛翻历史书。"（中新社北京2014年11月26日电　记者高凯）

刘和平对剧本的掌控力令人叫绝。一件贪腐案，一场翻天巨变，政治的角力和金融的精细，时代的诗意与残酷，通通游刃有余，七年雕琢功力全显。要政治有国共明暗战线的搏，有国民党内部少壮派和贪腐陈旧势力的斗，要文艺有庚子赔款后美国留学生们的洋风与开放思潮下的古风，要情怀有崔中石与方孟敖的君子之交与家国大爱，要爱恋有方家、何家、崔家三种小家温情……应有尽有，条条脉脉舒展缠绕，一盘大棋。

有人觉得《北平无战事》不符合收视规律，刘和平说这简直可笑，"我的创作最大的强项就是我懂戏"。这句话，当下谁也没有刘和平有底气说，因为作为群像剧而言，《北平无战事》的人物线、故事线简直精妙到纤毫毕现，又无比庞大。53集的篇幅，如《雷雨》矛盾激烈迸发于一夜般，完成了丰满复杂的人物刻画、错综复杂的情节架构，还有浓郁又风情的、以史为鉴的历史兴味。况且，《北平无战事》不像其他历史正剧一样严肃而干巴巴，也不像一般的谍战剧一样血呼啦擦,从靡靡柔情的《月圆花好》,到一首接一首的古体诗、新体诗,古今中外,文艺得很。

程小云是程派青衣,嗓音唱腔便有京戏的韵味;叶碧玉是上海家妻,侬音软语便细细叨叨。经济学者、银行家方步亭、何其沧念的是"老阮不狂谁会得,出门一笑大江横"、"复仇者不折镆干,虽有忮心者不怨飘瓦"这样的风骨,追求信仰的无间道青年梁经纶是幽幽念着"古老的夜晚和远方的音乐是永恒的,但那不属于我",饿着肚子的流亡学生集体背诵着朱自清的《荷塘月色》……那样的年代正是如此的情志,三言两语,气质全出来了。有意思的是,学者念诗,官者们在骂人,骂得声情并茂。程煜饰演的马汉山俨然一块滚刀肉,越到后期越精彩,一口一个"混账王八蛋"成了绝对标签,也是全剧最亮眼的喜感元素。台词一字一句,言之有味,没有废话。

正是因为演得好、拍得好、用心到位,观众才会这么买账,只闻其声、不见其人的"建丰同志"也红了,硬是被挖出正是负责全剧旁白的吴凌云。剧本给表演预留了充足的空间,镜头也不着急掠过,演员们的表演便如滔滔江水,痛快地淹没了看剧的人。饰演何其沧的焦晃,年近 80 高龄,兢兢业业演着一个忧国忧民的经济学家,剧中的演技派们,都是被剧本吸引来,使出一身功力在演。1948 年围绕着国民党币制改革发生的故事,都在历史的云烟中埋藏进了档案,金融战场的锋芒与真正的战场是不同的,这并不是说伤亡鲜血的多少,而在于更多条战线、更多知识分子阶层的高级博弈,以及官场厚黑的波云诡谲,是枪林弹雨的战场无法比拟的,而这正是目前的年代剧、战争剧所缺少的。所以要看懂《北平无战事》需要的不是智商,而是情商,要听懂那些话外音,明白那些说一半藏一半的意味,因此感觉到"烧脑",体会到"堪比美剧"的口碑评价。①

最后说时装戏。时装戏是指那些反映当今人民生活题材的影视剧。此类影视剧因为反映当下人民的生活,戏中所反映的生活情态和思想情感与观众接近,观众在看戏时,容易触动个人的情感,看戏中人物的命运也会联系到个人的生活,容易引起共鸣,所以这类题材的影视剧更容易产生轰动效应。但由于我国与国外意识形态上的差异,加上生活情态也不同,从目前情况看,国内的时装戏很难打进国际市场。

(二)按来源划分,有改编题材和原创题材

改编题材是指题材已经过艺术加工并成为艺术作品,影视剧将以这些艺术作品为基础进行改编。由于在剧本产生以前,原有的艺术作品已经提供

---

① 中情商报网.搜狐娱乐 2014.10.24

了较好的故事基础,而且这些艺术作品很可能在社会上产生了较大的社会影响,因此采用此类题材来进行创作,成功的概率较大。如《过把瘾》《一地鸡毛》《北京人在纽约》《贫嘴张大民的幸福生活》等。原创题材是指创作所采用的题材处于没有经过艺术加工的原始状态,如《牵手》《公关小姐》《情满珠江》等都属原创题材。用这类题材拍摄影视剧,由于无所依托,剧本操作难度较大,也有一定风险。最重要的是要找到好的编剧,否则很难取得成功。

(三)按所涉及内容,可分为爱情、武侠、公安、都市、反腐等题材

爱情是艺术作品永恒的主题,这类题材只要做得好,永远都不会过时。国内出现过许多堪称经典的爱情题材电视剧,如《过把瘾》《来来往往》《牵手》《致命邂逅》等等,但同样也有许多失败的。此类题材虽然受青睐,但其中同样也有许多陷阱。拍这类题材的电视剧,最重要的是拍出新意,对情感的把握要恰到好处,防止滥情或矫情,这要求编剧有较好的艺术功力,同时要有相应的生活体验。

武侠题材的电视剧已经成为类型剧,有相对稳固的观众群。拍武侠戏主要以香港、台湾及中国大陆为主,近些年韩国也拍过一些优秀的武侠戏。武侠题材大致可分为以下三种:

(1)根据历史及现代的武侠小说改编,其中尤以金庸、古龙、梁羽生等人的武侠小说为最多。如《笑傲江湖》《射雕英雄传》《小李飞刀》等。

(2)根据武侠小说及影视剧中创造出的英雄人物如黄飞鸿、方世玉、霍元甲、陈真等演绎出来的故事题材,这些英雄人物早已深入人心,利用他们的形象作为品牌效应,演绎出新的故事,往往能获得较好的市场效果,所以在香港几乎每年都有关于这些人物的影视剧出现。

(3)根据现实生活或历史人物虚构出的武林传奇故事,通常情况下都会尽可能地涉及历史上有名的人物或事件,如《太极宗师》《真命小和尚》等等。

公安题材的电视剧给人印象最深的有《便衣警察》《西部刑警》《刑警本色》《营盘镇警事》等等,但近年来,最引人注目的还是那些根据大案要案拍摄的纪实电视剧,如《9·18大案》《命案13宗》《真相》《湄公河大案》等等,这类电视剧经常采用非职业演员,拍摄手法也类似纪录片,追求平实的风格,在观众中很受欢迎。

自从《渴望》红遍大江南北以来,都市社会伦理剧在国内风行一时,如《孽债》《咱爸咱妈》《双城生活》《老有所依》等等,这类题材直接触及当代人的内心生活,从社会伦理的角度对某些社会现象进行反思,很容易抓住当代人的思想情感。

从广义上说,反腐题材也属于社会伦理的范畴。随着社会发展,出现了各

种社会腐败现象,严重地损害了国家和人民的利益,也引起了全社会的关注,关于反腐败的电视剧在一定程度上表达了人民的心声,引发了观众的共鸣,如《苍天在上》、《大雪无痕》、《抉择》、《红色康乃馨》等等。

（四）从现实看,中国电视剧最短缺的是农村题材和少儿题材

2010年央视开年大戏《乡村爱情故事》剧情明显拖沓,似乎未能延续以往的辉煌。当下农村题材电视剧的繁荣难掩创作中的问题,创作质量的滑坡越来越引起人们的关注。近几年农村题材电视剧作品的状况有目共睹,当前,在农村题材电视剧还存在种种不足,主要表现在:

1. 创作题材不够宽,没能够表现出中国农村改革30年来的巨大变化,以及面临的一些新情况、新课题。比如:农民收入、农民卖粮难、乡镇企业发展、农民打工潮、城市农民工子女教育、农村留守老人儿童等问题几乎很少涉猎。

2. 当前流行的电视剧小品化固然可以增加喜剧的色彩,但是过了度就会影响人物的塑造和对现实的反映程度。

3. 在具有地域特色的作品中,比较多地使用了东北、西北的民间口语、方言和俗语,在增加了乡土气息的同时也限制了受众群体的广泛性,而一味追求地域化特征和"土味"方言,一定程度上也会给人以丑化某一地域人群的印象,传播上也受到一定的限制。

另外一个令人痛惜的现象是,近年来根本没有完全意义上的少年儿童题材电视剧为观众熟识。《家有儿女》可以说是硕果仅存的一部优秀作品,还是借助了情景喜剧的外衣。少儿题材电视剧受到市场利益的影响,创作者缺乏信心、力量单薄,作品数量少之又少,电视剧作为一项重要的文化产业项目,忽略了少年儿童,不仅仅丧失了文化产业的一部分重要商机,更重要的是丢失了先进文化传播的社会责任和未来教育的重要阵地,孩子们不得不在成人剧中寻找快乐和趣味,这也是往往每逢节假日各大电视台就会抢播《西游记》的缘故吧！虽然电视荧屏上不乏动漫作品,但不能让孩子的世界只有动画片和漫画,希望孩子们能够在生动鲜活的影视作品中找到童年的故事和成长的欢乐,同时呼吁能够得到充分的重视和资源的投入,为孩子们创作出有理有利、寓教于乐的影视作品,肩负起为民族未来和希望茁壮成长提供养分和爱心的使命。

总体来说,农村题材、少儿题材(校园题材)的电视剧有着很大的市场潜力,《寻找回来的世界》、《十六岁的花季》、《校园先锋》,以及近来涌现的《马向阳下乡记》、《老农民》,在电视剧的大花园里只能算是偶尔闪现的新芽嫩蕾,难成"气候",需要大力呼吁,积极培植。

第二节 影视剧作品的类型

作为艺术,类型的成熟是艺术成熟的重要标志,影视剧也不例外。

电视剧类型的最终形成有更加复杂的社会文化原因。在探讨电视剧类型形成的原因之前,我们先看一下作为姊妹艺术的电影类型,或许能够给我们一些启发。

类型电影源于好莱坞,是在制片厂制度下形成和发展起来的。在好莱坞,类型电影作为一种拍片方法,实质上是一种对于艺术产品生产实现标准化和规范化的做法,按照美国电影学者莫纳科的说法,"好莱坞全盛时代的巨头们经常关心的是他们所生产的影片的商品价值,他们宁愿生产互相相似的而不是互相不同的影片。结果,那些年代生产的影片很少给人以独特之感。研究好莱坞,更多是从大量影片中归纳出类型、模式、惯例和类别,而不是注意每一部影片本身的质量。这并不一定使好莱坞影片变得比具有个人风格的电影更不令人感兴趣。事实上,因为这些影片是以如此巨大的数量在传送带基础上拍摄出来的,所以它们常常要比个人构思的、更有意识的追求艺术的影片更能反映出观众的兴趣、迷恋和道德标准"。至今为止,类型电影的创作,虽经历了20世纪50年代短暂的衰落,现在仍然在世界上占据霸主地位,尽管人们对于类型电影各持己见,褒贬不一,但它的存在却是不争的事实。

一、电影的类型划分

对类型电影的定义难以统一,对类型电影的划分更是差异很大,在美国格杜尔德的《电影术语图解》一书中,在故事片项目下,列出了75种故事片和非故事片的类型,比较常见的,如西部片、强盗片、歌舞片、喜剧片、恐怖片、科幻片、灾难片、战争片、体育片等。一般认为,类型电影有三个基本元素:一是公式化的情节,二是定型化的人物,三是图解式的视觉形象,这在典型的类型片中皆有表现。

有选择地套用国外一些通用的类型和次类型系统——这套系统是通过影视剧作家实践而不是通过理论演化而成的,并强调了题材、背景、角色、事件和价值的差别,举例说明——

1. 爱情故事。《庐山恋》、《小街》、《罗密欧与朱丽叶》、《穷街陋巷》、《激情鱼》等等。

2. 恐怖影片。这一类型可分为三个次类型:惊悚片,在这种类型中,恐怖的来源令人惊骇,但可以进行"理性"的解释,如外太空的生物、科学创造出来的怪兽或疯子；超自然片，这种类型的恐怖源是来自于幽灵世界的"非理性"现象；超级惊悚片，这种类型只好令观众在以上两种可能性中进行猜测——《房客》、《狼的时刻》、《幻觉》。

3. 现代史诗。《斯巴达克斯》、《开国大典》、《斯大林格勒保卫战》等。

4. 西部片。西部片开始时是以"老西部"为背景的道德剧，当时那是一个充满神秘色彩的黄金时代，人们用这种影片来寓示善恶之争。到了80年代，西部片被调制成准社会剧，这是对种族主义和暴力的一种改正：《与狼共舞》、《不可饶恕》、《波斯》。这一类型及其次类型的演变在韦尔·莱特的《六支枪和社会》一书中得到了精彩的记叙。我国近期的影片《西风烈》和《无人区》，似乎可以称作"准西部片"。

5. 战争片。尽管战争常常是另一类型的背景，如爱情故事，但是战争类型却是具体描写战斗本身的。当代电影一般是反战的，甚至在展示其最可怕的形式时也是如此。

6. 成熟情节。或曰成长故事：《早熟》、《周末狂热》、《危险的事业》、《长大》等。

7. 赎罪情节。主人公内心的道德变化，而且是从坏变好：《江湖浪子》、《吉姆老爷》、《药店牛仔》、《辛德勒的名单》、《许诺》。

8. 惩罚情节。好人变坏，并受到了惩罚：《贪婪》、《宝石岭》、《靡菲斯特》、《华尔街》、《堕落》。

9. 考验情节。坚强意志对屈服于诱惑的故事：《老人与海》、《冷手卢克》、《费茨卡拉尔多》、《阿甘正传》。

10. 教育情节。主人公人生观、价值观的深刻变化中，从负面（天真、不信任、宿命论、自暴自弃）到正面（明智、信任、乐观、沉着）：《哈罗德和莫德》、《温柔的怜悯》、《冬日之光》、《邮差》、《布兰克》等。

11. 幻灭情节。世界观由正面到负面的深刻变化：《帕克太太和恶性循环》、《蚀》、《磷火》、《了不起的盖茨比》、《麦克白》。

12. 喜剧。次类型从讽刺剧到情景喜剧到闹剧到黑色喜剧，其差异表现在喜剧攻击的焦点（官僚的愚蠢、上流社会礼仪、男女婚恋等等）以及嘲讽的程度（温和、尖刻、致命）。

13. 犯罪。次类型主要是根据对以下问题的不同回答来分类：我们是从谁的观点来看待这一犯罪？神秘谋杀（从侦探大师的观点）、罪行（从犯罪大师的观点）、侦探（从警察的观点）、黑帮（匪徒的观点）、惊险或复仇故事（受害人的观点）、法庭（律师的观点）、报纸（记者的观点）、间谍（间谍的观点）、监狱戏（囚犯的观点）、黑色电影（一个兼罪犯、侦探和受害者于一身的主人公的观点）。

14. 社会剧。这一类型指出社会问题——贫穷、教育体制、医疗，下层社会对社会的反叛，以及诸如此类的问题，然后构建出一个故事，展示其疗救方法。它有一系列针对性强的次类型：家庭剧（家庭内部的问题）、女性电影（诸如事业与家庭、情人与孩子之类的两难之境）、政治剧（政治的腐败）、生态剧（挽救环境的斗争）、医药剧（与身体病痛的斗争）、精神分析剧（与精神病的斗争）。

15. 动作/探险。本类型经常会借用其他类型（如战争或政治剧）的某些方面，作为火爆动作和探险行为的动机。如果动作/探险包含命运、狂妄或精神的东西，那么便成为激动人心的冒险：《神话》《少年派》。如果大自然是对抗力量的源头，那么便变成灾难/生存电影：《活着》《海神号遇险记》。

16. 历史剧。历史是取之不尽的故事源泉，而且包括任何可以想象的故事类型。然而，这个历史的宝库却贴着这样的封条：过去的必是现在的。一个银幕剧作家并不是一个希望死后才被人发现的诗人。他必须在今天找到观众。因此，对历史的最好的使用，就是时代置换——即利用过去，使其作为一面明亮的镜子来向我们展示现在。

17. 音乐片。这个类型是歌剧的后裔，它提供一个"现实"的舞台，令人物唱出和跳出他们的故事。它常常是一个爱情故事，但它也可能是一部黑色电影：根据舞台剧改编的《日落大道》；社会剧：《如果·爱》；惩罚情节：《爵士乐大全》。实际上，任何类型都可以用音乐片的形式来表达，而且一切都可在音乐喜剧中进行嘲讽。

18. 科学幻想。在假想的未来，科学幻想作家常常将个人对抗国家的现代史诗与动作/探险糅合在一起，创造出由于科学技术的异化而导致的独裁的混乱的非理想社会：从《星球大战》三部曲到《美国队长》《蜘蛛侠》，等等。

19. 体育类型。体育是人物变化的熔炉。这个类型是以下类型天然的家园——成长情节：《北达拉斯四十队》；赎罪情节：《回头是岸》；教育情节：《女篮5号》；惩罚情节：《愤怒的公牛》；社会剧：《女子棒球队》。

20. 精神分析剧。随着精神分析学名声日盛，精神分析剧发展成为一种弗洛伊德式的侦探故事。在其第一阶段，一个精神病医生扮演"侦探"，调查一宗隐藏的"罪恶"：他的病人过去所遭受的一种被深深压抑的伤痛。精神病大夫一旦揭露了这一"罪恶"，受害人要么精神复原，要么大有好转：《毒龙潭》《夏娃的三副面孔》《标记》《马》。到1990年，这一类型重新分配了精神变态者的角色，把他安排在你的配偶、精神病医生、外科医生、孩子、保姆、室友、街区警察中。这些影片引发了一种社区多疑症，因为我们发现，我们生活中最亲密的人，我们必须信任的人，那些我们希望将会保护我们的人，却是精神变态者：《晃动摇篮的手》《与敌同眠》《强行进入》和《好儿子》。最明显的也许是《死去的孪生兄弟》,这是一部描写终极恐惧的影片:对你最最亲近的人——你自己——的恐惧。

……

二、电视剧的类型划分

电视剧艺术文本类型的文化学划分,也有不同的范畴。

首先,对应于当今社会里的多元文化形态,即:代表国家意识形态的主导文化、代表知识分子启蒙思潮的精英文化、代表文化工业和文化商业利益的大众文化、代表百姓文化传统的通俗文化的不同文化特征的电视剧,这就是艺术电视剧、商业电视剧、通俗电视剧。这里的艺术电视剧是同时对应于主导文化和精英文化的。

其次,在中国文化传统中都有一些有着古老的历史,又都不是客观存在的人们的现实生活,传承沿袭至今,并且为世人所喜爱的特殊题材,或特殊文本。取材于此,创作成为电视剧的,有神话传说电视剧、武侠电视剧、戏曲电视剧。

再次,有一类很特别的电视剧作品,它超越于一切社会学、审美学、叙事学、接受学、传播学的范畴,以古今中外著名人物的身世经历、生平事迹、人生功过、成败得失的命运归宿为叙事对象的电视剧,可以把它称之为人物传记电视剧,如《李克农》、《潘汉年》、《铁人王进喜》、《历史转折中的邓小平》等。还有就是民族文化叙事、地域文化叙事的电视剧,或者民族叙事风格、地域叙事风格的电视剧。根据地域文化叙事或地域叙事风格对电视剧进行相应的划分由来已久。1997年,在《中国电视剧发展史纲》这本专著中,将电视剧划分成了"京派、海派、岭南派、关东派、西部派、山西派",并对上述流派的电视剧的美学品位和题材特点作了一定程度的分析。作者较早地从地域文化叙事的角度对电视剧流派作出划分,无疑有着开拓性的意义,但是划分出的"西部派"电视剧不无偏颇之处。因为西部地域既包括大西南,也同样包括大西北;无论是在自然景观、人文景观,还是在民风民俗上,西北跟西南绝对是泾渭分明的,这正所谓"十里不同天,百里不同貌",更何况是西北与西南相隔千里了。

综合前辈学者们的论述以及近阶段的研究,再加上时代语境的变迁以及电视剧创作环境的不断演化,当下广泛认同具有鲜明地域特色的电视剧应划分和归属于以下类型:

1."京派"电视剧

主要是指以反映京都地域文化风情为主体,具有独特的京味式语言机趣与诙谐,着眼于历史与现代北京人生活和心理变化历程的电视剧流派。在京派电视剧中,既可以看到古都景象、市井风光,品味京畿地区的民风民俗、乡土人情；又可以聆听京腔京调、京韵京声，领略"大宅院文化"与"小胡同文化"。最重要的是，通过京派电视剧，观众可以体会浸泡在"皇城文化"与"平民文化"相互交织中的人物生活状态与精神气韵。京派电视剧的代表作有《四世同堂》、《渴望》、《编辑部的故事》、《大宅门》、《贫嘴张大民的幸福生活》、《五月槐花香》、《茶馆》等。

2."海派"电视剧

主要是指以反映上海的地域特色和都市生活为中心，有着急剧的时代变动风潮，交织着东西方两种文化冲撞与融合气息的电视剧流派。海派电视剧的创作，大都以贴近生活、贴近时代、贴近当代人的心灵为宗旨，以细腻、真切、流畅的笔触，既勾画出了上海作为国际大都市的恢弘轮廓，又展现出社会生活各个层面以及各个阶层人物的心态变化，具有强烈的市民文化气息。海派电视剧的代表作有《上海的早晨》、《上海一家人》、《孽债》、《儿女情长》、《婆婆·媳妇·小姑》、《双城生活》等。

3."粤派"电视剧

主要是指以反映岭南的地域文化和南国民俗风情为中心，着力于时代变革、历史变迁以及倾力于塑造理想化、英雄化的人物形象为其主要结构模式的电视剧流派。因其如此，粤派电视剧大多疏于对历史题材的关注，而把镜头聚焦在当代沸腾的现实生活上；对现实的强烈关注使这类电视剧具有浓厚的时代精神和商业气息。粤派电视剧的异军突起，表明了"广东人的当代精神——对英雄人物的呼唤，对理想主义的追求，对人的自我价值和奉献精神的认定"。粤派电视剧的代表作有《商界》、《和平年代》、《公关小姐》、《外来妹》、《情满珠江》、《英雄无悔》等。

4."关东派"电视剧

主要是指取材于并反映关东人民历史生活和现实生活的，具有关东地区浓郁的地域特色和地域风情的电视剧流派。关东派电视剧在影像表层上往往是茫茫林海、千里雪原，马架子、大挂车、炕头上的火盆、大烟袋、关东烟、狗皮帽子、东北方言以及东北二人转等，深层上却充满着白山黑水式的文化意趣，充分展现和流露出东北人粗犷、豪爽的性格特征。关东派电视剧的作品主要包括历史题材和农村题材两大类，这其中，农村题材的作品在关东派电视剧创作中艺术成就最高，它在反映农村物质生活和人们精神面貌变化上所达到的高度往往为国内其他电视剧流派的许多同类题材电视剧所不及。关东派电视剧的代表性作品有《篱笆·女人和狗》、《大雪小雪又一年》、《东北一家人》、《刘老根》、《圣水湖畔》、《闯关东》、《十三省》、《上阵父子兵》等。

5. "陕派"电视剧

主要是指取材并反映陕西人民历史生活和现实生活的,一定程度上展现出陕西地区独有的生活习俗和地理风情,并能够在剧中体现出陕西人精神气韵与性格特征的电视剧流派。陕派电视剧以展现三秦地区的社会生活为主要内容,着重描写历史与现实的衔接、文明与愚昧的冲突,也着力揭示西部民众的心路历程以及生活方式的嬗变。此外,陕派电视剧偏好民俗的运用,民俗在剧中的设置和构架大大强化了陕派电视剧的文化感、历史感与厚重感。陕派电视剧的代表作品有《半边楼》、《神禾塬》、《秦川牛》、《道北人》、《西安虎家》、《关中往事》、《关中刀客》等。

6. "晋派"电视剧

主要是指以反映山西地区人民的历史与现实生活、特别是展现近代山西富有独特魅力的晋商文化与晋商精神的电视剧流派。晋派电视剧的艺术风格如同现代文学史上以赵树理为代表的"山药蛋派"一样,风格深沉、凝重、朴实、沉郁。由于创作者们长年扎根于山西丰厚的历史文化土壤,使得他们能够从中国厚重的历史土壤和民族文化的长河中,汲取深蕴的历史营养来强化作品的艺术感染力,这种艺术感染力使晋派电视剧带有强烈的忧患意识和历史内涵。晋派电视剧的代表作有《太阳从这里升起》、《好人燕居谦》、《昌晋源票号》、《龙票》、《白银谷》、《乔家大院》、《走西口》等。

7. "巴蜀派"电视剧

主要是指以反映四川、重庆地区民众近现代历史与现实生活,具有浓郁的巴蜀地域风情和方言特色的电视剧流派。巴蜀派一个极其重要的特征就是剧中富有幽默感的川方言的运用;大量方言在剧中的运用既幽默滑稽,又具音韵美和内涵美。川剧、川菜、茶馆既是巴蜀派电视剧的外在影像呈现,同时又是巴蜀派电视剧的内在文化表征。巴蜀派电视剧的代表作有《南行记》、《傻儿师长》、《被告山杠爷》、《王保长新篇》等。

8. "藏派"电视剧

主要是指以反映西藏、青海、四川等地藏族同胞与汉民族和谐共处、团结友爱的历史与现实生活,具有强烈的异域风情和神秘的宗教氛围的电视剧流派。藏区的高原湖泊,蓝天下的雪山以及天葬、水葬、藏传佛教等以影像的方式被原汁原味地展现了出来,不仅向世人展示了藏区文明和文化的发展变迁,而且全景式地表现了这个高原民族的精神气质和文化底蕴。既荟萃了多民族文化间的冲突、融合与发展,又融合着人性之美、大地山川之美以及人文情怀与民族精神。藏派电视剧的代表作有《格萨尔王传》、《拉萨往事》、《文成公主》、《西藏风云》、《尘埃落定》、《格达活佛》、《康定情歌》等。

此外,以《龙嘴大铜壶》、《乔迁》、《姥爷的抗战》、《锋刃》为代表的"津派";以《水浒》、《大染坊》、《红高粱》为代表的"齐鲁派";以《神医喜来乐》、《五彩戏娃》、《勇敢的心》为代表的"冀派"也都因浸润着各自独特的区域文化的风骨和血脉,自成一格。

第三节　影视剧题材与类型选择的标准

一、总体价值判断模式

目前国内影视剧生产的运作有两种方式,一种是政府运作,另一种则是商业运作。不同的运作方式,遵循不同的价值标准。政府运作的影视剧看重社会效益,而商业运作的影视剧则主要追求商业利润。但总体而言,衡量剧本的好坏有三个标准,即政治价值、商业价值和艺术价值。

（一）政治价值

国内影视剧生产被看作是一种意识形态,属于舆论宣传的媒介,所以对于制片人来说,首先要考虑的是剧本的思想内容不能违背社会主流的意识形态。国内每年都有数部电视剧因为没有通过审查而被封杀,既在社会上造成恶劣的影响,也使制片人和投资者蒙受巨大的经济损失。

对政治的敏感把握往往也意味着对商机的把握,因为在国内主流意识形态对整个社会的影响力是举足轻重的,某些主旋律影视剧在商业上的成功充分说明了这一点,如电影《孔繁森》、《生死抉择》、《建国大业》及电视剧《苍天在上》、《抉择》、《历史转折中的邓小平》等,而政治上的失误则可能导致血本无归。

（二）商业价值

所谓商业价值其实是指电视剧本身的可视性,后面我们要谈到怎样对电视剧题材进行价值判断,但题材的选择只是一个方面,好的题材未必能拍出好的电视剧来。对剧本的商业判断也不只是就剧本而言,而应该有一个全方位的考虑——《甄嬛传》和《武媚娘传奇》就是很好的例证。

（三）艺术价值

影视剧作为一种商品,它是要讲究质量的,这种质量更多地体现在它的艺术价值上。虽然质量高的电视剧未必会获得更多的商业回报,但也不能指望那些粗制滥造的文化垃圾能卖出好价钱来。

二、具体价值判断模式

在许多制片人看来，题材的选择是至关重要的。衡量题材价值的标准最终体现在观众的收视率上，尽管收视率可能并不影响电视剧的经济收益，因为在观众看到片子以前，该片的播出权已经卖出。但是无论对制片商还是对购买电视剧的发行商或电视台来说，收视率应该是他们共同追求的目标，同时也是衡量成功与否的重要标准。

（一）题材本身已然形成的社会价值

在选择题材或对已有题材进行市场判断时，首先要充分注意题材本身已然形成的社会价值并加以合理的利用。题材本身已然形成的社会价值主要包括以下三个方面：

1. 文学名著改编题材

古今中外的文学名著在观众中有较大的影响，也很自然地成为电视剧改编的热门题材，国内许多成功的电视剧就是由文学名著改编的，如《红楼梦》、《三国演义》、《西游记》、《过把瘾》、《一地鸡毛》、《新版水浒传》、《赵氏孤儿案》等等。

2. 热点人物和重大事件题材

重要的历史人物和历史事件一直受到制片人的格外青睐，许多历史人物和历史事件都在屏幕中再现出来。如《长征》、《雍正王朝》、《康熙大帝》等等。现实社会中有影响的著名人物往往也会引起制片人的特别关注，这些著名人物由于他们在观众中所产生的重大影响已经成为具有很强号召力的社会品牌，许多著名人物如蒋筑英、张海迪、孔繁森等都不止一次被搬上屏幕。有些制片人也会把穷凶极恶的黑社会人物张子强的案件拍成电视剧，从商业上来说这种做法是很聪明的，也很可能取得成功，但怎么去拍，则很值得研究。

许多重大的社会事件及某些社会广泛关注的社会热点问题或事件也容易成为电视剧的创作题材，近年来，许多重大的社会腐败案件及刑事案件都被改编成了电视剧，如《9·18大案》、《12·1大案》等等。此外，《抉择》、《大雪无痕》、《红色康乃馨》等也是根据现实中的腐败案件改编的。

3. 时尚类型剧题材

假如制片人选中的某个题材既不能由名著来改编，又无法把那些有影响的历史人物和历史事件拉扯进来，那么就要考虑这个题材是否可以拍成类型剧，如《爱情公寓》、《乡村爱情》、《我是特种兵》之类，而且要注意把握好这种类型剧的市场前景。但一般说来，每种类型的电视剧都有相对固定的观众群体，也会有相对稳固的市场。

(二)题材本身所蕴含的潜在社会价值

虽然电视剧也是社会商品,要想方设法与观众产生心灵的沟通,尽量与他们的心贴到最近,没有这种沟通,就不能使观众产生共鸣。从艺术上说,《渴望》并不是一部无可挑剔的作品,它之所以能够轰动一时,是因为把握住了当时人们的心态。《大雪无痕》在艺术上也很粗糙,但它对官场腐败的揭露却赢得了观众的心。在《还珠格格》、《宰相刘罗锅》、《雍正王朝》等电视剧里,虽然写的是宫廷生活,剧中的人物不是皇帝就是丞相或大臣,但创作者却赋予他们寻常人的情感,其生活情态也与常人无异,又给人很自然的感觉。《宰相刘罗锅》中的刘墉从外表看与我们所想象的宰相相距甚远,剧中的乾隆也不像个正儿八经的皇帝,正是剧中所追求的平民化风格让观众觉得真实而且亲近,所以能够得到大多数观众的认可。《甄嬛传》源自网络文学,根本算不上历史剧,但因为剧情的曲折、精致,观众偏偏"信其有",三遍五遍地跟着看,甚至出了许多"甄嬛体"的流行语。

(三)故事的可视性

故事的可视性可从以下几个方面来判断:

1. 新颖独特

同样是反腐题材的电视剧,与《大雪无痕》相比,《红色康乃馨》写的是国有企业内部的腐败及国有资产的流失,而且是以几个律师间的较量作为切入点,并采用了悬疑剧的创作模式。

同样是警匪剧,在《黑洞》和《黑冰》取得成功以后,电视剧《绝不放过你》抓住的是一个富有社会讽刺意味的黑社会人物,在创作上糅进了某些轻喜剧的因素,这是得以成功的主要法宝。

2. 精巧离奇

电影《拯救大兵瑞恩》倘若讲的是一小队士兵去拯救一个元帅或者将军,那么这个故事反而显得平淡无奇,因为在所有人看来,这是理所当然的。而这个故事最不寻常的正是它讲的是一队士兵奉命去拯救一个普通士兵的故事,创作者在这里要告诉人们的是:所有人的生命都是平等的,无论元帅还是士兵,从而显示了人道主义的力度。

许多人对电视剧《还珠格格》不屑一顾,对它的成功困惑不解,其实这部戏的成功有其合理的因素。撇开别的不说,它的故事其实也是很精巧的,一位从乡下来的女子在母亲死后带着信物来京城找当皇帝的父亲,这事件本身就蕴含着神秘和离奇的因素,又加上了小燕子这样聪明伶俐、性情豪放的女孩子,自然会演绎出许多离奇古怪、匪夷所思的故事来。

3. 动人

对于观众来说，只有见到别人做到了而自己做不到或者能做到却没有去做而且是出乎意料的事情才会被感动，所以这些事情里起码包含着某些不同寻常的因素。有一篇名为《穿过耻辱河的父爱》的文章曾经令许多读者感动过。文章写一个志愿兵偶然发现自己抚养多年的儿子并非自己亲生，而是妻子被一个恶棍凌辱后所结下的恶果，男人的自尊加上周围舆论的压力迫使他与妻子离婚，可是在经历了种种曲折以后他割舍不下对孩子和妻子的情感，最终承担起了抚养孩子的责任，并四处寻找离家外出的前妻。这个故事之所以动人，是因为故事里主人公做的事情大多数男人都做不到。

4. 符合影视剧的叙事结构

并不是所有动人的故事都能拍成影视剧，电视剧有自己的叙事方式和叙事结构。与电影不同，电视剧尤其是长篇电视连续剧更讲究故事性，这就要求故事本身要有纵深感，有发展的空间和余地。

第四章　影视剧作的主题

任何一部影视剧脚本,必须有其中心情节,它是整个故事的灵魂、核心和能源。"中心情节"就是一般所说的"主题"。王迪著《现代电影剧作艺术论》,这样表述主题和主题思想:

> 一部电影剧本是否成功,取决于许多剧作元素,但决定剧本的思想深刻与否,则在很大程度上取决于作者对主题、主题思想的认识与把握。

主题是艺术品的核心、灵魂,它对一部作品的成败优劣,有着至关重要的意义。主题不是抽象的思想,而是具体艺术品所体现出来的起主导作用的基本思想。一般地说,它并不是单纯、孤立地存在,而是依附于具体、生动的艺术形象之中,是在艺术形象的显现中自然地流露出来的。

主题首先和题材相关。对于题材(即进入作品中的生活材料)的选择和表现,反映了创作者的认识和评价,因而,也是和作品主题紧密关联的。

主题还和艺术形象结合在一起。艺术品中的艺术形象指包含着作者情感、认识的描写对象。在不同体裁、不同题材的艺术品中,艺术形象也有不同的含义。刘文周在《电影电视编剧的艺术》这本书中,也谈到主题的重要,他说:

> 编写剧本之前,必须有一个主题,宛如在建筑一个大厦之前,应有一个蓝图同样的重要。试想一个建筑师,如果没有蓝图,他就不知如何做起,也不晓得建造哪种样式的楼房等。同样地,编剧如果没有主题就写剧本,自然无法写出好的剧本。

第一节　影视剧作品主题的意义

和所有的文学艺术作品一样,影视剧作品里的主题都是具有一定的思想价值和社会意义的。

一、主题体现题材的价值

《打狗棍》是近年来荧屏上难得的大型年代传奇巨制,该剧题材独特,是一部具有热河地方文化的电视剧,令观众耳目一新。以抗日战争为背景,以热河人民奋力抗日为主线、热河两大家族情仇为辅线,讲述了老一辈抗日英雄的传奇人生以及谱写热河儿女不畏牺牲团结抗战的动人故事。情节跌宕起伏、一波三折、极富悬念,人物形象丰满。既有扣人心弦的家族恩怨,也有令人扼腕叹息的儿女情长,还有畅快淋漓的革命斗争史,剧中以一个独特的视角上演了热河人民近半个世纪的创业史、抗争史和觉醒史,给观众带来了一种全新的视觉冲击,使该剧区别于一般抗战题材、年代传奇题材的电视剧,从而更富有吸引力及传奇色彩。再加上该剧演员精湛的演技,塑造出了一个个深入人心的荧幕形象,成功地表现了该剧的主题。

2000年播出的7集电视剧《嫂娘》,其题材的意义是这样开掘的:那是发生在山东沂蒙山区的一个真实的故事。宋佳是看了描述那个故事的报告文学作品《嫂子,你是上天派来的妈妈》深受感动,产生了创作冲动。宋佳说,她在美国读到那部作品,一直读到第七遍,还被深深感动,还能感动得流泪。她觉得,故事中的主人公,即影视剧中张敏那个人物的原型——嫂娘,跟她夫家的五个弟妹没有任何血缘关系,却能够牺牲自我,尽心尽力抚养他们长大成人,表现出来的就是一种女人特有的伟大的母爱。用宋佳的话说,是"所有已婚女人都能体味到的那种博大无私的母爱深情"。

宋佳说,《嫂娘》这部戏拍完很久了,她依然沉浸在张敏的生存状态中。大家还是难忘宋佳在屏幕上给人们描绘的诗意化的人性美。一方面,耳畔余音缭绕,"弟也亲,妹也亲,弟妹连着阿嫂的心……"我们想起剧中人物张敏和那五个小弟妹演绎的一段人间至真、至善、至美的亲情,还会为之深切地动情以至动容;另一方面,脑际画面萦回,"生也真,死也真,阿嫂连着弟妹的心……"歌颂人性的美,咏叹人性的美,为这种人性的美而欢笑,为这种人性的美而悲哭,倾注全部的激情将这种人性的美诗意化、圣洁化——这就是《嫂娘》这部电视剧作品的主题。

就影视剧而言,作品的主题就是作品的形象内容系统的主导因素和灵魂。

而这里所说的主题,就是通过作品里所描述的社会生活、所塑造的艺术形象显示出来的贯穿全剧的中心思想和主导的情感。

二、主题影响审美取向

亚里士多德曾经设问:当我们在街上看到一具死尸时,我们是一种什么反应? 但在荷马史诗中读到死亡或者在戏剧中看到死亡时,我们为什么是另外一种反应? 因为在生活中,思想和情感是分头而来的。思维和激情是在我们人性的不同领域中运动的,二者很少协调一致,常常互相抵触。在生活中,如果在街上看到一具死尸,你马上会感到一股肾上腺素的冲击:"我的上帝,他死了!"也许你会在恐惧中慌忙离开。在以后冷静的时刻,你也许会反思这个陌生人死亡的意义,反思你自己必死的命运,反思在死亡阴影笼罩之下的生命。

事实上,在生活中,思想和情感融合的瞬间极为罕见,但是,尽管生活将意义与情感分得很清,但艺术却能将二者统一起来。影视剧作品的主题可以影响人们的审美取向,通过它你可以随心所欲地创造出这种领悟,这种现象便是人们所熟知的审美情感。例如:电视剧《一仆二主》从开播就稳稳占据全国卫视电视剧收视排行榜冠军的事实说明,喜欢这部电视剧的人为数不少。剧中女主角唐红(闫妮饰),职场女精英老板,标准的"白金剩斗士";男主角杨树(张嘉译饰),为女老板打工的司机,感情、事业均跌到谷底的落魄男;另一位女主角顾菁菁(江疏影饰),才貌双全的年轻职场丽人,经历了初恋挫折,希望通过网络寻找成功男士的"非典型"拜金女。两个气质不凡如同主子的女士和一个习惯于听从使唤当仆人的男士之间,在子女、闺蜜、同事等其他角色的烘托下,展开了一场精彩纷呈、温情搞笑的都市三角主仆恋。

两个女人同时喜欢上一个男人,是爱情文艺作品常用的题材。有趣的是,在《一仆二主》剧情中,如果把唐红对杨树的爱比作真心实意的爱,则顾菁菁对杨树的爱就是糊涂的爱。唐红是在完全了解对方的家庭、经济条件的前提下,看中了杨树的为人,自然也包括相貌;顾菁菁却是在误以为对方是事业成功的钻石男的情况下,加上对杨树为人处世的印象而产生了好感。这种人物关系上的特定设计,必然导致了最终的婚恋结果。唐红可以凭借经济实力寻找自己所爱的男人,哪怕他事业平平,贫富悬殊;而顾菁菁却难以从经济条件一般的男士身上实现婚姻梦想,即便他相貌堂堂,心地善良,甚至多么受人喜欢。轰轰烈烈的爱情如果没有可靠的物质条件做基础则难以形成理想的婚姻,这一点,不管人们能不能接受,确是活生生的现实。感情纠葛的最后结局是女老板唐红和司机杨树心想事成,喜结良缘。这个结果让荧屏内外的人们皆大欢喜。在剧中,所有的人物,包括当初三角恋爱情的竞争和参与者都齐心支持、助兴两人的百年好合;在屏幕前,观众们也为这一对可以操着陕西方言表达爱意的中年男女冤家终于牵手而分享了快乐。真情,真爱,真生活。

由于影视剧是用画面讲述人生故事的一种艺术,影视剧作品主题的审美取向就更为鲜明。1987年公安部和北京电视艺术中心联合录制的12集电视剧《便衣警察》,就是一个很好的例证。看这部影视剧,人们不在乎它淡化了的"案情"的侦破,更加看重的是其中的人物性格的力量和心灵深处的亮点。大家认同了这样的主题:在人民群众与警察之间架起"理解"的桥梁,歌颂了公安干警对事业的执著追求和无私奉献的精神。

三、主题决定人物格调

主题是影视剧作品要表现的意图与焦点所在,是将整个剧作中所有基本元素——人物、情节与结构以及各种艺术手段组合起来的统帅。主题又不仅仅是一种观念或者抽象性的道理,它应该同具体的人物与事件结合起来。为什么那些古老的人人皆知的思想主题却总能"常翻常新",让观众百看不厌?美国当代电影《阿甘正传》、《泰坦尼克号》等风靡全球的影片,其思想主题可以说"俗气"得很,然而却总能感动我们;而张艺谋执导的影片《英雄》,所借助的"天下为怀"的思想主题虽然不怎么新颖,倒也颇具"现代性",可惜与影片的艺术形象之间是割裂的,于是许多观众在赞叹其画面的精美时,又对作品的主题发出了嘘声。

人物与主题是不可分割的统一整体,影视文学的"核心"任务就是人物形象的塑造,聪明的影视创作者首先应"抓住"人物。

《悬崖》是一部很有诚意的电视剧,剧里面的一号人物周乙是个理想主义者,充满宿命般的、悲剧的英雄感。周乙最后的死具有解脱般的意味,对于理想主义者,殉道的结局比理想破灭的结局好太多。我们不能想象真实世界里理想主义者的存在,因为追求理想经历的痛苦和煎熬、理想与现实的鲜明对比、以及面对理想的无力感都是横亘在理想主义道路上的无法逾越的障碍。理想主义者也许曾经存在于乱世,乱世中的理想可以给人活下去的动力和勇气,但周乙的身上好像有一圈光环,可望不可及,这也是所有理想主义者的共同点吧。对于敌人,资深共产党人老魏说,他们都不是人,杀害我们的兄弟姐妹。理想主义者周乙说,我们都是人,只是世界观不同。信仰是没有仇恨的。对于亲人,周乙说,我看着自己的儿子好像是看着别人的孩子,而对叫着自己"爸爸"长大的莎莎,却当成了亲闺女。理想主义者内心有大爱,超越了血缘、仇恨,这是他理想世界的一部分。在周乙似的理想主义者的想象里,他们是为了一个没有皇帝、没有权贵、没有剥削和压迫,人民能够有尊严地生活的新政府。主人公的品格闪耀着作品主题的光辉。大千世界中,每个人物都有与他人不同的独特之处,每个人都是不可重复的生命精灵与精神个体,做人要把自己的特性发掘出来才算成功,塑造人物也同样如此,从这个意义上讲,老黑格尔的"这一个"适合于所有文艺作品中人物形象的塑造。

四、主题决定作品的社会意义

公元前388年,柏拉图敦促雅典城的长老们放逐所有的诗人和讲故事的人,认为他们是对社会的一种威胁。作家摆弄的是思想,但并不是以哲学家那种公开而理性的方式,而是将思想掩藏在艺术那诱惑人心的情感之内。可是,正如柏拉图所言,被感觉到的思想毕竟也是思想。每一个有效的故事都会向我们传送一个负荷着价值的思想,实际上是将这一思想契入我们的心灵,使我们不得不相信。事实上,一个故事的说服力是那样地强大,即使我们发现它在道德上令人反感,我们也可能会相信它的意义。柏拉图断言,讲故事的人都是危险人物。

柏拉图担心的威胁并不是来自思想,而是来自情感。那些当权之人永远不想让我们去感觉。思想可以被控制和操纵,但情感却是发自内心而且不可预料的。艺术家之所以能对权威构成威胁,是因为他们揭露了谎言并激发了思变的激情。

既然故事的影响力不可忽视,那么我们有必要探讨一下艺术家的社会责任问题。我们只有一个责任:讲真话或曰揭示真理。创作一部真诚的艺术作品永远是一种富有社会责任感的行为。比如姜文新作《一步之遥》——这位"任性"的导演,你到底要通过那2万多位"国际化群演"和光怪陆离的大场面,表达什么主题意向与价值判断呢? 影视剧创作者在考虑作品的主题时,至少要注意两点:

其一,要以人为本,要看对作为普通人的观众是否有价值、有吸引力,否则,那些假大空的道理越是冠冕堂皇就越惹人反感。

其二,要看你是否有能力把握某一主题。也就是说,必须搞清楚你"想"表达什么与你"能够"表达什么之间的关系,否则空有理想抱负也难免眼高手低。

第二节 影视剧作品主题的类型

一、从社会理性角度划分

(一)道德观的主题

考察古今中外的戏剧理论和作品,凡是具有权威性的理论,以及卓越千古的作品，没有不重视主题的。编剧借着剧本表达他的思想和情感，很自然地把剧本作为宣传某一种道德标准的工具。就中国传统戏剧而言，如元朝的杂剧、明清传奇，以及皮黄、京戏，其内容无不表现忠、孝、节、义的理想，或寓有"善有善报、恶有恶报"的宗教意义，这一系列的剧本太多了，且早已为大众所熟知，这里毋庸细述。

（二）社会观的主题

自挪威的易卜生开创社会问题剧以后，现代戏剧大都以此为正宗，这类戏剧又称写实剧，乃以改良社会为目的，像易卜生的《玩偶之家》就是典型的例子。西班牙伊克格拉的《伟大的嘉里奥多》、瑞典斯特林堡的《环链》、德国霍普特曼的《织工》、美国阿瑟·米勒的《推销员之死》等都属此类。

（三）艺术观的主题

艺术观的主题，乃保持艺术本身的立场，由于是表现人生，可说是为人生而艺术。譬如莎士比亚的四大悲剧：《哈姆雷特》的主题是复仇，写一个优柔寡断、内心充满矛盾的个性；《麦克白》的主题是野心，写事前顾虑事后悔恨的心理；《李尔王》的主题是不孝，写一个受女儿虐待的父亲的悲愤；《奥赛罗》的主题是嫉妒，写由爱生忌，因忌生恨，最后残杀所爱。这些都是表现人生、刻画人性，不怀训诲、不涉宣传，没有道德意味，也没有社会的意识，纯粹是表达人性。所以，其潜移默化之功，远超过道德观与社会观的主题。

二、从主观情感角度划分

（一）理想主义的主题

"上扬结局"的故事，表达的是乐观主义、希望和人类的梦想；对人类精神的一种正面的看法及我们所希望的生活图景。

（二）悲观主义的主题

"低落结局"的故事，表达的是我们的愤世嫉俗、失落感和不幸感，是对文明的堕落和人性的阴暗面的一种负面的看法；是我们所害怕发生而又知道它是时常发生的人生境遇。当逃生电影的对立思想成为其主题思想时，我们便能看到那种颇为罕见的"低落结局"的电影《象人》、《地震》和《群鸟》等影片中大自然向我们发出了警告，不过它最终还是放过了我们。这类影片之所以罕见，是因为悲观主义的看法是人们希望回避的严酷真理。

（三）反讽主义的主题

"上扬/低落结局"故事，表达的是我们生存状况的复杂性和两面性，是一种既包括正面又包括负面的看法，是最为完整和现实的生活。以下是两种反讽主义的主控思想的典型例子，其中表达出来的反讽意味有助于准确刻画当代美国社会的伦理和心态。

第一是正面反讽:对当代价值——成功、财富、名誉、性、权力的孜孜追求将会毁灭你,但是,只要你能及时看清这一真理并抛弃你的执著,你便能拯救自己。

第二是负面反讽:如果你一味地痴迷于你的执著,你无情的追求将会满足你的欲望,然后毁灭你自己。像《华尔街》、《赌场》、《电视台风云》等影片是与上述赎罪情节对等的惩罚情节,其中的"低落结局"中的对立思想成为主控思想,因为主人公一直执迷不悟地为追逐名利的需要所驱使,而且从未想过放弃。反讽是最难写作的,它需要最深刻的智慧和最高超的技巧。

第三节 影视剧作品主题的表现

主题的表现必须注意技巧,避免说教,必须正确明朗,避免晦涩、模糊。主题的表现方法可以下列五种方式完成:

一、用对白来表达主题

这是一般编剧最常用的方法。在剧中安排一个角色,在紧要关头代表编剧发言,点明主题;也有人是以主要人物来点明主题。不论是谁来说,这样的对白必须深入浅出,使说的人顺口而不拗口,而且句子要耐人寻味,引人深思,才是高明。最好是作者独创的,而不是拾人牙慧,或是已有的一些成语、俗语、隽语。试看电视剧《离婚律师》的几段台词——

"尽管我认为婚姻是形式,但是对你来说,婚姻是重要的、神圣的,我想给你你想要的幸福,我希望能照顾你,保护你,让你一辈子都做感情用事的小姑娘,让你拥有一辈子任性的权利。"

"忠诚是因为背叛的筹码不够大,正派是因为受到的诱惑不够多。"

"蛇鼠一窝,臭味相投,一个愿打一个愿挨。真的不理解现在的人,都是怎么想的,是享受劈腿的快感?还是喜欢体会当人小三转正那一刻的成就感?凡事因果报应,事事总有轮回。都别高兴得太早,好自为之。"

"谈恋爱,是跟一个人的优点在谈恋爱。结婚,是跟一个人的缺点在过日子。如果真的这样,从恋爱开始继而能走到婚姻殿堂的又有多少呢?结了婚又能携手走完一生的呢?羡慕爸妈他们那一辈的纯真爱情。"

二、用人物来表达主题

这一种手法，用的人也很多，例如，莎士比亚的名剧《哈姆雷特》，故事叙述丹麦王子哈姆雷特为父复仇的故事，但其性格上有一种遇事犹豫踌躇莫决的缺点，致不能一蹴成功，强调为人处世要勇敢果断才能成功。用人物来表达主题时，若人物的性格刻画细腻而生动，能引起观众的共鸣，则其主题的表达也能引起观众的共鸣。

三、用情节来表达主题

这一类脚本，不是直接用剧中人的对白或是行动来表达全剧的主题，而是间接地用剧中的情节来含蓄地衬托出主题。物质条件不断提升的当下，许许多多金钱无法解决的现实问题困扰着奔波忙碌的人们。供职于某超市的江木兰（刘涛饰）与吕希（张铎饰）在紧张工作之余，必须义无反顾承担起照顾老人和子女的重任。吕希的母亲瘫痪在床，木兰还有父亲江开国（马迎春饰）和爷爷江多福（苏廷石饰）留在桐城老家。父亲因白内障视力受阻，在寻找走失的儿子过程中遭遇车祸。接下来的一连串变故迫使这个美丽而孝顺的女子下定决心，将老父和爷爷接到北京。看似单单添了两双碗筷，却紧随着一连串棘手的问题。开国不愿拖累子女，不仅身体力行操持家务，还凭借乐观积极的人生态度影响着周围的老人和年轻人。

老人是宝，有老人的家才算一个完整的家。——这，就是电视剧《老有所依》用故事情节表达的主题。这种间接的表达方式，不易写，但留给观众的印象十分深刻，是直接表达所不易做到的。

四、用结局来表达主题

这一类作品，也是采用间接的表达方式，用全剧的最后结局，来点明全剧的主题所在。例如，莎士比亚的名剧《罗密欧与朱丽叶》，可以说是此种方式的代表作。罗密欧与朱丽叶这一对男女，由认识到相爱，本可以结合成一对美满的夫妻，但是偏偏双方的家长是世仇，时常械斗，凶杀不已，因为不能结合，结果女的吃了毒药装死，原是瞒人之计，谁知罗密欧不察，以为朱丽叶真的死了，因而拔剑自刎。后来朱丽叶醒来，发现爱人死在她的面前，无法独自苟活，也一死殉情。全剧以悲剧收场，使观众看后都一洒同情之泪，认为双方家长若能因子女相爱，化敌为友，结成亲家，实在美好。

五、用画面来表达主题

在日本名导演沟口健二的《雨月物语》一片中,陶匠在外乡路上卖陶器时,遇见美丽公主领着侍女来买他的东西,买后吩咐他把东西送到她家里去。但到了黄昏,她们怕他路不熟,又跑来接他过去。陶匠跟着她们来到了一所大房子,周围杂草丛生,房里一片漆黑静寂。陶匠被他们领到玄关来,接着下个镜头映现俯瞰房子的全景,此时几个房间逐一点燃了油灯。年轻的侍女们在点灯,我们不知道她们是从哪里突然出现的,也不知道从哪里拿来的火种,这种似知非知的情况更增加了恐怖感、神秘感、美感。事实上,这些女人都是幽灵,这幢房子也是废墟的幻象。在战火中死于非命的权门千金,怨恨自己未知女人的幸福就死去的命运,变成幽灵而到世上来找男人求欢。摆在陶匠面前的,是跟他过去的贫穷生活完全不同而富于罗曼蒂克的梦一般的世界,但一不小心被她们夺去了灵魂,也就变成了被她们拖进阴间的不祥之兆。在这场戏中,分开现世与灵界的灯光设计,就是用映像来表达主题的典型例子。

第四节　影视剧作品主题的作用

影视剧作中的主题,是透过艺术形象所表达出来的中心思想,是剧作家经过对题材的发掘、提炼而得出的思想结晶,也是剧作家世界观、人生观、美学观的集中表现。主题对于剧本撰写具有举足轻重的意义。最能体现主题支配作用的概念,是罗博特·麦基概括的"主控思想"。他说:

> 一个真正的主题并不是一个词,而是一个句子——一个能够表达故事的不可磨灭的意义的明白而连贯的句子。我更喜欢主控思想这个提法,因为它不但像主题一样道出了故事的基本思想或中心思想,同时还暗示了它的功能:主控思想确立了作者关键性的选择。它是又一条创作戒律,为你的审美选择提供了一个向导,帮助你确定:在你的故事中,什么适宜,什么不适宜;什么能够表达你的主控思想并可以保留,什么与主控思想无关而必须删除。①

---

① 〔美〕罗伯特·麦基著:《故事》,周铁东译,中国电视出版社 2001 年版。

一、主控思想决定作品的终极价值

价值：是指具有正面或负面性质的首要价值，它是作为故事的最后动作的一个结果而来到你人物的世界或生活中的。

原因：是指主人公的生活或世界何以转化为最后的正面或负面价值的首要原因。

从故事的结尾回溯到故事的开头，一个复杂的故事也许会包含许多促成变化的力量，不过一般而言，总有一个原因占据着主导地位。一个具有实质内容的故事同时还应表达出它的主人公为什么能够以某一特定的价值作为结局。

二、主控思想统领创作过程

创作过程可以从任何地方开始。你也许深受一个前提的启发，一个"如果……将会发生什么"，或者一个人物的点滴，或者一个意象。你可以从中间开始，从头开始或从后面开始。随着你虚构的世界和人物不断发展，事件便互相关联，故事也就悄然成形。

看着你的结尾，问自己：什么价值作为这一高潮动作的结果，无论正负，被带到了我的主人公的世界？接下来，从这一高潮往回看，一直深挖到故事的基石，问自己：这一价值被带到他的世界的主要原因、动力或手段是什么？这两个问题的答案所组成的句子便是你的主控思想。

在一个接着一个的序列，而且常常是一个接着一个的场景中，正面的思想及负面的对立思想一直都在争论，它们之间的交锋便创造出一个被戏剧化地表现的辩证论战。在高潮时，这两个声音中的一个胜出，成为故事的主控思想。

三、主控思想能成功防范说教倾向

在创造你故事中人物"论战"的规模时，必须万分小心地给予交战双方同样的火力。当然，当你的前提是一个你具有必须向世人证明的思想，而且你已把你的故事设计成一种对那一思想的不可辩驳的论证时，你便把自己推上了一条说教之路。

在你急欲劝诫的热情中，你将会压抑另外一方的声音。由于你把艺术误用和滥用于说教，你的剧本将会变成一部论文电影，一通略加掩饰的布道，因为你想通过这一部影片而一举改变整个世界。

说教根源于一种天真的热情，认为作品就像手术刀一样可以用来切除社会的毒瘤。例如,有些作者也许会断定,战争是对人性的摧残,而和平主义则是其疗救方法。由于他周身沸腾着一种急欲让我们相信的激情,因此他笔下的好人都是非常非常好的人,而他笔下的坏人也都是非常非常坏的人。所有的对白全都是对战争的无益和疯狂的不折不扣的悲叹,发自肺腑的宣言,从提纲到最后定稿,每一个场景都替他大声疾呼:"战争是一种摧残,但是可以用和平主义进行疗救……"直到你自己都想拿起一把枪来。

有一点必须明确,一个作家如果没有哲学家的头脑,没有坚定的信念,则不可能成为出色的作家。其中的诀窍是,不要成为你思想的奴隶,而应让自己沉浸在生活之中。因为要证明你的观点,并不是看你能多么强硬地断言你的主控思想,而是看它能否战胜你为它所部署的各种强大的反对力量。一部伟大的作品是一个活生生的比喻,告诉我们:"生活就像是这样!"

故事情节篇

对于影视剧原创作品来说，"故事"是从现实生活、社会传闻或某种文字记载中筛选的原始素材；"故事事件"是经过加工，注入了主题，明晰了人物，准备用来编写脚本的叙事主体；"故事情节"则是用于叙事、抒情、推进矛盾冲突和刻画人物形象的具体设计。

如果说主题是影视剧本的灵魂，那么情节就是影视剧本的躯体。美国电影理论家戴维·波德维尔和克里斯琴·汤普森合著的《电影艺术导论》一书中对于故事的定义是："在一部叙事片中所见所闻的全部事件以及我们推断或认为发生过的事件，包括其假定的因果关系、时间顺序、持续时间、频率和空间位置。它与情节相对，后者是实际搬演出来的某些叙事事件。"

黑格尔认为，能把个人的性格、思想和目的最清楚地表现出来的是动作，人的最深刻方面只有通过动作才见诸现实。而这"动作"，黑格尔又注释为"情节"。

情节的构成有这样三个特点：第一，情节表现为人物的行动，没有人物的行动就无所谓情节；第二，情节表现为社会生活事件，没有社会生活事件也无所谓情节；第三，情节表现为一个有机的整体，把整体割裂开来，某些部分都不是情节。

第五章　影视剧故事情节的属性与特征

第一节　故事情节范畴的基本概念

《电影剧作概论》一书中，有过这样的论述："故事和情节是两个不同的概念，在古代就是明确的。亚里士多德说：'不管诗人是自编情节还是采用流传下来的故事，都要善于处理。'他不仅指出故事并非情节，还告诉我们，情节是作者自编的，故事则是流传下来的，即不是作者编撰出来的。"

一、什么是"故事"？

什么是故事？故事和情节到底有什么区别？

美国电影理论家戴维·波德维尔和克里斯琴·汤普森合著的《电影艺术导论》一书中对于故事的定义是：

> 在一部叙事片中所见所闻的全部事件以及我们推断或认为发生过的事件，包括其假定的因果关系、时间顺序、持续时间、频率和空间位置。它与情节相对，后者是实际搬演出来的某些叙事事件。

如果说主题是影视脚本的灵魂，那么情节就是影视脚本的躯体。影视剧中若无情节的安排，使故事的发展有冲突、纠葛、高潮、惊奇与悬疑，那么这部影视剧一定单调乏味，引不起观众的兴趣。

当一个人物走入你的想象时，他便带来了故事的多种可能。一个人物的生命周期包含着数十万个充满活力的时刻，而且是复杂而又多层面的时刻。从瞬间到永恒，从方寸到寰宇，每一个人物的生命故事都提供了百科全书般丰富的可能性。大师的标志就是能够从中只挑选出几个瞬间，却借此给我们展示其一生。你也许会从最深层入手，将故事设置在主人公的内心生活中，讲述他的思想和情感中的整个故事，无论他是醒着还是在梦中；你或许会将故事提高到主人公和家人、朋友、恋人之间个人冲突的层面；或者将其扩展到社会机构，将人物置于与学校、事业、教会、司法制度的矛盾之中；或者更加宏阔地将人物与环境对立起来——危险的城市街道、致命的疾病、无法启动的汽车、所剩无几的时间；或者所有这些层面的任意组合。

但是，这个层层铺展的生活故事必须成为被讲述的故事。要设计一部故事影片，你必须将纷纭奔腾的生活故事浓缩在两个小时左右，而又能够表达出被你割舍的一切。当一个故事讲得好时，难道不是这种效果吗？当朋友们看完一部电影回来，你问他们电影讲的是什么时，你是否已经注意到，他们常常会将被讲述的故事当成生活故事来讲述。

"一个佃农家长大的孩子，他很小的时候就跟家人一起在烈日底下劳作。他后来上了学，但学习成绩不太好，因为他天一亮就得起床到地里去除草锄地。后来有人送了他一把吉它，他学会了，还自己写歌弹唱……最后他终于厌倦了那种劳累的生活，离家出走，到低级酒吧演唱，勉强维持生活。后来，他认识了一位歌喉美妙的姑娘，他们相爱了，二人联手，一炮打响，事业上获得了巨大的成功。不过，问题是聚光灯总是集中在姑娘身上。小伙子亲自写歌，安排演唱会，对姑娘全力支持，但观众只为她一个人捧场。由于生活在姑娘的阴影中，小伙子开始酗酒。最后，姑娘抛弃了小伙子，小伙子又回到了流浪的生涯，到最后穷困潦倒。在烟尘弥漫的中西部小镇的一家廉价汽车旅馆里，他一觉醒来，不知自己身在何方，身无分文、没有朋友，还是一个无可救药的酒鬼，连一枚打电话的硬币都没有，即使他有钱打电话，也无人可打。"——这是一个从出生开始讲起的《温柔的怜悯》式的故事。但是，上面讲到的一切都没有在影片中出现。《温柔的怜悯》开始于罗伯特·杜瓦尔扮演的麦克·斯莱奇在穷困潦倒时醒来的那个早晨，下面的两个小时讲述了斯莱奇随后一年的生活经历。

二、什么是情节？

在人类文艺科学的历史上，最早对情节作出解释的是古希腊的亚里士多德。在《诗学》里，亚里士多德多次说到情节。归纳起来，他讲到的，并且被后来的文艺家和学者们一再沿用和发展的，大致上有如下的一些看法：

> 在悲剧里，情节是第一，也是最重要的成分。情节既然是对行动的模仿，就必须模仿一个单一而完整的行动。事件的结合要严密到这样一种程度，以至若是挪动或删减其中的任何一部分就会使整体松裂和脱节。如果一个事物在整体中出现与否都不会引起显著的差异，那么，它就不是

这个整体的一部分。

一个完整的事物由起始、中段和结尾组成。起始指不必继承他者,但要接受其他存在或后来者的出于自然之承继的部分。与之相反,结尾指本身自然地承继他者,但不再接受承继的部分,它的承继或是因为出于必须,或是因为符合多数的情况。中段指自然地承上启下的部分。因此,组合精良的情节不应随便地起始和结尾,它的构合应该符合上述要求。

由于情节所模仿的行动明显地有简单和复杂之分,故情节也有简单和复杂之别。一个构思精良的情节必然是单线的,而不是像某些人所主张的那样——双线的。

组织情节要注重技巧,使人即使不看演出而仅听叙述,也会对事情的结局感到悚然和产生怜悯之情——这便是在听人讲述《俄狄浦斯》的情节时可能体验到的感受……必须使情节包蕴产生此种效果的动因。

综合这些论述,我们可以知道,情节的构成有这样三个特点:

第一,情节表现为人物的行动,没有人物的行动就无所谓情节;

第二,情节表现为社会生活事件,没有社会生活事件也无所谓情节;

第三,情节表现为一个有机的整体,把整体割裂开来,某些部分都不是情节。

黑格尔讲过:"把动作(情节)表现为动作、反动作和矛盾的一种本身完整的运动,这特别是诗才有的本领。"高尔基后来也主张,情节是性格的历史。他的见解是:"文学的第三个要素是情节,即人物之间的联系、矛盾、同情、反感和一般的相互关系——某种性格、典型成长和构成的历史。"可见,我们完全可以把情节看作是人物关系、人物行动及其相关的矛盾冲突演绎成的有一定的发展过程的生活事件。这是一个整体。彼此之间都有一定的因果联系。这种因果联系都是符合人物性格和命运发展逻辑的,符合事件发展的客观规律的。由此,也可以说,情节就是由表现着复杂的人物关系的人物的合乎逻辑的行动演绎成的有着一定因果关系的合乎情理的某种完整的生活事件。实际上,也就是人物性格和命运演变的历史。

三、什么是"事件"?

"事件"意味着变化。如果你窗外的街道是干的,但是你小睡片刻之后却发现它湿了,你便可以假设一个事件发生了,这个事件叫下雨,世界从干的变成了湿的。然而,仅仅从天气的变化中,你不可能构建出一部影片——尽管有人曾经尝试过。

故事事件是有内涵的,而不是琐碎的,要使变化具有某种意义或者趣味,从一开始它就必须发生在一个人物身上。如果你看见某人在倾盆大雨中淋成了落汤鸡,这就比仅仅是一条湿漉漉的街道增添了内涵。

故事事件创造有意义或者有趣味的变化。要让变化具有内涵,你必须表达它,而且观众必须对此作出反应,而这一切可以用一种价值来衡量。我所说的价值并不是指美德或那种狭义的道德化的、如"家庭价值观"之类的概念。故事价值涵盖着这一概念的一切内涵和外延。价值是故事讲述手法的灵魂。从根本上而言,我们这门艺术即是向世人表达价值观的艺术。同样是一片干旱的世界,这个世界中出现了一个人,这个人将自己想象为一个"造雨者"。这个人物具有深刻的内心冲突:他一方面热忱地相信自己确实能够呼风唤雨,尽管他从来没有做成过,但另一方面又深深地恐惧自己是不是一个傻瓜或疯子。他认识了一个女人,爱上了她,这个女人试图相信他,但最终还是离开了他,认为他只不过是一个江湖骗子,甚至更坏的人。他与社会也有强烈的冲突——有些人追随他,把他奉为救世主;其他人则想用石头砸他,把他赶出当地。最后,他还面临着与自然界的不可调和的冲突——灼面的热风、晴空、干裂的大地。如果这个人能够与他的内心冲突和个人冲突相抗争,排除社会和环境的阻力,最终从万里无云的天空化出甘霖,那么这场暴风雨将会是无限辉煌并具有崇高的意味——因为它是从冲突中撞击出来的变化。我以上所叙述的便是由理查德·纳什根据他的戏剧改编而来的电影《造雨者》。

故事价值是人类经验的普遍特征,这些特征可以从此一时到彼一时,由正面转化为负面,或由负面转化为正面。假如你的窗外是 20 世纪 80 年代的东非,一片干旱肆虐的原野。我们现在面临着一个重要的价值:生存,死亡。

我们从负面开始:这场旱灾正在夺去成千上万条生命。如果有朝一日天降甘霖,雨季来临,大地重返绿色,动物获得食物,人得以生存,于是这场雨便会被赋予深刻的意义,因为它将故事的价值从负面转化为正面,从死亡转化为生命。但是,这一事件尽管力度不凡,但它还是没有资格成为一个故事事件,因为它的发生纯属巧合。东非大地上终于降雨。尽管故事讲述手法中有巧合的一席之地,但是一个故事不可能构建于纯粹的偶然事件,无论它负荷着何等深刻的价值。

回过头来总结一下:对于影视剧原创作品来说,"故事"是从现实生活、社会传闻或某种文字记载中筛选的原始素材;"故事事件"是经过加工,注入了主题,明晰了人物,准备用来编写脚本的叙事主体;"故事情节"则是用于叙事、抒情、推进矛盾冲突和刻画人物形象的具体设计。

第二节 故事情节的类型

古今中外各种叙述性艺术作品,情节的类型与品格是多种多样的。就大的类型而言,情节可分为两类:强化型情节与淡化型情节。

一、强化型情节

"强化情节"指具有较强烈浓缩性的情节。"踵其事而增华,变其本而加厉"(萧统:《文选·序》),很形象地指出了这种情节类型的特质。强化型情节又可细分出两种品格。

(一)传统戏剧型情节

这种情节,特指那种侧重于故事的完整性、生动性及趣味性表现的情节。在这种情节中,既要用细针密线展示人事过程,使观众获得清晰的时间感与空间感,又要注意将必然性放在偶然性之中显示,使观众产生合乎情理又出人意料的艺术吸引力。这种情节一般具有较强烈的矛盾冲突与曲折变幻、起伏跌宕的人事过程,讲究叙事的节奏、悬念的设计等。鲍光满根据自己的同名小说改编的电视剧《姥爷的抗战》,就属于此种类型。主要故事情节是这样的:

> "我姥爷"是上个世纪初东京工业大学的高材生,专攻机械专业,毕业后在日本做到了副总工程师。抗战爆发之前,姥爷觉得不能再为侵略自己祖国的国家服务,回到了天津,在日本人开的东局子变速机厂做总工程师兼总调度师,而女儿心怡在英国读书。
>
> 像我姥爷这样技术精湛的高级工程师在当时太稀罕了,因此他回国后,国共双方都想争取他到根据地或者大后方的军工厂。但姥爷有自己的态度,他认为战争跟自己没关系,一个工厂能把几百个工人养活了就算不错。他了解日本,从心里就不认为一个弹丸小国能吃掉整个中华民族。尽管如此,平日看见日本人欺压工人,他还是会站出来,以自己的方式予以保护——不过工人们并不知道那是保护,反而以为姥爷只为日本人卖命,是大汉奸。
>
> 故事开始于1942年,鬼子在对华北一带的八路军进行疯狂的大扫荡,八路军和老百姓伤亡惨重,冀东根据地形势危急。更令人难过的是,因为八路军的装备太差,缺少子弹炮弹,只能眼睁睁看着自己的战士和同胞白白牺牲。兵工厂厂长小黎是姥爷的学生,从前几次说服姥爷去根据地均被拒绝,这次他决心一定要把姥爷带到根据地,并带上了聪明伶俐、

能说会道的军分区野战医院护士长谭丽萍，一起去天津找我姥爷。

正在此时，女儿心怡也就是我大姨，从英国留学毕业回来，还带着男朋友一起。姥爷高兴得不得了。不料我大姨在出火车站的时候，被喝醉酒的鬼子巡逻队长中野带到检查室强暴，男朋友也在与中野的打斗中被一枪打死。从小生活优越的大姨哪受得了这么大的刺激，她的精神崩溃了。亲眼目睹了这一变故，我姥爷看似平静的态度已然发生了巨变，他的底线被彻底突破了，属于他的抗日战争也开始了。

得知情况后，组织让谭丽萍装扮成佣人进入姥爷家，一边照顾心怡，一边伺机说服姥爷参加抗日。为了能全身心地投入自己的复仇计划，姥爷干脆和黎厂长谈判，让谭丽萍带女儿去安全的地方休养，自己则正式答应了给八路军做炮弹模具的任务，平时与工厂里的地下党贾师傅单线联系。姥爷利用工厂的条件和自己的技术，一边做模具、一边暗地里做手枪——姥爷不但成功做出了手枪，还另做了一个消音器。发现中野总是当班的6点来钟去候车室的厕所大解后，姥爷终于执行了暗杀，可打死之后才发现倒下的不是中野，而是他的副队长原田，也就是糟蹋女儿的帮凶。

鬼子被杀的消息立刻传遍了天津，老百姓们痛快淋漓地聊天、喝酒。但另一边，日本人也愤怒了，特务机关长杜松被要求限期破案——杜松这人精明歹毒，从这以后，他就跟我姥爷较上劲了。杜松为了报复，也为了引蛇出洞，找了五个无辜的中国市民，绑在火车站当众击毙。姥爷怎么也没想到会恶性循环，他的性格从来都是不欠别人的。他痛心之余，便决定也杀五个鬼子。

这段时间里，国民党军统也没闲着，他们也要拉拢一批技术人员去大后方的军工厂工作，当然目的也是抗战。我姥爷是天津站锁定的高级工程师的第一名。军统派出马的是女间谍金梅。8年前金梅在日本搜集情报，认识了同是天津老乡的我姥爷，两人就这样结下了兄妹之情。现在金梅回来了，姥爷便让她住在了家里。

心怡在悉心照料下好转很多，谭丽萍也有更多机会来接触我姥爷了。加上年轻漂亮的日本姑娘夏子，三个女人一台戏，我姥爷的生活顿时变得热闹起来。

转天机会来了，姥爷从工厂贾师傅那里得知，杀五个中国人的鬼子每天定时在劝业场附近一家茶馆交易毒品。姥爷便约上夏子去附近的中国大戏院看戏，中途以闹肚子为名赶到茶馆，飞快打死了五个鬼子。日军接二连三被杀引起了鬼子的恐慌，杜松的压力更大了，他一定要找到能在天津的工厂里做手枪和消音器的人!

日本特务的初步嫌疑人名单出来了,我姥爷的名字赫然在列,杜松凭着职业敏感一下子把我姥爷锁定在重点怀疑对象,他立刻交代手下要对我姥爷严加调查。关键时刻来了个保护神,姥爷所在的变速机厂换了新厂长,正是他在日本的大学同学小岛津次郎。小岛一辈子谁也看不起,就佩服我姥爷一个人。他来变速机厂绝不是偶然的,而是负有极为重大的秘密使命,这就是雷电计划。因为日本本土连日被美军轰炸,重要军工厂丧失殆尽,雷电计划只能在中国实施,而能胜任的技术人员只有我姥爷。这样一来,杜松即使确定我姥爷是杀手,也不能动他一根汗毛;杜松能做的只有盯死我姥爷,不让他有任何机会再去杀日本人。

也就是在这个时刻,八路军得到我姥爷模具之后很快做出了炮弹,根据地再次被扫荡的时候竟然展开了炮火对攻,这让日本鬼子大为吃惊。杜松几次要逮捕姥爷,都被小岛以证据不足而保护下来。小岛想的是完成雷电计划以拯救日本民族,没有确凿证据就不愿相信姥爷是杀手。

除了日本人,军统和共产党地下组织也都分别发现了我姥爷和暗杀几个日本军人有关。金梅、谭丽萍都在争取我姥爷,在家里展开针锋相对的斗争,加上夏子对姥爷的追求,三个女人在姥爷家开展了一场大战。

八路军还需要反攻,需要炮弹能打得更远。我姥爷再次利用和夏子到蓟县游玩的机会被"绑架",两个人被分别关押,姥爷趁机到冀东军分区的兵工厂改进了迫击炮弹,回去后还用计将厂里旧的机床设备转移到根据地。这次改进使得八路军收复了一些失地。

姥爷几次干掉作恶多端的鬼子,已经在天津市民口中被传颂成为民除害的"七大姑"。

到了此时,我姥爷的行动已经不是他一个人的事情了。金梅对我姥爷亮出了军统情报员的身份,并透露了雷电计划的重要性。在姥爷的促成下,金梅的上级、军统天津站站长与天津地下党领导见面了,经过几轮磋商,国共双方达成全面合作的共识:八路军主要负责破坏铁路、往根据地输送设备,军统主要负责搞到雷电计划并加以破坏,只有一件事情是需要双方共同努力的,那就是寻找被日本人保护起来的中野,由双方规划刺杀方案,不能让他单枪匹马瞎撞了。

杜松依然怀疑我姥爷,在工厂里找到了汉奸,在姥爷家里装了窃听器不说,还征用了对面大楼一间位置最合适的办公室亲自监视姥爷家。

我姥爷艺高人胆大,他经过大量的阅读和研究,开始做狙击枪。杜松当然不明白这一切,他也不相信世上有射程这么远的狙击枪,还据此排除了姥爷的杀手嫌疑。直到死前的那一刻,他终于明白了,我姥爷已经设计出能打 1600 米的狙击枪!

杜松死了,下一步是更重要的雷电计划。转眼到了 1945 年初。这段时间里,我姥爷除掉了糟蹋女儿的中野,为八路军解决了炮弹和军工厂需要的设备,干掉了大特务杜松和一系列作恶多端的鬼子,大大地鼓舞了天津人民的抗日热情。

小岛也在变速机厂组建完成了神秘莫测的实验室和车间。他终于向姥爷摊牌,原来雷电计划要做的是原子弹的延迟装置。这样重大的事情牵扯着整个第二次世界大战进程,我姥爷不敢自己决定,通过重重曲折,他与军统天津站站长、天津地下党领导和美国情报人员见了一次面。最后定下的方针是:想尽办法拖延雷电计划的完成时间,实在不行就炸毁试验车间。

一切已经箭在弦上,谁都知道结局可能会玉石俱焚。眼看着到了最后时刻,小岛为了确保万无一失,把姥爷和工人软禁在工厂,和外界失去了联系。姥爷巧妙地给家里的金梅、谭丽萍传递暗号,让国共两党的人确定了行动时间。

试验成功那天就是里应外合的决战时间。国共两党的部队和守卫工厂的日本军队进行了激烈的交锋,随着连环爆炸的巨响,我方的战士和工人、鬼子的部队,还有事关抗战大局的延迟装置,都随之化为灰烬。小岛看到一切心血都完了,也用配刀剖腹自尽。

两个多月后,美国人对广岛、长崎投掷了原子弹,日本宣布无条件投降! 但没有人会把原子弹与"七大姑"联系在一起,"七大姑"的身份始终是个不解的传说。(摘自中国作家网)

传统戏剧型情节,一般体现在一个完整的"封闭式"的叙事结构中。基本上分为三个部分:开头,用精彩引人或惊险震人的场面,快速展示出矛盾冲突,给观众提出一个看片问题,迫使他们急切地想了解下面将会发生什么? 如何发生? ……然后,又想方设法保持住观众的悬念,使他们随着情节进展的诱引,沉溺于一个又一个变化起伏、难以预料的情境之中……结尾部分,才使悬念最终释放,让观众明晓故事结局或问题的最后答案。

(二)现代怪诞型情节

传统戏剧型情节是在生活正常流程基础上提炼、凝聚起来的。所以,尽管它有人为浓缩的痕迹,却仍不脱离生活原型的"自然状态"。而现代怪诞型情节则极尽人为编排之能事,大胆打破生活原型的自然状态,以至将它们变形、甚至变态地"表现",使其凸显出作者的主观杜撰——借此,使观众从一新异的层面对社会生活作重新的认知与觉悟。

怪诞与变形难以分开,是有机并存的。变形是怪诞的表现手段,怪诞则是变形的艺术效果。美学意义上的怪诞,是作为反映生活真实、并从思想上艺术上对其作出独特审美评价的一种方法(或风格),它要求寓真实于怪诞之中,以扭曲的形态,曲折地反映生活本质的真实。

变形,是指在艺术表现中,有意识地改变表现对象的性质、形式、色彩等,以使它们具有更大的表现力,对观众产生新异的审美感染的一种手段。当然,从严格意义上说,一切艺术作品都是现实生活的变形体现,"典型化原则"之类的理论便是清楚的说明。但我们在这里所说的"变形",则是狭义的变形:专指故意以异乎寻常的"艺术体现物",对生活原型的特定本质作极度夸张呈现的手段。

怪诞型情节可由两种方式营构。

第一种,通过"夸张变形"以造成怪诞。即极力夸大客观事物的特定品质与形态,以造成异乎寻常的形象体现。比如影片《摩登时代》中,成年累月在高速传送带上拧螺丝钉的工人,拧得眼花缭乱、晕头转向,拧螺丝钉的机械动作已成神经质的下意识生理本能。于是,在下班路上,竟将手中仍然拿着的扳手向迎面而来的一位漂亮妇女的衣服纽扣上拧去!表面上看,荒诞不经,但正由于对那种违背人性的强度机械劳动作了夸张的反映,便真实地表现了一种深层内涵:人,已异化为机械。比如法籍罗马尼亚人尤金・尤奈斯库的剧本《秃头歌女》:一对男女在偶然交谈中,才发现他们是住在同一条街、同一幢楼、同一间房子里的"夫妻"!但究竟是不是夫妻,还是得不到确认——因为谁也弄不清楚包括自己在内的两人真正的身份……人与人疏远、隔膜到这种不可思议的程度,不是变形得太离奇古怪了么?——却从中让观众在哭笑不得中悟出现代社会中确实存在于人与人之间的生活特质。

再看美国作家约瑟夫・海勒的《第二十二条军规》:作品内容表现美国一支空军中队的内幕。以主人公尤索林要求复员回国为中心线索,展现第二次世界大战中美军内部离奇荒诞的"真实"。首先,第二十二条军规本身就是变形的体现——它规定:只有疯子可以停止飞行回国,只要自己提出要求就行。但这条军规又规定:凡是本人能提出申请停止飞行者,就证明不是疯子,因而就必须执行飞行任务!——这就揭示出所谓"军规"的本质:士兵不过是它条文下的玩偶、炮灰而已。其次,作品更通过中队中的人物形象的夸张变形,揭露军队上层人物的丑恶残酷与卑鄙无耻:斯克斯考夫负责军官训练,他好战成性,大战爆发使他心花怒放。对士兵伤亡他无动于衷:"反正每八个星期就有一批要进屠宰场的小伙子落到他手里。"为获得提拔,他一心想通过阅兵式出人头地,为此,他通宵达旦地摆弄玩具士兵进行操练,甚至赶着自己的妻子满屋兜圈子来演习步伐,最后竟灭绝人性,想用铜丝把飞行员的手腕固定在胯骨上来演练不摆双臂的步伐……而他也正因此被誉为"军事天才",压倒对手,跃居指挥全军的中将司令官。而伙食管理员米洛的发迹史更令人震惊:27岁,却有天大的本领:开始以伙食采购名义调动飞机搞投机生意,后来发展为规模巨大、资金雄厚的跨国公司总经理,连交战国德国政府也来入股。他一面和美国当局订合同,包炸德国桥梁,轰炸费由美军负担;一面又与德军订合同,包打美军飞机,高射炮火费由德军负担。甚至为了摆脱经济危机,竟和德军订这样的合同:接受德军金钱,而自己调动美国飞机把美军驻地炸个稀巴烂、死伤无数。……然而就是这样的一个人,却成了国际上的头面人物——当上了巴勒莫的市长、奥兰的王储、巴格达的哈里发、大马士革的教长和阿拉伯的酋长!……总之,作品具有明显的超现实的"现实意义"。

作者的意图在于:有意摆脱拘泥于现象世界的传统表现方法,而去表现变形的"真实"——因为它们象征着统治世界的荒谬和疯狂的一种本体的存在。这种用夸张变形的方法达到"怪诞"的情节体现的作品很多,如哥伦比亚的马尔克斯的《纯真的埃伦蒂拉与残忍的祖母》表现人性的变形;卡夫卡的《审判》表现人与人关系的变形;我国作家邓刚的《全是真事》、邹月照的《第三十三个乘客》,表现社会生活的变形等等。

第二种,通过"幻化变形"以造成怪诞的情节。即指作者的主观意识将客观世界加以幻化处理,而形成一种具有"虚幻真实"的情节。这种方式产生的情节与"夸张变形"产生的情节有所不同:后者毕竟有着客观世界的"面目",而前者则连"面目"也丢掉,直接呈示给观众一个"编造的实体"。就像梵高的《星夜》,用黄、蓝、绿、紫各种颜色,把广阔的星空描绘成一团团滚动的圆球和波浪形旋转翻腾的江河模样。这似乎与实际的星空相差甚远,但经过这种变形处理,却以另一种品格,使景色气氛炽热、喧闹、飞动、亢奋,声势不凡。再如毕加索的现代派作品,其支离破碎的肢体、杂乱无章的图形,也与客观实体截然不同,但也是以"怪诞"显"真实"的艺术体现。

在文学作品中,这类怪诞的情节多有所见。我国当代作家中,以"幻化变形"的情节为作品表述方式的,当以宗璞的《泥沼中的头颅》最为典型。

在这里须强调的一点是:"夸张变形"与通常所说的"夸张"不同;"幻化变形"与通常所说的"幻觉"不同——"夸张",是客观事物的"量变",仍属"常格"表现;而"夸张变形"的叙事对象则已有"质变"的成分,属于"破格"表现了。"幻觉"是心理现象,是一种主观的观照;而"幻化变形"则是有主观渗透的客观变异。前者作为一种艺术表现方式,常用于反映人物的内心世界及人物性格,后者则主要表现外在世界的潜在特质。用"变形"手段造成"怪诞"意味,在我国与外国的作品中,多有所见。

二、淡化情节

淡化情节,绝不是不要情节。只不过有意将传统意义上的"情节性"较淡化地体现而已。情节既是叙事性"艺术篇章"的组成要素,它就不可能完全依照原生态生活,而必须对客观生活有某种或某一层次的"艺术升华"。

淡化情节,是相对强化情节而言。既然是情节,它就不能不艺术地体现生活中具有某种因果关系的逻辑演进,它也就必须具有某种品格的艺术张力(或曰引力)。如被公认的与传统戏剧性情节有异的意大利"新写实主义"电影,其艺术主张就反对"对客观生活的情节化"、要求"真实地再现生活本身",而新写实主义的代表作《偷自行车的人》的编剧西柴烈·柴伐梯尼在他的论文《关于电影的一些想法》中,提出了自己的观点,他认为大多数人把日常生活看作讨厌的事,认为日常生活单调乏味,使人厌烦,结果使习惯于传统表现手法的导演总觉得需要编造故事和传说来代替日常的现实,新现实主义者认为不需要这样编造生活,他们认为现实绝不是单调沉闷的,而艺术家的任务只是使观众思考和体会实际存在的生活。因此,他们反对传统情节片那种一个事件引起另一个事件,如此一环套一环,形成一连串的事件,最后以大团圆结束的模式,主张要与之相反:要关心的是生活的正常状态而不是例外状态,"生活中真正的英雄、现实中真正的主人公,不是编造故事中某个臆造的人物,而是观众自己"。"没有必要把日常普通事件编织起来,搞成什么说明、进展、高潮,而应按其本来面目表现出来"。——理论上是如此提倡,但他们所创作的作品是否真如所说、绝对不要"编造"而完全体现"本来的"生活现实呢?

我们不妨分析一下新写实主义的代表作品、柴伐梯尼本人的《偷自行车的人》的具体内容:影片一开始,就是一个充满悬念的场面:大批失业工人在争抢工作的机会,谁能如愿以偿呢?中年男子里西好不容易受到聘用,但紧接而来的难题就出现了——要干贴广告的工作,必须自己有自行车,而里西家中早就一贫如洗!怎么办?……罄尽全家所有,终于换得一辆自行车,刚刚上班一天,车就被人偷走了!且不说一开始就表现出人工的截取,只上述一系列场景内容,不就是典型的"一波未平、一波又起"?……后来,终于发现了偷车人,却不但没能将车要回来,反遭到一群人的围打嘲弄,简直天下没了公理!……后来,实在出于无奈,为了一家人的生存,里西也要偷别人的自行车了!可他能够成功吗?尤其是:他怎样又要在儿子面前当一个好父亲,同时又必须做一个不被人知的小偷?(这是不是悬念?)……影片到最后,也仍然使观众处在极大的悬念之中:他能不能偷成? ——结果是:他终于下定决心,去偷车了。但车没偷成,马上就被警察与众人发现,痛打一顿。而尤令他大为尴尬、痛苦的是——这一切,竟明白无误地展示在一直对父亲充满敬意的儿子面前——看,如上所述,谁能说这部影片没有情节呢?

所以,淡化情节,绝不是不要情节,纵令标榜自己"完全写实"的"新写实主义"电影也不能例外。淡化情节大体上也可以分为两类:散文化情节与生活流式情节。

(一)散文化情节

散文化情节,是指那种不注重人事进程的紧凑、连贯及起伏变幻,而有意将生活片断"散漫"地呈现的那种情节。它常见于散点透视的结构中,但两者不属于同一范畴:散点透视是指整体的结构格局由几个"点"(板块)组合而成,而情节的散文化则是指在每个"点"(或曰"板块")内人事叙述的一种品格。举例说:影片《城南旧事》与《黑色通缉令》都是散点透视式结构,但前者的每一个叙述片断,是通过散文化情节体现出来的;而后者的每一个片断,则均紧张激烈、跌宕起伏,便是典型的强化情节的呈现了。下面,具体介绍散文化情节的特点。

散文化的一个最大特点就是"形散而神不散"。那么,散文化的情节也就必然蕴涵这样的品格:不特别注重情节的紧凑连贯、环环相扣,而讲求在貌似散漫的人事叙述间,内蕴着某种总体情致、氛围或精神。影片《城南旧事》的体现就更为典型:三个故事已经各不相连,而且每个故事内部的表述也不是很连贯、很紧凑的顺序展示,都是通过小英子的眼睛,一个片断、一个片断地拼凑而成。像"小偷"故事的表述:先是让小英子偶然遇到废园内小偷所藏的东西,十分好奇;然后隔了几个场景,才让她与小偷相遇,而且彼此产生了好感;但情节并没有继续发展下去,又转到别的故事叙述中,直到小学校的演唱会上,才使观众又一次看到小偷有一个学习出色的弟弟,而哥哥正是为了使弟弟不再受穷、不得已才干那种事。于是,小偷的形象在英子眼中(观众心目中)有了改变,对他不无同情了;直到最后,再通过英子的眼睛,表现哥哥因事发被警察捆绑而去并被打得浑身伤痕……这就是典型的散文化情节的体现了。

这类作品很多,像日本影片《忍川》表现一个学生与一个酒馆女招待恋爱的故事、法日合拍的《广岛之恋》叙述一个法国电影人分别跟多年前的德国人与现时的日本男子相互穿插的爱情故事、像瑞典影片《野草莓》表现老教授去领奖路上的内心世界与外在境遇的交叉等。

散文化情节的另一个特点是:一般情况下,它所表述的内容大都属于日常生活中的普通人物与事件,甚至是较为平庸、琐碎的人事,以求达到某一层面的等同观众、贴近生活的艺术品格。像我国影片《混在北京》:表述一个杂志社的几个编辑所组成的"小社会"。人们在工作方面的纠纷,在职务上的变迁,彼此之间因为思想观念的不同而不时产生的矛盾,因同住一个筒子楼而难免发生的诸如谁用燃气灶时间太长、谁不管公共卫生只顾自己小家庭的洁净,以及谁家夫妻吵架、谁因占房而争执,再有一些诸如好色的领导想勾引下属姑娘、年轻男女间微妙而正常的婚外情愫等生活中很常见的情景。这类影片也不乏见,如我国台湾的《饮食男女》、日本的《泥水河》、《远山的呼唤》、苏联的《亚当的肋骨》、《怀恋冬夜》、美国的《克莱默夫妇》、我国大陆的《人到中年》等等,都可参看。

(二)生活流式情节

不怀恶意的话,可以借用一个词适当比喻:"流水账"。因之,所谓生活流,就是随着日常生活的流程,移步换形,通过对人物的举止言行、经历体验、感觉心态的依次"记录",无人为痕迹地完成反映生活、表现人物的叙事体现。

在现实生活中,人物的性格演变总是与客观环境的发展变化同步,而人们对一个人的了解、认识,也往往是通过相当一段的时间进程内、并非有意的一系列观察中获得的;对一件事情的认知,也往往是在无意地了解了各方面、各阶段的过程后,才"恍然大悟"其全体的。真正有意识地观察、审视某个人、某件事,毕竟要有特定的背景或原因,相比之下,"无心地、散漫地、自然而然地"完成对社会人事的某种认知,则是更普遍、更生活化的现象。

"最高的技巧是无技巧。"而这"无技巧"却恰恰是更高一层技巧的体现。它追求质朴、自然、真实、随便,使人丝毫看不出作者的编织痕迹,而犹如进入生活实境,没有"看戏"的感觉。

这个特点在影视作品中,因导演的特意处理,就更为鲜明。一般情况下,生活流式情节的展示,都避免爱森斯坦式的"冲击剪接"和蒙太奇结构之类惹人注目的剪接技法,也不突出摄影机和音响的作用——没有惊人的拍摄角度,没有出人意外的摇镜头,没有那种"闪电式混合"。而是常常以长镜头来表现:让摄影机耐心地记录那似乎是生活本身展开的情景(慢移、慢摇、跟拍或固定机位),在镜头内部,也不出现明显戏剧化的构图,总之,"渴求现实",力求使观众察觉不到人为拍摄的痕迹。

生活流式情节,必定要有一定长度的时空流程。在一般叙述性作品中,在表现人物或事件时,可以注重纵向的流程,也可以侧重于横向的展开。即是说,它可以从发展变化的动势中刻画人物,通过对人物在不同场景及场景的演进中的一系列反应,表现出其性格的多层面,进而立体地表现生活与生活中的

"全人";也可以在错综复杂的社会关系的相对静止状态中刻画人物、叙事事件,即是对性格或事件(场面)的横向开掘。生活流式情节,则属于前者。

生活流式情节与"意识流"情节相比,虽有一定相似性——即都讲求对人事反映的自然而然、不着人为之痕,但又有着明显的区别:意识流注重对人物内心世界情感流动的跳跃、闪回、变幻无定特点的表述;而生活流则将表述重心放在对现实生活中人物外在的顺序连贯的行为表现上。

我们且举池莉的《烦恼人生》为例,看看生活流式情节的具体体现:

这是一个中国中年工人普普通通一天生活的录像。印家厚,是个普通的工人,活得很累,几乎被生活拖垮。作品采用移步换形的方式,随着时间、空间的不断转换,让他变换着多种身份,逐渐体现出这个人物多层面的思想性格——

早晨是这样开始的。

昏蒙蒙的半夜里,"咕咚"一声惊天动地,紧接着是一声恐怖的嚎叫。印家厚一个惊悸,醒了,全身绷得硬直。

待他反应过来,知道是儿子掉到地上时,老婆已经赤脚蹿下了床,颤颤地唤着儿子。母子俩在狭窄拥塞的空间内,撞翻了几件家什,跌跌撞撞扑成一团。

他本能地第一件事是开灯。可是灯绳却怎么也摸不着! 他喘着粗气,双胳膊在墙壁上摸来摸去……急火攻心,他跳起来,一把捉住灯绳根部,用劲一扯:灯亮了,灯绳却也断了……

作品就用这样近于琐碎然而真实的叙述表述下去:儿子如何受了伤,如何包扎,如何收拾杂乱的家什,夫妻间又如何有了软软硬硬的一般家庭内经常发生的那种龃龉。终于,老婆发火了:"你出去看看! 看哪个工作了十七八年还没有分到房子的?! 这是人住的地方? 猪狗窝! 这猪狗窝还是我给你找来的! 男子汉,要老婆要儿子,就该有个养老婆儿子的地方! 窝囊巴叽的,八棍子打不出一个屁来,算什么男人?! ……"印家厚头一垂,怀着一腔辛酸,呆呆地坐在床沿上。

以上是第一个场面。接着,便是第二个场面:印家厚要带孩子"跑月票"上托儿所,早晨忙得不可开交,煮牛奶、上厕所、漱口洗脸、准备儿子及自己的东西,因急切之举而遭邻居的嘲骂……赶紧抱起儿子汇入滚滚人流中。第三个场面紧接上述:挤车、挤车时的互相撒气,儿子如何跟一个时髦姑娘吵嘴,朝姑娘拳击——因为她骂印家厚是流氓。父子俩"战胜"姑娘,兴高采烈下车……

第四个场面：上轮渡、过江。工友们互递香烟、打牌、聊天，印家厚即兴扯淡式的诗："生活，梦"……第五个场面：下船到早点铺吃饭。单调肮脏的饮食棚子……第六个场面：再坐厂里的汽车。在车上和儿子的对话瞎扯。下车，跑步送儿子上幼儿园。迟到一分半钟。第七个场面：车间。现代化设备的操作工。印家厚的自豪感觉。第八个场面：开会，评奖金。本该得到的一等奖不翼而飞，而且满肚子委屈难以发泄。女徒弟代他抱不平。女徒弟年轻、漂亮，对他有感情，以至宁愿做他的情人。印家厚进退两难，勉强避开了矛盾。第九个场面：中午去食堂吃饭，因饭菜粗劣及管理员媚外欺人，印家厚大泄其愤。第十个场面：儿子又出了事，因为闹，被幼儿园老师关了禁闭。印家厚装模作样"文明"地教育儿子，莫名其妙地想获得阿姨的好感——这阿姨有点像他过去的恋人。他内心有些不平静，生出种种难言的惆怅。再以后的场面：午休时为岳父买生日寿礼，精打细算；以前的同学带来从前恋人的消息；拒绝女徒弟的追求；下午有外宾参观自己操作，极为自豪；小组长收份子钱，为新来的工人结婚送礼；厂长让他负责与日本青年联欢的准备工作，他勉为其难；回家途中，闷闷的无名烦恼；轮渡上的疲劳。困倦的身体与近乎麻木的精神。回到家中，老婆絮絮叨叨地抱怨着菜价太高，牢骚满腹。住房将被拆，要自己去寻搬迁处。哪儿去找？烦闷；夫妻又吵架，因为亲戚要来借宿，屋里还要再挤进来一个二十多岁的小伙子！晚11点20分，上床。睡不着，要散架。但趁着亲戚还没有来的仅有的一晚，夫妻两人厌烦、乏味地又履行了一回"义务"。最后，印家厚梦见自己对自己说："一切都是梦。醒来时会好些的……"

就这样，作者运用"生活流"，展示了普通中国工人烦恼、劳累、压抑又不无些许生趣的一天。写出了人们物质条件的贫乏、社会义务的繁复、精神上的紧张与沉重……进而反映了一代人的普遍生存状态。就中国广大地区的观众来说，当最基本的生存条件、最基本的人生要素还没能充分获得的时候，反映与他们日常生活息息相关的人事情景，自然会获得观众的共鸣。

生活流式情节在中外影片中相当多见，像意大利影片《温别尔托·D》细致传神地展示一位老人的晚年境遇；像我国影片《一地鸡毛》表现一个刚毕业的大学生如何混同流俗；《本命年》叙述一个从大狱里出来的年轻男子如何在当前社会生活氛围中找不到自己的精神归宿而夭亡的故事等等，均属此类。

生活流式情节，要避免两种毛病：

其一，毫无选择地如实记录，真成了"流水账"。任何比喻都是不完善的。如果只求多、广、泛、全，大量堆砌生活表象、人物举止，只要丰富、自然，而忽略了既定目的、表现题旨，是没人欣赏的。

其二，既然可以用"流水账"来形容，则情节进程就要具有天然自在、虽峰回路转而绝无人为痕迹的特点。而且,所展现的生活图景还应有一定的长度,即不能只是一两个孤零零的场面,而要有"一段生活流程"。

三、故事情节类型差异引起的表现形式变化

罗伯特·麦基根据他多年的创作和研究实践,把影视剧故事情节类型划分为"大情节"、"小情节"和"反情节"。

"大情节",基本就是前文所述的传统戏剧型情节,在西方又称"经典设计",是指围绕一个主动主人公而构建的故事。这个主人公为了追求自己的欲望,经过一段连续的时间,在一个连贯而具有因果关联的虚构现实中,与主要来自外界的对抗力量进行抗争,直到以一个绝对而不可逆转的变化而结束的闭合式结局。大情节是世界电影的主菜。过去100年来,它滋养着绝大多数备受世界观众欢迎的影片。让我们浏览一下过去几十年的影片——《火车大劫案》(美国/1904)、《战舰波将金号》(苏联/1925)、《公民凯恩》(美国/1941)、《相见恨晚》(英国/1945)、《七武士》(日本/1954)、《教父》第二集(美国/1974)、《一条叫旺达的鱼》(英国/1988)、《菊豆》(中国/1990)、《四个婚礼和一个葬礼》(英国/1994)、《钢琴师》(澳大利亚/1996),从这些影片中,我们可以瞥见大情节所涵盖的故事题材和类型惊人的多样性。

"小情节"说法源于"最小主义"。最小主义是指作者从经典设计的成分起步,然后对它们进行削减——对大情节的突出特性进行提炼、浓缩、削减或删剪。小情节并不意味着无情节,因为其故事必须像大情节一样给予精美的处理。确切地说,最小主义的情节处理是要在简约、精炼的前提下依然保持经典的精华,使影片仍然能够满足观众的观赏欲望。

小情节尽管变化不如大情节多,但却具有同等的国际性:《北方的纳努克》(美国/1922)、《圣女贞德的受难》(法国/1928)、《游击队》(意大利/1946)、《野草莓》(瑞典/1957)、《音乐房》(印度/1964)、《官能王国》(日本/1976)、《温柔的怜悯》(美国/1983)、《得克萨斯州的巴黎》(西德、美国/1984)、《牺牲》(瑞典、法国/1986)、《征服者佩利》(丹麦/1987)、《被盗的孩子》(意大利/1992)、《活着》(中国/1994)和《我们跳舞好吗?》(日本/1997)。小情节还包括叙事性纪录片,如《福利》(美国/1975)。

"反情节"在电影中相当于荒诞派戏剧。反其道而行之,否认传统形式,以利用甚至嘲弄传统形式原理的要义。反情节的制造者对轻描淡写朴实无华的叙述方式几乎没有兴趣;倾向于过度铺陈和具有自我意识的大肆渲染。

反情节的例子不太普遍,其中主要为欧洲片和二战之后的影片:《一条安达鲁狗》(法国/1928)、《诗人之血》(法国/1932)、《去年在马里昂巴德》(法国/

1960)、《八部半》(意大利/1963)、《假面》(瑞典/1966)、《周末》(法国/1967)、《绞死》(日本/1968)、《群丑》(意大利/1970)、《蒙蒂·派桑和圣杯》(英国/1975)、《比天堂更陌生》(美国/1984)、《业余时间》(美国/1985)、《韦恩的世界》(美国/1993)、《重庆森林》(香港/1994)、《失去的公路》(美国/1997)。反情节还包括类似抽象派拼贴画式的纪录片,如阿兰·雷乃的《夜与雾》(法国/1955)和《失去平衡的生活》(美国/1983)。

由于故事情节类型的不同,才引发了如下表现形式的变化——

(一)闭合式结局与开放式结局

大情节展示一种闭合式结局——故事提出的所有问题都得到了解答,激发的所有情感都得到了满足。观众带着一种完满的体验而离开——毫无疑虑,充分满足。

另一方面,小情节常常在结局时留下一个开放的尾巴。故事讲述过程中提出的大多数问题都得到了解答,但还有一两个没有回答的问题会延伸到影片之外,让观众在看完电影之后去补充。影片激发出的大多数情感将会得到满足,但还有一些情感的残余要留待观众自己去满足。尽管小情节会以一个思想和感情的问号作为结局,但"开放"并不等于电影半途而废,使所有东西都悬而不决。问题必须是可以解答的,情感必须是可以解决的。前面所讲述的一切必须导向明确而有限的选择,这些选择使得某种程度的闭合成为可能。

如果一个表达绝对而不可逆转的变化的故事高潮回答了故事讲述过程中所提出的所有问题并满足了观众的所有情感,则被称为闭合式结局。一个故事高潮如果留下一两个未解答的问题和一些没满足的情感,则被称为开放式结局。

(二)外在冲突与内在冲突

大情节强调外在冲突。尽管人物常常具有强烈的内心冲突,但重点却落在他们与他人、社会机构或自然力的斗争上。相反,在小情节中,主人公也许与家庭、社会和环境具有强烈的外在冲突,但其重点却在他与自己的思想情感的角斗之上,这种角斗主人公也许意识到了,也许还没意识到。

我们可以比较一下《路上勇士》和《偶然的旅游者》中主人公的旅行。在前者中,梅尔·吉布森扮演的疯子麦克斯经历了一种从一个妄自尊大独来独往的人到一个自我牺牲的英雄的内心转化,但故事的重点则在其部族的生死存亡。在后者中,威廉·赫特笔下的游记作家的生活随着他再婚并成为一个孤独男孩的父亲而发生了变化,但是影片的侧重点则在此人精神的复苏。他从一个情感瘫痪的人转化为一个可以自由地爱恋和感觉的人,这便是影片的主要变化。

（三）单一主人公与多重主人公

按照经典讲述的故事通常将一个单一主人公——男人、女人或孩子——置于故事讲述过程的中心。一个主要故事支配着银幕时间，其主人公则是影片的明星角色。但是，如果作者将影片分解为若干较小的次情节故事，其中每个故事都有一个单一的主人公，那么结果便是大大削弱大情节的那种过山车般的动感力度，创造出一种自 20 世纪 80 年代以来渐趋流行的小情节的多情节变体。

在《亡命天涯》的具有高能负荷的大情节中，摄影镜头从来没有离开过哈里森·福特所扮演的主人公：镜头绝对不偏不斜，就连一点次情节的暗示都没有。相反，《门第》则是一个由六个主人公的至少六个故事编织而成的故事。即如在大情节中一样，这六个人物的冲突主要是外在的；他们都没有经受《偶然的旅游者》的那种深沉痛苦和内心变化。但是，由于这些家庭争斗将我们的情感引向如此之多的方向，而且由于每一个故事都只得到 15～20 分钟的短暂银幕时间，其多重设计柔化了故事的讲述过程。

多重情节可以追溯到格里菲斯当年的《党同伐异》（美国/1916）。延续至今，成为了一种普遍的手法——《短片剪辑》、《低俗小说》、《循规蹈矩》以及《饮食男女》、《2046》。

（四）主动主人公与被动主人公

大情节的单一主人公多为主动的和动态的，经历了不断升级的冲突和变化，意志坚定地追求欲望。小情节设计的主人公尽管不是毫无生气的，但相对被动。主动主人公在为追求欲望而采取行动时，与他周围的人和世界发生直接冲突。被动主人公表面消极被动，但在内心追求欲望时，与其自身性格发生冲突。

《征服者佩利》中的片名人物是一个被成人世界控制的青少年，所以他几乎没有什么选择，只能消极被动地作出反应。但是，作者比勒·奥古斯特利用佩利与世界的疏远，把他塑造为一个他身边悲剧故事的被动观察者：非法偷情者杀新生婴儿，妻子因其丈夫不忠而将其阉割，工潮领袖被乱棍打成了白痴。因为奥古斯特以一个孩子的视点来控制着故事的讲述，这些暴力事件发生于银幕之外，或者是距主人公较远之处，所以，我们很少见到其因由，而只见其后果。这种设计柔化或最大限度地削减了本来具有情节剧效果的甚或令人反胃的东西。

（五）线性时间与非线性时间

大情节开始于时间中的某一点，在基本连贯的时间中不无省略地运行，并终结于某一晚些的时刻。如果影片采用了闪回，对闪回的处理也会令观众能够将故事的事件置于其时序之中。反之,反情节都是不连贯的,将时序打乱或拆解,很难或不可能将发生的事件置于任何线性的时序之中。戈达尔在他的电影美学论著中曾经指出,一部影片必须具有一个开头、中间和结尾……但不一定非要按照这一顺序。无论有无闪回,一个故事的事件如果被安排于一个观众能够理解的时间顺序中,那么这个故事便是按照线性时间来讲述的。如果一个故事在时间中随意跳跃,从而模糊了时间的连续性,以致观众无从判定什么发生在前什么发生在后。那么这个故事便是按照非线性时间来讲述的。在名副其实的反情节影片《坏时机》中,一个心理分析学家(阿特·加芬克尔饰)在奥地利度假时认识了一个女人(特丽萨·罗素饰)。影片的前三分之一表现的似乎是这一艳遇初期的一些场景,但其间一些闪进镜头却跳跃到这一关系的中期和后期。影片的中间三分之一散落着一些我们想当然地认为应该来自于中期的场景,但却穿插着对初期的闪回和向后期的闪进。最后三分之一主要是一些似乎来自于这一对男女的最后时期的场景,却穿插着对中期和开头的闪回。影片以一个恋尸癖的行为作为结局。

(六)因果驱动与巧合驱动

大情节强调世界上的事情是如何发生的,原因如何导致结果,这个结果如何变成另一个结果的原因。经典故事设计描画出生活中的广泛联系的导航图,从显而易见的到难以捉摸的,从私人关系到重大事件,从个人身份到国际舞台。它揭示出一个连接的因果关系网,这个关系网一旦被理解,便能赋予生活以意义。另一方面,反情节则常常以巧合取代因果,强调宇宙万物的随意碰撞,从而打破因果关系的链条,导向支离破碎、毫无意义和荒诞不经。

因果关系驱动一个故事,使有动机的动作导致结果,这些结果又变成其他结果的原因,从而在导向故事高潮的各个片断的连锁反应中将冲突的各个层面相互连接,表现出现实的相互联系性。

巧合驱动一个虚构的世界,使没有动机的动作触发不能导致进一步结果的事件,因此将故事拆解为互不关联的片断和一个开放式结尾,表现出现实存在的互不关联性。

(七)连贯现实与非连贯现实

故事是生活的比喻。它引导我们透过现象看到本质。因此,从现实到故事并没有一对一的标准。我们创造的世界遵循其自身内在的因果规律。大情节在一个连贯的现实中展开,但这一现实并不等于现实生活。即使是最为自然主义、"照搬生活"的小情节也是被抽象化、被提纯了的存在。每一个虚构现实都确立了其中的事情会是如何发生的这种独一无二的规律。在大情节中,这些规律是不能被打破的——即使它们非常怪诞。

连贯现实是虚拟的背景。确立人物及其世界之间的互动模式,在整个讲述过程中这些互动模式一直保持着连贯性,从而创造出意义。

非连贯现实是混合了多种互动模式的背景,其中故事章节不连贯地从一个"现实"跳向另一个"现实",以营造出一种荒诞感。

然而,在反情节中,唯一的规律就是打破规律:在电影《周末》中,一对巴黎夫妇决定谋害年迈的姑妈以骗取其保险金。在去姑妈乡下家的途中,一场与其说是真实不如说是幻觉的车祸毁坏了他们的红色跑车。后来,当这对夫妇疲惫不堪地走在一条浓荫掩映的小道上时,埃米丽·勃朗特赫然出现,从 19 世纪的英格兰飘然降临到这条 20 世纪的法国小道上,手捧着她的小说《呼啸山庄》。这对巴黎夫妇一见埃米丽就讨厌她,掏出一个美国牛仔打火机,点着了她的衬架长裙,把她烧成了一片焦炭……然后扬长而去。

将大情节颠倒过来的欲望始于本世纪初。很多作家觉得有必要割断艺术家和外界现实之间的联系,从而进一步割断艺术家和大多数读者之间的联系。表现主义、达达主义、超现实主义、意识流、荒诞派戏剧、反小说、电影反结构等也许在技巧上有所差异,但其效果都殊途同归:对艺术家个人世界的一种归隐,观众能否进入这一世界由艺术家自己决定。

这种方式的影视剧不是"实际生活"的比喻,而是"想象生活"的比喻。它们反映的不是现实,而是电影导演的唯我论,并因此而将故事设计的极限向说教和观念的结构这一方向拉伸。然而,像《周末》这种反情节片中不连贯的现实却有一种本质的一贯性。如果处理恰当的话,能够让人觉得那是电影导演主观心理状态的表达。采用单一视点后,无论影片内容是多么地支离破碎,对愿意冒险探究扭曲生活的观众来说,该作品也是形散而神不散。

第六章　影视剧故事情节的设计与运用

第一节　故事情节的等级及其作用

苏联著名电影理论家普多夫金在论述电影创作蒙太奇思维时,对故事情节的"分切"与"组装"有过这样的叙述:"整个剧本要分成若干段落,每个段落又分成若干场面,而最后,场面本身又是许多从不同角度拍摄的片段构成的……将若干片断构成场面,将若干场面构成段落,将若干段落构成一部片子的方法,就叫做蒙太奇。"

由于地域文化沿革和民族语言习惯的差异,影视圈里同一事物往往会有许多不同的名称。为了表述方便,不至于造成概念混淆,我们将一些概念统一成中国人广泛认知的说法。从"片断"开始,由小到大,我们称之为"细节"、"场景"、"序列"(幕),直至整体故事。

一、细节

细节是影视剧作中表现某一动作/反映(场面/变化)的最小单元。细节可以是一个镜头,也可以是连续的一组镜头。它的主要作用有如下四项:

交代。例如:凶犯从三楼阳台跳下去,警察也追了下去,落地时,警察别在后腰上的手枪跌落,警察没发现,继续追……

揭示。例如:麻将桌下,一只女人的脚抬起来,在对面男人的腿上"挠"了一下,男人腿抖一下,随即抬脚反挠女腿……

强调。例如:定时炸弹上不断变化的时间字码,镜头越推越近,"咔咔咔咔"的音响越来越强……

伏笔。例如:报童送报,在一家别墅门前按铃无人应,便将报纸从贴地门缝塞了进去……(看似毫无意义,当他第二次来送报,发现从门缝下淌出了血迹,那"第一次"便是这发现的伏笔)

二、场景

场景其实就是具体的"故事事件",是体现在脚本中的"情节点",指在某一相对连续的时空中通过冲突表现出来的一段动作,完成人物行动风险价值正负变化的叙事单元。

场景由若干"细节"连缀而成。例如,将前述"引诱"的例子如此编下去,连起来:

> 麻将桌下,一只女人的脚抬起来,在对面男人的腿上"挠"了一下,男人腿抖一下,随即抬脚反挠女腿……
>
> 镜头拉开,牌桌上刚刚在下面搞小动作的那对中年男女眉来眼去,女的借口再去里屋拿钱走了,男的说"我也方便一下",起身……
>
> 走廊尽头,女的推开卧室房门,回头看了一眼;来到厕所门口的男人略一迟疑,快步跟了过去……
>
> 卧室内,女人在关着窗帘的窗前背身而立,(男人的)主观镜头慢慢靠近,女人转身,满眼欲火,男人扑过去,二人相拥狂吻……

至此,四个细节构成了一个"勾搭成奸"的叙事单元。此后可以转入主线或复线的另一单元,也可以继续下去,使情节陡转——那男人正忘乎所以地试图把那女人抱上床的时候,另一人影入画,将一把雪亮的尖刀插进了他的后心——如此结果,这个单元所叙之事便是"设计谋杀"了。

影视剧有时追求场景的多变与流动,以增加动感、避免沉闷。但作为编剧,则要对"过场戏"(只起过渡、连缀作用)和"重场戏"(展示人物或事件的主要戏剧场面)心中有数,在场面设置中,下工夫写好"重场戏"。

设计"场景"最基本的艺术要求是有"戏"可看。整部剧本要包含一个大的"戏",而组成整部大戏的每个叙事单元也必须各自具有内部的小"戏"。一部戏犹如一个环环相系的链条,一处链条松懈,就会影响全戏的艺术张力,甚至会使整部戏断裂——观众因某一场戏太"水"而中途换台,致使全剧失败。

成功剧本的每个叙事单元都有"戏"可看,即是说,其间都有着或明或暗、或强烈或含蓄、或直接或间接、或大或小的"冲突"。比如大家都熟悉的离婚律师第 1 集剧情——

律师池海东(吴秀波饰)是众人羡慕的人生赢家,事业有成,婚姻美满。海东刚打赢了一场离婚官司,为男当事人争取了很大利益。女方自己红杏出墙,却栽赃老公家庭暴力,海东用一段视频驳得她哑口无言。海东买了新车,想给老婆焦艳艳（张萌饰）一个惊喜，就载上助手潘小刚（贾景晖饰）一起回家，打算接老婆外出吃饭。结果艳艳居然穿着性感睡衣正在和别的男人在家幽会，池海东气得夺门而出。

艳艳找来表姐汤美玉（韩雨芹饰）哭诉，她一口咬定自己没有出轨，海东误会了自己。美玉顺便叫上了闺蜜罗郦（姚晨饰），同为大律师的罗郦开导艳艳，要她接受事实，就算是离婚也不可怕，她会帮艳艳争取最大的利益。美玉告诉罗郦一个惊人的消息，她从老公曹乾坤（刘欢饰）那听说，一直和罗郦在一起的上司吴文辉（方中信饰）居然有老婆孩子。罗郦根本不信，可第二天她就在办公室撞见了文辉的老婆孩子。文辉给出的借口是他不坦白是害怕失去罗郦，但罗郦坚决提出分手，并辞了职。

罗郦和池海东，两个擅打离婚官司的事业强人不约而同地遇到了自己感情上的问题。两人落寞地伫立窗前，从来没有发觉自己是这么的无助。罗郦找来好友美玉合伙开办了自己的律所，但刚开业就遇到债主上门催缴房租，来的代理人也是奇葩的好色之徒。海东决心和艳艳离婚，艳艳很难过，她找来罗郦做自己的代理律师。罗郦找到海东，提出要他净身出户，海东很气愤，他决定放弃协议离婚，直接和艳艳法庭见……处处设有强烈的矛盾冲突。

再如《克莱默夫妇》，这是一部几近于"生活写实"的作品，并不是以强烈的戏剧性来引人的那一类影片。但就是这样的篇章，它的每一个叙事单元内，也都有"戏"可看，都含有明显（有时是含蓄）的冲突。

三、序列（幕）

"序列"是影视剧作中相关场景的组合，故事情节的"段落"，相当于舞台剧的"幕"、"场"或"折"。细节构建场景，场景则构建故事情节一个更大的动态单位——序列。每一个场景都会改变人物生活中负荷价值的情境，但是从事件到事件，其改变的程度会有很大的区别，一个序列中的结束场景则必须造成更为强劲而且具有决定意义的变化，以一个高潮场景为其顶点，导致价值的重大转折，其冲击力要比所有前置的序列或场景更为强劲。

电影故事片一般至少设置三幕，电视连续剧差不多一幕便撑起一集，渐次发展成为最后的幕高潮，从而引发出绝对而不可逆转的变化。例如影片《大腕》剧情——

电影制片厂摄影科下岗职工尤优偶然遇到个甜活儿——为好莱坞大腕级导演泰勒在中国拍摄影片《末世皇朝》的工作过程拍一部宣传纪录片。

泰勒的影片在北京紫禁城开拍了，在他华裔养女兼私人助理露茜的陪同下，泰勒缓缓地沿着高大的红墙走来，尤优扛着摄像机拍摄着泰勒的一举一动。

片期的拖延使股东们大为恼火，制片人老托尼亲自来到北京告知泰勒："我今天不是以制片人的身份和你说话，我在这部影片的全部股权已经转让给一家日本公司了。我们已经物色了一个不错的导演来接替你继续完成这部影片，但他只是替你打工，导演的署名依然是你。"泰勒非常气愤。

"闲"下来的泰勒和露茜、尤优到寺庙游览。回来的路上，泰勒就生与死的问题与尤优探讨："尤，中国的佛教认为人可以转世，肉体的死亡不是生命的结束，而是新生命的开始？"尤优："我们中国有句话叫早死早托生。在中国活过70岁的老人死了，葬礼是喜丧。"泰勒："是不是说中国老人的葬礼像喜剧？喜剧葬礼，我喜欢！"

泰勒和尤优相处得很好。在泰勒的办公室，泰勒与尤优话别："尤，相信我的话，你有天赋，但你需要机会。"他摘下自己的手表给尤优带上。尤优比划着说："什么时候来中国拍片，需要我我就来，为你工作不要钱。"此时，泰勒的头却无力地慢慢靠在了沙发上……泰勒被救护车送往医院，临走前他对尤优说："不要忘了，我需要一个喜剧葬礼。"医生对守在急诊室外的尤优和露茜说："病人的生命已不可挽回，家属可以准备后事了。"

依照泰勒的心愿，托尼决定把泰勒的葬礼交给尤优全权操办。尤优以侠义的心态接下了这个活儿。他找到开着一间演出公司、自称组织过多次大型演唱会的老同学路易王帮忙。路易王简直不敢相信自己的耳朵，他一巴掌拍在尤优的肩上说："我给你提成！"

依照路易王的策划，要为泰勒举办一个"节目丰富多彩，形式类似春节晚会、快乐大本营、欢乐总动员，同时又有点像赈灾义演一样的葬礼。葬礼将由电视向全球直播。"300多万办葬礼的经费尤优和露茜没有着落，路易王倒是爽快，他可以找人掏钱，但掏钱的主儿自有人家的要求。于是，演出公司要让新签约的女星"傍"着泰勒出名，有众多公司不惜花大价钱在葬礼上做产品广告。"死去的泰勒"在他们眼里成了一部赚钱的机器。

就在大家做着发财梦的时候，这天，露茜到病房看望泰勒，惊喜地发现泰勒竟从死神那里回来了。泰勒决定对外封锁消息，让"戏"继续演下去。广告拍卖会上，葬礼的广告价位一路飙升，几乎葬礼的每一个细节都安排上了广告，泰勒"遗体"的每个部位也被充分利用，连假冒产品的制造者也不愿意失去此次大好商机。钱，越来越多，路易王干劲十足……当大家的发财梦做到最高潮时，泰勒康复的消息如一盆冷水浇在人们头上。

路易王受不了这意外的打击，得了精神病，尤优不知怎样面对众多广告商也装病住进了精神病院……经过这场闹剧风波，尤、露二人彼此加深了了解，竟碰出爱的火花，影片以二人拥抱、长吻的镜头结束……一个个具体翔实、生动形象的事件，便错落有致地组成了影片的整体。

可以说，一般情况下一部影片或一部电视连续剧，都是由众多（有选择、有艺术的节制的）序列组合而成的。如由倪萍、袁泉主演的国产影片《美丽的大脚》——

第一序列：张美丽丈夫因无知犯罪，被毙了；孩子因病，夭折了。面临人生的苦难，张美丽这个西部农村少妇悟出了一些道理，她把所有感情都寄托在孩子们身上，请求村长办个小学，自己当上了"孩子王"，在土房子里教着一帮子"泥孩子"。她用她那浓厚的地方话教他们识字、造句；她用那跑了调的嗓子、笨拙的姿势领孩子唱歌跳舞做游戏；她带着一群孩子们边走边唱，踏着飞扬的黄土迎来了北京的志愿者、年轻漂亮的女老师夏雨。黄土地上的生活潜移默化地改变了夏雨的人生轨迹，同时也逐步地改变了张美丽"美丽的大脚"的足迹。

第二序列：夏雨不适应穷乡僻壤的艰苦生活，山村里缺水的严重程度令她惊讶，而张美丽的朴实热情常常让她哭笑不得甚至火冒三丈。看到真诚而乐观的张美丽，夏雨简直无法想象张美丽的苦难经历。在朝夕相处的日子里，两个女人之间的误会、冲突、理解、感动通过一件件平静如水、细腻入微的小事展开，张美丽的形象也随之丰满和生动，夏雨在不知不觉中被张美丽的美丽的心灵所震撼。当丈夫来接她回北京的时候，夏雨终于选择了黄土地，选择了朴素和真诚，因此跟丈夫闹得不欢而散。夏雨怀孕后，张美丽送夏雨回北京生孩子，可是夏雨却悄悄做掉了孩子返回了山村学校，张美丽把夏雨背在背上，边哭边骂——作为一个失去丈夫和孩子的农村妇女，能有自己的孩子是最大的幸福，张美丽无论如何想不通，夏雨怎么会不要这个孩子！夏雨趴在张美丽的背上也哭了，她无法把自己对婚姻前景的不祥预感告诉这个淳朴的女人，正是为了避免孩子将来的不幸，自己才不得不忍痛放弃。两个生活经历完全不同的女人，此时却用相同的泪水述说着心中相同的痛苦，表达着对孩子、对生命同样的渴望。那一刻，她们已经没有什么区别，心灵中最本质的情感完全融合在了一起，闪耀出最美丽的人性光芒。

第三序列：为了给孩子们买电脑，张美丽四处求人，好话说尽。当她求到村里的一名"大款"，"大款"说只要她一口气喝下一瓶白酒就可以资助时，张美丽毫不犹豫，一口气喝下一瓶"二锅头"，此时的张美丽绝对是一名舍生取义、大义凛然的女英雄。

志愿活动结束了，夏雨也从"大脚班"毕业了，她在这里，体验了情感的秘密，理解了生活的本质，领悟了生命的真谛。出于感激，夏雨请张美丽和孩子们去北京看看。张美丽带着孩子们也带着自尊和自卑的混杂心情来到了北京。面对都市的现代化和都市一些人的傲慢和偏见，张美丽情绪激动，语重心长地给孩子们讲了一番一定要改变贫穷、改变人生命运的话语。

第四序列：在世俗和传统文化的桎梏里，作为"第三者"的张美丽和电影放映员王树之间的感情也表现得颇为辛酸和有趣。随着剧情的发展，张美丽无可奈何地诀别了那段甜蜜而苦涩的爱情。一次偶然车祸，张美丽生命垂危。张美丽像平静地接受人生苦难一样接受了死亡，面对死神，她微笑地说，人，哭着来到这个世界，但是，一定要笑着离开……孩子们用哭哑的嗓子唱着凄凉的儿歌为她送行；夏雨用满面泪水和她告别；王树雕塑般地坐在村口，默默地为她守墓；"美丽的大脚"足声远逝了，余音无穷……如此，通过上述序列（叙事单元组合）的具体展示，才得以形象地充实了整体构架，生动地完成了整体的叙事任务。

四、整体故事

"整体故事"的表现形式应该是写成剧本之前的详细提纲，结构框架；是剧作者对原始素材的细部选择与铺排设计。在原始素材中保留什么？删剪什么？什么在前？什么置后？——设计出一整套的情节进程。

情节进程是"线"，侧重于时间的展示；叙事单元（场面）是"面"，侧重于空间的体现。影视剧作的结构既然是一个立体框架，那么，无论怎样的形状，都必须同时具备时间与空间的双向展示。也就是说，必须由具体形象的叙事单元（场面）与情节进程组合而成，前者负责形象表现，后者负责整体连缀，两者缺一不可。

叙事单元犹如情节进程的横切面，在影视结构体的负载量（包括既定的篇幅、既定的戏剧核）已经确定的前提下，则这切面与切点、横切面与纵线索的关系自然成反比，即切点多，则切面小；切点少，则切面大。

当《温柔的怜悯》首映时，有些评论者把它的叙事方法认定为"没有情节"，然后对此大加赞赏。其实《温柔的怜悯》不仅具有情节，而且其情节是在一些最困难的电影领域中进行精妙设计的。对小说家而言，这种故事是自然而然、轻而易举的。无论是采用第三人称还是第一人称，小说家可以直接进入人物的思想和情感，在主人公内心生活的景观上将故事戏剧化。对银幕剧作家来说，这种故事则相当脆弱和艰难。我们不可能将镜头伸进演员的额头内去拍摄他的思想，尽管有人也许会不惜一试。我们必须想方设法去引导观众从外在行为来解析其内在生活，而不能利用画外解说词或人物的自我旁白。即如约翰·卡彭特所说的："电影就是将无形的精神变为有形的物质。"

为了开始展示主人公内心变化的精神世界,霍顿·富特在《温柔的怜悯》开篇便表现斯莱奇沉湎于他那毫无意义的生活之中。他在用酒精进行慢性自杀,因为他已经不再相信任何事物——不再相信家庭、事业、今生和来世。在影片的进展中,富特避免了在伟大的浪漫体验、辉煌的成功或宗教启迪中找到人生意义的陈词滥调。相反,他向我们展现了这样一个人,他利用爱情、音乐和精神这多重怡人的丝线编织出一个简单而又富有意义的人生。到最后,斯莱奇经历了一个悄无声息的转化,找到了一个值得生活下去的人生。

第二节 情节设计的原则

情节设计固然要讲究技法,但这不意味着可以随心所欲,为情节而情节。须知,情节毕竟是生活的产物,而且要由具体的人物来实现。因此,它就必须遵循下面的基本原则:

一、情节设计必须符合生活真实

这本是极为浅显、不必再说的道理,但在实际创作中,有些作者却往往为追求起伏跌宕、奇特引人的"艺术效果",或秉承某种政策或意念,而偏偏忽略了这一点。比如当年根据《水浒传》的有关章节改编的电视连续剧《武松》,就完全不顾生活的现实可能,只凭改编者依据某种理论的要求,而臆断、杜撰、"符合阶级性"地对原作情节进行了"大胆"的改造:原作中,武松大闹飞云浦后,潜回都监府,怒火中烧,情不可遏,见人就杀,直到将仇人一家十三口统统杀死,方解了心头之恨!这情节,或许残酷,但真实可信,对塑造一个刚烈勇武的平民型英雄人物起了很好的作用。而改编者却让武松潜入花园后,听到婢女玉兰月夜焚香时的祈祷,两人又如何款款而谈,使武松(实际上是使观众)了解玉兰本是好人家的女儿,与张都监也有深仇大恨……然后才写武松如何理智地(按所谓的"阶级斗争观点与阶级分析方法")与统治阶级的代表张都监、蒋门神打斗拼杀。而在这过程中,又如何得到"同一阶级的"被张都监们压迫的书僮、婢女们的支持……于是,武松所杀的当然都是"该死的阶级敌人",没有误伤一个"自己人"——这倒是符合了当时极"左"的"阶级斗争理论",或者说是亦步亦趋地演绎、图解了这种"阶级斗争理论",但是,这种情节真实么?这种情节到底是有益于塑造出一个符合历史真实与艺术真实的典型人物,还是恰恰相反呢?……只以其中一个细节为例:都监府乃防范严谨之地,怎能容武松与玉兰在花园中从容对谈?玉兰纵然真是苦大仇深的民间女子,能够在残酷森严的张府内出声诅咒其主人、而又被武松听到么?再者,凭武松的暴烈性格，又在飞云浦几乎遭张府中人暗算，刚刚拼杀恶斗、死里逃生之后，能在危机四伏的都监府花园里，有闲情逸致在玉兰面前耗时间？——他们毕竟只见过一面，尤其是：玉兰当时还是作为美人计的工具出现的！……如此等等。这种情节失真、有明显杜撰痕迹的现象，在许多影视作品、尤其是那些粗制滥造的电视连续剧里较为普遍，我们要引以为鉴。

二、情节设计要符合人物性格

俄国作家普希金的小说《驿站长》，写了一个沙俄统治下令人同情的小人物的悲惨故事。主人公职务低微、安于天命、心地善良。这就造成了他忍辱屈从的性格。作者通过一系列情节来展示这种性格的悲剧性遭遇：他唯一的亲人、美丽活泼的女儿被贵族军官拐骗走了。面对这灾难，老人并没有怒发冲冠，而只是去恳求："大人……行行好吧！过去的事情就算了，至少，请您把可怜的杜尼亚交给我吧……您已经把她玩够了，别再凭白无故地毁了她吧！"结果遭到拒绝；第二次他又去找那军官，这时他对要回女儿已经不抱希望，只想再看自己的女儿一眼。结果又吃了闭门羹。第三次他找到女儿的住处，终于从门缝里看到了女儿，却被那个恶棍军官粗暴地推倒在楼梯上……有人劝他去控告，但他"想了想，把手一摆，决定让步"。他重回驿站，继续履行自己为统治者服务的职务……以酒浇愁、暗自流泪，终于在凄凉孤苦中默默死去……这篇小说的情节设计，完全依据俄国被侮辱、被损害的小人物的性格与命运，作了真实的体现，所以被高尔基誉为"开创了俄国文学中的现实主义"的小说篇章。

另一个例子，则是我国"文革"期间电影《白毛女》的改编本：原影片中，杨白劳也是个被侮辱、被损害的小人物，老实巴交的老农民。在强大、凶残的恶势力面前，他无力反抗，只有悲愤自杀。而改编后的情节则是——这个"贫下中农"出于"阶级义愤"，绝不忍辱吞声，而是拿起扁担，勇敢地在与黄世仁们的搏斗中英勇地倒下。

上述两种情节设计，到底哪种好？毋庸置疑，当属前者。且抛开悲剧效果不同、审美层面的内涵不说，只从性格与情节的关系上分析，后者就不很统一、不很契合，原因就在于——不真实。以杨白劳的性格，只能是自杀而死，而不该是抗暴而亡。

情节设计不能从作者主观意念或某种政治理论出发，必须依据人物性格，这方面的例子不胜枚举。像契诃夫的《新娘》手稿中，本来安排主人公去参加革命，后经仔细斟酌，发现：这虽提高了主人公的思想境界，但不符合其性格发展逻辑，因而在定稿中，便只让主人公朦胧地憧憬美好的未来生活；像法捷耶夫的《毁灭》中对美谛克的最终结局的设计、托尔斯泰对安娜之死的设计、鲁迅对阿 Q 命运的设计、老舍在《我这一辈子》中对"我"的一生的设计、钱钟书在《围城》中对方鸿渐行止的设计等等，都属此类。

三、情节设计要尽量避免俗套

好的情节，不单是情节本身曲折引人，而且情节过程所反映的生活现象，又能包含深刻、宏远的人生哲理或阔大意境，进而产生远远超过情节表象的进一步的内容。比如同是侦探篇章，有的影片情节变幻莫测、紧张凶险，确是吸引人，但看过之后，却毫无所得；而有的作品则不然，在曲折有致的情节展示之后，能让人透视出更为深沉的人生或社会的哲理内容与现实剖析。像日本作家西村京太郎的《敦厚的诈骗犯》，情节便十分奇特吸引人。但当情节发展到最后，那个诈骗者的真实身份与动机大白于人们面前时，顿时使整部作品的内涵一下子深化了——这绝不仅仅是一个紧张吸引人的故事，更含着对残酷社会生活的批判与对贫苦百姓善良人性的崇高赞颂！相比之下，那些一味追求强烈刺激的警匪片、侦探片以及更等而下之的纯商业的打斗片、情恋片，就只似过眼烟云，虽看时热闹得很，过后却毫无印象了，哪里谈得上长久的艺术生命与文化价值？

四、情节设计的最高任务是把好故事讲好

好故事，就是值得讲而且世人也愿意听的东西。

相信你的观念只能通过故事来表达，相信你的人物会比真人更"真实"，相信你虚构的世界要比具体世界更深刻。不过，仅有对好故事的爱，对为你的激情、勇气和创造天才所驱策的精彩人物和世界的爱，还是不够的。你的目标是必须把一个好故事讲好。一个作家如果没有掌握这门手艺，他最多只能做到抓住从他头脑中蹦出的第一个想法，然后不知所措地面对着自己的作品发呆，无从回答这些可怕的问题：这到底好不好？

首先，你得进入你想象中的世界。当你写作时，你的人物会自然地说话动作。下一步你该干什么？你走出你的幻想，把自己所写的东西读一遍。那么，你读的过程中应该做什么？你分析。你一边写，一边读；创作，批评，冲动，逻辑；重新想象，重新改写。你改写的质量，你臻于完美的可能性，取决于你对写作手艺的掌握，因为是这种手艺引导你去改正不足。

情节并不是指笨拙的纠葛，事件必须经过精心挑选，而且其设计模式必须在时间中得到展现。我们不妨以电视剧《北平无战事》为例说明之：《北平无战事》是一部糅合了国民党肃贪、币制改革、国共谍战的历史正剧，以制作精良的

拍摄水准、老中青三代戏骨飙戏的酣畅淋漓、精益求精的场景布置,再现了最后的王朝各派势力在北平的盘旋斗争。个中势力纠缠之复杂,各色人物表现之圆满,剧情咬合之紧密,将现象级电视剧又推上了一个新的高度。

1. 三堂会审气氛焦灼,一场戏看众生像

在方孟敖驾机飞离之后,我们还犹可想见到他开篇桀骜不驯站在军事法庭上的场景。《北平无战事》隐隐拉开布幕以来,节奏一直慢而稳重,开篇一出三堂会审却以紧张的旋律将多种人物浓缩到一个场景中间,迸发其最有魅力的矛盾冲突。方孟敖违抗军令,拒绝轰炸开封。他和他的飞行大队因此被送上军事法庭。并案受审的还有前国民党空军作战部中将副部长侯俊堂和中共地下党员林大潍。其间方孟敖的桀骜不驯、曾可达的步步为营、徐铁英的老谋深算、林大潍的视死如归等,各色脸谱聚焦于庭审之间,节奏之紧迫、对阵之严密、对白之酣畅、即使不言所表现的心理之鲜活,都如同一场大戏,看尽各怀信仰的众生相,此当拍案叫绝第一幕。

2. 崔中石行贿不卑不亢,草蛇伏线藏杀机

作为全剧的一个灵魂人物,崔中石将辗转于善恶之间的表现发挥到了极致。进可与恶斗争不卑亢,退可深埋于心隐身份。崔中石约见徐铁英,重金以诱让其为孟敖辩护。这一段越到其后的情节发展就越显其沉甸甸。崔中石与徐铁英在剧中的首次交锋,为后期"谁挡了他的财路就得死"埋下伏笔。答应给徐铁英、侯俊堂20%的股份最后成为了崔中石的催命符。后期在方步亭家中三人就兑现股份的会见,将崔中石步步逼上黄泉路。这出行贿戏份的草蛇伏线,将无私与贪婪对垒得逼真。徐铁英办公室这一站,到方步家中藤椅上的座位,崔中石的身影其实从未离去。

3. 孟韦痛斥五人小组,家事国事难两全

有人说孟敖主外,孟韦主内。作为家中听话的小儿子,面对叛逆出走的哥哥,面对逝去的亲人,方孟韦似乎成为了缓和家庭气氛的唯一安慰。而面对哥哥和父亲陷于政治漩涡之中,他怒闯五人小组会议,以下犯上为方孟敖讨得公道。这一幕将这位公子哥的形象瞬间抬升了不少。相比于哥哥的深沉不羁,孟韦多了一份真实和直率。剩下的与孙秘书的拔枪擒拿,都成为了方家宣泄的小出口。虽然螳臂挡车,但是孟韦的懂事和善良,被时政卷挟的性格爆发,都有着热血青年赤忱的一面。

4. 建丰电话埋藏暗线,一线牵动一剧情

蒋经国作为剧中的一个暗线人物,其实把控着剧情时局和部分人物的政治走向。"报告建丰同志"成为了《北平无战事》中不可或缺的环节。建丰对铁血救国会的把控有着其试图力挽狂澜挽救民心的决心,也有着对曾可达、梁经

伦的任人唯贤和最后的失败之叹。这条埋藏的暗线是北平里一道独特的风景。最后死士曾可达用自己前途性命一切赌上,看建丰会动孔令侃,还是自己私放军粮。建丰同志是幕后发展的推手,更成为了左右铁血救国会的精神航向。一线牵动一剧情,他是这部剧背后的眼睛。

5. 双老引诗促膝相谈,书房对话有知音

剧中的方步亭和何其沧有很多共同点,置身经济,不理政事,又无党派倾向,民主人士。这两位经济顶层人物的交流不仅仅在于儿女之事上,书房的一场交流成为了亮点。在何其沧的书房,方步亭和何其沧相对而坐回忆学生年代对"却将万字平戎策,换得东家种树书"的理解,引入辛弃疾诗歌,不仅是对时局的感叹,更是对路荒遗叹报国之气的一声叹息。

6. 梁经伦诗说新中国,信仰浪漫难抉择

在《北平无战事》中,兼具双面间谍身份的梁经伦算不上老谋深算,却有着浪漫主义情怀,也正是由于这一独特的人物魅力,梁经伦收获了诸多女性的芳心暗许。在梁经伦对何孝钰描述新中国的时候,他说:"它是站在海边遥望海中,已经看见了桅杆尖头的一艘航船;它是立在高山之巅远看东方,已见光芒四射喷薄欲出的一轮朝日;它是躁动在母腹中,快要成熟了的一个婴儿。"这种美好的憧憬梁经伦毫无掩饰地表达出了热情,就在这一幕里,注定了他会为方孟敖去讨回公道,会强闯而入对曾徐二人慷慨陈词。最后离开之时再次对孝钰描述了新中国的场景,更将他的理想立体了。他是国民党还是共产党在最后都无关紧要,重要的是即使身份揭露之后,他能对得起的是自己的内心。

7. 木兰意灭血染大地,雪朝绽放青春梦想

木兰更像一朵莲花,含苞待放。她有着追求自由的精神,有着梦想的爱人,有着无拘束的理想,她干净得可以让通篇低沉的色调泛出晨曦的光芒来。就是这样一个清丽蓬勃的女子,在《雪朝》中干干净净地走了。朗诵出的诗歌,幻想破灭的绝望,化为灰烬的活力,不仅暗淡了她内心深处的光芒,也摧毁了梁经伦"选择了无法选择"的坚持。木兰血染土地的一幕,在梁经伦怀中的影像,"花木兰"、"乱世佳人"的隐喻,都将这个小女子的神情放大了些许。解放北平时,欢送队伍中的笑脸,那样的结局才是最理想的模样。悲剧,就是把美好的东西撕裂给人看。

8. 方孟敖智激马汉山,天人对话酣畅淋漓

《北平无战事》中有两个独特鲜活的人物,一个是马汉山,一个是崔婶。他们真实得仿佛触手可及,他们亲切得仿佛就在身边。他深谙官场之道,八面玲珑,金钱铺路,不相信国民党的话,于是苟延残喘小心翼翼。他在长官面前能屈能伸,低声下气,他在下属面前嚣张跋扈,作威作福。他可恨可怜可悲可叹,

却在方孟敖义气相交中,成为黑暗和丑恶的见证人。在最后与方孟敖的天人对话中,这个虚与委蛇的小人物摆了一个大道,这一幕是人之将死其言也善的一声释放和吐露。

9. 谢培东寻女隐悲恸,雨中深情动人心

谢培东的沉重如同他承担下来的所有账务,如同他苍老而执著的脚步,如同他父爱如山的背影。在得知女儿失踪到女儿被杀害的消息之后,崩塌了他的精神支柱。在谢培东身上,你看不到紧张,看不到激烈,一平如水的稳重也成为他帮衬行长 20 年的资本。雨中慌乱的脚步,迷离的眼神,不禁令观众心中一痛。在雨中,车窗外幻想的木兰跑向自己的身影,抱着襁褓里的木兰投奔内兄的回忆,直至北平解放眼前浮现的木兰奔跑的场景,共产党、父亲的角色交织成无以言说的感动。

10. 只字未书中石之死,精神永存贯始终

之所以把崔中石之死作为经典场景之一,其实它并未在剧中明确出现过。但是,有的人死了,他还活着。剧中没有出现崔中石被暗杀处决的场景,却时时刻刻活在整部剧中,成为剧中无可替代的温暖。他承担保护方孟敖的任务,他走账时候的心思缜密,他归家之时的父亲、丈夫形象,他一贫如洗的家境,到后期方步亭在办公室、谢培东在金库、方孟敖在河边对他的感念和追忆,都让崔中石之死成为剧中的精神遗留。有的场景并未出现,悲伤尤甚。(新浪娱乐)

在这部电视连续剧中,是较长的情节进程与较多(但不滥)的叙事单元相组合,使作品获得了成功。不同"故事内容"的影视篇章,其情节进程与叙事单元的艺术组合应有所不同。试看张艺谋的电影《秋菊打官司》:

故事由"屁大点事儿"引发——中国西北一个小山村,秋菊的丈夫王庆来,为了自家的承包地与村长王善堂发生了争执,被村长一怒之下踢中了要害,王庆来整日躺在床上,白天干不了农活,夜里跟媳妇也干不了"那活"。秋菊此时已有 6 个月的身孕,丈夫被踢伤,她便去找村长说理。村长不肯认错,秋菊认为这样的事一定得找个说理的地方。于是,便挺着大肚子去乡政府告状。

经过乡政府李公安的调解,村长答应赔偿秋菊家的经济损失——至此,可以"万事大吉"了吧?不——当秋菊来拿钱时,村长把钱扔在地上,受辱的秋菊没有捡钱,而又一次踏上了漫漫的告状路途。

秋菊带着家里的妹子,卖辣子做路费,来到了几十里外的县公安局。县里的裁决与乡政府一样,只是对村长进行经济处罚。秋菊不服,拖着沉重的身子又来到了市公安局。市公安局的最终判决也是维持了县乡的调解与裁决内容。一心只为讨一个"说法"的秋菊又一次带上妹妹和辣椒来到市里,这一次

她找了律师,决定向人民法院起诉,结果败诉,但秋菊坚持认为要讨回公道,于是又上诉市中级人民法院——结果石沉大海,不了了之。

除夕之夜,秋菊难产。在村长和村民的帮助下,连夜踏雪冒寒送秋菊上医院。秋菊顺利地产下了一个男婴,秋菊与家人对村长感激万分,官司也不再提了。

可当秋菊家庆贺孩子满月,全村喜气洋洋的时候,市法院的警车来了,村长被拘留。警车绝尘而去,秋菊在后面边追边喊:"我就是讨个说法,不是这样子的! 我就是讨个说法……"这样,不仅使影片变得活跃好看,还强化了内容展示的感染力,给立体地表现主人公多层面的性格提供了自然的场景、真实的生活空间。完全可以这样说:只要情节进程与叙事单元(场面)能有如此这般的对比反差、出人意料的组合,且不管人文内涵如何,影片在技术层面展示的基础——"整体故事",就已经成功了。

设计故事能够测试作家的成熟程度和洞察力,测试他对社会、自然和人心的知识。故事要求有生动的想象力和强有力的分析性思维。自我表达绝不是问题的关键,因为,无论是自觉还是不自觉,所有的故事,无论是真诚的还是虚假的,无论是明智的还是愚蠢的,都会忠实地映现出作者本人,暴露出其富有抑或缺乏人性。所以,作家要把握故事的原理,把故事讲完……然后恰到好处地结束。

第三节 情节设计的模式类型

张觉明教授在《实用电影编剧》一书中有这样的记述:"18 世纪时,意大利剧作家卡洛·柯奇研究归纳,认为世界上只有 36 种剧情。20 世纪初期,法国剧作家乔治·浦洛蒂引证了 1200 种古今名著脚本,证实了这种说法。也就是说——这 36 种情节,可以包括所有的情节。当然像今天这样复杂的社会、复杂的人际关系,也许会有新的情节产生,但至今还没有创造第 37 种、38 种情节……或许有了,还没有正式增补,但至少这 36 种情节,可供剧作者编剧时参考。"

对此,我半信半疑。

他记述的"36 种情节"是这样开列的——

1. 求告。

主要剧中人:求告者。

次要剧中人:逼迫者、威权者。

举例:电影《缇萦》。

2. 援救。

主要剧中人:不幸的人。

次要剧中人:威胁者、援助者。

举例:莎士比亚剧《威尼斯商人》、电影《孤星泪》。

3. 复仇。

主要剧中人:复仇者。

次要剧中人:作恶者。

举例:电影《独臂刀》。

后面简单地列一下名目吧:

4. 骨肉间的报仇。

举例:莎士比亚剧《哈姆雷特》。

5. 逃亡。

举例:(很多,不胜枚举)

6. 灾祸。

举例:莎士比亚剧《李尔王》、电影《火烧摩天楼》、《大地震》。

7. 不幸。

举例:电影《偷自行车的人》。

8. 革命。

举例:电影《双城记》、《气壮山河》。

9. 壮举。

举例:电影《最长的一日》。

10. 绑劫。

举例:评剧《节义廉明》、电影《手提箱女郎》。

11. 释谜。

举例:电影《迷魂记》。

12. 求取。

举例:评剧《拾玉镯》、电影《艳贼》。

13. 骨肉间的仇视。

举例:评剧《天雷报》、电影《朱门巧妇》。

14. 骨肉间的竞争(恋爱之类)。

举例:莎士比亚剧《李尔王》、电影《洛可兄弟》。

15. 奸杀。

举例:电影《埃及艳后》、《武松》。

16.疯狂。

举例:莎士比亚剧《奥赛罗》、电影《暴君焚城录》。

17.鲁莽。

举例:易卜生剧《野鸭》。

18.无意中的恋爱造成的罪恶。

举例:易卜生剧《群鬼》、电影《太阳浴血记》。

19.无意中伤残骨肉。

举例:电影《海》。

20.为了主义或信仰而牺牲自己。

举例:易卜生剧《国民公敌》、电影《田单复国》。

21.为了骨肉而牺牲自己。

举例:莎士比亚剧《一报还一报》、电影《百合花》。

22.为了情欲的冲动而不顾一切。

举例:电影《埃及艳后》。

23.必须牺牲所爱的人。

举例:评剧《托孤救孤》、《睢阳忠烈》,电影《大摩天岭》。

24.两个不同势力的竞争(为了恋爱)。

举例:电影《老人与海》。

25.奸淫。

举例:莎士比亚剧《亨利八世》。

26.恋爱的罪恶。

举例:评剧《白蛇传》、电影《六朝怪谈》。

27.发现了所爱的人不名誉。

举例:《魂断蓝桥》。

28.恋爱受阻。

举例:电影《殉情记》。

29.爱恋的一个仇敌。

举例:电影《殉情记》。

30.野心。

举例:莎士比亚剧《麦克白》。

31.人和神的斗争。

举例:希腊悲剧《被缚的普罗米修斯》、电影《汪洋中的一条船》。

32.因为错误而生出来的嫉妒。

举例:评剧《红楼二尤》。

33.错误的判断。

举例：莎士比亚剧《亨利五世》、电影《英烈千秋》。

34.悔恨。

举例：电影《离恨天》。

35.骨肉重逢。

举例：莎士比亚剧《冬天的故事》。

36.丧失所爱的人。

举例：电影《乞丐与荡妇》。

这36种情节,初学者也许不方便记忆,赫尔曼在《电影编剧实务》一书中归纳为9种类型：

（一）爱情型。男孩与女孩相遇而结识,爱上了她,不巧失去她,最后又得到了她。

（二）成功型。一个人经过种种努力和奋斗,终于成功了。但这要看故事的性质,有时一个极渴望成功的人,最后也没有成功,例如那些伪科学家之类,亦属这种模式。

（三）神话型。古代故事中,丑小鸭变成天仙般的美女,就属于这一型。萧伯纳的名著《卖花女》,是这一型的标准范例。

（四）三角型。三个主角(一男两女或两男一女)的有关恋爱关系所构成的爱情故事。如果人物更多一些,则可以称为"多角型",但其结构和三角型大同小异。

（五）浪子型。浪子回头;离家出走的丈夫;因战争的缘故,妻离子散,又重新团聚……都属于这一型。

（六）复仇型。这是谋杀故事的基本类型,恶有恶报,善有善报,不论是由法律或秩序判定,犯罪者最后必难逃法网。

（七）转变型。坏人洗心革面变成好人的故事。此类型故事最重要的,就是要精心设计他转变的过程,有充分的理由和动机使他觉悟。如果理由不够,而且转变得太快,就会失去可信度。

（八）牺牲型。此种类型正好和复仇型相反,内容是叙述一个人如何牺牲自己或个人意志,协助他人达成志愿的目标。此种类型中,牺牲自己的那个人物,必须有伟大的人格和可信的原动力。

（九）家族型。夫妻之间的和谐或争吵、离婚对子女的影响、父母与子女的种种问题、婆媳之间的问题……此处的家庭故事不仅限于骨肉之间,而且也可以扩大至公寓、孤儿院、养老院等类似的团体。

36 种情节也好,9 种类型也罢,包罗人生社会诸种现象,经过若干专家予以加工提炼,成为一种具有代表性的情节模式,对编剧很有参考价值。但是,如果说这就是情节设计的"全部",有了这些模式就能包打天下,本人不敢苟同。且不说上述归纳有些地方交叉重复,有些新题材、新类型难以覆盖,尤其是随着社会现实日益丰富、复杂,文化消费市场竞争的日趋激烈,单一类型的影视剧作已经很难立足,结构样式和表现风格的交叉已经层出不穷,屡见不鲜。所以,我们的影视剧编剧必须对鲜活的原始素材进行分析和组织,找出起冲突的因素,找出其造成戏剧的材料,找出其剧中人物的塑造,找出其情节发展形态,找出其高潮所在,找出解决的方法和结束的方法,再加以组织,运用时只要合情合理,即可增强戏剧的效果。

记住,每一部作品并不一定单纯的只包含一项内容,可能一正一副,或三线并行,或更复杂的形式,如何架构完全由编剧的构想与运用而定。

第四节　情节设计的常见弊端

一、人物多,线索杂,不得要领

有的时候当阅读一个影视剧本时,你有一种感觉,感到其中有什么东西不对劲,但是你不知道到底是什么在作怪,如果你想要发现问题的起源,那就应该从最早的开头去找寻——从剧本的第一页、第一行开始。举例说,剧本中的人物太多了,你不知道谁是主要人物,以及故事讲的是谁。或许你只是感到这个剧本对话太多太啰嗦了,而且动作的发展太依赖对话和解释了,而不是依靠视觉的形象。重新去看看这个材料,你也许会意识到,电影剧本所要传达的信息过多了,而且故事发展得太快了,你自己可能完全不知道到底发生了什么事情,什么原因。故事过早地堆砌了过多的信息,以及发生的事件太快了,以至于人物缺乏广度和深度,故事叙述过程缺乏足够的冲突或戏剧性情境。

一个好的影视剧本应该从剧本的一开始起,直到第一幕将近结尾处的情节点为止,将这个故事的主要人物、戏剧性前提和情境、人物之间的关系等都建置出来。常见一些剧作者为了使故事向前发展得更快一些,自然而然地就倾向于用增加人物的方法或者在故事线上增加一些事件。这样使得故事好像是在动作的表面上浮动,而没有渗入到动作内部的深层次结构内。为什么会发生这样的事情呢?这好像是因为很多作者急于写出影视剧本而缺乏足够的准备。他们如此急于写成这个剧本，而没有用足够的时间去挖掘和发展动作和人物之间的关系。所以他们仅从一些少量的信息开始，就这样写出了第一幕。他们的大多数时间花费在去尝试琢磨故事到底讲的是什么，以及下面该发生什么了。这样就在第一幕内放置了大量的故事点，他们希望这样故事就可以自己制作出来了。

准备和研究是剧本写作过程中最为基础的步骤。剧作者的责任就是要知晓和明确谁是你的主要人物、什么是戏剧性前提——你的故事要讲述的是什么以及什么是戏剧性情境——围绕动作周围的环境如何。如果你没有足够地了解你的故事，没有花费时间去做足够的调查研究，那么你就要冒险去勉强在故事线上插进一些事变和事件，来强迫它起效用。结果是故事的叙述线会变得歪七扭八，而且出现了过多的情节，但是却没有能够在电影剧本中创造出更多的、有意思的事件或人物。试图创造出更多的"事情"，以及为冲突创造出更多的障碍，这样做除了把问题扩大化之外，什么事情也干不成。在根据19世纪的简·奥斯汀的小说改编的影片《理智与情感》中，很可能简单地把开头处理得太多了、太快了。在开始的几页中我们可以建置起来故事的背景：家庭关系、父亲临终以及对于三姐妹的影响等等；但这样通常会使得第一幕中的信息过多。但是无论如何我们还得从这些事情开始正确地建置我们的故事。

艾玛·汤普森是如何处理这个开头的呢？在画外音中我们听到了有关这一家的事情，看到了临终的父亲在病榻上，我们知道了这个家庭的命运就落在了儿子的肩上。儿子对将去世的父亲许诺要好好照顾他的三姐妹。但是葬礼刚刚结束，他的妻子就开始算计遗产的问题。在剧本的第一幕中展现出很多的信息。但是故事是靠对话和画面结合起来建置的。这样我们就看到寡妇母亲和她的三个女儿面临着贫穷的处境。于是第一幕的其余部分就要讲述她们是如何对付这样的困难的：一场戏接着一场戏，我们看到她们开始应付局面。姑娘们要出嫁——当然了，在那个时代，女人需要有个丈夫能够保护她。但是，当艾玛·汤普森饰演的人物和休·格兰特饰演的人物的婚姻没有成功，于是姑娘们就把房子交给了哥哥而自己到了乡下。

如果这些背景——故事的信息都要以对话的形式交代出来的话，那么这个故事就会有过多的解释和说明。它就会变得太拖沓和啰嗦，人物也就太消极被动，这样这个场景就太长了和太显露了，其结果就是这种叙述式的动作并不能推动故事向前发展。

把过多的东西生硬地加进你的故事，没有花费足够的时间去做人物的研究，没有写出一个主要人物的个人传记，或者写得不够完全，其结果就是人物显得单薄或难以引起共鸣，或者一个薄弱的人物急于应付所有情节中的事变和事件,疲于奔命而使得他或她变得被动,好像是从稿纸上消失了一样。主要人物没有自己的观点,而一些次要人物、小的角色却突显出来盖住了他。主要人物消失在背景之中。

过多的情节纠缠和打转,而对这些都要进行解释,动作的发展方向也迷失了。这就是在吴宇森的影片《断箭》(格雷厄姆·约斯特编剧)中发生的情形:主要人物为动作做出了牺牲。当然在这部影片中,推动影片发展的不是故事或人物,而是动作。你要解决这类问题的话,就得把故事线上的事件展开、发展和扩大,要添加一些新的情节成分,尽管问题始终纠缠着人物。

举例说明:有位女士写了一个 16 世纪的一群流浪的音乐家们的故事。主要人物是一位年轻的妇女,故事开始时,她所深深热爱着的、刚刚完婚的丈夫在一次过河中不幸遇难。葬礼刚一结束,她的父亲就决定把她许配给一个老头——一位有钱有势的商人。她不同意,打算要违背父命,但是她又不知道如何办。在一次偶然事件中,她被一位贵族侯爵邀请去医治他的儿子(她生来会巫术,可以为人治病)。她为小孩治好了病,也受到这位贵族的勾引。她的这个行为使得她从父亲给她设置的困境中摆脱开来,但也使得她同乐队的其他音乐家们疏远了。她现在变得高傲和孤立,没有人再告诉她要怎么去做,更没人关心她的感受。这位贵族被她迷住了,但是一旦他知道了她不过是在利用他时,他起誓说如果他不能占有她,那么别人也休想这样。于是他就安排了行动计划:把她当作犯人一样关在城堡中。而我们知道,如果她真的成为了犯人,那么她的自由的精神和灵魂就会凋谢和死亡……基本上就是这么一个故事,而且很不错。

作者通过文字表达把所有的事情都堆在一起,这样就得让主要人物和那位贵族在第一幕相遇,结果是欲速而不达,所有的事情都是生拼硬凑在一起,事件就好像在故事表面上漂浮,如同水面上漂浮着的一片叶子。

我们让她回到人物当中去发展一个揭示情绪的故事:在故事开始前这位妻子和丈夫都干了些什么。当她越来越了解到她的人物的情感生活之后,再把前面写的所有的事件,都一个个分别地拿出来,然后把每个事件都按照开始、中段和结尾排列起来。请记住,一场戏就是由一个单一的思想主题联结成为一体的场景,它有一个明确的开端、中段和结尾。

我们可以这样来分解第一幕:这个乐队出发并开始渡河是一场戏;过河遇到急流以至于年轻的丈夫遇难是另外一场戏;她对于这场事故的反应、悲伤以及葬礼又是一场戏。所有这些戏剧性段落都是自我完整的,而且每一个段落的结构都可以分解为开始、中段和结尾。因为只有把这些新的材料很快地发展、结构和编织进故事线内,才能给人物的感情需求增加深度,并且是多侧面的。

为了使这个戏剧性的动作发展得更为丰满,我们可以在故事线内增加一些事件。我相信如果我们清楚简便地把每个问题都区分开来处理会好办得多,但是实际上这样行不通。因为在电影剧本写作中的每一件事情都同其他事情相互关联。因为情节、人物和结构是电影剧本写作的最为基础的东西,它们时常是相互关联的。尽管有些问题可以独自地去解决,但是对角度的选取是很重要的。角度选对了,问题会更容易得到解决。

二、这说明,那解释,原地踏步

经常看到一些作者写的剧本中充满了"解释"——解释有关人物的事情、有关环境的事情、有关故事的事情等等,这些解释并不都是"阐述"。阐述是电影剧本写作技巧的最为关键的部分。这个词被定义为"推动故事向前发展的必要信息"。

阐述有两种方法:一是用对话建置出来,二是用画面来使之戏剧化。通过写对话来解释是最为容易的,也可以说是最难的。说它容易,因为剧作者只需要写出那些可以推动故事向前发展的必要的对话就行了;说它难,因为这些对话时常是如此平铺直叙,与动作、画面重复的废话,人物滔滔不绝,而剧情却原地未动。

故事讲述是对真理的创造性论证。一个故事是一个思想充满活力的证据,是将思想转换为动作。故事的事件结构是一种手段,你首先通过它来表达你的思想,然后再证明你的思想……而且绝不采用任何解释性的语言。故事大师从来不用解释。他们所从事的是艰苦卓绝的创造性劳动——戏剧化表达。当观众被迫听思想讨论时,他们很少会感兴趣,而且绝不会相信。对白是追求欲望的人物之间自然而然的交谈,并不是电影制作人宣讲其哲学观念的讲坛。对作者主观思想的解释,无论是对白还是画外解说,都会严重地降低一部影片的质量。

一个伟大的故事总是仅以其事件的力度来确证其思想。如果一部作品不能通过人们选择和动作的真实结果来表达一种人生观,那么无论多少精妙的语言都无法弥补这种创作的失败。为了说明这一点,我们可以探讨一下层出不穷的类型作品:犯罪。在几乎所有的侦探小说中表达的思想究竟是什么?"犯罪无益。"我们如何才能逐渐明白这一点?最好不是靠一个人物对另一人物道出心声:"瞧!我怎么跟你说来着?犯罪绝没有好下场。你别以为那些人看起来可以逍遥法外,但是正义的车轮滚滚向前,是不可阻挡的……"我们不会有这样的希望,我们只想看到这一观点在我们眼前被表演出来:有人犯罪;

罪犯暂时逍遥法外;最后他终于被绳之以法,得到了应有的惩罚。在惩罚罪犯的动作中——或终身监禁或当街击毙——一个饱含着情感的观点便会深入人心。如果我们能够用语言来表达这种观点,那也不会像"犯罪无益"那样温文尔雅,而将会是:"那个混蛋被逮着了!"一种振奋人心的正义胜利和社会复仇。审美情感的种类和质量都是相对的。精神分析惊险片刻意追求十分强烈的效果;而其他形式,如幻灭情节或爱情故事,则需要诸如悲伤或同情之类的更加柔和的情感。但是,无论类型如何,其原理是普遍的:故事的意义,无论悲喜,都必须通过具有情感表现力的故事高潮来进行戏剧化的表达,而不能借助解释性的对白。

应该如何处理这个问题呢?那就要寻找使阐述能够得到戏剧化展现的方式,去寻找那些可能为故事线服务的一些恰当的视觉画面或视觉隐喻。

一部影视剧本就是一个用画面讲述的故事,所以我们必须创造出画面,用它们来显示故事并且推动它向前发展。解释要尽可能地少用。如果你的故事主要是通过对话来向前发展的话,那么它可能会变得太滔滔不绝,于是就会出现次要的小人物要压倒主要人物而进行动作的情况了。

要处理这样的问题,你需要从两个角度来重新思考一下你的故事:从视觉角度同时也从人物的角度。你的场景是否有足够的视觉气氛呢?或者它们这些场景是否发生在办公室内、房间中或饭馆里面?换言之,你的电影剧本是否总是使用内景,而很少用外景呢?如果你解释的事情太多了,你所看到的第一个症状就是这个故事太封闭了或太狭小了,出现了这样的情况,你就要从视觉上把它打开。

所有的戏剧就是冲突。正如我所讲到的,没有冲突就没有动作;没有动作就没有人物;没有人物就没有故事;而没有故事也就没有影视剧本了!

为什么影片《沉默的羔羊》能那么有效感人呢?原因就是克拉丽斯·斯塔琳(朱迪·福斯特饰)是联邦调查局学院的学生:我们反复地看到她如何训练。我们看见她在练习射击,在一场人质绑架危机中、在同凶手对垒枪击中、在实验室中,以及她发现了被这个连环杀手取下的受害人的头颅。这样我们就能够知道当她后来在地下室面对杀人凶手时,能够临危不惧。我们知道她有能力去保卫自己。而这一切从这个电影剧本的开始第一页就很好地在故事线中结构出来了。我们第一次看到她在练习训练中越过障碍,我们就知道在下一场戏中,她成为全班中的杰出学生,成绩高过所有的男生和女生。

如果我们没有看到这些表现她在危机困境之中如何保卫自己的情景的话,那么这部电影的结尾就很难令人满意,这里也没有什么"自愿的信以为真",我们也根本无从接受它。当然了,这只是整个剧本的一场戏。但是我们从中可"窥豹一斑",整个电影剧本就是用这个调子写成的。这里面缺乏一直推动故事的动力和活力。影视剧是一种视觉媒介,它必须通过动作和人物来进行处理。不然,你就要解释所有的东西!

三、顾此失彼,漏洞百出

一个剧作者在写剧本的过程中时常会举棋不定,反复地问自己"我到底要不要写这场戏?"这就开始了一个进行评判的过程。当你感觉剧本里缺了点什么东西的时候,不管是缺了一场戏、一个段落,或是人物的一个决定或反应,它总会以某种方式反应出来,因为我们都能凭直觉感到应该有的某些东西却没在那儿。

你决定写或不写某一场戏,是写作过程里基本的和必须的步骤。但随之而来的问题是你究竟是否真的需要这场戏。接着是需要点什么能使故事有效进展的东西,来代替那些读起来"单薄"、缺乏紧张和悬念、需要解释才能推动故事前进的"情节漏洞"。不能好好处理和修补这些情节漏洞,这经常会导致故事和人物单薄和单侧面。我们称这种剧本叫"单线条"影片。有的时候,一个单线条的影片也会很有成效。《生死时速》和《断箭》都是把一点创意推向极致的很好的例子。恰到好处的人物描绘使它有趣。

如果你感到你的故事太单薄了,或者缺了什么东西,要么是铺垫得不够足,或者你感到人物说得太多了,要么就是人物说话都是一个腔调,或者没什么事发生,那就回过头去重过一遍素材,看看你是否花了足够的时间去建构故事里的冲突。你还可以增加一些有意义的内容,创造一些冲突并且加强剧中人物的质感。

有两种方法来创造一个情节副线:你要往剧本的叙事线里增加另外的因素,要么通过动作,要么就是从人物出发来建构。这是你首先要做出的创作决定,因为所有的情节副线不是作用于动作就是作用于人物。情节副线的目的就是给你的剧本增加更多具体的戏剧性可能性,展开这个动作使剧本变得更富于视觉性,而由它填充了一些缺乏的动作从而让冲突更尖锐、更清晰了。由于情节副线是源于动作和人物的,那意味着你必须创作一个特定的事件或事变,并把它结构和编织进戏剧性的动作里去。这就是为什么你要通过情节和人物来解决这一特定问题的原因。

如果你基于人物来建立你的情节副线,你就得在故事线索里设置更多的障碍。比如,你的主人公是个医生,他正在研究治疗艾滋病的方法,他几乎要成功了。你可能会想到要创作一个情节副线表现还有另一个医生在和他竞争,而且可能发现了治疗同一种病的另一种方法。从医学的角度,首先发现一种疗法是很重要的,因为能找到赞助研究的经费。这样,这个人物的戏剧性需求就是要成为发现治疗法的第一个人。这样就增加了一个主要人物和其他人物之间的竞赛和挑战,目标就是争取做第一个治好艾滋病的人。一个这样的情节副线可以成为给故事线索里增加或建构更多侧面的一个非常有效的途径。

你该怎么去建构这个特定的情节副线呢?首先你得创造另一个人物,在这里是一个研究艾滋病的医生。然后通过写人物小传认识他或她。这两个医生也许以前就有过某种接触,可能是在故事开始以前,可能是通过不同的学术出版物,也可能他们甚至在一起上过学。你可以通过写各种人物小传来建立这些信息并且逐渐清晰地勾勒出作用于两个人物的戏剧性力量。这第二个人物将是故事里很重要的形象,即使他或她只在剧本里少数的几个场景中出现。建构情境这样的做法可以让你选择那些有助于增加情节深度的场景。通过清晰地定义新人物将给冲突带进某些东西,以及主要人物对新的情境如何反应,你就产生了一系列能勾连进故事主线的动作和反应。你给故事创造了一个新增加的动作,也就是一个情节副线,它将给剧本一个新面貌和新感觉。许多作者把这种情节副线发展成了另一个单独的故事,将其结构成一个整体,然后再插进戏剧性的动作里去。所以它看起来更像是结构的问题而不是人物的问题。

第五节　故事情节的艺术呈现

叙事单元作为一段相对独立的剧情体现,它必须有"戏"的魅力,具体说,就是要有艺术张力与艺术凝聚力,能够调动起观众的观看兴趣,使其进入剧情之中。艺术的张力与凝聚力不是凭空而来的,它要求编剧者充分调动自己的生活体验与艺术积累,要精细地营构每一个场面、每一场戏。一般而言,可以从以下几方面考虑:

一、叙事单元的内容展示

具体说,就是不能只以完成叙述任务为标准,而要力求"艺术"地展示既定的叙述内容。要把每一叙事单元(场面),都当作一篇"文章"来做,要围绕既定的表述重心,尽可能地运用、调动艺术叙述的各种章法与笔法——诸如疏密的掌握,虚实的处理,对比、衬托的设计,误会、巧合的营构……以及诸如象征、暗示、夸张、讽刺、幽默等等,以形成"充满动感"的艺术画卷。

下面我们来看《克莱默夫妇》开头部分第一个叙事单元的展示艺术:

1. 特写：一个女人的脸

她是泰德·克莱默夫人、比利的母亲——乔安娜。她那深感疲倦的眼睛里，噙着克制住的眼泪和无法倾吐的叹息。暗淡的脸部的侧影。光彩暗淡的结婚戒指。

孩子的房间里，天蓝色的墙壁上画着朵朵飘浮的白云。比利和往常一样，在母亲的爱抚下，正要入睡。

乔安娜：妈妈太爱你啦，比利……

比利喃喃地：我太爱妈妈啦……

乔安娜：睡吧比利，睡得美美的。

比利仿佛要甩开母亲轻轻搂着自己肩膀的手似的，一骨碌把身子转向墙壁。乔安娜刹那间愣了一下。

乔安娜：明天早晨见……

比利已经沉沉入睡，什么也听不见了。

乔安娜：……妈妈太爱你啦……

乔安娜走出孩子的房间。她表情严峻，从衣橱里取出旅行用的皮箱……

2. 美国广告业中心纽约麦迪逊街的办公室内。精明干练的泰德·克莱默正与上司欧克纳纵声谈笑。

泰德：我刚当上美术主任助理的时候，去买一件防水布的风衣，想不到紧张得冒汗，连手都发抖啦……

欧克纳一手拿着酒杯，倾听着泰德的谈话，显得非常理解的样子。

工作完毕下班的男员工们……

回家途中，欧克纳告诉泰德——已经决定提升他为大西洋中部沿岸地区的业务负责人。泰德十分兴奋。

3. 乔安娜继续打点自己的行装。她从柜子里随便挑出一些衣服扔进箱子里，最后把孩子穿脏的一件圆领衬衫盖在上面，拉上拉链。然后，坐在沙发上，点燃了一支纸烟来排遣焦躁的心情，等候丈夫的归来。

门铃声。尽管这是她期待的声音，乔安娜还是吃了一惊。

她走上前开了门。

泰德匆匆忙忙地一进来就直奔厨房去挂电话，他有紧急的事情要立即与公司联系。乔安娜紧张地注视着丈夫。

泰德在电话上不紧不慢地叨叨着，根本不容她插进一句话。

乔安娜再也忍不住，对着他的后背说：我要走啦！

是没听见，还是听见了？泰德挂上电话，还是照样地忙忙活活：你们晚饭都吃了吧?

乔安娜的身子发抖。她直勾勾地走近早已摆在门厅的那许多东西前。

乔安娜:这是我的钥匙,这是信用卡,还有支票本,我的存款2000元已经取出来啦——

泰德不解:干嘛? 开什么玩笑?

乔安娜:这是洗衣票。这是洗衣房的收条,星期六就给洗好。房租已经付过了。电费、水费还有电话费,也都……

乔安娜仿佛赶快逃避开似的退到门边。

泰德的脸色显得可怕起来——喂,为什么这时候……知道啦,我错啦,不该回来这么晚,可我是为一家人才这样奔忙的啊! 喏,懂得吧?

乔安娜打开了门。

泰德跑上去,夺下她的皮箱。

乔安娜空着手,走出房门。

4.这是高层公寓。夫妻俩就在狭窄的走廊里压低声音争论起来。

泰德:我做了什么错事了? 有什么地方对不起你? 倒是说明白呀!

乔安娜:你没有什么不对……是我不对。是我错把你当成结婚对象了,就是这么个问题。我再也忍受不下去啦,不行啦! ……我也想忍耐下去,可是……请你原谅……

泰德伸出手去拉她。乔安娜歇斯底里地避开了他,她不让他再碰她。

乔安娜:不行,不行。求求你,我不进去! 我不进去! ……要是你硬把我拉进去,总有一天,……我会从窗口跳下去!

泰德:比利怎么办?

乔安娜就像背上给浇了一桶冷水似的走进了电梯。

乔安娜回身:我不带走他……这对他没有好处。我太不忍心了,不过我实在受不了……那孩子还是离开我好……

泰德:乔安娜,求求你!

乔安娜:可是,我已经不爱你了。

泰德:……你,上哪儿?

乔安娜:不知道……(眼泪从乔安娜痉挛着的脸颊上流下来。她转过了脸。……电梯门,在泰德面前,关上了。)

这个开头的叙事单元的任务是——将两个主人公产生矛盾的原因以及各自的内在心态表现出来,并使观众产生观赏兴趣。这不是一件很容易的事:因为它不是一般的情节片，它除了要介绍必要情节悬念来吸引观众外，更重要的是使观众感到这两个主人公"活生生"的人生状态，感到剧中人与自己的贴近，或者说，几乎就像观众"自己"——进而将本片的人文基调与艺术风格简洁地展示出来。

上述的叙事单元，便很好地完成了任务。它由四个场面戏组成：第一场戏，采用精雕细刻又简练含蓄的风格，将乔安娜内心的痛苦、矛盾，出神入化地表现出来，一开篇就不同凡俗。第二场戏，则更加简练而明朗地向观众亮出一个志得意满、精明强干的职员形象，来与第一场对比；然后不浪费一点多余笔墨，马上进入第三场戏。两个主人公在这场戏中，作了反差极大的性格体现：一个怀着内心强烈的痛苦与矛盾，要向丈夫倾吐；一个只醉心于公司的事务，根本不加理会（其实，此刻泰德若能认真倾听乔安娜的心声，矛盾还是可以解决的）。这场戏，是本叙事单元的重头，所以作者对两个人的语言、动作，以及两者之间的艺术对比、反差，都作了精心设计与细致描画，绝不吝惜笔墨。第四场戏，乔安娜出走，并宣布已经不爱泰德。激烈的动作戏之后，是一扇关上了的门——面对这突然关上的"门"，泰德惊惑不解；观众虽有所体会，却也为之感叹并自然关注后面的情节——以后将怎样？

在这个叙事单元中，既有场面与场面的对比，又有场面内部的对比；既有人物性格的立体刻画，又有场面叙事的详略、疏密；同时，也很讲求情节进展的节奏——张弛相衔、缓急相继：第一场戏忧伤、滞涩，第二场戏则欢快、明朗，第三场戏不无悱恻、犹豫，第四场戏则冲动、激烈……总之，虽只由四个场景组成并不长的叙事单元，却体现着作者老练高明的艺术匠心。

二、叙事单元之间的连接

影视剧的结构艺术，在某种程度上也可以说是"蒙太奇"的艺术。蒙太奇有两方面所指：其一是狭义的蒙太奇，它是特指后期制作时镜头组接的技巧手段；其二则是广义的蒙太奇，它是指影视创作者所运用的特殊的一种思维方式。它贯穿于从构思、写作、导演、拍摄直至后期制作的全部艺术创作过程。而就编剧而言，如何运用蒙太奇进行叙事单元（或曰"叙述段落"）的艺术组接，是体现创作者艺术功力的重要方面。

叙事单元的连接与镜头的连接一样，都应该充分运用蒙太奇的艺术技巧与方法。蒙太奇的连接技巧，诸如对比、衬托（包括正衬、反衬）、反转、跳接、穿插、离合、虚实、借代、重复、藏露等等，都可以为场面与场面、叙事单元与叙事单元之间连接时所用。上述技巧与方法在众多影片、剧本中均有体现，就不一一举例。在此，只须注意一点：无论怎样的连接，都要做到真实自然，合乎生活与艺术逻辑,使观众易于、乐于接受。

生活与艺术逻辑通常包括两个方面——连续性与联系性。所谓连续性,主要体现在时空关系上。社会生活中的人事总是连续性体现的,而我们每一个人对社会人事的整体认知,多数情况下,都是通过一些"片断"的组合而实现。蒙太奇的原理便基于此。具体到场面或叙事单元联接上,编剧所要做的就是——怎样通过尽可能精确的场面或叙事单元,明确、艺术地使观众完成对影片内容的整体认知。这就有一个场面或叙事单元的如何取舍问题。

对于同样一个事件(或人物经历),由哪些场面或叙事单元来展现,其效果往往有很大的不同。比如表现囚犯逃跑事件,卓别林只用了三个场面——

1. 监狱大门处,一个看守出来,在墙上贴了一张缉拿逃犯的布告;

2. 郊外湖边,一个游泳的人上岸后,发现自己的衣服不见了;

3. 火车站,一个身穿明显不合体的宽大衣服的小个子男人,在等车……

这样的场面连接,很快捷、很清晰,其目的在于向观众展现事情的原委过程,以为后面的重点情节作"铺垫"。下面,我们试换另一种展示手段,向观众介绍同一件事情,看看效果又当如何——

1. 监狱牢房内,夜里。一个瘦弱的犯人紧张而谨慎地用铁钉划墙砖间的缝隙,其手指已经变形并在流血。

2. 看守出现,手电猛地射到犯人的脸上。

3. 犯人假寐,鼻息声。

4. 监狱长站到看守身后:明天就要行刑,一定要严加看管!

5. 坚硬的狱墙。被粗大铁条封闭的高而小的狱窗。

6. 虎视眈眈的看守的眼睛。

7. 渐渐西斜的一轮残月。

8. 假寐的犯人在朦胧的看守的监视下,背后的手顽强地掏挖着砖缝。脸上大颗的汗珠在滴落。血肉模糊的手指的特写。

9. ……

看,已经用了这么多镜头,还没有表述完一个场面!这与前面的快捷大相径庭。可以推测:要表述到犯人终于来到车站,肯定还需要用相当多的镜头与场面乃至叙事单元。那么,对同件事件的叙述,哪个更好些?

这是无法回答的问题。因为,对于场面的多少以及场面之间怎样联接才最为适当,主要看其是否有利于既定内容的表现。如果只是个"过场戏",其目的只在于为后文作铺垫,则前一种展示为当;而若是"重头戏",正要通过越狱过程表现主人公的某种性格或这段情节对全剧有举足轻重的意义,那么后一种展示就不能说拖沓冗长,而恰恰是必须的渲染了。

上述例证告诉我们:在保证连续性的前提下,要根据表述重心的需要来决定场面或叙事单元之间的艺术性联接。而我们常见的一些习作乃至正式发表的剧本内,却总在这方面犯错误——

一种是:无选择地铺陈场面或叙事单元,唯恐观众不能获得人事的"连续性"印象。结果篇幅冗长、表述啰嗦,使导演或观众掉首或厌倦,不堪卒读。

另一种则是:一味简洁,令"重场戏"也一带而过。这样的剧本或影片,其艺术感染力如何,是不言而喻的。

第三种是:根本不考虑"连续性原则",为所欲为地"施展"令人眼花缭乱的"跳闪叠切",结果剧本内容令人无法把握与理解。须知,技巧应为内容服务,若过分地只"为技巧而技巧",便南辕北辙了。

所谓"联系性",是指场面之间或叙事单元之间要有内在的符合生活逻辑的某种"意义"上的联系。这种联系,可以是客观的、"物理"的;也可以是主观的、"心理"的。但无论如何,它们都必须具有能使观众理解、体会的事理或情理方面的关联。

比如"物理"方面的关联:前一个场面或叙事单元是表示我军将士同仇敌忾、团结一心,下一个场面或叙事单元紧接敌方上层的勾心斗角、下层的怨气冲天。两者间虽没有时间上的连续性,却有着明显的意义上的联系性,观众一看便懂。

此类连接在影视作品中多见,在此不详叙。下面介绍一下"心理"方面的关联:这种场面或叙事单元间的关联,在一些现代品格的影视片中较为多见——在获得 1967 年度金狮奖的法国超现实主义风格的影片《白日美人》中,就经常出现这种心理型叙事单元之间的连接:影片叙述一个家境优裕并有一位"体面、不坏且爱着妻子"的丈夫的妻子,背着丈夫,每天白天到一个专供与男人私通(或曰卖淫)的"公寓"里"工作"的故事。在这部影片中,有相当多的场面或叙事单元之间的连接,若以现实的"物理"尺度衡量,根本无法理解。比如上一个叙事单元展示女主人公塞维莉娜在"公寓"里出乎意料地遇到既是丈夫的朋友又早就对自己有所欲求的男人赫森,非常尴尬与紧张。下一个叙事单元便突然展示丈夫与赫森在林中决斗、互相开枪的凶险过程;而再下一个叙事单元则更为奇特地表现女主人公自己被绑在树干上,太阳穴被子弹打中,鲜血流淌。而刚才被击中已死去的丈夫则走上来，摸她的血，又不断地吻她……接下来的叙事单元却又回到"公寓"内：塞维莉娜坚决地向公寓老板辞职……整部影片，到处充斥着这样的连接，以致使人很难判断哪些叙事单元（或场面）是生活的真实，哪些叙事单元是主人公的幻象、梦境，甚至使人在看过全片之后，反而怀疑起来——到底是影片中真的发生过塞维莉娜的卖淫事件，还是整个作品内容只不过是女主人公特定情态中的臆想、幻觉或梦境？……而这，恰恰是作者所追求并已经达到的"超现实主义"艺术体现：它表现的就是现代人的某种生存状态（心态），一种无奈的、朦胧的、不甘如此却又无可奈何的，在压抑与抗争、理念与欲望之间挣扎的现代人的生存状态。由于影片结构有意突出这种"心理"的"内世界"的展示，所以它仍能使观众确切体味到影片的人文与艺术内涵。于是，这种特殊的场面或叙事单元的连接，就不能说杂乱无章了。

总之，叙事单元（场面）之间的连接，完全可以也应该施展各种各样的艺术技巧与手段。而"最高的技巧是无技巧"。若能毫无人工痕迹地连接结构，叙述出极具艺术品格的"情节故事"，并让观众在不自觉中沉入其间并深受感染，才是真正的大家手笔。

人物形象篇

在影视剧本创作中，人物形象是主体。

人物的活动及各种人物关系，构成了作品的情节，人物的命运形成了作品的叙事架构，编剧对生活的理解、认识、评价，也主要是透过人物得以表现。因而，塑造富有审美个性和价值的人物形象，是影视剧本创作最重要的任务。因为只有通过对"人"的解读，才有可能深入到对"人性"的诠释，才能真正体现作品主题思想的理性光辉。

人物，是一个综合的"存在"。人性，是附着于人物身上的复杂的存在。影视剧作中的人物，是作者内心世界的外化，是作者"解构人生，解构社会"的过程，表达胸臆的形象符码。

在一部影视剧中，人物在全剧的形象内容系统里，是存在于戏剧矛盾和冲突之中的。或者说，人物的性格和命运是在戏剧矛盾和冲突之中展开的。一个人有什么样的性格，预示着他有什么样的生活。赫拉克里特说过："性格决定命运。"不同的性格决定着人们在特定环境中出现不同的心理反应并采取不同的行动。人物命运的发展变化源自于其性格的发展和转变，在展示人物命运变化的时候，必须要有充分的根据，按照人物性格的逻辑在行动中表现出来。

第七章　影视剧人物的属性与特征

第一节　影视剧人物的属性

　　一个人做什么就说明他是"谁"，而并不在于他说些什么。因为我们是用画面讲述故事，我们必须表现人物对于他或她不得不面对和克服的事件如何动作和反应。如果你想让你的人物更强有力、有更大的空间和更具普遍性的话，首先要看他们在剧本里是不是一种动作性的力量，看看是不是让他们导致了事件的发生，决定了事件的结果。费尔德教授在他的《电影脚本写作的基础》里谈到人物时说："每部脚本都有戏剧性的动作和人物，你必须知道谁是你的电影中要描述的。还有什么事情会临到他或她，这是写作的最基本概念。"他还替"动作"和"人物"下了清楚简明的定义："动作就是发生什么事情，人物就是谁去碰到些什么事。"

　　美国的埃洛里在其所著的《编剧艺术》一书中也说："任何人，不论是否有灵感，如果把剧本的成败寄托在人物性格上，他的方向就算对头，他的方法就不会出错，不管他是有意还是无意。关键不在剧作者口头怎样说，而在笔下怎样写。任何伟大的文学作品都着眼于人物性格的描写，即使作者是从情节入手也一样。人物性格一旦被创造出来，就成了头等重要的因素，情节必须重新安排以适应它们。"

　　无论是先有故事，还是先有意念，或者是一则不为人知的小新闻，只有人物的注入，才能促成脚本从无意的雕琢提升为有意义的生命，悲则令人泣不成声，喜则使人舞之蹈之。人物赋予情节生命和意义。人物是脚本的骨架，动作是血肉部分，两者相连才构成一部完整的脚本。影视剧本的任务是写人，这是毋庸置疑的。但是这个人，并不是孤立的，他是社会中的人，是生活中的人。脚本要描写什么样的人物呢？什么样的人物才适合编成脚本呢？

　　戏剧人物必须具备以下特性：

　　首先，人物必须具备人类的"普遍性"——有食欲、性欲、知欲等"人类本性"；有对权力、金钱、道德规范态度的"社会理性"；有信仰、尚美，对艺术和精神方面追求的"精神性"。其次，人物还必须有"特殊性"——一个普普通通、平平凡凡的人，一点都没有"戏感"，怎么会引起观众的兴趣呢？这种普通人，音容笑貌与其他人没有两样，观众见得多了，平淡无奇，这样的人不太适合成为剧中人物。唯有特殊的人，一言一行都与众不同，这样的人一举一动都有"戏"，自然引起观众的兴趣了。

　　其次，世界上平凡的人多，特殊的人少，千百而不得其一，因此剧作者必须有丰富的经验与敏锐的观察力，在千千万万人群中，在平凡中求特殊，在特殊中求平凡。如何从特殊中寻找平凡，在平凡中发掘特殊，这里有一个简单的方法，就是发掘"反常"的地方。例如普通人都有嫉妒的心理，这是人之常情，并无特殊之点，所以有这种嫉妒心的人，还不能成为戏剧性的人物。可是如果一个人的嫉妒达到疯狂，甚至杀人的程度，这就是异于常人，而成为戏剧性的人物，如莎士比亚笔下的奥赛罗便是。又如好人不如坏人，妻子不如情妇，结婚不如偷情，谈天不如吵嘴，吃饭不如喝酒，喝酒不如酗酒……再如坏人本是作恶多端，忽然放下屠刀做好事；严守妇道的妻子，竟然背叛丈夫红杏出墙……这些都是平凡中有特殊，特殊中有平凡。

　　再次，影视剧还需要人物有"冲突性"。因为戏剧的本质就是冲突，戏剧人物具备冲突性，这是无可质疑的，问题是人物要有如何的冲突呢？脚本不论写什么人物，都必须安排在冲突的局面中，也就是说，一个普通的人物，一旦使他有了冲突，他的生活和行为就不平凡，他隐藏在内心的秘密、动机、善恶的观点，及伪装在外的各种面具，他的喜怒哀乐、情感理智……一件一件揭开了，赤裸裸地呈现在观众眼前，也深深震撼着观众，把他们的欲望表达出来。根据这点，什么人物都可以写，帝王将相、皇亲国戚，固然是脚本的好人选，贩夫走卒、三姑六婆都可以是脚本的最佳人选，问题只在这些人物必须有值得在观众面前呈现的冲突。

　　影视剧作品是社会生活的一种艺术的反映，而社会生活，都是由人的活动构成的。没有人物，没有人与人的社会关系，没有人的活动，就没有社会生活，没有社会生活中的矛盾和冲突，就没有作品。

第二节　影视剧人物的作用

一、人物决定故事情节走向

什么是由事件所决定的人物？什么是由人物所衍生的事件？这是一个具有深远意义的命题。我们中国影视剧有一个很好的艺术传统，那就是围绕着剧中的人物形象来设置故事情节。就连直播电视剧时期的开篇之作《一口菜饼子》，也是为了塑造姐姐这个人物具有节约粮食、勤俭持家、艰苦朴素的品德，才设置了妹妹拿一块枣丝糕逗狗的情节，旧社会一家四口逃荒在外父母先后病死的情节。"文革"后电视剧复苏，像1980年的中央台和福建台联合录制的上、下两集的《何日彩云归》，成功地塑造了台湾岛上国民党的军医官黄维芝的形象。剧中，围绕着黄维芝，就设置了他收到一包从大陆寄来的药材当归而被阴谋陷害的情节，遭到阴谋陷害时被逼得走投无路而潜逃的情节，随后又忍痛放弃和留在大陆的妻子钟离秀兰团聚，冒着生命危险帮助一对受迫害的青年回归大陆的情节，最后他自己又在一位高级军官曾耿的安排和协助下回到祖国大陆的情节。

等到我们的影视剧艺术水平大大提高了的年月，这样的艺术传统就更加发扬光大了，影视剧作家和艺术家们以人物形象为核心来设置故事情节的功力就更加不凡了。例如在安徽卫视"2010国剧盛典"中获得了很多奖项的电视剧《黎明之前》，该剧的主要人物是这样设置的——

刘新杰，代号031，他孤独、冷郁、恐惧而又压抑。10年的休眠潜伏和等待，需要的是何等的耐心和坚强。一个生活离不开酒的男人，可以估计他的内心是多么的压抑和孤独。把敌人当做朋友谈天说地，压抑所有真实的情感，不能被感动，不能被感化。做到这些笔者觉得是相当的艰难的。他把自己藏得很深很深，深得你看不到他的野心，看不到他的主见，看不到他的立场。而这些恰好让人认为他是弱势的，是服从的，是安全的。伪装可以说他是做得很成功，相信他对阿九的感情、对顾晔佳的感情是真的。当我们看的他在怀念他的弟弟的时候，当我们看到他紧紧搂着顾晔佳哭泣的时候，一定会情不自禁地替他的孤独感到怜惜，为他能孤独地战斗而心怀崇敬。

谭忠恕，国民党情报八局局长。他忠诚、智慧、自信、刚直不阿，在刚性中有着柔弱，也是个性情中人。可以说，他做八局的领导且不论是不是最适合的，但是他当得的确很称职。只是或许正如"水手"所言，他们的制度有一定的愚昧，因此，一个好军人，一个真正的军人，在为一个脱离民心脱离正义、走向腐朽的组织服务的时候，他的忠诚似乎显得有些不够力、不智慧、不英雄。但是话又说回来，自古以来都有成者王败者寇之说，因为他们最终失败了，显得比较渺小而已，事实上他这个人还是挺英雄的。特别是在最后，他和刘新杰埋葬水手时，他们在水手的墓前敬礼了，并且嘱咐刘新杰要给水手刻上名字，让国家和民族记住水手。从这点来说，谭忠恕其实内心很明白自己所做的事情是在与国家的大多数人民为敌，也很清楚水手所做的比他做的有意义。而他在很清楚的意识情况下，仍然坚持自己的路，说明他确实是个好军人，一个坚持信念、服从命令的好军人，只是他选择的路与水手他们不同而已。明明知道自己的处境在被政治所困扰，明明知道到台湾不是很好的选择，可是他已经别无选择了。或许这就是他的宿命，他的人生。

段海平，又名"水手"，一个学校的校长，又是共产党在上海的总指挥。

他冷静、果断，有领导的才干，也有随时准备牺牲自我的战斗精神。在整个电视剧里死的人很多，可以说没有一个人死得比他更成功、更周密。一个能把死亡都安排得这么细致、智慧、给力的人，我们不得不佩服。从他的言行中，让人们感触到，很多时候作为一个领导者应该除了能力以外，还要具有扛起变故和灭亡的智慧以及策略。他的冷静和从容使人很震撼。包括在他死亡最后那刻的动作，如果他们对他的举止分析是对的，那么水手的故意是相当细心的安排。一个连内心世界的展示都能被自己安排的人，真的是不一般的人，或许这就是领导者的素质吧。"最好的伪装就是不伪装"是他说的最为经典的话之一，正是这句话才有了他最后对刘新杰的指认，而正是这个不伪装，却让他们极度地怀疑和猜忌，进而信任刘新杰，并且自我否定了"木马计划"进而自我瓦解了木马计划。如果说中国共产党取得胜利是必然的，那么，发现这样的人才、善用这样的人才、拥有这样的人才也是成功的必然。

故事情节是以人物形象为核心来设置，在影视剧的艺术创作中其实也是一个辩证的过程。一方面，故事情节是以人物形象为核心来设置；另一方面，人物形象的性格和命运又都是在故事情节的进展中展开，演变完成的。

情节有一定的长度，人物命运的行动和事件在情节中逐渐体现。人物的行动构成了情节叙事的内容，人物性格在情节中得以表现，情节又促进了人物性格的发展变化。黑格尔认为，"情境和它的冲突一般是激发动作的原因；但是只有通过激发动作，运动本身——即在活动中的理想的差异对立——才能显现。这种运动包含以下三点：第一，普遍的力量，这些力量形成艺术所要处理的真实内容（意蕴）和目的；第二，这些力量通过发生动作的个人而发挥作用；第三，这两个方面须统一于我们一般所说的人物性格。"人物的动作构成了情节的运动，人物是剧作的灵魂。

编剧倪学礼为《有泪尽情流》这部电视剧定下的情感基调就是"热爱生活，歌颂生活，执著认真地生活"。主人公马小霜总是遭遇突如其来的打击，几乎是置之死地，而后却又让她看到并且抓住绝处逢生的希望，开始新的生活。倪学礼说，《有泪尽情流》里，他"不写完人，也不写角落里的人"，他写的是"活生生的人"、"完整的人"，"想通过这些小人物触动"观众"柔软和善良的心"，他要做的是"从形而下的生活里挖掘形而上的人生意蕴和人类情感"，借以抒写他的生活感悟，表达他的社会理想。

编剧张笑天回顾自己的创作历程时说："我的立足点首先是人，而非什么价值取向，他们都是色彩纷呈有个性的个体，绝不是我的代言人，也不是我牵线的木偶，他们都有各自的身世史、情感史、性格演变史，史料不过是这些栩栩如生人物扎根汲取营养的沃土而已。"

人物动作构成的情节内容，实质上反映了人与自然、人与社会、人与人、人与自我之间的意志冲突。人物的性格就是在情节冲突中表现出来的，情节的构成应具有向心的合力，不蔓不枝地把人物的个性展示出来。"能把个人的性格、思想和目的最清楚地表现出来的是动作，人的最深刻方面只有通过动作才见诸实际，而动作，由于起源于心灵，也只有在心灵性的表现即语言中才获得最大限度的清晰和明确。"人物的命运决定了影视剧情节的整体走向，观众关注人物命运的过程就是观看影视剧的过程，也就是情节形成的过程。

二、人物体现剧作主题思想

一部影视剧主题的表现，无一例外地是由人物形象的塑造来体现的。对于一部影视剧来说，人物形象及形象系列的塑造所具有的主导和决定的作用，就是它主导和决定了这部影视剧的美学品格。表现在以下四个方面：

第一，人物形象及形象系列的塑造，主导和决定了一部影视剧所选择的题材和对题材蕴涵意义的开掘是否在尽可能深广的程度上反映了社会生活本质的真实。

第二，人物形象及形象系列的塑造，主导和决定了一部影视剧所塑造的人物是否反映了我们民族历史和现实生活中代表一个时代前进方向的人物的人性的美善。

第三，人物形象及形象系列的塑造，主导和决定了一部影视剧的画面叙事策略是否创造出了和我们这个时代的审美需求、民族的审美期待相适应的电视艺术文本。

第四，人物形象及形象系列的塑造，主导和决定了一部影视剧的审美价值是否体现了我们这个时代的先进文化和健康有益文化，有益于社会进步和人类健康成长。

电影《一代宗师》是王家卫的经典叙事方式,台词、镜头、画面、旁白各司其职,动静虚实中营造氛围,含蓄表达,导演不喜欢把答案清楚讲出来,而是愿意和观众一同来斟酌,或许他也不确定自己思考得是否准确。同样的故事,不同的讲法,最老道的便是用人物表现主题。围绕叶问、咏春题材的影片已为数不少,看过几部的朋友应该都有一定的"常识基础",所以别家讲过的,王家卫自不用再嚼一遍,而是试图通过一些线索来从武林众生相中分拣出"宗师"的元素,大众有心者也可向这些品质方向努力。看过影片,笔者觉得《一代宗师》这个主题,用剧中三个主要人物便可诠释。这三个人物是:

宗师之一:宫宝森,宗在胸怀。武林前辈的成就片中交代得比较清楚,不墨守成规,胸怀境界高远,放弃个人名利,力排众议,为新人铺路。对马三、对宫二、对叶问都有指点,结果如何在个人悟性,老爷子讲"人要往远看,过了山,眼界就开阔了。但凡一个人见不得人好,见不得人高明,是没有容人之心",足见高山。

宗师之二:宫二,宗在执著。身为女子,虽然慈父望其安过妇人之道,但其掌家兴业的心思并不同道,争强好胜只为家族荣誉,为拿回"宫家的东西"执著而为,目标达成后恪守断发入道之愿,虽与叶问惺惺相惜,却能进退有分,也让人敬佩。当然"不图一世,只图一时"的心境让她成不了她爹那样一天一地的豪杰,结局虽然悲情,但也算女中豪杰,毕竟,执著也是一境界。

宗师之三:叶问,宗在自然。叶问的人生经历国势的动荡变迁,前四十载武林中风光,生活上惬意,不惹是生非,亦不拒门前挑战,应付潇洒自如,气沉得住。与宫宝森搭手,时势使然,也为武林取长补短新开一扇门;国变家殇后,存气节亦谋生活,道法自然不强求;视恩怨为缘分,踏出佛山欲北上而南下随心而动,开门传艺不苛求哪门哪派,一横一竖,重在"讲手"。自然,执著于一座座高山过后,殊途同归。

还有一部电视剧叫《城市的星空》,表现的是新世纪的新一代农民进城打工的故事,把这一代农民置放在和城市里的国民生活的矛盾、冲突之中,就极容易造成一种国民待遇不平等的鲜明对比,极容易在这种鲜明的对比之中警醒世人,引领人们去进行冷静的、理性的、种种哲理的、文化的乃至政治的、社会的思辨。这是值得人们特别加以重视的。晚出的《都市外乡人》对于社会生活本质的真实的揭示,要比《城市的星空》又进了一步。人物形象的设计和塑造,在极大程度上决定了影视剧作品对观众产生的思想震撼力的力度的大小。《都市外乡人》是中央一台在 2006 年春节前夕的黄金时间播出的一部 23 集的电视连续剧,由中央电视台文艺中心影视部和吉林电视台影视剧制作中心联合摄制。今天的中国,当数亿农村剩余劳动力向着城市大转移的潮流汹涌澎湃的时候,社会并不鼓励农村知识分子也要离开农村,那里绝对需要他们的知识,需要他们这些人。不过,看《都市外乡人》,我们更看重的倒是这个"城乡互动"的创意。那些进城谋生求发展的农民,自然会经历一阵又一阵的风雨,遭遇一个又一个的挫折。创作者就在这些风雨和挫折中为这些农民塑造形象,描摹他们的性格,演化他们的命运。其中,尤其是于天龙和高美凤这两个人物,这部影视剧几乎是给了他们完美的艺术造型。面对都市里的人,于天龙和他的同伴们有奋斗,有追求,却绝不像《城市的星空》里的进城农民那样对峙,那样抗争。为此,创作者塑造了一个又一个好心的都市人,像剧作家高羽、美体休闲中心老板刘静、记者张小戈,"江畔人家"社区的吕主任,还有退休的卫生局付局长,小学教师林洁,以及"江畔人家"社区的众居民,等等,都欢迎这些乡下人的到来,都给了这些乡下人热心的帮助,直到帮助高美莲这样的新一代农民走上"名模"的道路。

2004年播出的19集电视连续剧《最后的骑兵》,由于对常问天、孔越华和他们的战友的形象的成功塑造,使得全剧十分契合我们这个时代的审美需求。大家知道,人类军事史上,与神勇的战马为伍,古往今来,骑兵曾经在无数次的战争中建功立业,谱写了惊天地泣鬼神的英雄史诗。以至于人们会用"驰骋疆场"、"戎马生涯"等美好的词语来标举一个值得敬佩的军人的身世和阅历,咏叹这个军人的风范和伟绩。这部《最后的骑兵》里的"骑兵第一连",就是这样一支英雄的连队。现在,无情的历史把英雄的骑兵推上"献身"的"天坛",现代战争无情地要求骑兵退出军事系列了。于是,剧中山南草原上的"骑兵第一连"出场,演绎了一幕感人的英雄谢幕的悲壮诗剧。军马退役仪式已然举行,退役的战士也在安置之中。一切似乎都在有条不紊地进行,最后谢幕的时刻眼看就要到来。突然,上级下达战斗的命令,通缉犯金爷一伙逃窜进了黑摩山,妄图偷越国境。骑兵连留守人员奉命进山抓捕。眼看暴风雪就要来临,黑摩山险境又时有不测,连长常问天强行留下了诸位战友,独自单骑闯进了黑摩山。暴风雪中,他又留下了先期赶来的娜仁花,牵着他的战马走向了残酷的战斗。结果,等到孔越华、林腾火、娜仁花等人赶来,只见暴风雪里,5号界碑一侧,手握马刀的常问天已然壮烈牺牲。他面向祖国的河山,斜倚在界碑上。那界碑,已然染有壮士的鲜血。界碑前,金爷一伙罪犯则在顽抗中被英雄击毙而横尸雪原。常问天牺牲后,娜仁花交给孔越华他生前写的那封信里说,我们的骑兵就像那胡杨林,"一千年生长,一千年挺立,一千年不朽"。

三、人物影响剧作的格调品位

20 世纪 90 年代以来,在影视剧领域里,主导文化、精英文化、通俗文化站在一条战线上和西方传入的现代商业性大众文化展开了激烈的较量。也就是在这种激烈的较量中,我们的影视剧作品有了不同的文化格调和品位,乃至不同的文化品质。

2004 年第四批影视剧题材规划立项申报。根据国家广电总局公布的材料,其中,221 部"其他现实"剧目里,最多的还是男人女人和爱情婚姻,以此为故事主体或者说"戏核"的就有近 60 部的数量,约占"其他现实"总数的 27.15%,占全部现实题材的 20%。稍微浏览一下申报立项的剧目故事梗概,这些作品无非就是说,"爱情占线"、"爱情漩涡"让你"眼花缭乱","与爱飞翔"、"为你燃烧"让你"今生也疯狂","不与爱说再见"、"爱我,带我回家"让你"激情与迷茫"、"萍水女孩"、"爱情十日谈"让你琢磨"今夜你回不回家","说谎的爱人"、"折腾"让你"想说爱你不容易","爱去何从"、"谁为爱情买单"让你"离婚十年"、"爱情天注定"、"追赶我可能丢了的爱情"让你"半个月亮掉下来"、"男人情感庇护所"、"爱情诊所"让你"将离婚进行到底",什么"白色情人梦",什么"爱你那天正下雨",等等,不一而足。

如果把鉴别各种文化属性的标准的底线确定在有益于社会进步和人类健康成长,总是说得过去的。当然,在一部影视剧里,要做到这一点,制约因素也会很多,简直就是一个系统工程。不过,其中人物形象及形象系列的塑造,的确是主导和决定性的因素。事实上,我们的影视剧作品里具有这种审美价值的作品,也非常之多。不说那些大题材,就拿这些年非常兴旺发达的家庭伦理剧来说吧,就有很多的剧目。比如《婆婆》,贴近实际,贴近生活,贴近群众。《婆婆》在中央一台首播,收视情况不错。据说,开播第二天,日本就来买走了在他们国家的播出权。

作为叙事艺术中的一种,塑造出色的人物形象也是影视剧作品追求的目标和任务,"人物"塑造的好坏往往成为鉴定作品格调、品位的决定性因素。在影视剧里,编导者可以尽情地抒发他们对于生活的感悟,可以将生活的百般滋味甚至家常琐碎都艺术地再现于屏幕。叙事艺术作品的主题思想、格调品位,要通过对人物的塑造才能得到体现。所以,人物在叙事艺术作品中处于一个很重要的位置。它是叙事艺术作品的核心,因此,高尔基把"文学"称作"人学"。叙事艺术家把研究人作为自己的职业,把写作的焦点放在塑造人物身上。为什么人会成为叙事艺术的中心呢?这是因为,人是社会生活的主体。马克思曾经说过,人是"社会关系的总和"。这就是说,社会生活中的各种关系,各种矛盾和斗争,都是从人和人的关系中体现出来的。所以艺术要反映社会生活,就要写人;叙事艺术是以人的活动为内容的。从时间上的发展而言,每一种创作理念的产生都在不同程度上继承和颠覆着前代人的学说。类型说是从抽象的观念出发,以突出共性为目的。在一般与个别、共性与个性、本质与现象、必然与偶然的矛盾统一体中,以前一方面作为矛盾的主要方面,并且以抽象的观念,如道德、荣誉、凶恶等的直接呈现来满足人们的审美要求。

在主要人物身上应该让观众看到一种普遍的价值观念,看到一种启迪现实的力量。同时,影视剧对于类型人物以及个性人物并没有太强的排斥感,甚至可以说,在类型人物与个性人物两极相交的中间地带,就是典型创作理论。在把握住人物性格及人物关系之后,剧情就会自然而然地产生出来。

导演赵宝刚对于如何拍出"当红电视剧"提出的拍摄思路是:首先要塑造一个大众喜欢的角色形象……根据这些影视剧的编导者和表演者亲身的经验,更加证明了影视剧作品需要有鲜明的、出色的人物形象。《激情燃烧的岁月》让人们牢牢记住了一个刚直的军人石光荣;《历史的天空》里的姜大牙形象深入人心;《亮剑》,让人们喜爱上了敢作敢为的"魅力男人"李云龙;《空镜子》里总是笑呵呵的孙燕,美丽精明的孙丽;《贫嘴张大民的幸福生活》里胖墩墩的、全凭一张好嘴的张大民更是给人们留下了深刻的印象。

第三节 影视剧作人物的类型

事实上人物是无法分类的,因为"人心不同",未必"各如其面",无法完全按外部形态详细区分。不过为了说明的方便,概略地分类,对脚本的写作当有助益。

一、根据人物在事件进程中的作用划分

主要人物:事件核心,矛盾焦点,观众的主要看点。
必要人物:没他事件就不能成立的被爱者、被害人,助手或者对手。
次要人物:叙事要件,主要人物的行为条件。

二、从塑造和传播的角度划分

戏剧界和影视界长期以来形成一种共识,把人物分成"圆形人物"和"扁平人物"两大类。这里所说的"圆"和"扁"没有褒贬意向。
圆形人物:指的是更接近于现实的、立体、多侧面的性格集合。这种人物因其复杂、神秘、变化莫测,更能吸引观众,当然塑造的难度也更大。

扁平人物：按照受众广泛认知的概念与类型塑造的人物，是影视剧人物的多数。这种人物可以细分为各式各色的"正派人物"和"反派人物"。

常见的正派人物有——

平正型：这一类型是最常见的一种人物，也可以说是最正常的人物，品行端正、见解平和、面貌端正、心地善良。

拘谨型：这一类型就比较有特色，他言语谨慎、行动拘束，不敢多动多言，显得过分老实。

拙笨型：这一类型并不是喜剧里面可笑的笨蛋人物，而是在智慧上稍低于常人，因而产生戏剧性。

机智型：这一类型智慧高而异常机警，但用心公正，不是为了一己之私而用心机的人物，如诸葛亮、张良。

忠正型：这一类型是忠臣义士型的人物，他们的机智未必胜过机智型，但其人品德高尚，忠诚正直，超过常人，如岳飞、文天祥。

刚愎型：这一类型的好人，有时会因过于刚正而做错事，他绝对的有心为善，当然更无心为恶，却会做坏了事。

粗豪型：这种人物多是很可爱的粗人，心地善良、行动粗鲁，如《水浒传》中的鲁智深。

火躁型：性情太急躁，没有耐性，三言两语之间就能吵起来，甚至挥拳打架。

纯真型：这一类型的人天真未泯，并不是孩子，但是对任何事情都只看见平直的一面，是容易受骗的好人。

自卑型：有严重的自卑感，因而造成过度的自尊，使许多事由于他的心理阴影，造成偏差，事实上他并非存心为恶。

以上就正派人物粗分为十种类型。实际上，人心不同，各如其面，正派的人绝不止十种，千百种也概括不尽，不过我们实不必那样细分。但剧中人物要有分别，同是正派人物，就必须分成几种类型，否则的话，每个人物都相同，成了复制品。

常见的反派人物有——

凶狠型：这一类型的人物，外形凶恶，一见就知道是反派，做事心狠手辣，一切形之于外的坏人。

阴险型：这一类型的人，外貌看起来并不凶恶，而内心阴险，专门处心积虑地做坏事，害人图利，实际的凶狠，比凶狠型更有过之。

堕落型：这一类型的人，吃喝嫖赌，作奸犯科，无所不为，见利忘义，毫无品德可言，自暴自弃，只图眼前快乐，而且用卑劣方法求取将来的快乐。

纨绔型:这一类型只知享乐。可以一夜赌输全部祖产,可以淫人妻女不以为意,这样的人,最后走上穷途末路,可以为盗贼,可以为卖国贼。

败类型:这种人游手好闲,社会败类,专为欺压诈骗,恶人帮凶。这种人以做坏事害人取利为快意,视作正事、做好人为不正常。

小丑型:这一类型的人是坏人的手下,仰人鼻息,助纣为虐,混口饭吃,卑鄙得可怜,下贱得可恶,但他还自鸣得意,狐假虎威。

奸诈型:这一类型人物,在外表上极力表现其美善,而内心隐藏着极深的奸诈之心。他一切用诈术,别人或许对他深有好感。他比阴险型更可怕十倍,自古大奸都是这一型。

谄佞型:这一类型的人媚上骄下,以说别人坏话,打倒好人为职志,对上谄媚,不知羞耻,但知如何逢迎邀宠,做了坏事绝不觉得惭愧,也没有同情心。

泼辣型:这当然专指女性。戏剧中泼辣型的女人,都是相当突出的,多属反派。

风骚型:这当然也是指女性。风骚型和泼辣型大为不同,泼辣型是在言语行动之间,肆意恣行,似乎无人能限制她,因此造成一种雌威,使许多人都怕她。而风骚型放纵表现女性魅力,由于此种行为的放纵,往往造成不正常的行为。

三、比照生活现实,侧重评价角度划分

类型人物:从某种概念出发,侧重体现"共性"的人物。例如"英雄"、"强盗"、"妓女"、"小偷"等等。

个性人物:从表象出发,强调个性与特别之处的人物。例如"富有的乞丐"、"善良的强盗"等等。

典型人物:共性与个性结合、理想与现实兼容的人物。例如:《亮剑》中的"李云龙"、《集结号》中的"谷子地"等等。

四、中国影视剧创作的追求——典型环境中的典型人物

典型作为形象理论具有如下内涵:典型问题较适用于分析再现性的作品,尤其是叙事作品。就文艺作品而言,"形象"是指通过艺术概括而创作出的具有具体的、可感的、有审美意义的生活图画。在叙事作品中,形象的主体是人物。典型是感人至深的形象。

可以大致这样概括:"典型形象"是经过高度艺术概括后,能深刻揭示一定社会生活本质,具有鲜明个性的形象;所谓"典型性"是指典型形象所具有的特性,也指艺术形象具有的以鲜明形象特征反映某方面社会本质和规律。我们

常常谈到"熟悉的陌生人",实质上谈的是典型人物的个性与共性的关系。个性,是指事物的个别性、独立性;共性,指的是事物的共同性、普遍性。典型人物的共性,指这一个人物所集中概括的一定的阶级、阶层、集团或某种特定社会关系的本质属性,是一个"类"概念。

典型人物的个性,指"这一个"人物独特的性格、气质以及个性化的语言和心理描写等。典型人物与典型环境又是一对关键性概念、核心关系。所谓"典型环境"指的是人物生活的具体环境与历史发展总趋势的结合。在具体环境中,还包括了一定的社会条件、自然条件以及人物关系。典型环境与典型人物的关系首先是相互依存和相互制约的。环境不典型,其中的人物就不可能是真正典型,反之也一样。人物是一个复杂多元的构成,艺术作品中的典型人物必须区别于现实生活中人物的琐屑与杂陈。

要塑造"典型环境中的典型人物",则是要将人物置于某种特殊环境背景和特定戏剧情境之中,继而挖掘其最突出的性格特点以及性格中最具代表性的时代特征,使这一典型成为区别于其他人的"这一个",使艺术形象成为有别于现实人物的"熟悉的陌生人"。不妨再来看一下电视剧《贫嘴张大民的幸福生活》中对张大民一家和几个次要人物的形象设置——

张大民:长子。28～38岁。保温瓶厂冲压车间工人。个子不高,脾气不错。爱下棋,老输。爱喝两口,一喝就醉。爱说话,难免说废话。一自作聪明就干傻事,冒傻气,却往往时来运转。心眼儿好,不时为善所累,也想得开,碰上难事嘻嘻哈哈就闯过去了。他对生活不抱奢望,对微小的生活目标却能穷追不舍,不获不休。偶尔有泄气的时候,转眼就满面春风。他乐天知命的情绪感染着身边的人。看上去很不起眼儿,却魅力十足,连一些小小的狡猾都化为他可爱性格的一部分。

李云芳:张大民之妻。26～36岁。毛巾厂检验工。长相漂亮,身材苗条,气质不俗。她个性很强,心地纯净,曾经是快人快语的人,生活受挫之后渐渐成熟起来,为人处世稳重。她善于忍让,却不软弱,从不多嘴多舌,话一出口却有力而得体。因为太要强,不甘于现状,活得有点儿累。这时候丈夫的臂膀便是她最好的歇息之处。娇懒之余,并不妨碍她成为丈夫的"主心骨"。与凡俗的丈夫相比,她代表了这个小家庭的浪漫理想和诗意。

张大雨:长女。26～36岁。肉联厂清洗工。身材比较胖,相貌平平,不爱打扮,也不会打扮。她性格内向,说话生硬,我行我素,不怕伤人,也不太注意别人的情绪。她嫉妒条件优越的女人,几乎恨所有的男人,对生活中的一切似乎都不满意，像一座随时都会喷发的火山，是家庭中紧张气氛的主要来源之一。其实她心地善良，爱母亲，喜欢小孩儿，愿意干别人不爱干的力气活儿。获得真正的爱情之后，她的女人味儿越来越浓了。

张大军：次子。22～32岁。邮电局邮递员。身材适中，是兄弟中最英俊的一个，谈吐开朗，举止帅气。他嘴很甜，见什么人说什么话，很讨女人喜欢。他胸无大志，生活态度非常实际，喜欢赶时髦，为人比较自私。与他人利益冲突的时候，他可以当仁不让，能争则争。其实他内心很软弱，在街上胆小怕事，在单位怕领导，在家里怕老婆。遇到人生挫折的时候，他会丧失尊严和自信，失去生活的方向而一蹶不振。他一贯讲究衣着和发型，婚姻出现危机之后竟然不修边幅了。

张大雪：次女。20～28岁。医院妇产科助产士，卫生学校毕业。清秀文静，不言不语，说话脸红，喜欢独自深思和读书，喜欢她的职业和工作，却不喜欢交往，是个影子一样的人。她皮肤很白，喜欢素色的衣服和白色的针织品，四周的环境总是纤尘不染。

张大国：小儿子。18～28岁。农业部机关干部，农大毕业生。身材十分高大，相貌敦厚，在兄妹中显得很突出，比实际年龄稳重得多。他是那种自我生存能力很强、有出息、有人缘、有心计、有道德和使命感，让人放心并让人寄予厚望的好孩子。他清楚自己要什么，清楚自己应当做什么。他可以排除各种干扰，达到自己的目的。他城府太深，对家里其他人抱有优越感，太注重自身的努力，不重视别人的生存状态，因而与全家十分隔膜。他醉心于官场，看不出是为了施展伟大的抱负，还是为了追逐小人之利。他嗓音浑厚，说话四平八稳，用词带"官气"，有点儿做作，反而显出他的幼稚来了。

赵玉淑：张大民的寡母。人称张大妈。55～65岁。家庭妇女。头发略白，衣着朴素，举止干净利索。说话直，话不多，却往往一针见血。笑的时候很慈祥，不笑的时候面孔有点儿冷，目光十分犀利。邻里们尊重她，孩子们则有点儿怕她。她对老五张大国有点儿偏心眼，对老大最严厉，经常数落他。她爱劳动，不停地干这干那，里里外外进进出出，像全家的奴仆。患痴呆症之后，整个人就安静了，似乎完全松弛下来，不再把任何事放在眼里和心里。

张小树：张大民之子。1～9岁。虎头虎脑，聪明伶俐，像家中的精灵，有时候则像个幽灵。性格和智力均早熟，多少有点儿天才的味道，不时说一些莫名其妙的话，干些莫名其妙的事。他给家里带来惊奇、欢乐和忧虑。他学习好，但是纪律不好，经常捅娄子。他喜欢提问题，对大人的权威不理解并屡次挑战。他成了大人们一言一行的旁观者、评论者,甚至成了无处不在的监督者,让全家没有谁敢小看他。他与小姑张大雪心有灵犀,异常亲近,在某种程度上象征了善良人性的延续,也为他小小的反叛罩上了一层希望之光。

李木勺:张大雨之夫。山西人。30岁左右。肉联厂临时工,后为个体养猪场场长。面相忠厚,貌不惊人,却有进取之心,也很有主见。身上兼有农民的朴实和狡猾,事业成功之后,还兼有了创业者和暴发户的双重特点。他为人处事的特点是农民式的,偏重于传统,比较守信用,讲义气。他在城里人面前很敏感,生怕被人看不起,处处小心谨慎。他很能吃苦,拼起命来像一架挣钱的机器。他忠于爱情,孝敬老者,是个比较规矩的有钱人。

毛莎莎:张大军之妻。23～32岁。旅游公司导游。身材纤细,面容冷艳,有妖冶之气。她文化不高,本事不大,能量却不小,是那种心比天高、命比纸薄,为达到目的不择手段的女人。她在人前常常做出小鸟依人的温柔样子,一不小心就露出心胸狭窄和不顾廉耻的本相。她的道德观念和性观念都很轻浮,难以让人信赖。但是她命运不佳以及由此引起的痛苦却是真实的。从某种程度上讲,她对丈夫的爱也是真实的,她只是受不了丈夫的碌碌无为和清贫罢了。表面看上去,她并不令人讨厌,那种被欲望和虚荣心驱赶着,终日忙忙碌碌的样子,多少令人同情和怜悯。她是一个伤感的角色,不是脸谱化的"坏女人"。她不脏,但是已经深陷歧途难以自拔了。

李小虎:李云芳的弟弟。18～28岁。名牌大学毕业生,合资企业白领雇员,一个满脑袋技术信息接近于书呆子的人。他对科技的迷恋和同龄人张大国对政治的迷恋形成鲜明对照。不过他们都认为自己是掌握了生活命脉的人。他们坚持己见,却彼此尊重。他们在大杂院过道里用自己的语言交流、争辩,甚至攻击对方,脸上却带着有教养的温和的笑容。他们的英语十分流利,不用英语的时候,口吻彬彬有礼,听起来有点儿可笑。

古三儿:古大妈的养子。26～36岁。轧钢厂翻砂工。高大生猛,瓮声瓮气,有股蛮劲儿。好吃懒做,经常泡病假不上班,养鱼养鸟养鸽子,不干正事。经常以养子身份要挟养母出钱出物,供其玩乐。他霸道惯了,却不是真正的流氓,遇强则弱,真到硬碰硬的当口往往先自己软掉了。他结伙盗窃厂里的钢材,被判了两年刑,在养母的心上狠狠地插了一刀。他没有朋友,当张大民代替生病的古大妈去探监的时候,他的心头有了一丝颤动。

　　赵炳文：张大雪的初中同学，是她单相思的恋人，也是唯一的恋人。他20岁出头，入伍到边疆，死于一次车祸。岁月流逝，没有任何人知道张大雪的这个秘密。人们无意中看到了这个青春焕发的年轻人的相片，纯真的笑容令人心碎。他的遗像与张大雪的遗体一同焚化了。这个人物以照片的形式出场。

　　值得注意的是，这里的人物与播出的电视剧中的人物其实是有些出入的，譬如电视剧中根本没有李小虎这个人物，剧中的古三儿本就是古大妈的亲儿子，他主要的劣迹不是搓麻将偷厂里的东西，而是勾引了毛莎莎并与张家兄弟发生冲突，赵炳文在剧中就是张大雪的恋人而且两人准备结婚，后来发生车祸才死去了。这种改变很正常，因为策划人和剧作者在创作前不可能把每个人物都设计得很好，有些人物原来设计好了，写作中却发现这个人物在剧中很难找到自己的位置，或者他的出现反而不利于剧情的发展，李小虎这个人物消失可能就是因为这样的原因。而有些人物性格或者身份与剧中其他人物关系的改变可能更利于情节的发展，赵炳文和古三儿应该属于这种情况。

　　不妨以影视剧中英雄人物的塑造为例，来看如何从人物身上体现出当下。如电视剧《激情燃烧的岁月》中的石光荣，尽管有着这样那样的缺点，比较粗鲁暴躁，甚至有时蛮不讲理，可没有人会怀疑他就是生活中一个可爱的英雄。因为他确实有血有肉，既反映了特定时代精神主流的特质，也体现出恒常有之的普通人的个性，特别是他那种近乎"迂"的对乡亲的热爱与关怀，更使一些出身乡村有时却已经遗忘乡村的人为之汗颜。他忠于生养他的土地，并始终关注父老乡亲的命运，始终敢于为他们鼓与呼，本来就是当下一类英雄的宝贵品格。而英雄人物形象的变化以及他们身上所体现出的特色，正是时代与生活刻在他们身上的烙印。

第四节　影视剧作人物的等级

　　人物的等级指的是该人物在剧作中的"任务"与"作用"。

　　在你有了故事梗概之后，动手编撰详细提纲或者撰写文学剧本之前，一定要把所有人物在剧中的作用琢磨透，进而做如下划分——

一、动力人物（主人公）

　　剧中的正反两方面主人公。事件的发端，行动的决策，推动剧情发展的人。需要说明的是,"反方主人公"不一定都是匪首、黑社会老大、幕后贪官之类的"反派",不一定必须是坏人。例如电影故事片《求求你表扬我》,说的是女大学生欧阳花(陈好扮演),在一个情人节的雨夜遭遇歹徒劫色,恰巧被民工杨红旗(范伟扮演)撞上,将其解救。被惊慌和感激击昏的欧阳花,把自己的姓名和学校都告诉了杨红旗,从此惹下了麻烦——杨红旗为了满足父亲的心愿,争得社会荣誉,跑到报社去找著名记者古国歌(王志文扮演),请求表扬他"救了一个姑娘"。古国歌去找欧阳花调查核实,欧阳花为了保全名声矢口否认……如此这般,要"揭盖子"的杨红旗和想"捂盖子"的欧阳花就成了本剧的"动力人物"。

如果把一部影视剧作比作一道菜,那么"主人公"(动力人物)是主料,其他人物都是"辅料"和"佐料"。所以,这里要重点探讨一下影视剧作的"主人公"。

一般而言,主人公是一个单一的人物。不过,有的故事可以由两人以上的人物驱动,如《求求你表扬我》,或者更多……由两个以上人物构成的叫复合主人公。有的故事也可以有多重主人公。

主人公不一定是人,它可以是一个动物:《小猪宝贝》;一个卡通形象:《班尼熊》;甚至是一个非生物,如儿童故事《能干的小火车头》中的主角。任何东西,只要能被给予一个自由意志,并具有欲望、行动和承受后果的能力,都可以成为主人公。主人公甚至还可以在故事的中途更换,尽管这种情况并不多见。《精神病患者》便是这样做的,使浴室谋杀成为一个情感与形式的双重震荡点。主人公一死,观众暂时迷惑不解:这部影片到底是写谁的? 答案是一个复合主人公,因为受害者的妹妹、男朋友和一个私人侦探把故事接了过来。不过,无论故事的主人公是单一、多重还是复合,无论其人物塑造特征如何,所有的主人公都有标志性特点——

其一,主人公是一个具有意志力的人物

主人公必须是一个具有意志力的人。不过,这种意志力的多寡也许无法精确地量化。一个优秀故事并不一定非得是一个巨人般的意志对抗绝对不可避免的势力的斗争。意志的质量和它的数量同等重要。而且,主人公意志的真正力量也许会隐藏在一个被动的人物塑造之后,比如《欲望号街车》中的主人公布兰奇·杜波依斯。第一眼看来,她似乎软弱、飘浮而且没有意志,如她所说,只是想生活在现实中。可是,在她脆弱的人物塑造特征底下,布兰奇的深层性格中却拥有一个坚强的意志,驱动着她不自觉的欲望:她真正想要的是逃避现实。所以,布兰奇尽其所能,以在这个吞噬她的丑陋世界中得到一些缓冲:她表现出大家闺秀的丰采,在家具破损处放上漂亮的垫布,给裸露的灯泡加上灯罩,企图把一个笨蛋变成魅力王子。当这一切都无济于事时,她便采取了逃避现实的最后方式——她疯了。另一方面，布兰奇只是显得被动，但主人公真的是被动的却是个令人遗憾的通病。如果一个故事的主人公没有任何需要，不能作出任何决定，而且其行为也不能产生任何层次的变化，那么，这个故事便不成其为故事。

其二，主人公必须具有欲望对象

主人公的意志驱动一个已知的欲望。主人公具有一个需要或目标，一个欲望对象，而且他知道这点。无论内在或外在，主人公知道他想要什么，而且对许多人物来说，一个简单、明了、自觉的欲望便已足够。不过，最令人难忘、最令人痴迷的人物往往还会有一个不自觉的欲望。尽管这些复杂的主人公不知道其潜意识的需要，但观众能够感觉到，并发现这些人物的内心矛盾。一个多层面的主人公的自觉欲望和不自觉欲望是互相矛盾的。他相信他所需要的东西与他实际上需要而自己并未觉察的东西相互对立。这是不言自明的。

其三，主人公至少有一次实现欲望的机会

观众绝不会有耐心奉陪一个不可能实现其欲望的主人公。原因很简单：没有人相信他们自身的生活中会有此事。没有人会相信，他的生活中就连实现愿望的最小的希望也没有。但是，如果我们将镜头对准生活，所有的大全景也许会引导我们作出这样的结论，大多数人都在浪费他的宝贵时间，死的时候都带着一种未偿宿愿的遗憾。希望毕竟是非理性的，它仅仅是一种假设。无论命运如何捉弄我们，我们都心怀希望。因此，一个主人公如果绝对没有希望，如果毫无能力实现其欲望，那么他便不可能激起我们的兴趣。

故事的艺术不是讲述中间状态，而是讲述人生钟摆在两极之间摆动的情形，讲述生活在最紧张状态下的人生。我们探索事件的中间地带，但只是将其作为通向故事主线终点的一段途径。观众感觉到了那一极限，并希望故事能够到达那一极限。因为，无论故事背景是个人化的还是史诗化的，观众都会本能地在人物及其世界周围画上一个圆圈，一个由虚构现实的性质所决定的事件圆周。

其四，主人公的最后动作必须出人意料

如果人们走出影院后还在想象他们认为在我们给予他们的结尾之前或之后他们本应看到的场景，那么他们肯定不是满意的观众。我们的写作水平应该在观众之上。观众希望我们把他们带到人类经验的极限，带到所有问题都得到回答、所有情感都得到满足的地方——线索的终点。是主人公把我们带到这一极限。他必须发自内心地去追求他的欲望，一直到无论从深度还是广度而言都堪称人类经验的极限的地方，以达于绝对而又不可逆转的变化。话说回来，这并不是说你的影片不能有一个续集；你的主人公还可以有更多的故事要讲，即每一个故事都必须能够自圆其说。

其五，主人公必须具有引发共鸣的移情作用

移情是指"像我"。在主人公的内心深处，观众发现了某种共通的人性。当然，人物和观众不可能在各方面都相像；他们也许仅仅共享一个素质。但是人物的某些东西能够拨动观众的心弦。在那一认同的瞬间，观众突然本能地希望主人公得到他所欲求的一切。观众这种不自觉的心态逻辑大略是这样运转的："这个人物很像我。因此，我希望他得到他想得到的一切，因为如果我是他，在那种情况下，我也想得到同样的东西。"关于这种联系，好莱坞有许多同义语："一个可以追随的人"、"一个可以为之喝彩的人"。这一切都是描述观众心灵中所产生的与主人公的移情联系。被如此打动的观众可能会移情于影片中的每一个人物，但是他们必须移情于你的主人公。不然的话，观众与故事之间的纽带便会被割断。

如果作者未能在观众和主人公之间接上一根纽带，那么我们就无法投入到影片中，也感觉不到任何东西。情感投入与是否能唤起博爱和同情毫无关系。我们的移情作用，其原因即使不是自我中心的，也是非常个人化的。当我们认同一位主人公及其生活欲望时，我们事实上是在为我们自己的生活欲望喝彩。通过移情，即通过我们自己与一个虚构人物之间的替代关系，我们考验并扩展了我们的人性。故事所赐予我们的正是这样一种机会：去体验我们自己生活以外的生活，置身于无数的世界和时代，在我们生存状态的各个深度，去追求、去抗争。

因此，移情是绝对的，而同情却可有可无。我们都遇到过不能引起我们同情的可爱的人。同理，一个主人公可以是招人喜欢的，也可以不是。由于不明白同情和移情之间的区别，有些作家自然而然地设计出好人英雄，害怕如果明星角色不是一个好人，那么观众便不会认同。然而，由迷人的主人公主演反而在商业上失败的影片已经不计其数。可爱性并不是观众认同的保证；这只不过是人物塑造的一个方面而已。观众只认同深层人物性格，即通过压力之下的选择而揭示出的天性。

二、结构人物

事件构成的纽带。凶杀案中的被害人；引起男人争斗的美女；被不肖子孙看成累赘避之唯恐不及的老人。《求求你表扬我》的记者古国歌也应算是结构人物，因为他是"媒体"和"舆论"的代表，需要借助"媒体"和需要回避"舆论"的双方都要冲他使劲，冲突在他这里汇聚，矛盾在他这里编织，故事情节也跟随他的活动曲折发展。同时，古国歌又是新闻媒体与社会现实之间矛盾冲突的动力人物——换言之，有些剧作的结构人物本身就是主人公。

三、功能人物

协助动力人物实施行为的助手、帮手，或者"杀手"。《求求你表扬我》中古国歌的女友米伊（苗圃扮演），同事谈伟（廖凡扮演），领导主编（刘子枫扮演），都是功能人物。

四、条件人物

处于构成或破解事件必须环节的人物。比如：目击者、藏宝人、"神偷"，有某种特殊作用的人。《求求你表扬我》中拦路施暴的歹徒、逼儿子求表扬的杨父、替欧阳花隐瞒真相的同学等都是条件人物。

五、色彩人物

剧作中性感风骚的"花瓶"，如"007"系列中的"邦女郎"；狐假虎威的打手；引人发笑或令人痛恨的"标签人物"；"娘娘腔"；肥胖、奇矮等体态怪异的人。

第八章　影视剧人物的构成与塑造

第一节　影视剧人物的构成

人物"应该怎样"是编导的愿望，而人物"的确这样"是观众的认知。怎么把"愿望"变成"认知"呢？需要从以下几个方面考虑——

一、个性化的"前史"是人物立足的基础

怎样使我们笔下的人物既真实又多元化呢？首先，分析一下人物的人生构成的几种基本要素——

外形特征。在我们的生活领域里，常听见这句话："他给我的印象……"这印象包含了内在涵养和外在的修饰仪态，诸如这个人的年纪、高矮、胖瘦，基于这些外形有时能加强人物的特性，因此，编剧在创造人物时，为了强调该人物，制造该人物的特性，外形的配合实有必要。

内在素养。心灵活动是人物的精神所在，除了不变的外形，编剧应致力于人物心灵的描述，如人物的欲求、憎恶、喜好等。人物若丧失了内在的表现，将无异于活的死道具。

个人现状。你的主角是单身汉？守寡，或已婚？分居，或离婚？若结婚，他和谁结婚？何时结婚？他们的关系又如何？交游广阔或孤独自守？婚姻美满或有外遇？独处时，他或她在做什么？看电视、散步或骑单车？他有宠物吗？哪一类？他是否集邮或参加一些自己喜好的活动？这些都包括在人物生活的范畴。

职业的影响。人物靠什么维生？在哪里工作？他和同事的关系又如何？他们各自独行其是，还是互相协助、互相信任呢？在工余休闲时间，彼此有社交活动吗？你能限定和揭露人物在他的生活中与其他人的关系，你就是创造了个性和观点。这就是开始描写人物的观点。

社会与家庭。任何时代的社会都有它独特的生活层面,生活在相异的社会下,因而各有其不同的生活习俗。例如:一位生长在贫民窟的孩子,竟穿着一套丝绸的衣服,温雅地站在鄙视他的邻人面前。就常理而言,贫民窟的孩子如何穿得起丝绸的衣服呢?由此情节上必定有所变化。

二、戏剧性需求是人物的基本动力

什么是你的人物的戏剧性需求呢?就是驱使你的人物贯串故事线索的东西。在多数情况下我们可以用一两句话说明戏剧性需求。比如《龙卷风》的戏剧性需求是要找到一种方法把小气象探测气球放到龙卷风的中心位置去;在《塞尔玛和路易斯》里的戏剧性需求是要安全地逃往墨西哥,就是这个动机驱使着两个主人公。

许多时候在故事的进程中戏剧性需求将会变化。如果你的人物的戏剧性需求变化了,它通常发生在第一个情节点。就像我们提到过的,这里是你的故事的真正开始处。路易丝杀死哈兰是在第一个情节点,它把动作推向了一个新的方向,取代了到山上度周末。塞尔玛和路易丝变成了逃脱法网的逃亡者,她们必须安全地逃走。在《与狼共舞》里,约翰·邓巴的戏剧性需求开始是要到最远的边陲去。可在第一个情节点,当他终于来到塞吉威克要塞时,他的戏剧性需求变成了如何改变这片土地,并和当地苏族人建立关系。

什么是你的人物的观点,即他或她看待世界的方式。这通常是一个信仰体系,而且就像心理学家所说的,"我们相信什么是真的,它就是真的。"

观点创造冲突。《赤潮》是围绕着两个人看待世界的方式结构。在故事里,一伙俄罗斯叛乱者占领了一处导弹基地,美国潜艇"亚拉巴马号"带着核弹头被派去作战,或者为了"先发制人",或者是为了反击可能发射的俄国导弹。吉恩·哈克曼饰演的艇长信仰"战争是政治的继续",他的职责就是执行命令,即使那将意味着核灾难。相反,丹泽尔·华盛顿饰演的执行军官则相信由于有了核武器,战争已经成了过时的概念。战争的目的是赢,而如果双方都使用核武器,则将不会有"赢家",只有输家,战争将不再是一个可行的选择。"亚拉巴马号"接到了对俄国叛乱者发动先发制人的核攻击命令。正当他们准备发射武器时,又接到了另一个紧急命令,但是信息的全文尚未传送完就断了联系。那命令说的是什么呢?他们是否还应继续执行第一个命令首先发动攻击呢?还是推迟发射以重新确认或拒绝第一个命令呢?

两种不同的观点、两种信仰体系产生了推动剧作前进的冲突。这又符合亨利·詹姆斯的经典论断。在人物的框架里,这两种观点都是对的,并无对或错、好或坏之分。德国伟大的哲学家黑格尔主张悲剧的本质并不在于一个人物是"对"的而其他人"错"了，或者是善良和邪恶的冲突，而是双方人物都是对的，把故事变成一个"正确对抗正确"的局面带向其合乎逻辑的结局。

《赤潮》里双方人物都是从他们各自认为正确的理解出发。艇长认为他们的处境需要他执行第一道命令。执行军官不同意，并认为应执行第二道命令，虽然还没有接收完全，但是应该不管第一道命令，并且必须在发射第一轮导弹之前确认命令。在这一冲突里没有谁对或错，因为他们的行为都是由他们的观点——对待世界的态度所决定的。

态度可以被定义为一种"方式或看法"，并且通常是一种理智的姿态或决定。一种态度，有别于观点，它可以有对或错、好或坏、正或反、嗔怒或高兴、愤世嫉俗或天真无邪、高傲或自卑、自由或顺从之分。

你的人物在剧本进程中的需求是否有变化？如果有，那变化是什么？如果不适合你的故事，一个人物在剧本的进程中需求的变化也并非必须具备。但由于变化是生活里的普遍现象，如果你能让人物有内在变化，它能创造一个行为的曲线并可以给人物增加新的动向。剧本里的每一个场景都要完成以下两个功能之一：或者推动故事的前进，或者显示有关人物的信息。

三、风险价值决定人物的品格

"风险"是什么？——如果人物得不到他想要的东西，他将会失去什么？更具体点儿说，如果人物不能实现其欲望，将会发生在他身上的最坏的事情是什么？几乎任何人都想鱼与熊掌兼得。但是，在危难状态下，为了得到我们想要的东西或保住我们拥有的东西，我们必须牺牲我们想要或我们已有的东西——这是一个我们极力回避的两难之境。在这两难面前的抉择，是人物品格的结晶。

生活教导我们，任何人类欲望的价值尺度和对它的追求所冒的风险都是成正比的。价值越高，风险便越大。考察一下我们自己的欲望，对你适用的对你笔下的每一个人物也适用。你想从事影视剧创作，作为回报，你希望世人承认你的劳动。这是一项高尚的事业，若能出色地完成便是一项辉煌的成就。因为你是一个严肃的艺术家，你愿意冒险牺牲你生活的重大方面来实现那一梦想。比如——

你愿意牺牲时间。要想找到亿万人想听的东西并把它说出来，也必须花费十多年，要经过十多年的磨砺，常常需要写出很多个推销不出的剧本，才能掌握这一要求严格的技能。

你愿意牺牲金钱。你知道，如果你把十年间为写作推销不出去的剧本而付出的辛苦和创造力用于一个普通的职业，那么你用不着十年就能悠哉游哉地过日子了，可要写作的话，十年后才能刚刚把你的第一个剧本搬上银幕（或屏幕）。

你愿意牺牲亲情。每天早晨你坐到写字台前，进入你的人物的想象世界。你梦想，你写作，直到夕阳西下，头昏脑胀。当你关上电脑时，你却无法关上你的想象。当你坐在晚餐桌前时，你的人物还在你脑海中游荡，你希望在餐桌上有一叠便笺纸。你所爱的人早晚会说："我知道，你的心根本没跟我在一起。"这是实情。有一半时间你都是魂不守舍，谁也不愿意跟一个心不在焉的人生活在一起。作家之所以甘愿冒着牺牲时间、金钱和亲情的风险，是因为他的雄心具有一种决定他的生活的力量。

四、"反应"环节是人物行为的主要侧面

任何故事中，许多动作都或多或少在预料之中。根据类型常规，爱情故事中的爱人总要见面，惊险片中的侦探总要发现犯罪，教育情节中的主人公的生活总要坠入低谷。这些以及其他常见的动作都是众所周知的，并在观众的预期之中。因此，优秀的写作不太强调发生了什么，而是强调发生于谁、为什么发生以及如何发生。实际上，最丰富、最满足的愉悦来自于那些聚焦于事件导致的反应以及人物从中所获得的见解的故事。

我们回头来看看《唐人街》的场景：吉提斯敲门，期望被请进门。他所得到的反应是什么？卡恩挡住了他的路，期望他等会儿。吉提斯的反应呢？他强行闯入，并用广东话来骂卡恩，这是卡恩始料未及的。伊夫林从楼上下来，期望得到吉提斯的帮助。但她所得到的反应呢？吉提斯打电话报警，期望迫使她坦白谋杀罪并讲出关于"另一个女人"的真相。进一步的反应是什么？她吐露出那另一个女人是她乱伦生出的女儿，控告谋杀罪其实是她精神错乱的父亲所为。即使在最最宁静、最最内化的场景中，也会步步为营地直逼其转折点，而这些反应则令观众惊叹痴迷。

如果你写出了一个人物走到门口，敲门，等待，所得到的反应是门被打开，他被礼貌地请进，而且导演也居然愚蠢地将它拍了出来，那么，这一节拍很可能永远也上不了银幕。任何场景中，如果反应缺乏见地和想象，迫使期望等同于结果，那么这个场景便是一个"毫无意义的节奏杀手"。

一旦想象出一个场景，你应该一个冲突一个冲突地写下去。你所写出的东西应该生动地描述出发生了什么、得到了什么反应、看见了什么、说了什么、做了什么。你所写的东西应该让读者在阅读它的时候，也会像你在写字台前所体验的一样，看见你所梦想的东西，感受你所感受的东西，学到你所理解的东西，直到读者的脉搏也会像你那样跳动，情感像你那样流动，这样才实现了

你写作的意义。

似是而非,出人意料;似是就是,必须剪掉——可谓"铁律"。

第二节 人物的配置与艺术展现

在对影视剧人物有了宏观的基本设计之后,就要进行下一步的工作。也可以说,戏台搭起来以后,就要决定由什么样的角色、几个角色、怎样配合起来去演这场戏。

一、人物的配置

影视剧中的人物配置固然没有死板不变的规定,却也应有必须顾及的大体要求。要使每个人物都有既定的戏剧任务、意向和行动,使每个人物都在各自不同的角度、位置与层面上为整部戏出力,而避免不必要的人物及多余的人物关系出现。简言之就是——每个出场人物及他们之间的关系,都要"有用"。

就人物数量而言——

一般情况下,电视短剧、电视单本剧的主要出场人物不宜多,一两个、两三个为宜,最多不要超过五个。人物过多,其具体展现必然粗糙浅薄,不利于创作出有血有肉的性格形象。而电影或电视连续剧因其牵涉的生活面较广泛,人物数量自然就不能太少。但是,在这里要特别注意一点:无论长篇作品还是短小篇章,其中可有可无的人物,不管它本身多么有个性、多么能引人兴趣,应一概除去。

电视连续剧《东周列国》,尽管事先作了大量的广告宣传,但实际演播效果却不尽如人意,主要原因就在于出场人物过于繁杂,又没有主要的几个人物贯穿始终,结果成了"你方演罢我登场"、"各领风骚一两集"的走马灯,不过简单图解一下原著《东周列国志》中粗糙的故事框架而已,观众连具体人物的名字都记不住,又何谈形象鲜明、性格丰满?

另外,影视剧的题材也往往决定着人物的定员:小的题材不宜人物过多;大的题材因场面大、场景多,内中的"出场人物"(不一定是主要人物)就不可能太少,否则便缺乏生活的真实感。这一点,则是问题的另一面,也不可忽视。

总之,影视剧中人物数量的多少,虽没有定规,但艺术表现的引力与生活的真实感这两个方面则是必须考虑的。

就人物的性质而言——

影视作品的题旨还决定着主要人物(尤其是主人公)性格的性质。通俗地说就是"什么戏由什么人演"(一定的戏要由一定的人物演)。所谓性质,就是指人物在具体矛盾冲突中的"质"的形象。

二、人物性格与人物关系的艺术展示

(一)人物性格的展示

在影视作品中,人物性格形象的展示,大体可归为三种方式:

第一种可称"定型展现"方式。

在这种方式中,人物的性格形象是既定的。就是说人物一出场,已经具备了定型的性格形象,之后,只是在不同环境的人事冲突中,作一次又一次的"亮相"而已。这种方式在影视作品中最多见。典型的篇章诸如美国影片"007"系列中,男主人公的机智勇敢、精干潇洒的人物形象是既定的,只是围绕他的事件环境总在变动,进而使之作一次又一次的颇为引人的"亮相":任凭风吹浪打,我自岿然不动,诚可谓也。我国电视连续剧《西游记》与其异曲同工,孙悟空是固定的性格,而考验他的事件冲突则变化多端、接踵而来……于是,他也便在一次次的矛盾冲突中,再三地展示着自己。

第二种可称为"发展成长"方式。

在这种方式中,人物的性格不是一出场就定型,而是有一个从小到大、从弱到强、从不成熟到成熟、从简单到丰富的"定向的"发展成长过程。比如我国影片《青春之歌》对主人公林道静的形象展示——开始时,女主人公是一个地主家庭出身,但品质纯洁、有着美好人生追求的"小资产阶级知识分子",自然,当社会生活的浪涛拍打到她身上时,就免不了稚弱、娇柔的性格表现;而随着人生经历的扩展与进步青年朋友(共产党员)的指导、帮助,她逐渐成长起来,终于也加入了共产党,成为一名共产主义的战士。

"发展成长"的展示方式,不一定只体现在主人公身上。对次要角色,在可能情况下,也能如此。比如《芙蓉镇》里次要角色王秋赦,刚出场时,只是个好吃懒做的"混混儿",而随着时势的变化、运动的起伏,他那毫无立场、唯利是图、为求个人利欲无所不用其极乃至终于畸形变态的性格形象才渐渐"完满"起来——这无论是对剧情的艺术展现,还是对社会生活的真实反映,就都有益而无害了。

第三种可称为"异向转变"方式。

这种方式中人物的性格形象也是随着剧情的发展变化而发生着变化,与第二种方式不同的是,它的变化不是"顺变"而是"转变"。也就是说,这种方式中的人物性格形象总是朝着相反的方向或从一种性质向另一种性质(往往还是相对立的性质)发生变化——好变坏(或坏变好)、是变非(或非变是)、善变恶(或恶变善)、强变弱(或弱变强)等等。

（二）人物关系的展示

指的是主要角色与次要角色关系的设置与艺术表现。影视剧作为"一部戏"而言,在某种程度上甚至可以说,其人物关系的艺术设计比单个人物形象的定型设计更为重要。因为无论戏剧题旨、情节进程,还是人物的形象体现,都必须通过人与人之间的"动态的关系"来展现。单摆独放的静态人物自身,是没有丝毫"戏剧价值"的。

人物关系大体有两类:现实关系与戏剧关系。

现实关系是指在现实社会生活中,人们因血缘、家族、工作、社交、居住环境……以及各种历史渊源所形成的既定关系。

戏剧关系是指因人物性格的冲突而构成的人物之间的各种特定关系。在一部剧作中,剧中人物总是由一定的现实关系联系在一起的,但这种关系只是表现人物性格的环境和条件,人物关系的核心还是应该放在不同性格在特定环境、事件中所形成的矛盾冲突上。即是说,作为编剧,固然要安排人物的现实关系,并要使之真实自然,但更重要的也是决定"戏之有无"的,则是人物间的性格冲突——戏剧关系。

这里就要注意:两者因既定"身份"不同,在剧中的表现分量与位置就要有所不同。

其一,不要将主要角色长期偏离主线,不要将设计中的主人公在众多人物出场的复杂展现中总处于偏僻位置、闭塞环境。因为这样极易造成全剧重心转移、主旨变更。

其二,主要角色也不可过于"霸道",总压制、抢夺配角应有的戏,把配角视为无足轻重、可有可无的"附庸"。好的配角只能为主角增加色彩,而绝不是相反。试想:没有红娘这个配角,《西厢记》还成其为《西厢记》么?无论莺莺还是张生,还能具有剧中那样的风采么?!在电影《李双双》中,没有配角"喜旺",能有主角"李双双"么?

有一种说法,就是所谓"群像展示"的作品中,没有必要分清主次,只要把每个人物都演好就是。例如前苏联影片《这里的黎明静悄悄》,就由五个女战士与一个男性中尉共六位人物的活动组成;再如电视连续剧《红楼梦》,就更是由众多人物来展示的,等等。

若细细审视《这里的黎明静悄悄》,就会发现——其实它并非没有主次,不讲究详略虚实,尽管它的人物展示因题材的特殊性而与一般影片稍有区别,但在艺术笔触上,还是有轻重、浓淡的不同。

至于电视连续剧,固然可以不受篇幅限制,却也不可众多人物满天飞。《红楼梦》人物众多,但其主要角色总还是相对集中在荣、宁两府寥寥可数的几个人身上，尤其每个叙事单元（一般由两三集组成）内，更是以一两个主要角色统帅，少有杂散零乱之嫌。尽管如此，若没有文学原著的《红楼梦》早为观众所熟悉，其电视连续剧的艺术效果还是要大打折扣的。

主人公之间以及主角与配角之间的关系，要尽可能地调动适当的艺术手段来展现。下面，对经常运用的一些手段作简单介绍：

对比。世间万物，总是在相互比较中才能够被人所认识。人物形象也当然如此。对比，指平列的两者之间正反相对（强与弱、好与坏、善与恶、是与非等等）的比较。可体现在两个主人公之间，也可以体现在两个（两组）次要角色之间。一般情况下，前者较为多见。对比可以横向地体现在两个或几个人物之间，也可以纵向地体现在一个人物的前后大相迥异的言谈举止间。比如《红楼梦》中的凤姐在老太太面前与在众丫头、老妈子面前的语言动作的截然相反。

衬托。一组形象的两方，若有主有次，以次托主，便是衬托了。亦即人们常说的"烘云托月"之法。若再细分，衬托尚可分为两种：正衬与反衬。

正衬：同类形象，性质相通，以此衬彼，使主体更为突出。

反衬：异类形象、相反性质，正反相衬、以次衬主。

正衬与反衬有时还可以融会交织，以表现更具生活真实的人物形象。

衬托可以运用于人物之间，也可以体现在情景、事件、情节、场面之间，还可以用既定的环境、背景或者某种特定的物件等来衬托人物的性格特点、形象面目。比如《红楼梦》中，以宝钗大婚的喜庆场面来反衬黛玉临终情景的凄凉；比如在《阿Q正传》中，一方面表现当时社会的冷酷、不平，一方面极力渲染阿Q的自我欺骗、自我麻醉的精神胜利法——用背景衬托人物，使阿Q其人更加可悲，也就使"哀其不幸、怒其不争"的主旨得到充分的体现……

人物关系以及人物自身的艺术展示手法还有很多，如人物之间的铺垫、藏露、离合及对人物自身塑造所用的夸张、点睛、反差（言与行的反差或前与后的反差等）、重复、工笔细描与疏笔勾勒等等。总之，任何艺术表现手法都只是为了更好地塑造、展示人物的性格形象服务。在此原则基础上，"运用之妙，存乎一心"（岳飞语），"浓妆淡抹总相宜"。

第三节　人物形象的塑造

人物塑造是一个人的一切可以观察到的素质的总和。

故事和生活之间的重大差异是：在人类的日常生存状态中，人们采取行动时总是期望得到世界的某种积极反应，为他们提供有利的条件，而且他们总是能或多或少地得到他们所期望的东西；而在故事中，这些日常生活的细枝末节则被扬弃。

在故事中，我们将精力集中于那一瞬间，而且仅仅是那一瞬间，一个人物采取行动时，期望他的世界作出一个有益的反应，但其行动的效果却是引发出各种对抗力量。人物的世界所作出的反应要么与他的期望大相径庭，要么比他期望的反应更为强烈，要么二者兼有。

一、人物面前的"鸿沟"

"鸿沟"是外国影视剧同行的习惯用语，形象地指代人物在行动中所遇到较大的阻力与障碍。人物的第一个行动激发了对抗力量，阻挡了其欲望的实现，并在预期和结果之间横亘了一道鸿沟，粉碎了他对现实的幻想，使他与世界处于一种更大的冲突之中，并把他推向更大的风险。他必须采取第二个行动，一个更困难更冒险的行动，一个与其变更了的现实观相一致的行动，一个立足于他对世界的新的期望的行动。但是，他的行动又一次激发了对抗力量，在他的现实中掘开了一道鸿沟。所以他调整自己以适应这一意外，再一次加大赌注，并决定采取一个他觉得与其修改了的世界观相符合的行动。他更深入地挖掘自己的潜能和意志力，使自己冒着更大的风险来采取第三个行动。也许这个行动会取得正面的结果，他暂时向自己的欲望迈进了一步，但是随着他的下一个行动，鸿沟又会訇然中开。现在，他必须采取一个更加困难的行动，这一行动要求具备更强的意志力、更强的能力，冒更大的风险……这一模式在不同的层面上循环往复，直到故事主线的终点，直到观众想象不到另一个最后行动。为了验证这种模式，我们不妨看看《温州一家人》几个主要人物——

一家之主周万顺：他的一个决定，改变了全家人的命运。

女儿被迫远行，儿子赌气出走，妻子是遮风挡雨的家，一夕之间四散天涯；他是天生的赌徒，几场创业豪赌，令他倾尽所有：祖屋、家产和全家人的多年积蓄；但他的手气并不好，名叫万顺，却万事不顺；他输过很多次，坐过牢，吃过官司，四面楚歌的时候，他抬着棺材上阵；一次次跌落谷底，一次次重新启程，他几经大起大落的人生，探寻着一个又一个未知世界，将有限的生涯寄托于无穷无尽的际遇之中。

女儿周阿雨：13 岁的她，因为父亲的一意孤行，独自被送到欧洲，带着这份恨意，她 20 年来没有给父亲回过一封信；人生的风景，从半工半读的少年生涯起，次第而来；她曾经黯然神伤，苛责的餐厅老板一家，令她的异国生涯举步维艰；也曾悄然绽放，慈爱的流浪老艺人，令她放飞心底的小小梦想；她曾经落魄街头绝处求生,与同伴共渡风雨欧洲路;也曾打败天生的商人犹太人,成为中国商人在海外的代表;商海的浮沉是她的胸襟,赤子的爱恨是她的锋芒;乍然相逢的老同学,给了她三天的惊艳时光,为此她不惜孤身远走伊拉克;她把一生寄托给一次义无反顾,却意外收获了一份地久天长,不离不弃的法国大兵,温柔了她漫长的岁月。

儿子周麦狗:他有点小文采,有副倔脾气;他渴望出国赚钱,却被强留在温州卖鞋,他风生水起的眼镜生意,却被付之一炬,他的人生,不断面临来自父亲的挫败;他从温州走到东北,从国内走到国外,曾在飞奔的警车中匆匆一瞥巴黎的风光,也曾辗转中俄边境历经劫难,却在黄土高原,遇到了生命中最美丽的意外;他的路不断面临开始,他的爱早已成定局;得与失之间,生与死之间,他慢慢接近的,不是光荣与梦想,而是人生的真实滋味。

老伴儿赵银花:温州城在他丈夫眼里是事业的第一站,而在她眼里,却是背井离乡的开始。她不够活泛,却足够坚韧,小小纽扣也能挖掘出巨大商机;他屡战屡败,她始终相伴,无论是住破手扶、废品站还是土窑洞,她在家就在;他屡败屡战,她始终相随,无论是卖房还是卖厂,他在天就在;她的包容和原谅,是他永远的故乡。

二、人物内心的真相

一部完成的剧本显然凝聚着作者100％的创造性劳动。这一作品的绝大部分,我们心血的75％或更多部分,都花费在人物深层的性格与事件设计安排之间的连锁关系的设计上。其余部分则用于对白和描写的写作。而在那用于设计故事的压倒一切的努力中,又有75％是集中于创造最后一幕的高潮。故事的终极事件便是作者的终极任务。如果最后的场景失败,那么整个故事必将失败。除非你创造了高潮,否则你便没有故事。如果你未能实现这一冲向辉煌的绝顶高潮的富于想象力的飞跃,那么前面的一切场景、人物、对白和描写都会变成一次痛苦的打字练习。优秀的作品不但揭示人物真相,而且还在讲述过程中表现人物本性的发展轨迹或变化,无论是变好还是变坏。这便是在整个虚构文学史上,人物和结构之间常见的运作方式。

三、在矛盾冲突中展开人物命运

人物在一部影视剧中的形象内容系统里是以什么样的状态存在的?

戏剧最本质的特征,首要的是冲突,核心也是冲突。既然生活中到处都充满了矛盾,具有叙事性特征的戏剧文学与戏剧艺术要反映生活,就不能回避这些矛盾,而要真实地、具体地、艺术地反映这些矛盾,揭示这些矛盾所蕴含的意义,对这些矛盾及其蕴含的意义作出审美的评价。这些矛盾的外部形式,就表现为戏剧冲突。尽管戏剧冲突有时是隐蔽的,含蓄的,也必定是能够让观众感觉得到的;在一部影视剧中,人物在全剧的形象内容系统里,是存在于戏剧矛盾和冲突之中的。或者说,人物的性格和命运是在戏剧矛盾和冲突之中展开的。

一个人有什么样的性格,预示着他有什么样的生活。赫拉克里特说过:"性格决定命运。"不同的性格决定着人们在特定的环境中出现不同的心理反应并采取不同的行动。人物命运的发展变化源自于其性格的发展和转变,在展示人物命运变化的时候,必须要有充分的根据,按照人物性格的逻辑在行动中表现出来。人物性格转变的前后要互相照应,转变之前有铺垫,转变之后有呼应,方才自然可信。

人物命运的展示过程即是故事情节的发展过程,情节不论如何发展都不能背离人物的基本性格,人物在压力环境下所作出的选择决定了情节的发展方向。情节的发展过程同时也是人物性格和命运发展的历史,人物命运与情节结构并行发展。根据人物性格所作出的选择,人物命运便在这一系列的选择与行动中找到了发展方向。

创作中经常有"有心栽花花不发,无意插柳柳成荫"的现象——下大气力的主人公苍白平板,而信手拈来的许多小人物却活灵活现。

四、由内而外地刻画人物

在塑造人物的过程中,我们必须进入每一个人物的内心,并从他的视点来体验世界。就像人类学家一样,我们可以通过仔细观察来发现社会和环境的真理。就像不断记笔记的心理学家一样,我们可以发现行为真理。如果你停留在人物的表面,你将会不可避免地写出情感的陈词滥调。为了创造具有启迪意义的人类反应,你不但必须进入人物的内心,而且还要进入你自己的内心。你已经决定某一特定事件必须在你的故事中发生,一个将要进展和转折的情境。如何写出一个富有见地的情感场景?你可以问:"如果我在这种情况下,我会怎么做?"当一个场景对我们来说具有情感上的意义时,我们便可以相信,它对观众来说也同样具有意义。我们是靠创造能够打动我们的作品去打动我们的观众的。

为了构建下一个场景,作者还必须走出人物的主观视点,以客观的眼光来审视他刚刚创造的动作。这一动作预期着人物世界的一个特定反应。他就要问自己一个自古以来作家反复问自己的问题:"这一反应的对立面是什么?"作家都是本能的辩证法思想家。正如让·科克托所说:"创作的精灵即是矛盾的精灵——突破表面现象看到一个未知的现实。"你必须怀疑表面现象并搜寻显而易见者的反面。不要停留在表面,以其表面价值对事物进行判断;而要剥开生活的表皮,找出隐藏的、出人意料的、似乎不合时宜的东西——真理。你将会在鸿沟中找到你的真理。记住,你就是你的宇宙内的上帝。你了解你的人物,他们的头脑、身体、情感、关系、世界。

五、通过行动表现人物

"行动即是人",这话有道理。优秀影片中成功的人物形象无一不是通过极具个性化的动作体现出来的。塑造人物性格的动作,大体可以分为两类。

一类是在矛盾冲突处于紧张尖锐、尤其是发展到高潮时刻人物的关键性举止动作。比如日本影片《人证》中,女主人公八杉恭子为了维护自己"高贵"的社会形象,竟然趁从万里之遥的美国寻她而来的儿子没有防备时,变态而残忍地用刀刺进他的腹部——不用再多说明,只此一个动作,就鲜明地体现了她迥异常人的性格面目! 而与此同时,被自己亲生母亲要置之死地的儿子,并没有因母亲要杀自己而愤怒、反抗,却悲哀、绝望地成全了母亲的意愿:用自己的双手把刺入腹中的刀更深地插了进去——这一个动作,不就有血有肉地表现了儿子悲愤而哀绝的心境及其性格特征了么?!

另一类塑造人物性格的动作,是在一般生活场景、平常人事活动中,特意选取的具有个性特色的细微动作,或称之为"细节动作"。如意大利影片《温别尔托·D》中主人公温别尔托·D是个以领取养老金过活的老人,贫困潦倒,连房租也付不起,只能靠变卖旧物来维持生活。但同时,他又具有强烈的自尊心,极力要在人们面前保持体面。后来到了山穷水尽、借贷无门的绝境时,因偶然碰到一个乞丐向他伸手乞讨而触发了"灵感"——他也想向路人乞讨了! 影片在这时候,用一个非常具有个性特征的细节动作,给观众留下了十分深刻的印象:他走到一个僻静处站下,伸出手来,练习讨钱的动作。此时,恰好有人走来。本该是讨要的机会吧? 可我们的主人公却在把手伸出的时候,竟又仰面朝天。这个动作就体现了那种初次干此营生、又低不下头来的复杂心态,使观众觉得既可悲又可笑;过路人开始没有意识到路边的老人是在讨钱,当走过之后,才有所觉察,于是返身掏出钱来。可是,正要把钱放到老人手掌上的时候,老人家的手掌却突然翻转过来——手心向下,手背朝上——给人的感觉是他并不是在乞讨,只是在试探天上是否在下雨! 结果,要给钱的人十分尴尬,只好将钱收回,转身离去;本来迫切想讨钱以度过饥荒的主人公,也因自尊,反而一无所得! 这个细节动作便设计得非常出色:简洁明快,寥寥两笔,不仅制造了具有喜剧效果的尴尬场面,更因此而刻画了主人公鲜明的个性特征。

六、通过外表形象塑造人物

影视剧人物的外表形象,自然要由导演(副导演)来作最终的"活人"确定。但作为编剧,也不能放任自流——因为导演们选定演员,毕竟还要以剧本中的人物形象为基准的。所以,编剧在剧本的行文中,对人物的外表形象就不能不有所描述。影视是直观的艺术,要想使一部影视作品获得观众的喜爱,就必须考虑到片中人物的外表形象还要得到观众的认可、接受。好的剧本因演员外型与内容(故事内容与性格内容)不符而导致影片失败的例子不是没有的。

"相面法"在世俗人群中之所以有一定的市场,并非毫无道理。因为"面相"与"心相"往往有联系,即使在其人有意作假时(除非其人演技十分高超)也是如此——明眼人总能看出马脚来的。或者从另一个方面说,观众一般总从人物的"面相"如何来决定对这个人物的好恶,所以,只为了使观众认可,也要考虑剧中人物"面相"的"易(可)接受性"。于是,一般而言,英武的男主人公、美丽的女主人公、可爱的少男少女……就比相反"面相"的同类人物受观众的欢迎,进而增加影片的观赏魅力。以至于不少影片甚至主要是因为主人公(演员)的"面相"大受欢迎而获得成功的——有些观众去看电影,竟主要为了去欣赏某个饰演剧中人物的演员,如法国的阿兰·德隆,日本的高仓健,美国的麦克尔·道格拉斯,以及我国的刘晓庆、姜文、葛优、巩俐、章子怡、陈道明、李雪健、李幼斌等等! 因之,编剧对剧中人物外表形象的描述,是不能掉以轻心的。但是,在这里要注意一个问题:人物形象与人物"面相"不可等同视之。在艺术表现方面,"好看的人物"不等于"漂亮的形象"——你很好、很漂亮地画出了一个老人,与你平常、平庸地画了一个很漂亮的老人,绝不是一个概念。

在审美意义上,前者的老人才是"美"的;而后面的老人尽管表面漂亮却不具备"美"的品质,在艺术上则是丑陋的。鉴于此,我们在描述人物肖像时,主要应以体现性格为主。或者说,人物肖像描述的原则——最好的人物肖像只应是最能体现此人物性格的肖像! 在符合上述原则的基础上,人物外表肖像无论怎样,都可以最终获得观众由衷的赞美与接受,如《巴黎圣母院》中面相丑陋的卡西摩多所体现的优美的艺术形象,如当代影片中一些由并不漂亮的演员所扮演的优美出色、大获成功的男女主人公,等等。

在具体写剧本时,作为编剧还要注意一点:对人物肖像、自然包括"面相"的描述,点到为止即可,不必过细——要给导演挑选演员以及演员对剧中人物的表演留有较充分的余地。

影片中人物的性格不宜"在静态中一次性完成"——因为这既不符合人们对一个人物认识的"生活规律",也不利于人物与剧情的"艺术表现"。实际生活中,人们对一个新人的认识,总有一个陌生、初识、有所了解、完全熟悉的过程,这才符合生活的真实;而在艺术表现上,若一开始就把人物的方方面面"一览无余",也易减弱人物对观众的引力与剧情展现的张力。所以,一般情况下,应采用"动态中的渐次的积累式性格塑造"为好。一些优秀的影片,其主人公的性格塑造、形象确定,常常在结局时才最终完成,像《卡萨布兰卡》中里克的形象塑造、《魂断蓝桥》中玛拉性格的最终完成、我国影片《本命年》中李慧泉所体现的悲剧性人文精神与性格的时代定位等等,均是如此。

2013 年贺岁档,黄渤主演的《泰囧》、《西游降魔篇》、《101 次求婚》同时上映,三部影片票房总和近 30 亿,当时黄渤被戏称为票房"卅帝"。2014 年国庆档再次被他承包,电影票房榜上前三名《心花路放》、《痞子英雄 2》、《亲爱的》均由黄渤主演,三部影片票房总和 11.72 亿,成功升级为中国首个 40 亿影帝。票房还在继续,黄渤的传奇还在延续。《锋刃》是黄渤 2014 年唯一剧制,这也是黄渤首次走"高大上"路线,演一出"民国无间道"。

《锋刃》开篇,天津租界交游广阔的东华洋行经理黄渤就因上线牺牲,与组织失去联系,表面上每天声色犬马发着战争财,可作为打入敌人内部的共产党员,他从未放弃战斗。当谍剧安排主人公隐匿身份,身怀使命,承受着重重误会、暴露风险、生死悬念、情感纠结和各种考验去完成任务时,观众不由为其处境和命运而担心。不能否认,对于惊险叙事和悬疑揭秘的表现,既是谍战影视作品的魅力,也是观众热衷的原动力。同时,谍战剧所展示的年代背景下那些鲜为人知的斗争生活细节,也极大地满足了观众渴望了解历史真相和窥探神秘幕后的欲望。中国式谍战剧与欧美韩等国的谍战剧在惊险情节设计上最大的不同是我们有自身独特的国情特征。这种独特性延续了改革开放前三十年的"反特"英雄情结,也融入了改革开放后人们对贴近当代、人性化的智勇双全、内正外邪的隐蔽英雄的形象崇拜期望。内容层面上力求独特、新颖、隐秘、饱满、逼真,能够让观众了解到不同的生活场景和深度融入人物事件发展,成为优秀谍战剧不可或缺的基本要素。

我们的电视大数据分析支持这样的判断:具有良好收视率的谍战剧往往是紧张叙事和复杂人性设计良好结合的作品。通过大数据分析,近年来收视率能在省级卫视领先的剧如《潜伏》、《悬崖》等的故事情节和人物个性都是极其精彩、深厚和丰富的。好的谍战剧总是存在多股力量的较量,错综复杂的人物关系,多条叙事线索,连续难度的任务设置,复杂多变的故事脉络,彼此整体风格上紧凑、稠密和浓烈穿插交织,使得谍战剧具有很强的观赏性。随着互联网时代的海量信息,观众的欣赏口味越来越接受复杂叙事所带来的精彩、绝妙、刺激的故事,这其中还包括采用必要的俊男靓女、类型明星、功夫绝招、动作场面来糅入的一些时尚元素,综合所有这些要素,能够让整剧形成更高的商业价值和娱乐价值。当下互联网时代流行的以客户为中心的概念,对应到影视行业以观众为中心的模式就是你问观众什么是一个好故事,他(她)不一定能明确告诉你,但在对精彩故事的审美追求和体验需求上,观众们从来不会疲倦。透过《锋》剧,不难发现,男主人公的三重身份,谍中谍、双面谍角色,辅之以微妙的男女情感冲突和深藏不露的敌对人物让全剧故事演绎起来丰满多变,牵动人心。

冲突悬念篇

费尔德说："没有冲突就没有戏剧；没有需要就没有人物；没有人物就没有动作。"冲突产生行动，行动产生变化，变化产生悬疑，悬疑产生危机，危机产生高潮，高潮产生结局。所以冲突是戏剧的原动力，冲突愈烈动力愈强。

提出悬而未决的矛盾冲突，引起观众的关注，这就是悬念。利用观众对矛盾最终解决和人物命运归宿的期待心理而设置悬而未决的矛盾，因此冲突矛盾越激烈尖锐，悬念性也就越高。由此造成的观众的期待与关注心理也会越强烈。悬念是影视剧编导吸引观众的最有效的手段之一。悬念设置的巧妙，很大程度上取决于事情结局与真相的"半隐半露"的独具匠心。

人类天生有好奇心，而悬疑的情节，正好满足其窥探的欲望。中国的章回小说有"欲知后事如何，且待下回分解"，正是悬疑手法的最佳例证。悬疑就是悬而不决、令人猜疑、令人关怀、令人抑郁、令人怨恨、令人扼腕、令人着急、令人紧张，因而产生"非看下去不可"的欲望。

在影视剧中，悬疑是被经常运用的手法，这是对于编剧来说的。对观众来说，悬疑则是一种心理活动。因此，悬疑既是一种手法，又是一种效应。

第九章　影视剧作的戏剧冲突

　　对"冲突"一词的理解与把握，从宽泛的意义上说，对立矛盾与冲突是宇宙万物存在的普遍方式与永恒规律。编剧的任务既然是编"戏"，那么，就一定要对"戏"有本质的了解。而到底什么是"戏"呢？在人们的认识中，往往还有一些误区：比如认为社会生活中发生的重大新闻，就一定有戏；比如认为日常生活里那种出人意料的偶然事件，也一定有戏……这实在是"似是而非"——在社会生活中，总统选举、人大常委会发布某个公告、火山爆发毁灭了一座城市、世界大战死了几千万平民……所有这些，作为新闻，确是引人瞩目；日常生活里，某人突然被车撞死、大街上一群人打得头破血流、家庭内儿子向母亲举起了刀、某人死了妻子却哈哈大笑……这一切，也能引人入胜。但是，它们仍然还远远不能被称作"戏"——充其量，最多只算是"戏的外壳"或曰"戏的温床"。

　　1919 年哈佛大学教授贝克在其《戏剧技巧》一书中指出，戏剧的本质或曰基础是动作与感情。他引用戏剧的历史来证明：戏剧从一开始就是以动作为主。最原始的戏剧只有动作，没有语言与诗歌，例如阿留申岛上的土人演出《打猎》——一个人扮演猎人，一个人扮演鸟。猎人用手势表现他遇到这只漂亮的鸟很高兴，扮演鸟的人则表示害怕、设法躲避。猎人弯弓打鸟，鸟倒地而死。猎人大乐，跳起舞来。后来他感到不该打死这只美丽的鸟，又悲哀起来。这时，鸟死而复生，变成一个美女，投入了猎人的怀抱。可见，动作应是戏剧的"中心"。而感情则是戏剧的"要素"，因为戏剧动作的最终目的是要在观众心中创造"情感反应"。

　　英国的威廉·阿契尔认为戏剧的本质或要素只能是"危机"："一部戏是在命运或环境中或快或慢地发展着危机，而一场戏剧性的情境就是危机中的危机，清楚地把戏剧情节推向发展。"美国当代著名戏剧与电影理论家约翰·霍华德·劳逊对戏剧的认识是："戏剧的本质是社会性冲突——人与人之间、个人与集体之间、个人或集体与社会或自然力量之间的冲突；在冲突中自觉意志被运用来实现某些特定的、可以理解的目标，它所具有的强度应足以使冲突到达危机的顶点。"

应该说,"冲突说"才是真正点到了戏剧创作的本质!对戏剧创作深有体会的老舍先生便与劳逊观点相同:"写戏须先找矛盾与冲突,矛盾越尖锐,才会越有戏。戏剧不是平板地叙述,而是随时发生矛盾冲突,碰出火花来,令人动心。"正是社会生活中矛盾冲突的无所不在,决定了文艺作品也必然以矛盾冲突为其本质性内容。

在这里所谓冲突,简单地说,就是有正反两面,两种不同的趋向,遇到一起,造成难以解决的问题,为了解决这一问题,自然产生情节。一个事件打破一个人物生活的平衡,使之或变好或变坏,在他内心激发起一个自觉或不自觉的欲望,意欲恢复平衡,于是这一事件就把他送上了一条追寻欲望对象的求索之路,一路上他必须与各种(内心的、个人的、外界的)对抗力量相抗衡。这便是影视剧戏剧冲突的要义。

如果把渗透在《黄土地》中的落后观念与现代文明之间、人与恶劣的自然环境之间的冲突完全抹掉,那将是一部什么样的作品?人,就是矛盾的统一体。只有人能够自觉地向命运挑战,但人在这场旷日持久的抗衡中永远不能获胜,生老病死将成为人类永恒的宿命,由此而导致的矛盾与冲突将永远伴随人类。人类在这痛苦的抗争中也实践着自己的崇高价值,体验着无穷的乐趣。至于那些生动传奇的故事情节,所吸引我们的其实就是矛盾冲突。矛盾冲突不仅是故事结构的核心,而且是情节发展的动力。矛盾冲突的设计安排,说得简单一些,就是要为剧中的人物设置动力和阻力。一方面强化他们的主观意志,另一方面要在他们面前安排好各种困难。总而言之,一旦主人公想得到什么,编剧的任务就要为他们设置障碍,不能让人物轻轻松松过关达到目标,这样才有"好戏"可瞧。

第一节　戏剧冲突的种类

一、从人物角度划分

(一)人与人的冲突

人际交往,大家都戴着面具,很难透露他真正的个性,一旦发生冲突,就把面具摘掉,揭露本来的面貌。冲突实在是揭露人性最有力的方法之一。这种冲突在剧作中最常见,因为人与人的冲突,最容易也最可能发生,人与人之间常因立场不同、性格不同、种族不同、思想不同、信仰不同,造成争执、敌对、战斗、阴谋、伤害等冲突现象。

人与人之间的冲突原因比较复杂,或者体现在两种价值体系上的不同追求,或者表现在两种文化上的冲突,或者表现在利益上的分配不均。人与人之间的性格不同、背景不同、所受教育等的不同,决定了人与人之间冲突与对立无时不在。"冲突就是欲望。没有欲望,就没有形成对应的冲动,而没有对应,就谈不到戏剧表演中的动作。因为归根结底,戏剧就是某种震动乃至震荡的平衡。一个人如果处于完美状态,无所希冀,无所畏惧,毫无焦虑困扰之事,他就不是戏剧家或者观众所需要的人。我们——创作者也好,观众也好——所需要的是怀有欲望、处于对立状态、被卷入制造紧张和解决这些欲望与对立的冲突之中的人。"

人与他人的冲突包括个人与个人之间,同时也包括以某个人为代表的利益集团与另一集团之间。比如,电视剧《家有九凤》就是一家之中九个女儿各自的价值取向和利益诉求引发的互相的冲突矛盾,而电视剧《成吉思汗》就是两个各自不同的利益集团之间的对立斗争。人与人之间的矛盾冲突构成了情节的发展点,《搭错车》中女儿与养父、生父、生母之间由于各自价值观的不同引发的矛盾冲突推进了剧情的发展,每一种新的冲突的发生又推进了电视剧剧情的展开和继续发展,直至高潮、结束。

(二)人与环境的冲突

人与环境的冲突,也就是指人与命运的冲突,包括自然环境与人为环境。"自然"指的是与人类生存息息相关的自然,它包括物质形态的自然灾害,如洪水、台风、火山爆发、疾病等。人与自然之间是密切相连的关系,彼此之间相互依赖。但是人类从来就没有停止征服自然的欲望,我国古代传说中的夸父追日、女娲补天、精卫填海、后羿射日等故事,无不表露人类对自然的征服欲。为了谋求人类自身命运的发展,人与自然处于不停息的调整期。影视剧作品中,反映人类对自然乃至疾病的征服的剧作不占少数,早期的《焦裕禄》、《铁人》,后来的《铁色高原》、《超强台风》、《惊天动地》等无不是反映人类在自然面前的矛盾冲突。这类电视剧中,通常把自然灾害用电视化语言处理得叹为观止,而人类无疑就是降服自然的英雄。在好莱坞,灾难片是一个发展很成熟的题材类型。

在国内电视剧创作中,此类题材的创作还不成熟。策划此类题材的戏剧冲突的时候,要注意,一是镜头语言的隐喻效果,它赋予自然强大的威力,以便凸现人类在自然灾害面前的勇猛。二是这种题材的影视剧创作要具有内在与外在的真实性,不能夸大人类在自然面前的战斗力,有的时候人类在自然面前的失败,未尝不是美好的悲剧作品。人类作为大自然中特殊的生命体,其个体的存在必然要受到自然法则的约束。

非自然领域中存在的人类,生来就不是自由的。他除了要受到来自自然的威胁,同时,社会化的过程为其性格的形成打上了非自然的烙印。人类一直在社会主流价值体系和非主流价值体系中徘徊。社会成长进程中,人类价值观、伦理观、史学观等早已既定的规定性命题决定了人类无法逃脱个体观念与社会价值观念之间的绳索,人类必须要正视这种矛盾的存在。

传统精神价值取向具有强大的规定性,在打破这种规定性的同时,冲突伴随而生。"历史延续下来的'现在'是一种支配人与客观世界的对象性关系、支配人心的现实的力量。作为现实的力量,传统的载体不仅是物,更重要的是承受着祖辈传下来的观念的现实的人,人的思维方式、价值观念、行为方式等等。"如果用荣格的观点讲就是"集体无意识"。这种带有一个民族共同性的价值认定,是长久传统流传下来的已定的判断。

人类在时光的旅途中,无时不在面对新旧观念的冲突。比如,《篱笆·女人和狗》中通过枣花的自由精神与传统礼教的束缚之间的矛盾冲突,凸现了枣花悲剧性的命运;《希望的田野》中,徐大地独具一格的基层干部作风与整个环境的格格不入导致了他与上级领导的冲突矛盾;《亮剑》中李云龙这个带有匪气的军长与军队中既定规定的相互冲突,使他总是受到各种各样的批评。即使在历史题材的作品中,我们也能看到人在既定社会价值体系束缚下"举世皆醉我独醒"的思想境界。

(三)人的心理冲突

人的心理冲突,力量最大,因前面所谈的冲突,都是双方对立的情况,既是双方对立,观众便同情一方,只要被同情的一方有了满意的结果,这一冲突便告结束。即使被同情的一方有失败的结果,那便带来感伤、哀痛、惋惜的结果,也便结束。但这种人的内心冲突,却是一个人自己内心的矛盾。这一种冲突,从一开始便无法解决,而最后仍然不能解决,只能使矛攻破了盾,或者盾阻损了矛。这种剧情过程造成难分难解,使剧中一个人物,成为被同情者,又成为不被同情者。他之所以被同情,是因为他的处境左右为难,无法选择;至于不被同情,是因为他最后的选择令人遗憾,不愿意原谅他。因此,这种情节使观众感情激动,甚至愤怒激昂,血液沸腾,情绪高涨造成高潮。

依照阿德勒的看法,认为最严重的心理冲突,含有三个重要的因素,即社会地位、职业与性生活。人与自我之间的冲突对立,通常情况下是有关选择问题的。"一种最具冲击力的冲突形式,即一个人面对两种或两种以上的复杂矛盾,必须在多种选择中作出一种抉择而经历的内心冲突。这种内在的冲突,也最具有戏剧性的冲突。在很多情况下,冲突的局势虽系客观障碍所造成,而人在冲破障碍的过程中的主观心理冲突比客观障碍被驱除本身更具有感染力和冲击力。"从心理学上讲,人往往面对着两难的选择境地,如何突破自我并实现自我是人艰难的选择过程。人的这种内心情感和意念的冲突构成了电视剧戏剧冲突中最为引人入胜的看点。

比如,在电视连续剧《大哥》中,"大哥"陈文海就是一个"被命运扼住咽喉"的人物,他不断地被命运推向绝境:要照顾半身不遂的父亲,要为四个弟妹的生活操心,要赚钱养活一家老小,最终自己也身患绝症病倒在床。在这一系列生活的矛盾中,他的内心世界是不平静的,在做出每一种选择的时候,都意味着理智与情感、传统与现代、现实与理想各种心理价值判断的博弈。人物性格在戏剧冲突中逐渐清晰,人物自我的冲突推动了剧情的纵深发展。

再比如电视剧《北平无战事》中纵横交错的矛盾冲突——

1948 年,国共两党已届决战。国统区经济崩溃,民生凋敝,七月北平民食调配委员会又曝出贪腐大案,涉嫌通共的方孟敖飞行大队却在这时被改编为国防部稽查大队派往北平稽查此案。1948 年 7 月,国统区粮价已飙升至 36万法币一斤,北平参议会决议强令取消 1.5 万名东北流亡学生配给粮,引发了学生抗议,爆出了国民党空军勾结北平民食调配委员会走私案。美国照会将停止对国民政府的援助,中央银行急电北平分行经理方步亭调查走私账目。方步亭和襄理谢培东怀疑是北平分行内部有潜伏的共产党,泄露了账目。

与此同时,方步亭的长子、空军上校方孟敖正在南京接受审判,罪名是违抗军令拒绝轰炸开封,有通共嫌疑。并案受审的还有前国民党空军作战部中将副部长侯俊堂和中共地下党员林大潍。崔中石以侯俊堂受贿的 20% 股份为诱饵,说服了党通局全国联络处主任徐铁英为方孟敖辩护。崔中石在南京的活动,表面上是以北平分行金库副主任的身份,代表方步亭行长前来救子,实际上是作为中共地下党党员,营救中共特别党员方孟敖。法庭上,方孟敖在庭上见到了林大潍,一个真正的共产党员,让他深受触动。预备干部局少将督察曾可达作为公诉人,与辩护人徐铁英唇枪舌剑。正当双方相持不下之时,蒋经国的一通电话,方孟敖竟得以免罪,发交国防部预备干部局另行处置。

曾可达对蒋经国的决定十分不理解,蒋经国在电话里告诉他,方孟敖是方步亭的儿子,又是个优秀的人才,可以为我所用,希望派他到北平彻查北平民调会和北平分行的贪腐。同时,蒋经国命曾可达严密监视崔中石。由此,原"国军空军笕桥航校第十一届第一航空实习大队"改编为"国防部北平运输飞行大队兼经济稽查大队",由方孟敖率领,飞抵北平,同机抵达的,还有徐铁英、曾可达和另外三位掌管国府金融财政和民食调配的官员,组成"五人小组",调查北平贪腐问题。

方孟敖一到北平,便将原本为飞行大队准备的下榻豪宅和敬公主府让给了东北流亡学生,率部住进了清华大学和燕京大学附近的一个旧军营,并拒绝了北平民食调配委员会提供的烟酒香水咖啡等一切奢侈品。这一行为,使飞行大队得到了学生们的拥护,也让时任北平市民政局局长和民调委员会副主任马汉山焦虑不安。

燕京大学学委成员、副校长助理梁经纶跟中共北平城工部燕京大学学委负责人严春明商议,认为方孟敖为人正直,值得争取。方孟敖的母亲和妹妹早年死于重庆大轰炸,他一直认为母亲和妹妹的死是父亲方步亭对家庭疏于关心所致,一直记恨着父亲,多年来从未回过家。在弟弟——时任北平警察局副局长方孟韦的劝说下,方孟敖终于同意回家吃顿饭。方孟敖见到了姑父谢培东、表妹谢木兰、谢木兰的同学何孝钰和方步亭的继室程小云,但是方步亭本人却一直把自己关在楼上办公室中,始终未见儿子一面。马汉山找到已经调任北平警察局局长的徐铁英,向徐铁英透露了党内的腐败现状,并且告诉他,前任警察局长在扬子公司有4%的股份,民调会所有的账,都是从北平分行走的,而管账的,正是崔中石!

曾可达在"中正学社"特务学生的带领下,密会了梁经纶。原来,这个梁经纶是打入中共北平地下党的国民党"铁血救国会"核心成员!梁经纶告诉曾可达,他已经派何孝钰去监视方孟敖,何孝钰作为共产党外围的激进青年,可以利用她去试探方孟敖,查清他到底是不是共产党的特别党员。何家与方家是世交,两人小时候还有姻亲之约,派他去最合适。曾可达得知梁经纶对何孝钰有好感,却不顾私情,仍然选择利用她,向梁经纶表达了敬意。梁经纶伤感地说,既然选择了不能再选择,就绝对不可能再有别的选择……

党与党、官与民、公与私、贪与廉、爱与恨——所有冲突的核心都是人,关注人物命运是观众看电视剧的兴奋点,人物的性格、命运也是在电视剧的戏剧冲突中逐步展现出来的。故事的根本形式是简单的。然而,就像坐在钢琴前的作曲家一样,当一个作者拿起这一貌似简单的形式实际操作时,他便会发现,它是那样不可思议的复杂,那样异乎寻常的困难。

二、从情景角度划分

(一)强化冲突与淡化冲突

所谓强化的戏剧冲突,是指浓缩、综合生活中的矛盾冲突并强烈地加以表现的那种戏剧冲突。这种冲突型的戏剧,曾是中外影视剧作的主要类型,即使现在,仍是丰富多彩的影视剧作领域内一种重要类型。这种冲突的特点是:它不满足对题材所蕴含的生活矛盾作"一般性"体现,而是尽可能发掘、组织与这矛盾相关的多方面、多层次、多线索的人事纠纷,并使之更加集中、更加复杂,进而形成更为强烈、更为紧张的戏剧冲突。"踵其事而增华，变其本而加厉"（萧统：《文选序》），对其特质的概括，可谓言简意赅。我们且以美国影片《卡萨布兰卡》为例说明之。

首先，将矛盾的"双方"增加成矛盾的"六方"，即反法西斯战士、捷克斯洛伐克人拉斯罗，德国占领军少校司特拉斯，咖啡馆老板、美国人里克，既是拉斯罗的妻子又是里克情人的依尔沙，德国人控制下的法国维希政府上尉雷诺。

然后，再使这六方相互之间构成错综复杂的矛盾冲突：

第一组矛盾：拉斯罗与司特拉斯之间，是盖世太保与反法西斯战士你死我活的冲突。拉斯罗急于逃离德国控制的卡萨布兰卡到美国去，以重新投身战斗，司特拉斯则要监视、逮捕他，使他重入监狱、上绞刑架。

第二组矛盾：里克与拉斯罗因为都爱依尔沙，并都与之有过真挚的爱情（乃至婚姻关系）而形成矛盾。尤其是拉斯罗可获得的唯一一张出境证，就在里克手中！

第三组矛盾：里克与依尔沙的情感冲突更微妙而深沉。当初，两人热烈相爱，誓同生死。可是，当里克与她约定一起离开即将被德国人占领的法国的时候，她却突然甩了他。而现在，却又和另一个男人一起出现并要求里克将唯一的那张出境证送给他的情敌！

第四组矛盾：雷诺与司特拉斯之间并不和谐。雷诺虽然是好色、受贿之徒，但仍有法国人的自尊心与爱国情，他并不甘愿做德国人的傀儡；而司特拉斯对雷诺的态度则是既要利用、又要监控，两者是貌合神离。

第五组矛盾：司特拉斯对里克也存戒心，因为几年前里克曾是积极的反法西斯主义者。

第六组矛盾：里克与雷诺之间，两人观念不同，并且明争暗斗，互相利用又彼此防范。

从以上内容中，可以清楚体会出这种戏剧类型的特色了。同时，我们也看到——强化的戏剧冲突不但不粗糙，反而对人物的塑造大有裨益。

这种剧作，在中外影视创作中不胜枚举，而且冲突的具体表现也是多种多样。除如《卡萨布兰卡》这样多重矛盾相互交叉、几条线索彼此纠缠的一类外，还有其他的冲突设计。像美国影片《亡命天涯》《魂断蓝桥》，日本影片《追捕》《人证》，前苏联影片《第四十一》，我国影片《菊豆》，等等，均可作为例证。

所谓淡化冲突，是指并没有激动、强烈的情节，也不倚重紧张、凶险的场面，而是在似乎自然的生活状态中所体现的那种矛盾冲突。这种冲突，表面看来似乎松散、平淡，不似强烈冲突那样具有刺激性，但真正优秀的淡化冲突的剧作，却往往因其所具有的普遍性涵盖，更易获得观众的情感共鸣以及更深一层的理性感悟。所谓"无戏之戏",其实更为上乘,也更难能可贵。

日本影片《远山的呼唤》就属这种类型。在这部作品中,并没有强烈的、扣人心弦的情节性矛盾冲突,基本是描述一对普通的平民男女在日常劳动生活中逐渐产生爱情的故事。民子是死去丈夫、与儿子相依为命、靠养牛为生的要强、自尊的中年女子,耕作是一个因某种原因而背井离乡的中年男人,耕作来到民子农场打工,开始时,民子处处提防这个突然闯来的男人,后来经过观察和进一步接触,逐渐对这个虽表情冷漠却本质善良、虽少言寡语却刚强正直的男子汉有了信任感。而耕作一方,也由刚开始的事不关己、冷淡旁观到逐渐对民子产生了好感。直到影片即将结束时,才陡然一笔,使观众产生强烈的"情感冲动"。而就全篇来说,它的剧情基础不是紧张、强烈的矛盾冲突,而是自然而然的、逐渐发展的、几乎是淡淡的日常生活的描述。而高妙处也正在于此——在这淡淡的描述间,却能抓住观众,引其渐入佳境,进而获得最终的强烈的艺术触动。

这类剧作也并不乏见,像前苏联影片《两个人的车站》《办公室的故事》,意大利影片《温别尔托·D》,美国影片《克莱默夫妇》,日本影片《无声的朋友》,我国影片《人到中年》、《哦,香雪》,等等,都可称表现淡化冲突的优秀剧作。

（二）外在冲突与内在冲突

外在冲突是以人事外部形态的冲突为主,而内在冲突则主要表现人物内心世界的矛盾冲突。两者虽不可能截然分开,但编剧在具体创作时,则应因既定把握而有所侧重。侧重点不同,则剧作的整体结构、情节设计与人物造型也必然不同。以外部冲突为主的剧作,美国影片《生死时速》是比较典型的例证,影片的主要情节:罪犯在一辆公共汽车上安装了炸弹,并且言明——汽车必须保持50英里以上的时速,否则,他就将炸弹引爆。于是,一个英勇、机智的警察从自己的车上跃到公共汽车里,指挥一位并不熟悉驾驶技术的女子,克服种种困难、解决各种危机……终于既保证了乘客的安全,又抓住了一直遥控引爆装置的罪犯。此片场面惊险、悬念强烈,双方进行着生死的角逐,冲突之猛烈,令人瞠目结舌。

所有以外部冲突为主的影片大都如此:一般不表现人物内心世界的复杂活动,而重情节的起伏跌宕、变化多端。像美国影片《关山飞渡》、《邦妮和克莱德》、《迷魂记》（又名《恐高症》）,我国影片《地道战》、《南征北战》,以及《新龙门客栈》等港台武打片、动作片,均属此类。

随着现代社会生活的深刻化、复杂化及平常化,那种与日常生活迥异的奇特、惊险、猛烈、夸张、以外部冲突为主的戏,难免给人某种"隔离感",于是,以表现人物内心世界为主的影片越来越受到现代观众的关注与喜爱。这类影片如英国著名影片《相见恨晚》：

女主人公劳拉有一个十分美满的家庭——夫妻和谐，丈夫很爱她；两个孩子虽不无淘气，但十分天真可爱；物质生活也无忧无虑；丈夫在外工作，劳拉在家做家庭主妇，是受过良好教育的贤妻良母。她平日在家料理家务，每周一次外出采购，顺便看一场电影作为消遣。冲突的起因也很平常：她眼内进了一粒砂子，一个中年男医生帮助了她。两人从一般的相识，渐渐地产生了"不应该有的"婚外情愫，却又不能自拔，而且越陷越深……越深也就越痛苦，越痛苦也就更渴求，渴求的同时，也就更加自责！

整部戏，就是表现劳拉在婚外爱情与家庭责任、夫妻情感之间强烈、复杂的内心冲突：既充分表现她对男医生亚历克不可抑制的情感冲动，又反复再三地描述她回家后面对爱自己的丈夫与恋自己的孩子时，那种难以言说、却不愿欺骗的矛盾心境；既渲染她每次会面后的"犯罪感"，又刻画她时时渴望再见、以至神魂颠倒的痴情……作者一直"残酷地"折磨着我们的女主人公，将其内心世界的冲突，多层面、多角度、淋漓尽致地表现了出来。

在这部影片中，外在事件很简单，充其量只是作为主人公情感活动的背景：两个中年男女邂逅相遇、萌生了一种"不该有"其实却又很正常的婚外情愫，不久又自觉地中止了这段关系——如此而已。单从情节上看，似乎平淡至极，可是，由于影片把表述层面放在人物内心世界的强烈冲突上，便获得了极大的成功。

类似的影片，如日本的《幸福的黄手帕》、《生死恋》，法国的《广岛之恋》，前苏联的《岸》，瑞典的《野草莓》等，都以各自方式、不同角度艺术地向观众展示了人物的内心世界，成为表现内在冲突的优秀作品。

（三）显形冲突与潜形冲突

显形冲突是指通过屏幕内人事的运动、表现，能直接看到的那种冲突。比如双方的争斗、彼此的角逐、强烈的对抗，或人物内心的矛盾、情感的波澜等。潜形冲突则不然，它往往不具有明显的外在视象感，而是潜在表面视象之下，属"只可意会"的那种冲突。

在此，我们重点介绍一下潜形冲突。潜形冲突可分两种："场面内的潜在冲突"与"全剧后的潜在冲突"。前者是指潜在某一平静场面内的冲突，后者是指潜在表面"没有冲突"的全剧之后的冲突。在《克莱默夫妇》这部影片中，前者的体现十分突出、频繁。比如当妻子离家出走后，终于来了一封信，克莱默高兴地打开信封，与儿子共读的那场戏——表面看来，这场戏什么冲突也没有。父亲兴高采烈地给儿子读信，儿子手拿电视遥控器，认真仔细地倾听……

克莱默一字一句、很有兴味地念着:"妈妈是爱你的,妈妈的出走与你无关,……妈妈爱你,我的儿子。我虽然不在你的身边,但我的心一直没离开你,一直在你的身边……"比利听着听着,什么也没有表示,只突然用遥控器把电视的声音放得大大的,淹没了父亲读信的声音……此时的父亲停止读信,看着自己的儿子,说:"那,咱们明天再读吧。"说罢,弯下腰,低下头来,与儿子拥抱在一起,并马上关了照着自己脸的台灯……

表面看来,这场戏没什么冲突、毫无波澜。但是,编剧却在这表面平静的场面里,营构了无形然而却十分强烈的潜在冲突。我们可以设想:本来,克莱默终于盼来妻子的来信,欣喜万分,因为信里面一定是回心转意、要重归于好的内容;儿子也非常高兴,因为妈妈就要回来啦! 可两人都大失所望——妻子的信只是写给儿子的,而且没一句问候克莱默并表示和好的语言;妈妈的语言虽然亲切,却只虚伪地表示"爱比利",还是不要自己的儿子——此时,两人的心境会是如何?! 所以,表面上克莱默依然微笑着为儿子读信并为妈妈"如何如何爱比利"而为儿子高兴,企图使儿子不伤心,但是,他内心的失望所引发的痛苦该是多么强烈! 他表面的笑容底下,又潜蕴着怎样的悲伤! 他拥抱着儿子,马上闭了灯——他只是不希望儿子看到自己涌流的眼泪啊……在比利一方,听着妈妈信中那些话,他失望至极,也愤怒至极! 他不能理解妈妈为什么不爱自己、不要自己,因此信中的那些语言,只叫他感到虚伪、造作,他再也不想听下去了,所以用放大电视声音的方式来发泄自己的悲愤! ——看,在看似平静的场面中,蕴含着怎样的冲突! 而这种冲突,只从人事活动的表面,是根本看不出来的。这是"场面内的潜在冲突"的典型体现。

用似乎静止的、平静的、正常的场面,蕴含激烈的人物或事件的潜在冲突,在影视作品中多有体现(如《大红灯笼高高挂》的许多镜头),在此不一一列举。总之,"无中生有"、"静中显动",是值得我们仔细琢磨、认真体会的。

如果说"场面内的潜在冲突"在影视理论界尚有研究的话,对"全剧后的潜在冲突"就不大有人理会或认可了,也往往因认知的相左而产生一些理论争端。比如对某些表面上确实没有冲突的戏,可又偏偏获得观众的好感以至喜爱,其原因何在? 它们是否可以证明:没有冲突,也能成为优秀的剧作?

比如日本影片《伊豆的舞女》,情节淡化,内容平浅,不过是描述了一个假期旅行的学生,在旅途中与流浪艺人邂逅,与其中一个年轻舞女互有好感,后因开学在即、不得不恋恋不舍地分手的故事。综观全片,几乎没有任何戏剧冲突,只向观众呈现出一幅清新纯净、优美动人而略带感伤的风俗画卷,其中——人们的质朴,风光的美丽,青春少女情窦初开的纯洁、欢乐,年轻学生对爱情的憧憬与执著的追求,流浪艺人漂泊不定的行踪,民俗风情水墨画般的展示……如一首抒情散文诗。既没有大起大落的情节，也没有紧张激烈的场面，在某种程度上可以说，这部影片是以意境取胜。

像这类影片，我们分析它的冲突体现，就不能"只在此山中"，而要跳出影片，站在它所处的社会大背景上，并从广大观众何以喜爱它的接受美学角度，再重新发掘它的戏剧冲突之所在了。于是，我们才发现，这类影片的冲突，其实是影片所反映的生活（或情感、或观点）与观众处身其间的社会现实生活的强烈反差所形成的冲突。这种冲突，也只能通过观众的思想或感受才得以形成、得以展现。这就是全剧后的潜形冲突。

这类冲突的体现也不乏其例，像我国影片《城南旧事》，它体现的是现在人们的心境、处境与当年在北京生活的人沧桑变化、隔膜遥远、互相迥异的冲突；像我国影片《周恩来》、《焦裕禄》等，则是由于片中人物的高风亮节、无私奉献精神与现实社会生活中的相反现象强烈对比，形成观众内心世界的冲突。这是一种"无冲突之冲突"、一种潜在的通过观众情感或思想来体现的冲突。

（四）情节小冲突与剧情大冲突

可以说，任何影视作品都是由情节小冲突与剧情大冲突组合而成的。

所谓"情节小冲突"，是指在整体戏剧演进过程中，每一场面内、每段情节中所体现的具体的、直观的冲突，它们就像戏剧骨架上的血肉，使剧情丰满充实；所谓"剧情大冲突"，则指整部戏剧赖以奠基、所以形成的总体冲突或曰核心冲突，它是确立一部戏骨架结构的"戏魂"。强烈型冲突的戏剧如此，淡化型冲突的戏剧同样如此。

比如日本影片《远山的呼唤》，"剧情大冲突"是冷酷无情的社会和自然环境与弱小孤单但刚强善良的普通平民的冲突，这个冲突潜在于整个戏剧演进过程中。《远山的呼唤》之所以成功，在于它自始至终的"情节小冲突"的编剧设计与演员展示的出色。但不能忽略的是，如果没有上述"戏魂"笼罩、潜润、渗透在每一场面内的每一个情节小冲突之中，这部影片不可能有如此巨大的情感触动与人性感染。

因此，对于一个好的编剧来说，两种冲突都要重视，不可厚此薄彼。要善于将两种冲突艺术地融为一体。而有必要提出的是——现在一些编剧对"情节小冲突"设计极好，颇具匠心，但却忽略了在确立"剧情大冲突"时，对"天时、地利、人和"三方面的深层文化探究，这种影视操作是绝对出不来文化与艺术双方面的精品的。我们对此应有所借鉴。

上述对"戏"体现方式的分类介绍，只为了使读者开阔对"戏"认知的视野，能从理性上多方面、多品格来理解、把握它。而在具体戏剧创作中，以上这些"戏"的品格，往往相互交融、彼此组合，很少"独往独来"。

第二节　影视剧戏剧冲突的特征

一、戏剧冲突是故事情节的核心

戏剧冲突构成情节发展的基础，它是推动影视剧情节叙事的关键。情节的发展与冲突的发生是保持同一性的，当某个冲突发生的时候通常都预示着情节走向将会发生戏剧性的变化。连续性的冲突构筑了情节的完整性，各个小情节之间的内在关系体现在戏剧冲突之中。戏剧冲突是构成情节的元素，影响情节的发展方向。

"戏剧"在希腊文中原意是"动作"。法国 18 世纪文艺理论家狄德洛认为："戏剧情境要强有力，要使情境和人物性格发生冲突，让人物的利益互相冲突。不要让任何人物在企图达到他的意图时而不与其他人物的意图发生冲突，让剧中所有人物都同时关心一件事，但每个人各有他的利害打算。"

以上关于戏剧冲突的观点对影视剧戏剧冲突特征的限定都有借鉴作用，戏剧冲突可以看成是影视剧戏剧冲突的核心。通过人物的动作表现冲突的力度和强度，戏剧冲突构成了情节发展的情节点，视觉化的动作是电视剧戏剧冲突的主要单元，光影造型、声音造型也是冲突表现的要素。戏剧冲突连贯的情节点的组合构成了完整的叙事。

二、影视剧戏剧冲突具有鲜明的时代性

影视剧的戏剧冲突具有一定的时代性，这是受其播出媒介影响的。影视剧戏剧冲突的时代性特征表现在两个方面，一方面是对社会生活中真实事件、人物的关注。比如，电视剧《恩情》是以现实生活中吉林通化地区出现的"串子"案为创作基础进行艺术创作的；再比如，电视剧《希望的田野》就是根据当时吉林省搜灯县一个典型的基层干部的事迹进行改编的；再如，电视剧《任长霞》选取了"感动中国"中评选的人物，她的故事有一种新时期的楷模力量。

影视剧的创作紧扣新闻的节奏点，契合了审美主体的接受心理特点，所反映的冲突也都是现实生活中人们遇到的现实问题。就是在一些历史题材的电视剧中，我们也能看到时代演绎出的现实意义。《雍正王朝》、《汉武大帝》、《宰相刘罗锅》等电视剧之中的戏剧冲突引人思索，而 80 集电视连续剧《武林外传》更是将现实生活中人们的情感冲突、意念冲突放到古装的时代背景中演绎，受到了观众的欢迎，取得了相当高的收视率。

三、影视剧戏剧冲突的时空结构

电视剧与电影在表现时空上有着区别于以往传统戏剧艺术的优势,它们通过镜头的运动、切换、组接和一系列蒙太奇、长镜头等电视化的表现方法打破时空的界限,将未来、现在、过去三个时空自由组合起来,这就意味着影视艺术的戏剧冲突有着强烈的跳跃性和视觉冲击力、表现力。电视剧的戏剧冲突是依赖于镜头语言来叙述的,镜头本身的个性就为电视剧的冲突带来了先入为主的视觉感受,镜头的不规则运动、蒙太奇的跳跃都带有极大的隐喻作用。人物的动作不仅仅是电视剧戏剧冲突的唯一表现方式,镜头语言构成的光影、造型、声响等元素也成为戏剧冲突的表现形式。

值得注意的是,电视剧与电影最大的不同就在于电视剧的播出带有中断性的特点,这就决定了电视剧在戏剧冲突的叙述上要具有连续性的特点。这里说的连续性包括两个方面。其一,电视剧在每一集的结束要设定悬念,造成一定的心理紧张情绪,留给观众疑问,以保证接下来的收看。其二,电视剧在每一集播出的过程中,要保证每一集至少有三个戏剧冲突。这是因为电视剧的受众一般情况下是以家庭为单位,看电视剧的时候总是会被一些家务事打扰,为了更好地吸引观众的注意力,在 15 分钟就抛出一个悬念往往会收到好的收视效果。

第三节　设计影视剧戏剧冲突的原则

一、影视剧戏剧冲突的合理性

电视剧的戏剧冲突要做到情理之中,意料之外。合情,就是合乎人之常情,合理就是合乎事物的规律。意料之外,即冲突的发展有时候是反常规地进行,用正常的道理解释不清,但却是实实在在存在的。在出乎意料的过程中,并不给人造成一种反感,反而令观众感到审美的愉悦。在戏剧冲突中做到合乎事理,不是难题。将生活中真实的细节、冲突按照事物发展的客观规律加以表现就可以做到生活真实。然而,戏剧冲突又往往超越一般的生活冲突,有一定的戏剧性。在电视剧艺术策划中,我们更应注意到合情性安排比合理性安排更为重要。戏曲理论家李渔在《闲情偶寄》中讲道:

> 传奇无冷、热,只怕不合人情。如其离、合、悲、欢,皆为人情所必至,能使人哭,能使人怒发冲冠,能使人惊魂欲绝,即使鼓板不动,场上寂然,

而观者叫绝之声，反能震天动地。

从接受美学的角度看，当一部电视剧创作完成后，它的艺术价值还没有完全完成，必须要通过受众的参与，在文本巨大的召唤空间内以填空的方式与影视剧创作者一同完成电视剧作品的艺术价值。

比如，在电视剧《三国演义》中，刘备遭遇敌军的追赶，情况紧急，前方是三丈多高的溪岸，后面是追兵，刘备走投无路，加鞭大呼"的卢，的卢，今日妨吾"，只见的卢马忽地从水中涌起，一跃三丈，飞上西岸，刘备死里逃生。这种处理方式不符合现实生活的规律，但是从情感上完全可以被观众接受，就是它符合观众对刘备这个人物的情感期待。

二、影视剧戏剧冲突的动作性

影视剧戏剧冲突的发生与展开主要以表演者的动作为载体，通过演员的演绎呈现出来。动作性是电视剧艺术冲突区别于文学艺术的最为显性的特点。人与自然、社会、自我之间的关系，无不通过人物的语言、动作、表情表现出来，人物命运的发展方向一般来讲就是戏剧冲突的走向。戏剧冲突的动作性要遵循真实性的原则，尊重客观规律，尊重审美体验。

比如，在拍《长征》的过程中，有一集是红军过铁索桥，毛泽东搀扶着朱德在桥上颤颤巍巍地走，突然脚下一滑，朱老总差点摔倒。这一动作传达出两人的感情，成就整个叙事的情感力度的表达。

动作的表达未必是一个幅度较大的可以明显捕捉到的动作，也可能是一个眼神、一个欲言又止的轻微举动，凡此种种都与人物的情绪有关系，情绪的直接表象反应就是动作感。带有剧烈情感的动作的发生必然伴随着一个冲突的发生，它既是冲突的原因，也是冲突的结果。

三、影视剧戏剧冲突的情境性

一切人物情绪冲突的发生都离不开一定的情境。所谓情境，就是带有一定感情色彩的典型环境。这些情境一方面表现在它们推进了戏剧冲突的发展，使人物与自然、社会、他人、自我的表现有了一个冲突发生的典型环境和典型氛围；另一方面，情境本身就是戏剧冲突所在，此时无声胜有声，特殊情境的出现往往预示着新的冲突的到来。电视剧情境是色调、影调、造型、镜头角度等诸多元素的组合。

在电视剧《乔家大院》中，导演在处理乔致庸与江雪瑛在乔家大哥的灵堂后面最后一次见面的情境时，两个即将遗恨半生的情人在一起进行带有告别意味的谈话，此时，窗外传来的是喜鹊的叫声。悲中带喜，它预示着乔致庸要告别过去，走向一个新的自我，将肩负起重振乔家的重担。再比如，《大明宫词》中，整个影调都呈现出一种昏暗的暧昧，它传达出创作者的情感，隐喻这是一个带有悲剧意味的沉重的故事。而太平公主在向往事告别的时候，没有过多地叙述她的话语与行动，通过荧幕上的皮影戏和强烈的音乐来隐喻人物此时不平静的内心。强音过后必是寂静，太平公主悲剧性的命运在这个独具特色的告别仪式中传达给了观众。

对影视剧戏剧冲突情景进行策划的时候，需注意情境的设定要为主题和人物服务，切合情节点的情绪爆发度，如果超过了就会产生令人反感的反作用。对"度"的把握十分重要。

四、戏剧冲突与情节发展的同一性

影视剧情节的发展离不开戏剧冲突，但是，电视剧的戏剧冲突不是仅仅以偶然性和突发性作为表现形式的，冲突之间的组合与情节的发展必须取得内在的一致性。电视剧《国宝》在策划之始就非常注重冲突组合与情节之间的关系，甚至这样的组合方式对整个电视剧的风格定位产生了至关重要的作用。可见，戏剧冲突是构成情节发展的最小的单元，它的发展与情节的发展是互动的。当然，影视剧戏剧冲突的设定并不仅仅是为了构筑情节，冲突的设定离不开主题和人物。影视剧冲突为主题服务，紧紧围绕主题策划冲突发生的情绪点，而人物恰恰起到推进戏剧冲突发展的作用。具有内在丰富性的一系列的戏剧冲突的组合完成了影视剧情节的连贯性，赋予了影视剧艺术生命力。

第四节　设计影视剧戏剧冲突的技巧

人性从根本上而言是保守的。我们绝不会去做不必要的事情，绝不会耗费不必要的能量，绝不会去冒不必要的风险，绝不会进行不必要的改变。在影视剧作中，与主人公对立的对抗力量越强大越复杂，人物和故事必定会展现发展得越充分。"对抗力量"并不一定指一个具体的反面人物或坏蛋。在适当的类型中，大坏蛋，如终结者，也可能是令人赏心悦目的人物，但是，我们所谓的"对抗力量"是指对抗人物意志和欲望的各种力量的总和。

如果我们研究一个主人公，权衡其意志力的总和，其智慧的、情感的、社会的和身体的能力与来自其人性深处的对抗力量的总和，他所面临的个人冲突，对抗性机构和环境这两组力量的强弱，我们将能量注入故事的负面一方，不仅是为了使主人公和其他人物得到充分的展现与发展——这些角色更足以挑战并吸引全世界最优秀的演员,而且还为了将故事本身带到主线的终点,带入一个辉煌而且令人满足的高潮。

沿着戏剧冲突的链条揣摩,你会发现一个故事是一个由五部分组成的设计构成:激励事件——故事讲述的第一个重大事件,是一切后续情节的首要导因,它使其后四个要素开始运转起来——进展纠葛、危机、高潮、结局(罗伯特·麦基语)。其中最为重要的就是"激励事件"的构建与达成。

一、激励事件的设计

激励事件的发生无非通过下述的两种方式之一:随机或有因,要么由于巧合,要么出于决定。若出于决定,那么这一决定可以由主人公来作出。如果是由于巧合,可以是天降横祸——《爱丽丝不再住在这里》中夺去爱丽丝丈夫生命的车祸;也可以是天赐洪福——《帕特与迈克》中体育推广商意外巧遇秀外慧中的女运动员。抉择或巧合,二者必居其一,舍此别无他途。主情节的激励事件必须发生在银幕之上——不能发生在幕后故事中,也不能发生在银幕之外的场景中。每一个次情节都有自己的激励事件,这种激励事件可以出现于银幕,也可以不出现于银幕,但是,必须让观众亲身经历主情节的激励事件,这对故事设计是至关重要的,其原因有二。

第一,当观众经历一个激励事件时,影片的戏剧重大问题,即诸如"这件事的结果将会如何?"之类的问题,就会在脑海中涌现。比如《大白鲨》——警长会不会杀死鲨鱼?或者鲨鱼会不会把警长吃掉?用好莱坞的行话来说,主情节的激励事件是一个"大钩子",它必须在银幕上发生,因为这是一个激发和捕捉观众好奇心的事件。由于急欲找到戏剧重大问题的答案,观众的兴趣就被牢牢钩住了,而且能一直保持到最后一幕的高潮。

第二,亲眼目睹激励事件的发生,能在观众的想象中投射出必备场景的形象。必备场景(又称危机)是一个观众知道在故事可以结束之前必须看到的事件。这个场景将会使主人公对抗其求索之路上最强大的敌对力量,这些力量是由激励事件激活的,并在整个故事发展过程中不断地蓄积能量、增加强度。这一场景之所以被称为"必备",是因为,既然已经撩起了观众对这一瞬间的预期,作者就必须信守诺言,将它展现在观众面前。

在《大白鲨》中,在鲨鱼袭击游客,警长发现尸体之后,一个生动的形象便浮现在观众脑海中:鲨鱼和警长面对面地搏斗。我们不知道怎样到达那一场景,也不知道那一场景将如何结局。但我们确实知道,直到鲨鱼真正将警长吞入血盆大口之前影片不可能结束。

在《温柔的怜悯》中,麦克·斯莱奇沉溺于酒精,过着一种毫无意义的生活。后来他遇见了一个孤独的女人，而这个女人有一个需要父亲的儿子，他的生活开始由低谷往上攀升。他灵感大发，写出了一些新的歌曲，然后接受了洗礼，尽量与跟他疏远的女儿搞好关系。渐渐地，他将生活碎片拼凑成了一个有意义的人生。

激励事件惹发的对抗力量将会进展到人类经验的极限，而且故事的讲述并不会轻易地结束，除非主人公在某种意义上在这些对抗力量最强大的时候与它们面对面地短兵相接。把故事的激励事件和故事的危机联系起来。这便是预示——即通过早期事件的安排为晚期事件做好准备的一个方面。事实上，你所作出的每一个选择——类型、背景、人物、情调——都是一种预示。通过每一句对白或每一个动作形象，你引导观众预期某种特定的可能性，于是，当事件到来时，它们便能以某种方式满足你所引发的期望。

二、激励事件的内核

一个故事的设计并不一定要以其第一个重大事件作为起点。但是，在你创造你的宇宙的过程中，到达某一点时，你将会面临这样的问题：我怎样才能将我的故事化为行动？这一重大事件应该置于何处？

当一个激励事件发生时，它必须是一个动态的、充分发展了的事件，而不是一个静态的或模糊的事件。例如，下面的事件便不是一个激励事件：一个大学退学生住在纽约大学校园外不远的地方。一天早晨她醒来对自己说："我已经厌倦了我的生活。我想我应该搬到洛杉矶去。"她把行李装到她的大众汽车上，开始向西驶去，但是，她的地址的改变丝毫没有改变她生活中的价值。她只不过是将她对生活的冷漠从纽约搬到了洛杉矶。

如果，从另一方面而言，我们发现，她把数百张停车罚单连接成了一张别出心裁的厨房壁纸，然后，有人敲门，警察赫然出现在门口，手中晃着一张重罪逮捕证，因为有 1 万美元的罚单因她之故而未付。她从消防楼梯夺路而逃，向西而去——这便可以称为一个激励事件。

激励事件存在于彻底打破主人公生活中各种力量平衡之中。在故事开始时，主人公或多或少地生活在一种平衡的生活之中。他也有成功失败，也有兴衰浮沉。可谁没有呢？但是，生活相对而言还是可以控制的。然后，也许在突然之间，一个在任何意义上都堪称决定性的事件发生了，彻底地打破了这种平衡，将主人公生活现实中的价值钟摆或推向负面或推向正面。

负面：我们的退学生到达洛杉矶，但她未能找到一份正式工作，因为她必须出具社会安全卡号码。她害怕在一个电脑化的世界中，曼哈顿的警察能够通过国税局找到她的下落，那么她能干什么呢？去打黑工？贩卖毒品？沦落风尘?

正面：也许敲门人是一个寻找继承人的人，来通知她，有一位不愿透露姓名的亲戚为她留下了一笔100万美元的财产。暴富之后，她感受到了巨大的压力。由于再也没有失败的借口了，她害怕毁了这一已然成真的美梦。在大多数情况下，激励事件都是一个单一的事件，要么直接发生在主人公身上，要么由主人公所导致。

激励事件偶尔需要两个事件来构成：一个伏笔，一个分晓。《大白鲨》：伏笔，一条鲨鱼吃了一个游客，她的尸体被冲到海滩上。分晓：警长发现了尸体。如果一个激励事件的逻辑发展需要一个伏笔，作者绝不能推迟分晓的时间——至少不能推迟得太久。也不能把主人公蒙在鼓里，令他根本不知道他的生活将要失去平衡这一事实。

三、激励事件的质量

一个事件必须具备什么样的质量才能成为一个激励事件？

且看电影《一个都不能少》：水泉小学的高老师要回家看望病重的母亲，只有十三四岁的女孩魏敏芝被田村长从邻村找来代一个月课。高老师见魏敏芝年纪太小，认为她无法教书，不想要。村长告诉高老师，找这么一个人不容易，让魏敏芝把学生看住，凑合一个月等高老师回来再说。水泉小学学生的辍学情况非常严重，每年都有学生流失，现在只剩28个。高老师临走时再三叮嘱魏敏芝一定要把学生看住，"一个学生都不能少"。

魏敏芝不会上课，整天让学生抄课文，每天清点人数。学生们见她人小不听她的，甚至还故意捣乱，教室里乱哄哄，但她不闻不问，只是守在教室门口，不到时间不让走。

当班上10岁的学生张慧科为给家里还债，辍学进城打工去了，魏敏芝牢记高老师的叮嘱，一个也不能少，决心把张慧科找回来，单身上路了……她没有钱，没有社会资源，却必须在复杂的大城市中找寻一名小孩。她和她的学生团结合作，在寻人的过程中，无形中给了孩子最好的教育。

"一个都不能少"，就是不断加大力度的"激励事件"。

再看电影《普通人》，拥有一个主情节和一个次情节，但因其非常规设计，这两个情节常常被混淆。康拉德是影片次情节的主人公，其激励事件是一次海上风暴夺去了他哥哥的生命。康拉德幸免于难，但心里有沉重的负罪感并产生了自杀倾向。哥哥的死属于幕后故事，只是在次情节的危机低潮处，当康拉德重温船难过程并选择活下去时，才以闪回的形式得到了戏剧性的表现。

主情节由康拉德的父亲卡尔文推动。尽管他看似被动，但其实却是货真价实的主人公：一个具有移情作用并有意志有能力彻底实现自己愿望的人物。在整个影片中，卡尔文一直在探寻那一缠绕其家庭的残酷秘密，并试图使他那无可救药的儿子和妻子和睦相处。在一场痛苦的斗争之后，他终于找到了那一秘密：他妻子之所以恨康拉德，并不是因为他们的大儿子之死，而是因为康拉德的出生。

在危急转折点，卡尔文面对妻子贝思揭露了真相：她是一个生活过分讲究条理的女人，只想要一个孩子。当第二个儿子降生时，她反感他对母爱的渴求，因为她只能去爱第一个儿子。她从一开始就仇恨康拉德，而且康拉德从小就感觉到了这一点。这也是他哥哥死后，他产生自杀倾向的原因。接着卡尔文迫使高潮来临：她必须学会去爱康拉德，不然就离开。贝思走到壁橱前，装好一个箱子，走出了家门。她无法面对自己不能爱亲生儿子的事实。

这一高潮回答了那一戏剧重大问题：这个家庭是否能解决其问题或者终将解体？

影片的开场是康拉德从精神病院回家，据推测应该是治好了他的自杀倾向。卡尔文觉得，他的家庭已经从失落中挺过来，平衡已经恢复。第二天早晨，康拉德情绪恶劣，在早餐桌上与父亲对坐。贝思把一盘法式烤面包放在儿子鼻子底下。他表示不想吃。她抢过盘子，气冲冲地走到厨房水池旁，将他的早餐倒进垃圾桶，嘴里叨叨着："法式烤面包没法儿留。"

导演罗伯特·雷德福的镜头随即切入到父亲这个生活面临崩溃的男人。卡尔文立即感到，仇恨带着报复的欲望又卷土重来了。在它后面还暗藏着可怕的东西。这一冷酷的事件马上攫住了观众的心，心想："瞧她对孩子做了些什么！他刚刚从医院回来，她就这样对待他。"

由于卡尔文是一个优柔寡断、富于爱心的人，萨金特不得不将影片进展的动力构建在次情节周围。康拉德在自杀边缘的挣扎要比卡尔文的微妙求索远为主动。所以，萨金特把这个孩子的次情节置于前景，并给予它过度的强调和银幕时间，同时小心翼翼地增加背景中主情节的力度。等到次情节在精神病医生的办公室结束时，卡尔文便已准备好将主情节带到它毁灭性的终点。但究其根本，《普通人》的激励事件却是由一个女人将法式烤面包倒进垃圾桶而引发的。

激励事件的质量必须与世界、人物以及类型密切相关。事件一旦构思完成，作者必须集中思考它的功能。激励事件必须能彻底打破主人公生活的平衡，能否激起主人公恢复平衡的欲望，还会激活一个不自觉的欲望，将主人公送上一条满足欲望的求索之路？

四、植入激励事件的位置

在故事的总体设计中,应该把激励事件置于何处? 根据行家的经验,主情节的第一个重大事件必须在讲述过程的前四分之一时段内发生。无论故事媒体为何,这都是一个有益的指南。你会让戏院观众在黑暗中安坐多长时间才让他们真正进入戏剧的故事? 一部两小时故事影片的标准是,将主情节的激励事件定位于前半个小时之内。

激励事件可以是影片中所发生的第一个事件。在《码头风云》的开始 2 分钟之内,特里(马龙·白兰度饰)无意中帮助匪徒谋杀了一个朋友。也可以放在很后面。《出租汽车司机》进展到 27 分钟之后,一个雏妓艾丽斯跳进特拉维斯·毕克尔的出租车。她那嗜虐成性的皮条客马修猛地把她拽出车外,拉倒在街上,于是激发了特拉维斯营救她的欲望。《卡萨布兰卡》放映到第 32 分钟,当山姆演奏《随着时间流逝》的旋律时,伊尔莎突然重新出现在里克的生活中,引发了银幕上最伟大的爱情故事之一。

也可以置于中间任何地方。然而,如果主情节的激励事件在影片开演 15 分钟之后还迟迟不出,那便会有令人厌倦的危险。因此,在令观众等候主情节时,也许还需要一个次情节来保持观众的兴趣。例如冯小刚的《夜宴》——五代十国,连年杀戮。一个人性湮灭、欲望膨胀的年代。弟弟趁着哥哥熟睡之际,偷偷杀了他,取而代之,是为厉帝(葛优饰)。太子无鸾(吴彦祖饰)远在吴越之地,研习歌舞,无心政事,心中牵挂着当了自己母后的婉儿(章子怡饰)。但在那个淫逸肮脏的国都,婉儿已然成了新国君厉帝的皇后。婉儿心系无鸾,偷偷派心腹告诉无鸾,厉帝的杀手不日即至,无鸾危在旦夕。无鸾躲过了杀手的追杀,返回国都,向婉儿表白自己无心政事,只想替父亲报仇。婉儿激励无鸾取厉帝而代之——"激励事件"正式启动!

……夜宴开始。婉儿将毒药藏于指甲之中,撒于酒杯,哄厉帝饮下。厉帝欲饮,青女带一群舞者赶至,欲歌舞助兴。厉帝大喜,以毒酒赏青女。青女饮下,歌一曲而亡。藏于舞者间的无鸾悲痛万分,拔剑欲与厉帝决斗。厉帝终知婉儿对己不忠,心灰意冷,又觉兄长阴魂不散,派子复仇,遂饮下半杯毒酒,暴毙于婉儿身侧。婉儿欲奉无鸾为君,殷隼感于丧妹之痛,拔毒剑欲杀婉儿,被无鸾挡住,无鸾中毒身死。婉儿趁殷隼不备,一剑刺杀殷隼。从此,婉儿登上皇位。至此,"激励事件"完结。

影片的结尾——数年后,婉儿神秘地被刺身亡。剧作完成主题:欲望与复仇铸造了歹毒的人性,歹毒的人性毁灭了美好的爱情和人生。

每一个故事世界和人物设置都是不同的,因此,每一个激励事件都是一个不同的,定位于一个不同的点。如果它来得过早,观众也许会感到迷惑;如果它来得太迟,观众也许会感到厌倦。早一个场景不行,晚一个场景也不行。其准确时刻必须通过感觉和分析来定夺。

如果说作者在激励事件的设计和定位上有什么通病的话,那就是,我们会习惯性地推迟主情节,在开篇序列中一味地充塞一些解说性的东西。我们一贯低估观众的知识和生活经历,用烦琐的细节来展示我们的人物及其世界,而对于这些东西.观众仅凭常识便能知晓。

五、掌控主人公对激励事件的反应

主人公的天性有无穷的变化,任何反应都是可能的。如果一个事件彻底打破了我们的平衡感和控制感,我们将会需要什么? 任何人,包括我们的主人公,将会需要什么? 恢复平衡。因此,激励事件首先要打破主人公的生活平衡,然后在他心中激起平衡的欲望。出于这种需要,主人公的下一步行动,通常是非常迅速地、偶尔也深思熟虑地构想出一个欲望对象:一种物质的、情境的或观念的东西。一个事件把主人公的生活推向混乱,激发起一个自觉的欲望,力图找寻他认为能够整饬这种混乱的东西,并为得到它而采取行动。

一个主人公欲望的能量,形成了故事设计中一个被称为故事脊椎的重要成分。如果主人公有不自觉的欲望,那么他的自觉目标便成为故事脊椎。例如,任何一部"007"电影的脊椎都可以这样表述:打败魔王。詹姆斯没有不自觉的欲望;他想要而且只想要拯救世界。邦德对其自觉目标的追求是故事的统一力量,不可能改变。

当一个不自觉的欲望驱动着故事时,它将允许作者创造出一个远为复杂的人物,他可以不断改变其自觉欲望。观众感觉到,复杂主人公内心不断变换的冲动只不过是那唯一不变的东西——不自觉的欲望的反映。

六、把握激励事件带来的结局

最后一幕的高潮是所有场景中创作难度最大的:它是故事讲述的灵魂。如果它失败,整个故事都将失败。这一场景的改写率在所有场景中是最高的。所以,笔者在此提出一些问题,这些问题对激励事件的构思应该有所助益。

可能发生在主人公身上的最坏的事情是什么? 那一事件如何才能最终成为可能发生在主人公身上的最好的事情?

《克莱默夫妇》。最坏:工作狂克莱默的生活面临灾难,因为他的妻子离家出走,扔下孩子不管了。最好:这一事件使他不无震惊地意识到,他原来还有一个不自觉的欲望,想做一个富有爱心的人。

《教父》（第二集）。最好：迈克尔成为科里昂黑道家族的老大，他决定把他的家族引入白道。最坏：他对黑手党忠诚法典的无情执行导致他的心腹助手被刺，导致他的妻儿疏远他，导致他的兄弟被谋杀，使他变成了一个形销骨立、晚景凄凉的孤家寡人。

一个故事可以按照这一模式循环不止一圈。最好的是什么？如何变成最坏的？我们之所以总是向着"最好"或"最坏"延伸，是因为故事——若要成为艺术——并不是讲述人类体验的中间地带。

激励事件的冲击给我们创造了到达生活极限的机会。它是一种爆炸。无论是多么的微妙或是多么的直接，它必须打乱主人公的现状，把他的生活推出现行轨道，使人物的宇宙变得一片混乱。在这一片混乱之中，你必须在高潮处找到一个解决办法，这一方法不管怎样，能使这一宇宙得到重新安排，形成一个新的秩序。

你的故事是否具有如此强大的负面力量，以至于正面力量必须不断获得道高一尺魔高一丈的超越力量？你可以将确定故事中利害攸关的价值作为开始。例如，正义。一般而言，主人公将会代表这一价值的正面意义；对抗力量则是负面。不过，生活总是微妙而复杂的，很少是简单的是非、善恶或对错。负面性也有程度的区别。

我们的主体是生活，而不是算术。在生活中，两负并不得正，两个否定不等于肯定。双重否定只有在数学和形式逻辑中才会变成肯定。在生活中，事情只会变得越来越坏。

生活情境不仅会在量上变坏，而且还会在质上变坏。试看一些电视侦探系列片：它们中的主人公都代表着正义和维护这一理想的斗争。有人犯罪。他击败了这些力量，使社会恢复了正义。大多数犯罪剧中的对抗力量都绝少超越矛盾价值。

一个英勇的人可能会因一时的恐惧而暂时受挫，但他最终还是会采取行动的。而懦夫却不会。不过，如果一个懦夫采取了一个从外表看来貌似英勇的举动，那么故事便达到了主线的终点：猫耳洞外战火弥漫，猫耳洞内一个受伤的军官对一个懦夫士兵说："杰克，你的战友们已经没有弹药了。你穿过雷区，把这几箱弹药给他们送去，不然他们就顶不住了。"于是，懦夫士兵掏出枪来……将军官击毙。第一眼看来，我们可能会想，开枪打死一个军官确实需要很大的勇气，但是，我们马上就会意识到，这只是一个怯懦到了极点的行为。在《回家》中，博伊·海德上尉为了离开越南，不惜朝自己腿上开枪。后来，在次情节高潮处，海德面临着一个两害择其轻的选择：屈辱而痛苦的活或具有无名恐怖的死。他选择了更容易的路，投水自尽。尽管有些自杀是英勇的，如政治犯绝食而死,但在大多数情况下,自杀便是达到了主线的终点,是采取了一个貌似英勇而实则缺乏生的勇气的行为。

一部作品伟大与否取决于作者对负面的处理。

当一个故事软弱乏力时,不可避免的导因就是其对抗力量过于软弱乏力。与其殚精竭虑地去创造主人公及其世界的可爱和迷人之处,不如构筑一道负面之墙,创造出一个连锁反应,让其自然而真实地作用于正面价值。一般而言,进展过程在第一幕中从正面价值运行到相反价值,并在随后各幕中运行到矛盾价值,在最后一幕中最终运行到负面之负面,要么以悲剧告终,要么回到与最初的正面价值有深刻差别的正面价值。

第十章　影视剧作的悬念

　　提出悬而未决的矛盾冲突，引起观众的关注，这就是悬念。悬念是影视剧编导吸引观众的最有效的手段之一。悬念设置的巧妙，很大程度上取决于事情结局与真相的"半隐半露"的独具匠心。正如狄德罗所言，"由于守密，戏剧作家为我们安排了一个片刻的惊讶；可是由于把内情透露给我，却引起我长时间的焦急"。

　　对此，悬念大师希区柯克曾有一个著名的例证，更为形象地说明了这个道理：假如一列火车上有两个旅客在闲谈，突然一声巨响，原来是桌子下面隐藏的定时炸弹爆炸了，观众在这爆炸声中会受到震惊，但如果在爆炸之前没有任何离奇事情的发生，那么仍然构不成悬念。倘若让观众事先看到一个恐怖分子把炸弹放置在了桌子下面，并且设定在1点钟引爆，还剩下15分钟的时间。这时候观众就要替剧中的人物着急了，他们恨不得马上告诉那两位旅客：赶快逃吧，不然就没命了。观众的心与剧中人物一起跳动，这就是悬念设置的巧妙功用。

　　有经验的剧作家还指出，一个好的影视剧本要让观众"5分钟小紧张一次，15分钟大紧张一次，紧张的因素在于疑问、人际纠葛和时间的限制；悬念一旦设置后，要注意保持、延宕；悬念的系扣和解扣要落实到人物的命运上"。希区柯克的悬念电影《后窗》在这方面就很有代表性。

　　主人公杰弗断了一条腿，不能四处走动，只好百无聊赖地偷窥窗口对面的楼房住户的日常生活。这本来没什么特殊引人注意的地方，但希区柯克却在此大做文章。他先让观众看到对面楼里一对夫妻不知为什么大吵大闹，且经常半夜惨叫，丈夫更是行动诡秘，妻子又好像失踪等不解的事情，形成悬念，使观众产生强烈的关注心理，最后虽然几经周折设法弄清了真相，查到了凶手，但又让主人公杰弗处于危险之中，使观众刚刚放下的心又悬了起来，这样，希区柯克通过一个个悬念设置，令观众始终关注着故事情节，最大限度地引起了观众的参与和窥探心理。

人类天生有好奇心,而悬疑的情节正好满足其窥探的欲望。中国的章回小说里有"欲知后事如何,且待下回分解",正是悬疑手法的最佳例证。悬疑就是悬而不决、令人猜疑、令人关怀、令人抑郁、令人怨恨、令人扼腕、令人着急、令人紧张,因而产生"非看下去不可"的欲望。在影视剧中,悬疑是经常被运用的手法,这是对编剧说的。对观众来说,悬疑则是一种心理活动。因此,悬疑既是一种手法,又是一种效应。

作为心理活动,它指的是观众在进入叙事艺术作品的情境以后,对于故事的发展和人物命运结局的关切,从而引起心理上的紧张。

作为创作手法,它是指那些对剧情转化、进展的安排,力求使观众的欣赏力特别集中,从而在吸引观众欣赏兴趣的基础上感动观众。

第一节　影视剧作悬念的特征

一、影视剧悬念的作用

情节是故事的发展过程。有的作品情节体现为事件,其发展过程中的方向,并非是观众预先已经明了的,由于相关矛盾冲突之间力量的不均衡,环境因素的变化,事物发展的内在、外在条件不断变动,所以说观众对事件发展方向一时难以判定。而当观众对剧情有所了解,对剧中各类人物的性质有了初步认识,对剧中的人物关系、剧中环境有了初步了解,对矛盾冲突中各方的力量对比有了一定程度的了解之后,当故事难以具有明朗的结局时,悬疑就产生了。

作品情节体现为人物的生活历程。这样,在对作品有了相当的了解之后,代表善的人物面临危险境地,代表恶的人物能否得到应有的下场,观众便以社会公理为尺度,对未到来的人物命运的结局,作出情感上的反应。

在悬念的安排上,有时作品故意让观众知道善良人物的危险在步步逼近,而当事者本人还不知道。一方面观众希望剧中人赶紧行动,以逃离危险境地;另一方面剧中人因不知情,依然安之若素,悬疑便产生了惊险的效果。

悬念不是故事的一个成分,而是观众对故事的反应,如果有人说这个故事没有悬念,这意味着当把故事讲给观众听的时候,他们不能感受到悬疑。

悬念是观众对故事里角色的意图将产生怎样结果的一种疑虑。它常带给人一种神秘感,因而夹杂着一股强大的吸引力,驱使人全神贯注,拭目以待,非看到事情的究竟才肯罢休。有些电影平淡无奇,一点也不吸引人,主要原因就是缺乏悬念。

利用观众的好奇心理,一重一重的奥秘,一层一层地剥落,至末了才令人恍然大悟。纵观近年的悬疑律政电影,相对靠谱点的也就是《圣诞玫瑰》和《寒战》这两部电影,但都给人一种虎头蛇尾之感,前期悬念迭起,结尾却过于平淡,虽都是国产相对靠谱的电影,但毫无悬念的结尾难免让人有一丝头重脚轻、令人泄气的感觉。《全民目击》则不然。能把电影做得逻辑性如此之强,完美地掌控住电影的节奏把握,可谓是《全民目击》最大的亮点之笔。亲情的力量不得不说是伟大的,透过这句话也把电影里法理与亲情的矛盾最大程度地激化展现了出来,电影中的孙红雷也正是通过这点上演了一场"情理之中,意料之外"偷天换日的法律与亲情的悬疑大戏。

富豪林泰(孙红雷饰)婚期将至,准新娘却惨死地下停车场,林泰的富二代女儿林萌萌(邓家佳饰)成为最大嫌疑人,林泰不惜重金聘请国内顶级律师周莉(余男饰)为独女辩护,而公诉方却是十多年一直追查林泰的童涛(郭富城饰)。随着法庭质证的深入,罪案真相却越来越扑朔迷离。所有人都深陷迷局,真相隐遁在迷雾之中。"人的一生,总有些东西比命还重要。"心灵的救赎,更发人深省。

电影的三次逆转,以父爱为中心的节点,使我们最终也没能猜到电影的走向,父爱就是这部电影最大的悬念。

这部电影让我们深深地记住了一个导演,那就是非行。借用孙红雷见面会对非行的评价:"这是个非常有才华的导演。"编剧出身的非行,更喜欢强调故事的新鲜性和戏剧的转折性,这是一个编剧的情结所在。他的这种情结甚至可以追溯到十几年前的《暴风法庭》那部由他编剧的电视剧,在创作手法上,多次采用在同一时间内双方围绕一个问题以分镜头表现的形式,也就是后来我们在《全民目击》中所看到的——罗生门式的分段解构叙事手法。

从编剧转行做导演以后,这种创作风格仍旧未曾改变,叙事手法也保持了创作风格上的统一,从他导演的第一部影片《守望者》到目下这部《全民目击》,他对于这种分段解构叙事手法在实际操作上更加纯熟了。而且在《全民目击》中,非行还借鉴了好莱坞电影的叙事手法和拍摄手法,那是他从托尼·斯科特、加里·弗莱德的影片中受到的影响,他没有上过电影学院,是看着香港的英文电视台里的好莱坞电影长大的。

影片对好莱坞电影甚至日式推理小说的借鉴,并未削减其原创特质,因为影片中有大量与当下社会热点重合的地方,桃色纠纷、娱乐圈绯闻、经济诈骗、内幕交易,甚至还有与李某某案的近似的案件特点,从极具现实意义这点来讲,《全民目击》应该还有极其重要的社会价值,因为导演把对社会现实的关注,隐藏在法庭辩论和在犯罪悬疑的故事外壳之中。

在这部影片中，延续了非行导演对犯罪题材的得心应手，更重要的是，把内地并不常见的法庭戏搬进银幕，律政题材在好莱坞是比较成熟的类型片，甚至在香港都有此类经典影视作品，移植到内地时，他在个人创作和审查之间找到了那个突破点，那是对社会的关注之外，依旧保有的慈爱之心，反映到影片，是所有人都在法庭上寻找凶手，他却以父爱在外围埋下伏笔——既照顾了观众的情绪，也给情与法做了升华。

尽管这是非行导演的第二部影片，但其强逻辑叙事手法与律政犯罪题材的选择，已经形成鲜明的个人风格，他的创作并不跟风市场，只对故事负责，创作一个峰回路转的影片，然后让观众在影院中随着故事起伏跌宕的奔波寻找凶手。

每个阔步走进法庭的人，都有着胜券在握的隐秘，郭富城的小眼睛或者余男的大厚嘴唇，都已经泄露出必须置对方于死地的信息与信心。最淡定的人反倒是被告人的父亲孙红雷。在剧情尚未开始之前，他的举手投足，几乎不带任何情绪。

是庭审戏为影片打的头阵，越来越多的法制新闻充斥社会，薄都督的，李某某的，公审让普通人感觉离法制越来越近，而《全民目击》则让观众直接走进庭审现场，在镜头多机位的聚焦和切换中，从一开始就把情绪推高。郭富城是最先发起进攻的公诉人，在他的询问中，一个又一个证人的证词，把疑案的基本状况交代给观众，被告人站在那里被动接受或者点头默认，仿佛一点点陷入无能为力的境地，而作为辩护律师的余男，则一直冷眼旁观并不为之所动，观众在她无所作为的坐等中，和孙红雷一起紧张起来。一直到最后一位证人的出场。

此时，一直附和公诉方的余男陡然站起身来，她终于找到反击的突破口，"先声夺人、后发制人、偷换概念、步步紧逼"……庭审中的犀利招数把郭富城辛苦建立起来的证据链一点点击碎，这场 11 分钟的庭审戏让观众认识到编剧和导演的厉害，也意识到，即使真相就放在那里，想要证明它的真实也并非那么简单。在最后一位证人出场直至余男把"凶手"当堂拿下，剧情翻转得实在有些出乎意料。

这是真相的第一次被呈现，因为太快，所以故事的脉络反倒显得并不清晰了，如果只如此简单便缉凶归案，法庭内的人与银幕外的观众一时还真不知道故事如此安排有何意义，作为观众，更期待的是接下来该如何发展。

接下来，是真相第一次被推翻在地。从另一个人眼中出发的剧情，也第一次更改了故事的走向，尽管并未给案件的真相指明方向，但已然知晓，所谓的"凶手"，只不过是一次阴谋脱困的替身。真相，还在原地等待。这是一次常规的推翻和重建,随着"真凶"的行为动机和目的被郭富城和余男一点点地发掘,"真相"不得不被发回重审。

要归功于郭富城和余男的坚持,两个人的争斗并未让真相浮出水面的机会降低,反而因为坚持,接近真相的时间被大大缩短。孙红雷在两人的坚持下,开始情绪化起来,其实,从第一次在法庭上将自己的念珠投掷而出以后,他就陷入焦灼的情绪中。当病毒视频的出现再一次推翻"真相"后,观众不得不再次被剧情逆转而重新审视自己的判断。孙红雷说:"何为真相,你相信的就是真相。"影片让观众开始了自我怀疑。

更大的怀疑来自之后的两次逆转,一个以为铁板钉钉的真相,可以重复四次推翻自己,既无牵强之感也不故弄玄虚,疑案的设置是何等的诡异,能把推理制造得如此酣畅又波折重重更是何等的不易。看过太多徒有虚名的高智商犯罪片,直到影片最后真的把"真相"摆在眼前时,才知道,"全民目击"下的犯罪才真的是一项技术活。

悬疑电影最低也是最高的要求就是"情理之中,意料之外"。为什么说这是个最低也是最高的要求呢,如果一部悬疑电影没有悬疑还叫电影吗?此谓之最低。剧情却能让观众深深感受到这八个字的主旨为最高。这简单的八个字说起来容易,但在信息量庞大的今天,能做到这点却并非易事,不得不说《全民目击》是一部良心之作,没有简单的套路化剧情,电影的每一个节点都能很好地把握和吸引观众,而电影最让人感动的是"他用生命换来你的自由不是让你偷生而是让你重生",这句话可谓是电影的画龙点睛。[1] 编剧隐藏答案,故布疑阵,暗示若干可能的结局,以迷惑观众,然后千回百转,最后才演出一个意想不到的结局,使观众大吃一惊。

著名的悬念大师希区柯克是运用悬念的能手。侦探片或间谍片大多以悬疑的情节来制造紧张的气氛。从 20 世纪 70 年代后期到进入 21 世纪以来,我国的一些"反腐"剧、"打黑"片,也喜欢采用悬疑的情节,故弄玄虚,令人疑惑不安,吸引观众。让观众在诸多"曲折"之后,"惊奇"地获得"满意"的审美体验。以下分述这些技巧。

(一)曲折

千回百转,变化无穷,即是曲折。曲线是世间最美的线条,因此,山要蜿蜒,水要弯曲,新月要弯,栏杆要曲,龙要蟠,虎要踞,鸟要旋飞,松要盘结,春在曲江更旖旎,花开曲径更旖丽。而电影的情节也讲究曲折感。如果情节如同一条直巷,笔直通到底,一目了然,见首知尾,那怎能吸引观众呢?所谓一波未

---

① 对于《全民目击》的评论,摘引自电影网特约影评人梦里诗书及鱼为文稿。

平,一波又起,但需注意其层次分明,曲折趋强,把剧情推向高潮。

剧情的发展,如抽丝剥茧,愈抽愈多,愈剥愈出,使观众如游名山,到山穷水尽处,忽又峰回路转,别有洞天,应接不暇,这样才算深得曲折之美。编剧写到"曲径通幽处,禅房花木深"和"遥知杨柳是门处,似隔芙蓉无路通"的境界,已是能手。如能更上层楼,达到"只言花似雪,不悟有香来"的意境,则是深达炉火纯青的地步了。

曲折的情节大致可分为两种:一种是直线型的曲折;另一种则是曲线型的曲折。直线型的曲折,换句话说是开门见山的曲折,也就是一开始就可预见的结果,虽然开门即可见山,但要登山,还必须千回百转,历经千辛万苦,领略万千胜景,才能完成登山胜举。因此,尽管开门可以见山,然而所经历的过程,仍然造成一股很强的吸引力,令人向往。至于曲线型的曲折,是以抽丝剥茧方式进行,观众对结果茫然无知,仅随情节发展而行进,最后终达目的。

（二）惊奇

文学作品不分中外,如欲引人入胜,非用"巧"则不奏其功。电影为了吸引观众,编剧就必须把情节安排得极尽"巧"之能事。在此,先给"巧"下个定义,然后,以此定义来透视"巧"的技巧与运用。巧的意义有二:一是为文构思之"巧",一是巧合之"巧"。前者近似"巧夺天工"中的"巧",后者颇似"无巧不成书"的"巧"。构思之巧以情节离奇取胜,读者读来,观者观来,如醉如痴,欲罢不能。巧合之巧则是扭转故事情节的转折点,由悲转欢、由离转合之类的巧安排。这里所说的巧,就是我们要讨论的惊奇。并不是设计许多人所未见、人所未闻的奇事奇物,使人看了惊奇,而是要在情节发展变化之中,有令人惊奇的状况。

写脚本时应该注意,情节必须不落俗套,如果观众一眼看出,或一下子就猜到,那便索然无味了。编剧好像与观众斗智,如果在情节发展中,令观众想不出"以后如何",而观众在猜疑之中,剧情的发展完全出乎意料之外,那么就产生"惊奇"的效果。也就如李渔所说的:"事在耳目之内,思出风云之表。"但是这种惊奇的效果,必须在合情合理中变化发展而来,如果刻意制造惊奇,失去理性,造成情节不合理,那就不妥当了。

情节的发展讲究合情合理,事件的发生有其来龙去脉,编剧不能笔下快意,在纸上呼风唤雨,要什么有什么,其结果必使观众如坠云雾中,晕头转向,不知所云。要想将情节安排得合情合理而又出人意料,一定要用伏笔,就是先将后面可能发生的事件或出现的人物,在前面适当的情节种下一个"因",只给观众一点暗示,而不直接说明,观众当时也许疑惑,但后来必恍然大悟。但要注意伏笔安排要自然,最好不着痕迹,如果硬将伏笔塞进情节里去,观众一看就知道怎么一回事,不但收不到效果,反而破坏了情节的完美。

（三）满意

曲折、惊奇、满意,这三者有先后的相关性。也就是说,剧情的发展在悬疑之中,悬疑的剧情解决的时候,应该使观众惊奇;而在结束的时候,应使观众有"除此之外,绝无更好的办法"的满意。这种满意的感觉,使观众感到情节的发展趋向、变化真的引人入胜,能够合情合理紧扣人心,而不是剧情的大团圆,所有的一切都圆满解决而使观众满意。这时观众随着情节的发展也入戏了,随着剧中人笑,随着剧中人哭,随着剧中人喜,随着剧中人怒,使观众如醉如痴。

编剧不能让观众总紧张,张弛有致,有所调节方能维持长久。一件事已达完成阶段,观众的注意力及精神自然松弛下来,作暂时的休息,所以,又需新的事件发生,以重振观众的精神,但此事必已潜伏于前节中,否则会使观众感到突如其来,不知为何有此段插曲之布置,节外生枝,注意力随之分散了。就是说情节变化虽多,意思却是一贯而统一的。由于情节变化无穷,一波方落一波又起,一方面可以陈述故事始终自然发展的过程,另一方面可以使观众的注意力维持恒久。

（四）制造戏剧危机

有时,一个动作片剧本有很强烈的、有特色的动作段落,而故事的戏剧性前提却很弱,或者和以前的影片雷同。换句话说,我们以前都见过。出问题了,有好多问题。不光情节或人物,动作本身可能也有问题。有些作者天生具有写动作片的能力,而其他许多人都认为写人物更顺手。最需要说明的是你在能写任何一种动作片或动作段落之前,首先要弄明白动作片是什么,其性质是什么。

当我们写一个动作片剧本时,焦点必须集中在动作和人物身上,两者必须是共存的,并且是互相影响的,否则非出问题不可。常常发生的情况是动作超越故事并决定着人物,结果是剧本不管写得多好,都显得平淡无趣。这需要有高潮和低谷间的平衡,在剧本里要让读者和观众能有停下来喘口气的功夫。所以,我们要了解如何避免在一部动作片的剧本里产生这些问题。动作在字典里被定义为"一个运动或一系列运动",或者"处于活动中的状态"。好的动作片剧本还包含着色彩、节奏、悬念、紧张感,而且在多数情况下还需要有幽默。

创作任何动作影片的关键是写动作段落(情节和人物都放在其后)。比如《终结者Ⅱ:审判日》,是由 6 个主要的动作段落组成的:

第一段是讲年轻的约翰·康纳被终结者救了。

第二段是终结者和约翰把他母亲救出精神病院。

第三段是一个"修整时期"，在思里克的加油站他们补充武装。

第四段里萨拉要杀死那个发明了后来用于生产时空机器的微型集成电路芯片的迈尔斯·戴森。

第五段是在迈尔斯的家里和实验室系统里的周旋。

第六段是逃跑、追逐和钢铁厂里的大战。

整个第三幕是很长的不停顿的动作段落。这些动作段落（在结构功能上）把整个故事拧在一起，但是在这个结构框架里，首先有卡梅伦和威谢尔富于动力的、迷人的戏剧性前提，同时还有一些有趣的人物。这些东西和特技效果结合在一起构成了一部令人难忘的动作片。

我们别忘了在全片的中点处是一段"修整期"，在那个没人干扰的加油站我们能喘一口气，更多地了解人物，然后再投入更激烈的行动。写一个好的动作段落的关键是它的设计方式。记住，一个段落是被一个统一的意图联系在一起的一系列场景，包含开端、中间和结尾。

现在我们来看一个动作段落。这是发生在《终结者Ⅱ：审判日》第三幕开始处的一个小段，终结者、萨拉和约翰刚在迈尔斯的帮助下进入实验室去摧毁在《终结者》第一集里于七年前留下的芯片，警察被引来了，这是一个激烈的枪战段落。在第二个情节点，他们冲出了大楼，开着一辆特种部队的旅行车逃跑了。这是第三幕的开始——

内景／外景；特种部队旅行车；高速公路，夜晚。

当终结者把那辆方头方脑的旅行车开到一个高速公路的岔口时，回头看看车上的两个人——萨拉和约翰喘着粗气，还没有从催泪毒气所造成的一阵咳嗽中缓过气来。

终结者看着后视镜——警灯在车后面闪动着，而且越来越多。

萨拉在车里四处扫视着，那里有步枪、防弹背心和其他各种设备……她从枪架上抓起两支 M16 步枪，装上子弹。她又开始装一支大口径的散弹枪，这时——

旅行车在高速公路稀疏的车流间快速穿行着。终结者操纵着摇摇晃晃的旅行车在小汽车和大卡车间钻来钻去。旅行车开到了时速 80 英里的极限速度，他们躲在了一辆白色 18 轮大集装箱车的后面。

由 T1000 开的直升机紧追着他们已很接近了。T1000 飞到旅行车的上面，用机枪开火。旅行车的尾部被打得掀开了，车门上的窗户也被打掉了。

终结者操纵车子企图躲开 T1000 的攻击。有点儿失控的旅行车刮撞着路边的防护栏。一扇门打开了,萨拉穿着防弹衣,蹲在门口,举起 M16 步枪开了火。

当 T1000 还击时,子弹打得车棚叮当作响。

在车里,由薄薄的钢板制成的车厢已被打得满是枪眼。

子弹射进车里,约翰盖的防弹衣也连连中弹。萨拉拿了两件防弹衣堵在车门口,她躲在后面,子弹在她身边横飞。她时快时慢地开枪回击。一支枪子弹打完了,她又抄起另一支。

当终结者企图绕过一辆正在转换车道的汽车时和那车相撞,使那车滑了出去。萨拉又装上子弹继续开火。旅行车又超过一辆丰田车。不一会儿,直升机也赶上来,直升机的起落架都划到了旅行车的车顶。

T1000 在直升机上用机枪开火。

萨拉探出身,向直升机射击。她的腿被子弹打中,她的防弹衣也连续中弹。她挪回车里,倒在地板上,躺在那儿的她成了一个暴露的靶子……

终结者看到 T1000 又要开火,猛地一踩刹车,轮胎尖厉地响着,萨拉被惯性抛向前面,被挡在约翰身旁的车厢后面。

这时,直升机撞到了旅行车的后面,螺旋桨被折断了。车的后门又被撞得关上了。直升机的前半部被撞得一塌糊涂,里面的 T1000 也被撞成了一堆歪七扭八的金属。直升机摔到了地上,滚到了路边……成了一堆废铁。它在旅行车后面不停地翻滚着……

这只是第三幕的开头。追逐的段落从这里开始不断地延续着,它本身是由动作建构起来的,节奏很快,紧张度很高。即使不把它和整个故事联系在一起,只读这么一小段,就够让人胆战心惊了。这就是悬念的作用。

二、影视剧悬念的构成

"悬疑片"一词通常指一种引起焦虑和惊惧的电影或电视节目类型。这种惊险片在传统意义上是将主人公置于凶险的、常常是危及生命的情景,以此来惊吓观众。糟糕的影片有时通过无缘无故地增加暴力、流血以及破坏场面来加强影片的惊险效果。正因为惊恐的因素在影视作品中时有所见,但悬念比制造惊恐效果应用得更为广泛。它是所有成功作品最基本的组成部分,是每一个戏剧性场面的基础,与演员和对白一样是作品必不可少的因素之一。只有对悬念的本质进行深入理解,导演才能加深观众对剧情的投入,才能强化作品的感染力。

当编剧和导演谋求在观众中制造恐惧时,他就必须去寻找人们的原始根基。是什么主题使得所有的人都感到恐惧而无论他们属于何种文化和居于何地呢？许多深层的恐惧必须追溯到我们的原初状态：儿童时期。

（一）未知

如果你像大多数青少年一样，那么你就会害怕黑暗。为什么呢？因为你看不见黑暗中潜伏着什么，你的想象力提供了产生恐惧的可能性：妖怪、鬼魂、怪诞的魔鬼。当你打开电灯，房间里变得如平常一样安全，恐惧消失了。过一会儿，灯熄之后，黑暗中的未知又显现出来，黑暗召来了想象中的妖魔鬼怪。我们的童年还害怕些什么？墓地，棺木，骷髅？所有象征着死亡的东西。那么何为死亡呢？对我们大多数人来讲，死亡就意味着未知。

在日常生活中我们也面临着对未知的恐惧。我们去看牙医时，都会很紧张，对可能发生的疼痛感到惊恐。这时候牙医就会对即将发生的事件进行一番描述——他就要动手了——而我们的恐惧感却消失了大半。

对一个编剧而言，当他要在创作中营造恐惧感时，人们对未知的恐惧就成为极有用的工具。在这个世界里，我们孩童时代的恐惧再次让我们窒息。你曾看过在光天化日下上演的鬼故事吗？有没有见过哪个故事里的主人公是在"中午"拜访鬼魂出没的凶宅的？

（二）未见

世上有些奇特之事我们未曾见识、未曾认知、也未可评价，它们的奇特之处只有任凭人们猜想。在影片《大白鲨》里，这个海中恶魔潜伏在大洋的深处。意味深长的是，故事最基本的角色是一条大白鲨，但是观众直到故事进展到差不多三分之二的时候才真正看见它。影片的开头段落以大白鲨在水中游动的主观镜头构成，画面中回响着的不祥的音乐成为大白鲨的主题，无论何时，只要一听到这个音乐，我们都会为恶魔的即将出现而惊恐不已。我们一次又一次地目睹了大白鲨肆虐的痕迹，但直到 178 号镜头（总共有 255 个镜头）我们才得以亲眼看到这个海中恶魔。海，就像黑夜一样，隐匿着它的行踪，夸大着它的危险，加剧着人们的恐怖。海像黑夜一样，本身就成为了一种威胁，它使风平浪静的海面可能爆发出令人胆寒的恐惧。

（三）用镜头掩饰

仅仅呈现某人的影子或身体的一部分是用镜头掩饰身份最常见的方法。幽闭恐怖的画面构图或角度也是一种常见的方法。一般情况下，当主人公进入一个新的场景，导演多用广角镜头交代方位。然而有时导演却故意不交代方位，而是将镜头靠近主人公的脸部，从而遮挡观众的视线，不让其看清是谁或什么潜伏在周围。这种镜头由于视线受到限制而产生一种幽闭的、不安的感受。经过一段时间以后，就会积累起真正的不安和担忧。

我们来看下面一段:雷切尔走近一座破旧的大厦,紧张地环顾着四周。镜头一变,现在我们透过楼上的一扇窗户能看到她。当她抬眼向上眺望时,镜头猛然移开,仿佛怕人们看到什么似的。我们会怀疑(担心)这个镜头可能代表着某人的主观视线。果然,我们的疑虑不久就得到了证实,人们看见一只粗糙的手拉上了窗帘,挡住了人们的视线。

现在雷切尔走向前门把门打开。按传统陈旧手法,这扇门会发出吱吱咯咯的、让人毛骨悚然的尖叫。在大厦里面,雷切尔慢慢地走过一间又一间屋子,镜头用保持不变的近景跟随着她运动。由于镜头局限于头至肩部的特写范围,观众的视线遭到屏蔽,就像一个在黑暗卧室里面的孩子,我们看不清周围有什么。我们的紧张加剧了,急切的视线受屏蔽的时间越长,我们的不安也就越剧烈。

幽闭镜头的悬念价值有两个方面:一是未见之事比可见之事更可怕;二是延迟揭示真相的时间也能使观众参与剧情。

(四)观众的想象

畅销书的读者们时常抱怨电影和电视连续剧往往达不到人们期望的结果。其中的原因就是小说依赖于人们的想象力来构成视觉形象:布景、服装、面容。人类无限丰富的想象力是剧作家难以匹敌的,还不如不作这样的尝试。在所谓的惊险片中,观众对反派角色知道得越多,他所能带来的恐惧就越少。试想,一个魔鬼般邪恶、嗜杀成性的强奸杀人犯却对别人喋喋不休地讲述自己内心的希望和梦想。另一个人身份完全相同,只是从不说一句话。两者不妨作一番比较。这时我们的想象力就起作用了,因为我们想弄清楚究竟是什么卑鄙可耻的、不可告人的欲望促使他去作恶。虽然前一个人物可能代表着一种更常规的表现方法,然而后一个却毫无疑问地使人感到更加恐怖。当导演企图掩盖或者部分地掩盖人物的真相时,人们的想象力就能开拓一个更大的空间,它能将其所未见的转变为一种比特技专家所能制造的更为可怕的形象。

(五)推迟揭晓真相

在所有影片中,希区柯克都曾利用过未见与未知的惊恐,故意推迟揭示观众想了解的事实真相,以延长观众的焦虑。我们从他的一部人们较少赞誉的影片《回归线下》里取两个例子来分析,一个运用镜头和剪辑,另一个仅仅运用调度来推迟揭示真相。

场景一开始就显现了与由英格丽·褒曼饰演的角色有关的不祥之兆,她是一位由约瑟夫·科顿饰演的澳洲商人的妻子。观众在未见过她之前就已经急于想知道她遇上了什么样的麻烦。在晚宴上,科顿的生意伙伴开始问及她的情况,随后就局促不安地赶快改变了话题。不久,我们听到了楼梯上她的脚步声，越来越近的脚步声激起了人们的期待，所有的眼睛都紧盯着那扇通往客厅的关闭着的门。脚步在门外停了下来，门慢悠悠地打开，在我们看到褒曼之前，希区柯克却切入了一组来宾的反应镜头。这时候，我们理所当然地希望希区柯克能切入来宾的视点镜头。然而导演仍然不让我们看到我们想看的人，而是慢慢地让镜头从来宾一张张惊愕的脸上平摇过去。最后，导演才切入了褒曼的镜头，他再一次延迟了真相的揭晓，先是一双脚的特写，然后慢慢地向上摇起镜头。

下面取自同一部影片的例子更为成功。褒曼躺在床上，忽然间感觉被子下面似乎有什么东西，她没有掀掉被子立即去看是什么东西，而是小心翼翼地下了床，在沉默的恐惧中盯着床的另一边，她紧张地绕向床的另一边，镜头跟拍着她，延缓着，延缓着，延缓着向观众交代是什么使她害怕。至少20秒之后，她到达了床的另一侧，猛然掀开被子，这时希区柯克切入了一个丑陋的小脑袋的大特写。这次的恐惧效果极为强烈，证明了希区柯克的延迟策略的合理性。

在许多悬念段落里，这种延迟还有一个额外的好处：它同时能营造恐怖的气氛，因为它刺激了观众的想象力，使其产生的恐惧感较观众知道真相后远为剧烈。导演有时运用平摇拍摄来增强观众对剧情的期望和紧张感。例如，一个婴儿躺在摇篮里，画面上，一扇窗户悄然打开。镜头缓慢地从婴儿身上摇开，人们紧张地期待着镜头上将出现什么。缓慢的平摇拍摄仿佛是故意捉弄观众似的，迟迟不把真相公之于众。

（六）制造紧张

惊险场面绝不是偶然出现的，它往往是编导呕心沥血的结晶。惊险的时刻源自一系列让观众紧张不安的较小的磨难。请注意：作为内在的戏剧性因素的一部分，发展的因素再次证明了它自身。当许许多多较小的刺激激发我们惶吓之时，我们就可能心理失衡，显得焦虑、惊恐。这时任何重大的惊吓都可能使我们从自己的座位上跳起来。

有一家报纸就《精神病患者》采访过希区柯克，记者问起影片一开始为什么会出现一个戴着古怪的反光太阳镜、骑着被磨损的摩托车的警察。希区柯克答道：只为了一个原因——让观众紧张。导演偶尔使用的倾斜镜头也是出于同样的原因。在制造悬念的时候，他会出人意料地使用一个不和谐的俯仰镜头，目的也是让观众紧张。

因为音乐能直接作用于人的情感，所以音乐在这些能使观众躁动不安的形成氛围的各种因素中居于首位。《精神病患者》开始那场让人屏息的浴室谋杀中，血腥残忍的画面形象固然使观众毛骨悚然，然而此时的音乐却使惊恐效果更具力度。在遭毒手女子的尖叫声中,响起了小提琴凄厉的旋律,恶梦般的凛冽足以使观众胆战心惊。我们最熟悉的紧张不安的环境因素当属打雷和闪电,尽管这是恐怖故事运用的老套手法,但是它们引起人们原始恐惧的力量极其强大,所以依然在起作用。刮风以其变化多端、乱人心意的音响效果也有助于营造恐怖氛围。

(七)让观众为人物担忧

希区柯克使观众紧张的技巧之一就是让观众比角色知道得更多。事先得知坏蛋即将作恶,能使观众预见暴力,他们会为主人公的浑然不觉感到极度担忧,而又没法使其知晓即将面临的厄运,当灾难即将降临到主人公头上时,观众会承受不断加剧的惊恐。

与这类影片的其他导演相比,希区柯克喜欢悬念胜于惊奇。他用处理当两个经理人员正在谈话时桌子下面一个炸弹即将爆炸的经典例子来说明两者的区别:假如观众不知道有炸弹,只到了爆炸的时候他才会害怕。然而,希区柯克认为,让观众先知道秘密,就能取得令人满意的效果。观众明明知道炸弹在桌子下面嘀哒作响,知道15分钟之后就要发生爆炸,他们总是急着想将险情警告受害者,这样一来,观众就参与了剧情。前一种情况,只在爆炸的那一刻,我们才赋予了大家15秒钟的惊险。后一种情况我们却给观众提供了15分钟的悬念。所以结论就是,无论何时,只要有必要,就必须让观众明白"真相"。

三、影视剧制造悬念的要素

无论在影视剧还是在其他艺术样式里,规范绝不是机械的,它们不会每次都灵验。但是成功的惊险作品却一再向人们显示,它的某些要素不容忽视。这些要素涉及受害者、害人者以及作品的可信性等等。

(一)受害者

夜间,弱不禁风的13岁少女在一处废弃的海边码头寻找她的小妹妹,她走到一座古建筑前。脚下的木桩大声地吱吱作响,仿佛在发出警告。她强忍着内心的恐惧走进门,里面晃动着鬼影。站住!别进去!作为观众,我们已感觉到了危险。我们不安,紧张,恐惧:这些都是悬念最基本的组成部分。观众必须要关心受害者。如果他们不去关心,他们也不会去担忧。越是人们关心的,才越使人们担忧。

人们自然更担心易受伤害的主人公而不是那些容易自我保护的人。人们也更为妇女担心,因为有的文化观念认为女性是柔弱的。还记得一部经典的悬念影片《等待到天黑》吗?观众担惊受怕只因为主人公是一位弱不禁风的少女，由奥黛丽·赫本扮演，在与三个粗野的、残忍成性的杀手较量，而且她还是位盲人。

再如《天下无贼》——以偷窃及诈骗为生的扒手情侣王薄（刘德华）和王丽（刘若英），在火车上两人巧遇憨直农民傻根（王宝强），傻根带着6万元现金回乡。其淳朴性格打动王丽，决意沿途保护他，力阻王薄觊觎傻根的钱。岂料火车上刚好有另一偷窃集团，为首的彪叔（葛优）决意率众染指这笔巨款，王丽为了不让傻根得悉真相，唯有见招拆招；王薄不甘认输，也为了王丽而毅然接受挑战。在贪念与纯真之间，双方在狭窄的车厢中展开一幕幕的暗战。然而车中竟然卧虎藏龙，火车到站一刻仍未能分出高下……傻根这个"猎物"始终牵着观众的心。

（二）害人者

易受攻击性只是悬念的一半，如果英雄得以从极难对付的敌人手中逃生，那么编剧和导演就能有效地制造悬念了。所以，希区柯克以前常说："坏人越坏，片子越好！"（特吕弗：《希区柯克》）

为制造诱发恐惧的悬念，导演必须使观众的感情投入影片，让主人公容易受到攻击，让攻击者或追杀者显得可怕。然而一个显然和这些要求对立的情况出现在每星期六早上电视里播出的各种各样的儿童卡通片里，这些动作过度的节目上演了大多数能够想象得到的可怕的坏蛋——妖魔、能活动的骷髅、绿毛鬼和那些很年幼的男女主人公（看上去就易受攻击）。让人惊奇的是，这些节目一点儿也无所谓悬念和恐怖。这一对立的现象也表现在古典的惊险片中，它们的敌手通常是普通的人类：既不是恶魔，也不是海怪，更不是外星人。

要对这一现象作出解释，就要看产生悬念惊险的第三种因素——

（三）可信性

可信性不能用数学方法计算，它在很大程度上取决于编剧和导演创造现实的幻觉的能力。《大白鲨》的故事显得荒诞不经：一条可笑的鲨鱼袭击游泳者。然而制作组成员技巧非常高超，让人们对这个故事心悦诚服。最后一稿首次出现了警长每天例行公事的细节：吞下胃药，向秘书示范如何整理文件，在打字机上写溺水报告，报告失窃一部自行车——都是些对情节发展无足轻重、但对观众是否相信其真实性却至关重要的细节。从这里观众看到了警长和他妻子的关系，并且知道他们非常相爱。当然这并不是什么创新的材料，但却从根本上关系到是否能使观众为他们担忧。导演和编剧一起用可信的人物包装了不可信的事件，使得观众相信了一个离奇的故事。

（四）悬念的核心

有人曾经问希区柯克"是否悬念必定与恐惧感相联系？"希区柯克回答：

"并非如此。"悬念并不仅仅意味着惊险和恐怖。每一部精心创作的戏剧性节目——无论是电视剧、舞台剧还是电影——都包含有悬念。丢失的孩子是否能找到家？丈夫是否会抛弃爱他的妻子？经理是否会为获得提升机会而牺牲他的价值观？每个故事中的人物都会遇到问题，这就能让观众担心。担心实际上就是悬念的同义词。

每一部影视剧所引起的反应，有时候产生"一般的兴趣"，有时候产生"惊惧"。如果某部作品的观众反应在"漠视"与"偶尔的关注"之间停留时间过长，那么就说明这部作品存在着较严重的问题。

许多成功的家庭社会剧能使观众产生"关注"和"担心"，也许有的还会产生"惊惧"和"紧张"。影片《克莱默夫妇》就是一例。开始我们担心泰德照管他的儿子会影响到对他而言意义重大的工作。当他的价值观改变之后，他特别珍惜他新发现的、与比利的父子关系，他发现作为一个父亲竟然乐趣无穷，但他却失去了他的工作——这使我们对他的命运产生了更深切的关注。当他的前妻乔安娜出现，并且威胁要从他身边带走比利时，这种关注就变成了一种真正的焦虑。当法庭的判决有利于乔安娜时，焦虑又变成了一种痛苦。《克莱默夫妇》是悬念片吗？毫无疑问，当然是。

除了运用前面所讲的基本的戏剧技巧之外，编剧和导演还可以利用一些特殊的、使观众紧张的因素来加强悬念的效果。这种紧张最基本的因素包含在反派角色所形成的威胁中。任何提醒观众注意这种威胁的设计、动作和视觉形象都将会保持和加剧戏剧性的紧张。

（五）悬念与动作

如果你的剧本看起来不如预想中的效果那样好，或者你有某些节奏方面的问题，要不就是显得沉闷和枯燥无味，你可能要考虑增加某种动作段落以保持故事向前推进和增加紧张感。检查剧本，看看动作的表现是否与你最初的设想相吻合。

你的剧本只是一个起点，有时你不得不作出一些很重大的创作上的选择，才能改好剧本。但是一定要记住：你不能因为你的故事线索拖拉松懈或者沉闷枯燥就扔一个动作段落进去。任何动作片或动作段落都要经过精心设计，你所应该努力做到的是：将动作与故事线索很好地结合。在编剧过程中有好多问题都能通过创作好的动作场面的方式来解决，不过也常会出现为了动作而牺牲人物的倾向。窍门就是要用人物来支持动作，同时和以动作支持人物的方式结合起来。

20世纪90年代以来，一般都由剧作者在剧本里负责设计动作场面或段落，不应把这责任交给导演。写出尽可能好的动作是编剧的工作。

那么,你怎样写一个好的动作段落呢?

剧本要有一个限度,不能写得太长。戴维·图伊(代表作有《亡命天涯》、《水世界》)说:"要是写出太多的细节,你就干了导演的活了,就从他那儿抢戏了。他可不愿意这样。最好是能用最少的词语创造出最大的效果来。"

什么是写一个动作段落的最好的方式呢?设计好从一开始的具体动作,通过中间的场景一直到结尾。在写作时仔细选择所用的词汇。动作不是在纸上用很多又长又华丽的句子构成的。读者必须能像在银幕上见到的那样来看这个动作。我们是在处理活动的影像,希望能把你粘在坐椅上,感到激动、恐惧或巨大的期望,要让来电影院的人都集合成一个巨大的"情感社区"。

有时人们也会倾向于写得太少,结果动作线索变得单薄,达不到一个好的动作场面所需的强度。有的时候问题并不在动作,而在于动作是如何被构思和写作的。

下面有个动作场面的出色例子,它简洁、紧凑、效果很好、完全视觉化而且没有陷入细节。这是出自戴维·凯普写的《侏罗纪公园》里的一小段。

这场戏发生在属于哥斯达黎加的一座小岛上,这里刚经历了一场暴风雨。一个工作人员为偷恐龙蛋而关掉了保安系统。而公园里还有两辆正在运行的遥控电动游览车,一辆车上坐着两个孩子(蒂姆和亚历克西丝饰)和舍那罗律师,另一辆车上是由萨姆·尼尔和杰夫·戈德布卢姆饰演的艾伦博士和伊恩。他们被困在用来隔离恐龙的电网墙边,但是这会儿全岛都停了电,孩子们又害怕、又紧张——

　　　　蒂姆拉下护目镜看着放在托盘里的两只透明塑料水杯。他正看着,杯里的水开始振动,泛起层层波纹——

　　过了一会儿,波纹平静下来——然后又开始振动起来,似乎很有节奏。

　　好像听到了脚步声。

　　"砰,砰,砰!"

　　舍那罗也感到了,他睁开眼,抬头看了看后视镜——

　　有个保安轻快地跃过栅栏,那栅栏也在摇晃着。

　　当舍那罗再看时,他的影子也在镜子里跳动起来了,后视镜也振动着。

　　"砰,砰,砰!"

　　舍那罗(半信半疑地):可、可能是要来电了。

　　蒂姆跳上了后排车座,又把护目镜戴上。他转过头,看着窗外。他能看到拴小羊的地方。现在羊不见了,只有一条空链子。

"砰!"

这回他们都跳起来了。有什么东西落到游览车的塑料顶棚上,亚历克西丝尖叫起来。他们朝上看——

那是一只血肉模糊的羊腿。

舍那罗:啊,上帝,上帝!

蒂姆又向窗外看,他张开大嘴,但是一点儿声都没敢出。他看到一只动物的爪子,十分巨大,正抓着"电围栏"的电缆。蒂姆拉下眼镜,倾身向前,贴着窗户。他再往上、往上看,然后抬起头——从天窗向外看。视线穿过羊腿,他看到——

雷龙站在那儿,可能有 25 英尺高。它从头到尾有 40 英尺长。巨大的、像盒子般的大头就有 5 英尺长。雷龙的嘴里还露出没吃完的羊。它歪着头,正在大口地吞咽着。

这个段落是动作的开始,这动作将带领人物的逃命行动贯穿整部影片。我们随着动作的展示将一步一步、一点一点地看到它。注意,这个段落非常视觉化,用的都是简短的句子,使表达好像是断断续续的,纸面上有那么多的"空白"。这就是个读起来很舒服的动作段落。

看看段落里的动力:动作从开始、中间到结尾,每一时刻都以视觉方式建构着动作线,一件事接着一件事——一开始,托盘里的杯子振动了,我们知道有事要发生了,可不知道是什么事。注意,这儿多有视觉性呀,看看这段写的是怎么引起人物的恐惧的:"砰,砰,砰!"无情的脚步声一声接一声、越来越响,强烈地刺激着我们的感官。在写作方式上,除了视觉化之外,用的是很短的句子、词汇或短语。这里没有很长、很优美而完整的句子。

虽然很多事还没有看到,但是高度的恐惧使我们期待着更坏的事情发生。小山羊是另一个被用来强化紧张和节奏的视觉形象。一般说来,一个好的动作段落是慢慢建构起来的,引着我们渐渐激动起来,动作也就越来越快。

好的动作段落是由一个接一个的影像、一个接一个的词汇构成的。如果你觉得自己的剧本拖沓、松懈,需要怎么改动,那么你只需要想一件事——怎样利用悬念推动动作,利用动作制造悬念!

四、影视剧悬念的连续性和跳跃性

一部成功的影视剧通常都会有一个主要的悬念贯穿始终,围绕着这个焦点悬念还会有许多小的戏剧性的悬念相伴左右,所谓"一波未平,一波又起"。

尤其作为长篇电视连续剧,其悬念起到联系剧情、抓住观众情绪的作用。悬念具有连续性,就是说这个悬念所导致的新的戏剧冲突对整个电视剧情节的发展有着导向性作用。电视剧每一集的结束处就应该可以导向多种可能的结果,或者导向一种极其令人揪心的结果,从而使整集电视剧形成一个面向观众的召唤结构,使观众进入一种对剧情及人物心理的积极的猜想中,或者说使观众自发地进入对剧情的新的创作过程中。

比如,电视剧《京华烟云》,在故事开始,莫愁逃婚,木兰代妹出嫁,以为嫁的是自己喜欢的襟亚,拜堂之后却发现是荪亚。而荪亚也以为自己娶的是莫愁,却发现其实是木兰。这样的戏剧冲突为故事后来的发展设置了悬念,观众紧紧地关注事态的发展。结果,莫愁因为木兰嫁了荪亚而仇视木兰,荪亚因为娶了木兰而痛苦,还在外面有了情人,生了孩子,而木兰要忍受巨大的精神痛苦,帮丈夫抚养私生子。人物之间所有的戏剧冲突有着内在的因果关系,悬念的产生有其内在的因果关系,具有情节的连续性特点。

多数情况下,许多冲突互相引发,互相纠结,在一个冲突的发展过程中,又引发了新的冲突,或者又介入了新的冲突,多个冲突处于发展的不同阶段,一浪一浪奔腾而下,令人目不暇接。就是在电视剧画面的同一时间,创作者通过蒙太奇的剪接手法,制造出一种悬念各自跳跃的感觉。

影视剧戏剧冲突的悬念有一定的跳跃性。电视剧《牵手》中,因对公司未来的发展意见相左,钟锐与方向平发生冲突并因此离开了正中电脑公司,方向平为了将钟锐留住,一方面采取一些卑鄙的手段使钟锐无处可去,另一方面又逼迫钟锐交出公司的住房。在采取卑鄙手段时,方向平又与王纯发生冲突,王纯因为心中爱着钟锐,对方向平的卑劣行为表示反对,因而被方向平逐出公司。因为要交出公司的住房,钟锐与妻子夏晓雪发生冲突。夏晓雪对钟锐为了事业、为了原则而作出的决定感到不能理解与容忍,逼得钟锐不得不到谭马那里去借地方。王纯为钟锐而作出的牺牲与晓雪对钟锐的不理解二者形成对比,又使钟锐逐渐对王纯发生恋情。因为王纯借居在老乔家中,使老乔妻子许玲芳发现了王纯与钟锐之间的关系,并借此要挟钟锐聘用老乔,在遭到拒绝后,她将这种关系告知了夏晓雪,又引起了新的矛盾冲突。在这里,各种冲突都纠缠在一起。

第二节　影视剧作悬念的设计

设计悬念有两种方法。

第一种,只简要地在影片开头部分提出激烈或生动的矛盾冲突,以使观众迫切想知道前因或后果的意念。这种悬念比较常见,比如美国影片《红字》:一个美丽健康、充满生命活力的年轻姑娘来到闭塞荒凉、由压抑人性的教规管制下的小岛上,几组对比性镜头一出,观众就感到悬念了——因为两者之间肯定会、而且马上会出现冲突! 再如著名影片《卡萨布兰卡》,一开始就让观众替主人公担心起来:在德国法西斯严密控制,并已经严阵以待的危险境地里,反法西斯战士拉斯罗能够逃脱魔掌么?!

第二种,特意让观众知道某凶险事件的全部真相,而影片中的主人公却还不了解,正入"套"中。以这种方法设计的悬念,如电视剧《武松》:西门庆与潘金莲调情、通奸以及毒死武大的全过程已经展现在观众面前,这时,才让武松回来,面对自己哥哥的丧礼,且产生强烈的怀疑——以武松的精明与刚烈,事情肯定不会轻易了结的! 那么,结果究竟如何? 悬念就产生了。这类悬念,在诸多侦探片、警匪片中,更为多见,不必一一例举。

下面谈一下以这类情节为基本结构的篇章开头、主体与结尾的设计:

一、传统戏剧型篇章的开头——悬念的制造

这类剧作的开头,除要具备精彩简洁的特性外,必须迅捷地产生悬念,给观众提出一个"问题"。具体情节可以多种多样,但不外两种方式:

第一种方式是"怎么办?!"

提出特定的生活冲突或问题,使观众急于想知道剧作中人物如何处理或解答,以产生悬念。比如美国影片《致命的诱惑》,一开始就快速地描述了一个有着温馨家庭的男子与一个单身女人邂逅便发生了性关系,男人以为"一时冲动、不过如此",却不料女人定要破坏他的家庭与之结合而死缠不放! 再如前苏联的《拳击台》,首先一个问题摆到观众面前:在拳击赛中,一个非常有前途、有才华的前苏联运动员手腕受了伤,后面的比赛还参不参加? 要参加,能获胜,但将使已经受伤的手永远残废,进而毁掉这个运动员未来的运动生命。对此,领队与教练发生了激烈的争执。教练认为:从长远考虑,宁可不要这次胜利,也要保护运动员,不能毁掉其运动生命;领队则坚持:一定要赢得这场胜利、获得冠军,并讲了许多军人的天职、条令以及鼓励运动员参赛的慷慨言辞。到底谁对? 运动员该怎么办? 观众自然而然地被吸引住。后面的情节也能紧抓人心——激烈的胜负未卜的拳击场面、年轻运动员终于获胜却将永远离开拳击台的痛苦、领队怀抱奖杯为自己回国后将受到领导嘉奖而陶醉的言行……但是,若没有激烈的冲突、尖锐的问题摆在开头,作品的观赏引力肯定不会如此强烈。

第二种方式是"为什么?!"

作品开端便呈现出一个令人不解的场面:或凶杀现场,或狂欢镜头,或某种怪异现象,或一个意外的结局……以此来吸引观众。这类篇章也十分多见。较典型的影片如日本的《人证》:一个黑人青年表情异样地进入电梯,当开电梯的小姐与之说话时,突然发现他已经死了——腹部插着一把刀!于是,下面的情节逐次展开,迫使观众不能不看下去……在这里要说明一点:开头部分悬念的营构,要根据剧作内容与影视体裁的不同而有不同的考虑——

若是相对短小的篇章,因其主要内容一般是围绕一个集中的、短暂的矛盾冲突展开的,那么开头的悬念可以针对主要矛盾(或主要矛盾方面)来设计,比如一件凶杀案,就可以将事件最高潮场面(或斗杀情景、或凶杀结局)一下子推到开端来;若是表现较长过程的事件或人物经历,则不宜将最后结局或最精彩的场面过早地展现。因为这样处理,极易造成虎头蛇尾的观片效果。所以应该选择一个次要场面或局部结果,先造成初步悬念,然后再依据叙述过程,适当制造更大的悬念或将这初步悬念复杂化、深化、强烈化,以保持观众越来越大的兴趣。若是长篇作品,如几十集的电视连续剧,就更要注意:在通常情况下,切忌将结局性悬念放在开端处。因为这样一来,便使悬念的产生与悬念的解决之间拖得过长、过远,如果没有极高妙的叙述手段加以补救,观众是很难看完全片的。

二、传统戏剧型情节的主体——悬念的保持

好的开头是成功的一半,但毕竟不等于成功。对强情节型作品而言,"成功"之后失败的可能性是很大的,常有开头引人入胜,却不能使观众看到终场的情景。于是,如何在悬念制造出来后,善于保持悬念、更生悬念,使观众的悬念感一直保持到影片结束,就是主体部分必须完成的任务了。

悬念的保持可有以下方法:

其一,不断展开原来矛盾冲突的深广度与复杂性,使观众恍如身临其境、产生"共鸣",进而越来越增加原悬念的强度。比如经典影片《卡萨布兰卡》,影片一开始就出现了矛盾:民主战士拉斯罗能不能脱离法西斯的魔掌?这时的矛盾是由两方面组成的。进入主体部分后,编剧便调动了各种手段,使矛盾一步步复杂深化起来——唯一的两张出境卡,掌握在美国人里克手中。在德国人控制下的法国警官雷诺与里克既相互利用,又彼此防范,而雷诺已知出境卡在里克手中,时刻监视着他。尤其使矛盾更为复杂的是——拉斯罗的妻子偏偏曾是里克的恋人、却又"残酷"地伤害过里克的心!里克能把决定一个人生死的出境卡给自己的情敌么?!此时德国人对拉斯罗的威胁已经迫在眉睫!

拉斯罗的妻子、里克的前恋人依尔莎终于向自己确曾爱过、而且现在依然深深爱着的里克举起了手枪,逼他交出出境卡! ……矛盾越来越激烈复杂,直到影片临近结尾处,观众仍在强烈的令人难解的悬念中,紧张着、期盼着,不知矛盾究竟将如何解决!

其二,通过不断增加新的矛盾冲突,使一波未平,一波又起,进而引导观众兴致盎然地看下去。在电影作品中,像苏联影片《合法婚姻》:杂技团的小伙子看到一个病困在外地的莫斯科姑娘十分可怜,想帮她回家而不可能,这是第一波矛盾。后来想出了办法,采取假结婚手段,终于可以完成这项"助人为乐"的善举。不料弄巧成拙,被团里人认真对待起来——又是送礼、又是庆祝,使两个主人公尴尬至极。事情将如何收场? 这是第二波矛盾。终于回到莫斯科,按两人约定,准备解除婚约,恢复原状,不料,又生波澜——姑娘的家被炸毁,无处可去! 小伙子于是让姑娘住到自己屋里,自己则搬到姐姐家暂住,并报名参军,准备上前线。而姐姐却大动干戈,到姑娘面前严厉斥责——认为这姑娘借结婚来占房子并逼走弟弟! ……后来,姑娘出走,到一家战地医院工作,小伙子历经曲折、刚刚找到姑娘(此时两人已产生了爱情),偏又接到参战的通知。于是,生离死别的场面又出现了! ……整个剧情就这样,起伏跌宕、张弛结合,使观众的悬念感一直保持到最后。

类似作品,像《危情十日》、《三十九级台阶》、《迷魂记》等等,不胜枚举。

在电视剧,尤其是长篇电视连续剧中,靠一个"扣子"接一个"扣子"来连接剧情的篇章更为常见,比如《西游记》:描述师徒四人去西天取经,经历了九九八十一难,每一难就是一个扣人心弦、新奇又别致的矛盾冲突。这样,数十集的长剧,就使观众不觉冗长,时时有强烈的悬念牵引着观众。

保持悬念的这两种方法往往结合起来运用。这样,在一个矛盾冲突内,既有纵深的起伏变化;矛盾冲突之间,又呈锁链式形态,或因果关系或接续关系或并列关系地联缀起来,便造成错综复杂、包含广阔又引人入胜的情节过程。这种表现,在相当多的影视作品中可以见到,甚至可以说,只有一种悬念保持方式的作品不多见。

传统戏剧型情节的主体部分,要避免两种弊端:

一种是进展过于缓慢、滞重。主要是横向、尤其是静态的横向描述过多造成的——往往局限在一两个场面内,只让人物大量地对话,而且对话的内容又没有什么戏剧内涵,使影视片成了话剧的记录;或是虽然情节在不断发展,但节奏过于缓慢,对所描述的人事过程缺乏剪裁、毫无匠心,像流水账。情节剧自然不可能没有丝毫的静态场面的展示,但它的审美趣味却主要基于一个连续不断、有一定长度的动态过程;同时,虽然不能没有一定的过程,这个过程又必须是经过剪裁、凝缩,具有艺术张力的"非客观"的过程。

另一种则相反:节奏过快或一味紧张。情节进程节奏过快,往往使作品成为戏剧(故事)梗概,纵向进展迅速然而横向描述粗糙——这就难以使观众真正"入境"、不易产生"同情",自然也就难以产生预期的艺术效果;而情节内容若一味紧张,根本不考虑张弛相间,使观众总处于一种极度紧张中,势必"物极必反"——过分紧张就觉疲劳、累倦,见惯不惊的后果就是失去引力。一些武打片、功夫片之所以并不卖座,概因如此。而从"真实性"角度审视:生活中各种事件总是有急有缓,以不同形态与速度变化、进展。若将情节进程总处于不容人喘息的高度紧张之中,便不符合生活的真实,而露出人为编排的痕迹了。

三、传统戏剧型情节的结尾——悬念的释放

悬念的释放,一般有两种形式。

其一,一次性终结型释放:往往在前面设置各种疑团,并使其错综复杂地纠缠在一起……直到最后,再将悬念释放而真相大白。比如美国影片《迷魂记》、《亡命天涯》,以及与《亡命天涯》异曲同工的日本影片《追捕》,都属于这一种。我们再举一个十分典型的作品,日本作家西村京太郎的《敦厚的诈骗犯》:一个理发匠某天开车撞伤人,逃走之后,心中一直惴惴不安,唯恐被别人知道。这时,店里出现了一个来理发的老人。理发之后,非但不给钱,反而要借一笔钱用——同时暗示理发匠:他是"那件事"的目睹者。理发匠只好忍痛把钱给了老人。但时隔不久,老家伙又来了,又是一笔比上次还多的敲诈。次日,此人又来,暗示要的钱更多之后,便闭目养神坐在理发的椅子上,边让理发匠给他理发、刮脸(尽管昨天刚刚理过、刮过)、边用挑逗的语言刺激手持剃头刀的理发匠——他似乎有意挑逗对方杀死自己!这是个什么人?出于什么动机?为诈钱财么?却不该这么冒险!真是为了让人杀死自己不成?——简直不可思议!……而以后,敲诈的次数越来越多,索要数额也越来越大,大到理发匠终于无法忍受,决定再来就杀死这个老混蛋。不料此时报上登出一条消息:那个居心叵测的恶毒的诈骗犯竟冒生命危险,从疾驶的车轮下救出了一个小孩,自己却受了重伤。他到底是什么人?好人?还是恶棍?——理发匠困惑不已。可不久,这个老东西又出现在店堂中,又来敲诈了!……直到理发匠终于忍无可忍、咬牙切齿地杀死了这个老人后,才亮出真相:无生活出路的老演员登记了生命保险,要以自己的死来换取家内妻儿的生存!——原来如此。

其二,在大悬念的展开过程中,又包含一系列小悬念的产生与释放(或采用层放层生、波澜不断的方式),以保持住观众的观片兴趣。这种释放形式,在较长的电视连续剧中更为多见。像我国的《渴望》、《雍正皇帝》、《宰相刘罗锅》

等均是此类。在一些电影作品中,也较常见。比如《大决战》,总悬念是国民党与共产党谁胜谁负,而在情节进程中,又分别连缀着许多小的悬念:蒋介石视察视之为国民党生命线的长江防线时,竟然碰上江防司令与下属打麻将！老蒋将会怎样处置他们?……共产党中央所在地,毛泽东正在村中悠闲散步,而国民党的轰炸机突然袭来,立时炸弹如雨！毛泽东生命如何?……

对于悬念的释放,除了上述两种形式外,还有品质上的区别——

一种是单纯的情节释放:在篇章结尾处,通过悬念的释放,将观众所关注的情节问题完满地回答出来,使全部情节内容明白无误地展现在观众面前。一般的情节型作品,都具有(或者说不能不具有)这种品质。

另一种则是情境的释放:剧作结尾处,除了情节的释放之外,还因情节的释放产生情境、意义上的扩展与深化。这就是更具生活内涵与艺术水准的情节释放了。

在这里不妨举众所周知的欧·亨利的著名短篇小说为例:《麦琪的礼物》最后悬念的释放对于作品主题的深化起了妙不可言的作用;而《最后一片叶子》最后悬念的释放,顿时使人大受感动,体味到了一种不无悲凉又崇高圣洁的人性境界！

在一些优秀影片中,也多见这种情节的释放。比如美国影片《末路狂花》的结尾:观众一直为两个女主人公能否最终逃脱警察的追捕而绷紧心弦,而两个女主人公明明放下武器就可以获得某种辩护、可免一死的,但她们却毅然决然地驱车冲向悬崖！她们终于死了——然而是谁造成这两个人的死亡?她们宁可选择死亡而坚决不与逼迫她们、凌辱她们的社会相妥协,又强烈地体现了什么人文内涵?

再如《卡萨布兰卡》的结尾:里克出人意料地(包括法国警察雷诺、民主战士拉斯罗、里克的恋人依尔莎以及所有观众)把依尔莎和拉斯罗送上飞机,而自己留下来面对法西斯的屠刀,顿时使这个人物形象丰满高大起来！而另一个使观众想不到、却又合乎情理的是——雷诺不但没有逮捕里克,反而平息了这场危机,与拉斯罗站到了一起！两个"意料不到",使悬念解除的同时,更深化与扩展了影片的主题、内涵,应视为情境释放的范例了。

结构呈现篇

在生活故事的洪流中，编剧必须作出选择。

结构，就是对人物生活故事中一系列事件的选择，这种选择将事件组合成一个具有意义的序列，以激发特定而具体的情感，表达一种特定而具体的人生观。影视剧是讲述人生故事的叙事艺术，在策划之初，就要确定影视剧的叙事策略。它主要包括：叙事视角、叙事时空、叙事线索、叙事结构、叙事节奏、叙事模式、叙事风格、画面叙事语言等等。

对影视剧来讲，有一个好的故事很重要，但把这个故事讲好则更为重要。观众看到的不是故事本身，而是故事在荧屏上呈现出来的、被重新编织的有声音的画面组合。结构在脚本上来讲，就是将故事中的人物、少许的对白、复杂的动作、危机、冲突、高潮与结局等，做适当的处理，使其紧密地联结，合情合理地配合起来——开始、中间、结局——以期将故事用最有效的方法表达出来，让观众有兴趣地去欣赏。研究结构，就是研究情节编织的问题。

在写作过程中，结构既是第一行为，也是最终行为，写作的第一笔就要考虑结构，写作的最后一笔是结构的完成。剧本的最终呈现就是"码字"。写影视剧本所使用的语言，包含描述语言和人物语言两种。它最关键的要点是直观、形象、简约，个性化与口语化。

第十一章　影视剧叙事策略与时空线索

第一节　影视剧叙事策略的选择

对影视剧来讲,有一个好的故事很重要,但把这个故事讲好则更为重要,因为观众看到的不是故事本身,而是故事在荧屏上呈现出来的、被重新编织的有声音的画面组合。而影视剧的策划者要采取什么样的艺术手法才能实现这种转变,让观众舒服地掌握故事情节,并追随他们的意志去把握影视剧的思想与内涵,认定主人公形象的意义与价值,就是我们所说的叙事策略。选择什么样的叙事策略,首先考虑的是影视剧的主题思想:《雍正王朝》里雍正夺嫡、称帝、治理天下的一生,展现给我们的是管理大国不易的感慨;《老农民》讲述的是一些农村小人物的故事,但深层次里是对人生命运的抗争,对生命忧伤的抚慰。价值观、人生的是非曲直,是艺术的灵魂。作家总是要围绕一种对人生根本价值的认识来构建自己的故事——人生的价值是什么? 什么东西值得人们为它而生、为它而死? 什么样的追求是愚蠢的? 正义和真理的意义是什么? 正如罗伯特·麦基所说:"这种价值观的腐蚀便带来了与之相应的故事的腐蚀。和过去的作家不同的是,我们无从假定。我们首先必须深入地挖掘生活,找出新的见解、新的价值和意义,然后创造出一个故事载体,向一个越来越不可知的世界来表达我们的理解,这绝非易事。"但强调主题的深度与对叙事的控制作用,并不是完全抹杀了叙事对主题的彰显与诠释,而应该形成良性互动的关系,在观众看来,影视剧的意义和价值是生根于故事和叙事之中的,叙事策略的优劣影响着主题思想表达的成败。

叙事策略也有两个层面的意义,首先,从影视剧策划的具体细部来看,它是在影视剧创作的策划阶段就会预先设计好的一整套讲述人生故事的方略。

一、主流化叙事策略

主流化叙事策略这一概念指的是影视剧中着重表现的、弘扬的是主流文化所提倡的、鼓励的,其出发点和落脚点都是为主流意识形态服务的。主流文化担负着维护国家意识形态合法性的严肃责任,在影视剧策划中就首先将宣传和教育功能放在首位,以弘扬主旋律,这样的影视剧在题材和主题上往往和当下的政治气候保持同步和高度的一致。因为中国影视剧生产的环境氛围和审查机制的特殊性,当前走这条叙事策略路线可以保证政策上的正确性,因此数量还是相当多的,有讲述革命领袖生活实际、歌颂革命领袖丰功伟绩的影视剧,比如《少年毛泽东》、《周恩来在大连》、《叶剑英》等;有对中国革命历史加以再现的,这些影视剧经常出现在周年纪念日的时候,如《遵义会议》、《长征》等;还有就是紧密配合党的工作把现实问题加以电视化,比如一些反映不同部门、不同层次的反腐影视剧《苍天在上》、《大雪无痕》、《大法官》等,以及关注当下"三农"问题的影视剧《老农民》、《希望的田野》、《美丽的田野》等。单一的主流化叙事策略盛行的时候有着特殊的社会环境和艺术环境,现在看来有其致命的缺陷——反伦理化问题。反伦理化问题指的是影视剧策划人员为了凸现人物的高尚情操、舍家为国等主流意识的需要,往往是借助人物的伦理情感来反衬,将人物正常的伦理情感置于主流意识的对立面,让主人公牺牲自己正常的伦理情感以成全主流意识的真理性。因此,现在影视剧在策划的时候很少选择这种单一的主流化叙事策略。

二、商业化叙事策略

商业化叙事策略着眼于影视剧的收视率和市场的赢利,秉持这种叙事策略的影视剧不以创造性、美学韵味为旨归,不追求思想高度和哲学升华,而以世俗性、娱乐性为唯一的意义,当然尽量不突破主流意识的底线。因此,它走的是类型化、模式化的道路,这种模式化既有故事构造上的雷同、人物形象的相似,还表现为在叙事话语上运用普通的、观众便于接受的修辞手法和视听语言,以拉近和观众的距离。同时,商业化的影视剧文本经常采用二元对立的叙事方法。故事的最终结果是,观众所肯定的一方战胜否定的一方——善有善报,恶有恶报;得道多助,失道寡助;有志者事竟成;有情人终成眷属,等等。二元对立的格局,大大简化了生活的复杂性,使观众轻而易举就作出自己情感上的判断。这种格局下,人物是一个概念化的符号,在生活中是一个模糊的类型,但在文本中由于有其他类型作为对比和映衬,因而性格成分单一而鲜明。

《渴望》是中国大陆电视连续剧第一部商业化叙事的文本,其在人物的性格和伦理上做了两极化处理，使得人物形象更加类型化。其中的刘慧芳是中国传统美德的化身，在她身上我们看到了贤惠、善良、勤劳和宽容，而王沪生则站在她的对立面，是丑的代表，使得两人的形象都更加鲜明和突出。在这样的影视剧中，最后获得胜利的一方肯定是在情感上已经征服观众的一方，因此商业化影视剧也是对大众平凡与苦闷生活的一种调适，对困苦人生的一种宽慰。

琼瑶自 20 世纪 80 年代以来就以青春言情小说风靡华语圈。根据她的小说，港台地区拍出了一系列有影响的影视剧，诸如《婉君》《一帘幽梦》《梅花三弄》《哑妻》，使秦汉、刘雪华、俞小帆、马景涛、刘德凯等港台明星红遍两岸三地，也使大陆童星金铭一夜成名。在这些创作中，弥漫着古典的情调，在青春和爱情这一永恒的主题下，缠绵着爱难圆的哀伤与悲苦，带有婚姻与爱情分离、恩情与爱情撞车的无尽遗憾。到了 20 世纪 90 年代末，琼瑶推出新剧《还珠格格》，捧红了一大批俊男靓女，让很多中小学生整日守在电视机前，看了一遍又一遍；在新的世纪里，琼瑶又以一部《情深深雨濛濛》再次主导了人们的电视生活。由于金庸、琼瑶的作品淡化了时代的矛盾，被相当一部分评论者认为是不断重复的武侠童话、爱情童话而加以抵制，这种批评正中商业化影视剧的要害。

举一个近期的现代生活剧的例证。不同于一些家庭生活剧的沉重题材，《爱情最美丽》以都市轻喜剧的风格聚焦人物情感，笑果不断，充斥着正能量。该剧的主线剧情是"男屌丝"马锦魁和"白富美"牛美丽从冤家变恋人的爱情故事。只不过这部剧中的男女主角不是年轻靓丽的俊男美女，而是经历过不惑之年的叔叔阿姨，难怪有人评价这部出自张国立之手的电视剧是"大叔偶像剧"。要被称为偶像剧，仅仅依靠剧情是不够的。

在《爱情最美丽》中，张国立虽然以"男屌丝"的身份出场，然而在他身上具备小人物特有的魅力，为了女儿人到中年竟然研究起了相亲，虽然碰壁多次但从不轻言放弃，完全一副"小强"的姿态。此外，剧中的张国立还是一名体育老师，外形硬朗，运动能力过人，又给角色加分不少。《爱情最美丽》展现了两代人鲜活的爱情。

编剧侯镇宇给出了清晰而又丰富的两条线索，一条是几近不惑之年的男女：不断相亲的土鳖体育老师马锦魁和时尚惊艳的单身女老板牛美丽；另一条则是激情洋溢的青春情侣：浪漫可爱又专一的马晓灿和英俊有型的牛小北。初看两条线索是平行线，然而侯镇宇又埋藏着一根连接两条平线线的暗线，马晓灿是马锦魁的"女儿"，牛小北是牛美丽的"侄儿"；更为令人想不到的是侯镇宇又布下了一根看不见的线，马晓灿不是马锦魁的亲生女儿，牛小北却是牛美丽的儿子。该剧不仅线索众多而且编织紧密，剧中的黄昏恋、网上相亲、闪婚等情节丰富了两代人恋爱的千姿百态,观看这部剧就如同走进了一个爱情花圃,观众会看到各种各样的花儿摇曳生姿,这就是编剧创造出的"新鲜"。

但是,相比《一仆二主》里杨树的忠厚低调外加形象讨喜,剧中陷入中年危机的体育老师马锦魁却成了中年"作男",这位对女儿无条件付出的好老爸,会在公交车上和陌生人斗嘴,会对初次见面的同事话中带刺,会对一直对他尊重客气的校长冷嘲热讽,去公司应聘也能和老板大打出手,也难怪身边人纷纷弃他而去。想卖萌搞怪,却并不讨喜。而他不断相亲找对象,不过是为了女儿的婚姻。在这过程中与蒋雯丽饰演的牛美丽意外相识,也走起了偶像剧的老套路:车祸。相亲、作对、相爱,这路数看起来跟年轻人的爱情也没什么两样。

编剧忙着为该剧制造各种牵强的巧合,追求的喜感老套浮夸,对于剧名里就提到的爱情主题,倒揭示得并不深刻,本可以带给观众更多共鸣的中年危机也着墨不多。该剧没有《金婚》里的时代感,也缺少《大丈夫》等剧中的社会反思,哪怕全剧都在为两人的爱情作铺垫,可终究还是难续经典。

三、精英化叙事策略

精英化叙事策略是执著于对影视剧深层意义的挖掘,与以休闲轻松的姿态追求平面化、浅层化、娱乐化的商业化策略不同的是,精英化叙事真诚而热烈地表达其对知识理性的赞叹、对人生意义的肯定与追寻,是真正知识分子的追求。它不去逃避对现实意义的追问,而是引导、甚至要求人们去正视现实、正视历史的意义和人生的愁悲,当绝大多数人都习惯于周围的黑暗与不公时,都麻痹于生活的欢歌和虚幻时,知识分子是人类睁着的眼睛,用他们发自灵魂的表达将人们从睡梦中惊醒,并用自己对世界和人生的体验,为人类提供一种生活理想,重新点燃人类面对生活的勇气、希望、自尊以及自我牺牲的精神,正如鲁迅先生坚持的"直面惨淡的人生,正视淋漓的鲜血",并以此作为对波兹曼"快乐至死"的反击与呐喊。

1986年中央电视台、上海戏剧学院、重庆电视台、陕西电视台联合录制了短篇影视剧《希波克拉底誓言》。该剧是精英化叙事影视剧的范本,该剧的主题是用古希腊医圣希波克拉底的誓言拷问医生的灵魂,在医生医德、滚烫的社会良知及深层次的生存意义上组织故事,其画面语言极具视觉冲击力,并且实践了一套独特的叙事话语体系。

2004年,杨阳导演的《记忆的证明》也是一部对历史的惨痛和伤痕主动发言的作品,有着深刻的主题思想:通过描写中国战俘和劳工在日本被奴役的历史事件,告诉今天的观众——对于自己民族的痛史而言,他人的有意篡改固然可耻,但是自己的无意忘却是更大的悲哀,要以史为鉴,面向未来,只有正视历史，才能避免历史悲剧的重演。因为"一个没有记忆的民族是没有前途的民族"，正是基于这样的考虑，在影视剧娱乐泛滥的时代，杨阳认为"拍《记忆的证明》是我的宿命，为自己的民族、祖国和同胞做了一件有意义的事情"。

2014年1月1日在江苏、浙江、天津、东方四大卫视联手同步播出的《一代枭雄》，是由青年编剧史梦甄改编自陕西作家叶广苓长篇小说《青木川》，由孙红雷、魏子、陈数领衔主演的近代传奇剧。标准的"精英化叙事"。说的是20世纪20年代，陕西西南的青木川贫穷落后。何辅堂为报父仇，卧薪尝胆终于杀了刘庆福，了却家仇。原民团团长魏正先与何辅堂为敌。何辅堂审时度势，假意投奔了巨匪王三春。在多方势力倾轧中，何辅堂独善其身，并阴差阳错地救了魏正先的妻子程立雪，程立雪有感青木川的秀美与落后，决心留在青木川教书，开启民智。然"夺妻之恨"更令魏正先恼羞成怒，他借"剿匪"为名，挑拨正在汉中驻扎的国民党军犯境青木川，何辅堂趁机将巨匪王三春献于民国政府，免除兵燹之灾。魏正先决意孤注一掷，欲将青木川夷为平地。关键时刻，何辅堂毅然投奔解放军。在何辅堂的努力下，青木川得以在万马齐暗风雨如晦的年代免受战乱之苦，励精图治，并用先进的思想为家乡注入新风，力促风雷镇和平解放。

四、多种叙事策略的融合

以上主要是依托社会文化的不同面貌区分不同的叙事策略，由于今天我们处在一个文化多元的时代，不同的文化相互补充、相互渗透，也相互理解、相互依托，而由此构成了观众复杂而微妙的审美文化心理，而这也就是影视剧所要面对的对象。在影视剧产业化和影视剧残酷竞争的局面下，为了更好地形成生产链条，不管是宣传主流意识形态的，还是专注于思想启蒙的，必须充分严谨地考虑到影视剧的收视率，于是主旋律的影视剧商业化，商业影视剧向主流意识靠近，既通过了审查、拿到了许可，也得到了观众，赢得了口碑。而精英叙事策略的选择者们无疑也是关注观众的，因为其观点与思想更为迫切地希望得到观众的注意、认可，所以在艺术手法上寻求与其内容更好地融合。思想性、艺术性、观赏性的统一也由对电影的要求延伸为对影视剧的衡量标准，于是，影视剧策划者确定影视剧叙事策略也是"三方会谈"的结果。

广东电视台1995年拍摄的《英雄无悔》就自觉地追求这样的效果。该剧编导在拍摄初期的策划中就清晰地意识到"我们所追求的最终效果，就是要切中时弊，紧扣当前人们对抓好社会治安的迫切要求，呼唤正义，呼唤英雄主义的回归。既符合中央要求抓好社会治安综合治理的精神，又符合广大人民群众希望社会稳定，渴求生命财产安全确有保障的心愿。它无疑是一部充满英雄主义和理想主义精神的主旋律作品……"正是这个主题思想的定位，才使得叙述策略的策划在追随主流意识的同时明显体现出对收视率的信心，而它在影视剧中对英雄主义的阐释上，我们可以看到精英文化的身影，不但有着机智、勇敢的英雄本色，还有着人道主义精神和理性的光辉，无不在主角高天身上有所体现。

《黎明之前》是刘江执导，由吴秀波、林永健、陆剑民、海清等领衔主演，2010 年出品的谍战剧。该剧主要讲述 1948 年秋的上海，"水手"段海平领导的中共地下党组织为了获取国民党的潜伏计划，在卧底多年的中共党员刘新杰的暗中帮助下，与谭忠恕为首的国民党第八情报局特务，围绕"追查水手"和"木马计划"展开生死较量的故事。2010 年 10 月 11 日在北京卫视、上海东方卫视、云南卫视、重庆卫视联播。在各地的收视屡创新高之后，获得了第 28 届飞天奖长篇电视剧二等奖、第 26 届中国电视金鹰奖优秀电视剧、2011 华鼎奖电视剧满意度第一名、第 17 届白玉兰奖最佳电视剧金奖等诸多奖项。在革命历史题材的影视剧中，讲述应该围绕着事件的发展还是应该紧扣人物形象的塑造是一个棘手的问题。以人代史，以史托人，就是要以人为本，围绕着故事中人物形象展开，历史事件是人物活动的背景和舞台，从中我们清晰感受到的不仅仅是经历了哪些重大的战斗或战役，而是主人公鲜明的性格特质以及在革命过程中性格的发展、实现人生的成长，让观众感受到的是人物性格的魅力，而且性格的魅力不仅仅局限在勇敢、坚强、爱党等泛泛的"思想问题"上，而是有很多的"小"，有很多可爱的缺点，这样，英雄就走下了神坛，成了一个有血有肉的活生生的人，也就与观众有了心灵感应的情感基础。在《激情燃烧的岁月》、《历史的天空》、《亮剑》等深受观众喜爱的影视剧中，我们看到了这样的倾向。

第二节　影视剧叙事视角

一、什么是"叙事视角"

每个人都是用自己的眼睛看世界，站在什么地方看，朝什么方向看，看到的景象是不一样的，正所谓"横看成岭侧成峰，远近高低各不同"。而我们看到的影视剧内容正是影视剧策划者通过他们的眼睛看到的风景，也就是他们希望我们看到的风景。作者必须创造性地运用叙事规范和谋略，使用某种语言的透视镜、某种文字的过滤网，把动态的立体世界点化（或幻化）为以语言文字凝固了的线性的人事行为序列。这里所谓语言的透视镜或文字的过滤网，就是视角。它是作者和文本的心灵结合点，是作者把他体验到的世界转化为语言叙事世界的基本角度。同时，它也是读者进入这个语言叙事世界，打开心灵窗扉的钥匙。

关于视角的分类，我们经常提及的是托多罗夫的分法——全知视角、内视角和外视角。全知视角指叙述者对影视剧中的人事、心理和命运具有全知的权利和资格，具有至高无上的话语特权，比如电视剧《雍正王朝》等。内视角即叙事者就是影视剧中的一个人物，他的所见、所闻、所感都是剧中这一人物的所见、所闻、所感。

电视剧《孝庄太后》要借助孝庄和三个男人的关系，讲述其传奇的一生，从中流露她对清朝的眷恋和人生选择的痛苦。影视剧是这样开始的，一上来采用的是一个全知的视角，伴随着镜头进入孝庄的陵墓，编导以画外音的形式说着解说词："在北京城往东 125 公里的河北省遵化市坐落着大清朝的东陵，值得注意的是，大清开国太后，孝庄文皇后的陵墓竟然在这清东陵的风水墙外。"这部电视剧就以孝庄皇后陵墓的特殊性开门见山，通过视角的流动道出今人对那段历史渴知的欲望以及她本人对那段历史的迷惘，这种带有预叙的开篇方式简化了她不平凡的一生，而这种不平凡又带着她自身的焦灼。这些都会引发观众的兴趣，而且受视角的启发，从今天的立场回头看这段历史和站在孝庄的立场看待那段历史，更容易解读出历史的厚重感和人道主义的色彩。

在电视剧《青衣》的最后，也是该剧主题思想通过影像最后定格的时候，视角流动与转换就特别的明显。面对春来在舞台上的演出，剧中的重要人物都对这一青衣以及前几代青衣——嫦娥的命运发表着感慨。筱燕秋说："观众承认了春来，掌声和喝彩声就是最好的凭证。嫦娥在我身上死了，可她又在春来身上诞生了。我应该高兴，我应该高兴是不是？"而春来的旧日恋人刘小能自言道："我觉得春来离我非常远，非常远，远得好像我从来就没有认识过她。她对于我来说已经变成了一个陌生人。"这时曾经崇拜过筱燕秋的郑安邦也在观众席里感慨万千："这个嫦娥怎么也变不成 20 年前那个嫦娥了，生活在往前走，丢失了的东西用什么都买不回来了。人的感情真是世界上最奇怪的东西，无论你怎么样努力都到不了你想去的地方，它总是让你觉得不是上错了车就是下错了站，没人能准确地说清楚感情的尽头到底是什么。"而筱燕秋的初恋情人、剧团团长乔秉璋的独白又出场了："柳如云死了，一个人的生命结束了，她所代表的那个时代也结束了。今天二十岁的春来又登上了戏台，预示《奔月》的新纪元开始了。"

另一部优秀的电视剧《空镜子》在视角的选择上也独具匠心。这是一部通过孙燕的眼睛和心灵、挫折与幸福来阐述生活态度和人生哲学的影视剧，她与姐姐孙丽不同性格、不同命运的设定则使其形象和意义更加突出。第一集以孙燕第一人称的限知视角开始,让我们深入到人物的内心,在一个镜子里,依次出现孙丽和孙燕的照片,我们听到的是孙燕的声音:"这是我姐姐,叫孙丽,这是我,叫孙燕。你们瞧我姐多好看哪,我妈说她生下来就漂亮,像洋娃娃似的,人见人爱。你们再瞧我那样,别提有多傻了。哎!我要是有我姐的一半就满足了。不过,说这话也没什么用,人生下来是什么样就是什么样。"这段陈述,让人们的审美世界变得深邃而丰富了。她的人生观、生活态度在娓娓的阐述中散播开来,于是姐妹二人的性格及命运在以后的全知视角中拉开了帷幕。

如何选取最佳的角度、摄取最好的镜头,是摄影家艺术能力最基本的检验。对影视编剧也是如此。往往有这种情况:一个很好的戏剧核,由于入手角度不好,不是半路写不下去,就是写完之后毫无意趣。

二、叙事视角的"方面"

正面表现:其特点是,它可以直截了当、清晰自然地将所要表现的内容呈示于观众面前。对某些重大的社会生活事件以及虽不重大但观众陌生的社会事件与生活场景,若作者有驾驭的能力,并考虑实际拍摄的可能性,则采用正面表现,是适当的——因为它符合一般观众对社会生活习惯的观察角度,易于被广大观众所接受、所欣赏。

比如电影《斯巴达克斯》,以宏大的戏剧场面与壮阔的全景过程,表现罗马时代最有影响的奴隶起义,气势非凡,震撼人心,产生了一种特有的史诗般的艺术效果。试想,若采用其他角度——则或许别致,或许精巧……却很难有这种气势与力度了。

一般而言,在可能的情况下,正面表现既定题材、既定题旨,又能为观众所接受(指或因陌生感产生兴趣、或因别致感悟出新意等),是最好不过的。因为这种展示,对于作者而言是最方便、易操作的创作路数。

侧面表现:对某些戏剧核的既定内涵有时难以从正面表现:比如因掌握的材料及作者的阅历、体验不足,作者难以驾驭对某些历史大事件、生活大场景或不甚全面了解的某件事、某个人的正面展示;有时则是既定题材不宜于正面表现:比如或忌讳时风世俗、或避免与某种社会主导观念发生不必要的碰撞;有时则因为既定题材已经被别人正面展示过,自己必须另辟蹊径、别寻方面以求新颖引人;有时则因为影视体裁的限制:比如单本剧(或电视小品)难以充分表现大而长的生活内容,或者有些社会大事件、历史长进程用一部电影很难正面容括进来……在这种情况下,便可从侧面或几个侧面去表现主体内容了。

侧面表现的优点是:可以用较少的篇幅展示相对多或大的内容,使观众通过有限场景可以联想或体悟到较全面、较广泛的社会与人生景象。

我们不妨以我国清代彭绩的《亡妻龚氏墓志铭》为借鉴,说明侧面表现的优点。其文甚短,全文如下:

> 嫁十年,年三十,以疾卒。诸姑兄弟哭之,感动邻人。绩于是知柴米价,持门户,不能专精读书。期年,发数茎白矣。

文很短,也无一点正面介绍,但其妻的一生行止、为人品格,却无限丰富地展示开来——前九个字,简略概括一生行止,是墓志铭这种文体的既定要求。其妻子的形象主要靠后面两行文字来表现:一句"诸姑兄弟哭之,感动邻人"内涵极丰富。试想在中国封建社会的大家庭乃至现在的家庭关系中,姑嫂关系难处、叔(伯)与嫂子(弟妹)之间尴尬,是众所周知的。但本文却偏偏大写特写难处的大小诸姑们哭得哀惨、本该克制情感以避嫌疑的兄弟们更是大放哀声——以至连邻人也深受感动!只一年之内,中年丈夫的头发就一缕一缕地白了起来——"唯将彻夜常开眼,报答平生未展眉",多少思念、多少哀伤,在这缕缕白发中形象地透视了出来!

这是一篇"散文",但艺术是相通的:我们可以从中借鉴侧面表现的作用。影视创作晚于文学创作,但大量借鉴文学创作技法是其成功的重要途径。日本影片《人证》就属此类:它的题旨是现代物欲横流的社会中,人性的异化、泯灭。这本应是一个相当漫长、曲折的过程。正面表现这类题材的影片也很多。而《人证》的编导则选取了人性裂变的一个"阶段性"侧面:对母亲为维护自己的社会地位与声望而杀死亲生儿子这一案件的侦破过程。这样,就避免了大量的正面述说,使观众借警探的眼睛,避实就虚地从一个引人入胜的侧面角度,了解了全部题材内容。

反面表现:要反映正义的强盛,偏从邪恶方面的惊惶写起,要歌颂光明的可爱,却极写黑暗之可憎……这种表现角度,往往能避开流俗、别开生面,给观众以新异的艺术感受。在小说中,比如契诃夫的《小公务员》,明明意在揭露沙俄统治的残酷与等级的森严,却偏偏用一个小官吏近似可笑的卑微心理来表现,便是反面展示的例证。在戏剧里、影视中,以反面来表现正面内容的作品也不乏见。但是,有一点要提醒大家注意:反面表现有一定危险,极易弄巧成拙,因此需要较高超的艺术表述与内在把握。比如为了歌颂善良而揭露丑恶,虽不失一法,却一定要适"度",要避免"过犹不及"。有的影片,因为编导没能把握好这个"度",没有内在控制的一味展示丑恶,结果影片给人的感觉不是对丑恶的反感,而成了对暴力、奸情、狂乱与异化的正面宣扬……这类失误,是应该避免的。

三、叙事视角的"幅度"

整体描摹：所谓整体描摹，就是对既定题材进行全方位、全层面的整体表现，使观众获得全面观照。当然，这只是理论上的一种表述。

在影视作品中，以"全方位"表现的中外著名的"历史大片"更为多见。目前的电视连续剧，尤其是那些几十集乃至上百集的连续剧，更是力求如此。有些影片，看似只表现某个具体个人，但就表现这个"个人"而言，它也属于整体描摹的性质。例如美国影片《阿甘正传》，就是以阿甘一生经历为表现内容并串联全片，其他社会生活事件，均作为主人公一生经历的背景。于是，作为"个人传记"，它就可以说是"全方位、多层面"了。

整体描摹有其优点：它适于表现时间跨度长、空间覆盖广的复杂或壮阔的题材。当然，也有其局限性：或因篇幅限制，或因笔力不逮，作品容易平浅或散漫。

以小现大：以小场景、小故事、小冲突来表现大内旨，由点及面、因具象而抽象，用"窥一斑而知全豹"的方式，生动形象地表现大的场景、整体的社会与人生。从广义上说，任何艺术创作都具备这种性质：小说、戏剧、电影、电视、美术、雕塑……概莫能外。只不过这里所说的形象与寓意之比，更为悬殊，与一般而言的"典型化"有着明显的区别。比如古华的《爬满青藤的木屋》，以深山老林里小屋中的三个人（知识青年"一把手"，青年妇女盘青青，以及木屋主人盘青青的丈夫王木通）的矛盾冲突，以小见大，形象地反映了千年的历史积淀、时代演变的大趋势与当前社会斗争的复杂激烈，具有深沉的人文洞识。试想，如果不用这种表现角度，而正面展示时代风云，能用如此精简又细腻的文字完成上述任务么？

小说中，尤其是短篇小说中，以小现大的体现更为多见。如莫泊桑的成名作《羊脂球》，以一辆驿车中各类人物的形象刻画，表现普法战争中整个法国的社会面貌。影视作品中，如《黑炮事件》，以一个极小的近于荒诞的事件，来折射那特定的时代等，亦是如此。

采用这种表现角度时，作者要注意一点：既然要以小现大，你在创作前就必须有一个既定的"大"的内容题旨，然后再选择"小"的具象载体。

四、叙事视角的"焦点"

外在世界为主：即以描述事物、人物的外部形态、动作、过程为主，以外在形象体现生活，焦点之外的成分（如观念、情绪、情感、意识等）则淡化或虚化处理。这种角度表现的影视片,形象具体、生动如画,一目了然。因此是一种为大多数观众所喜闻乐见的展示方式。这里要注意的是:以外部世界为主,不是只表现外部世界的形体、声音、光线,只限于人物或事物的表象描摹,而是通过表象的描摹,仍要使观众能够透视人物的内心、事物的本质。即使一些好的所谓"功夫片",比如成龙的作品,虽然充斥画面的基本是激烈的打斗场面,但观众还是能够感受到片中人物的善良性格、正义立场与美好内心的——这也是它们之所以成功的重要原因。而有些打斗片、功夫片,之所以不经看、没有长久生命力,就在于"只有"外部表象,而不是外在世界"为主"了。影视是视觉艺术,在这个意义上说,所有影视作品都应具有鲜明的形象性,就是表现人物的内心世界,也不能只用画外音,而要配以相应的形象画面。这里只是讲焦点的内外之别,绝非形象的有无之异。

内在世界为主:将展现重心放在人物的思绪、情感、意念的演进、飘动上,进而深入、直接地表现人物心态,使观众能够直观地感受人物的内心世界。随着社会生活的复杂化,身处其间的人们的性格、心理也日趋复杂乃至多变。因此,不仅表现世界的外表,还要透视人物的内心,已是现代生活对现代艺术的一种要求。一些反映现、当代社会生活与人物处境的"意识流"类影片,如《野草莓》《广岛之恋》等,就是这种要求的体现。

除了所谓现代派影片多见内在展现外,一些现实主义的作品也有以内心世界为主要表现的,如英国著名影片《相见恨晚》便是例证。

五、叙事视角的"层次"

如果说,前面诸如方面、幅度、焦点的考虑仍属于"外观"分析,那么层次的考虑就进入人物或事物的内质解剖了。任何一种事物,其内质都是不同层次的有机组合;任何一个人物,其性格或思想也必然是多层次的汇集。

比如刘心武所写《五·一九长镜头》的素材是一次球迷闹事:20世纪80年代中期,因中国足球队输了球,几万北京观众竟然大闹特闹起来——骂自己球员、砸香港球员、扔瓶子、打警察以至后来发展到围外国人的汽车、烧中国警方的警车……这件事震动很大。表面看来,只是输不起球的捣乱,而细致分析,则蕴涵在这场闹事中的内容却是多层次的:

第一层次:输不起球、缺乏修养——普通的球迷闹事而已。

第二层次:组织纪律性差,法制观念不强——国民素质不高的反映。

第三层次:因国家队输球、中国足球不能走向世界而情感冲动——其中蕴涵着国家荣誉感、民族自尊心。

第四层次:从参与闹事的各个阶层具体个人的社会处境、社会心态上,探寻几万人同时爆发、失去理智的背景原因——事件的出现绝非偶然：它是当前社会文化的、经济的、体制的、心理的一种"借机而发"深层的总体宣泄、综合反映。

第五层次：……那么，面对同一题材（或素材），选择哪一层面来表现，就十分重要了——因为它决定着未来影视作品内涵的深浅乃至主旨的正误！

事件如此，人物亦然。作为影视编剧，在这方面丝毫不可掉以轻心。

第三节　影视剧叙事的时空含量

古人说："四方上下曰宇，古往今来曰宙，以喻天地。"时间、空间构成了生活的坐标与环境，我们身在其中，与时空共舞。同样，每一种艺术也都以不同的时空方式呈现着。在艺术本体论阐述的基础上，根据艺术的外在存在状态，形成了一种对于艺术类别的表述：将艺术表述为"时间"、"空间"的概念，从而得到这样的分类方式——

空间艺术：包括建筑、绘画、雕塑；

时间艺术：包括音乐、文学；

时空艺术：包括戏剧、电影、电视剧。

影视剧是一门时空合一的艺术，而时间、空间借助影视剧声画艺术的本性更显复杂性、灵活性。由于影视剧是用最先进的科学技术武装起来的，所以在时空艺术的兼容上，不仅超越了舞台的时空——从三维空间走向多维空间，而且超越了银幕的时空——它可以从微观的角度反映社会生活的片断，构成几分钟、十几分钟的电视小品和电视短剧，又可以从宏观的角度演义一部漫长的人生和历史的长剧，构成上百集甚至上千集的电视连续剧。由此可见，影视剧艺术在时空的处理上，真的步入了"自由的王国"，为影视剧表现自然、社会、人生的美，开辟了真正无限广阔的天地，而这是其他姊妹艺术难以企及的。

结构体对戏剧核的扩展，主要体现在时间与空间的设计安排上。完全可以这么说——影视的结构艺术就是时间与空间展开、呈示的艺术。

影视剧是反映生活的。而大千世界均在既定的时间与空间的涵盖包容之中。恩格斯论此道："一切存在的基本形式是空间和时间。时间以外的存在和空间以外的存在，同样是非常荒诞的事情。"这确是真理，可以说是任何影视剧结构艺术的"自然基础"。

但是，这只是问题的一个方面。另一方面，现实生活固然均按既定的自然的时空规范进展，而观众通过观赏影视剧作所要知道、所要欣赏的生活内容却绝不能是客观时空原封不动的照搬。因此，影视结构必须在时间与空间上闪展腾挪、大做文章，才能产生艺术魅力，才能满足现代观众对影视剧作越来越高、越来越严格的审美要求。

一、时空截取的必要性与作用

生活的海洋中，没有绝对孤立的时空存在，甚至也没有绝对意义上的"单元"。因此，电影与电视剧既然不可能是生活的全部搬演，而只能反映某一方面、某一局部、某一点，就必须对生活作艺术的时空截取。

有论者道：所谓截取，只是传统戏剧性影视作品为构造一个封闭式结构框架采用的手段，而现代影视作品的开放式结构框架，可以无所不包、自然灵动，因之无所谓截取与不截取，完全可以任意采撷，"全方位、多层次、多侧面地立体再现生活"。这种论调，确是"论者"之言，也只有"论者"无视或不懂影视剧创作实践而单凭"理性"才能得出的结论。

在影视评论中，确有"封闭式结构"与"开放式结构"之说，也确实有被定为开放或封闭式的影片结构。但是，他们所说的"开放式"或"封闭式"，虽然似乎是针对影片的全部结构形态而言，其实主要是指影片结构的一个方面、一个因素——即影片的情节。比如有的影片所描述的人或事具有传统故事（或戏曲）的特色：矛盾冲突的产生、发展、高潮至结局，组成相对独立的叙述单元。对这类影片，则称之为封闭式结构的影片；而另一类影片：没有集中的故事情节，没有"线性"的生活线索，没有集中的场所与中心人物，则称之为开放式结构的影片。这种分法，虽含有一定特定指向的道理，但若以此证明可以有绝对的"开放式"结构体的设计，就难免失之偏颇乃至产生谬误了。

在实际创作中，任何影视剧作的结构体，既没有绝对的"开放"，也没有绝对的"封闭"。影视作品的结构也必然要遵循这个原则。无论长篇巨制如电影《战争与和平》《乱世佳人》等，还是长达几十、上百集的电视连续剧，更不要说那些精致短篇乃至影视小品，概莫能外。所谓"主观时空"的设计、截取，指作者根据创作题旨，跳出客观时空的局限，而凭主观想象或幻象，将时间与空间"超现实"地进行截取、组织，以产生某种特定的艺术效果。

美国科幻片《时间隧道》长达 14 集，表现当代美国科学家托尼和道格通过高科技的"时间隧道"，可以超时空地任意退回到世界历史上任何一时空的事件中去，并与当时人物共事、对话。比如刚让他们出现在第二次世界大战的战场，又被"时间隧道"送到 1812 年在美国本土的战争中；从这场战争中脱身之后，又到了公元前 1200 年的古希腊，目睹并参与了特洛伊之战……总之，以现代人的眼光，身临其境地审视历史事件的进程与当时人物的思想性格，自然会生出无需多言的历史反思与时代观照——这是将"现在"退回到"过去"的主观时空组合。

中国作家陈村的时空设计更具特色:在《一天》中,他将一个工人一生的生活内容幻化到一天之内——工人张三早晨起来还是青年、去接爸爸的班,而随着浑浑噩噩的一天结束,他已成退休的老工人了。这种幻象般时空浓缩,不由使读者超越主人公日常琐碎平庸的生活内容,而顿时产生一种超离的俯视感,进而可以悟出作品的题旨,即对那种混沌麻木的人生态势的怜悯与背弃。

主观时空的设计与截取还可以有其他多种表现形式,但要注意一点:无论如何"主观",还是必须依附于现实生活的基础与事物逻辑之上,不能完全凭作者纯主观的"臆造"而任意打乱时空关系、编织人事秩序,否则必将弄巧成拙。

二、 情节展现的"物理时空"与"心理时空"

人都在一定的客观环境中生活,同时又都在一定的主观情境中存在。就人的世界而言,都是两重性的。因而,反映人生的每一个影视叙事单元(场面),也要顾及这两种性质。只有这样,才能更真实地反映生活,也才能具有更大的艺术魅力。对客观展示,前面作了介绍。在这里,只谈叙事单元的主观展示。

主观展示的根基在于:实际生活中,人们对同一种客观时空往往因不同人的不同心态,其主观感受总有差异乃至大相径庭,即所谓"物理时空"与"心理时空"的区别。

"物理时空"是有客观标准的:一分钟就是一分钟,它必定小于一小时;一间屋子必小于一幢大楼;时间必有自然流程,空间必有正常体现。

而"心理时空"便不一定如此了——比如对于时间:幸福快乐中,时间流逝便觉急速;无聊寂寞时,光阴消磨便觉艰难。与情人幽会,长夜短如一瞬;听枯燥报告,半日长过十天!而当自己伤口剧疼、咬牙撑持之际,那简直是一秒一秒地煎熬,便完全有"一日长于百年"的感受了!

对于空间,也是如此:身居阴暗地穴的人,一旦进入明亮的小屋,顿觉宽阔高旷;而从高山大河归来之际,纵然来到广厦高堂,也要感到压抑、憋闷的。

利用上述原理,影视叙事单元(场面)艺术的主观展示就能够被观众自然而然地接受了——一般从两个方面作主观的艺术展示:

其一,将长大的时空,快速简略地展示。如长达数十年的时间跨度只用一株小树与一棵老树相连接来体现;一年的流逝,只用春花化为冬雪来演示;万里关山飞渡,只用有地域特色的几处景物快捷叠印等等。这种展示,观众已经熟悉,影视编剧者也较多运用。

其二,则是将实际生活中的"小时空",人为地非客观地扩展开来(有时甚至明显地"违背"原生态的真实），以便充分表现既定的人物或事件，给观众以强烈的特定的艺术感染。

例如具有经典意义的叙事单元——《战舰波将金号》中的"敖德萨阶梯"那场戏，编导有意从多角度、多方位、多层面来展示军队士兵残酷镇压民众的事件，并充分调动蒙太奇的"表现"功能，将实际生活中仅有十几秒钟的场景事件，特意拉长、扩展开来，成为数分钟之久的艺术画卷。由于它虽有悖客观却又符合观众的心理感受，便不但没有人笑其"虚假编造"，反而交口称赞其"充实饱满"了。

与之类似的叙事单元或单独的场面，如著名影片《安娜·卡列尼娜》中，安娜自杀的那场戏，如《魂断蓝桥》结尾时叙事玛拉迎着军车走向死亡的那场戏，都有着主观展示的艺术品质。

三、不同品类影视作品的时空截取

影视作品的品类不同，其时空容量必然不同。二十几分钟的电视短剧与一部电影、一部电影与一部电视连续剧的时空截取的不同，是毋庸置疑的。

一般情况下，电视短剧或单本剧，对题材的时空截取要精要、狭窄些，忌讳过分铺张。否则，其结构难免松散，极易造成艺术上的失败。因为很明显，在有限的篇幅内，要展示过长的事件与过广的空间，则无论人物或事件，只能快速扫描，于是除了将"梗概"介绍给观众外，就很难产生别的效果了。

短剧时空截取的常见毛病是：

其一，时间跨度与空间幅度过长过宽，使其结构体难以容纳。强硬填塞的结果，往往使一个短剧或单本剧成了一部电影乃至一部电视连续剧的缩写、梗概。

其二，时空限制过于拘谨。比如只在一个固定场景中，通过两三个人物的对话，表现一个十分短暂的冲突。这种剧作，虽也能吸引人，甚至产生不坏的社会反响，但从艺术角度而言，它们还不能属于"影视范畴"，而应归为话剧一类，或准确地定义为"话剧的电视录像"：因为它们几乎没有、起码没有充分发挥影视表现的艺术手段，如目前正火的时长 30 分钟左右的所谓"情景剧"即属此类。

若题材本身，必须要用较长的时间跨度才能展示，那么就要在空间场面的选择上严加剔选。比如影片《一江春水向东流》，时间跨度大：故事长达八年，贯穿了整个抗日战争前后一家人，以及由此可见的整个民族漫长的生活经历。但影片尽管是上下集，也只有两个多小时的播映篇幅，于是编导便在空间场面的选择上精益求精：既要有张忠良与其妻子两方面反差极大的重点场面的精雕细画，又尽量减少与之关系不大的战争的正面表现、其他社会阶层的各种人物的出场机会……这样，时间虽长，但空间凝练、场面相对集中，较好地处理了时空关系，便使影片获得了成功。类似影片，像中国的《我这一辈子》《祝福》、《武训传》《青春之歌》，像国外影片《野草莓》《情归巴黎》《广岛之恋》《人证》《岸》……乃至《幸福的黄手帕》等等，均可供我们借鉴。

相反，若题材本身限定只能采取小的时间跨度，就要在不违背真实的基础上，尽量扩充其空间幅度，通过适当的较多场面的转换铺排，使影片不太拘谨、僵板，仍灵动活跃、具有艺术吸引力。这方面的优秀影片，如前苏联的《两个人的车站》：正如片名所示——只是两个人在一个火车站内邂逅的故事，时间很短暂，而空间也不宽裕。但由于编导充分调动了影视手段，在短的时间内，尽可能地采用多种场面：车站食堂里、旅店中、车厢内、轨道间、站台上……以及桥头、路口、屋外……又分别是上午、黄昏、夜晚、清晨……于是，本来极易使观众乏味的"情境剧"，便拍成了令人百看不厌的经典名片。

相对较长的艺术篇章，固然具有较大的时空含量，却也必须掌握两方面展现的"度"，"过犹不及"的失误，也要避免。

总之，时空截取对结构体的展现有着重要作用，它不仅关系到影片艺术价值的大小，也在一定程度上决定着影片题旨阐述的成败。

第四节　影视剧叙事的时空线索

所谓时空线索，就是一部影视作品结构体的内在逻辑、内在凭借。影视作品是通过有机的艺术整体来反映生活的，而这艺术整体就必须有一个统摄全部内容的联络物（或曰"纽带"）。因而，无论采用哪种结构形式、品类，结构体都不能没有预先设计并时刻依循的时空线索——因为它是影视作品结构的中枢神经，在无形中制约着影视作品各部分内容的具体落实。

当然，对"线索"的艺术本义，应该有广义的理解。对于那些习惯于将线索只理解为有形的"线"、"条"的作者，有必要在此指明：我们这里所说的是广义的线索，即指将作品内容、生活时空统摄为一个有机整体的纽带或曰灵髓，它可以呈现为有形的"线条"，也完全可以体现为无形的某种"意向"或者"氛围"。只有这样，才利于影视结构体多样式地自然灵动地展现。

根据戏剧核表现的需要，借鉴以往影视作品以及其他叙事性文艺作品的成功范例，介绍一下目前影视剧作的结构线索常见的几种形式：

一、单线结构

单一线索,就是只以一个人、一件事、一种情感、一股意识、一条观念或一种品质为线索的结构形式。这种形式无论在影视还是其他文艺作品中,最为多见。单一线索的结构,其特点是"思路不分,文情专一"(李渔:《闲情偶寄》)。不管是叙述外在世界的某种人事,像电影《我这一辈子》写人,像《老井》写事,像小说《老人与海》、《阿 Q 正传》;也不管是表现内心世界的特定情态,如影片《野草莓》表现老教授的人生感悟,像《相见恨晚》表现劳拉情感的游移不定,像小说中英国沃尔芙的《墙上的斑点》、我国王蒙的《春之声》、陈村的《一天》……尽管在具体的时空展现上,不一定严格按照客观进程的实际顺序,但都可以因内在的某一线索,将其连贯成清晰完整的有机过程。于是,写起来就相对地"省心"、看起来便自然地不大"劳神"。

当然,单一线索也有其局限性:对于反映过于复杂的社会人生、十分错综的事件矛盾的既定戏剧核来说,有时便会感到"力不从心"。

二、复线结构

指在同一作品中,以两条(或两条以上)线索的不同形态的组合来结构篇章。这种形式在现代小说创作中已较普遍地运用,在中外影视作品中,也不乏见。双线索的组合,常见以下形态:

(一)平行式

两个人、两件事或一种事物的两个方面同时进行,而互相比照、影响,进而形成某种特定意义。这种平行式线索也可以称作"对位法"(或曰"复调")。其特点是:将两个或多个本来可以各自独立的主人公或故事,有意对列地平行地展现,进而使组合之后整体篇章的内涵、意义,大大超越两个单独人事各自内涵或意义以及两者的机械相加,而是升华为一种意境阔大、内容丰厚、别具新意的艺术结晶。简言之,一加一大于二。如我国影片《天堂里的笑声》、台湾影片《家在台北》等。采用平行式线索,要注意两点:

其一,不是任何人物或事件,只要平行、对列地叙述,就可以称作"对位法"。对位的人或事,除有一定的联系外,更主要的是它们还要有"相对的独立性"与彼此间的"差异乃至对立"。否则,只一味机械罗列一些义理重复的故事,就毫无意义,反成累赘了。

其二,在一部影视作品,尤其是篇幅不长的影视片内,平行式线索不宜过多,一般不要超过三条,而且还要注意平行线索之间的详略浓淡,不宜机械地"平分秋色、一视同仁"。在这方面,《家在台北》设计了四条线索平行而进,未免多了些，好在它在具体展现中，较好地把握了轻重浓淡，全剧才得以获得基本成功。而大陆影片《混在北京》，在短短的 90 分钟的篇幅内，竟塞进五条人事线索，就难免过多——其总体效果当然也就不尽如人意了。

（二）交叉式

两条或两条以上线索均有各自的逻辑进程，又在适当时空里交叉、碰撞或局部融合。这类结构更自然、更真实：因为现实生活中的一个有机的整体画面，它的各个方面、各个局部、各个层次不可能截然分离，总有这种那种的联系、这种那种的碰撞。适当把握这种离合交错的结构形式，无疑有利于更确切、更广泛地反映生活。例如以海明威著名小说改编的美国影片《乞力马扎罗的雪》，便通过两条线索——人物的现实举止言行、思想情绪与其潜意识的梦境、幻觉、回忆的碎片，相互交叉地展开，将现实与梦幻同时呈现在观众面前……

我国影片《芙蓉镇》也是以交叉式线索结构篇章的：影片反映从 1964 年"四清运动"开始直到"文革"结束这段十五年之久的历史在一个小镇上的缩影。以六个人物（有上层背景的干部李国香、好吃懒做的当地痞子王秋赦、卖米豆腐的小贩胡玉音、"右派分子"秦书田、粮站站长谷燕山、原村支书李满庚）各自的又不相关的经历为六条线索，使之交叉进行、互为彼此地渐次展现出来……由于影片既定内容十分庞大复杂，所以它以六个人物的六条（后半段胡玉音与秦书田的两条线基本合一）线索来表现，也可以理解。但也因此有些人物由于篇幅所限，就难免表象化、脸谱化，比如李国香这个主要的反面人物，就有明显的概念图解的痕迹，展示得过于简单、平面了。所以，在一部影片中还是要注意：线索不宜太多。太多，难免照顾不周、展示不开，造成作品的欠缺。

（三）主副式

两种人事或一种人事的两个方面，平行或交叉式进行，但两者不是"平分秋色"，而是一主一次。这样，既有相得益彰之妙，又避免了编排造作之累——因为实际生活中的人物或事件，很少"对等"地具体呈现在人们面前。过分地一味地制造对等、对列，有时反觉不大自然。运用这种线索形式的篇章，如杰克·伦敦的《麦琪的礼物》：以女主人公卖自己的长发为丈夫的金表买表链为主线，以男主人公卖心爱的金表给妻子买梳长发的发梳为副线，各自曲尽其妙……最后，当两条线索聚合时，令人哭笑不得，百感交集。

在电影作品中，如我国影片《一江春水向东流》，叙述抗日战争时期，张忠良一家人悲欢离合的故事：以张妻在上海家中如何受尽苦难、扶老携幼、颠沛流离作为主线，以张忠良在大后方如何花天酒地、忘却家庭为副线……两者到最后汇到一处，形成了悲剧高潮。这部影片，可以说是主副线索结构的经典之作，值得我们认真参考、学习的。

（四）虚实式

一条线为实线，明白具体地展示在观众面前；一条线为虚线，将所要表现的人事虚化处理，使观众虽不能用眼直观其方方面面，却可凭心想象出其全部内容。这种方式，如鲁迅的著名小说《药》：以华老栓买革命者的血蘸浸的馒头为儿子治病为实线，以一心欲救民众出苦海的夏瑜为革命牺牲为虚线……便立体而凝练地表现了资产阶级民主革命的历史悲剧。（可惜，以之为基础改编的同名影片偏偏忽略了这种线索体现的优点，"为便于电影表现"，把两条线索都实实在在、充充分分地展现在观众面前——结果，反失去了原作的内蕴精髓与艺术张力，沦为平庸之作了）

有必要提出一点：叙事性艺术篇章中的线索设计（无论两条或两条以上），在篇章展现过程中，并非绝对僵化，而可以适当调整的。尤其在长篇作品里，其主副线、虚实线并不是自始至终不能变动，根据人物表现、事件发展的需要，可以适当变化。比如长篇作品《李自成》，作者大体上采取双线结构：开始，以李自成代表的农民起义军与明王朝的生死斗争为主线，以明王朝与关外清军的战争为副线；而到了第五卷后半部，因形势变化，表现重心不同了，于是副线变为主线、原主线则降为副线。这种自然的线索转换，由于符合人们对客观人事关注的重心总在不断转移的规律，就不是缺点，反觉老到圆熟了。

（五）辐射式

又可称"桔瓣式"。是指以一个中心点（一个人物、一个事件、一个中心场面等）出发，向外辐射出多条线索，展现多种场面或人事，进而全方位地反映生活的结构形式。辐射法结构篇章分为两类：

一类是客观辐射型。即指按照客观生活的固有状态，有选择地确定几条线索，围绕既定重心辐射开去。比如陈洁的《大河》，作品写某中学年轻女教师与一位年轻诗人在森林里迷路、不得已度过一夜，不料引起轩然大波。围绕这一"事件"（且被推到后景、虚化处理），展示了各种人物复杂微妙的心理状态。由于每个人物的思想观念、地位背景不同，便有了各种各样的表现——诗人的老婆出于妒意，大发淫威，不分青红皂白，到学校揪女主人公的头发；女主人公的男友，口口声声说"不在乎"，要维护恋人的名誉，却暗暗来到文联招待所找诗人探听情况，想了解女朋友是否"失贞"；食堂炊事员对女主人公则猛烈抨击，一再扬言大家不能包庇她"搞腐化"，而真正的原因却是自己偷猪腿、受过众人批判不服气，想获得一种心理平衡；一个老姑娘，被迫表态，出于老处女的特定心理，东一句"吃惊"、西一句"可怕"，而内心深处却萌生强烈的失落感；学校头头儿对当事人步步紧逼、严厉审讯："年纪轻轻的大学生刚分来就和男人钻林子,这还了得?!校风不整不行了!!"作者在谈到《大河》的构思时写道:"我并没有把男女主人公如何在森林里过一夜作为叙述主线,而仅仅是把它作为某种契机推到背景上去。那些不由自主跑到前景来表演的形形色色的人们,才是我关注的对象。考察一下他们在此一时刻对此一事件的反映,包括语言、神情、动作这些外部世界的东西,及内心世界中思想、观点、看法这些有理性的东西,和模糊的、混乱的、非现实的却又反映他们的生活的复杂背景的非理性的非逻辑的东西,并且在一团混沌中揭示出这三者间既互相渗透、又互相矛盾,既互相联系,又互相排斥的复杂关系,也许比仅仅表现男女主人公如何度过那一晚更有意思。"确实如此,用辐射法表现既定的内容,她成功了。

辐射法的第二类是主观辐射。即是说,它的辐射中心不是依据某客观事物,而是人(一般而言,都是作品中的人物,尤其多为主人公)的某个情绪兴奋点、或曰某种特定的"情绪场"。比如根据谌容小说改编的影片《人到中年》。当然,严格地说,这部作品采用的是多视点组合式叙述,并不是通篇都采用辐射法:它是以主人公陆文婷在病床上临危之际的回忆、联想以至幻觉与其他几个配角的补充性介绍来完成全部内容的展示的。但就全篇重心部分的陆文婷在病床上的心理意念而言,则是采用了典型的主观辐射法——因循着她的思绪,影片忽而表现她如何强撑病体,艰难地完成最后一次手术后终于累垮……忽而出现刚毕业时、青春勃发的女主人公的形态举止……然后,画面又出现"文革"后,主人公为焦副部长治眼病时,那个"马列主义老太太"如何以贵妇身份充分表演、如何伤害陆文婷的人格自尊……接着回忆出主人公当年在动乱岁月里,如何发扬人道主义精神,精心为正被批斗的老焦看病……后面,各种场景均依据临危病人的思绪,时空错乱地出现在银幕上:陆文婷的老同学出国前,与他们夫妇告别时感慨万端的情景……"不称职的"妻子在家中表现……"不称职的"母亲在儿子面前的言行……刚来这所著名医院报到时,如愿以偿地分到眼科的情景……临危时主人公飘忽零乱思绪的影像表现……这样,便以陆文婷在病床上特定情绪为核心,四散辐射出她一生的经历与精神品格。

在此提醒一句:"主观辐射"不是纯然的"意识流",因为尽管在各个片断的联络上,是以思绪转换为依据,然而每一片断本身的叙述(展现)却是按照正常生活逻辑进行,属于"现实主义"范畴。

(六)攒射式

攒射式与辐射式正相反,它是多角度、多侧面,从外向里,由分到合地表现既定的某一人物或事物,犹如众箭齐发、攒射靶心。辐射式结构是以一个核心为生发点,目的是要表现围绕核心的众多情景;而攒射式则是要多层面、多角度地透视轴心。例如根据芥川龙之介的小说《莽丛中》为主改编的著名影片

《罗生门》(黑泽明导演),故事情节很简单:

一个武士携妻远行,途中被一强盗骗进树林。结果,武士死去、妻子受奸污、强盗被抓获。但具体武士是怎么死的,整个事件到底是怎样的过程?则由七个人分别讲出各不相同的情景(情节),尤其是大盗多襄丸、武士、武士之妻三个人对事件的叙述,大相径庭。

大盗讲:武士是他杀的。不过,开始他只想把那女人弄到手,并无杀人之意。但"那个女人突然发疯了似的赶过来拽住了我的胳膊,并且气喘吁吁地嚷道:'要么你死,要么我丈夫死,总得死一个! 在两个男人面前出丑,比死还难受!'这才促使我起了杀心。但我没有用卑鄙的手段,而是进行了堂堂正正的决斗。我把武士松了绑,公平交手,凭本领把他杀了。因女人趁机逃走,我也赶快离开了现场。"

武士之妻则说:当着丈夫的面被另一个男人奸污,丈夫用鄙视、憎恶、冷酷的眼光看着她,使她感到肉体与精神上的双重打击。大盗溜走后,羞耻、悲伤、愤怒的情感交织在一起,她宁可死去,同时也不愿丈夫独留人间。于是,她用刀刺穿绑在树上的丈夫胸口,却突然间失去了自杀的勇气……就一个人走了。

武士之魂则说:大盗不仅奸污其妻,还诱其私奔。不料自己的妻子居然依从,并要求大盗在走之前,将丈夫杀掉! 这话连大盗听了也心寒,因而没有下手。两人是先后逃走的。自己则在愤怒、哀伤中,痛苦地自杀身亡。

三个人的口径如此不同,事实真相到底如何,影片无意回答。却可肯定:三个人都有难言之隐,也便都有所掩饰。而事实真相则是永远把握不准的"谜"。而小说原作与改编后的影片都含有这样的动机:要使读者或观众产生一种哲理思考——在这凄风苦雨的世界里,人生是永远解不开的谜,善与恶也难有固定的标准……

使用攒射式结构线索,一定要在构思时明确表现的核心。即是说,各条线索都是为表现既定核心而出现的。否则,既有中心事件、主要人物的设想,又有多方面与中心无甚关联的独立表现、各行其是,全篇内容必将混杂繁冗,使人迷离恍惚,不得要领。

(七)板块式

所谓"板块式"即"散点透视",即指一种把若干生活片断表面分散呈现,而实质有内层联络,以立体表现生活的结构模式。借用文学品类之一散文的一条原则"形散而神不散"来说明这种结构模式,是很恰当的。在影视创作中,这种结构也很常见,如我国影片《陈毅市长》,分别节选陈毅任上海市长期间的几段并不相关的故事,进而从总体上表现了主人公的精神面貌与行政业绩。再如受众多观众喜爱的影片《城南旧事》,它向观众展示了不相关联的三段故事:

宋妈的故事、疯女子的恋爱故事（其中又包含小女孩二妞的故事）以及小偷兄弟的故事。而出场的人物也大都彼此没有关系：如英子的父母只认识宋妈、疯子秀贞也与小偷没有任何来往、小偷与宋妈更没有任何生活联系……再加上一些"拉洋片"式老北京风情民俗的散漫画面的穿插，整部影片的结构似乎毫无章法可言——然而，正是由这些散漫的人、事、情、景组合成有机的整体，体现出一种深深的怀恋与感伤之诗般的意境，进而具有了独特的艺术价值。

我国电影《被告山杠爷》的主体部分，在"以村规犯国法"的基础上，将几个不相关联的事件集为一体，也是较明显的一例。当然，任何事物的体现都要"适度"，否则，特色难免会成为缺点。运用"散点透视"这种结构方式，要避免两方面的失误：

其一，既然是"散点透视"，那么，作为为表现整体而呈现的各个"点"，就一定要"视透"。

其二，也不能顾此失彼，只在细部、在"点"上下工夫，而丧失或忽略了整体性的内在规范。"聚"与"散"，只具相对意义，其实是绝对不可分离的。

第十二章　影视剧结构设计与呈现

第一节　结构的意义与任务

一、结构的意义

"结构"一词在汉语中最初当动词用。"结"就是结绳,"构"就是架屋。我国明末清初大戏曲家李笠翁的《闲情偶寄》是最早论及戏剧原理的经典著作,他在书中提及:"结构第一"、"词采第二",并以子目"立主脑"、"密针线"等来解释"结构第一"的重要性,并介绍编剧的方法。足证戏剧比一般文学更进一层地注重结构。

结构在脚本上来讲,就是将故事中的人物、少许的对白、复杂的动作、危机、冲突、高潮与结局等,做适当的处理,紧密的联结,合情合理地配合起来——开始、中间、结局——以期将故事能用最有效的方法表达出来,让观众有兴趣地去欣赏。研究结构,就是研究情节编组的问题。

在写作过程中,结构既是第一行为,也是最终行为,写作的第一笔就要考虑结构,写作的最后一笔是结构的完成。杨义认为,"对于整体结构而言,某句或者某段话处在此位置,而不处在彼位置,本身就是一种功能和意义的标志,一种只凭其位置,不需用语言说明,而比用语言说明更为重要的功能和意义的标志。"

叙事结构对影视剧主题思想的表达有很重要的价值和意义,早就引起研究界的重视。早在 1987 年,高鑫就指出:

若将不同的结构方式稍加归类的话,大体有这样三种:
一是戏剧结构。它一般依据时间顺序结构作品,剧情的发展大体经历发生——发展——高潮——结局四个阶段。作品以故事情节、矛盾冲突取胜,给观众一种紧张窘迫的美学享受。

二是散文结构。它一般是依据生活本身的进程来结构作品,段落之间缺乏必然的因果关系,带有较强的纪实性,较少艺术雕琢的痕迹,因而给观众带来的多是真实、淡雅、抒情以及富有生活气息的诗意美。

三是心理结构。它是依据人物的心理流向来结构作品,通过时空交错的方式,将人物心灵历程中的过去、现在和未来穿插起来进行,收到一种细腻、深沉、含蓄、蕴藉的审美感应。

结构是剧本的基础。当你开始结构剧本时,就是要建筑起场景、段落和动作,并把它们放在一起使之统一成一个有开端、中段和结尾的整体,尽管并不一定非要按此顺序排列。结构与剧本写作有关的第二个定义是"整体与部分的关系"。由于你要把剧本的不同部分组合到一起,无论是一个场景,还是组成场景的不同镜头,或者构成段落的各个场景,或者是你需要组织进叙事线索的必要的人物元素,闪回或闪前的穿插等,结构成为把一切粘合在一起的胶。它像地心引力似的是支撑整个物质世界的力量。

在生活故事的洪流中,编剧必须作出选择。

结构,就是对人物生活故事中一系列事件的选择,这种选择将事件组合成一个具有意义的序列,以激发特定而具体的情感,以表达一种特定而具体的人生观。事件或者是人为的,或者能够影响到人,这样便勾画出了人物;事件必须发生在场景之中,于是便生出影像、动作和对白;事件必须从冲突中吸取能量,于是便激发出人物和观众的情感。但是,选择出的事件不能随意或漫不经心地罗列;它们必须有机地组合起来;故事的"组合"有如音乐的构思。

当你阅读和分析一个好剧本时,就像看到把一些电影片段串联在一起的一系列活动影像,是用画面讲述的故事。钟表嘀嗒嘀嗒地走着,小汽车在拥挤的城市街道上缓慢地行走,一个女人推开窗户,婴儿的哭声或狗叫声,汽车开进停车位,所有的这些短小的画面片段结合在一起可以创造出一个紧张而充满悬念的段落,让读者或观众都紧张得似乎要从凳子上站起来。影视剧就是这样的东西,它像盖房子一样,把各种材料放在一起,这些零散的影像片段放在一起可以创造一个有组织的故事线。

当我们寻求解决剧本里的问题的动力时,所有的解决方案,无论是针对什么问题,都要涉及结构。一个故事是由特定的部分构成的整体,包括动作、人物、地点、片段、场景、段落、幕、情节点、音乐、特技效果等等。所有这些部分经过建筑的工艺并组合成一个故事结构是剧本的基础,它也是解决问题过程中最基本的步骤。

每种艺术，各有其独特的结构。影视剧脚本的结构，与诗、小说、戏剧不同，普多夫金对电影脚本的结构就曾有过一段精彩的分析：

> 我们知道，小说和戏剧各有它们的一套标准，来规定故事叙述的结构，当然，这一套标准与电影编剧所运用的标准，关系非常密切，但并非可以原封不动加以压缩引用。其实，电影脚本的一般结构中，真正的问题归纳起来只有一个，那就是"张力"（tension）的问题。在处理脚本中的动作时，编剧必须时时考虑动作处理的不同程度张力，这个戏剧动作的张力，必须能够在观众身上得到反应，他们在观赏之时深深地被吸引住，引发他们兴奋的情绪，这个兴奋情绪的引发，并非单单只依赖于戏剧性场景的塑造，而且可以透过一些全然外在的方法加以创造或增强。戏剧动作中强而有力的要素的逐渐结束，透过剧中角色迅速而有力的表演动作来呈现每一场景，以及群众场景的呈现等，所以这些都可以左右观众兴奋情绪的高昂。编剧必须能够精通此道以编撰他的脚本，他必须知道观众对于正在发展的戏剧动作的投入，乃是渐进的，只有在最后才达到感动的最高潮。①

小说的长度可以伸缩自如，电影故事片通常只限于两个钟头，而电视剧每集只有45分钟左右。所以影视剧作的结构形式应该是多种多样的，千变万化的，每部剧作应该有每部剧作独特的结构方法，每个剧作者应该有每个剧作者自己的叙述形式，甚至对于同一剧作者来说，在不同的剧作中也会有不同的结构形式。事实上，在无数优秀的影视剧作中所呈现出的结构形态也正是千姿百态的，而且，随着现代生活的急剧变化和审美观念的发展，剧作的结构形态正处在不断发展和演变之中。编剧好像建造房屋，在把故事变成脚本的过程中，要仔细推敲研究它的结构。有了完美的结构，不但写作起来更加方便，且可使作品减少缺点。

二、结构的主要任务

选好题材，经过构思，我们就要动手搭作品的结构了。

结构占一部影视文学作品成败关键的30%，万事开头难，切莫等闲视之，掉以轻心。拿盖一幢大楼作比方，万丈高楼平地起，题材是基础，结构是框架。有什么样的基础，就能盖起什么样的楼房。但基础好，框架也要搭得好，才是

---

① 转引自张觉明著《实用电影编剧》，中国电影出版社2008年版。

一座完美的建筑物。

（一）结构的主要任务是理线索、拧"麻花"

所谓结构，就是构思好你的故事走向、人物关系、情节高潮、主题思想。美国好莱坞总结出一套编剧规律，即：开端，设置矛盾，解决矛盾，再设置矛盾，直至结局。中国也有自己的编剧规律：启、承、转、合。笔者认为无论国内国外的编剧理论都有道理，大同小异。

有人说写作的最高境界是无技巧的技巧，无结构的结构，无规律的规律。本人不敢苟同，颇觉这种说法不是文字游戏，就是理论游戏，本身就是一种技巧。像天书一般，玄之又玄，实在令人难以掌握。戏剧受舞台的限制，才创造出严格的"三一律"，电影也自有它的限制，自有它本身的写作规律。一个剧作家，写舞台剧本，或者写影视剧本，都会自觉不自觉地按约定俗成的编剧规律创作，万变不离其宗。这里，我们来解读一下电影《全民目击》的结构安排——

看过《罗生门》的朋友对其中的回环结构一定不会陌生，电影中几位事件关联人物对同一事件的不同叙述，事件按照不同人的叙述一遍遍循环往复的演进，最终找出事实的真相。票房和口碑皆不落俗套的悬疑电影《全民目击》，应该属新世纪华语电影中采用回环结构拍摄的一部新作。笔者对这种独特的叙事结构独特的故事几近迷恋。本部电影的叙事角度，不是别人口中的多线叙事，而是单线叙事。这条线就是审理的过程，明显按照时间顺序推进。从结构上看，在单线上"挂着"的不是常规的、一个个不同并有内在关联的事件，而是一个事件的反复演绎，加另一个事件的反复演绎，加再一个事件的反复演绎，但需要注意的是，尽管事件是一样的，但其实可以按两件事理解。因为视点不一样，看到的东西就不一样，引出的结论也不一样，所以从某种意义上讲，这既是重复，也不是重复，其作用和上帝视角的闪回很像，每一次反复演绎都引出了新的线索，推进了主线的发展。所以它能和《罗拉快跑》的块状结构也区分开来。

第一部分：《全民目击》电影的开始就是从打官司开始，只提取了当时地下室的一个角落视频，作为很有实力的林泰来说，要想拷贝一件这样的视频是很轻松的事情。然后他就开始他的拯救女儿计划。林泰很成功，有钱，有势力，有爱，有正义。但这也避免不了他还是一名老奸巨猾的奸商，更是一个钻法律空子的嫌疑人，他的实力和财力大多来源于他的不明行为和那些不为人知的秘密。童涛是个正直的检察官，他知道林泰是个奸商，他以各种方式逃脱了对他的三次罪行的起诉。童检一直想将他绳之以法，但世事难料，不是那么简单。

第二部分：林泰一心想救女儿，请了一流的律师周莉来帮忙打这场官司，周莉得知所有的过程后就在开庭前和林泰说了,您的女儿必须承担15年的牢狱之灾,是避免不了的。林泰太溺爱自己的女儿,在办公室听到周莉律师跟他说出女儿要承担15年的牢狱之灾时,他的表情是非常激动和失控的,无论用什么办法都不能将自己的女儿送进牢狱,于是就开始一系列的拯救女儿计划。

第三部分:参与计划的不光是林泰自己,请大家认真地看看这部电影,林泰、孙伟夫妇,还有林家的管家,都是主要人物。这里面包括孙伟夫妇都是看着林泰之女——林萌萌长大的,像自己的孩子一样,孙伟自己得了癌症,已经到了中期,就跟林泰商量用自己的命换取萌萌的自由,但是林泰不同意,大家可以再看一遍当时孙伟和林泰的对话,就可以看出林泰虽然是生意上的老奸巨猾和奸商,但他还是一位有着良心的大度的男人。孙伟不管林泰怎么想就一直要帮萌萌洗罪。林泰毫无办法就听取了孙伟的计划,包括林泰和孙伟老婆的相片也是孙伟一手策划的。

第四部分:为了给萌萌洗罪,林泰开始收买大量当天地下室案发现场的所有车辆,然后自己打造了一模一样的地下室,来重新走了一次当时案件的过场,孙伟让管家拍完视频后一一认可,但是话又说回来,林泰是个老奸巨猾的商人,他的脑子很好使,可以说一路走来什么事都遇到过,他想得很周全,知道童检察官不会这么轻易地相信,所以要求再拍一遍视频,在这里大家注意到没有,重新拍的时候,林泰说前面不用拍,只拍杀死女明星的那个重要环节,林泰在周莉翻看的视频里已经暴露了,电梯走来的是孙伟,而遮掩盲区穿过去的就是林泰,这样一来一部视频就能完美地成了两部,这是一名父亲的伟大。

第五部分:周莉帮林泰打这场官司,其实她本身也很厌恶林泰,但是身为律师的她也有圈里的规矩,律师不能反咬雇主(就像魔术师不能揭穿其他魔术师的秘密一样),周莉帮完林泰,但是事情不那么简单,她自己都感觉到,从林泰的眼神中看到了一种狡猾,而这种狡猾更不是周莉和童检两位那么高端的人能够触碰的。

第六部分:周莉得到一陌生人发来的消息,声称自己有当时在地下室的视频,这视频是整个事情的经过(这个视频就是林泰让他的管家发的)。得知这一消息,周莉把首付的定金交了后确认是当时地下室的视频,然后派她的两名手下去天桥下取下半部分的视频,那个取视频的人看完下半部分后说了句:我终于知道他为什么不找林泰了!

这句话什么意思?有人认为是怕林泰杀人灭口,还有人认为当时那个男的已经知道是林泰自导了这一部视频,自导了一部成功的骗局。

第七部分:周莉只是让她的手下查看视频是不是完整的,手下确认是完整的后便相信林泰太过于畜生,自己杀人要让自己的女儿来顶罪,便以匿名的方式发给童检这部视频,但是在发给他之前在视频里加载了一个软件,就是文件下载后会自动消失,这里的自动消失是从下载完后就将自动删除,而不是将视频播放完来自动删除。周莉为什么会这么做?她就是想赌一把,林泰是她的雇主,她不能在法庭上将她的雇主绳之以法,借助于童检的实力来将林泰搬倒。没想到童检也是赌一把,抓住林泰的心理和他最脆弱的点来攻击他使他精神崩溃,让他认罪,但是大家不要被表面遮蔽了双眼,林泰老奸巨猾,他比孙伟会演戏,他就将计就计,也可以说这计划也是林泰一手策划的。

第八部分:当林泰在法庭上故意精神崩溃地说出自己是杀死女明星的凶手时,女儿萌萌不想看到自己的爸爸这样做,因为凶手确实是自己。而林泰余光看到女儿要为自己辩解,就说出一句:我一定会死在龙背墙后,龙背墙是什么?没错,是一个故事,也是一段神话。父亲的这一番话是在旁敲自己的女儿,你不要为我辩护,如果你敢说出真相,我将一头撞死在这里。

第九部分:这场官司终于完了,周莉回家后仔细看了下视频的所有经过,细心地发现,就是在之前所说的盲区,穿过盲区只能看到下半部分,两人穿的衣服一样,鞋子一样,但是唯一不一样的就是迈的步伐和走路的姿势不一。周莉才大胆想象做出了后面的事情,去了林泰的老家,然后查到林泰确实在之前买了大量二手车,和当时在案发现场当天停的每一部都一样,然后一个克隆版的地下室就在那里,这时的周莉才明白,这个老奸巨猾的林泰是一个奸商,但他更是一个伟大的父亲!

大家回想下,在周莉发给童检视频之前,她问过萌萌开车撞人的到底是谁,当时萌萌说的是实话,说是自己。但是周莉误以为这个禽兽不如的父亲怎么能让女儿为自己当替罪羊,所以才走错了一步。尽管自己是多么的厌恶林泰,但也不能不顾一个律师的责任。所以后来才找到林泰说不要任何费用帮林泰打这场官司,而林泰拒绝了她。

结尾:周莉去了林泰的家里,敲门后萌萌没有开,便塞进一封信,告诉萌萌你的父亲用生命换来你的自由,不是让你偷生,而是让你重生。

童检和手下准备回去庆祝,但是回想了下当时在法庭林泰认罪得那么彻底和从眼神中看出那样的真诚,就感觉不对,因为他跟林泰在官场有了十几年的交道,感觉他不会出现那样的眼神,便做出了和周莉之前一样的做法,也去了林泰的老家,了解那里的龙背山什么意思,又去了机械厂看了下那里的克隆地下室,这才明白!这时萌萌打来电话,告诉童检自己才是真正的凶手。

这部电影告诉我们,你虽然是个犯罪之人,但是你依然是一名可敬的对手,我是一名执法者,我不会因为你的父爱来瞒天过海。凶手永远是凶手,谁也代替不了……(转引自百度贴吧,楼主:上火)

众所周知,观众到电影院看电影是来做梦的,做地地道道的白日梦。有些事情在生活中做不到,我们才在电影营造的梦幻中获得精神上的满足,获得共鸣。一部电影放映 90 分钟,要想让观众在黑暗中坐这么长时间,你必须不断给他强烈的刺激,或欢乐,或悲哀,或紧张,或愤怒,或惊恐,或惶惑……没有刺激,观众的视觉神经疲劳了,很快就会睡觉,或者离开电影院。剧作家必须根据观众的心理,按着严格的规律构思剧本。

电影剧本是什么? 概而论之:简单的故事,两三个主角,曲折的情节,尖锐的矛盾,深刻的主题思想。我们把它们有机地组合在一起,就结构成一部剧本了。

美国电影《魂断蓝桥》最具有典型性。一个芭蕾舞演员爱上一个即将出征的军官,两人刚刚结婚,丈夫就上前线了。战时生活物资供给不足,妻子苦苦度日,连肚子都填不饱,却能够咬紧牙关守身如玉。当妻子在报纸上看到丈夫阵亡的名单,她的精神支柱崩溃了,后为生计所迫当了妓女。战争结束后,丈夫却回来找她了,原来报纸上的阵亡名单有误。妻子羞愧难当,自尽了。这是一个有情人难成眷属的故事,故事再简单不过了。主角始终是两个人,情节却分外曲折,矛盾也特别尖锐。它的主题思想是什么? 毫无疑问是反对侵略,控诉战争! 假如丈夫不上前线,报纸不误报他牺牲的消息,妻子的生活很优裕,那么两人之间的悲剧也就不会诞生了,编剧也就结构不成如此经典的剧本了。

理清楚每一条线索,想办法将这些线索拧成"麻花";搭好故事的大小结构,才能"下笔如有神"。

(二)结构的首要元素是构建矛盾冲突

现当代戏剧理论已经确立了"戏剧的本质是冲突"的观念。《简明不列颠百科全书》对"冲突"的解释为:"决定一部文学作品的事件类型或情节的对立力量。冲突最简单的形式,是主人公和另外的人的斗争。但冲突也可以是个人与自然界、社会命运或与其自身的矛盾势力的斗争……"

《辞海》则如下释文:"文艺用语。现实生活中,人们由于立场、观点、思想情感、要求愿望等的不同而产生的矛盾冲突在文艺作品中的反映。在叙事性作品中,冲突是构成情节的基础,是展示人物性格的手段;戏剧作品特别注重冲突的展示,没有冲突,就不能构成戏剧。"

总之,无论从中外戏剧、影视的历史中,还是从上述所引的中外有关戏剧、影视创作的理论里,我们都应认识到:冲突,是任何"戏"的本质之所在、生命之所在。一个优秀的剧作家,必须具备自相矛盾的能力,自己跟自己过不去,自己战胜自己。你就像那个可笑的寓言一样,是个制造兵器的卖家。先宣传自己矛有多么锋利,什么样的盾都能戳穿;再宣传自己盾有多么坚固,什么样的矛都穿不透。所不同的是他是个商人，你是个剧作家，目的都是推销自己的产品。

如果有人问：用你的矛攻你的盾，哪个更厉害呢？

笔者要毫不犹豫地回答：假如剧情需要，我的矛会攻破我的盾，我的盾也会抵住我的矛，只要它能刺激观众的情绪，二者同样厉害！

一个会讲故事的人，就是一个善于设置矛盾，善于解决矛盾的人。说书人讲的是听的故事，编剧写的是看的故事。古希腊特洛伊木马的故事，就是能听也能看的故事。你看它是一对多么难以克服的矛盾，守城人的城池异常坚固，攻城人的军队无论多么强大，也无法攻破城池。矛盾必须解决，否则这个故事就不会流传千古了。于是攻城人想出个绝妙的办法，将士兵藏在木马肚子里，任凭守城人缴获木马。待夜深人静，守城人都睡觉的时候，士兵们神不知、鬼不觉地从木马肚子里钻出来，一举夺下城池，克敌制胜，矛盾也随着人的智慧巧妙地解决了。编剧就是要做一名先造一座坚固城池的人，然后殚精竭虑，想出常人想不到的点子，比如特洛伊木马，再攻克自己设置的坚固的城池。所以笔者提醒编剧一定要做一个自相矛盾的人，在一部 90 分钟的影片里，不断地以子之矛，攻子之盾。

要是有人请你写一部旅游的故事片，如果一帆风顺，没有矛盾，也就没有故事了。你必须设置矛盾，设置障碍，让自己不能一帆风顺到达目的地，那才有戏。假若我们剧中的男主角失恋了，他想坐火车去外地散散心，抚慰一下自己的伤痕。你千万不要轻易让他碰上一个美丽的姑娘，像诗歌里描写得那样浪漫，一见钟情，相见恨晚。那就自己钻进死胡同，走不出来了。

我们这样设计矛盾：偏偏让他在旅途中碰到抛弃过他的女人，不是冤家不聚头，他仍旧痴情不改。可女人已经有了新的心上人，出来度蜜月来了，这就造成对男主角强烈的刺激。大家在疙疙瘩瘩的并不愉快的旅途中，还会碰到许多麻烦：地震、水灾、沙暴、抢劫、造成险情，以至停车、误点。让男主角想躲开那对新婚夫妇，却怎么也躲不开；让抛弃过他的女人，在危难之中重新认识她爱过的两个男人。单就人物而论，男主角本身是矛盾的，女主角见了他也是矛盾的，女主角的丈夫见了他同样矛盾，诸多潜在的矛盾因素碰撞在一起，能不爆发冲突吗？冲突即是矛盾。

剧本中经常出现这种情况，大矛盾里套着小矛盾，小矛盾引爆大矛盾，一个矛盾解决了，另一个矛盾激化了，从次要地位上升到主要地位。或者一个矛盾激化了，无意中却解决了另一个矛盾。

再看美国剧本《绿卡》。男主角是一个法国音乐家，他想移民美国求学，因此和一个美国的女植物学家假结婚，组成家庭，到一定时间即可获得绿卡。女主角和他假结婚的目的，是想获得他提供的一座温室，进行植物学研究。一开始两人住在一起别别扭扭，法国人的浪漫和美国人的豪爽，很难融洽。这就形成剧中的主要矛盾，两个人虽互相讨厌，却为了相互的目的，不得不做戏给移民局看，搞得啼笑皆非。当终于熬到移民局规定的时间，男主角就要获得绿卡时，却因为刷牙这么个小小的破绽，前功尽弃。移民局官员将男主角押送出境前，主要矛盾激化了，无意中解决了另一个矛盾。女主角由讨厌他，到长时间的不断接触，发现自己已经爱上了他，两人都难舍难分了……

这里要着重指出一点，设置矛盾需要找出其合理性，解决矛盾需要找出其必然性。令人猛一看上去，你设置的矛盾好像出乎意料，后来一想，恍然大悟，实乃意料之中的事情。但观众跟着你的思路走，没有人注意你背后的案头准备工作，如果你的矛盾设置得虚假，或者不恰当，那么谁都不会买你的账。就是说，你的剧本失败了。

常常遇到这样的习作者，自认为他的故事编得很精彩，可读过之后让人如坠云雾中，丈二和尚摸不着头脑。原因在于他故事的矛盾缺乏合理性，不能叫人信服。不错，编剧么，你可以发挥想象，无中生有，所有的故事都不啻异想天开，是编写出来的作品，虽说艺术高于生活，究竟来源于生活。我们所提倡的自相矛盾，不等于作者自己心里不清楚。如果你在剧本中假设，一个普通的农村小伙子，因为是一位女电影明星的影迷，而狂热地追求她，想娶她为妻。女电影明星开始坚决不同意，小伙子穷追不舍，每天给她写一封情书，送一束鲜花。后来姑娘终于被打动了，嫁给了小伙子……这确实是一对难以克服的矛盾，想法也非常浪漫，像现代的《天仙配》。问题是双方的地位、环境相差悬殊，落花有意，流水无情。仅靠写信和送花就能打动电影明星，解决矛盾的方式不能令人信服，你必须重新考虑矛盾设置的合理性，千方百计地自圆其说。

假如换一种思路，女明星碰到"反右"或者"文革"运动，被打成牛鬼蛇神，下放到小伙子那儿的农村劳动改造。她的心灵受到极大的打击，走投无路，情绪坏到极点，非常需要帮助和温暖，需要有人挺身而出，雪中送炭……这样一来，你的矛盾设置和解决就成立了。电影明星本来不可能爱上他，现在完全可能了。你的故事虽苦涩，但也不失之罗曼蒂克。电影剧本《牧马人》中主人公的爱情，便是典型的例子。

由此可见，没有矛盾就没有戏剧。设置矛盾应该找出产生它的合理性，解决的必然性。矛盾是你剧本中的原动力，一个矛盾解决了，另一个矛盾又产生了，彼此之间的关系可以转换。

（三）结构的终极目标是塑造人物形象

所有的文学形式表现的核心都是塑造人物，即使诗歌也是如此。影视文学和其他文学形式相比较,唯一的不同之处是小说、长诗一般都要大量描写人物的心理活动,影视剧本却很少描写心理,必要时写点简单的心理提示,画龙点睛。因为影视艺术是演员的语言和形体动作,将心理外化的,除非剧情需要,不得不加话外音,讲述一下人物特定时期的心理活动。朝鲜电影《卖花姑娘》便是一例。随着现代电影表现手段的不断丰富,这种表现手段基本淘汰了。我们想一想读过的小说,看过的影视剧,可能随着时间的推移,年代的久远,故事的情节早已模糊或者忘记了。可是那些鲜明的人物,时常浮现在你的脑海中,伴随你成长、生活,难以磨灭。你要想写好一部剧本,想塑造出几个性格迥异的人物形象,必须求助于你的生活积累,求助于你的观察和体验,才能做到胸有成竹,胜券在握。

尽管人的性格随着特殊环境的磨砺,可能发生变化,我们塑造人物不能简单化,应该像多棱镜折射太阳的光辉,具有多面性。但根据个人血型、气质的不同,可大致划分为四大类:内向型、外向型、抑郁型、冲动型。除了这四种性格之外,笔者把某些不属于正常性格范畴的人列入古怪型。

俗话说,三个女人必讲丈夫,三个牧童必谈牛犊。仔细想想一点不错。你观察一下吧,生活中,不管干什么职业的人,都带有他那个行业的基本特征,往往三句话不离本行。文人必定谈文化,教师必定谈学生,商人必定谈钱,医生必定谈病例,警察必定谈案件。即使是小偷,虽作案时很少说话,你注意过吗?在火车站或者汽车站遇到这类人,他的眼神儿和普通旅客绝对不一样。一般旅客急着赶车,眼睛只盯着检票口。小偷的眼神儿却左右乱转,目光专门盯着旅客的衣袋或者旅行包。不管多少人来人往,警察一眼就能看出谁是小偷,这是他职业经验的积累。

剧作家也是一种职业,我们必须具备观察人物内心的经验和能力,这也是塑造性格的一种起码的手段。老舍先生在一篇谈观察人物性格的文章里,举过一个急性子和慢性子点蜡烛的例子。急性子的人划了一根火柴,没点着蜡烛,他恨恨地甩掉火柴,骂一句自己:"真笨蛋!"慢性子的人没划着火柴,却摇摇头,叹口气,不说话。你看这两种人的性格,不一下子就鲜明地呈现在我们面前了吗?

具体地说,在电影剧本中,常常运用细节塑造人物。你想写一个老辣世故的人,将他复杂的内心外化出来,怎么办呢?我们假设他家里来了一位客人,主人先从玻璃橱中拿起较名贵的茶盒,略一犹豫又放了回去。再打开一包普通的散装茶叶,一边往杯子里倒,一边漫不经心地说,这种茶叶是朋友专门从黄山捎来的,咱们一起尝尝味道怎么样?其一,从高级茶盒换作普通的茶叶,我们马上知道来的客人并不重要;其二,主人既会看人下菜碟,又能显示出自己的热情得体。请注意,他是漫不经心地暗示客人,他的茶是朋友从黄山捎来的,是最好的茶叶。主人为人处世的城府究竟有多深,观众通过这个小小的细节,足可以略见一斑了。

你若想塑造出一个人物,必定将他或她的动作或语言推向极致,才能表现出鲜明的性格。在你的写作中,无论一个人物的行动或者语言,只要重复出现三遍,就能给观众造成强烈的冲击,留下深刻的印象。生活中也是这样,一个人一见面对你谈过三次钱的问题,这说明他非常想得到钱,或许是个财迷,或许是个吝啬鬼。一个男人当着你的面,接连三遍盯着某个熟悉的女人,或许他恋爱了,或许他失恋了。电影不像小说,有足够的篇幅描写他的心理,让读者咀嚼回味。电影受时间限制,我们只能通过蒙太奇手段,迅速表现一个人物。你能在短暂的时间内,强调三次同一动作或语言,那你的人物基本成立了。

由此我们总结一下:写好一部作品,必须写出几个性格迥异的人物。若想塑造出理想的人物形象,应该首先截取他一生的横断面作基础,并立一个小传。表现你的人物时,切忌简单划一,因为每个人都有他的多面性。必须把人物的行动和语言推向极致,才能表现出鲜明的性格。

第二节 影视剧的戏剧核与结构体

一、影视剧的戏剧核

戏剧核是影视作品全部内涵的生发点、核心,是思想、情感与素材形象初步艺术结合的意象实体。创作者在构思意象阶段,最初的创作冲动已与具体、丰富的生活内容结合起来,朝着电影或电视剧创作的具体实现又迈进了一步。在其头脑中,已经积蕴着与创作意图有关的广阔的生活画面、人间景象或心理意象。它表明作者关于生活与人生的某种思索与探求,得到了初步的定向、定位,并同时寄寓到一个虽宽泛而有某种界定的形象群体之中。

戏剧核,更确切地为其下定义,可称为"戏剧胚胎"、"剧作雏形"。正如人之生命的形成初期,虽几乎看不出"人之全形",但人之为人的基本元素已经具备。在构思意象基础上凝聚而成的戏剧核,也具备了戏剧之所以为戏剧的基本元素,即:戏剧的题材、戏剧的题旨、戏剧的艺术基调(或曰艺术品格)。

常常有这种情况:作者已经确定了题材、题旨,就是不能下笔,或者仍然无所适从,整体艺术意象就是在头脑间出不来。这时的苦恼、困惑乃至绝望,非有体验者难以知晓。用创作者常说的话就是:"苦于找不到那种感觉!"只有当这种感觉终于找到之后,整个艺术构思才能活跃起来,戏剧才有了基本雏形,才使作者摆脱困境、进入下一步构思……这种"感觉",就是与既定的题材、题旨相契合的艺术品格或艺术基调。犹如拉二胡、弹琵琶,只有调好弦、定准调,才能得心应手地演奏乐曲。否则,晦涩佶屈,演奏者既艰苦、听赏者更难受,艺术美感又从何而来?因此,在戏剧核的确定过程中,必须认真考虑艺术因素,对未来影片的艺术基调、表现风格有大体的设计与把握。

当然,作为戏剧核的元素,此时对艺术方面的思考只是基调型、梗概式的,比如:其基调是现实主义的,还是浪漫主义的,抑或是现代主义的?在艺术表现上,是写实手法还是荒诞、象征手法?在笔触上,是严肃而抒情,还是幽默而调侃?……如此等等。不能也不宜过于细碎、僵化。

这里要注意:不可为别出心裁而单纯在艺术品格上追求时髦,而必须参照戏剧所反映的社会生活内容与既定题旨;必须考虑创作者自身的艺术禀赋与一贯的创作风格。否则,一味地为追求艺术品格的"震世惊俗"而强迫、扭曲自己,就非但无助于戏剧题材、题旨的艺术展示,反为艺术创作的病灶与赘疣了。这方面的教训,在中外电影电视创作里是很多的,我们应引以为鉴。

二、影视剧本的结构体

将戏剧核通过横向、纵向的立体展开,即通过时间、空间的延展,所形成的具体表现影视剧内容的艺术框架,便成结构体。结构体是"表现"阶段关键的一环,影视剧作成功与否,在很大程度上取决于结构体设计的优劣。古今中外的作家、文艺理论家,均强烈地意识到了这一点。如美国作家艾萨克·辛格当被人问及创作过程中哪一方面最困难时,答道:"故事结构。我认为这最困难。一旦结构定了,写作本身——描写与对话——就随流而下了。"

如果我们把辛格所说的"故事"作广义的理解,那么,这段话无疑是深味小说、影视剧作等艺术创作的甘苦之言。前苏联作家法捷耶夫引用托尔斯泰的话亦如是说:"组织材料是最困难的任务:有时细节会使作家离开主题,有时相反,主要的东西没有具体地体现到必要的形式中。"那么,怎样才能理想地完成这个"最困难的任务"呢?我国清代戏曲理论家李渔的话可资借鉴:

> 作传奇者,不宜率急拈毫。袖手于前,始能疾书于后。……尝读时髦所撰,惜其惨淡经营,用心良苦,而不得被管弦、副优孟者,非审音协律之难,而结构全部规模之未善也。(李渔:《闲情偶寄》)

这段话说得好。为什么不少人写剧本,确实是苦心积虑、惨淡经营了,而成品却不为人们所接受?不是细节不精,不是情景不美,只在于——"全部规模之未善也"！因此，在具体动笔写作剧本之前，必须缜密地谋篇布局，对结构体作一番认真的匠心设计。

我国金代的王若虚道："或问文章有体乎？曰：无。又问无体乎？曰：有。然则果如何？曰：定体则无，大体须有。"（王若虚：《文辨》）这个说法，既指出任何篇章都要有大体的"常规"，又强调了一切行文都没有不变的"定法"。影视剧本的创作，自然也不能例外。影视剧是反映生活的，而生活本身千变万化，孰可人为规范？这就决定了影视剧及其组成因素——结构体不能死板规定而应富于变化。但问题的另一方面则是：结构体虽然要"与世浮沉"、乃至"随风俯仰"地有所创新，却不等于可以"随心所欲"地胡乱编撰，否则，物极必反，也将造成创作的失败。

客观事物虽然千姿百态、变化无穷，但总有其自身的固有规律与事物间的内在联系。因此，影视剧结构体虽然可以、也应该不拘一格、追新求巧，但绝不可忘记：要使这"新"有所皈依，这"巧"有所规范。而更重要的是——它最终应能够被人们所接受、所理解、所欣赏。

在中外小说与影视创作中，因过分在文体、主要是结构体上追新求巧，反而削弱了艺术魅力，以致造成失败的作品比比皆是。在这方面，即使世界名著、经典影片，有时也在不同程度上有此弊端。在小说创作方面，例如蜚声文坛、获得众多人崇拜的意识流经典作品、乔伊斯的《尤利西斯》，就因过分追求所谓的"内心世界的真实、自然"，而几乎完全不考虑客观事物的规律、内在联系和读者的接受能力，将近于纯粹心理的"意识流"搬到文学中来，虽然有其一定的艺术开拓意义，但作品的艰涩难懂是世所公认的。美国作家、曾获1978年诺贝尔文学奖的艾萨克·辛格如是批评道：

他写得艰涩难懂，好让别人一直解释他的作品，采用大量的注脚，写出大量的学术性文章。在我看来，好的文学给人以教育同时又给人以娱乐。你不必唉声叹气地读那些不合你心意的作品。一个真正的作家会让人着迷，让你感到要读他的书，他的作品就像百吃不厌的可口佳肴。高明的作家无须大费笔墨去渲染、解释，所以研究托尔斯泰、契诃夫、莫泊桑的学者寥若晨星，但是乔伊斯的门徒就需要具有学者的风度，或者说具有未来学者的风度。……乔伊斯把他的聪明才智用来造成别人读不懂的作品，读者要读懂乔伊斯，一本字典是远远不够的，他需要借助十本字典。大概读他的作品的人都是博士学位获得者或在攻博士学位的人。他们喜欢搞一些晦涩难懂的谜。这是博士的特权。①

　　辛格这段话未免有些调侃、讥诮成分,但不可否认它包含着一定的道理。据说,全世界真正读完并读懂《尤利西斯》的人还不到十个。当然,强调影视作品要遵循客观事物的规律、内在联系及观众的认识规律,不等于说影视剧作的结构要死板、平直、让人一览无余,在符合这个原则的前提下,完全可以、也应该丰富多彩、巧妙精深,使观众获得高度审美享受。

　　比如影片《人到中年》的结构便是如此:它似乎完全不顾客观生活的秩序,"肆无忌惮"地将时间颠倒、将空间错位,以躺倒在病床上的女主人公陆文婷的内心"视界"为核心,时而倒叙、时而插叙、时而幻象、时而回忆、时而是主人公自身的联想,又不时插入亲朋好友与她有关的片断忆思……表面看来,很是零乱,但全部影片看完之后,观众基本上能较清楚地把握陆文婷从一个朝气蓬勃的青年学生在生活的磨砺中逐渐成为一个身心交瘁但仍正直善良的中年医生所经历的全过程。而且影片内"零乱无章"的各个片断,最终都能在观众头脑中经过梳理而被安放到正常的位置上去,绝无恍惚迷乱之感。

第三节　影视剧的总体结构类型

一、戏剧式结构

　　戏剧式结构又叫做"传统式结构"。戏剧式结构在电影史上占有重要的"传统"位置。这不仅是由于电影自有声以来,就采用了这种结构形式,迄今为止,在世界电影中,仍有不少名片佳作继续在采用这种结构样式。

　　所谓戏剧式结构,并非就是舞台上的戏剧艺术结构,但它又吸取了戏剧艺术结构中的一些重要元素。关于它们之间的异和同,推崇戏剧式结构的美国戏剧和电影理论家劳逊对此曾作过概括:"戏剧按照冲突律来结构剧本,也适用于电影剧本的结构",但"电影在应用这一定律时必须注意一些重要的特殊条件"。

　　汪流主编的《电影剧作概论》,比较详尽地介绍了戏剧性结构的三个主要特征:一个是戏剧情节的贯串性,一个是时空发展的顺序性,再一个是整体布局的严谨性。

　　戏剧情节的贯串性是其最重要的特征,即以性格冲突构成戏剧冲突、以戏

---

　　① 转引自桂青山著《影视剧本创作教程》,北京师范大学出版社2004年版。

剧冲突构成戏剧情节，并以戏剧情节贯串于剧作的始终。因而，在戏剧结构中，十分讲究对矛盾冲突进行集中而凝练的处理，并迫使其尖锐化，十分讲究对情节进行曲折而复杂的安排，并使其在发展中贯串于全剧。正因为如此，因果关系便成为性格矛盾的发生、戏剧矛盾的形成和戏剧情节的发展的内部动力。所以，在戏剧结构中，对人物、事件以及细节等各方面的因果关系，进行合理而巧妙的安排十分重要。戏剧情节的贯串性，就必然要求其本身具备完整的特点，即因果关系清楚，起、承、转、合明晰，矛盾的发展有层次，冲突的形成重累积，注意分场分段，重视对戏剧情节的线性安排和对重点场面的点式处理，讲究故事有头有尾，线索分明。

戏剧性结构的第二个特征，是时空的顺序性。一般都是以顺时的时空关系构成的，使故事的发展按时间的顺序进行，使情节步步推进、环环相扣，绝不允许随意打乱时空顺序。从一般意义上说，时空的顺序安排，使观众看起来比较顺理成章，因而易于被观众接受。

戏剧性结构的第三个特征，是它的布局的严谨性。整体剧作包含着开端、发展、高潮和结局四个部分，而且在每一段戏里也大都包含着以上四个部分。由于分段分场明显，以及段落和段落、场面和场面之间，按因果的内在联系形成的顺序组合，这都是造成布局上规整和严谨的直接原因。

二、散文式结构

散文式结构分成两类：线形结构和呈块状结构。

线形结构有如下特点：

1.它确实像阿契尔所说，把一个性格，或者一种环境的变化阶段，表现得那么委婉细致。与戏剧式比较，它不着力于表现冲突，而是着意于表现人物思想情感的细微变化。

2.正因为线形的散文式电影要着意去表现人物思想感情的细微变化，而不是着力去写矛盾冲突，这就决定了它在取材上具有自己的特点。这就是，线形的散文式剧作的取材，不从是否有利于开展冲突的方面去着眼，而是着眼于那些有利于表现人物思想感情细微变化的材料。

3.重细节，不重情节。这一点很重要。戏剧式影视剧依靠一条主要情节线索的发生、发展和解决来完成叙事。而散文式影视剧则不然，它不重情节，而是在细节上下工夫。

4.柴伐梯尼说，"没有必要把日常普通事件编起来，搞成什么说明、进展、高潮"，而应"按其本来面目表现出来"，这句话道出了散文式剧作的特点。但是，散文式剧作又并非对事件没有编排，恰恰它十分强调细节的前后照应，而且正是透过细节的前后照应而造成场面的有效积累，从而完成人物思想感情以及人物关系的细微变化的。只是这种编排不搞什么"说明、进展、高潮"。

5.美国电影理论家 D. G. 温斯顿说："小说中的事件的结构比较松散，而与之相反，戏剧中的情节和冲突等因素的结构，则比较紧凑和严谨。"

6.高潮。正因为线形的散文式电影不以冲突为基础，所以它也就不会出现随着冲突的不断深化的冲突顶点——戏剧性的高潮。

7.结局。线形的散文式剧作忌叙事带浓重的人工痕迹，因此，电影艺术家们就好像是随手从生活中截取了一个段落似的，让故事情节显得那么自然、朴实。这就造成线形的散文式剧作的结尾常常现出一种戛然而止的势态，不像戏剧式剧作那样，必须有头有尾，显得十分完整。而且，戏剧式剧作总是要在结局部分里把冲突解决得清清楚楚，敌对双方谁胜谁负，一清二楚。

块状结构的散文式剧作，主要特征表现在以下三个方面：

第一，段落和段落之间不存在必然的依存关系。

戏剧式剧作和线形的散文式剧作，都十分讲求段与段之间的依存关系，其中的一部分行动必须蕴涵在另一部分行动之中。显然，这是由于冲突的激化过程，以及人物性格发展的轨迹向结构提出的要求。而在块状结构的散文式电影中，正是由于没有高度集中的冲突，写人也只是抓住最具有性格特征的几个侧面传神地勾勒几笔，因而在结构上也就必然会造成段与段之间缺少必然的依存关系。故而，在这类剧作之中，只要一个段落能够颇为合理地由另一个段落产生出来（有时甚至连一点关联都没有），即可将剧情发展下去。所以，构成块状的散文式剧作的，实际上只是一些串连起来的段落而已，它们并不讲求段落与段落之间的必然性，以及它们之间的依赖关系。

第二，看不到在戏剧式结构中必有的那种高潮和结局。

这是由于这种结构样式既没有戏剧冲突所形成的那种紧张发展的过程，也没有冲突激化后必然要出现全剧高潮的那种形势。这类影片的结构，总是以匀称、平衡的画面，从容不迫地来展示生活中发生的一个个事件。可以这样比喻：块状的散文式电影如行云流水，它以"简约平易"和"罗罗清疏"见长；戏剧式电影却如雷雨天气，它不断发出小的霹雳，然后形成一声巨雷。

第三，属于顺序式结构，基本上很少应用闪回。

不采用把现在、过去和未来交织起来的手法去组织情节，而是按照生活本身的顺序向前发展。在这一点上，它似乎和戏剧式结构相似，而和时空交错的影片不同。

三、心理结构

过去常把这类影片的结构称之为"时空交错式结构",但时空交错只是一种手法,还不是一种结构样式。因为这种手法可以运用在各种各样的结构样式中。

心理结构的特点在于:它着力去表现人物的内心世界和对人物内在感情的剖析,以达到刻画人物心理活动的目的。这种结构样式的另一特征是:追求叙述上的主观性和心理性,并根据人物的心境变化,用回忆倒叙的闪回的形式,把过去的事情交织到现实的动作中来,以此进行布局和裁剪,加深影视剧的感人力量。在这类结构的影视剧中,之所以可以不遵循时间的顺序,把过去、现在和未来相互穿插起来,是依据了这样一条原理:人的心理活动(如回忆、联想、梦幻等)是不受时间和空间限制的。

这种结构样式,不仅长于对人物内在感情的剖析,而且,因其根据抒发人物情感的需要去进行布局和裁剪,因此它往往可以省略掉与人物无关的、过程性的描写,在结构上显得十分凝练和浓缩。

戏剧式结构中的"闪回"和心理结构中的时空交错,是有区别的。其区别就在总体结构上。戏剧式结构虽也在局部情节中运用"闪回"手法,但其基本结构是以冲突所展开的动作过程——开端、发展、高潮、结局来结构的;而时空交错则以意识活动的跳跃为依据,用现在、过去、未来交替进行的方法去组织整个情节。它们在结构的根本点上是很不相同的。

心理结构由于运用了时空交错的手法,它在分段和分场的格局上,也明显地与戏剧式结构不同。如果说,在戏剧式结构的影片里,段落是十分分明的,场景有一定的限制;那么,在心理结构的影片里,根据意识活动的跳跃改变场景,不仅段落不甚分明,场景的转换也很多,因此每场戏很短,场景也明显地增多了。

心理结构除了采用主观叙述的方式外,还打破了过去认为"只有请人物用自己的行动和语言"去表现人物内心世界的局限,采用了与小说相似的直接披露人物内心世界的手法。但是它与小说又有不同:小说用语言进行心理描写,影视剧用画面和声音达到相同的目的。影视剧是借鉴了小说的表现方法,而又将之变成"电影的手法"。

四、混合式结构

如果我们进一步来研究影视剧作的结构样式,又可发现,在创作实际里,结构样式并非总是表现得那么单纯,它往往在一种结构样式之中,交错、渗透进去其他的结构因素。造成这种状况的原因,从电影剧作家的角度来说,是出于他所要表达的内容的需要,也是出于他已形成的独特风格的需要,于是他就不可能受这种或那种结构样式的限制。他为了能够更完美地表达出他所要表达的内容,做到内容和形式的和谐统一,自然而然地便会产生出并不那么纯净的种种结构样式来。而从电影作为一门综合艺术的角度来说,电影也只有透过综合(不仅是各种文学形式的综合,还包括各种艺术的综合),才有可能将极为丰富的现实生活内容完善地表现出来。

从结构的形态看,除了一般常见的戏剧式结构外,还有所谓小说式结构、散文式结构、意识流结构等。小说式结构不要求矛盾冲突的高度集中、强化,而致力于场面环境的细致描绘,人物行动和心理的精细刻画,既追求时空的宏观性,也追求描写的微观性。日本电影《远山的呼唤》就近似于这种结构。散文式结构不注重情节的曲折性、紧张性、完整性,而是充分利用各种细节和风格化的手段,来渲染感情、表达哲理。意识流结构是由人物意识的流动所组成,它是某种心理表象、幻象的记录和再现。例如伯格曼的电影《野草莓》。电影化的戏剧式结构,仍然是电影编剧的主流,它要求比较集中地刻画人物、展开激烈的冲突和完整的情节。

五、西方现代主义电影结构

西方现代主义电影有一个共同的最基本的形式特征,便是对传统的情节结构的否定。西方现代主义电影主张以非理性的直觉、本能和下意识来体现创作者的"自我",因此,他们不把情节作为电影的基本结构,而是采用适宜于非理性的主观想象可以任意跳跃的非情节和非结构的模式。其中包括两种基本倾向不同的影片:一种是直接记录"生活的流动",所谓纯客观的"生活流";另一种则是直接表现"意识流动",所谓纯主观的意识流。

"生活流"电影主张"让生活本身说话",按照"生活本身的自然流动",对生活作一种"纯"客观的记录。换句话说,这种影片要求"按照生活原来的样子"去记录生活,对于所描写的对象不作任何思考和概括,也不作任何评价和分析;认为应该由观众自己去得出结论。

"意识流"电影主张以非理性的意识流动构成影片的内容。所谓"非理性的意识",是指一种不清醒状态的意识活动,如梦、幻觉等。所以,意识流电影即是由一连串彼此毫无关联的回忆、幻觉等景象的流动所构成的影片。

"生活流"和"意识流"不是相同而是完全相反的东西:一个标榜"客观性",一个强调"主观性"。但两者殊途而同归,前者反映极其琐碎、偶然的不带有生活客观规律性的东西,后者反映由下意识所产生的混乱的世界视象。

总之,结构作为一种形式,首先必须服从于它所表达的内容的需要,必须与总体艺术设计相符合。其次,结构要带给作品以鲜明的叙事韵律,既丝丝入扣,又从容不迫,在层层推进中,与观众的心理韵律和感情变化相呼应。最后,结构还应追求和谐、变化和独特,结构本身也可以给作品带来独立的形式美。

第四节　影视剧作的具体结构要求

影视作品与其他叙述类文艺作品的结构态势基本是相同的,无论是所谓"封闭式"结构也好,"开放式"结构也好,就其总体而言,大多都分成如下几个部分:

一、影视剧作的开头

常言道:万事开头难,好的开始是成功的一半……确实如此。首先,剧本的开头要体现全篇的风格、基调。其次,影视的开头应是全部内容展开的最好契机,即是说,它既是最恰当、最自然的序幕,又是最精巧、最准确的起点。前者(就形式而言)可顺利地接续"故事",后者(就内容而言)可艺术地把握事理。衡量一部影视剧的开头好坏与否,一个最简单的方法就是——看其能否在影片开始不超过 10 分钟或电视连续剧第一集把观众吸引住,使观众"入境"。这也就是乔吉所说的"凤头":一定要精巧引人或美丽动人。如果影片演了一大截儿,已经搬排了许多场景镜头,还没能使观众进入"情况",就编剧而言,基本上已经奠定了败局。有的编剧或导演常常委屈、抱怨地说:好戏在后边呢!你们再耐心看几集,就会觉得有味道了!

剧作的主要事件的起始、主要人物的出现和主要矛盾的显露,就构成了结构的开端部分。开端与发展、高潮、结局一起构成剧作的主体结构。

开端除交代时间、地点、人物外,主要是引出剧中的主要人物和主要冲突,或者埋下伏笔,为作品的情节发展打下基础。如电影《芙蓉镇》的开端,从胡玉音的米豆腐店生意兴隆到李国香暗下计谋要陷害胡玉音为止,各种主要人物都已出场,而且拉开了胡玉音与李国香冲突的帷幕,为以后的剧情发展开了头。

开端要从最紧要最危急的地方写起,然后在剧情的进行中,将它的来龙去脉说明交代,这里说明交代,不能专门辟一场戏,像话家常一样地细诉从头,这是冷场。所谓冷场,就是没有戏的一场,也就是说没有必要存在的戏,一开头就必须将它剔除。

开始后,剧情就必须接着发展下去,向着最高潮发展。在开端与高潮间,剧情发展不能平铺直叙地进行，而是波浪式地进行，这就是说，剧情的进展，要不断有高潮，像波浪的起伏不定，所谓波谲云诡，叫人捉摸不定，这样才能抓住观众。一般说来，开始应该是：

1. 直接的纠葛的最初的开展。

2. 应该强有力，能够立即抓住观众的注意力。

3. 应该有力量推动以后一切的故事。

4. 应该起得自然，应该是良好的开始。

符合上述四点，应该算是好的开端。戏的开始并不和故事的开始相一致。大抵故事的开始要早得多。例如《哈姆雷特》（《王子复仇记》），不论舞台剧和电影的开始，都在王子哈姆雷特自国外回来，听说城堡闹鬼，他晚上去城堡，遇见亡父国王的鬼魂，告诉他被谋杀的经过。因此，引起哈姆雷特的侦查和复仇。事实上这个故事在开始以前，还有一大段戏，即母后和王叔的通奸，谋害国王的情节。但因戏以王子复仇为中心，故将前面的情节全部删去，不再表现出来。当哈姆雷特得悉父王被害，决心复仇，戏的进展好像坠石下坡，愈落愈有力量了。自这开始起，戏就不断快速地进展，直到最后如巨石般一响，触到地上为止。在开始之后，紧接着更紧逼一步，使纠葛成为正面冲突。而开始的这一点点推动之力，现在已经成为导火线，引动了大堆易燃的材料。纠葛的紧逼发展，已经不可避免。

写好影视剧的开头，关键在于"截取"。事物有"过程"，人物有"历史"，而任何剧本都不可能纵谈概论，因此，截取是否恰当，既体现着作者水平的高低，又决定着影片的成败。如何开头呢？具体说，大体有两种常见类型，即"悬念式"与"进行式"。

悬念式：通过简洁的形象场面，在介绍主要人物与剧情背景的同时，提出一个"问题"，使观众产生强烈的悬念，热切关心起主人公或剧情的下一步情况，进而被影片所吸引。这样的开头，自然要从生活人事的某种冲突点或高潮处截取出来，再向下演绎了。

进行式：这种剧本的开头，并不注重矛盾冲突的强烈、火爆，而是以较舒缓又简洁的笔触，将人物或事件的"现在状态"生动形象地展现在观众面前，使观众在不自觉间进入影片所要表现的"境界"里，与主人公感同身受，或与事局已无隔阂如身临其境，然后，也就必然随着剧情"未来走向"的渐次演进，终入佳境了。在一定程度上，这种开头比前者更难、更须艺术功力——无论场面的展示、人物的表演、生活的情趣，都必须准确到位，又必须自然生动，一处草率就会使观众掉头而去。

以上两种，通俗点说，就是"提问题"式与"讲故事"式。各有千秋，不能厚非彼此的。两种开头都有随手可拾的优秀影片或电视剧例证,在此,就不一一赘述了。开头到底好不好?——去问结局。

整个故事就像是旅行,结局就是目的地。中国有句话说:"行远必自迩。"在未开始出发之前,必有一目的地,两者牢不可分。而且在许多哲学系统上,结局与开始是相连的。在中国阴阳的概念里,两个同心圆连结在一起,永远结合,永远相对。

费尔德特别强调:"在还未下笔之前,结局是你必须知道的第一件事。"

当你看一部好电影,你会发现它有一个强有力和直接说出来的结局,一个明确的结果。例如,电影中预定女主角要以自杀作结局,那么戏的发展中,种种不幸的事情加在她的身上,逼得她山穷水尽,走投无路,没有另外的一条生路可走,使她不得不死,最后才自尽了却残生。

总之,开头可以千姿百态,但必须做到醒目、简洁、精巧。只有这样,才能既引起观众兴趣,又能顺畅、灵活地展开后面的内容。开头的常见毛病是:或下笔千言而离题万里;或杂乱无章而不知所云;或旧景老事、滥调陈词,令人生厌;或小题大做、虚张声势,造作牵强。以上种种,我们应力求避免。

二、影视剧作的主体

"主体"是指开端以后剧作的情节主干,主要冲突以及次要冲突不断加强、激化,承前启后,既使开端时的冲突更加剧烈,又为高潮的到来做好准备,并使冲突各方得到充分展示,人物性格得到鲜明的塑造。

剧本的主体部分,完全可以也应该千姿百态、不拘一格。至于采用的结构手段,我们在下一章里要具体介绍与研究,在此暂不论述。只简单说一点:无论怎样的结构主体,都要充实饱满、自然灵动。

充实饱满,是要求主体部分的内容不可简单干瘪。有些影片看似题材阔大、场面恢宏,但只是表象化地图解某种众所周知的理念或教义,只是皮影戏般搬演几个人像木偶,这样的影片主体很难吸引人,其艺术与思想价值也就无从谈起了。有的影片虽然人物与事件还真实生动,具有较好的生活气息,但人物的性格表现过于单向、直接,事件的展开过于狭窄、简单,这就如让一个有文化的成年人重回幼儿园、听阿姨讲故事了——故事或许不坏、情节也很曲折,但其含量毕竟单薄轻浅,再不能满足视听了。

自然灵动,则是指艺术表现方面不能死板、单调、沉闷乏味、毫无情趣地向观众讲述,即使是一个挺有"意义"与"意思"的故事,谁又能耐其烦?!这样的影片无论国内或国外,都不乏见,像我国的《大河奔流》及再早些时期的那些"宣教片",像美国《被告》《我的生命》那类以法庭辩论为主要表现的影片,以及包括一些不无深刻含义的现代派影片,均在不同程度上存在此弊病。

这一部分在情节结构中,篇幅最长、内容最多,使观众的心理期待累积充分,于是,高潮的到来便如"箭在弦上,不得不发"。如美国电影《魂断蓝桥》,它的发展过程主要经过了相爱、分离、误会、沦落等阶段,人物命运、人物关系的发展,引起了观众强烈的期待,为最后重逢和自杀的高潮做好充分的准备。迅速进入"发展"的第二阶段,那是编剧最难处理的一段。应该尽到下列责任:

1. 要抓住观众的注意力。
2. 要介绍重要角色的一切。
3. 要说明以前的经过。
4. 要创造必须的情调。

这四点责任中,尤其是第 2、3 点介绍和说明是很重要的。编剧往往集中精力于此,以致脚本显得笨重呆滞。要是忘了创造情调,那么会使观众得不到明确的印象,而无法感受到他所看的电影是哪一种影片。

经过发展之后,进入本体的阶段。就是戏的纠葛各方面可能的发展,并且愈逼愈近,愈结愈紧,终于达到不可收拾的地步。这就是纠葛的开展,也就是全剧大部分情节所要表现的。一个脚本应该怎样结束,当然是预先决定好了,不过要逻辑地达到这个结局,却不可一蹴而就。编剧必须将一切不能达到这结局的可能的歧途都断塞了,最后只留下一条可能发展的路,使之不得不趋于预定的结局。假如这其间还有一条别的路可以走,那就是力量还不够,也就是纠葛的开展尚未完全。

美国戏剧教授罗维说过:"剧情的变化,要循着中心的斗争线逐次发展。"中心的斗争线即主线。主线的形成,在理论上来说,并不是什么困难的事,以主角为中心,照主题所提示的方向和目标,理出故事的骨干,如此就形成了主线。主线的内容,我们可以简单地说,就是主角在片中所言所行的一切事情。为了清楚起见,我们将主线内容分为三个主要部分:

第一部分,包括主角的一些背景,他的一些个性、志愿和他的最后目标等,都可以向观众透露出来。这些情节是全剧的开始部分,通常不会很长。

第二部分,观众知道了主角的动向和最后目标之后,就向观众展示主角向着最后目标进行的历程。例如,他所采取的种种步骤和方法(副目标),他所得到别人的帮助(配角等的合作),他所遭遇的困难、反对、冲突等,以及他如何去应付这一切的经过,都在这一部分之内。整个主戏在此部分中发挥。

第三部分,是说明主角的最后结局。他达到最后目标——成功了;或他没有达到目标——失败了。一般来说,这一部分很短。

有时脚本强调对比的主题时,会有双主线出现的可能,如穷与富、强与弱、自由与奴役,便可采取双线进行,去拓展剧情。即使在这种情形之下,仍有不少编剧选择其中之一为主线,余下的为副线。

一部脚本保持一条主线,有很多优点:在编剧时,编剧循着一条主线去发挥,就能使剧力集中,剧情分明,情节连贯,步步紧凑,扣人心弦,前后一致,一气呵成。如此,更能影响观众。

一部电影中,如果几条线不分经纬,都是同样重要的话,就显不出特色,一般来说,都有轻重的区别,重的是主线,轻的是副线。所谓副线,就是主线所产生的枝节。主角在朝向他最后目标进行时,在这过程中,他会得到某些人的帮助,或遭遇某些人的反对。无论是利是害,是敌是友,这些人的行动,就构成了副线的情节。

为了协助主线更能戏剧化地发展,副线可随机而变。但是副线不可破坏主线的统一性,也就是副线不可喧宾夺主。凡是能辅助主线的便是可取;如果与主线拉不上关系,或对主线不发生作用的,便要舍弃。清代戏剧名家李渔特别强调结构,他对结构的要求是头绪不可繁杂,他在《闲情偶寄》里这样说:

> 编剧有如缝衣,其初则以完全者剪碎,其后又以剪碎者凑成,剪碎易,凑成难,凑成之工全在针线紧密,一节偶疏,全篇之破绽出矣。每编一折,必须前顾数折,后顾数折。顾前者,欲其照映;顾后者,便于埋伏。照映埋伏,不止照映一人,埋伏一事。凡是此剧中有名之人,关涉之事,与前此后此所说之话,节节俱要想到,宁使想到而不用,勿使有用而忽之。

影视剧的内容,在时空方面虽不受限制,但其与观众正面接触的真正时空,局限在一个固定范围,时间以不超过两小时为原则,空间则为一块银幕,如果人多事多,第一,必然混淆观众耳目;第二,结构容易松散,失去戏剧重心。

三、影视剧作的高潮

一些作者在写关键的场景时,无论是动作场景还是对话场景,都写不出高潮来,而这些场景往往是结束得太早。例如,在一个戏剧性的场景里,剧作者常常会在这一特定场景的目的还没有被认识前就切换到下一个场景了。一旦你明白了问题之所在,就能解决它。所需的方法就是把场景打乱重新结构得有完整的开端、中间和结尾。首先,场景的目的是什么? 场景以什么方式与剧本里的人物的戏剧性需求相联系呢? 如果你编剧不知道场景需要什么,还会有谁知道呢?

每一个场景就像一个活的细胞,所有的东西都包含在内,它既要推动故事前进,又要揭示有关人物的信息,就像生命细胞里的 DNA 分子一样。每个场景都有一个特定的功能,这是由你——剧作者来决定其功能是什么,它的目的是什么。如果你不知道这场戏是什么,要干什么,或为什么如此,可能你就得把这一段扔掉了,把它删掉就行了,那说明它不属于这个剧本。

高潮是剧中主要冲突发展到最紧张、最激烈、最尖锐的阶段,是决定人物命运、事件转折和发展前景的瞬间,也是剧中累积起来的各种冲突和感情的总爆发。它既是作品中人物性格最鲜明的体现,也是作者感情最浓烈的显示。高潮不宜出现过早,否则就会影响观众的接受心理,一般都是在剧本的后半部出现。

对戏剧结构来说,高潮部分是剧作中最重要的部分。它是矛盾发展的必然结果和顶点,是主要人物性格塑造完成的关键时刻,也是剧作中主要悬疑得以解决的时刻。因而,它应该是最紧张和最为震撼人心的,所以,经验丰富的影视剧编剧,都十分重视对高潮的处理。

等到一切可能发展的都已展开了,就达到脚本的高潮,这就是全剧所欲表现的一点,也就是结构的中心。在这以前,所有情节、动作、对白都是为完成此事而存在。在戏中每一情节、动作、对白,都必须和高潮有着有机的联系,这才能成为一部完整的脚本。脚本的结束,即在一切可以引起纠葛的原因都已完全撤销时。假如还留有一点纠葛,即脚本的结束缺乏力量。

希区柯克习惯安排两个高潮,一阵狂暴慌乱之后,峰回路转,柳暗花明,又引出另一个最后的高潮,这种松紧并用的方式,非常吸引人。不管线路有多少,到最高潮时,必须将所有的线收束在一起,这时已到了结束的尾声,收束时要干净利落,不拖泥带水。

情节在作品中必须透过剧作者的结构和组织,才能表现出来。如果说,情节是内容,结构就是一种形式。影视剧本中的结构,是剧作者根据创作的总体需要对情节——人物、事件及其发展——所进行的有意识的组织和安排。

四、影视剧作的结局

当高潮过去之后,主要冲突和主要悬疑的最终解决,主要人物性格的最后完成,使剧作终于出现了一种平衡和稳定,这便构成了结局。

结局是情节发展的最后阶段,主要冲突已经结束,人物性格发展已经完成,主题也有了明确的完整表现。结局应该从容又干脆,既不要潦草收场,也不能画蛇添足,而要做到画龙点睛,为全剧的思想、人物、情感拓展新的空间。汪流在其主编的《电影剧作概论》中,讨论到结局时说:

在处理结局时，应注意以下几个问题：

第一，结局部应该在动作中进行表现。有些作者，一等到结局，首先考虑的不是通过人物的动作展示现在和将来，而是借某个人物之口对观众已经看到的过去进行总结和评论，这不但起不到任何作用，反而在影片最后，又将前面所创造的艺术真实全部破坏了。这对作者来说是最笨拙的，也是最容易引起观众反感的处理结局的方法。

第二，在处理性格时必须注意掌握性格发展的一定限度。所谓性格的完成，并不是说好人必须完美无缺，坏人必须一坏到底，中间人物必须或成为好人或变为坏人，而是指对性格的各个侧面进行了充分的展现，使性格的发展得到了生动的刻画……

第三，在结局部对矛盾的处理上也应注意掌握一定的分寸。主要矛盾到了结局部固然已经解决，但这只是相对而言的。主要矛盾解决了不等于所有矛盾都解决了，一个矛盾解决了还会产生新的矛盾……

最后一点是结局部应该干净利落，切忌拖泥带水，画蛇添足。观众已经看到的事实不需赘述，观众已经明白的道理不必再讲，观众尚需思索的问题则留待他们自己去思索。正如爱森斯坦所说："善于在该结束的地方结束，这是一种伟大的艺术。"

中国观众有着对影视剧大团圆结局的强烈期盼。有人说，中国传统戏曲里面没有真正的悲剧，这也从一个侧面反映了中国人对有价值的东西的无比珍惜，对"善有善报，恶有恶报"的道德坚持。传统的叙事满足了中国人对于中庸、和谐、天人合一的精神追求，在大团圆中，人们的意愿甚至轻松地击碎所有的理智和客观，最后给故事画上一个圆满的句号。

"大团圆"的传统审美定势已经深入了中国观众的心里，并对影视剧的创作主体和接受客体乃至整个艺术欣赏过程产生了艺术同构的强大张力。

当然，我们中国作家的作品当中也不乏"反高潮"的尝试。影视剧编剧在电影高潮之后，企图以次要问题增加高潮，而使紧张情绪为之松懈，就叫反高潮。这种情形通常因为编剧未能充分了解危及剧中主要角色愿望的主要因素。

反高潮若运用得法，是一种特殊幽默的事件安排的手法，有锦上添花之效，是一种有意运用时的艺术手法，否则就是狗尾续貂。

五、影视剧作的结尾

之所以说完"结局"还讲"结尾"，是由于在具体的影视作品的最后，其人事

"叙述"的处理有所不同,也就是有"封闭式"与"开放式"的不同。封闭式的结尾,一般就是"结局"——或人物经曲折坎坷后终有了定格(或生、或死、或成、或败、或英雄、或邪恶……),或事件经错综复杂后终有了结果。这种例证十分多见,不必列举。开放式的结尾,一般则是"言有尽而意无穷",人物的命运或性格也好,事件的结果或趋向也好,往往不作结论,而留给观众去思考与判断——当然,这种结尾并不是混沌恍惚、不可理喻、让观众去乱猜,而是让观众对影片内容有了确切理解后,能够以各自的生活觉悟及价值尺度对"故事"进行进一步的阐发与体验。

如何结束一个剧本,使之效果更好、更充实、更令人满意?它要对读者产生情感的冲击力,而且不是人为化的、可以预言结局的,它应该真实、可信,而不是矫揉造作。结尾要给所有主要的故事点提供解决。简而言之,它要起作用。许多电影的结尾都效果不好,电影编剧和制作者的苦恼就是希望能找到一种"正确"的结尾方式。

结尾问题之所以值得研究,是因为在很多情况下结尾本身并不是真正的问题所在,而影片却只是表现为结尾的效果不好。它可能太软、太慢、太唠叨或含混不清,耗资太大或者投资不够,结尾太低沉、太高涨或太多人为色彩,是可以预见后果或不可信的等。有时候只是戏剧性没强烈到足以解决故事线索里的所有问题,也可能是故事里不知又从哪儿冒出一个让人吃惊的纠葛,而这纠葛与故事和人物又没什么关系。它只是给剧本制造了一个结尾,是结束故事的一种偷懒的办法。对于很多学拍电影的年轻学生说来,结束剧本的最容易的方法就是让主人公死掉,或让每个人物都死掉。

强有力的结尾是剧本的一个基本组成部分。不管是剧情片、喜剧片、动作片或惊悚片,不管是什么类型,这并不重要,重要的是结尾应该是故事线索的一个有推动力的结论。结局的本义是"一种解决、解释或弄清楚"。而这一过程是从刚一着手写剧本时就开始了。当结构故事线索时,你首先得决定结局。

重要的是要清楚:"结局"和"结尾"不是一回事。它们是互相联系的,就像冰块和水、火和热、绿色和叶子是有关联的那样,它们是整体和部分的关系。结局是一个整体,而结尾是组成部分。

结局根植于结尾,如果种植和成长得好,它会开花结果发展成完整的戏剧性经历。这正是我们努力的目标。结尾只是结局的表象,而结局是从一开始就构思好了的。

米开朗琪罗·安东尼奥尼的《蚀》,在开始的镜头里两个人沉默地坐在屋里。我们能听到的唯一的声音是一个小电扇来回摆动的声音。大约有 4 分钟人物什么也没说。那是因为他们之间已经没什么可说的了,这就是影片要说的。窗帘是关着的,除了电扇声就是寂静。通过没有说出的话,我们知道了两人间的关系,不管过去怎样,现在已经结束了。那女人突然转过身来,拉开窗帘,新的一天的阳光射了进来。"好了,"她说,"我得走了。"看上去已很疲惫的男人跳起来说,"我开车送你。""不,不用……"她回答。他坚持要送。女人走出去了,男人跟着。"求你了。"他乞求着,"我们今晚一起吃晚饭吧……我们一块走走吧。"她没有回答,打定主意向前走去。这个开头很出色。

影片的结尾是出乎意料的。有两场戏连得很紧。第一场在男人的公寓里,他问女人是否考虑了"我们可以住在一起"。她想了想,犹豫不决地回答:"我不知道。""你又来了,"他说,"我不知道,我不知道,我不知道……""那你干嘛要见我呀?……别跟我说你不知道!"她停顿了好长时间,然后说:"我希望我不爱你……要不就是爱你爱得更深一些。"他看着她,没听懂。然后,紧接着第一场戏,我们切到他的办公室,下午已经很晚了。电话机没有挂好。经过一场热情的做爱后,他们正拥抱在一起谈这谈那。突然门铃响了。他马上停下来,也叫她别出声。当她准备离开时,他穿上上衣,把电话听筒放好,电话一个接一个地响起来。该是回头工作的时候了。"明天见?"他问。她点头同意。"还有后天、大后天……"他开玩笑地说。"还有今天晚上……"她微笑着回答。"8点,老地方。"他说。他们继续互相看着,电话铃声不时地响着,他们热情地拥抱,然后她转身走下楼梯,我们跟随着她走到外面。

随后的 7 分钟是最匪夷所思的段落。我们在整部影片里一直跟随着的两个主人公都不出现了,只剩下他们曾在一起呆过的那些地方。整个场景从头到尾都是这样的一个空镜头跟着一个空镜头。我们看到一个从背影上看很像她的人,但不是她。我们看到有人走出他的房子,但也不是他。镜头对准了各种地点、脸庞和对象,最后是明亮的路灯充满了画面。影片在不和谐音乐声中结束。

我们一致希望再看到那对男女,最后我们明白了,他们之间的关系没有好到让他们结合在一起的程度。作为一个结尾,它的效果非常好,但这不是写实主义的,尽管按我们本来的期望想有个更浪漫的结局。但这结尾的力量就像日蚀:是那么非同寻常。

结尾的具体形式自然也是不拘一格的,但有一条必须遵循的原则——无论怎样的方式与类型,任何剧作的结尾都必须自然合理,不可有人为拼凑、主观归拢的痕迹,而要力求做到"瓜熟蒂落"与"水到渠成"。我国清代李渔论到剧作的结尾时,写道:"其会合之故,须要自然而然。水到渠成,非由车戽。最忌无因而至,突如其来,与勉强生情,拉成一处。令观者识其有心如此、与恕其无可奈何者,皆非此道中绝技——因有包括之痕也。"俄国的别林斯基与李渔不谋而合,他写道:结尾"必须是以事件的本质和性格的特点引申出来的。一切都朴素、平常而自然"。

第五节　从素材加工到结构呈现

抓住了主线,设计好了结构形式,该开始往"模具"里填充"原料"了。剧本创作的过程很大程度上就是对原始素材进行重新提炼、改造和整合的过程。从本质上说,任何艺术作品都是艺术家心灵的载体,艺术家通过艺术这种外在形态表达自我意念。所以他不得不按照自己的理解对原始素材进行提炼、改造和整合。

剧本创作的方式无非有两种,一种从某种意念开始,然后根据这种意念去寻找或编织故事。另一种情况是某个故事触动了制片人或编剧的灵感,然后按照自己的意念和市场的需要对原有的故事进行提炼和改造。

无论先有意念还是先有故事,创作者首先考虑的应该是自己所面对的原始素材及其中包含的意念是否符合自己的艺术理念及表达方式,他对原始素材提炼、改造和整合的程度取决于两者之间的距离,倘若原始素材与创作者的需要之间距离过大,对原始素材的改造幅度也会很大,倘若这种距离很小,改造的幅度也小,对原始素材整合的过程其实就是两者之间相互接近和相互融合的过程,这个过程既是痛苦的也是快乐的。

一、对原始素材进行艺术处理的几种模式

对原始素材的提炼、改造和整合是个非常复杂的过程,其方式很大程度上取决于创作者的艺术功力及市场需求,要详细地描述这个过程几乎是不可能的,以下就几种常见的素材艺术处理方式进行分析。

（一）改造

有些原始素材,其故事结构和框架都已经很成熟,而且很适合电视剧的叙事结构和方式,创作者不必增添新的素材,只需对原有素材进行改造,就可以完成其剧本的创作。这种方式特别适合于那些以原创文学作品作为素材改编的电视剧,如《过把瘾》、《一地鸡毛》、《北京人在纽约》、《贫嘴张大民的幸福生活》等等,此外,近年来已渐成气候的公安题材的纪实电视剧如《9·18大案》、《命案十三宗》、《红蜘蛛》等也是采用这种方式。

国内半数以上优秀的电视剧都改编自文学作品,就电视剧创作而言,文学作品并非原始素材,它是经过艺术加工过的,不同的文学形式有着不同的叙事结构和叙事方式,不是所有的文学作品都能成功地改编成电视剧,这也是很多

优秀的文学作品至今未能拍成电视剧的原因。电视剧的创作者包括制片人和编剧都会选择那些在叙事结构及叙事方式上与电视剧相接近的文学作品作为创作素材，原有文学作品往往在社会上产生过影响，形成了一定的社会价值，为了忠实于原著，一般情况下不会对原有素材进行大的改动。

纪实性电视剧则是为了突出这种类型电视剧的特色，警察侦破大案之类的原始素材本身蕴含着尖锐的矛盾冲突，充满着悬念，很符合电视剧的叙事结构和方式，纪实性风格又能满足观众猎奇性的心理需求，显示出很好的市场前景。既为纪实性电视剧，给人感觉的是一种原汁原味的真实，甚至不能有太多表演的痕迹，因而不需要进行大的变动。

还有一些素材本身就很适合电视剧的叙事结构和叙事方式，只需在原有素材的基础上进行加工和改造，就能拍成很好的电视剧，如许多富有传奇性的历史人物和历史故事及某些现实中产生重大影响的社会事件等，近年来国内拍摄的电视剧《唐明皇》、《武则天》、《大明宫词》都是这种情况。表面看由于原有素材本身已经提供了较好的基础，改动不大，这样的创作难度似乎要小些，其实也不尽然，一方面，无论原有素材是否完善，即便是根据原著改编，创作本身仍然是一种再创造；另一方面，由于受到原有素材的约束，创作者的自由度受到影响，不能随心所欲地发挥自己的想象力和创造力。

在电视剧创作中人物和故事的改造都不是机械性的，它应该建立在创作者对于生活及市场理解的基础之上，在这里关键是对于人物的把握，把握住人物的性格，故事情节也会自然而然地产生出来。

（二）嫁接

在很多情况下，某些素材或由于其故事含量不够，或由于其中包含的意义不够完全和深刻，需要与别的素材融合在一起，形成电视剧中完整的故事情节。这就是我们所说的素材嫁接方式。在很多情况下，电视剧中的故事并不一定是原创的，创作者的创造力在丰富生动的现实生活面前往往显得苍白无力，编剧往往就是把业已发生或存在的故事编织在一起。最典型的例子是《宰相刘罗锅》，史书上对这个人物描述极少，反而给了创作者很大的创造空间，作者可以采用偷梁换柱的方式随心所欲地把发生在别人身上的故事嫁接在这个人物身上。而在电视剧《天下粮仓》中似乎还嫁接了许多现代贪官们的故事，这也是它之所以能触动当代观众心灵的原因。这种故事间的嫁接远不是随心所欲的，它是一种有机的融合，与其说是外在故事形态的嫁接，不如说是内在精神的融合，在这里，创作者的主观意念及艺术功力和对市场的把握起着决定性的作用。

（三）推陈出新

所谓推陈出新，是以原有素材的人物及人物关系作为基础，演绎出新的故事。这种素材处理方式比较适合于那些著名的题材，譬如港台剧中关于传奇人物黄飞鸿和方世玉的故事，由于这些题材事实上已成为社会品牌，创作者可能会有意利用它的社会价值，所以经常会沿用这其中的人物和人物关系去创造新的故事。有的时候，创作者甚至会直接套用一些著名的故事，如黑泽明的电影《乱》就是套用了莎士比亚戏剧《李尔王》中的故事情节。无论采用哪种方式，对于创作者来说，最重要的是要赋予原有的故事以新的含义及新的形态，否则就不可能取得成功。

在大陆和港台地区，有几种题材不断地被挖掘，有的是沿用原有的故事结构，在风格和叙事角度上略有改变，如根据金庸武侠小说改编的各种版本的电视剧；有的则只是沿用原有的人物和人物关系，故事则不断更新，如各种包公题材的电视剧。

表面上看，套用旧有的人物编写新的故事或者直接套用旧的故事结构多少有些投机取巧，但从商业的角度说，利用原有题材的社会效应创造新的价值是很合理的。况且采取这种方式也并不像人们想象的那样容易，因为原有作品的成功必定会提高观众的审美期待，创作者必须想方设法超越前人或者另辟蹊径，寻找到一条属于自己的路子，这样才有可能得到观众的认可。

二、场景设计与描述

影视剧的结构既然是一个立体构架，那么，它无论是怎样的形态，都必须同时具有时间与空间的双向展示。这就必须由具体形象的描述单元（场面）与情节进程（人事间的联系）组合而成。前者负责形象显示，后者负责整体连缀，两者相辅相成、缺一不可。在《塞尔玛和路易丝》的最初几页里，塞尔玛为了准备周末出去玩，正在把东西"扔"进手提箱里，最后一件事是拉开床头柜的抽屉，我们看到一支枪，一个她用于防身的小手枪，里面没装子弹，但是她有一盒子弹。她像揪着老鼠尾巴似的提起枪放进了她的钱包里……

这个小场景，更像是一带而过的。在现实中，这就像个小插曲，是个可以昭示人物的细节，并不太重要。但是过了没多久，当哈兰在停车场里要强奸塞尔玛时，那支枪进戏了。路易丝把它拿出来，命令他住手。他非但不理睬，还对她反唇相讥。她忍不住开枪干掉了他。这枪是剧本情节的一个关节点。如果塞尔玛没带着枪，没把它交给路易丝，哈兰就不会被杀，她们也不会变成逃亡者，整个故事就不会发生。简而言之，没有这支枪就没有这部影片。

建构剧本里的一些不同的故事元素是解决问题的一种基本技巧。

无论是一个特定的元素、一个对象或一个事件，或是处理故事的建构，人物和人物特征的建构，好剧本和差剧本的区别就是明白什么时候需要、什么时候不需要建立一个故事的情节点。建构这些故事的元素往往就是把不同的东西用"胶"粘在一起。这就是为什么那是结构的问题，而不是情节和人物的问题。好莱坞过去传统的表达方式就是这样。要知道，什么时候建构起某事然后把它完成，这是写剧本的最基本的技巧。

在一个场景、段落或动作中，在何时和何地建构一件事，以及在何时、何地和怎样使之完成，这要求你对自己的故事和人物有透彻的了解。如果你不了解你的故事线索和人物，也就是说你对事件的进展还有模糊不清的地方，或者是人物的发展曲线信息不够或缺乏准备，都常常会使剧本出现问题。其实写作就是这么一回事，给你自己提出正确的问题，这能使你的创作达到新的水平，使作品更有深度并以更多的侧面来推动故事前进。故事的线索给你的作品创造一种普遍使用的框架。如果剧作的最基本的种子种好了，在适当的时间和地点，就能使叙事得到充分发展，并且开花结果，包含着丰富的结构和人物。

关节点的建构和完成是剧本写作艺术和技巧不可缺少的组成部分。每一个场景、每一个段落、每一个关节点和故事点都必须建构，打好基础，然后在合适的时机来完成它。如果没有后面的完成，什么东西也建构不起来。记住，对于每一个动作都有一种大小相等、方向相对的反动作。

三、重场戏要晚进早出

在威廉·戈尔德曼的著作《银幕交易探险》里，谈到了进入重场戏的最佳点，并设计了一个例子来说明自己的观点。他说，假如你在写记者采访一个对象的一场戏，场景是这样表现的：记者来到采访地，两个人相互介绍，舒舒服服坐好，聊了一会儿天，然后记者建议开始采访。他打开录音机，拿出笔记本，开始提问。他们围绕着主题讨论，有问有答谈了一会儿，直到记者满意。他关上录音机，向采访对象表示感谢，拿起他的东西，说了"再见"，走向门口。当走到门边时，他突然停了下来，好像又想起了什么，转回来对采访对象说："啊，顺便再问最后一个问题……"

哪里是剧作者进入场景最好的地方呢？是记者到达？打开录音机时？采访中间的某一时刻？还是在最后？都不是，戈尔德曼说，他认为应该是剧作者进入场景的最佳点是记者站在门口，就要走出去时想起问"最后一个问题"的时候。他多次在编剧课上以这次采访作为例子来说明进入场景的那个点应该设在哪里。剧作者往往在一场戏开始后，很快就陷入那些什么也没讲明白的废话之中了。而到了该显示这场戏的目的时,场景已经太长了,而且戏剧性的紧张感可能已经被冗长空洞的对话给淹没了。

那么,哪里是进入场景的最佳点呢?一个很棒的规则是"晚进早出"。

当然,现在说的只是一般的规律。它并不是在剧本里的每一场戏都管用,因为每场戏的戏剧性功能都是唯一的和独特的。有些场景必须去结构、去建立,它们需要有开端、中间和结局。而这完全取决于你想要传播什么信息,要么推动故事前进,要么满足某一特定场景的戏剧性目的。好的场景本身也会规定出最佳的进入点,这就看你是不是有所领悟了。

同样的原则也可以应用到场景结束的问题上。在什么地方你该离开一场戏而转入下一场戏呢?出一场戏进入下一场戏时需要记住的原则如下:首先要带着紧张感离开,以使观众想看下一场将会发生什么。其次是要使这一场到下一场的转换有趣、顺畅,在视觉上能引起人们的兴趣。要想保持紧张感的延续,就要晚进早出。这是写剧本的诀窍。你要是不注意从哪儿进场,那你的剧本就可能拖拉和松懈,要不就是太长,紧张感和悬念都没有了。

把一场戏分解成开端、中间和结尾。再看,这场戏的目的是什么?它发生在哪里?人物怎样进场?这些都有了答案,我就让他们把这些分别列在不同的纸片上,这样他们就可以决定是什么元素导致人物进场,在这场戏里发生了什么事件,以及这场戏结束以后又发生了什么。

第六节　结构呈现的具体技巧

要使叙述具有强大的艺术引力,结构呈现就是最重要的技巧了。叙事单元的空间维度,"横断面"的布局协调,人物活动的纵向流程,情节进展是直、是曲、是迂回?其展示技巧便自然运用在"进行线"方面了——这是在介绍情节技巧之前应该清楚的。简言之,结构呈现技巧就是"线"的展开技巧。

一、转折

转折,可以使情节摇曳生姿,产生观众意料不到的发展变化,进而引人兴致、增加艺术魅力。古今中外叙述性作品中,使用"转折"而使篇章增色(或者说,不使用"转折"篇章就难以成功)者,比比皆是。

在影视作品中,如著名影片《卡萨布兰卡》,可以说处处有转折的艺术体现,尤其是影片最后,其转折的运用,更为精彩。根据前面情节,我们已经知道里克与拉斯罗是情敌,而且已经与法国警察雷诺安排下一个陷阱——只要拉斯罗从里克手中拿过出境证,雷诺就可以因"证据确凿"而逮捕他,进而为里克除掉情敌……但剧情的发展却陡然变化：当雷诺正要逮捕拉斯罗的时候，里克却对着雷诺举起了枪，要他在证件上签字，放两个人出境！雷诺十分意外，但"理解"了里克，认为里克是要与依尔沙两个人走，而让拉斯罗留下来（留下来，就意味着被逮捕、死亡）。不料到了机场，里克却要自己深爱的依尔沙跟拉斯罗两人上飞机——这个安排，不但雷诺，连依尔沙也大吃一惊（因为他俩约定是让拉斯罗一个人走，她与里克留下），观众更是意想不到！……影片最后，当拉斯罗与依尔沙已经飞走，情节进程还有着令人始料不及的转折：当里克与德国少校搏斗的时候，本与德国人属于一个营垒的法国警察雷诺，竟然站到了反法西斯战士的一边，开枪打死了德国少校，并与里克一起"旅行"而去！……这样的处理，就使观众时时刻刻处于对未来情节发展的强烈关注中——因为人们谁也不能料到事情究竟会如何进展！"转折"之妙，可见一斑了。当然，运用"转折"，要注意它的自然、合理。否则也会弄巧成拙的。

二、抑扬

抑扬，也是一种转折，但它是极端的转折。

抑扬之法，无论对人或对事的叙述，都可产生强烈的艺术效果。另外，大到全部篇章总体情节的设计，小到局部的细节安排，都可以有抑扬的体现。

这类总体情节的抑扬设计，在我国作家马烽的《我的第一个上级》中对一个水利局长先抑（尽写其疲沓、懒散、迟钝）后扬（在后来的关键时刻，又如何的果断、刚强、大显英雄本色）。下面，再看看情节在局部场面或片断细节中的抑扬体现——

在日本影片《远山的呼唤》中有一场戏：先表现近于地痞无赖的虻田如何纠缠单身女子民子，要求与之结婚。民子拒绝后，仍不死心，竟要强暴侵犯。在民子家帮工的耕作把虻田一伙人打走，解救了民子。在这段戏里，虻田明显是个"恶棍"，而且观众也都预料后面的情节肯定要有更激烈的冲突！正悬心以待——却大出意外：虻田带许多人，在雨夜中驾车前来，并不是来报复，而是来讲合，来与耕作交朋友的——打输了，就甘拜下风，就当朋友！而且后来的情节中，虻田果然（原来）是一个心直口快、质朴热诚、助人为乐的人（也正由于他本来是这样的人，所以前面出人意外的情节变化，又在情理之中）。这种对比极为强烈的情节变化，既引人入胜，又有助于塑造虻田这个极具个性且真实自然的人物。

美国作家杰克·伦敦的小说《在甲板的天棚下》就相当典型。作品先向读者介绍了一位几乎是无与伦比的美丽女人：卡鲁塞尔小姐惊人地占有了上帝赐予女人的一切，美好的、高贵的、杰出的相貌、出身与才能。"她无论干什么事,都比任何女人、以至大多数男人更胜一筹。唱歌、游戏、游泳……"文中不厌其烦地极力铺排叙述她如何高贵典雅,如何美丽动人,如何使全船所有男人都着了迷。"她控制着全船,控制着航行!"就这样,在使读者由衷赞叹后,行文却急转直下:为了满足她自己的好奇心,在明知十分危险的情况下,她竟用金钱引诱甚至变相地逼迫当地一个非常可爱的小男孩跳下大海,为她表演,让她高兴。小男孩身不由己地刚刚跳进海水中,立刻就被鲨鱼咬成两截! 众人都大为震动。而这个美丽的女人,并没有因小男孩的惨死而有丝毫的自责,而只是神经质地笑起来——直到这时,她的全部心思仍只在极力克制自己的表情,不使自己的美丽外貌在男人们眼中受到破坏——看,这种矫揉造作的言行举止所暴露出来的冷酷残忍的内心世界,是怎样让读者震惊! 这种由扬到抑的情节设计,便产生了强烈的艺术效果。

在美国影片《一夜风流》的开头部分,抑扬就十分突出:观众看到一个骄蛮暴戾、几近疯狂的女子,各种细节无不充分表现这一点。可不久人们就发现——原来这个姑娘是因为反抗父命、追求自己的爱情选择而被强行关押起来的,其本质与前面恰恰相反:竟是个十分天真、纯洁、稍有些任性的可爱的"小天使"! 抑扬对情节展现的艺术效果,从上述例中当可体味到了。

三、张弛

张,紧张;弛,松弛。"文武之道,一张一弛也。"(《礼记·杂记下》)一味紧张,民不堪命;长久松弛,国必散乱。情节的展示也应如此,要尽量做到缓急错落,使叙述具有艺术张力。且举众所周知的《水浒》中对武松活动的叙述:武松初见宋江,兄弟情谊很重,分手时依依不舍,此段行文舒缓;下面则接景阳冈打虎情节,便突起异峰,惊险紧张、扣人心弦;接着,做都头、会兄嫂,又成平缓;继之,缚嫂祭兄、斗杀西门,人前怒气、刀下人头,顿使读者拍案握拳,为之助力;判配孟州后与施恩的结识,却写得轻松愉快、风趣活泼;但紧接着,便出现了醉打蒋门神的激烈场面;此后,明明已造成危机,却偏偏极写"恩遇":张都监待之如上宾、花间敬酒、月下提亲……读者正为武松庆幸时,猛然一片火起——武松被擒、被诬为盗贼! 于是,情节渐渐向紧要处发展,一步步导演出大闹飞云浦、血溅鸳鸯楼等刀光剑影、血肉横飞的场景……波浪层生,无不缓急相继、张弛相衔,数万文字,却令读者无法不一口气读完! 其艺术魅力的产生,在很大程度上应归功于这张与弛的恰当组合。

再看希区柯克导演的著名影片《三十九级台阶》:这是一部典型的情节片,险象环生、处处"抓人"。但是,它之所以"抓人",并不是其中的情节时时刻刻都紧张得令观众喘不上气来,而是很好地把握着张弛相衔的节奏感。比如影片开始阶段,影片主人公哈奈处于十分危险的被追杀的境地——屋内初识的女子已经死于刀下,而两个杀手正在楼外即将对他下手——哈奈小心翼翼溜出楼,刚要走,却发现两个杀手就在不远处走动。按一般的情节处理,当然是设计一个"我跑你追"的紧张过程以引人。在此,希区柯克的高明处就显现出来了,他非但没有安排紧张场面,反而特意设计了一段近于诙谐的"喜剧"情节:

哈奈蹑手蹑脚地进入画面,不知如何是好。这时,偏偏一个送奶工人走过来,与他搭话——简直是"添乱"!

工人:您好,先生,今天您起得可真早啊!

哈奈(急忙把工人向后拉到楼梯口):你不想赚点外快?

工人:怎么回事?

哈奈:我想借你的帽子和上衣用一用。

工人:慢着! 到底是怎么回事? 你想干什么?!

哈奈:我想逃走。

工人:你是不是遇到什么难题了?

哈奈:是的。

工人:什么事?

哈奈:跟你直说了吧,二楼有个人被杀了。

工人:被你杀的?

哈奈:不,不,被外面那两个男人杀的。

工人笑笑、耸肩:哦,我懂了——我想他们大概在那儿等警察把他们抓走。

哈奈:请你静心听我说——他们是外国间谍! 他们在我屋子里杀了一个人,现在,就要对我下毒手了!

工人:得了,别胡扯了。干吗一大清早就开这种玩笑!

哈奈:好吧,好吧! 我跟你说实话。你结婚了吗?

工人:可惜结了! 可这跟你有什么关系?

哈奈:哎,我可是没结婚。我是个单身汉。

工人:是吗?

哈奈:嗯……二楼住着一个有夫之妇……

工人:真的?

哈奈:真的。刚才我跟她幽会。现在我想回家去了……

工人:那就去吧,有谁拦着你呢!

哈奈：外面那两个人中有一个是她的兄弟，另一个是她的朋友。这下，你总该懂了吧？

工人：你怎么不早说，老弟！（他转过身，脱上衣）你想想，怎么能让我相信……（那两个男人在不远处的中景）什么杀人啊！外国间谍啊！……好啦，穿上吧！还有这帽子，也给你！

哈奈与工人换了装。

哈奈往对方手里塞了一张钞票：拿着！

工人：啊不，老弟。你别客气了！说不定哪天我也会向你借衣服呢！……

哈奈苦笑：再见。谢谢。

哈奈打开大门，向外走去……

看，多么绝妙的情节设计！观众在为这段插曲哭笑不得中，不自觉地舒缓了一下紧张的神经，就避免了总处于极度紧张中的疲累，然后便能以盎然的兴趣，接着观看下面的内容了。这种张弛相衔的情节，在这部影片中比比皆是，比如在哈奈与帕梅拉（一个不知内情却在特定情况下被警察把她与哈奈铐在一起的女子）被铐在一起，哈奈强迫拉着帕梅拉与自己逃走，而警察就在后面追赶的紧张情节中，编导者却有意设计了一场极富风趣的戏：两个人（实际上是帕梅拉被哈奈强行拉着）逃进一家旅店，为避免店主怀疑，哈奈强迫帕梅拉以夫妻名义登记，并要在夜里住在一个房间内。于是，在店主不时的关切中、在帕梅拉与哈奈充满戏剧性的无可奈何的"同居"中，让观众一再释颜、忍俊不禁。而紧接着，便是下面紧张追赶与拼命脱逃的情节进程……

张弛结合，实际上就是对"节奏"的艺术把握。目前一些情节片、尤其是那些动作片（或曰功夫片），从头到尾充斥着紧张的对打、追逐，难免使观众因长久的紧张而疲累、因疲累而懈怠，结果，特意为之的紧张，反落得"松懈"的观感，岂不是费力不讨好、弄巧成拙了么？问题的另一面是：有些影片的情节过于松缓，缺少必要的艺术张力（或曰"兴奋点"），总调动不起观众的观赏兴趣。这也是要避免的。

四、蓄放

蓄，含蓄；放，开放。前者，如水库的蓄水，将与叙述中心有关的情节内容特意"散淡"、"含蓄"地用较慢的节奏——展示出来，使观众在不自觉间渐入胜境；后者，则如水库的开闸，将隐含在前文中的故事主旨、既定情感或人物性格一下子爆发出来，给观众以强烈的艺术震撼！

　　小说篇章中，像欧·亨利的《麦琪的礼物》、《最后一片叶子》等等，都是"蓄放"十分突出的优秀之作。散文中，如魏巍的《依依惜别的深情》，很少有人读到最后几段文字时会不激动地落泪的！但是，你若不看前文，单读这几段叙事志愿军战士与朝鲜人民离别场面的抒情文字，却往往看不出它们有什么神奇奥妙，甚至可能会无动于衷。而当你重新阅读前面内容，再看到这几段时，就又会情不自禁地热血沸腾起来！什么原因？——就在于前面"蓄"得深沉（于一举一动、一言一语中，已经让读者体会到志愿军战士与朝鲜人民双方纯真深挚的友情，在"漫不经心"中积聚起了潜在的情潮），才造成后面"放"得激荡，使读者内心的情感突然因这几段文字找到了突破口。可见，这篇文章的成功，在很大程度上是因为蓄放处理得得当。试想：如果不讲求蓄放的结合，一味地"放"，文章势必浮夸；或者只是"蓄"，情节也必定沉闷、平缓、难有气势。

　　电影作品中的例子，如日本影片《幸福的黄手帕》：矿工勇作与妻子感情很好，但因一时冲动，失手伤了人命，被判六年刑。曾要妻子另找他人，不必再等自己。终于出狱了，勇作怀着忐忑不安的心情向回家的路上走：因为与妻子信中约好——若妻子尚未改嫁，还在等着自己，就在家门附近大树上挂一块黄色手帕；若已经嫁给别人，自己就不再回家而自动离去。对于这样的题材，作者就极力运用蓄放的手段了——为了达到使观众在影片结局时产生强烈的情感冲动，作者并没有直通通地表现勇作怎样急于回家、如何一目了然地看到是否有黄色手帕……而是先大段大段地叙述勇作为人品性的正直、诚挚、重情感、讲信义又有极强的自我克制力，使观众对这个主人公产生好感与同情；接着又有意安排一对年轻人如何有些轻浮草率地交朋友、恋爱，并与勇作同路而行，既是一种对比，又通过勇作对他俩的教训、帮助，进一步表现勇作的品质与刚强（不无暴烈）的鲜明个性。至此，仍嫌不足，又再三表现勇作在即将来到家门前时紧张得近乎窒息的内心情潮：急于要去看，又不敢去看，想干脆掉头离去，又不大甘心，怀有强烈（又不敢太抱希望）的希望！……这就使观众产生了与主人公"同呼吸、共命运"的感情积累，甚至比勇作更为悬心：恐怕会是个悲剧吧？最好别是个悲剧啊！……"蓄"到这个程度，才把结果亮出来，而且亮得出人意料之外——

　　　　车外的两个年轻人接着肩膀跑到车前，猛敲车窗玻璃。

　　　　钦也：老勇，你看！喂，你出来快看呀！

　　　　车内的勇作艰难地抬起头来，朝二人手指的方向望去——

　　　　一种细长的黄色东西——那是从挂鲤鱼旗的高杆上垂下来的一块接一块的多达几十块的黄色手帕！一阵清风吹来，黄手帕宛如桅杆上的舰旗,哗啦哗啦地迎风飘扬……

勇作走下车来,凝立、茫然。……勇作朝着挂满黄手帕的旗杆走去。

一位抱着洗完的衣服的妇女从旗杆附近的家门走出来。她就是光枝。

勇作急步向她跑去!

光枝愕然,……光枝用罩衫前襟捂着脸哭泣起来。

勇作拥住妻子,向屋内走去。

汽车里,钦也流着两行热泪紧握方向盘。

朱美泪流满面,大声抽泣着……

山岗上一排黑乌乌的矿工住宅。长排尽头处,一长串黄色的旗帜在明丽的五月的阳光下随风飘舞……

看到此处,没有一个观众不流下伤感而幸福的热泪。原因就是——先前的渐渐积累起来,而且越来越浓重的情感之水,终于有了一个喷泄口!

五、延宕

所谓"延宕",就是先使观众(读者)产生某种强烈的期待感,然后,情节进程却有意地出现艺术性的延缓使节奏"拖沓",令观众着急上火的同时,更增加一种观赏渴望,进而产生整体的叙述张力,达到特定的艺术效果。这种手法,在我国传统评书艺人口中,运用得十分成熟老到,甚至有时明明感到说书人用得已经过分,却仍能使听众不厌其烦、"忍气吞声"地听下去——就因为前面已经调动起来的期待感太强烈了!

比如评书《武松》,有一段是讲述武松与当地恶霸蒋门神打斗比武的故事:说书人预先告诉听众——蒋门神如何身躯高大、武艺超群,又如何仗势欺人、横行乡里;又讲述了施恩如何受其欺辱、要武松为他报仇;而武松本来就是一个疾恶如仇的英雄好汉!若按正常情节,下面当然就是听众最感兴趣的武松与蒋门神打斗的场面了。但是,评书艺人讲到此处,就要施展延宕的手法极力推迟这个场面的到来,插入一些并不紧张甚至离开主线的情节或场面——或是讲武松如何能喝酒,本是去打蒋门神,却一路上逢酒馆就进,进去就要喝上三大碗,一连喝了二三十碗,以至连走路都踉踉跄跄……这一荡开去,一下就讲上几天;或是大讲蒋门神与张都监等当地豪强的交往,如何巧取豪夺、花天酒地、胡作非为……这一穿插,又是讲上几天!就这样,充分运用"延宕",使听众虽然迫不及待又不敢有片刻的走神、放松——因为谁也不知道哪个时候,自己最关心的打斗场面会到来,唯恐失之交臂!

在影视作品中，延宕的运用也很多见：强情节型的影片如是，淡情节的作品也常常要用这种手法，以造成特定的艺术张力。如美国影片《陷入情网》：影片叙述一对中年男女的婚外恋故事。写实的风格，也不特别注重情节的奇特怪异。但尽管如此，延宕的运用仍然十分突出——故事内容并不新异，叙述都有"不坏"家庭的一男一女，在商店邂逅，彼此有了好感，渐渐发展、产生了从来没有感受过的"真正的爱情"，最后终于结为夫妻。如此而已。当观众意识到两人确是真正相爱而各自的家庭只是种"现实的组合"时，便已经赞同两个相爱者结合在一起了。但若马上符合观众的心愿，影片必然平淡，缺少艺术引力。于是编导者便一而再、再而三地运用延宕的技法，使观众总处于一种强烈期盼而不得的状态中，于是一直兴趣盎然、紧张急切地看下去，直到最后结局的出现。纵使在影片的最后部分，也一再出现情节的延宕：男主人公迫于身外与内心的双重压力，决定离开本市到外地工作，而临行前，又极想再见一次女主人公。如果这两个相爱的人一旦能够见面，肯定会有观众希望出现的后果（两人拥抱、结合）。但情节发展却绝不能使结局这样轻易地形成。于是，延宕性的情节出现了：

先是女主人公不顾一切地冲出家门、驾车奔向男人家的路上，被开来的火车拦住去路，使她就差几分钟而与心上人失之交臂；再表述男主人公心急情切地向爱人家里打电话，女主人公的丈夫出于防范，又偏偏告诉他"内子知道你要走，但已经睡下了"。使男主人公情感大受损伤，痛苦而去。观众看到这里，不由得为两个主人公遗憾至极！……一年后，两个人均与各自的家人分手，成了单身，而且又在第一次见面的商店里邂逅——因为旧情浓重，两个人不约而同地在与第一次见面相同的圣诞节之夜来到这个初次相遇的商店——这时，既已经没有身外羁绊，应该冲动地扑向对方、终成好事了吧？……却仍不！两人反而十分客气、"友好"地互道了"圣诞快乐"之后，背道而行了——因为男主人公尚在误会中，认为女主人公当初没来送别，已经表明了态度（即不想继续来往）；而女主人公则觉得有些对不起对方，觉得已经使对方痛苦过，现在他既然家庭生活过得不错（两人见面后，出于对对方的不了解，都说自己过得不错），就不要再干扰了（尽管自己十分想恢复关系）……这样，好不容易出现的一次"重归旧好"、"有情人终成眷属"的机会，眼看着又被错过——简直令观众难以接受了！情节延宕到这个时候，才陡然一转，使观众早就盼望的结局出现：两个人都停住脚步，慢慢地转回身……然后，突然快速地都向跑过来的对方冲去，并紧紧地拥抱在一起!! 至此，影片结束，观众在经历了这样"漫长"的期盼后，才终于如愿以偿，当然便获得了极大的精神满足，影片也就取得了成功！

"延宕"的功效，由此可见。

六、藏露

藏露之法，就是指先设置一个看似无特别意义的情节（一般而言，多是小的、细微的情节），让观众漫不经心地看过，并不认真觉察，而到后面，当情节有了重大或奇异的突变时，才感到前面情节已有过铺垫或暗示。这种技法的使用，既可以使情节发展新异奇妙、出人意料之外，又让观众觉得真实自然、本在情理之中。藏露之法，在小说、戏剧、影视作品中皆有所见。小说篇章，如莫泊桑的名篇《项链》。戏剧作品中，如莎士比亚的《奥赛罗》。影视作品中，最著名的可推美国影片《迷魂记》（又译为《恐高症》）：

影片开始先表现警长在一次追捕罪犯时，得了恐高症的场面。之后，则讲述了一个与前面情节毫无关联的另一件事——警长的朋友 A 之妻，突然出现了强烈的自杀欲望，几次要自杀。A 十分担心，但又无可奈何，便求助于警长，要他跟踪自己的妻子，以便在她要自杀时及时制止。警长本来因恐高症已经退休，为了朋友妻子的安全，也为了探清她之所以要自杀的原因，便答应 A 的要求。果然，A 的妻子几次都几乎自杀成功而被警长及时制止。在跟踪的过程中，警长与 A 的妻子甚至还产生了微妙的情感。警长便更时时跟随着 A 之妻，唯恐再出意外。但是，事情还是发生了：A 的妻子一次突然跑进教堂的钟楼，并向警长作出最后诀别的表示。警长预感要出事，不顾 A 妻的预先告诫，追进了钟楼。此时，A 妻已经登上楼梯。警长也追了上去。但随着楼层的增高，警长的恐高症犯了，一阵强烈的头目晕眩，使他不得不停下脚步。就在这时，已经跑到楼顶的 A 妻大叫一声，从楼顶跳了下去，当场身亡。亲眼目睹了这个全过程的警长，深为自己未能保护好 A 的妻子而愧疚万分……后来，到外地休养一段时间回来后，警长在街上发现一个女子与 A 妻长得一模一样！顿时有了某种觉悟，于是接近这个女子。而这个女子则想办法要摆脱他……影片最后，是警长强行把那女子带到那个钟楼，让她向上登楼梯，女子拒绝，警长此时完全明白了当初的"自杀"真相，逼迫女子一定要登上楼顶，自己终于克服了恐高症，也登上楼顶，并向女子讲出 A 与她共同策划的谋杀 A 妻的过程。直到这时，影片开始时的伏笔才得到照应——原来 A 就是利用警长的恐高症，进行了一场让警长当"自杀见证人"的谋杀！

运用"藏露"，要注意两点：

其一，"藏"得要自然且不露痕迹，要使观众在不自觉中意识到它却并不十分在意。否则，后面的情节还没有出现，已经让观众猜到、明显地觉出了作者的"有意为之"，"藏"便已露，再难产生艺术作用了。

其二,"露"要符合生活逻辑,不可勉强造作。还要应得巧妙,出人意料之外,又在情理之中。要在"真实"的基础上下工夫。

七、倒勾

倒勾,指在自然随便的行文的结尾处,猛地产生新的性格体现或情节陡转,而使全文顿生深意,令观众(读者)不由得要细细体味前面内容而产生新的理解与感受。这种手法,在一些短小篇章中尤为多见。如欧·亨利的短篇名作《警察与赞美诗》。亨利式的结尾已是众所周知的一种典型模式,其主要特点就是结尾处的出人意料的反弹或曰倒勾,使全篇顿生深意。再看我国电视短剧《买彩电》:某市新开张的商业大楼来了一批彩电,有关人员想内部私分(20 世纪 70 年代,彩电属紧俏商品,很难买到)。普通顾客闻听,堵上门来排队购买,为首的是一个带宽边墨镜的黑大汉——

第一夜,他默默无声地坐等。

第二夜过去,他站起身,拿一条粗大手杖,发泄郁闷似的在空地上呼呼带风舞弄了一番。

第三天,天又黑了,商店还是不把彩电抬出来公开销售,黑大汉把取来的棉大衣在头顶上晃了晃。人们见状,也都咬牙坚持,拿来被子、褥子以至行军床……看他商店卖不卖! 营业员出来了,劝大家回去,以便暗中私分。众人都看黑大汉。他憋了老半天,不知是冲别人还是冲自己,冒出一句:有鬼!

众人受到鼓舞,接着坐等、示威。

第四天,商店方面又出来人劝大家回去。

众人都抬头看黑大汉。

黑大汉:有鬼!

众人点头,继续坐下去。

下雨了,人们还是不散,昼夜排着,堵着商店门口。

经理恨不得把黑大汉宰了!

第六、第七天过去了,黑大汉没动。

众人也大多不动。此举终于震动了全市。市长也坐不住了,紧急下令:全部彩电马上公开出售! 沉默寡言的黑大汉激动起来,手杖往地上一墩,深沉而又苦涩地冲众人说出两个字:赢了!

人们欢呼着,把黑大汉抬起来,扔得老高。

黑大汉的墨镜被碰掉了。

人们顿时都惊呆了——他,竟是个盲人!

在人们的惊叹与崇敬的目光中,黑大汉挺起胸脯,一步一步地走了……

这部短剧,直到"黑大汉竟是个盲人"这一情节的出现,才顿时焕发出别样的光彩:他不是为自己买彩电才苦熬苦守七天七夜,而是向不正之风作坚决的斗争!至此,人物形象顿时高大起来。全剧也就因这最后的倒勾(反弹),而一改老百姓争购紧俏商品的普通内涵,爆发出高一层的意义,并产生极大的艺术震撼力。再看下面的电视小品《陌生的称呼》:

上午,局党委吴书记正在办公室批阅文件,一个戴眼镜的同志轻轻推门进来:同志,请问——吴明同志在吗?

吴书记头也没抬:不在。

那人又问:请问,他到什么地方去了?

吴书记有点不耐烦了:不知道!

那人抱歉地点点头:对不起……

那人退了出去。

吴书记刚要继续办公,门又被敲响了。

吴书记有些恼火:谁?!

办公室王秘书的声音:吴书记,是我。

吴书记:什么事,进来说!

王秘书进门后,身子一闪:吴书记,有人找。

吴书记抬头,看见刚才来过的那个人。

那人十分礼貌地、小声问:吴书记……您,就是——吴明同志吧?

听惯了别人称呼自己"吴书记"的吴明心头一怔:啊啊……原来是找……?

那人:找您。吴书记……

吴书记尴尬:是、是呀……我是叫……

没有这最后的情节陡转,"官本位"深入骨髓的状态能惟妙惟肖地"点睛"出来么?!短小篇章,"倒勾"法往往运用在故事情节的整体实现里,如上述。而在较长篇幅的影视作品中(如电影、电视单本剧或连续剧),则一般出现在局部段落或场景内。至于体现方式与(局部)作用,并无区别。限于篇幅,在此就不举长篇例证,读者举一反三就是。情节的展现技法还有许多,诸如较常见的断续、离合、重复等等,在此不一一赘述。

第十三章　影视剧本的语言

影视剧本中的语言有两种：一种是叙述语言，即剧本中用以交代剧情，描述人物外貌、动作及其生活环境的语言；另一种则是人物语言，包括对白、旁白、独白等等。拍成电视剧或电影故事片后，那些叙述语言便消失了，转换为画面中场地、演员的外貌及动作、自然景物等等，而人物语言则依然以声音的形式保持原来的形态。

影视语言其实包含了画面、声音和文字三个因素，要掌握好影视语言，就是要学会合理有效地利用声音与画面及文字间的关系，使之成为和谐的整体，以达到完美的境界。

通过观察发现，有的电视剧对话较多，如香港的商业片，有的电视剧对话则较精炼，如许多艺术性较强的电视剧。电影中的对话也往往要比电视剧中的对话要少，我国第五代导演的许多电影如《一个与八个》、《晚钟》、《红高粱》、《菊豆》等等，对话都很少，以至于整部片子都给人以沉闷的感觉，这样少的对话在电视剧里，尤其是在长篇电视剧里是难以想象的。写过剧本的同学说，他们在写剧本的时候往往把握不准，有时候觉得剧本中的对话太多，有时候又觉得太少，没有把人物该说的话都写出来。那么，到底应该怎样平衡人物语言与画面的关系呢？其实，一个真正成熟的剧作家在写作的时候不会也不大可能去考虑人物语言与画面间的关系。他写作时完全凭着个人的感觉，找到了那种感觉，所有的一切都会自然而然地从心底流出来，该对话多的时候对话就多，该用画面来表现的时候就会用画面来表现。情节的节奏、画面中的意韵等都会水到渠成。

有剧作者曾经不无骄傲地向人炫耀，他的一个电影剧本总共只有80多句对话。在有些人看来，电影也好，电视剧也好，说到底是画面的艺术，能用画面来表现就要尽量少用声音，对话少，说明自己对画面理解得深刻。这类观点不是全无道理，却也有失偏颇。笔者认为，在影视剧中，对话的多和少，首先取决于剧情的需要。一般说来，电视剧尤其是长篇连续剧由于对情节更为讲究，加上受到荧幕狭小的影响,无法像电影那样追求精致的画面,相对说来对话要多一些(事实上,有些电影中的对话比电视剧中的对话还要多)。其次,剧作者对剧情意境的把握及其艺术上的追求也是至关重要的。第五代导演大都追求画面本身的冲击力,更讲究画面意境的营造,情节往往有些淡化。他们拍摄的大多数影片风格都较为凝重,意境也很深远,这样的影片,如果对话过多,就会破坏其中的意境。在影视剧中,对话与画面的和谐只能根据剧作者在创作中所形成的心境来调节,其效果如何,取决于剧作者的艺术功力和对剧情把握的程度。

第一节 影视剧本描述语言的基本要求

影视文学兼有影视与文学的双重特性,它的最大特点是"可读性"与"可拍性"的统一,虽然它不乏独立的阅读价值,但其最重要的功能是为把剧本中的文字符号迅速转化为可见的屏幕形象提供最大的可能性。因为它的终极对象不是读者,而是影视剧观众。正像日本影视作家野田高悟所说的,影视剧本的目的本来不是以"读者"为对象叙述故事,而是将那里所描写的事物和形象用"电影(或电视剧)"的形式使其重现。所以,任何影视文学作者都要有强烈的造型意识和敏锐的银(屏)幕感,要千方百计使自己书写的文字能够顺畅地转化为银(屏)幕影像。

一、人物活动描述要具象可感

影视文学作者要有清晰的富于影像想象力的头脑,根据视觉审美的特点,发现、捕捉、加工具有造型性的素材,并善于把抽象的情感、心理等转化为可感的视觉形象。

首先,影视文学对于人物肖像、行为等可见因素的描写要准确、清晰,有高度的造型性,能够直接转化为看得见、摸得着的视觉形象。在文学作品中很成功的比喻,比如形容女孩子"像春天早上一棵郁郁葱葱的小树",或者如赵树理笔下的三仙姑"只可惜官粉涂不平脸上的皱纹,看起来好像驴屎蛋上下了霜"等,读起来感觉很形象,也很富于表现力,但在影视艺术中却很难直接转化为视觉形象。所以,许多文学作品改编为影视文学时,一般都要进行叙述语言的视觉化加工。比如,夏衍根据鲁迅小说《祝福》改编的同名电影中"抗婚"一场戏:

一个小伙子拉着贺老六和她(祥林嫂)并站,卫老二扶着祥林嫂站在香案前面。有人喊:"掌礼——"

一个老年人:"新郎新娘拜天地……"

祥林嫂挣扎得厉害,老二满头大汗,抓住她,猛不防她一头撞在桌角上。

人们惊呼。

贺老六也大出意外。

贺老六拦开看热闹的人。

祥林嫂满面流血,昏厥过去了。

一个老太婆毫不迟疑地抓一把香灰合在伤口上。

视觉形象十分鲜明,是典型的影视文学语言。类似的例子还有金仁顺与电影导演张元根据小说《水边的阿狄丽娅》改编成的电影文学剧本《绿茶》,凡是描写女主人公肖像的地方都被进行了充分的具象化处理,从而很好地突出了其视觉造型性。例如对吴芳出场的描写:

吴芳和男人甲在一个光线有些昏暗的角落里对坐着。

男人甲审视着吴芳,他的视线只能看到吴芳的上半身,她戴着一个很老式的眼镜,头发用皮筋随意地扎了一下,衣服是那种能把二十岁的人变成三十岁的老气衣服,扣子扣得一丝不苟。

吴芳独自坐在桌边。镜头慢慢移到她的胳膊上,又移到她的手上,接着是她的手指,她用指尖触碰着玻璃杯,玻璃杯里,绿茶沁出碧绿碧绿的颜色……

在美国影片《情人》中,剧本在表现"汽车轧死人"这一事件时,就用了以下6个镜头来表现:

(1)车辆来往行驶的街道:一个背向摄影机穿过街道的行人;一辆汽车驶来把他遮住了。

(2)很短的闪现镜头,司机刹车时一张惊骇的面孔。

(3)同样短的瞬间场面:因惊叫而张大嘴的被轧者的面孔。

(4)从司机的座位俯拍,在转动的车轮旁边的两条腿。

(5)因刹车而向前滑行的车轮。

(6)停止不动的车旁的尸体。

几乎每一句都可以转化为清晰可见的视觉形象。由此可见,我们可以从实际生活中精选若干个片断,按照我们的构思或一定的顺序把它们排列起来,从而表现出所要表达的内容。这是影视剧本写作的基本技能之一。

其次,影视文学要善于把非现实或超现实的内容变成可见的物质现实;善于把抽象的内心思维、想象、梦幻、情感等物化或动作化。如影片《孤星血泪》对匹普偷食物后提心吊胆心理的电影化处理:

特写,匹普在雾中奔跑,从右向左看,摄影机跟着他移动。

中景,几只母牛瞧着画面外的匹普。背景中传来哞哞声,摄影机从右到左从一头母牛摇向另一头母牛。

第一头母牛:一个孩子偷了别人的白兰地啦。

第二头母牛:偷了别人的锉刀啦。

第三头母牛:偷了别人的肉饼啦。

中景,匹普在雾中奔跑,摄影机跟着他。

第三头母牛(画外音):逮住他啊!

特写黑公牛。

公牛(对匹普):嘿,小偷儿!

中景,匹普瞧着画面外,摄影机向左。

匹普(对公牛):我没办法啊,先生!

他跑出画面,摄影机向右。音乐声大振,仿佛公牛在吼叫。

国产影视片中常用的以蓝天白云表现主人公的轻松心境、以荷花表现人物高雅、以松柏表现人物坚贞等,运用的都是类似手法。就环境描写而言,影视文学中的景物、风光必须具有造型性,要尽可能易于转化为银幕、荧屏上的视觉形象。像"春天,踩着湿淋淋的步子走来了"(《逆光》),是小说化、散文化的语言,无法转化成银幕形象。而"长江两岸,绿草如茵,树梢吐出嫩芽"则是影视文学的语言,易于转化为银幕形象。

叙述事件过程中,文学作品可以被作者的议论、抒情等打断,而影视文学则很难插入作者直接的议论和抒情,因而情节发展连贯,矛盾冲突迅速展开,情节和细节表现得更为清楚、具体。这一点在文学作品改编的影视剧本中体现得最为显豁。比如,在叙事进程中加入大量抒情、议论和人物心理描写是路遥小说的一大特色,但在电影文学剧本《人生》的改编中,为了使其符合电影表现的具象性要求,只能对原作的议论、抒情和心理描写进行大幅度删减(以画外音的形式保留了一小部分对主人公的心理描写除外)。以其中的一个小片断为例比较一下原作与电影剧本。原作——

　　高加林离开村子的时候,他父亲正病着。母亲要侍候他父亲,也没来送他。只有一往情深的刘巧珍伴着他出了村,一直把他送到河湾里的分路上。铺盖和箱子在前几天已运走了,他只带个提包。巧珍像城里姑娘一样,大方地和他一边扯一根提包系子。他们在河湾的分路口上站住后,默默地相对而立。这里,他曾亲过她。但现在是白天,他不能亲她了。

　　"加林哥,你常想着我……"巧珍牙咬着嘴唇,泪水在脸上扑簌簌地淌了下来。加林对她点点头。"你就和我一个人好……"巧珍抬起泪水斑斑的脸,望着他的脸。加林又对她点点头,怔怔地望了她一眼,就慢慢转过了身。

　　他上了公路,回过头来,见巧珍还站在河湾里望着他。泪水一下子模糊了高加林的眼睛。他久久地站着,望着巧珍白杨树一般可爱的身姿;望着高家村参差不齐的村舍;望着绿色笼罩了的大马河川道;心里一下子涌起了一股无限依恋的感情。尽管他渴望离开这里,到更广阔的天地去生活,但他觉得对这生他养他的故乡田地,内心里仍然是深深热爱着的!

　　他用手指头抹去眼角泪水,坚决地转过身,向县城走去了。前面,在生活的道路上,他将会怎样走下去呢?

电影剧本——

　　白天,高家沟村口的河湾里。
　　加林提着个提包,和巧珍相对而立。
　　巧珍牙咬着嘴唇,泪水在脸上扑簌簌地淌着。
　　巧珍:"加林哥,你常想着我……"
　　加林点点头。
　　巧珍:"你就和我一个人好……"
　　加林又点点头。
　　公路上。
　　加林站在公路边上,他看见——
　　站在河湾里的巧珍。高家沟参差不齐的村舍。绿色笼罩了的大马河川道……他用手指头抹去眼角的泪水,转过身,向县城走去了……
　　主题歌起。

不难看出，剧本作者基本保留了小说原作中能够转化为视觉形象的句子，而对其议论性成分进行了删改，从而有效地突出、强化了其文本的可视性特征。除可视性之外，文字的简约性和说明性也是影视文学脚本描述语言的特征。

二、将心理活动变成"直接的视像"

随着电影手段与电影观念的不断丰富与发展，除了用上述"直述"、"暗示"、"借代"、"象征"等手法外，不少剧作者吸收现代心理学的因素，已经可以用"直接的视像"来展现人物的心灵，形成特征独具的一种电影艺术手段，使人们可以直视人物的"思想意识"了。

在影视剧本中，经常通过内心独自（画外音）、人物形态动作的特写镜头或者某种特定意义的空镜头形式来解决。比如用突然大睁的双眼表示惊讶，用紧攥的拳头表示愤怒，用所穿服装样式或色彩的不同表示人物心境的区别（如《简爱》中女主人公），比如用青松挺立表示英雄不死、用大海波涛表示心情激动……通过以上方法的有机组合，来表现人物内心世界的成功影片，如英国的《相见恨晚》：这是一部描写中年男女婚外情愫的动人影片。劳拉是个温馨家庭中的贤良妻子和母亲。丈夫也很爱她。但在一次外出购物时，与医生亚历克不期而遇，产生了恋情。当他们两人就要坠入爱河的关键时刻，房间主人敲门声响了——劳拉仓皇从阳台门跑出，心境复杂万端：惊恐、窘迫、自责又痛苦……剧本是这样表现的——

在外面街上。劳拉脚的近景。她沿着人行道飞快地跑着。

大雨滂沱。

劳拉脸部特写。她还在跑。

镜头的背景是一群屋顶。

当她跑近一根路灯柱时，她的脸变亮了。但她一走过光线，脸部又暗了……

摄影机移到从劳拉的角度看前面的人行道。

当她从灯柱跑开时，她的影子变得又厚重又长大。

劳拉走近一个灯柱，她已经喘不过气来了。

劳拉的声音："我跑呀跑呀，直到我再也跑不动了……"

劳拉靠在灯柱上的近景。

劳拉的声音："我感到非常非常丢脸，感到一败涂地，而且羞愧得无地自容……"

摄影机开始跟着她沿街走去。

劳拉的声音："天还在下雨,可是已经不大了。直到我稍微能控制自己,有一点时间思考时,我才突然想起我回不了家了……"

劳拉现在在一家烟草铺子里打电话,她看上去很苍白,衣服上满是泥浆。

劳拉在通电话:"弗雷德(她的丈夫)——是你吗?(她费了很大的劲使声音听起来跟往常一样)是的,亲爱的——,是我——劳拉——是的——当然一切都很正常,可是我不能回家吃晚饭了——我和刘易斯小姐在一起,亲爱的——就是那个我和你谈起过的那个图书管理员——我现在不能详细地跟你解释,因为她就在电话间外面——可是我刚才在大街上和她碰上了,她的情况糟透了——她妈妈刚才生病了。我已经答应陪她等到医生来了再走——是的,亲爱的,我知道。可她对我一直挺好的,我为她感到十分难过——不用——我会买个三明治的——是,当然罗——我尽快。再见。"

劳拉挂上了电话。

劳拉的声音:"撒谎真是太容易了——当你知道你是被绝对信任的时候——是这么容易,又是这么的失身份。"

她慢慢地走出电话间。

摄影机从一个高的角度对准和大街交叉的一条斜路。

雨已经不下了,但人行道还是湿的,而且闪闪发光。

劳拉慢慢地走过来。

劳拉的声音:我开始漫无目的地走——我几乎立即转弯离开了大街……

摄影机往下对准那条斜路。劳拉还在走着……

劳拉的声音:我走了好长一段时间……

切入一个战争纪念碑的镜头。镜头的前景是战争纪念碑人像的一部分:一个士兵的手紧握着上了刺刀的军用步枪。越过纪念碑像,可以看见劳拉小小的身影朝纪念碑底部一条座椅走过来。

在这段文字中,人物的外在神态举止的特写与内心独白的表露、各具潜意的背景呈现(如成片的屋顶、斜叉的小路、大雨、纪念碑上士兵上了刺刀的步枪……)、光线的运用、变幻的阴影……所有这一切,有机融为一体,很好地表现了人物复杂动荡的心理世界。

再如国产影片《天云山传奇》中,罗群被划为右派,特区党委运动办公室主任吴遥要宋薇和罗群划清界限,他向宋薇做工作,讲述罗群如何"反党"。这时,影片切入一个个过去宋薇与罗群相处时美好的、朝气蓬勃的镜头——

　　吴遥:"罗群是有组织有计划地向党进攻……"
　　宋薇的听觉模糊起来,她不知吴遥说些什么,脑海里出现了——
　　森林。罗群靠着大树,爽朗地大笑。他又抬头看笔直参天的大树,笑声在森林回荡。罗群牵着马(马上坐着老工程师)向欢呼的同志们笑着招手。
　　宋薇回忆中木然的脸。画外音:罗群的笑声。
　　上古堡的罗群,背一个皮包。笑声。
　　罗群在古碑前,大笑着说:我是学者。
　　宋薇陷入回忆的脸。画外音:罗群笑声。
　　吴遥还在严肃地说着什么。
　　宋薇陷入回忆的脸。
　　罗群与宋薇在河边相见时的笑脸。笑声。
　　吴遥说得起劲的嘴。
　　宋薇陷入回忆的脸。
　　罗群和大家握手。
　　宋薇陷入回忆的脸。
　　宋薇与罗群甜蜜地依偎在一起。
　　罗群画外音:"让我们永远在一起!"
　　(拉)宋薇的回忆被吴遥的说话声打断,又回到现实中来了。

　　剧本就是以这种"直接视像"揭示了宋薇此时此刻复杂的心灵世界:罗群能是反党分子吗?这里,用吴遥的说话与罗群的生活画面与笑声相组合、以吴遥对宋薇进行"教育"的现实与宋薇走神的回忆相穿插,形象地展示了宋薇的心理活动。这一点,我们还可以拿《魂断蓝桥》剧本的最后一段文字为范例:

　　(第58场)滑铁卢桥上。夜雾浓重。
　　玛拉独自倚着桥栏杆,似乎向桥下望着什么……
　　一阵皮鞋声。一个打扮妖艳但面部浮肿的中年女人走来,她看见玛拉。
　　女人:(很熟识地)"是你啊,玛拉。你好。……你不是嫁人了吗?"
　　玛拉:(嗫嚅地)"没有。"

女人："那个凯蒂跟我说的，说你跟了个体面的人。我说：'哪有这好事？'"

玛拉："是啊——"

女人："别泄气，反正就是这么回事。到火车站去吗？唉，我现在是到哪儿都没法儿啦……"（她耸耸肩叹息着走开）

玛拉两眼滞呆呆地望着她的背影，望啊望着……对她来说一切都绝望了，她脸上有一种从来没有过的镇静神情。

桥上，一长队军用汽车亮着车灯，轰轰隆隆地向桥头驶来。

玛拉转过头去，望着驶来的军用卡车。

车队从远处驶近。

玛拉迎着车队走去。

车队在行驶，黄色车灯在浓雾中闪烁。

玛拉继续迎着车队走。

车队飞速行进。

玛拉迎面走去。

车队轰鸣，越来越近。

玛拉迎着车队走，越来越近。

玛拉宁静地向前移动，汽车灯光在她脸上照耀。

玛拉的脸，平静无表情的眼神。

巨大的刹车闸轮声，金属相磨的尖厉声。

车戛然停止。人们惊呼。

人们从四面八方向有着红十字标记的卡车拥去，顿时围成一个几层人重叠的圈子。（镜头推进）人群纷乱的脚。

地上，散乱的小手提包。一只象牙雕刻的"吉祥符"。（化）

一只手拿着"吉祥符"（《一路平安》音乐声起）。

二十年后的罗依，头发已斑白，面容衰老，穿着上校军服，凄切地站在滑铁卢桥心栏杆旁。他望着手里拿着的"吉祥符"，苍老的两眼闪现出哀怨、悲切和无限眷恋的神情。

（画外玛拉的声音）：我爱过你，别人我谁也没有爱过，以后也不会。这是真话，罗依！我永远也不……

（强烈的苏格兰民歌《一路平安》将玛拉最后的声音淹没）

歌声在夜雾弥漫的滑铁卢桥上空回荡……桥上，孤独地走着苍老的罗依。罗依坐上汽车。汽车驶去……

——剧终。

我们先看看这场戏中是怎样处理"藏"与"露"（"虚"与"实"）的：

这是玛拉从罗依处出走后第一次露面并走向死亡的重场戏。它要表述的内容很多——玛拉所处的社会环境对她的逼迫；她的孤独无依；她如果苟且求生，未来的结局将会怎样；弱小的玛拉与冷酷的社会势力的强烈对比；她对罗依坚贞不渝又无法实现的爱；她自杀的全过程；她死时人们的反应；罗依的痛苦；以及这种悲剧在人世间的普遍性……如果"如实"写来，势必冗长而直露，缺少艺术张力。剧作者却用极简洁的笔触，通过几个形象镜头，虚实结合，极有韵致、极富内涵地表现了出来。

三、直观性说明的运用

影视文学并不排斥说明性文字，相反，大量运用说明性文字几乎成了影视文学区别于其他文学样式的鲜明特色。影视文学中的说明性文字大致有三个作用：

（一）用于时间、场景、景别、技术手段的说明

在影视文学中大量存在着对故事时间（绝对时间和相对时间）的说明性文字；对剧中人物所处特定环境的说明性文字（如上例中的"大雪天"、"周家后门"、"河边"、"周家喜堂"、"地平线上"等）以及对诸如远、全、中、近、特、推、拉、摇、移、显、隐、化、切、闪回、画外等景别和技术手段的说明性文字。这些文字已经成为影视文学不可分割的重要组成部分，舍弃它们，影视文学将不成其为影视文学了。

（二）对处于分割、重组状态的故事情节的说明

这是由影视艺术特有的蒙太奇手法决定的。在影视文学中，经常出现在正常的情节进行中间断地插入若干片段（闪回）的情况。这些片段在逻辑上又组成一个完整的故事，或与主要情节并行，或作为主要故事情节的补充，这是一种情况；另一种情况是：在一个情节进行的时候，常常有另外一个或几个情节在同时进行，这就是文学作品中的"花开两朵，各表一枝"。但文学作品的"各表一枝"只能先"表"一枝，再表另一枝；而影视作品却可以同时进行。因此在影视剧本中，需要将几个情节切割、重组的情况作出明确的说明。比如《大宅门》中詹王府派人请二爷白颖轩去给老福晋瞧病，就有自家大爷白颖园从宫里回来救起老太太和百草厅卖药两个情节同时进行。剧本中是这样表现的：先是赵显庭告诉颖轩，大爷去宫里了，然后剧本交代："紫禁城，神武门口。"引出大爷这条线索；大爷白颖园救起老太太后，镜头切到百草厅，牵出卖药情节，大爷回百草厅，问起二爷，再接续上二爷去詹王府瞧病的线索。这两个情节同时交错进行，而剧本中是通过"紫禁城。神武门口"、"百草厅前堂"、"詹王府老

福晋卧房"等说明性文字,以叫板式蒙太奇的组合方式来实现的。

（三）对抽象的故事情节做形象化的解释

我们还可举《雷雨》的例子。鲁侍萍的叙述已经阐明了她近几年的身世,但电影却用几个完整、真实、形象的场景补充了语言叙述的抽象性,使人们更真切地感受到了她身世的凄苦和世态的炎凉。值得注意的是,几个场景相互是不连贯的,这些场景都是对鲁侍萍的画外音起着形象的诠释作用,这是影视文学说明性语言更深层次的应用。我们试比较一下小说《祝福》与电影剧本《祝福》的不同,便可一目了然——

小说在述及祥林嫂改嫁贺老六经过时,这样描述:

（卫老婆子说）"这有什么依不依——闹是谁也总要闹一闹的;只要用绳子一捆,塞在花轿里,抬到男家,捺上花冠,拜堂,关上房门,就完事了。可是祥林嫂真出格,听说那时实在闹得厉害,大家还都说大约因为在读书人家里做过事,所以与众不同呢。太太,我们见得多了:回头人出嫁,哭喊的也有,说要死觅活的也有……祥林嫂可是异乎寻常,他们说她一路只是嚎,骂,抬到贺家坳,喉咙已经全哑了。拉出轿来,两个男人和他的小叔子使劲擒住她也还拜不成天地。他们一不小心,一松手,阿呀,阿弥陀佛,她就一头撞在香案角上,头上碰了一个大窟窿,鲜血直流,用了两把香灰,包上两块红布还止不住血呢。直到七手八脚的将她和男人反关在新房里,还是骂,阿呀呀,这真是……"她摇一摇头,顺下眼睛,不说了。

"后来怎么样呢?"四婶还问。

"听说第二天也没有起来。"她抬起眼来说。

"后来呢?"

"后来?——起来了。她到年底就生了一个孩子,男的,新年就两岁了。我在娘家这几天,就有人到贺家坳去,回来说他们娘儿俩,母亲也胖,儿子也胖;上头又没有婆婆;男人有的是力气,会做活;房子是自家的。——唉唉,她真是交了好运了。"

祥林嫂再婚过程,完全由卫老婆子讲述出来,本身已与我们隔了一层,内中一些紧要处,又只草草带过。对祥林嫂的具体行止、心态,对贺老六的家境、为人,以及两人从对立、隔膜到相知、相依的重要转变过程,我们都缺少形象的直观认知。小说因其既定的布局安排如此描述,固然可以;但是,在电影剧本中,直接移用这样文字,就绝对是败笔了。夏衍据小说改编的电影剧本对上面一节则如是写:

19.(淡入)山坳里,贺老六的木屋前面的"稻地"(浙东土语,即屋前空地)。摆着三张板桌、条凳,桌上已放碗筷……板门上贴了一个红喜字。贺客近十人,在稻地上嗑瓜子。一个女客带了小孩上。

女:老六,恭喜恭喜!

贺老六是一个瘦长的猎户,善良而老实的面貌,欢喜地:多谢多谢,请这边坐吧。

一个乡下老头子向贺老六的哥哥唱喏:老大,恭喜恭喜,老六成家了。

老大回礼:多谢多谢。

小孩子们起哄:新娘子来了,来了。

女:快来了吧,新娘子?

老大:快了,快了。——去招呼别人。

另一男客和女客低语,女的笑着:那还不是老一套,二婚头出嫁,总得哭呀闹呀……吵一阵的。

一个小姑娘凑上来:新娘子是"二婚头"?

女的怕贺老六听见,一把将小姑娘推开。

远远的人声。

一个小伙子抓住贺老六:六哥,抢亲抢亲,得新郎亲自去背啊!

老六有点害臊。

一顶小轿,卫老二和三四个壮汉押着,来了。大家拥上去。

卫老二几乎是用对付猛兽的姿态,一上去就抓住祥林嫂的两只手,带拖带推,望屋子里送。祥林嫂挣扎着,很明显,她已经抗拒挣扎了很久,嗓子哭哑了,乱头发披在额上,双脚顿地。

看热闹的小孩起哄,拥到门口。

祥林嫂用破嗓子挣扎出一句话来:强盗! 强盗……青天白日,你们……

卫老二:不用闹了,今天大吉大利,……贺老六人好,有本事,嫁了他,总比作老妈子好……

卫老二使劲一推。

祥林嫂:放我回去,放我回去! 我不……(祥林嫂哭喊)。

卫老二:回去? 回哪儿? 婆家不要你了,得了钱了……

有一个上了年纪的乡下人——贺老六的大哥喊:吉时到了,拜天地……

一个小伙子拉贺老六和祥林嫂并站,卫老二押着祥林嫂站在香案前。

有人喊:掌礼——

一个老年人：新郎新娘拜天地……

祥林嫂挣扎得厉害，老二满头大汗，抓住她。她猛不防，一头撞在桌角上。

人们惊呼。

贺老六也大出意外。

贺老大拦开看热闹的人。

祥林嫂满面流血，昏厥过去了。

一个老太婆毫不犹豫地抓一把香灰合在伤口上。

卫老二狠狠地把坐在地上的祥林嫂一把抓起，对贺老六：别怕，拜天地！

年轻人又把老六拉回来，祥林嫂被人押着，傀儡般作拜天地之状。

老太婆低声絮絮地说：到底是在读书人家帮过工，有见识……（想了想）一女不嫁二夫么……

祥林嫂人事不知地被送入阴暗的"新房"。

老六又急又窘，一切只凭卫老二摆布了，自己插不上手，只能对客人们说：各位到稻地上吃酒吧，让她息息！人们一哄而出。一个小姑娘还想进去张望，老太婆一把抓住，往外拖：坐席了！（溶入）

20.贺老六家的"新房"。

晚上，两支红蜡烛已经点了一半。祥林嫂人事不省地躺在床上。贺老六凝视着她。忽然，祥林嫂抽搐了一下，惊醒了，又啜泣。

贺老六走近一点，低声地：好一点了么？

祥林嫂看见他，拼命挣起来，惊叫：走开！走开！让我回去！……

祥林嫂力竭倒下。

贺老六去扶她，她挣扎避开，又哭。

贺老六无法可想，自己搔搔头。看她不动了，把一条被子盖在她身上。

（摇到）一对蜡烛。

（溶入）蜡烛已经点完了。

（摇到窗外）天亮了。鸡啼。

祥林嫂躺着。

贺老六显然一夜没睡，提了一壶热水，手里拿着两个烤熟的山芋进来。

祥林嫂听见门响，惊醒，茫然地看了一眼贺老六，反射地坐起来，想避开他。

贺老六轻声地:好一点了吗? 你饿了吧,来先吃点东西吧。

祥林嫂用一种哀求的声音:求求你,让我回去吧……

贺老六似乎已经想了好久了,说:你一定要回去也好,你起来洗洗脸,吃点东西,我送你回去。

出于祥林嫂意外,她将信将疑:真的让我回去?

贺老六点头——显然,他是失望而痛苦的:嗯,(稍停)你到鲁镇呢,还是到你婆婆那儿去呀? 我送你去。(给她倒了一碗热开水)

祥林嫂呆住了——半晌,忽然哭起来。

贺老六走近她,站在她身边,几秒钟后,才说:你头上还痛吗? 喝点水吧!

祥林嫂抬起头来,望着贺老六……

(特写)贺老六老实而又有点惶惑的表情。

贺老六把一碗开水递过去——

祥林嫂迟疑了一下,伸手去接……(淡出,很远很远的音乐)

很明显,在电影剧本中,避免了抽象的交代、说明性文字,尽可能地把一切用视觉形象,让人"一目了然"——它不是简单地"介绍"贺老六家境贫苦,而是通过屋前的"稻地"、板桌、条凳、贺客不到十人、嗑瓜子、阴暗的"新房"、烤熟的山芋……使之形象化;它也不是笼统地告诉我们社会背景的粗野、蛮横又愚昧、虚伪,而是通过来客的起哄或讥讽的闲话、押解者的"对付猛兽的姿态"、不管祥林嫂死活拉扯她拜天地的暴行、迫不及待"入席"时的丑陋……令人触目惊心。尤其出色的是,剧本对小说中一笔带过的祥林嫂与贺老六"同是天涯沦落人,相逢何必曾相识"的关键处,作了极具体形象、细致传神的造型表现:在第二十场中,从开始的对立、防范,经过循序渐进的多层面的镜头语言描述,尤其是一些出色细节的运用,使我们不由自主地"进入"了剧情之中,耳闻目睹,感同身受。

第二节 影视剧人物语言的功能与特征

影视剧的人物语言就是"台词",通常分为"旁白"、"独白"和"对白"三种。"旁白"来自戏外(非本剧人物)或讲述时人物不在画面中,常用于说明、交代。"独白"一般是主人公的内心活动,是"想"的,而不是"说出来"的话。"对白"是人物之间的对话,无论多大场面、多少人交叉,分解开来都是两两对话。

台词千差万别、丰富多彩,但总有些共性的规律、特征,下面分述——

一、人物语言的跳跃性特征

影视剧本的叙事要有更强的灵活性,要求叙述人对故事的进展和人物命运的把握要有更大的操控力度。比如话剧《雷雨》中鲁侍萍的一段独白:"她的命很苦,离开了周家,周家少爷就娶了一位有钱有门第的小姐。她一个单身人,无亲无故,带着一个孩子在外乡,什么事都做:讨饭、缝衣服、当老妈子,在学校里伺候人。"这完全是按照事件的正常顺序和内在逻辑进行的,简洁顺畅,而且这一段是第一人称,鲁侍萍完全入戏。

我们再来看看根据同一素材改编的电影《雷雨》的这一段:

鲁妈(画外):"她的命很苦。"(化)

闪回,大雪天,无锡周家后门。小周萍被奶妈抱着大哭。两仆人上前将他们拉进门后将门关上。(拉)

年轻的侍萍抱着手中的婴儿痛哭转身。鲁妈(画外):"她刚生下第二个男孩才两天。"高深的黑墙,侍萍抱孩侧背向纵深走去。鲁妈(画外):"就被迫离开了周家。"桥栏为前景,侍萍站在河边呆望着河水。(摇,侍萍出画)见河上结着薄冰。鲁妈(画外):"周家大少爷就娶了一位有钱、有门第的小姐。"

周家喜堂,一片喜气。大厅里正在行结婚礼(推)。见新郎将新娘牵进洞房。(化)鲁妈(画外):"她一个人在外乡无亲——"(化)

地平线上,侍萍抱孩上坡,入画迎镜走来,茫然地回顾。(化)

鲁妈(画外):"——无亲无故,带着一个孩子,什么事都做。讨饭、缝衣服,当老妈子,在学校服侍人——"

这里已经从鲁侍萍的第一人称叙述完全转为第三人称叙述人在讲述故事,就好像一个导演在指导演员把一个完整的故事切割成若干单元再进行重新组合,并人为地加入形象化的其他情节,强制性地让观众(读者)按照叙述人的意愿重新解读原故事,局外人讲故事的意思非常明显。显然,叙事人称的变换与表现方式的变换有着直接的关联,可以这样说,正是电影所采用的全能叙事角度使画面的蒙太奇组合获得了无限的自由,并由此改变了文学作品中的线性结构而呈现出跳跃性特征。

二、人物语言的表现性特征

影视剧是靠人物行动来演绎故事、诠释理念,那"行动"不外乎"说"和"做"

（实质上"说"也是"做"，"做"也是"说"）。特别是人物语言的表现性，是加强影视剧文学性和趣味性的关键所在，也是提高作品质量的重要一环。例如电视剧《大明宫词》，创作者用西方的思想观念来诠释和演绎中国唐代的历史故事，并采用莎士比亚戏剧中的对话风格，武则天、太平公主、李隆基等人物语言充满诗意和哲理，从而形成了该剧最显著的艺术特色。而《黑冰》中人物对话经常包含着隐喻，主人公往往通过讲述典故来表达某种哲理，这样的对话通过王志文等人的表演形成了独特的语言风格。

2014年推出的电视剧《一仆二主》特别火，独特的视角让人耳目一新，"萌老爸"和"强势女"特别吸引眼球，至于一个"女王"为何就那么执迷不悟地想要得到自己的"男仆"，也许只有观众自己在剧中才能找到答案。有一种解释是："有的人不知道哪里好，但就是谁都替代不了，如果你真的能一个个说出你为什么会钟情一个人的话，那叫理性，那不叫爱情。"

当然贯穿全剧、最吸引人的还是那些有点幽默，但却富有技巧的谈话内容。看看剧中的主角们是如何通过谈话来达到自己的目的的。

杨树因为女儿树苗"想过自己想要的人生，不想参加高考，只想晚上出去玩"，特别头痛而又无计可施，求女老板出面帮忙，跟女儿谈谈。我们来看唐红怎么说——

> 唐红：你晚上出去干嘛呀？去玩对吧，你马上就要高考了，你光惦记着出去玩不在家复习，你能玩得安心吗？少壮不努力，老大徒伤悲，我跟你说这句话也许你觉得很可笑，我承认中国的应试教育有很大问题，但是人最终要适应环境，你从小学到初中到高中你都是一个集体，不求你出类拔萃，但是你不能自己就掉队了。现在你高中的同学人家都上了大学了，你站在大学的门外，大学的生活你没有体验过将会是你今生最大的遗憾，我告诉你，人这一辈子不知道将来会干什么，所以就要努力把路走宽，我不爱干这个我就不干了，我现在不想学习我就不学了，你这辈子将会一事无成。

整段对话看似很简单，但却是从事实出发，从对方的感受出发，从社会现实出发，把希望孩子好好学习的想法有效地传达给对方。分析问题解决问题的过程，作者用了一种通俗易懂的方式表达出来了。再看另一段对话，"萌老爸"明知道"强势女"讲的是歪理，可就是说不过她！

> 树苗：什么叫胡来？

杨树：就是做让自己后悔的事。

树苗：爸，那您这辈子胡来过吗？

杨树：从来没有。

树苗：那让自己后悔的事呢？

杨树：后悔，我干吗要后悔呀。

树苗：您就不后悔您没胡来过呀？哎，老杨啊，不要做自己后悔的事，要做就做让别人后悔的事，人生苦短，不要活得谨小慎微，别等到告别人世的时候来一个——我这辈子还没做过后悔的事呢，那才是最后悔的！你想想，人这一生，连个遗憾都没留下，多遗憾呀。

——气人不？当下中老年人大多都觉得：现在这孩子，该懂的一窍不通，不该懂的全都明白！那是因为，我们的思维都是（过去时的）大众思维，说的也都是（过去时的）大众的话，孩子们的另类表达让我们感觉刺激而又无言以对。仔细想想：是否有一句话一直会回响在脑海呢——我只是不想让人生留下遗憾。其实要想达到自己的说话目的，只要站好角度，都是存在合理性的。人生只要找好自己的路，坚持不懈地走下去那就是对的。还有更精彩的——树苗因为无法忍受顾菁菁对他老爸的网上攻击，所以跑到唐红家用人家的服饰把自己包装成阔小姐，冒充杨树的侄女把顾菁菁约出来——

树苗：那我就开门见山了，我是替我大伯来的，我大伯呢是个好人，离异之后就没有再娶，他的性格吧，就比较害羞，就属于那种不善于表达自己情感的那类，不过他很喜欢你，还问我说，如果喜欢的女人我应该怎么去表达啊，那我就建议他说，送个普拉达，没想到还被你退回来了，我大伯特别沮丧，我也觉得挺不好意思的，觉得是冒犯你了，对不起哦！我大伯觉得呢，你是个很了不起的女人，不物质，不势力，他呢最讨厌那种物质势利的女孩子了，所以也不好意思过来，毕竟你看你这么年轻貌美，他大你那么多，但我答应了给你个解释，我看他挺为难的，就替他过来了，希望你不要介意哦。

顾菁菁的闺蜜莉莉：侄女，这事情呢可能有误会，菁菁就觉得呢，跟你大伯认识不久就收这么重的礼物，她有点不太好意思。

树苗：我也这么跟我大伯说的，他们那代人嘛跟咱们还不太一样，他们是越喜欢一样东西呢，越不敢去面对，反而还得装着不喜欢不在意，怎么说来的——宁肯有尊严地失去，也不愿死乞白赖地得到。

顾菁菁：你大伯让你来就是为了跟我解释这些？

树苗：不止这些，他说他很喜欢你，希望你可以认真考虑，他现在呢，人在去往东京的飞机上，因为公司临时有点事，如果你也喜欢他，想跟他继续交往，你也可以给他发个短信啊。他一下飞机就能收到了，如果不喜欢也没关系，别勉强嘛。他是个有身份的人，绝不会再打扰你，给你添麻烦。

——整段话说话目的很明显，就是想让菁菁知道是她误会了，把杨树的形象完全正面化，这种"咄咄逼人"的说话需要较强的逻辑能力和对人基本心理的了解，才能让话说得"天衣无缝"。事实永远是最好的论据，最能让人信服的工具，所以陈述事实时要尽可能"逼真"，态度要从容淡定，才能达到效果。《一仆二主》剧中还有许多台词写得相当精彩，化"三观"为家常，用调侃亮"态度"，生动，诙谐，智慧，幽默，且显得层次很高。例如"强势女"怂恿"萌老爸"：

爸，你能不能磊落点，你要是喜欢你就追，追上了咱没遗憾，追不上咱没损失。

自由市场还能无条件退货，不就相个亲见个面吗？觉得不合适，非得找个理由才能走人呀！

例如顾菁菁为自己成为"剩女"找理由——

好女人是一所学校，好学校都是有录取分数线的，我们从小到大，一路数理化拼上来，英语八级，钢琴十级，托福 600 分，为什么到找老公的时候，要降低录取分数线呢？

剧中有一个不太"主要"但很"重要"的人物——顾菁菁的闺蜜莉莉，这是一个专吃青春饭且很有经验、很有见地的女孩，编剧的很多"现实理论"都是通过她来发布的。且看莉莉的几段台词——

女人有两种，一种是靠男人吃饭，一种是给男人饭吃。凡是晚嫁的有本事的女人都是给男人饭吃的女人，凡是早嫁的女人都是吃男人饭的女人。如果你深爱一个男人，你一定要让他知道，不能让他装糊涂。在恋爱中，人都会变得敏感、脆弱、不自信，但是无论如何，爱情需要"不躲闪，不回避，直截了当，短兵相接"——你到底爱不爱我？

人并不能改变女人，但人们会因为你是谁的女人，而改变对你的态度；丑女人很难改变男人，但美女人很容易……

这成功就像怀孕一样，谁都跑来恭喜你，但谁都不知道，你究竟被干了多少次。要做股票型女人，不能做存款型女人。这好女人就像存款，越好的女人越像定期存款，安全，稳固，但是你不会时时刻刻去关注他，因为她不能牵动你的情绪。而股票呢？你不知道它什么时候就赔钱了！所以你就牵肠挂肚，掏心掏肺地关注着，赚了高兴，赔了难受，只要有钱还得往里砸。大多数男人还不都是追涨杀跌大把大把地赔钱，让他把钱赔在你身上，不就把他套牢了吗？他还有钱玩别的股票吗？你爸又不是李刚、你妈又不是李薇的，你们家祖坟上又没冒青烟，那凭什么好事都让你摊上呀。

前面提到过本剧女主人公唐红，她是一个从寒门草根打拼成富婆老板的女人，阅历丰富，感触良多。她说——

现在社会怎么都这样了——你干好了遭人嫉妒，你做得差，让别人看不起；你开放点吧，人家说你骚，保守了，人家说你装；你待人好，人家说你傻，精明一点，人家说你奸；热情了，人家说你浪，冷淡了，人家说你傲，你就是再好也有人挑你的刺，对吧？

影视语言风格的形成，与创作者所处的文化环境及作者所遵循的创作观念有很大的关系。同为古装影视，大陆大多采用的是古典白话小说中的语言，半文半白，典雅华丽，蕴涵着丰富深刻的文化内涵。而港台此类影视剧则追求通俗化，人物说的都是现代语，甚至还有意识地加进去很多现代语汇，有意追求平民化的风格。当然，在古装影视剧中运用现代口语应该有个度，不可滥用，否则会显得不伦不类。镜头的视野是广阔的，它可以宏观表现大千世界，也可以微观表现眼睫毛的颤动。尽管如此，它也是有局限性的。它只能捕捉形象，无法代替文学语言所能表露的信息。文学语言可以直接叙述：人的泪水在向心里流，而镜头则不行，因为它缺少 X 射线穿透皮肉的功能，难以让观众看到流向心里的眼泪。即使能做到，恐怕也起不到艺术的审美作用。所以文学语言要比电影语言享有更多的自由。

优秀的影视剧总是具备自己独特的艺术风格，这种艺术风格的形成往往与其独特的人物语言有很大的关系。影视剧艺术风格的形成取决于艺术家独特的个性，而这种个性往往是在其独特的文化背景下形成的。而语言是文化最重要的载体，编导对人物语言的把握，对影视剧总体风格的形成往往是至关重要的。影视剧人物语言的总体风格,取决于剧作者对全剧总体风格的把握。剧作者在创作剧本的过程中,在人物语言的处理上,要考虑以下几个问题:

(一)"雅"还是"俗"

语言有"雅"和"俗"之分,按照我们的理解,"雅"和"俗"的界定主要取决于其文化含量的多和少。文化含量的多和少,并不只在于人物语言中所包含的思想深度,更不在于人物语言的丰富、华丽和典雅,而在于用语言所营造出来的意境。从现实的角度说,不同文化层次的人物,其语言所含的文化含量是不一样的。一个学富五车的教授说出来的话,肯定比一个社会痞子说的话更有文化品位,但这并不等于说,以高级知识分子为题材的影视剧就会比反映农民或市民生活的影视剧更有文化品位。文化品位的高低并不取决于作品中人物的素质,而在于创作这些人物的剧作者的人生境界。因为在影视剧中,人物说到底只不过是剧作家人生理念的载体。张艺谋、陈凯歌等第五代导演的作品,大都是以落后的农村为背景的,其主人公也都是文化水平很低乃至没有文化的农民,但他们的作品却包含着深刻的人生理念。

在姜文的作品中,《让子弹飞》既叫座、又叫好,票房突破预期,可谓雅俗共赏。《让子弹飞》讲述了这样一个故事:民国年间,花钱买得县长的马邦德(葛优饰)携妻(刘嘉玲饰)及随从走马上任。途经南国某地,遭麻匪张麻子(姜文饰)一伙伏击,随从尽死,只夫妻二人侥幸活命。马为保命,谎称自己是县长的汤师爷。为汤师爷许下的财富所动,张麻子摇身一变化身县长,带着手下赶赴鹅城上任。有道是天高皇帝远,鹅城地处偏僻,一方霸主黄四郎(周润发饰)只手遮天,全然不将这个新来的县长放在眼里。张麻子痛打了黄的武教头(姜武饰),黄则设计害死张的义子小六(张默饰)。原本只想赚钱的马邦德,怎么也想不到竟会被卷入这场土匪和恶霸的角力之中。然而缘于作品的故事和人物所致,台词都是"俗到家"的语言。请看土匪县长张麻子跟地头蛇黄四郎的对话:

> 张麻子:你觉得是你对我重要还是钱对我重要?
> 黄四郎:我!
> 张麻子摇摇头。
> 黄四郎:不会是钱吧?
> 张麻子:你再想想?
> 黄四郎:不对,还是我!
> 张麻子:其实你和钱对我都不重要!重要的是"没有你"对我很重要!

夜里，张麻子拿着枪进了师爷的房间，二人对话：

  师爷：你是要睡我呢？还是要杀我呢？
  张麻子：先睡后杀！
  师爷：那你还是杀了我吧（死了也比被你睡了强）⋯⋯
  张麻子：我杀了你还怎么睡你？

  当然，他们也没干什么真事，只是调侃，只是扯淡，因为原本他们都不是什么"正经人"——

  师爷：酒要一口一口地喝，路要一步一步地走——步子迈大了，容易扯着蛋！
  师爷：我话到嘴边了，你让我再咽回去？
  张麻子：咽回去——你是个骗子，反正说出来也是假的！
  张麻子：给你一分钟时间，说出钱在哪儿。
  师爷吓哭了⋯⋯
  张麻子：哭也算时间哦！
  张麻子（姜文）摸着县长夫人（刘嘉玲）的胸说：说好了，咱们是同床，但不入身。我若有不轨，手枪在此，你随时可以干掉我！
  县长夫人：我就是要做县长夫人，谁是县长，我无所谓。
  张麻子：做夫妻最要紧的是什么？恩爱；做县长最要紧的是什么？忍耐！

  张麻子的部下，当着丈夫的面轮奸了人家的妻子，张麻子内部审查，想知道是谁干的——

  师爷：六个人，还当着人家男人的面，还开着灯。我都关着灯⋯⋯太不要脸了，太不要脸了，呸！或者你花点钱，花不了多少钱，姑娘有的是⋯⋯
  几个弟兄纷纷辩白：
  大哥，你还不了解我吗⋯⋯我⋯⋯我一向都是被动⋯⋯
  大哥，你还不了解我吗，我做事从来不留活口。
  大哥，你不会怀疑我吧⋯⋯我到现在都还⋯⋯俗称处男。
  大哥，如果是我的话⋯⋯那么趴在桌子上的就会是她丈夫了！！

张麻子此时感叹道：看来各位兄弟都是身怀绝技的人啊……

在文学作品中，那些毫不起眼、平常得不能再平常的文字，经过作家心灵的组合就会产生出灵性，成为其人生理念的载体。同样在影视剧中，那些平平常常的画面，还有那些毫不起眼的人物及其支离破碎的话语，通过剧作者心灵的组织，就会营造某种意境，传达出其对于人生的感悟。

人物语言的"雅"和"俗"，往往决定于电视剧的艺术品位。一般说来，那些有较高艺术追求的影视剧，其人物语言也比较高雅；而那些纯粹的娱乐片，其人物语言往往也较为俗气。不同种族或不同区域的人们生活在不同的地理环境中，拥有不同的语言、不同的风俗和不同的思维方式，最终形成不同的文化传统，这些文化传统对其国家或地区影视剧艺术风格的形成起着至关重要的作用。

随着影视业的发展，影视剧越来越成为重要的文化载体。许多人并没有去过美国，也没有去过欧洲，但正是通过无数的影视作品了解了美国人和欧洲人，同时也了解了他们的文化。反过来说，正是这种文化上的差异，在很大程度上形成了不同民族、不同地区或不同国家影视剧独特的艺术风格。同样都是商业运作造就出的影视剧，美国人的风格与中国的香港人大不一样。美国人宣扬美国人的道德理念，制造着好莱坞式的美国梦，同时充满着美国式的幽默、美国式自由和美国式的情感。而具有上百年殖民地历史的香港，虽然其影视剧中总体上体现了一些中国人传统的道德理念，但给人的感觉到底是缺乏文化底蕴，过于肤浅，没有厚重感。香港影视业之所以能够取得成功，在于其根据自身文化的特点，扬长避短，走出了一条平民化和通俗化的路子。

在我国大陆，不同区域的电视剧，也有不同的艺术风格。在人物语言上，建立在京派文化基础上的京派电视剧，其人物往往爱侃、爱耍贫嘴，动不动就神侃一通，经常把人侃得晕乎乎的，听起来很俗，却包含着京城特有的文化意蕴。建立在海派文化基础上的海派电视剧，其人物说话吴侬软语，市民气十足，显得较为俗气。而建立在秦川文化基础上的秦派电视剧，其人物说话比较洪亮，富有特殊的韵味，犹如秦腔，带有西北人的豪放之气。

人物语言的"雅"和"俗"与电视剧类型也有关系，有些类型的电视剧，如情景喜剧、言情剧、武侠剧等，娱乐性较强，人物间的对话往往是为了制造笑料，语言风格显得过于俗气。而历史剧、正剧等类型的影视剧，其人物语言风格往往较为崇高。

（二）古典式还是现代式

创作古代题材的电视剧时，剧作者要考虑：在处理人物对话时，是像电视剧《三国演义》、《红楼梦》、《水浒传》那样采用半文半白式的古典式语言，还是像香港许多古装剧如最近国内播出《戏说乾隆》、《太极宗师》那样完全采用现代式的人物对白？我国许多根据古典名著改编的电视剧大都采用了原小说中那样半文半白式的人物对白，在很大程度上是为了忠实原著，保持作品的原有风格。这种语言与我们今天的语言有较大距离，一般受众理解起来难免有困难，却带有某种古典的意味，适合表现古代人的生活风貌。而香港人拍古装片却显得有些随意，往往采用现代人的对白，有时还故意采用一些现代生活中的词汇，以达到喜剧性的效果。

这里，笔者想说说电视剧《赵氏孤儿案》。该剧的台词相当精彩。该剧的故事梗概是这样的：春秋时期最强大的国家是晋国，晋国最强大的人，不是昏庸无能的国君晋景公，而是司寇屠岸贾。屠岸贾一手遮天，掌控着晋国的政治、经济、军事三大命脉。屠岸贾对掌握兵权的赵朔早已心存仇恨，一次次设计必欲除之。终于，他利用晋景公的偏狭和昏庸，将赵氏灭族。就在这一天，屠岸贾的夫人生下了一个男婴，民间医师程婴的夫人宋香生下了儿子，赵朔夫人庄姬公主也生下了一个男孩。屠岸贾欲斩草除根，诱使昏庸的晋景公下令杀死赵氏孤儿。程婴在关键时刻，冒死救下了赵氏孤儿。

程婴为了报赵朔之恩，也为了国家大义，在侠客公孙杵臼的精心策划下，献出了自己的孩子，替代了赵氏孤儿而死。天下人误会程婴卖主求荣，妻子宋香也因痛失爱子而疯癫，庄姬公主与将军韩厥处处设伏，想置程婴于死地。机缘巧合下，程婴带着妻儿进入屠岸贾府中。程婴把孤儿赵武取名为程大业。老谋深算的屠岸贾时刻怀疑和考验程婴，程婴以坚韧的意志和超人的智慧，一次次化险为夷，躲过杀身之祸。

十八年后，孤儿赵武长大了，程婴一步步设局，让他逐渐知道了赵朔灭门惨案。而屠岸无姜也终于发现，自己最亲爱的父亲其实是个大奸贼。

剧情中有一场"父子对质"的戏，用当下观众都能听懂的文言格式，道出了饱含"潜台词"的心声——

> 程大业（赵武）直接质问父亲（程婴）："到底是不是你摔死赵氏孤儿？"
> 父亲既肯定又否定地答道："……摔者我也，死者非他（赵氏孤儿）。"

肯定的是"摔者我也"，否定的是"死者非他（赵氏孤儿）"，我们听出了程婴那难言之言深藏的含义。接着，大业声讨老父："你从小教育我要做道德之士，可你为什么？……"

"为了你！"这三个字是千真万确的大实话，观众心领神会了，深深感动了，只是大业还"当事者迷"!

当面对"为何忍心摔婴"的质问,程婴不得不昧心说道"为了救我自己的孩子"时,心潮难平、心语无尽,他似真非真、似假不假、似笑非笑、似叹非叹,他避开儿子直逼的眼神,扭项一侧,神仍专注于对方……此一镜头意味无穷!

"父子对质"的直接成果是程婴确切看到希望,他深情对妻道:"多好的孩子! 心地纯正,不偏不倚。"

(三)普通话还是地区方言

近年来,我国出现过一些采用方言为人物对白的电视剧,如《党员二楞妈》、《9·18大案》等,这些作品大都反映某特定方言地区人们的生活,具有浓烈的地方文化特色。另有一些电视剧,如《大秦之腔》、《老旦是一棵树》、《新七十二家房客》等,虽然基本上采用的是普通话,但其中杂合了许多方言的特色。在影视剧中最能体现区域文化特征的就是语言,区域性语言的特性在某种程度上可以说是这个地区文化的高度浓缩,语言上的差异正是我们划分区域文化最重要的标准之一。如果不采用方言对话,《党员二楞妈》也好,《山城棒棒军》也好,肯定不能充分地体现剧中那种地区文化的特性。

三、人物语言的个性化特征

"言为心声",语言对人物形象展现的作用,众所周知。于是,如何选择最具个性化的语言来表现人物性格,是所有编剧都重视并极力追求的。塑造、表现人物的语言有三类:

(一)正面的单一语言

即采用与人物性格一致的语言内容,"什么人说什么话"。这是最基本的、运用最广泛的一类方式。比如《水浒传》中的李逵,性格鲁直蛮野,体现他个性的语言则是:"这厮好无道理! 我有大斧在这里,教他吃我几斧,却再商量! ……条例,条例! 若还依得,天下不乱了! 我只是先打后商量。那厮若还去告,和那鸟官一发都砍了!"言如其人,坦荡无遗。

再如美国影片《红字》的女主人公懿德因追求真正的爱情而被主教等人惩处,派一个小孩时时跟随着她,一边敲鼓一边向众人宣布她是"婊子、淫妇"时,她高傲又轻蔑地说:"这样,我上市场时就不会与人相撞了。"在判绞刑之前与总督的对话更显出她的坚强个性——当总督以宗教裁判者的身份逼问她"是否承认自己在上帝面前有罪"时,在众人的喧嚣唾骂声中,她只坚定地说了一句话:"我只在你们眼中是有罪的。"这种语言在影片中随处可见,真可谓"掷地有声"。

我们再来看看经典影片《魂断蓝桥》中的几段人物语言:

15. 罗依招来了汽车，扶玛拉上车。

汽车内，玛拉问："怎么回事，亲爱的，我们去哪里？"

罗依："去宣布订婚！（对司机）回军营去。"

汽车开动。

罗依："玛拉，你听我说，我先要你知道我的情况……"

玛拉："神啊！"

罗依："首先，我亲爱的年轻小姐，我是莱姆树兵团的上尉，挺唬人。"

玛拉："是挺唬人。"

罗依："一个莱姆树兵团的上尉是不能草率结婚的，这里有很多手续和仪式。"

玛拉："这我知道。"

罗依："譬如一个莱姆树兵团上尉要结婚，必须得到他的上校同意。"

玛拉："这很困难吗？"

罗依："也许困难，也许不。"

玛拉："我看不那么容易。"

罗依："那要看他怎么恳求啦。要看他恳求的内容，要看他的热情和口才。"

玛拉："是，上尉。"

罗依："怎么，你有怀疑吗？"

玛拉："你太自信了，上尉！你简直发疯了，上尉！你又莽撞又固执，又……又让我爱你，上尉！"

16. 军营门口。汽车驶来停下。

罗依（下车）："你坐在这里，跟谁也不要说话，我一会儿就来。"

罗依快步跑进军营的圆洞门，卫兵给他敬礼。他跑了几步，突然又返回来，警卫再次给他敬礼。

罗依（跑到汽车前）："玛拉！"

玛拉："这么快？"

罗依："我还没有见着他。有一件重要的、必不可少的东西，我忘了。"

玛拉："什么？"

罗依："你的履历表。"

玛拉："我不知道放在哪儿啦！"

罗依："我给你填上。那么你是在哪儿出生的？"

玛拉："伯明翰。"

罗依："年月日？"

玛拉:"1895年6月9日。"

罗依:"父亲职业?"

玛拉:"小学教员。"

罗依:"父母在吗?"

玛拉:"不。"

罗依:"啊,那么还有……(想了一想)啊,对啦,你姓什么?"

玛拉(笑):"啊,罗依。我姓莱斯特。"

罗依:"幸亏想到这一点,这很要紧。再见了,莱斯特小姐!"

玛拉:"再见。"

罗依又急匆匆地跑进军营门,卫兵又敬礼。

17.上校正在餐厅吃饭,门外传来卫兵喊声:"立正!"随即罗依进屋。

罗依:"对不起……"

上校:"什么事,克劳宁?"

罗依:"单独和你谈谈。"

上校:"我正在吃饭哪。"

罗依:"这事非常重要。"

上校:"昨晚的宴会,你让我们好等,现在又不让我吃饭……"

罗依:"这都是为了同一件事情。"

"好吧。"上校把罗依领进自己的办公室。

罗依:"我很抱歉,昨晚宴会我没有来,不过,上校,你知道……"

上校:"不管你要说些什么,你干脆说吧,免得我消化不良。坐下。"

罗依:"哎,我还是站着好,我……我急得不得了……"

上校:"究竟是什么事情啊?"

罗依:"要是你允许,要是你不反对,今天下午……我想结婚。"

上校:"啊?"

……

罗依跟玛拉一见钟情,在对玛拉出身经历一无所知,甚至连她姓什么都不知道的情况下就决定跟她结婚。说出话来率直、干脆,把他的浪漫、自信、热情、冲动,表现得淋漓尽致,算得上是典型的"正面单一语言"。

(二)双向的正反语言

这种语言可以更鲜明更深入地表现人物性格。我们不妨借用契诃夫小说中的人物语言来体会。比如在大家都熟悉的名篇《变色龙》中,作家便通过主人公奥楚蔑洛夫多次的一反一正的语言,把这个统治者的奴才兼爪牙的双重嘴脸鲜明而简洁地凸现了出来——

当认为那只狗不是将军家的时候,他这样说:"这条狗呢,鬼才知道是甚么玩艺儿! 毛色既不好,模样也不中看……完全是个下贱坯子。谁会养这种狗? 这人的脑子上哪儿去啦?! …… 你呢,赫留金,受了害,那我们绝不能不管! ……"可当有人告诉他狗是将军家的时候,其语言立即改变了腔调:"你们把这条狗带到将军家里去,就说这狗是我找到,派人送到府上去的……且不说这是条名贵的狗,要是每个猪猡都拿烟卷戳到它鼻子上去,那它早就毁了! 狗是娇贵的动物……你这混蛋,把手放下来! 不用把你自己的蠢手指头伸出来! 怪你自己不好! ……"

如是语言,反复再三。正反对比,通过强烈的反差,突出了人物的性格。

这种语言表现,在电影、电视剧中,亦多有体现。

(三)多层面的复杂语言

通过人物在不同环境与不同对象的不同语言,或者在其人自己不同情绪下的不同的内心独白的多方面、多层次的组合,来表现人物复杂的立体性格。请看电视连续剧《黑冰》中男主人公郭小鹏被判死刑后跟刑警鲁晓飞说的大段独白:

审讯室里,灯光特别的亮。郭小鹏端坐在一张椅子上。鲁晓飞坐在他对面的另外一张椅子上。鲁晓飞看着戴脚镣手铐的郭小鹏,心头像压着一块巨石,但脸上却没有丝毫表情,双目注视着他。

郭小鹏似笑非笑地说:"我断定你会来的。"

鲁晓飞以温和的口吻道:"你想要说什么就说吧。"

郭小鹏把手中的纸放到桌子上。"咱们先把公事了了,好能让你安心地听我倾诉。"他用下巴点点桌子上的纸,"这上面有我在国外银行的数字账号,里边有 5000 万块钱。与其像二次大战时犹太人的存款那样便宜瑞士银行了,还不如送给你。"

鲁晓飞把那张纸拿到自己一边,但并没有马上看。

"另外,纸上还有你们感兴趣的除胡安以外的几个大人物的名字和他们受贿的证据。"

鲁晓飞仍然没有动那张纸。

郭小鹏似乎很满意:"你将来一定会成为顶尖级的人物的。你实在太沉得住气了!"

鲁晓飞依旧是正襟危坐,没有任何反应。

郭小鹏很轻松的样子说:"现在,我可以痛痛快快地给你讲讲我的心路历程了。你不是一直想知道这些吗？我反复想了想，应该告诉你，尽管是你把我送上了断头台。人生自古谁无死？况且我对这个世界的确很厌倦。我必须尽快到另一个世界去陪伴我亲爱的母亲——我在这个世界上唯一的亲人！"

鲁晓飞表情复杂地看着他。

郭小鹏试图像平常一样，跷起二郎腿，但镣铐阻止了他："人看人，好像都是一样的。一群两足无毛动物而已。但如果仔细观察，你便可以发现，这是一个结构复杂的世界。有最高层，生活在其中的人，有着充分的精神和物质供应。然后，随着层数的降低，供应开始减少。到了最底层，所获得的能量，勉强能维持生存，而其精神供应，则几乎等于零。我本人，就生活在其中。"

鲁晓飞用怀疑的眼神看着他。

郭小鹏显然也感觉到了鲁晓飞的疑问。"以常人浅薄的眼光，肯定认为我在胡说。的确，我的生父，是一位著名的作家，从他那里，我继承了优良的思维基因。我的母亲，是一位也算知名的演员，从她那里我继承了还算周正的容貌。我的继父，是高级干部，从他那里，我获得了一些旁人不可能获得的机会。这样的结构，其实已经规定了我一生的道路。"

鲁晓飞不能不说话了："我见过许多类似家庭出身的人，并没有走你的路。"

郭小鹏语调平和地制止她的插入："请你注意这样一个事实：你还有很多机会阐述你的观点，而我，满打满算，也顶多十个小时了！"

他这么一说，鲁晓飞自然不好再说什么。

郭小鹏切入到主题："你们习惯于把人群分成罪犯和非罪犯。也就是通常意义上的好人、坏人。并由此衍生出高尚、卑鄙等一系列玩艺儿。但我告诉你，一切不过是机会而已。穷乡僻壤的犯罪率低，根本不能说明那儿的人高尚，那是因为他们没有机会选择。没有选择，就不会痛苦。我父亲当右派，被流放到海州，他一点都不痛苦，因为他只能来。我继父被打倒，他也不痛苦，因为他只能被打倒。我母亲改嫁到林家，别的不说，光是林小强对她无微不至的搔扰，就不是一般人所能忍受的，可她仍然不痛苦，因为有我和弟弟，她甚至连死都不能选择。"

鲁晓飞心中一颤，眼里露出疑惑的神情。

郭小鹏敏锐地捕捉到这个"疑问"，解释道："你可能会认为在林家这种高干家庭，怎么会有乱伦的脏事？可它就是存在。林小强是个性欲非常强烈的人，这肯定也来自基因，和林子烈早年对我母亲的搔扰，如出一辙。林小强搔扰度最强的那个阶段,正好是林子烈被打倒的那个阶段。有一天晚上,他溜进我母亲的房间,不顾母亲的哀求,强行非礼。就在这个时候,只有四五岁的我,拿着一根我勉强能拿动的棒子,一棒子打在他的后脑上,把他打昏了。"

鲁晓飞见他嘴唇颤抖,便把水杯推了过去。

郭小鹏的声音低缓下来:"你们这些生活在阳光下的人,是体会不到我的内心的。我承认,有很多人的家庭经济条件还不如我,吃上顿没下顿的。但父母的呵护起码还是有的,自尊还是有的。世界上,什么事最大,吃饭的事最大。咱们从吃饭说起。我明白我在林家的身份,好的东西别说吃,就是想也没敢想过。他们吃白菜心,我吃白菜帮子;他们吃瘦肉,我吃肥肉和皮。这都没的说,这都天经地义。可有一次在吃鱼的时候……"他抬起眼皮,陷入回忆,"我从小就喜欢吃鱼头。这东西在林家是没人吃的。我不在,就喂了猫。可那一次,林小强不知道为什么,偏要吃鱼头。我不干,就和他争了起来。结果,鱼头他吃了,我还被打了一顿。你知道是谁打的我吗?我的亲妈!亲妈啊,亲妈!"

喊完这两句后,他又变成刚才的语调:"我从小还喜欢看书,这当然也来自基因。可书是到不了我手里的。记得起先是林小强拿着看,我在他后面看。后来他发现我能很快理解之后,先是嘲讽我,真是老鼠生儿会打洞!接着就立刻恶狠狠地说:我决心彻底清除你身上这股臭老九味。从此以后,我在这家里,一本书都看不见了。没办法,我只好到书店去看书。某本书一天看不完,怕别人买走,就悄悄地藏在书柜后面。学习在我,就像呼吸一样自然。在小学,我从来都是第一名。毕业时,我考了海州市第一。林子烈也高兴了,因为我毕竟从理论上说,是他的儿子。他问我想要什么。大的、贵的,我是不会说的,即使说也是白说。想了半天,我要了一双回力鞋。"说到这里,他抬头看天花板,"那是一双多有弹性的鞋啊!到现在,我鲜鱼皮、小牛皮、小羊皮,什么样的鞋没穿过?可我还是忘不了那双回力鞋。"他的语调陡然一转,变得阴沉,"可是第二天,那双鞋就不见了。我找啊找,最后终于在林宅的后面林子里找到了它的遗体!可以看得出,它死得很惨,有人带着极度的仇恨,一点一点把它给毁了。总而言之,凡是我需要的一切,都要费尽心机去争夺。不争就什么都没有!什么都没有,你懂吗?"

鲁晓飞道:"艰难困苦,玉汝于成。少年的困苦,变成动力的例子实在是太多了。"

郭小鹏点点头。"这你说得对。我经过思索,明白了我的处境之所以如此悲惨,原因只有一个:没有权!从懂得这个道理的那一天起,我的一切,都围绕着获得权力这个中心进行。大学毕业之后,我决定到美国去留学,因为这是终南捷径。在这个问题上,林子烈通过他的影响,帮助了我。也正因为这,我才让他的儿子林小强,一直活完了上一个世纪。"他的嘴角露出不屑的笑,"谁知道这小子,在监狱里面壁五年,自以为像基督山伯爵一样,悟出点道行,跑出来找我算账。典型的以卵击石!"

鲁晓飞道:"你通过努力,学成归来,不也很快获得了你想要的东西吗? 为什么还要铤而走险?"

郭小鹏笑了笑:"学习使人获得一切,绝对是误导。我从一无所有到海州药业的总裁,每一个台阶都是血淋淋的。我事业的第一块基石是在美国奠定的。万事开头难,为了它,我采取了古代的、现代的、中国的、美国特有的、人性的、反人性的各种手段,可以说是无所不用其极。"

鲁晓飞问:"肯定不少是非法的。"

郭小鹏颇为自信地说:"大人物和小人物的区别,就是前者是制定规则,而后者是得遵守规则的。"

鲁晓飞用怜悯的眼光看着这个"监牢里的大人物"。

……鲁晓飞静静地注视着他:"你果真一点也不忏悔、不留恋吗?"

郭小鹏坚决地说:"人是什么? 人不过是一封不知道从什么地方发出的,也不知道到什么地方去的电子邮件而已。来自虚无,归于虚无。有什么可留恋的? 至于忏悔,我更不会了。我壮观的犯罪,已经在历史这根坚硬的柱子上,留下了如此之深的痕迹。这可不是一般人能做到的。太阳底下有啥新鲜事? 一个本来就厌倦人世的人又失去了他残存的一点希望,下辈子就是再让他转世,他也不会同意。"

鲁晓飞知道朝阳快要升起了,绚丽的阳光将会照耀到每一处阴暗的角落。沐浴在光明之中是人类的希望,几点偶尔出现的阴影丝毫损伤不了人们对光明的追求,更遮掩不了真善美这人性圣纯至上的万丈光芒。世界将会因此而越来越美好。她站起身,对郭小鹏说道:"如果我有建议权的话,一定向上帝提出:不要让你这种什么都不遵守、什么都不敬畏、完全丧失人性的人,再来到这个星球上!"

郭小鹏脸色变得灰白,无力地闭上眼睛。

对人物语言最基本的要求是"个性化",不少理论论述中,也都很郑重地提及这一点。比如人物语言个性化的体现应是"不同的人物,其语言特色应有所不同,要使语言与人物的性格风格一致"等等。于是,李逵的语言不能与宋江相同，城市知识分子不能与山野农民一个腔调说话……这不能说错。古今中外优秀篇章中的人物语言确实也体现了这一原则。例如：刘邦见秦始皇南巡的风光、气派，不无羡慕地感叹："大丈夫当如是也。"而项羽则刚强骄傲地喊出："彼可取而代之！"两人因不同的身世、地位所形成的个人气质不同，其语言风格确是大有区别，也恰恰因此而为人所称道。

电视剧《离婚律师》轰动一时，剧中的台词成了许多年轻人口中的"流行语"。请看——

女人宣言：

"嫁个有钱人，不如自己成为有钱人。"

"我认真做人，努力地工作，为的就是有一天当站在我爱的人身边，不管他富甲一方，还是一无所有，我都可以张开手坦然拥抱他。他富有我不用觉得自己高攀，他贫穷我们也不至于落魄。这就是女人去努力的意义！"

"人为何会感到不自由？因为欲望太多。就好比在一个笼子里，欲望越膨胀，人就感到越束缚，只有将欲望缩小，小到足以从笼子的缝隙钻出去，人就自由了！"

男人抱怨：

"男人是增值资产，我每打赢一场官司就增值一次；女人则像华尔街暴跌股票，随着时间流逝年老色衰。那离婚分割男方财产，到底是给全职太太岁月贬值的补偿，还是女人敲男人最后一笔'不当获利'？"

"我现在觉得单身贵族这个词还是有道理的，单身是贵族，离异就不是了，这个离婚啊，离一次扒一层皮，不光是钱啊。"

"女人有青春男人没有啊，哪条法律规定说分手以后女人就得拿损失费，男人就得付遣散费，能在一起就能分开，你见过有人上厕所不出来的吗？"

男女都孤单：

发现罗鹂对床很是挑剔，池海东说："你睡什么床不行啊。"

罗鹂："两个人在一起睡哪都无所谓，床不要都行，一个人，孤独、寂寞、冷，不买张床安慰自己，日子得过得有多悲凉。"

池海东："我突然发现自己没有地方可去，在夜幕降临的时候只能独自呆在办公室，我还突然发现我的手机电话本上有成千上百个电话，他们居然全都是我的客户，在他们眼中我是个事业成功、婚姻美满的男人，像这种男人晚上应该是不出门的。"

罗鹂："人们常说当上帝为你关上一道门，一定会在其他地方为你打开一扇窗，我现在喜欢长时间站在窗前，也许是还在期待命运能带给我惊喜，但愿别再是一份惊吓了。后来我发现原来上帝在关上那扇门的时候他顺手把窗户也给关死了。"

"离婚律师"宣言：

咱们是干离婚律师的，干我们这行的，看到别人结婚，劝别人小心，看见别人离婚，要对人家说恭喜。

在现实生活中，同一群体或同一环境中的人物，在表面上并没有太大的区别：性格特征、语言模式以至语气语调，均大体相同。若硬要拉大距离、划分类别，反而给人一种编造生活、杜撰人物之感。因此，对人物语言个性化的理解与落实，除尽可能真实地表现人物语言上的区别外，主要应从语言的内在本质上去把握。即是说，通过语言的内质去表现个性，而不止在语言表象（声调的高低缓急、语辞的雅俗繁简等）上花工夫。否则，这种徒有其表的"个性化语言"只能制造出几个商店橱窗中的模特儿，而很难成为现实生活中有血有肉的活人。

四、语言的个性化与人格分裂

同一人物的语言在不同环境、心境中，应有所不同。比如一个政府官员，作大会报告时语言庄严正经，在办公室与下级交谈时就可能自然亲切；在机关讲话是一种口吻，去与朋友约会时必持另一种态度，对父辈、上司是一副神态，对儿女、下级，又会是一种神态……可以说是人物语言个性化进一步的体现。这固然好，却也要防止另外一种可能——就是人格分裂现象。

所谓人格分裂，是说在注意人物在不同环境中用不同语言的同时，忽略了对这一人物语言的总体基质的把握，而造成人物失真的现象。比如表现一位教师在学校对学生如何苦口婆心、循循善诱、态度祥和，而回到家中，却对丈夫、对儿女大打出手、大骂出口，完全一个泼妇腔调，转过身来，面对病卧在床的婆婆却又一副恭顺贤慧的模样、唯唯诺诺的言辞（又没有特殊的背景原因——像婆婆有巨款或其遗嘱至关重要等等)……试问，这样的人物，还是一个有机的整体、可信的活人么？所以，注意到在不同时空中人物语言应有所不同，虽是使人物语言个性化的一种手段，但必须考虑到这个人物总体的人格基质。不然，便欲求巧反成拙了。

总之，一定要以生活的真实为原则。张飞暴躁，却也能粗中有细，甚至不无狡诈。但是，纵使其细心狡诈时，也绝不能混同于司马懿的言行举止；林黛玉多愁善感，却也有欢欣愉悦时，但她无论怎样的欢欣愉悦，其语言语调也绝不可与史湘云相混同……我们在设计人物语言时，切不可忽视这一点。

人物语言应该是人物性格的自然流露。在现实中每个人所说的话，哪怕是不经意说出来的，或者明明说的是假话，也会在不同层面不同角度上表现出其性格来。剧作者应该选择那些最能反映人物个性的语言来表现人物的性格。且看电视剧《辘轳·女人和井》中的这段对白：

狗剩儿媳妇一边倒酒，一边说："铜锁啊，本来，人到难处不能挤，马到难处不加鞭。你眼下正在难处，我实在不应当多说少道。可我是个直肠子人，肚子里留不住话。你呀，不能再这么下去了。这么下去，姥姥不稀罕舅舅不爱，别人都会当狗屎臭你！"

铜锁默默点头。

"男子汉大丈夫，"狗剩儿媳妇振振有词地，"要勤劳致富。你想啊，就是天上掉馅饼吃，也得人起早，你晌午歪才起来，还哪儿能捡得到？！"

铜锁又默默点头。

狗剩儿媳妇对他这样的表现挺满意，微微一笑，又继续说下去："所以说……"刚说出这三个字，她突然停住了，支棱起耳朵，警觉地听着什么。

铜锁莫名其妙地看着她。

她听着听着，突然一回手，啪地推开窗户。此刻，正在窗外偷听的苏小个子躲闪不及，被窗子给狠狠撞了一下。

"你爹你妈说话，你也偷听啊？"

"哎，狗剩儿媳妇，"苏小个子理亏气短地，"你别骂人哪！"

"我没骂人，我骂狗！"狗剩儿媳妇火气很大。

"你……"苏小个子被噎得没说出话来。

"老苏大哥呀，"铜锁这时插话，"今天这事儿，是你的不对。"

"哟，"苏小个子一听，来神儿了，立刻把矛头对准铜锁，"我跟她说话，有你缸，有你磕儿？她是你什么人？你哈巴狗儿啃脚后跟——亲的也不是地方啊！"

"苏小个子,"狗剩媳妇立即援助铜锁,"你少胡诌八扯,有啥话对我说,黑灯瞎火的,你偷偷摸摸地干这种事,寒碜不寒碜?我要是你,就自个撒泡尿——浸死!"

"你,你别太过分啦!"苏小个子吼起来。

"呀,"狗剩媳妇轻蔑地,"你这头瘦毛驴,嗓门儿还不低哩!怪不得人家都说你是属蛤蟆的——物小动静大!"

苏小个子真的气急了,用手指着狗剩儿媳妇:"你,你,你嘴也太损了!你是寡妇心,绝户肺,这辈子尖尖嘴儿,下辈子还得当寡妇!"

"你呢?"狗剩儿媳妇也真急了,"你祖祖辈辈像耗子,代代都像武大郎!"

"武大郎怎么了?收拾你这个潘金莲儿!"

这段对白,准确地把握住了人物的性格,把狗剩儿媳妇的泼辣、铜锁的软弱、苏小个子的猥琐都表现得淋漓尽致。

五、人物语言的口语化、生活化

影视剧就是要在生活的自然形态中展现人物性格,人物语言也应保持生活中的原本形态,就是要使人物对白尽量口语化和生活化。

口语与书面语的区别在于:书面语是经过人为加工的,一般说来语句较为工整,语法规范,逻辑性强,用词讲究文采;口语则是生活中的原本形态,语句较为粗俗,随意性强,经常前言不搭后语。就像前面那段例子,这样的生活化语言,不仅真实自然,还给人以亲切感。例如《贫嘴张大民的幸福生活》中张大民劝说云芳一段:

大民:"云芳,你披着一块杭州出的缎子被面,你知道吗?它是你妈给你缝结婚的被子用的,你把它披在背上了,我刚发现⋯⋯你还给披反了。(捏捏被面)别不说话。江姐不说话,人家有革命秘密,你有什么革命秘密?你要再不说话,再不吃饭,再这么拖下去,我认为⋯⋯你就是反革命了。你还不明白吗?"

李云芳的嘴角抽动一下。

大民:"裹着被面咽下最后一口气,你以为居委会和毛巾厂会给你评个烈士当吗?那是不可能的。顶多从美国发来一份唁电:李云芳女士永垂不朽⋯⋯就完事了。你还不明白吗?"

李云芳的视线换了一个方向,望着窗户。窗户外面贴着许多人头。

大民："我帮你算一笔账。你不吃饭,每天顶多省3块钱,3天没吃饭,省了9块钱。你再省9块钱,就可能去火葬场了。看出来没有?这事对谁都没好处。你饿到你姥姥家去,顶多给你妈省下18块钱。知道一个骨灰盒多少钱吗?80!该吃什么吃什么吧,你还没攒够盒儿钱呢!你才20多岁,起码还得吃50年的饭,任务很重,现在就撂挑子不吃饭了,把惹你不高兴的都当菜就着,吃饭吧!"

李云芳似笑非笑地撇撇嘴角。外间里的人一阵骚动。

张大民忘带烟了,摸了摸口袋,向外间走去。

大民："李云芳!你有什么话就直说吧。你想不想上茅房?反正我想上茅房。可是我现在不去。等你吃了第一口饭我再去。实话对你说,你不吃我就不去。我不信你能眼睁睁地看着我憋死。别装模作样了,我知道你为什么不吃不喝了,不就是怕上茅房吗?嘴唇哆嗦什么?是不是尿裤子了?没尿裤子你捂着被面干什么?你不说话也没用,你不说话说明你心虚,说明你裤子早就湿了。别以为捂着被面别人就看不见了,我们什么都能看见。快把被面扔了吧,充什么大花蛾子,换个花样行不行?你头上顶个脸盆行不行?不顶个脸盆顶个酱油瓶子行不行?……我们烦你这个破被面了。"

云芳："大民,你怎么这么贫呀?"

大民："我就这一个优点。"

云芳："你……为什么这么坏?"

大民："我不坏你就好不了啦。"

云芳："你……你……别管我。"

大民(破釜沉舟)："云芳……我……爱你!"

云芳捂着整个脸,浑身抽搐,把张大民吓坏了。

大民："云芳,咱俩偷地雷去吧?你知道哪儿有地雷吗?"

云芳哇一声号啕大哭,扑到张大民身上,连揪带打。

张大民开始还能忍受,可是她劈头盖脸,越打越使劲儿,分不清是爱还是恨,他惊恐地回头看看外间屋,用变了调的嗓音大声求援:"来人呐!"

张大民的语言,很"口语"、很"生活",充分表现了他的性格和感情,幽默有趣中展示出他对云芳真诚的心。

《勇者无敌》开播后收视便一路飙升,成功虏获了大批忠实观众。

陈宝国饰国民党349旅少将旅长周啸风,实则是直接受命于延安、单线联系的地下党员,代号"黄鸟"。本剧以周啸风为中心,展开两条故事线索。第一条线索:找出策划19名地下党员枪击事件的幕后黑手"野狼"以及军统埋伏在他身边的杀手"蜗牛"。与此并列的,是另外一条暗线,那就是敌人对于"黄鸟"的寻找,只是最终也没有足够的证据表明周啸风就是"黄鸟"。在这条线索当中,由于周啸风的身份暧昧,而使得他的处境极为凶险,而每每履险如夷之后,他也有了更多发现事实的机会。周啸风正是依靠站在敌我双方的灰色地带,从而全局把握整个事态,通过对蛛丝马迹的明察秋毫,终发现了焦参谋长的假死阴谋,并借由他揭穿了"野狼"的真实身份,为我党除去了一个心腹大患,还军区领导们以清白。

第二条线索:策动新九军起义是周啸风的最高任务,也是本剧的最高任务。本剧以此为中心事件,围绕以真假虚实的试探,令局势瞬息万变。周啸风所有的努力,都与完成这个目标息息相关。包括挖出野狼,保护夏盈、王晓农,与林雪飞等的军统别动队短兵相接,与他们的上峰——军统头子谢文康斗智斗勇,保全自己的身份,不惜殒命而说动郭今秋等。当最终周啸风完成任务,郭今秋高举义旗,中国革命同样完成了具有历史意义的一次转折。

终于,"野狼"("焦参谋长")暴露了,受伤被擒,周啸风以国军将领的身份审问他、叱骂他,生生将他骂死!这段台词,读来相当过瘾——

周:……林雪飞救了你不错吧?可你呢,把她诱骗到磨坊里,然后杀了她。她是你的救命恩人。林雪飞是谁啊?她是你们军统青浦训练班里仅存的几个女学员吧,抗战的时候她们都立过功,可你却残忍地杀了她,你连你自己的人都不放过。

焦:林雪飞她,她投共了。我杀她,那是执行家法。

周:哼,说得真好听。家法?你从小父母就双亡,对吧?是你的寡妇嫂子含辛茹苦一手把你拉扯大的。你的嫂子后来得了麻风病,这整个脸都快烂掉了,她跑到杨村来投靠你,你不认她倒也罢了。你怎么样了?你让士兵把她推到土坑里,浇上汽油把她活活烧死。我事后知道了这件事情,我问你为什么,你说是怕她把麻风病传染给你,你恩将仇报,你她娘的!你还是人吗你?

焦:你,你,你——

周:杜副旅长在战场上两次救过你的命,杨村举事的时候他不愿意,你就把他的脑袋砍了下来。你那十几个死去的共产党里面,傅雨贵还是你的远房侄子吧,你她娘的真下得了手啊你。

(焦痛苦难忍,挣扎着)

周:你以为你隐藏得很深,真假野狼的糊弄我。我早就知道你会逃出来,你逃出来不要紧,那个帮你逃出来的人呢,他就断送了。你把你们戴局长费尽心思埋下的炸弹引爆了,你以为你的主子会饶得了你吗?

你们把三四九旅奉献给了共军,把在共军里的特务组织完全断送掉,你以为你会有什么好下场呀? 这就是你的不忠;你活活烧死亲手把你抚养长大成人的寡妇嫂子,这就是你的不孝;你杀了杜副旅长,杀了林雪飞,杀了所有这些你的救命恩人,这就是你的不仁;你被共军抓获,你为了保命,你就招供,就出卖别人,这是你的不义。你这个不忠不义不仁不孝的人渣子,你寡廉鲜耻,你猪狗不如! 你他妈还有脸活在这个世上吗?

焦口吐鲜血,用手指着周,断了气。
已占上风的周啸风紧紧抓住话语权,主动出击,一一数落焦扬的"罪状"。这番痛骂,击中了焦扬的要害,有如劲弩齐发,射向他胸膛,使焦扬毫无喘息回旋的余地,又如烈火灼心,伤口撒盐,伤势严重的焦扬必然会口吐鲜血,当场死亡。野狼被骂死,周啸风已操胜券。可是军统特务头子谢文康却不甘心,想趁机抓周啸风的把柄——

　　谢文康:周啸风,你的嘴巴像刀子一样刻薄。可我告诉你,他死了,但事情没有完。
　　周啸风:不就是真野狼吗? 不就是我是共产党吗? 你还有点别的没有?
　　谢文康:我知道你什么意思。现在人死了,死无对证。一切你都可以不认账了,对吗?
　　周啸风:收起你的这一套吧。我们之间无账可对。
　　谢文康:那我就不客气了。抓起来。
　　刘芳侠:(从外面带卫兵闯入)谁敢抓人?
　　(新九军军长)郭今秋:芳侠,你们来得正好。挺好的一顿饭搞得这么没有味道,田参谋长,把所有人通通给我抓起来。啸风、芳侠,我们走。

这场较量,谢文康虽老谋深算,满怀信心有备而来,却又一次输给了善借外力、精明机智的周啸风,反落得被郭军长扣押的可怜下场。

主要参考书目及资料

[1]钟呈祥主编:《大学影视》,武汉大学出版社 2002 年版。

[2]刘晔著:《影视戏剧文学》,北京广播学院出版社 2003 年版。

[3]何日丹主编:《电视文学语言写作》,中国广播电视出版社 2001 年版。

[4][美]罗伯特·麦基著:《故事》,周铁东译,中国电影出版社 2002 年版。

[5]郝建著:《影视类型学》,北京大学出版社 2002 年版。

[6]陈晓春著:《电视剧理论与创作技巧》,北京大学出版社 2003 年版。

[7]邹红主编:《影视文学教程》,中国人民大学出版社 2004 年版。

[8]桂青山著:《影视剧本创作教程》,北京师范大学出版社 2004 年版。

[9]王伟国主编:《电视剧策划艺术论》,中国传媒大学出版社 2006 年版。

[10]曾庆瑞著:《电视剧原理第二卷文本论》,中国传媒大学出版社 2007 年版。

[11]张觉明著:《实用电影编剧》,中国电影出版社 2008 年版。

[12]吴素玲主编:《电视剧艺术类型论》,中国传媒大学出版社 2008 年版。

[13]百度、搜狐娱乐、豆瓣、中情商报网、中国作家网、365 语录台词网等网站资讯。

后　记

迄今为止，我仍不能算是一个"做学问"的人。

老家在东北，植根北大荒——"老三届"、"老知青"，"顺着垄沟找豆包"的主儿。一是因为爱好，二是试图"用笔杆换掉锄杆"改变命运，在极其艰难困苦的条件下坚持写作，终于从一个"文学青年"写成了"专业编剧"，写成了地区级文学杂志《黑水》的执行主编，写成了黑龙江人民广播电台主管艺术生产的文艺部副主任，写成了黑龙江电视台的大型节庆晚会的导演……据1994年官方统计，我通过各种渠道发表的作品总共已有860多万字。写过这么多作品，要是不算"做学问的"该算干嘛吃的？感谢美国佬罗伯特·麦基想出了一个特别贴切的称谓："手艺人"。

就这样一个"手艺人"怎么混到高校来了，还要写什么"专著"？

我有一个"亲学生"叫蒋瞰，曾在浙江日报供职，离校之前曾写过一篇吹捧我的通讯《校园老爹》，文中用了一些"关于老师"、"关于老爹"、"关于老爷子"之类的小标题。这里摘录一小段——

关于"老师"

学校要升本，师资力量不充分，于是乎面向全国广纳贤才。王国臣老师就是在这个背景之下，被学校从黑龙江电视台挖过来的。资深电视导演，国家一级编剧，享受国务院特殊津贴专家……2002年年底，王老师带着许多"光环"只身飞赴杭州，到学校来报到。

常言道：术业有专功。在同一领域，自己做得好的人，不一定都能把别人教明白。"刚来的时候，我很忐忑，心里没底。"王老师坦诚地跟同事这样说，也跟学生这样说。刚来，事儿少，时间多。王老师一点都不闲着，逐个听别的老师讲课，找学生聊天，了解课程设置，观察学生实践……然后一头扎进自己租住的小屋，昏天黑地地开始查资料、编讲义。用王老师自己的话说，他是一个"生存能力特别强，生活能力特别弱"的人，除了用电水壶烧开水、用洗衣机洗衣服之外，不会做任何家务，搞卫生十天半月雇一次钟点工，吃饭一律"下小馆儿"，原来老校区门前那条小街上几十家小饭店被他吃遍了，最后在一家名叫"东北一家人"的店里"定居"，直到闹"非典"的时候只剩他一位客人，跟回不了家的厨师和服务员一起吃饭。

一年以后，浙大出版社相继为他出版了两本各为30多万字的专著，一本《广播影视文学脚本创作》，一本《广播电视文艺编导》，这两本书就是王老师主讲的两门课程的教材。

写在纸上、印在书上的文字，大多是过来人对先前经验的记述、总结或升华，除了真理和规律，任何理论与技巧在它变成文字那一刻起，已经开始陈旧了。广电艺术和广电技术日新月异，你们不要指望带着在校学到的这点东西跨出校门走上岗位就可以应付自如，没那么便宜的事儿！最有效的学习不是"知识储存"，而是"能力涵养"。

——"老爹语录"。

王老师的书，我们编导专业的学生人手一册，作为自发认定的必读书目，大家每天怀揣于包内，有事没事拿出来翻看，到了上课的时候，更是要齐刷刷地摆在书桌上。奇怪的是，王老师的讲台上从来没有出现过自己的教材。上专业写作课的时候，他会把从自己以往发表的860多万字的作品中精选出来的三大本《王国臣作品选》让学生传阅："你们翻一翻，熟悉一下各种脚本的体裁样式就可以了。"王老师上课，从来不"照本宣科"。课堂上，简明扼要地解释一下基本概念、交代一下基本要领，然后开始"讲故事"。——自己的一段人生经历，引发了怎样的思考与感受，提炼出怎样的"戏剧内核"，写成了怎样一部作品，回头看这部作品的得与失……然后让大家看，看本子，或者看片子。

大体如此。在以广播电视为特色的浙江传媒学院，我属于"从第一线引进的教师"。调进学校之前的30余年，大部分时间都在搞"脚本创作"——舞台艺术脚本、广播文艺脚本、电视文艺脚本的揣摩和写作，占据了我前半生的主要精力和有效生命。如今老"运动员"变成了新"教练员"，我的工作内容和思维方式势必发生很大的改变。写书，对我来说不算新事物，然而写关于研究规律、分析要领、传授技巧的书，好多环节都需要重新学习、认真梳理，借助他人成功的经验和路径。

高校有高校的规矩，我这个"国家一级编剧"要转成"教授"才能适应工作。当初转评过程中，须有异地同行业专家进行专业水平鉴定，没想到上海的两位素昧平生的专家看过本人专著《广播影视文学脚本创作》之后，竟如是说："由于作者本人在广播小说、电视散文、电影文学剧本、广播剧文学本、电视剧文学本、广播电视文艺晚会串联词、歌词、小品脚本等方面均有丰富的实践经验,这本专著充分体现了理论与实践紧密结合,理论为实践服务的特点。在论述广播影视文学脚本各种艺术形式时,不仅列举了大量中外名作的实例,而且论述了作者本人从事这方面实践的成功经验及从中获得的规律性认识,使这本专著深入浅出,不仅可读性强,而且具有可操作性的特色。""王国臣先生是一位有着丰富创作经验的影视剧作家……他的创作涉及的面之广,如电影、电视剧、广播剧、广播小品、电视文艺晚会脚本等,其呈现的各类体裁的创作文本,足以证明他的刻苦与勤奋,证明他在这条艰辛的创作道路上所获得的可喜的成绩。北大荒的黑土地养育了他,他的作品充满了浓烈的生活气息,剧中人物是如此鲜活,呼之欲出;更难能可贵的是其剧本充满了强烈的社会责任感和忧患意识,读他的作品时常会被他感动。"

赞誉的是专家,是"老人儿",而买书用书的大多是学生,是年轻人。之所以加印之后还不能满足需求,我想主要原因还是这部书实用性比较强。

近几年,我以这本书为蓝图,用学校重点科研机构"王国臣创作室"的名义,从事实践教学与教学实践,带来了一些成果——组织、指导学生编写剧本、拍摄制作原创 DV 短剧,参加全国大学生电影节"DV 原创作品"专项比赛,取得综合一等奖、最佳编剧奖等好成绩(获奖学生孙俏俏曾为杭州日报报业集团网络电视节目部总监,如今自主创业,在艺术品经营领域做得风生水起)。同时,与多家企业合作,在校内设立"影视创作基金",组织带领学生创作校园电视系列剧文学剧本《模拟人生》(17 集 35 万字),影视剧文学剧本集《北极雪》(40 万字)和《一夜长大》(40 万字),均由浙江大学出版社出版发行。

在大学科研活动中,有些概念很有意思——区别于与他人合作,承担的部分叫"全部"、本人的排名叫"独立"。像我这本一个人署名的书,自然是既"全部"又"独立"的专著了。当这本书稿即将付梓的时候,我回头一想,根本不是那么回事!

我以为,写论著不同于搞作品,搞作品须避开他人(成功的作品)、绕开自己(先前的作品),另辟蹊径;而写论著呢?如果你不是想通过一味唱反调引起注意的话,则必然要在前人奠定的基础之上阐发自己独到的见解,诠释自己独特的经验。凡"规律"必具共性、称"技巧"必采众长,如果所有的专家都各执一词,让后人何以遵循?

我筹划这部书的写作,第一个动作不是编提纲、想布局,而是开列一个名单:钟呈祥、曾庆瑞、桂青山、何日丹、刘晔、张觉明、王伟国、郝建、吴素玲、陈晓春、邹红,还有罗伯特·麦基……通过各种渠道,找来这些名家、师友的著述,研究他们的观点主张、引述经典、行文体例、表述方式,然后手持"学"和"避"两把卡尺,安排自己的布局谋篇。可以说,在我开笔之前,上述大家已经为我奠定了基础。

在具体操作中,我就更不敢宣称"全部"和"独立"了——首先是我的夫人杨维玲,从浙江省委党校副校长的岗位上退休,回家来当我的"老秘",资料的查阅、购买和筛选,初稿审核,校对清样,几乎全部由她包揽;其次是我的外甥张敬宇、儿媳周思萌,还有我的学生、小同事……他们都是我的"电脑教师",帮我打字排版、拷贝资料,解决技术设备方面的问题。本书再次面世之际,我首先想到的是谢忱。书中的每一页,都记录着我由衷的感谢,感谢上述名人、友人、亲人,还有身边的同仁。

王国臣

2015 年初春　于三亚